Matthias Penzel
TraumHaft

stakkato
Band 04

ISBN 3-937738-04-5

1. Auflage
© 2004 Schwartzkopff Buchwerke
Hamburg Berlin
Einbandgestaltung: Lothar Reher
Druck: Druckhaus Gera

www.schwartzkopff-buchwerke.de

TraumHaft

Roman

von

Matthias Penzel

Berlin 2004

Schwartzkopff Buchwerke

*Für die, die's drauf anlegen,
auch wenn sie scheitern.*

*Und gegen die,
die's vorher immer schon besser wissen.*

Intro

Love me or leave me, tell me no lies,
Ask me no questions, send me no spies

Motörhead: »Love Me Forever« - 1916

Es war einer dieser Tage, die sich anfühlten wie ein Sonntag. Man besoff sich sinnlos und bis zur absoluten Unkenntlichkeit, oder man brachte sich um.

Er griff sich den Zimmerschlüssel. Kurzer Check im Spiegel, unterhalb des Gesichts: alles okay. Sein Hemd offen genug für Kaliforniens Code-of-Cool, der Rest schwarz genug, um nicht aufzufallen, weder als *Fashion victim* noch als hoffnungslos Gestriger. Understatement als Statement; von einem, der weiß, worauf es ankommt.

Hinter ihm fiel die Tür ins Schloss, träge und schmatzend, wie nur die schweren Türen amerikanischer Motels in ihre Stahlrahmen fallen. Auf seinem inneren Merkzettel notierte er: Schmatzend, schmatzend fällt die Tür ins Schloss.

Seine Sinne waren im Hypermodus, fast wie bei John Cage, der sagte: »Ich gehe auf die Straße, und ich höre Klang!«

Im Atrium des Motels, am Swimmingpool, saßen Klecker und Cat beim Frühstück. Auf dem Bambustisch zwischen ihnen: vier Cocktailgläser, in denen milchige Reste klebten. Neben Spielkarten, ein paar Dollarnoten (Cat hatte gewonnen) und einem Handy lag Kleckers Fuß. Dafür, dass sie letzte Nacht vermutlich Rauschmittel unterschiedlichster Herkunft auf ihre Tauglichkeit hin überprüft hatten, sahen sie ganz passabel aus.

»Aye, Niet. Wo kommst'n du her?«, grüßte Klecker den Bassisten. Cat lächelte kurz. Mehr halbherzig als träge verbarg seine Sonnenbrille, dass sein Lächeln nie die Augen erreichte.

»Habt ihr Terry gesehen?«

»Öfter als dich«, holte der Drummer rumpelnd und laut aus. »Aber wo er jetzt ist, weiß ich auch nicht. Versuch's doch mal auf seinem Zimmer.«

»Klasse Tipp.«

»Ach so - haste schon versucht? Setz dich doch«, wieherte der Drummer und gestikulierte mit seiner Rechten. Auf dem Handrücken konnte Niet ablesen, wo die Band letzte Nacht verendet war. In verschmiertem Dunkelblau war noch der Stempel zu erkennen: Fuck Club. Cat streckte sich, langsam wie eine Schlange, und drehte sich in Richtung Rezeption. Niet biss sich kurz auf die Oberlippe, schaute in die entgegengesetzte Richtung. Auf der Galerie im ersten Stockwerk klapperte ein mexikanisches Pärchen mit Staubsauger und Eimern. In den Betonboden des Innenhofs gepflanzte Palmen reckten sich gen Himmel, auf der Suche nach einer besseren Aussicht. Die Mexikanerin, auf den Knien, schrubbte den Boden, und der hombre saugte die Fliesen um ihre Hände herum.

»Worum geht's denn?«

»PX-C5«, wandte sich Niet wieder an Klecker. »Hat Terry nicht zufällig einem von euch gegeben?« Niet versuchte, nicht zu unruhig, vor allem nicht zu benebelt zu wirken. Wie auf einen Song, an den man denkt, um einen blöden Ohrwurm loszuwerden, konzentrierte er sich auf den schönsten dahin gemurmelten Satz, den er während der letzten Tage gehört hatte: Adagio! Mach langsam, Mann.

Er holte tief Luft, versuchte, ihr etwas Nahrhaftes zu entnehmen, Smog und Staub wegzudenken. Der Lärm der Avenue hinter den Motelmauern wurde kurz zerrissen, das eintönige Verkehrsbrummen löste sich zu einem feiner definierten Vorbeibrausen einzelner Autos auf. Cat entdeckte, worauf er gewartet hatte. Besuch. Träge, kein Ziel vor Augen, wohl aber im Sinn, schlenderte der Gast an der Rezeption vorbei in den Innenhof des Hotels.

Kleckers Korbstuhl ächzte; simultan mit Cat.

»How's it going?« Mit einem dieser Benzin-Feuerzeuge steckte sich der Besucher eine Zigarette an. Slo-Mo-Typ. Einer von denen, die ganz langsam sehr wenig sagen und sich gleichzeitig an Backenbartstoppeln und Goatee rumfingern. Ein Zappa mit Zippo, das Feuerzeug sein zweitwichtigstes Utensil. Die Flamme, die er damit produzierte, erhellte den vorderen Teil der Rezeption. »Das ist ja eine richtig kultige Absteige hier.«

Da weder Cat noch Niet reagierten, Klecker: »Kultig? Wieso?«

»Naja... halt sehr...« Er sah sich um, würdigte das Personal auf der Balustrade mit derselben Aufmerksamkeit, die er dem aus der Klimaanlage tröpfelnden Kondenswasser widmete, und beendete dann seinen Satz: »...bodenständig.« Klecker stieg in das Lachen ein, Cat quittierte es mit einem Grinsen, das sich gar nicht erst bemühte, Freundlichkeit vorzumachen. Niet wischte sich über den Mund.

Klecker versuchte, zur Begrüßung aufzustehen, fiel dabei aber zurück in den ächzenden Korbstuhl. »I am the rocker, I am the roller, I am the out-of-controller!«

Großer Lacher.

»Nightrider-Zitat«, erklärte Klecker. »Von MAD MAX.«

»Okay.« Der Besucher schüttelte Cat respektvoll die Hand, Kleckers wie die eines Kumpels. Zwar kannte Niet den Mann nicht, doch der kam auf ihn zu wie auf einen alten Freund. Den rechten Arm angewinkelt, Unterarm gen Himmel, sein Lachen tonlos und distanziert wie bei einer Mumie, lehnte er den Oberkörper zurück und zwang Niet mit einem kräftigen Händedruck dazu, sich vorzulehnen, ihn zu umarmen (unangenehm, marionettenhaft) oder eine Umarmung zu unterlassen (auch unangenehm, bei der so freundschaftlichen Geste). Das Kinskiblau seiner Augen hatte diesen stumpfen Glanz, der aus Tiefen kam, vor denen man Ehrfurcht hatte – oder einfach Furcht.

Cat und Klecker kannten ihn offenbar aus dem Fuck Club, reviewten mit ihm nun dies und das, Drogen, Frauen, Fußball, Autorennen... Zu den wichtigsten Fachgebieten des Gasts zählten, dem Smalltalk zufolge, Deals und Kuppeleien.

Niet fühlte sich nicht nach adagio, sondern nach *fast forward*. Ein paar Minuten lang blieb er stehen, wie unentschlossen, unbeteiligt. Seine innere Unruhe wollte er sich auf keinen Fall anmerken lassen. Stand also da, sagte kein Wort und dachte: Sonntagnachmittag / dafür geschaffen / sich umzubringen / zu betrinken / oder... - Variante Nr. 3 - zur Probe zu gehen.

>> FFW >>

Hollywood im Mai. Smog und Sonne verwandeln die Stadt in einen Backofen. Vor den Cafés des Sunset Boulevard knien die ersten Kellner. Sie krabbeln unter das Mobiliar auf dem Trottoir, schließen Vorhängeschlösser auf, entwirren Ketten von Tisch- und Stuhlbeinen. Sternchen aus der Film- und Musikwelt lenken zu kleine, zu rote Sportwagen Richtung Cahuenga, ins Fitness-Center. Oder zur Maniküre.

Das Erste, was Klecker lernte, als sie nach Kalifornien kamen, war, wie man Ray Ban buchstabiert. Ganz der Drummer. Simpel. Laut. Lieb. Mit den Armen und Ambitionen eines Maurers: Handfeste Braut, zu Hause eine warme Mahlzeit auf dem Tisch, Video-Recorder (zwei) und ein Auto, an dem noch alles, was heute aus PVC ist, von dunklem Holz oder Chrom überdeckt war. Von dem, was für Klecker zählte, war etwa die Hälfte auf der Strecke geblieben.

Vielleicht lenken manche der Sternchen ihre Sportwagen auch zur Bank, um die Modalitäten ihres Dispositionskredits neu zu verhandeln. Oder zum Anwalt, um sich von Partnern zu trennen.

Anders als Klecker - den Drummer, auf den man sich verlässt - erging es Cat. Seine Ziele änderten sich täglich. Sobald ihm etwas Erreichtes aus den Händen glitt, redete er sich und der Welt ein, er habe es nie wirklich gewollt (Frau, Auto, 59er Gibson Les Paul...). Der Gitarrist musste nicht vier Tage untätig in der Sonne liegen, um festzustellen, dass es für die Band jetzt nur noch darum ging, das Erreichte zu erhalten.

Das lang ersehnte Ziel war in greifbare Nähe gerückt. Um es zu erreichen, hatten sie sich vor Monaten von Frankie getrennt, hatten sie zu viert statt zu fünft weitergespielt, hier einen Kompromiss gemacht, dort einen Vertrag unterschrieben. ShamPain spielten auf immer größeren Bühnen – vor immer kleineren Köpfen. Bei Open-Air-Festivals glich das Publikum einem Meer aus Stecknadelköpfen, so weit weg waren die Leute hinter Fotograben, Sicherheitszonen, Absperrzäunen und Korridor für die Sanitäter.

Natürlich ging es immer noch darum, sich auszudrücken. Natürlich ging es immer noch um Selbstverwirklichung.

Jetzt hatten sie erreicht, was sie jahrelang wollten. Präziser: waren kurz davor. Noch präziser: wurden sich uneinig, was genau sie überhaupt wollten. Letzter Anlauf: Nach Tausenden Proben waren sie jetzt kurz davor, sich vollends zu zerstreiten.

Längst nicht so erwünscht wie man denkt: Erfolg, großer großer Erfolg (mit Frauen, Autos, Geld). Da waren ShamPain also nach Jahren der Proben und Kompromisse und Selbstverwirklichungen angekommen. In Hollywood. Im Mai. Die neuen Out-of-Controller des Rock'n'Roll.

Sie hatten dafür bezahlt. Während Klassenkameraden in Freibädern die Mädchen mit Sonnenöl einrieben, standen sie in schimmlig riechenden Kellern und machten Freunde nieder, weil die ihre Instrumente nicht beherrschten (oder wenigstens so halten konnten, dass es cool aussah). Während andere in Discos flirteten, schleppten sie schäbiges Equipment aus Jugendzentren und ließen sich wegen ihrer utopischen Ziele und Träume auslachen.

Der Sound war da, ShamPain griffen nach ihm, machten daraus Songs. Kein Kunststück, keine Kunst, kaum mehr als der klassische Konfrontationskurs gegen Konventionen und Tabus. Den Erfolg bestimmten andere. In konzertierten Aktionen, inszeniert von Jackpot Jack. Der Drahtzieher der Entertainmentwelt – und nicht nur dort ein gern gesehener Gast – stellte die Weichen, kreierte den Hype zu den Hymnen. Jackpot Jack sagte man nach, er habe denen, deren Lebenssinn es ist, Meinung zu machen, Grunge mit Löffeln verabreicht – fein dosiert, die Mitgift vorher mit Rasierklingen säuberlich aufgeteilt, bei gleichbleibender Flamme in Löffelchen erhitzt, aufgekocht, gestreckt, abgefüllt und den Cocktail aus Exklusivität, Anti-Establishment und Ultra-Kitzel injiziert. Wer nicht den Ärmel seines Jacketts hochrollen wollte, dem rollte man eben ein paar Dollarnoten zu Röhrchen zusammen.

Wer nicht hören will...
Wer nicht will oder kann...
Wer nicht hören will oder kann, darf fühlen.

Spice Girls, All Saints, No Angels? Fingerübungen, die Jackpot Jack von Praktikanten vor der Mittagspause erledigen ließ.

Hinter den Kulissen befinden sich Kulissen.

Rock'n'Roll als Metapher für Freiheit? Freiheit als Korsett. Gefühle, geronnen zu Songs. Wieder und wieder gespielt, wurden die Songs zum Soundtrack des Trotts, dann am Fließband gefertigt, aus demographischen Tabellen destilliert. Statt um Ziele ging es um Zielgruppen, statt um Songs um Auftragsarbeiten. So sah in etwa die vereinfachte Fassung aus. Die Wirklichkeit war komplizierter. Denn wer erst einmal in der Traumfabrik lange genug ein- und ausgegangen ist, kann danach anderswo nicht mehr arbeiten; oder es sich auch nur vorstellen.

ᚾ ᚢ ᛉ

Wie Schuppen fiel es Niet von den Augen, wie Schmalz aus den Ohren. Die Stimme, er kannte die Stimme. Er hatte mit diesem Zippo-Zappa telefoniert.

In geheimer Sache, vor Monaten.

Und jetzt kam der Dealmaker hier hereinspaziert, von Cat erwartet, aber nur kühl empfangen, und grüßte stattdessen Niet mit übertriebener Geste. Das konnte in Kalifornien alles bedeuten. Der Anruf damals war eine Einladung ins Paradies auf Erden; ein Traum, der erst jäh erstickt, dann zum Alptraum und dann wiedererweckt wurde. Nur dass ihm immer noch nicht klar war, ob der Traum, der Alptraum oder dessen Verwirklichung zu neuem Leben erwachte.

Niet überließ die drei ihren Erinnerungen an letzte Nacht, ihren Prahlereien über Blackouts und den Knobeleien über schwarze Löcher. Er hatte ohnehin andere Pläne. Sein Blut schrie nach Nahrung. Wäre er vor einer Viertelstunde nicht aus seinem Zimmer gegangen, dann hätte er gar nicht mitbekommen, dass Cat den Dealmaker traf.

Vor Monaten hatte Niet mit Zippo-Zappa ein paar Mal telefoniert. Dann, nach der Rückkehr nach Deutschland, hatte sich alles geändert, in London wurde es fürchterlich (nicht weiter überraschend in der Stadt, in der man stirbt, Marx wie Hendrix, Pop wie Hoffnungen). In New York, ideal für einen Neuanfang, versagten bei Niet vor einer Woche selbst die einfachsten Sinne und Instinkte. Paranoia trat an die Stelle seines kühlen Verstands; auf der Bühne stand an seiner Stelle eine bloße Image-Hülle, später fast noch ein anderer Bassist. Hinzu kamen Botschaften von Irren und Untoten, ein Spiegel ging zu Bruch, Gepäck verschwand, der Rausch versperrte irdischsten Bedürfnissen den Weg. Statt seiner Freundin befingerte er eine Frau, von der er später nur noch wusste, dass ihre Zehennägel in zwei verschiedenen Farben lackiert waren: rot und lila. Tote waren nicht die, für die er sie hielt, die Botschaften kamen von geisteskranken Fans mit gespaltenen Persönlichkeiten, und die Frau, die er heiraten wollte, war vom Erdboden (oder Hollywoods Traumfabrik?) verschluckt. Er wachte in einem Zimmer auf, das nicht seins war, merkte das erst nach Stunden und stand kurz darauf am Flughafen, mit einem um die Lenden gewickelten Handtuch, dessen Herkunft an dem eingestickten Logo ablesbar war: Hilton Hyatt Park Hotel.

Und in Los Angeles kam dann alles anders, Schlag auf Schlag.

Hier war er nun. Er hatte eine Entscheidung gefällt.

Er zwang sich, die Tür nicht zuzudrücken, sah stattdessen zu, wie sie träge ins Schloss »schmatzte«. Er strich sich die Haare aus der Stirn, presste die Lippen zusammen, ballte die Rechte, boxte mehrmals - acht Mal, wie er direkt danach gezählt zu haben glaubte - in die linke Handfläche. Im Bad schaute er kurz in den Spiegel, diesmal ins Gesicht.

Nachdem man erst einmal genug Partys besucht hat, sich zwischen Leuchten und Armleuchtern des Showbusiness bis zur Bar vorgedrängelt hat, nachdem man erst einmal mit genug Journalisten und Plattenfirmenfritzen gesoffen, mit genug Radiomachern gekokst hat, nachdem man oft genug das Leid von Fanclub-Leiterinnen gehört und geteilt hat, immer wieder dieselben Fragen beantwortet, dieselben Witze gerissen, über dieselben Anekdoten gelacht, denselben Riff gespielt, zum immer gleichen Rhythmus getanzt und zur selben Bridge die Haare geschüttelt, nachdem man das alles oft genug gemacht hat, kommt man eines Tages an die Wegkreuzung, an der es heißt: Verstand vollends tilgen oder zynisch werden. Niet hatte beides versucht. Beides ekelte ihn an. So sehr, dass er am liebsten nach dem Rasierer gegriffen, damit drastische Einschnitte vollzogen hätte. Fast hätte er sich damit die Haare abgeschnitten.

Mit kaltem Wasser betäubte er sein Gesicht. So mit einem Panzer aus Gefühllosigkeit versiegelt, ging er zum Fenster, schob den nikotingelben Vorhang beiseite. Draußen sah alles ganz normal aus. Vorsichtig öffnete er das Fenster, schaute nach links und rechts. Unauffällig, ganz, als befänden sich zwischen den Grasbüscheln unterm Fenster und dem geschotterten Parkplatz davor seltene Orchideen. Die nächste Hauswand, die Rückseite eines Drogerie-Supermarkts, war an die siebenhundert Meter entfernt - er konnte nicht warten, bis niemand in Sicht wäre.

Ein letztes Mal lief er zur Zimmertür, linste durch den Spion, sah, wie Klecker mit dem Handy spielte, Cat und Zippo-Zappa schwiegen. Er vergewisserte sich, dass in seiner Jacke Hotelzimmer- und Autoschlüssel waren, außerdem Geldbeutel und Pass.

Er öffnete das Fenster. Schnell kletterte er auf das Fensterbrett - und sprang.

Stunden später ziehen Uniformierte den Reißverschluss eines schwarzen Plastiksacks zu. Mit Bahre und knochiger Last schlurfen sie zum Ausgang für Lieferanten und Dienstboten. Gegenüber einem Kommissar des LAPD macht ein Mexikaner folgende Aussage: »Genau so habe ich ihn gefunden. Als ich nach dem Puls suchte, war er noch warm.«

Nichts Neues, nichts Weltbewegendes. Für die Einwohner von Los Angeles.

Kapitel 1

Nobody rules these streets at night but me
Nobody - aaaaah!

Van Halen: »Atomic Punk« - VAN HALEN

* * *

Als sich vor seinem Kofferkuli die Schiebetüren öffneten, das ratternde Rollband des Ankunftsterminals hinter ihm, im Ohr noch die gewitzten Kommentare und dummklugen Fangfragen des Zollbeamten, wurde Niet schlagartig klar, wie er die nächsten Tage verbringen würde. Er würde nicht seine drei Koffer in ein Taxi hieven und nach Hause fahren. Er würde nicht die halbe Nacht damit verbringen, auf Anrufbeantwortern, deren länger werdende Pieps-Phasen signalisierten, dass sie nicht mehr abgehört wurden, weitere Messages hinterlassen.

Nee, nee, nee, schüttelte er still den Kopf und musterte die Wartenden am Ausgang des Terminals. Kleinfamilien, Blumensträuße, erwartungsvolle Gesichter Zurückgebliebener und da, genau das was er suchte: ein Grüppchen Fahrer, die auf Geschäftsreisende warteten. ›TAG/TRAUM‹, das Logo von ARC, ›Siemens - O.v.Bacherer‹, ein anderer hielt eine Ausgabe des *Wall Street Journal* in die Höhe... Da! Der sieht gut aus, schaut mit indisch gleichgültigen Augen jeden Ankommenden an. Er weiß genauso wenig wie die anderen Pappschilder haltenden Chauffeure, wen er abholen soll. Im Moment weiß er vermutlich nicht einmal, was auf seinem DIN-A4-Zettel steht: ›Media Design Strzempka‹. Klingt gut. Niet ging, nachdem er alle Pappschilder gelesen hatte, auf den schnauzbärtigen, etwas klein geratenen Mann zu, zuckte zur Begrüßung kurz mit den Augenbrauen und deutete mit der linken auf seine rechte Hand, die noch verbunden war.

Nötig war der Verband nicht mehr, aber irgendwie wollte er ihn nicht abnehmen. Die stillgelegte Hand hatte ihn erst in den Wahnsinn getrieben, dann hatte sie sein Leben verändert. Während des zweiundzwanzigstündigen Flugs war ihm das immer klarer geworden. Auch, dass es andere für dämlich hielten, wegen einer Stauchung durchzudrehen, für völlig unnachvollziehbar, dass man eine lahme Hand und einen langsamer tickenden Verstand zum Anlass nehmen würde, sein Leben zu verändern. Aber genau das würde Niet nun tun. Das hier sollte nur eine Art Lockerungsübung werden, er würde einfach mal, mit dem Gedanken hatte er schon oft gespielt, er würde einfach mal sein Leben umtauschen. Also guckte er den Fahrer von Media Design Strzempka an, als habe er ihn erwartet, und sagte: »Sie kommen von der Media Design?«

»Ah ja, Herr Randow? Sind Sie allein, oder kommt noch jemand?«

Niet nickte, überließ den Kofferkuli dem Chauffeur und ging langsam weiter, um ihm zu bedeuten, dass niemand mehr käme. Der Fahrer trug einen Zweiteiler, eine aggressiv gestreifte Krawatte, die nicht verbergen konnte, dass der Hemdkragen zu eng war. Statt, wie es Niet wollte, mit seinem Gepäck loszuschreiten, ihm womöglich zu erklären, in wessen Auftrag er Herrn Randow abholte, zögerte der Mann. »Sie sind auch wirklich…«, musterte er Niet vom langhaarigen Kopf bis zu den Sohlen seiner Stiefel, »Markus Randow«, unterbrach Niet und lächelte dazu wie ein Zivildienstleistender - unangreifbar freundlich.

»Ob ich… was will?«, wandte sich Niet wieder, zerstreut aber wohlwollend, an den Fahrer. »Ja, ich will zuerst ins Hotel, mich ein bisschen frisch machen«, lächelte er. Die Rolle des Wichtigen zu spielen, der am Flughafen abgeholt wird, fiel ihm nicht weiter schwer; er versuchte einfach, sich auszumalen, was Luke Keyser machen würde. Man musste sich nur dessen Überheblichkeit vorstellen, dann kam das hin, die Unsicherheit schwingt ja auch bei den Arroganten immer mit - warum sonst würden sie sich so elitär gebärden? Doch nur, weil sie Komplexe kaschieren. Mit allen Wassern gewaschen, mit den teuersten Rasierwässerchen betupft - nichtsdestotrotz Komplexe, Furunkel ihrer Psyche.

»Ich dachte, sie würden noch jemanden mitbringen. Ihren Assistenten?«

»Der ist schon mit der Mittagsmaschine eingeflogen«, erwiderte Niet. Am Gepäckband war er sich fast nackt vorgekommen, als er ohne Gitarrenkoffer davonzuckelte, zum ersten Mal seit Ewigkeiten. Nun merkte er, wie bei jedem guten Song: Passt.

Um weiteren Fragen auszuweichen, die den Gag beenden könnten, griff er nach dem Mittel, dessen sich alle Nichtraucher bedienen, wenn sie Verlegenheit verbergen wollen: Er zog sein Handy aus der Tasche und drückte auf Wahlwiederholung. Statt Sheila, die er vor seiner Abreise als letztes angerufen hatte, meldete sich eine Vorzimmerstimme der Firma Far Out Management.

Das Handy war nicht seins.

Keiner von ShamPain besitzt einen Bungalow am Mittelmeer, die Autosammlung eines Bernie Ecclestone oder die Steuersorgen von Wimbledon-Champions. Das alles (und vieles mehr) ist für das Quartett aber inzwischen in greifbare Nähe gerückt. ShamPain dürften demnächst ins 'Guinness Buch der Rekorde' aufgenommen werden – als erste Band, von der alle Alben gleichzeitig die Spitzenpositionen in Hitparaden rund um die Erde belegen: Euer Debüt 'On The Line' hier in Deutschland, 'Out Of Order' in den amerikanischen Import-Charts, sogar '280 SL' – hier noch nicht veröffentlicht – ist seit letzter Woche bei einigen Radiosender in Australien auf heavy rotation... und die Single 'Out Of Order' wird gespielt und gespielt und gespielt...

„Yeah", lächelt Niet, eher verlegen als stolz. „Erfolg ist aber, so klischeehaft das auch klingen mag, relativ – wenn man ihn erst mal auf seiner Seite hat. So wie der Spruch von Groucho Marx..."

Du spielst an auf Groucho Marx' Zitat 'Bei dem Club, der bereit ist, mich aufzunehmen, möchte ich nicht Mitglied werden'?

„Genau."

Wie ist das zu verstehen?

„Erfolg ist ja nicht nur, oder eigentlich niemals – jedenfalls nicht für mich – an Zahlen messbar. Kommerzieller und persönlicher Erfolg haben so viel miteinander zu tun wie VIVA mit Robert Johnson, eher noch weniger. Nur weil dir massenhaft Leute auf die Schulter klopfen, Leute, die sich davon ernähren, dass von dir möglichst viele CDs, Videos und T-Shirts verkauft werden, musst du dich noch lange nicht glücklich fühlen."

Und Glück? Was ist das für dich: Glück?

„Ein Zustand, den du meistens erst registrierst, wenn er schon wieder am Schwinden ist. Hast du jemals eine Sternschnuppe gesehen? Ich meine eine echte, nicht ein Flugzeug, sondern... WUSCH!, total schnell, wahnsinnig schnell, so verdammt schnell, vor allem so schön, dass es dir gar nicht in den Sinn kommt, Wünsche zu formulieren. Das geht so rasend schnell, ist ein so starker Eindruck, dass du danach noch stundenlang wie im Taumel bist."

Du hast in einem früheren Interview deine Beziehung zu den anderen Mitgliedern bei ShamPain als Hassliebe bezeichnet – ist das einer der Gründe, weshalb...

„Doch, sicher trifft das zu, speziell auf Cat und mich. Cat liebt mich, ich hasse ihn."

Niet hatte das Gefühl, seit Wochen nichts mehr gegessen zu haben. Er ging in die Küche. Interviews, das wusste er mittlerweile, verliefen niemals so, wie er sie sich als Kind immer vorgestellt hatte. Sie gerieten nie zu Odysseen in unberührte Zonen des Unterbewusstseins. Meistens mutierten sie zu Vorstellungsgesprächen für einen Job, den es nicht gab – als Traumwandler, Rock'n'Roll-Revoluzzer oder Neon-Jesus.

„Um aber nochmal auf das Glück zurückzukommen: Ich fühlte mich zum Beispiel vor gar nicht so langer Zeit wie auf Wolke sieben..."

In Australien?

„Ja. Weiß nicht mehr, ob das noch während oder nach den Aufnahmen war. Jedenfalls fuhr ich nachts zum Supermarkt, kaufte mir einen Becher Eis, gondelte zurück ins Hotel, wo ich das Eis mit dem Griff meiner Zahnbürste aus dem Becher löffelte – und Schopenhauer las. Diese Situation: Du bist ruhig genug und mit den Nerven so beisammen, dass dir klar ist, was du willst, und dann hast du die Möglichkeit, es eine Minute später zu erfüllen – das ist für mich Glück."

Schopenhauer und Eis? Du machst Witze.

Im Kühlschrank waren lauter halbleere Joghurtbecher, eine Dose Kaffee, vertrockneter Käse und kein Licht. Symptome einer intakten WG. Niet nahm sich die Cola-Flasche. Einmal, ein einziges Mal hatte er einen Interviewer getroffen, der zu einem richtigen Freund wurde: Chuck B. Badd.

> Wie kommt einer wie du dazu, im Rock'n'Roll-Zirkus mitzumischen?
>
> „Rock'n'Roll ist die einzige Kunst, die noch lebt, die selbstständig lebt, ohne Subventionen, aus purer Liebe zur Sache und weil es genügend Menschen gibt, die sich dafür interessieren, die gewillt sind, ihr Taschengeld dafür auf den Kopf zu hauen, nur deshalb ackern und rocken Musiker rund um die Erde. In Brasilien genauso wie in New York und Tokio, Düsseldorf und Sydney. Entgegen allen Versuchen dieser Art: Pop/Rock'n'Roll ist nicht die Sorte Kunst, die in Museen ausgestellt wird. Es ist eine Kultur, die lebt und atmet, die sich in der Mode auf der Straße wiederspiegelt, die politische Strömungen wiedergibt; eine Kultur, die eben deshalb, weil sie so gegenwärtig ist, nicht an Hochschulen gelehrt wird. Das fasziniert mich daran."

Die Cola war schal, schmeckte mehr nach Campingplatz oder dem Morgen nach der Nacht als Zuschauer bei Rock am Ring als nach Tournee und Hotelzimmer. Zu Hause in Deutschland, seit wenigen Stunden aus Australien zurück, spürte er immer noch die Folgen von *road burn*, dem Gefühl absoluter Müdigkeit, verwischt und vermischt mit *road fever*, dem diffusen Bedürfnis, Sachen zu machen.

Es war ja auch krank: Erst rast man monatelang auf der Überholspur, Richtung Traumverwirklichung im Rampenlicht, lebt aus Koffern und löffelt mit Plastikbesteck schlechtes Essen aus Styroportellern, freut sich auf zu Hause. Dann kommt man da an, der Briefkasten zerplatzt nicht vor lauter Liebesbriefen, der Anrufbeantworter ist nicht randvoll mit Einladungen zu Feten, Beratungsgesprächen beim Investment-Consultant der Bank, einem Vorspieltermin bei Ozzy Osbourne, einem Rendezvous mit Uma, Avril oder Sibel.

In den Ohren und Adern fühlt man sich immer noch wie mit 200 km/h auf der Autobahn, doch alles ist so monoton wie der Mittelstreifen.

War aber auch okay, dass es nach einigen Nachrichten jenseits ihrer Halbwertzeit nur drei Messages gab, die aktuell und noch abzuhören waren. Unter den drei Nachrichten war eine, der er entgegengefiebert hatte: die von Sheila.

Erste Message: »Hello, 5th Dimension Records, Head-Office, hier ist Ray Burns« – der Produkt-Manager, Kontaktmann zwischen Band und Buchhaltern. »Ich habe mit Doktor DeBillio gesprochen: alles im grünen Bereich. Wenn du willst, kann er dir die Röntgenbilder schicken. Wenn nicht, würde er sie gerne im Wartezimmer aufhängen, ha ha. Deine Hände, sagte er, deine Hände sind so perfekt und unversehrt wie die eines Konzertpianisten. Okay, gute Besserung, und wir sehen uns dann Mitte nächster Woche in Los Angeles; wahrscheinlich Mittwoch; oder Donnerstag.«

Nett, doch er wollte jetzt nur eine Stimme hören. Dass Sheila ihn nicht am Flughafen abgeholt hatte, war klar, Niet und Sheila waren noch nicht in dem Stadium einer Partnerschaft, in dem man sich romantisch gab. Außerdem war es nicht ihr Stil. Trotzdem war er enttäuscht: Am Gepäckband hatte er festgestellt, dass er nicht einmal genügend Kleingeld für ein Taxi hatte. Die Idee, sich eine Mitfahrgelegenheit zu erschnorren, ergab sich dann von selbst. Als sie am Stadtrand angekommen waren, erhielt der Fahrer einen Anruf von Media Design Strzempka, weil der richtige Herr Randow mitsamt Begleiter am Flughafen stand und schimpfte. Ja, großer Lacher, der Chauffeur war sprachlos – behielt aber Niets Gepäck. Nur Socken und Papierkram.

»Hi Niet, hier ist Tina, Martina Stolz. Natalie hat mich gebeten, dir Bescheid zu sagen wegen dem Termin, und ... ich bin die Neue, wie du sicher schon gehört hast.« Hören konnte Niet nur, dass Tina-Martina während der Arbeit das Radio laufen ließ (Radio!!! Aaarrgh!) und dass sie so sprach, als hätte sie ein Loch in der Zunge. Offenbar die neue Praktikantin. Sie bat ihn, im Management-Office vorbeizuschauen; vermutlich um für die Tour gebrieft zu werden, Termine usw. Aber auch: »Es gibt ein paar Sachen zu besprechen. Dates. Melde dich daher bitte, wenn du ausgeschlafen hast, am besten Mittwoch, zwischen zwei und drei? Ah ja, außerdem hat Natalie dein Handy, du wohl das von ihr. Wenn du es mitbringen könntest, das hast du, hast du wahrscheinlich gar nicht gemerkt: Das hast du aus Versehen eingesteckt...« Doch, hatte er gemerkt; ebenso, dass Natalie Far Out angerufen hatte, was seltsam war: Als Managerin von ShamPain würde sie kaum mit deren Talentscouts gesprochen haben. Anders gefragt: Warum würde der Geschäftsführer von Porsche bei General Motors anrufen? Doch wohl kaum, um Baseball-Resultate zu diskutieren. Für so einen Anruf gab es nur zwei plausible Gründe: Um sich zu bewerben – oder den ganzen Laden zu verkaufen.

Dann endlich kam sie, die Message von Sheila. Er drückte auf die Pause-Taste des Anrufbeantworters, holte tief Luft, sehr tief, fühlte seinen Puls. Das war nun ihre Reaktion auf seine letzte Nachricht an sie. Aus Australien, in der Nacht vor der Abreise, wie ein Abszess waren seine Gefühle aufgeplatzt – und dann kam Klarheit. Ohne Hand war er im Studio wie impotent gewesen, hatte aber auch mehr Raum im Kopf, sein Leben zu überdenken, zum Beispiel sein Leben mit Sheila.

Er hatte sich alles durch Kopf und Bauch gehen lassen, und bevor er Sydney verließ, hatte er sie angerufen, um sie das zu fragen, was er noch nie eine Frau gefragt hatte – in diesem speziellen einen und ersten Fall: ihre Mailbox. Meistens wusste man bei Sheila schnell, woran man war. Das erlebte vor Monaten auch ein anonymer Anrufer – »Na Schätzchen, weißt du, was ich in meiner Hand halte?« – dem sie erwiderte: »Wenn du es in einer Hand halten kannst, ist es nicht der Rede wert, Schnuckelchen.«

Niet fragte also ihre Mailbox: Willst du mich heiraten? Ihre Antwort, verewigt auf der Cassette seines Anrufbeantworters, kam nun: »Niet: Können wir uns treffen, wenn du wieder da bist? Ja? Morgen Abend im X?«

Das war nicht die Tonart, die er erwartet hatte. An jedem Satzende ging sie mit der Stimme hoch, als würde sie mit einem Bäckerlehrling reden. Alle Zwischentöne freundlich, also distanziert, also unehrlich, also nicht im Ton von Lovern. Nicht der Ton macht die Musik, auch nicht die Töne, sondern die Abstände dazwischen. Zusammen ergeben sie die Tonart. Und das hier... Als Antwort auf sein Anspiel war das hier eine verkackte Kakophonie. Im Proberaum hätten dazu alle unisono den Kopf geschüttelt, außer vielleicht Terry, und gesagt: Passt nicht.

Kapitel 2

The pleasure seekers
Are dyin' to meet you
They need young blood

Frankie Goes To Hollywood: »Black Night White Light« - Bang!

* * *

»Moment, das musst du mir nochmal erklären. Du hast dir die Hand verletzt, als du an deinem Bass rumgeschraubt hast, und deshalb willst du jetzt Sheila heiraten?«

»Mehr noch: Ich werde mein Leben verändern, ein neues Kapitel anfangen.« Niet und Mattau gingen zum Musikcafé Moby Dick, beide etwas aufgekratzt, ein bisschen hektisch, gebremst nur von Mattaus Dope.

Deutsche Straßen. Reihen von Reihenhäusern. Alle gleich hoch. Farbloser Putz. Die Fenster doppelt verglast. Lärm muss draußen bleiben, Leben am besten gleich dazu. Jedes Haus, wirklich jedes einzelne mit den selben Rollläden. Jedes nach dem Krieg in zwei Wochen hochgezogen. »Die Schürfungen sind nicht weiter schlimm, nur konnte ich halt tagelang meine Hand nicht bewegen, weil es so weh tat. Klar, keine Schmerzmittel, war ja nix Schlimmes. Aber es war eben genug, um sich vorzustellen, wie einer lebt, der nur eine Hand hat.«

»Wie beim Zivildienst...«, schob Mattau ein. Nach der Schule hatte er mit Niet für die Arbeiterwohlfahrt gearbeitet. Niet, weil er fahren, faul sein und Bass spielen wollte, Mattau aus anderen Gründen, nachzulesen beim Kreiswehrersatzamt in Köln (Aktenzeichen TB129-03/1979 Jan).

»Genau. Ich war also ganz benommen, nüchtern, total straight, und habe mich mitten am Tag aufs Bett gelegt und die Decke angeguckt. So was habe ich seit hundert Jahren nicht gemacht.« Mattau lachte, er erinnerte sich ziemlich exakt, dass sie das vor wenigen Jahren fast jeden Tag gemacht hatten - okay, nicht ganz nüchtern.

»Intuitiv, ich habe immer meiner Intuition gehorcht, habe ich gespürt, dass ich was ändern muss.«

Sie gingen im selben Tempo weiter.

»Die Band kotzt mich an, ich steige aus«, sagte Niet und hielt Mattau die Tür zum Café auf.

Das Moby Dick - das schon seit Jahren anders hieß, mal Auberge, dann Monokel, derzeit Cafe Klatsch oder so ähnlich - war eine Konstante zwischen Niet und Mattau. Über alle Jahre hinweg trafen sie sich hier, der Bassist und der Student. Seit den Tagen, als es tatsächlich noch Moby Dick hieß, als hier Kerzenwachs auf Weinflaschenhälse tröpfelte, die Wände mit Konzertplakaten beklebt waren und Niet noch nach »Musikern mit Profi-Ambitionen« suchte - per Kleinanzeige in Regionalzeitschriften, die damals *Pflasterstrand*, *Ketchup* oder *Stadtstreicher* hießen.

»Du willst die Band verlassen? Ist nicht dein Ernst, oder?«

Niet schaute fragend, nahm sich eine von Mattaus Zigaretten, riss den Filter ab.

Mattau blieb geduldig, nicht unbedingt freundlich, dafür war ihre Freundschaft zu alt. »Das ist die beste Band, in der du je warst. Hast du doch selbst immer gesagt: Ihr passt nicht nur musikalisch zusammen, seid alle einigermaßen gleich gut auf euren Instrumenten, auch gleich ehrgeizig, und, was ich am wichtigsten finde, ihr habt dieselben Ziele...«

»Ich fühle mich einfach zu eingeengt. Und die Vertrauensbasis ist weg. Dieselben Ziele? Wann habe ich denn das gesagt, das muss aber sehr lange her sein, vielleicht nach der ersten Probe?«

»Hey, jetzt mach mal halblang. Das hast du neulich noch gesagt, als wir abends mit Sheila weg waren.«

Niet kratzte sich einen Tabakkrümel von der Lippe. »Vielleicht dieselben Ambitionen. Damit meinte ich, dass wir zwar alle auf unseren Instrumenten besser werden wollen, dass wir uns einig sind, inwieweit die Arbeit mit einem Instrument Richtung Olympische Spiele gehen soll und inwieweit sie eine Expedition in die Tiefen der Seele, Gekratze an Emotionen sein soll. Balance aus Handwerk also eine Sache. Stil, Genre eine andere, in der man sich dann nicht mehr einig ist. Ambition und was man mit seiner Musik und Konzerten anstellen will, eine dritte. Der Haken: die Motivation dahinter. Ich finde, dass bei zuviel Technik die Emotionen auf der Strecke bleiben – das, worum es ursprünglich ging, mit Sound Emotionen ausdrücken, den ganzen Frust, Mangel an Luft, und und und. Die anderen finden aber, dass bei zu viel Konzentration auf die Technik die Show auf der Strecke bleibt. Anders ausgedrückt: Sie wollen um alles in der Welt erfolgreich werden. Reich. Ich liebe Musik zu sehr, um das noch lange mitzumachen. Außerdem ist es ja ganz egal, was ich gestern gesagt habe, wenn ich heute merke, dass ich so nicht weitermachen kann. Als ich da auf dem Bett gelegen und die Decke betrachtet habe, mehr noch während des Rückflugs, habe ich nur daran gedacht, wie das wäre, die Band einfach aus meinem Leben rauszuschneiden, und der Gedanke hat mir einen richtigen Kick gegeben. Wir haben so lange nur daran geackert, nur daran: Stunden, Hunderte von Stunden im Proberaum, dann zu Hause geübt, dann Leute getroffen, die der Karriere irgendwie förderlich sein könnten, Clubmanager und A&R-Manager – ich muss jetzt einfach was anderes machen. Ich will lieber abfackeln, als auf diese Weise langsam zu verbrutzeln. Das wäre doch genau das, was mein Vater gemacht hat.«

Früher trafen sich in dem Café Musiker ohne Geld, heute vornehmlich Windhunde, die ihre Handgelenke so schütteln, dass die zu weiten Armbänder ihrer zu teuren Uhren klirren. Statt Kerzen auf Flaschen gibt es Teelichter in Glasbausteinen, statt Postern zieren rahmenlose Bildhalter die Backsteinwände. Die Welt, wegen der Niet anfing, eine Bassgitarre in die Hand zu nehmen, während Mattau auf Ostermärsche ging, war nicht mehr das, was sie mal gewesen war.

»Es geht kaum noch darum, wie wir einen Song arrangieren, damit er ... eben aufregend ist, sondern nur noch darum, wie wir Deals erfüllen, damit der Erfolg zwangsläufig wird.«

»Und wann sagst du das den anderen?«

»Na ja, ich muss natürlich Termine erfüllen. In London steht noch ein Gig an, übermorgen, ein Showcase, mit dem endlich der europäische Vertrieb geregelt werden soll, die Situation mit der australischen Plattenfirma bremst wahnsinnig...«

»Was ist das nun eigentlich für eine Firma, hast du dazu mehr herausgefunden?«

»Ja, schon, die sind halt... Danke«, wandte sich Niet an die Bedienung, die ihn doch etwas zu lange anstarrte.

»Eine Geldwaschanlage?«, fragte Mattau ungläubig.

»Nee, würde ich so nicht sagen«, meinte Niet ehrlich. »Es sind halt unheimlich viele Firmen, und es hatte wohl auch mit der Steuer zu tun, dass wir unsere Aufnahmen dort gemacht haben, aber ... um die Abrechnung kümmern sich jetzt andere. Es wurde einfach zu wirr.«

»Wie, andere?«

»Wir haben einen unabhängigen Buchhalter engagiert. Der war aber doch nicht so unabhängig, wie wir hofften, also haben wir einen Controller engagiert, von dem dann einer unserer Anwälte sagte, ihm wäre auch nicht zu trauen; andererseits hat der Anwalt nicht wirklich Überblick... Ach, es ist wahnsinnig verwickelt – und langweilig.«

Mattau schwieg, misstrauisch, aber nicht urteilend.

»Die Firma hat auch Qualitäten. Der Chef, Keyser, kennt zum Beispiel Leute, die wiederum Leute kennen. Vitamin B, und das hoch zwei.«

Dass Luke Keyser, der Mäzen für ShamPains Ringen nach *Fame & Fortune*, ein ausgemachter Blender war, verschwieg Niet. Es wäre zu peinlich, auch umständlich, zu beleuchten, aus welchen Gründen ein Geschäftsmann wie er so intensiv in Musik investierte. Für Engländer und Amerikaner war es nachvollziehbar, dass einer seine Millionen in eine Plattenfirma steckte, im Vorort Deutschland nicht. Bevor man hierzulande über Zeppelin sprach, musste man schließlich immer noch klarstellen, worum es gehen sollte, Alfred oder Led, Luftzigarren oder Luftgitarren...

»Deshalb«, fuhr Niet fort, »haben wir diesen Gig in London. Danach fliegen wir weiter nach L.A., wo wir für die US-Abteilung spielen. Und...«

»Du bist ja doch noch mit ganzem Herzen dabei«, merkte Mattau an.

»Nicht mit ganzem Herzen, nee, aber den Song spiele ich wohl noch fertig. Oder zumindest bis zum Soloteil.«

»Nach all den Jahren«, schüttelte Mattau den Kopf. »Nach all deinem Reden, dass das die beste Band überhaupt ist: Was sollen die ohne dich nur machen? Und wie willst du überhaupt aussteigen, regelt ihr so was nun auch über Anwälte?«

Niet steckte sich noch eine an, wischte diesen Gedanken mit dem Rauch aus der Luft. Dann sagte er: »Ich gehe nachher zum Office, sage es Natalie...«

»Ihr noch vor der Band?«

»Klecker würde das nur verunsichern«, sagte Niet, der Mattaus Entsetzen verstand. »Der würde dann den Song eben nicht zu Ende spielen, würde also sofort aufhören. Das wäre der kompletten Geschichte gegenüber nicht fair. Da haben ja viele Leute viel Emotion, andere viel Geld reingesteckt. Zum Beispiel haben sie es jetzt eingefädelt, was ich wiederum nicht so gut finde, dass wir die Musik zu einer wöchentlichen Fernseh-Show liefern. Da geht es um Tausende von Dollars, Millionen Zuschauer, die regelmäßig unseren Song hören. Wenn man so einen Gig lanciert hat, kann man nicht einfach eine Zeitlang in der Versenkung verschwinden, nach einem Drummer und einem Bassisten suchen. Da kann man nicht einfach so aussteigen.«

»Könnten die anderen«, begann Mattau vorsichtig, »denn mit irgendwelchen Mietmusikern weitermachen?«

»Nee, komm! Dafür ist Cat dann doch zu sehr Romantiker, er glaubt schon noch an den Bandgedanken. Vielleicht nicht so sehr wie Klecker, aber –« Der Bassist, der sich für ersetzbar, aber nicht für austauschbar hielt, schüttelte den Kopf. »In anderen Bands gibt es das ja auch, dass Leute aussteigen, ohne dass sie gleich von der Bühne verschwinden oder das Publikum davon weiß. Aber hast vielleicht Recht, Cat sollte ich es vielleicht vorher sagen. Und Terry – der ist ja eh immer irgendwie nicht da, so wie Sänger eben sind. Wusstest du, dass

Dee Dee und Joey Ramone jahrelang kein Wort miteinander gewechselt haben?«

»Ich dachte, das wäre Johnny gewesen, mit dem Dee Dee nach BONZO GOES TO BITBURG nicht mehr geredet hat.«

»Ah ja, haste vielleicht sogar Recht. Wirst ja schon zu einem richtigen Terry...«

»Wie?«

»Na, der weiß auch zu jeder Band alles. Nur das Geschäft versteht er nicht.« Niets Aufmerksamkeit verschob sich von Mattau zu der Kellnerin. In Los Angeles würde er sich von der Band abseilen, spätestens nach dem Konzert; Freitag in einer Woche. Oder Samstag.

Wie um einen Schlussstrich zu ziehen, sagte Mattau: »Und was willst du danach machen?«

»Mal sehen, habe da so ein paar Ideen...«, nickte Niet - der Bedienung zu.

»Dich kenne ich doch«, sagte sie.

»Ja, vom Strandbad, ne?«, nickte Niet. Er erinnerte sich nun genauer, sie studierte irgendwas Komisches, Chemie oder so. Sie roch nach dieser Kokosnusssonnencreme.

»Na, träumste immer noch den Traum vom Popstar?«

Mattau versuchte, möglichst laut zu seufzen und mit den Augen möglichst heftig zu rollen.

»Wie?«, fragte Niet mit gespielter Naivität.

»Na, in der Aufmachung, hier, die Tücher vom Mick Jagger und die Haare und alles...« Statt Niet errötete Mattau. Niet erwiderte, mit freundlichem, starrem Lächeln: »Ja, davon träume ich immer noch, und wenn ich das geworden bin... fange ich an, was anderes zu träumen. Vielleicht kellnern?«

»Hey, tut mir echt Leid«, unterbrach Mattau, »ich muss zur Uni.« Nach dem Abgang der Bedienung erklärte er: »Den Termin würde ich normal sausen lassen, aber wir können uns ja danach treffen, jetzt muss ich zu diesem Tutorium über Trend- und Zukunftsforschung...«

»Was du alles lernst...«

»Nee, ich unterrichte das.«

»Oh? Okay. Morgen sollten wir mal telefonieren, so ab zwölf. Ich muss jetzt eh zum Management, treffe mich danach mit Sheila. Aber morgen... telefonieren wir. Vielleicht sage ich es Natalie ja erst mal noch nicht«, grinste Niet.

Es ist nicht so sehr der Erfolg, der einen verändert, als vielmehr das Reisen an ständig neue Orte, das einem die Sinne schärft, das einen sensibler macht für die kleinen Unterschiede. Die meisten Bekannten, denen man solche Beobachtungen mitteilt, dachte sich Niet, verhöhnen einen, schimpfen fast, man solle sich jetzt mal nicht zu viel einbilden, nur weil du jetzt der große Star bist, heißt das noch lange nicht – und so weiter.

In den verkehrsberuhigten Straßen der Nachbarschaft tobten Kinder um die Wette, in einer Eckkneipe wischte eine dicke Blonde mit dem Geschirrtuch nicht über einen mit Eiche furnierten Tresen, wie man es im Film sehen würde, sondern über ihre Stirn. Ihr gegenüber saßen wie immer die, die es bis mittags nicht ohne Schnaps aushielten. Wie immer dröhnte Volksmusik Sorgen und Nöte vorübergehend aus den Köpfen.

Klasse: Er war erst seit Stunden zurück, und schon wäre er am liebsten schreiend aus dieser Mittelmäßigkeit geflüchtet. Oder mit einer Maschinenpistole zu McDonald's.

Oder den Jetlag überwinden.

Er fühlte Heimweh, starkes Heimweh nach einem Ort, den es nicht gab; oder noch besser: von dessen Existenz er nichts wusste.

Was er um sich herum sah, gab ihm fast den Rest: Zwischen Plakaten von neuen Bands und DJs, die er kaum kannte, ein Plakat, grafisch billig, dessen Worte so plump waren, dass er sich wieder fühlte wie in der Kleinstadt seiner Kindheit, einer Kindheit in Ketten, der Antriebsfeder seines Lebens: »Lebe Deinen Traum!« Und weiter: »TUI FreeWorld und Berlin Models suchen das Gesicht des Jahres.« Das war so provinziell, so daneben, dass er wieder den Mief der Kleinstädte spürte, wo sich die Bedienung zum Kassieren an den Tisch setzt. Egal, wie dämlich die Glucke aus dem Schwimmbad war, Niet würde nur noch in Städten leben, die so groß und *metropolitan* waren, dass Leute im Stehen frühstückten und in den Cafés im Stehen abgerechnet wurde.

Wenn auch nicht durch den Erfolg, sagte er sich, so musste er sich doch geändert haben. Das Problem beim Wachsen ist ja, dass man es selten wahrnimmt. Das Gespräch mit Mattau hatte ihm aber gezeigt, dass er inzwischen das machte, was er als Musiker früher immer angestrebt hatte: Er lebte zu hundert Prozent im Hier und Jetzt.

Gut.

Es versperrte ihm aber auch den Blick in die Zukunft, das Basteln an neuen Perspektiven.

Er beschloss, sich ein Ultimatum zu setzen, das was die Amis eine *deadline* nannten: Wenn er sein neues Leben nicht in Los Angeles beginnen würde, würde er dort sein altes beenden.

Am Ende der Bretterzaungalerie, nach Ankündigungen für Konzerte und Dia-Panorama-Multivision (vor der neu-deutschen Verpoppung des Alltags waren das noch »Diavorträge«) dann der, optisch nettere, nächste Schlag: Dieses Plakat schmückte eine Sängerin, blond, mit weichen Kontrasten. Anwärterin für das Gesicht des Jahres. Zwar keine Nastassja Kinski, und doch würde man sie nicht von der Bettkante stoßen. Ihre Maskenbildner wussten immerhin, wo man nicht zu dick auftragen durfte. Umso dümmer dann der Spruch dazu: »Die Rettung des Pop«. Ohne je ein Lied von ihr gehört zu haben, aber klar vor Augen, wie die mandelbraunen Pupillen die Herren ihrer Plattenfirma betört haben mussten, dachte Niet an seine ganz eigene Traumverwirklichung: Wenn Pop schon so leblos ist, so sehr am Boden zerstört, dass der Rettungswagen mit so jemandem kommt, dann wäre ich gerne der rettende Doktor, der mit einer Spritze voller Morphium nachhilft – auf dass der Tod garantiert komme...

Was die Kultur betrifft, bleibt Deutschland ein Vorort, ein von TV-Junkies besetztes Entwicklungsland.

* * *

Beim Management kam er kurz vor drei an. Genau richtig. Die Aushilfe mit dem Loch in der Zunge hatte ihn gebeten, zwischen zwei und drei zu kommen. Sie sollte ruhig merken, wer hier der Chef ist; gleichzeitig bedeutete die vorgegebene Zeit, dass Natalie womöglich andere Termine wahrnehmen musste, also galt es, innerhalb des angegebenen Zeitfensters zu bleiben. Nur eben nicht allzu preußisch und pünktlich.

Das Gebäude missfiel ihm, ein richtiger oller Bürokomplex. Immerhin war die Eingangstür verspiegelt, und so konnte er sich einem letzten kurzen Check unterziehen. Von Kopf bis Fuß: klasse. Im Treppenhaus, die Stufen gekachelt, grau wie Bimsstein, dünn verputzte Wände, alles kalt, wurde ihm flau im Magen.

Seinen Ausstieg hätte Niet der Band in Sydney gar nicht mitteilen können: Nachdem er seinen Entschluss gefasst hatte, waren sie nie wieder alle gleichzeitig an einem Ort gewesen. An Niets Abreisetag musste Cat mit Klecker zur Abnahme des Videoschnitts, und Terry flog schon Stunden vor Niet direkt nach London. Der Gitarrist und der Drummer blieben einen halben Tag länger, weil sie kontrollieren wollten, dass sie im Video gut wegkamen. Der Sänger konnte gar nicht schnell genug wegkommen, weshalb er bei Flügen möglichst wenige Zwischenstopps wollte. Außerdem, was Niet Mattau gesagt hatte, war ja auch richtig: Diesen Song musste er zu Ende spielen. Timing ist alles, auch beim Abgang. Er musste es den anderen sagen, keine Frage. Er würde nicht, wie viele Musiker, einen Roadie losschicken oder den Dealer; Niet würde es den anderen sagen, klipp und klar: War toll mit euch, jetzt brauch ich was anderes, bumms.

Und dann... dann wäre er nicht in der Lage, zur Tür rauszugehen und sein Ding zu machen, denn im Kalender jeder Band gibt es immer weitere Verpflichtungen, selbst bei einer blutjungen Amateurband stehen ständig neue Termine an. Wenn Gigs, Fotosessions und Studios gebucht, Plakate frisch gedruckt sind, haut man nicht einfach ab. Wenn er es den anderen gesagt haben würde, müsste er noch Wochen mit der Band verbringen. Deshalb war es wichtig, den Ausstieg in einer Atmosphäre bekannt zu geben, die klarmachte, wie durchdacht seine Entscheidung war. Nur so würde sie mit dem nötigen Ernst aufgenommen werden. In London würde er es Cat, Klecker und Terry sagen. Vielleicht nach vorheriger Absprache mit Natalie. Er würde die folgenden Dates spielen, dann in Kalifornien bleiben. Vielleicht würde ihn tagsüber das neue Projekt beschäftigen, nachts Sheila.

Nicht nur die Zunge war bei Tina-Martina gepierct, auch unterhalb ihrer Unterlippe funkelte ein silbernes Kügelchen. Der Dreißig näher als dem Schulabschluss, hatten ihre Augen diesen matten Glanz, dem anzusehen war, dass sie einige Varianten der Körperverstümmelung bereits durchexerziert hatte. Irgendwas musste ja die Gefühle in Gang setzen. Silbern glänzend waren auch ihre Fingernägel, zudem fast eckig geschliffen – konnte rostfreier Stahl aus Solingen schöner sein?

Im Radio brüllte sich Joe Cocker die Seele aus dem Waldschratleib, ja, genau die Seele, die er sich schon in Woodstock aus den Armen geschüttelt hatte. Martina gab sich professionell (bewundernd, aber nicht allzu beeindruckt) und wohlinformiert (»Kaffee? Nur Zucker, ein Schuss Wodka?«). Ihm gab das einen Kick: dass er, wenn er nur wollte, vermutlich in wenigen Minuten schon an ihrer Zunge herumfingern könnte, hier im Office seiner Band. »Schwarz. Und stark, einen halben Löffel Zucker bitte.«

Er folgte ihr in die Kochnische.

»Da fällt mir noch was ein. Mir ist auf dem Rückweg vom Flughafen ein kleines Missgeschick passiert«, begann er. Wie ein Schulbub. Alle Rocker verwechseln das: ihre sanfte, feminine Seite und das, was wache Menschen als kindisch oder pubertär bezeichnen würden. Ob Tina das bemerkte oder nicht, sie stieg nicht darauf ein. »Ich hab mein Gepäck vergessen. In einem Auto, einem dunkelblauen Opel Senator oder so...«

Zu seiner Erklärung, wie sein Gepäck bei Media Design Strzempka gelandet sein musste, lachte sie immerhin – so als wäre sie *in tune* mit ihrer maskulinen Ader. Sie versprach, sich darum zu kümmern. Dass er am Flughafen kein Geld abgehoben hatte, weil er zu faul war, nach seiner Geheimnummer zu suchen, musste er ihr nicht ausführlich erklären – auf die Idee kam sie gar nicht. Warum keine seiner Taschen und Koffer Namensschilder hatten, musste er auch nicht erklären. Vielleicht war sie ja wirklich ganz nett.

Natalie sah aus, als wäre sie nie in Australien gewesen, jedenfalls nicht bis vor wenigen Tagen: Hinter ihrem Schreibtisch, unmerklich kleiner als ein Tennisplatz, sah sie aus, als hätte sie gerade mit einem ausführlichen Frühstück auf der Dachterrasse einen neuen Tag begonnen, den Tag einer Siegerin. »Es gibt eine gute und eine schlechte Nachricht«, eröffnete sie das Gespräch. »Der Gig in London fällt aus, der Booker sitzt im Knast.«

»Shit. Wegen was? Drogen, Steuerhinterziehung?« Sie zündete sich einen Zigarillo an. Mit etwas mehr Glück und dem richtigen Partner hätte sie die deutsche Annie Lennox werden können, sie hatte das Flair der Eurythmics-Sängerin, die zerbrechliche Figur und dazu ein Selbstbewusstsein, das diese Figur sehr attraktiv machte.

»Doofe Geschichte. Wahrscheinlich besser so, er hat zu viele abgelinkt, wie ich inzwischen gehört habe. Und der Promoter, den er uns vermittelt hat, fing jetzt schon an, Rechnungen zu faxen für Plakate, die wir ihm geschickt haben. Er bekam ein Kontingent an *complimentary* Tickets, über dessen Verbleib wir nach mehrmaligem Nachfragen nicht aufgeklärt wurden – deutliches Zeichen dafür, dass er sie entweder noch nicht rausgeschickt hat, was ein schlechtes Zeichen wäre, oder dass er sie unterm Tisch verkauft hat – was ein noch schlechteres Zeichen wäre; und bei dem Typ wahrscheinlicher.«

»Dann können wir ja ein paar Tage später fliegen«, freute sich Niet, schließlich hätte er dann mehr Zeit, mit Sheila über die Zukunft zu plaudern, etwas mehr Raum zum Atmen.

»Wir müssen trotzdem zum Notar, um die GmbH anzumelden, also die Limited«, schüttelte sie den Kopf. Mit steinernem Gesicht. Ihr war nicht anzumerken, was sie davon hielt, dass drei Viertel der Band zu Gesellschaftern geworden waren. »Auch wenn du dafür nicht direkt benötigt wirst, ist es besser, wir fliegen zusammen; sind ja schließlich eine Band.«

»Und Terry kommt, nur um zu unterschreiben, nach London? Nee, oder? Wenn er direkt nach L.A. fliegt, dann passt das ja gut...«

»Zum Unterschreiben«, unterbrach sie Niet – eine ihrer auffälligsten Marotten, »muss er nicht antreten, er hat schon eine Vollmacht geschickt«. Sie schüttelte den Kopf, schien auszuloten, warum Niet kein Teil von 5th Dimensions Expansionsplänen sein wollte. »Er kommt nicht nach London, weil... Apropos Vollmacht, haben dir Daniela oder Tina schon die Sachen gegeben, die für dich hier angekommen sind?«

Niet machte eine zweideutige Geste, murmelte, er werde sich darum kümmern.

»Er ist nicht hierher geflogen, weil er Angst vorm Fliegen hat.«

Das wusste Niet. Er witterte, dass Natalie mit gezinkten Karten spielte, und suchte nach dem Schwarzen Peter. »Aber auch, weil nie geplant war, dass er nach London fliegen würde, oder? Sondern direkt nach Los Angeles...«

Noch bevor es von ihr eine Reaktion gab, an deren Deutung Niet hätte knabbern können, verbesserte sie: »Nee, er fliegt nicht nach LAX, womit wir bei der schlechten Nachricht wären.«

»Das war gerade die gute Nachricht?«

»Ja, dass der Gig ausfällt, ist auf jeden Fall besser. Das Album ist in England noch nicht mal bei den Vertriebsleuten gelandet, von Vertretern oder Fans ganz zu schweigen. Und der Auftritt wäre eh nicht so prickelnd geworden. Gut ist an der Absage, dass London eh immer problematisch geworden wäre, ohne die volle Produktion....«

Niet musste aufstehen, ein bisschen rumlaufen, um das aufzunehmen. »Die schlechte ist«, fuhr Natalie fort, »dass wir extrem Stress haben, weil es ein zusätzliches Date in New York gibt.« So weit war es also gekommen. Ein abgesagter Gig war eine gute Nachricht, eine schlechte war es, wenn man einen Gig landete. Schlecht, weil nicht genügend Zeit blieb, für Zirkuseinlagen die nötigen Vorbereitungen zu treffen. »Top Venue, direkt gegenüber von Max's Kansas City, top Publikum, alle wichtigen Medien- und Industrieleute... Nur eben mit kleiner Produktion, wenig Platz auf der Bühne.« Die Amerika-Dates waren strategisch wichtig, wie die Bandberater so gerne sagten, da Natalie in Sachen US-Verhandlungen bislang kläglich gescheitert war. Von der Unterstützung der Plattenfirma und neuen Partnern, Agenten und Zwischenhändlern erhoffte man sich nun, die richtigen und wichtigen Industriebosse in die jeweils richtigen und wichtigen Veranstaltungsorte zu lotsen. Aus Deutschland konnte jemand, der die Tricks und Kniffe und Verbrechen von Konzertveranstaltern in aller Welt kannte, trotzdem nicht einschätzen, wie angesagt CBGB noch heute war, ob man in Hollywood eher im Whisky A Go Go spielen sollte oder im Troubadour.

Was in den Siebzigern in New York für Talking Heads und Ramones Gültigkeit hatte, was Gazzari's für Van Halen oder Guns N'Roses war, das Whisky für The Doors '66, dann The Who, Byrds, Hendrix, Led Zeppelin und AC/DC, das galt heute nicht unbedingt. Bei näherer Betrachtung waren solche In-Schuppen ein paar Jahre später nur noch muffige Klitschen, geräumig wie eine UHU-Schachtel, nur klebriger. Und die Geschäftsführung: in Gedanken schon seit Jahren im Ruhestand, im Denken und Handeln, falls überhaupt in Bewegung, im Rückwärtsgang. Sicher, da war mal Geschichte gemacht worden, in L.A. auch im Troubadour, wo Elton John seinen ersten US-Auftritt bestritt, angesagt von Neil Diamond, wo Randy Newman begann, aber auch solche Witznummern wie Cheech & Chong und die kajalstift-düster-dreinblickenden Mötley Crüe...

Natalies weiterhin kontrolliert-freundliche Reaktion auf sein verärgertes Auf-und-ab-Schreiten ließ ihn ahnen, dass er den Schwarzen Peter noch nicht in aller Konsequenz erfasst hatte. Er hatte zwar auf alle ihre vorigen Signale mit der von ihm erwarteten Abscheu reagiert, was fast ein Spiel war, doch in diesem Spiel hatte er eine Rolle, die ihn anwiderte, und die war der Grund, warum er sein Leben einfach umtauschen wollte, wenn auch nicht gegen das des Herrn Randow. Was aber war der Haken an dem Date in New York? Kleine Produktion war doch ganz nach seinem Geschmack. Sie wusste doch, dass ihn die Clownereien der Show eher nervten. Und dann noch gegenüber von Max's Kansas City, Andy Warhols *hangout* der Sechziger...

Martina-Tina kam rein, gab Niet einen Stapel Umschläge, Memos und Briefe. »Der *schedule*?«, fragte er.

»Ja, auch. Die Post, wie immer, ungeöffnet.«

Natalie knipste den Verschluss ihrer Handtasche zu – ihr Signal, dass das Gespräch beendet war. »Ah ja«, wandte sie sich noch einmal kurz an ihn. »Du hast in Sydney aus Versehen mein Handy mitgenommen, ich nehme an...«

»Die müssen wir beim Frühstück verwechselt haben«, nickte Niet. Auf dem Tisch hatte eine Batterie Handys gelegen, wie ein Haufen konfiszierter Knarren. Ab und an fiepte eins und nahm stillschweigend eine Nachricht an. Als sich jeder seins griff, musste er Natalies, oder sie seins eingesteckt haben. Im Dialog war Natalies Vorgehen stets verhalten, ruhig statt wuchtig; so wie man sich Sex mit ihr vorstellte: ernsthaft bis zum letzten Refrain, dann eher mit einem hinten angehängten Outro, keinem extra Bigbang. Bevor sie vermuten würde, er hätte sich das Handy mit Absicht angeeignet, gab er naiv zu, dass ihm der Fehler passiert sein könnte. Er wählte einen Tonfall, dem nicht zu entnehmen war, dass ihm klar war, dass sie mit Far Out telefoniert hatte, dass er mit der Redial-Taste einen Einblick in Natalies Schalten und Walten erhalten hatte. Crescendo und letzter Refrain hin, Dynamik und Dramatik her, Niet war, das wusste er, der König der Kontrapunkte. Er wusste, wann man schwieg, er wusste dass das Überkompensieren generell ein Fehler war, der die Aufmerksamkeit im verkehrten Moment anfächerte.

Er reichte Natalie ihr Handy, so wie er ihr einen Kuli geben würde, konzentrierte sich darauf, es mit eben dieser Selbstverständlichkeit zu machen. »Deins, du wirst lachen«, erwiderte sie, »habe ich jetzt gar nicht. Als ich nach dem PIN-Code gefragt wurde, wurde mir klar, dass es nicht meins ist, und dann hat Cat versucht, den Code zu knacken. Ist ihm aber nicht gelungen.«

Er trank den Kaffee aus. War kalt geworden und schmeckte, wie er sich einen Quickie mit Martina vorstellte.

Kapitel 3

> *You and me*
> *I can see us dying*
>
> No Doubt: »Don't Speak« - Tragic Kingdom

Die Kapuzinergasse lag in einer geradezu klassischen Umgebung für eine progressive WG im Zeitalter nach Tschernobyl. Es war der vorletzte Häuserblock voller Ausländer und Malocher, der die Randbezirke der alten Innenstadt von dem Stadtteil abgrenzte, in dem die wohnten, die bis ins Pensionsalter von Gehaltserhöhung und Eigenheim im Grünen träumten. In der Kapuziner Gasse wohnten nur die, die auf Zwischenstation waren, die wussten, dass der anhaltende Traum vom gesellschaftlichen Aufstieg kein Garant für seine Verwirklichung war.

Hausnummer 15a ähnelte nicht im Geringsten den Elfenbeintürmchen der Hippies und Lehramtsanwärter. Es war keine malerische Altbau-WG mit wöchentlichem Plenum und Arbeitskreisen, in denen man sich gegenseitig die Westen weiß wusch, wo dann aber der Kühlschrank mit Sonderangeboten von Aldi vollgestopft war, der Schuhschrank mit Sandalen, die ein Nazi herstellte. Zwar hatte Carmen auch mal Sozialpädagogik studiert und war bei ihrer Ernährung penibel – aber jetzt machte sie Webdesign, vor allem ließ sie es zu, wenn sich andere ernährten, wie sie Lust hatten. Tom nahm, was kam, jobbte hier und dort und überall, war aber wiederum sehr achtsam, wem er sein Geld gab. Zu Aldi ging er nur zum Klauen.

Der Kapuzinergasse würde niemals das passieren, was Kommunen der 68er und den WGs der Siebzigerjahre widerfuhr: Die RAF war gerade am Versagen und Verzagen, da wurde unter dem Teppichboden das Parkett entdeckt, wurden die Stuck-Verzierung saniert, und derjenige, der sich als größter Sturkopf behauptete, blieb. Oft genug war das dann auch der einzige, dem der Sprung in den gehobenen Beamtenstand gelungen war.

Heute war Dienstag, nee Mittwoch. Hier war Abend, in Australien Herbst, auf der schöneren Seite von Mitternacht. Eigentlich wäre es möglich gewesen, bis Sonntag, bis zum Abflug nach New York, hier zu bleiben. Stattdessen hatte er nun nur noch einen Abend zur freien Verfügung, zwölf Stunden, um Sheila zu treffen. Und morgen... verdammt, den Zeitplan, wegen dem er zum Management-Office gegangen war, hatte er ganz vergessen.

Urgh, Jetlag und Flug (Jet? - eine hundsnormale Chartermaschine!) spürte er noch in den Knochen. Weil er während des Flugs wie in einer zu kalten Zigarettenschachtel geschlafen hatte, genehmigte er sich nun einen zollfreien I.W. Harper, der aussah wie ein Doppelter, ihn aber auch nicht aufwecken konnte. Er musste Sheila sprechen. Er musste Natalie anrufen. Zuerst aber in die Küche. Den Kaffee hätte er fast kauen können, so stark war er ihm geraten. Zigarette, Feuer. Zurück in sein Zimmer. Er nahm sein Diktiergerät und drückte die Aufnahmetaste.

It's so hard to say goodbye, sang er in das Mikrofon, *and so easy to say hello*. Nein, lieber *to-say-hel-lo*; eher abgesetzt, leichtes Stakkato, das Erste in seichterem Legato. Oder vielleicht *but so easy... - but...?* Er nahm seine Gitarre, suchte nach den Griffen. Mit den gefundenen Noten war er einigermaßen zufrieden. Er nahm sie auf und überlegte, wie er den Klang beschreiben sollte, den er sich dazu vorstellte. Ein bisschen mit dieser Melancholie von ELEANOR RIGBY, nur maschineller gespielt, eher unterkühlt. Er war überzeugt, dass auch dies eine der Ideen war, die die anderen in der Band zwar verstehen würden, nicht aber zu spielen bereit wären.

Weil er ohne Handy und Telefon (das nicht funktionierte, scheinbar war die Rechnung nicht bezahlt worden) auskommen musste, griff er sich seinen Discman, legte APPETITE FOR DESTRUCTION ein und verließ das Haus.

* * *

Und dann IT'S SO EASY, der Song des Punks aus Seattle, des schlaksigen Bassisten, dem in Hollywood zu viel in den Schoß fällt, dem zu viele am Schoß rumfummeln. Der, nur um sich seiner Eroberungsinstinkte zu erfreuen, immer seltsamere Frauen sucht. IT'S SO EASY, eigentlich die Hymne der verwöhnten Generation, die sich für all den Luxus und Komfort nie bedankt hat. Niet fand, manches an dem Lied erklärte, weshalb er an Sheila genau das als anziehend empfand, was seine Freunde als zickige Macken bezeichneten.

Heißt das, nur weil man etwas liebt, dass man fähig ist, darüber zu schreiben oder zu singen? Die Liebe zur Musik alleine ist nicht unbedingt die Eintrittskarte in eine Band, die bloße Liebe keine Garantie, dass die Muse kommt, einen in die Arme nimmt und einem Inspiration, Kreativität und Ideen einhaucht. Scheiß drauf, es ist die Hingabe, die Einstellung, die Türen öffnet. Und die Ausdauer. Und borniertes Starrköpfigkeit. Im Rock'n'Roll jedenfalls.

Aus einem Gemüse-Lädchen kam eine Frau mit knöchellangen Jeans, verblichenes Schwarz. Umhüllt von einem Geruch, den Niet nicht näher analysieren wollte, und dem zerberstenden Bausch einer wilden Löwenmähne. Platinblond. Haarspray mit zu viel Alkohol; trocknet die Haare aus, dachte er. Welche Haarfarbe sie an anderen Körperstellen haben mochte – wie die Sonne, mal gleißendes Gelb, dann stockdunkel wie bei Nacht? Oder glühendes Rot? Oder vielleicht so gleißend, dass man kaum hinsehen konnte? Das war das Problem mit den Frauen: Erst wurde man Rockstar, damit man die Frauen wie römische Träubchen pflücken konnte, und dann interessierten einen nur die, bei denen man nicht wusste, wie man sich ihnen nähern sollte. IT'S SO EASY... ha ha. Von wegen, ›man‹ wusste nicht wie? Niet wusste es nicht. Cat pfiff jeder Hübschen nach, winkte jeder Blondine, hupte laut lachend jede Schlanke an, ganz als sei das nie peinlich und schon gar nicht verachtend gewesen. War es ja auch nicht, in seiner Welt. »Die Emanzipation«, meinte er zu Niet einmal, »wurde doch gar nicht von Frauen erfunden. Das ist eine Erfindung von Männern, die zu verklemmt und verkopft waren, Frauen das zu geben, wonach sie verlangen. Meinst du, Aufklärer wie Luther, Rousseau oder Sartre hätten sich darum gekümmert? Das hätte die so interessiert wie ein nasser Furz!«

Die Einstellung in IT'S SO EASY ist jedenfalls von dem Kaliber, dass man sich auch beim x-ten Hören daran erinnert, was man empfand, als man es das erste Mal hörte. Die Heizung war kaputt, er hatte kein Geld. Stattdessen einen Pilz und diesen Job in einer Großküche. Beides brachte ihn dazu, wieder Bukowski zu lesen und Tom Waits zu hören. In jenem Winter der fremden Betten, des kalten Zimmers. Die meisten Songs der Platte verstießen gegen ein Dutzend eiserner Regeln: Das Timing schwankte, wie man es seit Jahren nicht mehr gehört hatte, das F-word schrie aus jedem Song, die Gitarristen besudelten sich mit zu langen Soli... Alles Sachen, die sich nicht gehörten. Und sie verkauften und verkauften und verkauften das Ding. So viele Exemplare, dass jeder Einwohner in München, Berlin und Hamburg, aber wirklich jedes Kind, jeder Schupo, jeder Rentner eins haben könnte. Und dann wären immer noch genügend Platten übrig, um drei, vier andere Millionenstädte damit zu überschütten.

IT'S SO EASY, der Song einer Band, die man ja eigentlich gar nicht mehr hören darf. Bei zwanzig Millionen Alben weltweit, ziemt es sich nicht, so was cool zu finden, schon gar nicht nach all dem Größen- und Verfolgungswahn, der bei Guns N' Roses darauf folgte. Uncool fand Niet aber immer die krittelnden Kritiker der Band, diese Millionen Besserwisser, die sich Jahre zu spät die verkehrten Doppel-Alben kauften und deren Megaerfolg für übertrieben hielten. Guns N'Roses' Wahn, auch die Art, wie sie zu Control-Freaks wurden, bewahrte sie immerhin davor, wie ein anderer Punk aus den Vororten Seattles zu verenden: Nach noch so einem komischen, weil vollkommen unvorhersehbaren Kometenaufstieg jagte der sich ein paar Jahre später die letzte Kugel in den Rachen, wechselte von Nirvana ins Nirwana. Wer das nun für vernünftig oder konsequent hielt, sollte wenigstens wissen, dass ein anderer Seattle-ite sich schon vor dem komisch-kometenhaften Aufstieg mit einer Überdosis – silver bullet – aus dem Leben schoss.

Statt Sheila selbst sagte er es ihrem Anrufbeantworter: »Hallo, wegen heute Abend: Dummerweise muss ich morgen schon wieder weg, wir haben in London zu tun, und deshalb dachte ich mir, dass wir uns vielleicht schon eher treffen können? Zum Essen zum Beispiel? Jetzt ist es... kurz vor fünf. Vielleicht um sieben, beim Italiener?« Niet trug schon seit Jahren keine Armbanduhr. Dass niemand abhob, war enttäuschend, aber auch beruhigend, schließlich hatte vor ein paar Wochen ein Typ geantwortet, so ein schrankgroßer Typ mit Haaren auf der Brust, wie sich Niet anhand der Stimme ausmalte. Das sei nur ein Bekannter gewesen, suchte ihn Sheila später zu beruhigen, der sei dagewesen, um das Auto zu reparieren. Das Auto? Im Wohnzimmer, ja? Gedanken, kindliche Eifersucht, die Niet sich normalerweise verbat. In der Ferne brachen sie aus ihrer Verbannung hervor.

Weil Niet in dem Stapel Papiere, die ihm Tina gegeben hatte, einen irgendwie seltsamen Brief gefunden hatte, rief er noch kurz beim Management an. Er wollte Natalie fragen, ob die anderen auch so eine komische, auf schwarzes Papier gekrakelte Einladung erhalten hätten, und was es damit auf sich hatte. Tina antwortete, im Hintergrund lief ShamPain, sicher nicht Radio. Sie hatte schnell gelernt. Vermutlich von Daniela, der dienstältesten Assistentin, auch sie hatte Niet nie näher inspiziert. Also... in Gedanken schon.

Auch Tina war eine dieser Schulabbrecherinnen, die das große Abenteuer suchen, die dann aber wegen Freund oder Katze das Au-pair-Abenteuer in Paris vertagt hatten. Natalie sei nicht mehr da, so Tina, sie sei über Handy zu erreichen, ob er die Nummer habe? Niet bejahte, ärgerte sich aber, dass diese Aushilfe sich scheinbar nicht im klaren war, wen sie hier am Rohr hatte... Er erinnerte sich an den zu süßen Kaffee und legte auf.

Vielleicht hatte der Brief ja auch nichts zu bedeuten. Nur die Schrift, die Zwanghaftigkeit, mit der die Buchstaben geschrieben waren, Silbern auf Schwarz, erstaunte ihn. Ließ heftige Intensität auf heftige Intentionen schließen? *You should've known better / Now it don't matter / Shame, shame, pain / Lets have a glass of champagne,* stand da. Mehr nicht, kein Absender, nix. Und die Briefmarke: aus Amerika. Als er Natalies Nummer wählen wollte, merkte er, dass er sie - natürlich! - nicht hatte. Angst machte ihm der Zettel nicht. Es war nur eben seltsam: In Australien hatte er beim Auschecken aus dem Hotel so ein ähnliches Briefchen erhalten. Er hielt es für den Gag irgendeines Spaßvogels. Dennoch war der Inhalt nicht so leicht wegzuwischen. Was hätte er besser wissen sollen? Und wie konnte derselbe Briefeschreiber wissen, in welchem Hotel er in Sydney übernachtete und wie die Managementadresse in Deutschland lautete?

Zurück im Haus, klebte am Briefkasten ein gelber Zettel von der Post - ›Bitte sofort öffnen!‹ Aha, die nächste Mahnung für die nicht bezahlte Telefonrechnung. Im Briefkasten lag aber lediglich ein Telegramm. *Hey ho niet +++ melde dich +++ sofort +++ Flug fr 10:35 +++ Cat 23.*

Jetset, hello, der Jetlag ist noch nicht überwunden, schon ruft Los Angeles. Big Business. Der große Showdown. Zu dem Showcase, so der Plan seit Monaten, würden geladene Vertreter amerikanischer Plattenfirmen kommen, um endlich Sham-Pains chaotische Vertriebssituation in den USA und Kanada aufs richtige Gleis zu bringen.

Alles Wichser - fand Niet.

Während man sich vorne auf der Bühne abrackert, stehen die dann hinten am Tresen, unterhalten sich über ihre neuste Sonnenbank oder Freundin, über den Golfplatz vom Bel Air Country Club im Vergleich zum Hillcrest, erörtern, welcher Japaner in der Stadt derzeit das beste Sushi zubereitet, und geheimnisvoll erwähnten sie, dass sie gerade an einem absolut fantastischen Riesending dran wären, einem ›Projekt‹, das voll einschlagen werde. Zu 99% waren das abgestürzte Amateurmusiker mit Profiambitionen, die niemals über den Auftritt vor Freundinnen und Familie im Proberaum herausgekommen waren, die selbst in diesem einen Moment des Ruhms zumeist über ihrem Wah-Wah-Pedal knieten und mit zitternden Fingern Batterien einzusetzen versuchten. Wenn man sie in ihrem Office traf, wippten sie zum Sound der Demo-Cassette, nur um einem danach, mit verzogenem Mund, zu erklären, dass das Budget der Firma begrenzt sei. Müsst ihr verstehen, ich bin hier ja auch nur ein einzelner Angestellter in einem großen Betrieb, wenn auch der einzige, der auf... solche Musik steht, sozusagen der Heavy Metal in der Firma. Und vielen Dank, er werde sich melden. Dann kam in der Regel die Sekretärin ins Zimmer, stellte die unberührten Kaffeetassen aufs Tablett und sagte dem Heini, er werde erwartet und, ach ja, ein gewisser, na, du weißt schon – Hm? – Jürgen habe angerufen. Stöhnen von Seiten des Talententdeckers. Nun ja – ein entschuldigendes Lächeln. Der Heini stand dann auf, zerstörte so den hinter ihm schimmernden Heiligenschein aus Sonne, der ihn bis eben umgeben hatte, und drückte jedem die Hand. Mancher verwies noch kurz darauf, es ruhig doch auch mal bei anderen Firmen zu versuchen, aber auf keinen Fall zu unterschreiben.

Und die Talentmacher und -entdecker, die keine Amateurmusiker mit Profiambitionen waren, die restlichen ein Prozent, hatten Angst. Mordsangst. Auch ihnen war es wichtig, dass man nicht woanders unterschrieb, denn wenn das, was sie abgelehnt hatten, andere reich machen würde, dann bliebe ihnen nur noch eins: Beten, dass ihr Abgang wenigstens in den Branchenblättern nach viel klingt. So was passiert einem Talententdecker nicht zweimal, schon ist er weg vom Fenster mit Blick auf die Skyline Münchens, Kölns, die Alster oder das Bundeskanzleramt.

Weil die Telefonzelle besetzt war, setzte sich Niet auf das Mäuerchen daneben und sah den Kindern beim Toben zu. »Hey Winnetou«, brüllte jemand. »Warum hast du lange Haare?«, fragte ein Junge, der sich neben ihn hockte. Alle möglichen Leute sprachen Niet auf der Straße an und fragten ihn nach allen möglichen Sachen. Immer schon.

»Ja, warum eigentlich?« Niet sah dem Jungen ins Gesicht. Der starrte auf Niets Haare, als untersuchte er gerade zum ersten Mal eine tote Taube – plattgefahren, die letzten Federn im Wind wehend.

»Ja, vielleicht mache ich sie ja auch ab – irgendwann.«

Der Junge lachte, rieb sich mit den Händen die Schenkel. Dass Niet hier einige Monate lang nicht gewohnt hatte, war keinem der Kinder aufgefallen. Er presste die Lippen zusammen, nickte, dachte an dies, dachte an das. Und lächelte. Aus dem Stiefelschaft zog er seine Zigarettenschachtel.

Beide sagten nichts, der Blick des Jungen setzte sich fest an den mit Metall verzierten Leder-Riemchen seiner Stiefel. Nein, warum die nun da sind, das kann ich wirklich nicht erklären, dachte Niet. Ob sich Indianer auch solchen Schund von den Buffalo Bills andrehen ließen?

Den Jungen schien der Dreck der Stiefel allerdings viel mehr zu faszinieren als die blechernen Anhängsel – vorsichtig kratzte er unter seinem Schuh. Niet tippte zwei Mal, sodass die Kettchen leise klirrten. Australischer Dreck, dachte er, ob ihn das interessieren würde? Wie hatte er sich Australien vorgestellt, als er so klein war, vor – na, sagen wir mal – fünfzehn bis zwanzig Jahren?

»Wie alt bist du?«, fragte Niet den Jungen.

Der lachte kurz, stand auf und rannte davon.

Kapitel 4

You wanna get high as the sky
You're kissin' your life goodbye
You think it's a game that you play
But the winners lose it all someday

Body Count: »The Winner Loses« - Body Count

* * *

»Cat? Hallo, hier ist Niet!«

»Mann, wo steckst du bloß? Haben die ganze Zeit versucht, dich anzurufen, bei euch hebt aber keiner ab, dein Handy liegt hier und klingelt jedes Mal, wenn ich dich darauf anrufe, ha ha ha. Und Sheila - ist nicht da. Will deiner Braut ja nicht auf den Slip treten, wenn du verstehst, was ich meine, aber deshalb habe ich...«

»Ja, ich war was weg, heute Nachmittag.«

»Aha, du kleiner Casanova, wie? Deshalb ist Sheila den ganzen Tag nicht zu erreichen, hm?«

»Nein, ich...«

»Yeah - *Shela, she like a hurricane*...«, sang Cat aus dem Hörer. Nicht sonderlich gut, wie Niet fand. Cat konnte zwar viel, aber nicht Steven Tyler imitieren. »Und dann seid ihr in dein Tollhaus in der Kapuzengasse und habt den Hörer neben die Gabel gelegt, gemeinsam wieder gekocht und die Löffel... - hahaha!«

»Rock'n'Roll, wie?«, sagte Niet mit übertrieben rauchiger Stimme.

»Yeah, Mann.«

»...«

»Also, weshalb ich anrufe - ähm... ich meine, weshalb wir dich die ganze Zeit versucht haben anzurufen: Wir haben einen zusätzlichen Gig in New York, Terry ist schon da, um sich um unsere Instrumente zu kümmern, müssen wir uns na klar alle leihen, da die Sachen ja aus dem Studio nach London geschickt wurden, wo sie nun übrigens nicht gebraucht werden, weshalb sie, wenn sie dort eintreffen, nach Los Angeles verschickt werden. Nicht verschifft: verschickt!«

»Woher soll den Terry wissen, was ich will, falls sie meinen Bass nicht da haben?« Niets Instrumente waren so selten wie fünfsaitige Steinberger oder nicht angekokelte Ace-Frehley-Klampfen.

»Habe ihn gebrieft, kenne doch deine Vorlieben, hähä.« Bei Cat begann fast jeder Satz mit ›und‹ oder mit dem Verb. Mit ›ich‹ oder ›wir‹ begann er keinen Satz, hatte wohl mit seiner Kindheit, mit früh eingeprügelten Manieren zu tun – und dem gleichzeitigen Bedürfnis, der Erziehung einen Streich zu spielen. »Habe ich ihm doch alles selbst besorgt«, sagte Cat nun zu jemandem im Hintergrund. Und weiter: »Aber nicht so wie du nun denkst, ha ha ha!«

»Ja, wusste ich schon, Natalie hat mir davon erzählt.«

»Ach, hat sie dich erreicht? Dann hat sie auch erzählt, dass 5th Dimension in London ein A&R-Büro aufgemacht hat? Und jetzt das Allerbeste: Der Mann, den die da engagiert haben, der – du wirst es nicht glauben! – der Mann hört auf den Namen…«

»Na? Sid Vicious?«, meinte Niet trocken und schob sich eine Zigarette in den Mund. »Ich komme um vor Neugier.«

»Hahaha! Der Typ heißt Jimmy, oder nein, er heißt James Page.«

»Ach, …«

»Aber nicht James Patrick Page!«

»War wohl klar.«

»Ja, also Jimmy Page betreut in London alle europäischen Signings von 5th Dimension Records«, prustete Cat in Niets Ohr.

»Wenn du meinst, mich so dazu zu bewegen, als Teilhaber einzusteigen«, begann Niet und verkniff sich den Rest. Er zupfte einen Tabakkrümel von der Lippe. Lieber schweigen, abwarten.

»Ach Quatsch. Locker. Treffen solltest du ihn aber auch. Auf jeden Fall treffen wir den. Hörst du? Flug morgen früh, 10.35 Uhr. Er wird mit uns dann nach New York kommen –

mehr so als Tour-Manager eben, Natalie muss sich ja um anderes kümmern – und da treffen wir dann die Crew! Ich sag ja, es geht alles gerade richtig los. Diese TV-Show ist übrigens angelaufen, und die Einschaltquoten waren sehr gut, für eine neue Show.«

»Tour-Manager? Was hat er denn bisher gemacht?«

»Na ja, Tour-Begleiter eben – musst wieder alles auf die Goldwaage legen, eh? Außerdem gibt es in New York wohl auch viel Promo, das passt also: In Los Angeles werden sie von uns dann schon gehört und in der Tagespresse gelesen haben, bevor wir ankommen.«

»Aber wieso Promo? In Amerika...«

»Nein, nicht Tour-Bekleider!«, schrie Cat lachend in den Hintergrund, einen Raum voller auf Beton geklebter Poster und muffiger Matratzen. Cat lebte in einem Bunker, neben dem Proberaum der Band. Nachdem er in Villen rund um die Erde groß geworden war, konnte er es sich erlauben, ein paar Jahre Authentizität, Studio und Cool des Musikers-in-der-Mache zu erleben.

»...kennt uns doch kein Schwein, die CDs gibt's doch nur über Import. Wer will uns denn da interviewen?«

»Ja, deshalb fahren wir ja nach Los Angeles: um den Firmen mal zu zeigen, was abgeht.«

»Das weiß ich auch.« Niet kratzte einen Krümel von der Lippe, schnippte die Kippe zur Telefonzellentür hinaus. »Und in New York sollen wir am Ende dann auch noch gerade mal so zwei, drei Zusatz-Gigs spielen, oder wie? Ich dachte, solche Schnellschuss-Aktionen wären Vergangenheit?«

»Außerdem sind wir wohl letzte Woche in die Import-Charts eingestiegen.«

Wie erwartet. Niet nickte, überlegte sich, dass er über ShamPains Pläne für die kommenden Wochen, seinen letzten Tagen mit der Band, nicht nörgeln sollte. Er war nicht mehr in einer Position, die das rechtfertigte.

»Ja, geil, eh?«

»Und wo?«

»Wo? Was weiß ich – Import-Charts.«

»Wenn nur ein paar Tausend CDs nach Kalifornien verschifft wurden, können wir ja eigentlich kaum...«

»Hier spricht wieder der Miesepeter, eh? Terry kommt jedenfalls direkt nach New York, Fat Head fliegt im Moment schon hin, auch um anzuchecken, was geht. Equipment-mäßig.«

»Terry«, lachte Niet nun, denn er konnte nicht anders, als entsetzt lachen. »Terry kümmert sich um unsere Instrumente und Fat Ed um die Backline?«

»Ja«, lachte Cat aus dem Hörer. »Terry hat eine Liste gefaxt gekriegt mit dem, wonach er bei den Verleihern fragen soll – also für dich die Gallien-Krueger 800 mit einem SVT 8x10 für untenrum...«

Niet setzte an, Cat zu unterbrechen, doch der fuhr fort: »Ja, und wenn er das nicht findet, was ich nebenbei für extrem unwahrscheinlich halte – ha! Dafür ist er dann ja in New York und nicht in Muggelbrunn! Wenn er also nicht die Ampeg-Box kriegt, dann zwei Hartke. Viermal zehn.« Cats bloßes Katalogisieren seiner Soundanlage gab Niet einen Schub. Fast hätte er nach dem Stecker gefingert, der Nabelschnur zum Bass, um den in irgendeine Buchse hier zu stecken. War aber keine Buchse da, und auch kein Bass, und statt des Kabels zum Bass betatschte er das zum Münzfernsprecher.

Cat wusste das – und fuhr schließlich fort: »Fatburger Fat Head kümmert sich um das Soundsystem, Lichter, Mischer und so.«

Niet holte tief Luft, versuchte, sich mit der Tür frische Luft zuzuwedeln. Fat Heads Job bestand darin, sich vor der Ankunft der Band um die für das jeweilige Land nötigen Adapter für Strom zu kümmern. In Australien hatte er statt Steckern fünfzig Steckdosen organisiert; nachdem er diese gegen die im Studio installierten ausgetauscht und Niets nagelneuen, von einem Kalifornier modifizierten Verstärker angeschlossen hatte, war er essen gegangen, während Niets auf 110 Volt Gleichstrom eingestellter Amp verschmorte. »Right, wie war das also genau? Morgen früh am Flughafen, zehn Uhr im Café – so wie immer?«

»Ja«, lachte Cat. »So kenne ich dich doch! Zehn Uhr im Café, so wie immer. Dann also... Ach so«, unterbrach Cat sich selbst, »mal was ganz anderes: Hast du schon das gehört von Zig Zag, den hast du doch in Narita getroffen, Zig Zag, den Sänger von...«

»Ja?«, unterbrach Niet. Cats Einleitung war zu entnehmen, dass es ihm sehr unangenehm war, darüber zu sprechen; nicht der Tonfall oder die Einleitung, sondern das Thema: Cat sprach nicht über Zig Zag. Und wenn, dann nur abfällig.

»Hast du noch nicht gehört? Er ist tot.« Niet hörte einen Moment nichts. Weiß, ihm wurde weiß vor Augen. Er versuchte sich zu setzen. Das Metall-Kabel des Telefons würgte ihm fast den Hals.

»Hart, wie? Erschossen, wahrscheinlich von einem Fan, irgend so einem geisteskranken...«

»Ist das dein Ernst?«

»Ja, guckst du denn keine Nachrichten? Das läuft hier die ganze Zeit auf MTV und VIVA. Die haben schon Nachruf und alles gebracht, mit Clips aus seinen Tagen bei Slick Black - schon okay, manches, was die damals gemacht haben - und alles über sein Comeback in Japan.« Cat wusste, bei all seiner Kritik an Slick Black, was Zig Zag für Niet war: in dessen Jugend der wegweisende Stern am Firmament, das Licht, das ihn durch die Wüste der Provinz leitete.

»Oh, Scheiße!«

»Ja, ist hart.«

Langsam nahm Niet wieder das Brüllen der Kinder wahr. In einem der Hinterhöfe klopfte jemand Staub aus einem Teppich - hart und stetig hämmernd, dumpf. Eine Mutter rief von einem Balkon, ein nervöser Autofahrer hupte.

Niet nahm sich eine Zigarette, merkte, dass er noch eine im Mund hatte. »Ja, ...«, begann er wieder. »Ich bin noch ganz neben der Spur... Wie war das mit morgen? Zehn Uhr nochwas ist der Flug, wir treffen uns um halb?«

»Zehn, ja. Halb zehn. Hier: Murat sagt, er hat das METALMENTARY SPECIAL, das sie heute Mittag gezeigt haben, auf Video aufgenommen, er meinte, dass dich das sicher interessiert.«

»Ja, vielen Dank. Ich... Danke, ich bin irgendwie ganz weg.«

»Sollen wir rüberkommen? Wir haben hier einen ganz wilden Kamelreiter...« Der Code dafür, dass Cat und seine Leute schwarzen Afghanen rauchten.

»Ja, nein - ist schon okay. Ich gehe einfach, mich noch was hinlegen.« Mit der Zigarette riss er sich ein Stückchen Haut von der Unterlippe.

»Ja, Jetlag, wie? In Sydney ist jetzt so was um die sechs Uhr früh. Wir versuchen hier... Oder komm doch einfach rüber. Sind auch ein paar Leute da. Wir versuchen hier, uns schon mal auf US-Zeit einzustellen!«

»Nee danke. Ich sehe euch dann morgen am Flughafen.«

»Okay, mach's gut!«

Niet hatte das Bedürfnis, sich mit Betäubungsmitteln zuzugießen, die nächsten Wochen im Rausch statt im Volltran hinter sich zu kriegen. Er wollte die Vergangenheit jetzt schon einkisten, in einen Sarg laden, loswerden, abschließen.

Als er die Augen öffnete, war es schon ganz dunkel, über die Zimmerdecke hatte sich eine Samtdecke gelegt. Finsternis. Fühlt sich gut an, leicht betäubt, stellte Niet fest. So muss der Tod sein. Erlösende Stille und eine Atmosphäre, in der die Grenze zwischen Körper und Luft verwischt, sich schließlich und letztlich auflöst. Beides dieselbe Wärme, beides ohne Übergang. Pur, ohne Mauern und Haut zwischen der Welt und der eigenen Hülle, ganz, als sei man – – –

Was ist das, da ist jemand im Flur, da draußen sind Menschen, man hört ihre Bewegungen, ihre geschlossenen Münder. Cat, Terry, Klecker und Frankie stehen in der Tür, lachen tonlos, Cat schiebt einen Typen vor, der aussieht wie der Gitarrist von Led Zeppelin. Nein, es ist nicht Jimmy Page, es ist der Angegraute aus Australien. Was macht er hier? — Wer? — — Die vier grinsen mit diesem albernen Lächeln, diesem Kichern über die schlechten Witzeleien. Frankie dreht sich weg.

Niet ist heiß. Sie nicken, als wollten sie sagen — — — —

Cat gibt Niet zu verstehen, dass man einer wie Carmen eben leichter den Schlüssel aus der Hosentasche zieht als den Pullover übern Kopf. Sprüche. Cat. — — Niet steht auf der Bühne - muss L.A. sein. Aber alles so fremd... doch New York? Vor ihm das absolute Schwarz, keiner der Idioten zu sehen. Die anderen sind von der Bühne gegangen, eben noch eine *alternative version* von AFTER P.M. gespielt, eine Fassung, die Niet immer hasste, zu radiofreundlich und stupide war sie ihm - und jetzt? Solo oder wie? Ich habe doch noch nie auf Bass-Soli gestanden. Niet ackert übers Griffbrett, die Monitore wie immer: mieser Sound. Gar kein Sound eigentlich. Er hatte ihnen doch genau erklärt, weshalb er nicht auf Soli steht, und schon gar nicht bei einem Gig vor der Industrie. Wäre er nicht völlig nackt, könnte er mit dem Bass eine Axt imitieren, die das Bühnenequipment zerhaut - so aber muss er spielen. Spielen, spielen, spielen. Sein Bauch steht Kopf. Gerade jetzt. Alleine. Wäre er jetzt Slash, dann müsste er nur zur Bühnenseite rennen, da könnte er in irgendeinen Eimer kotzen. In L.A. geht das. Niet sieht den Eimer nur undeutlich - gehört hier wirklich zum festen Inventar. Keine Ahnung, was sich der Roadie, der ihn wohl halten muss, denkt - it's only Rock'n'Roll. Auf dem Boden des Eimers ist ein runder weißer Kreis, ansonsten alles schwarz. Einfach alles dreht sich hier um die Musik, schießt es Niet durch den Kopf; Hard Rock Cafes im Grundriss von Gitarren, so wie die Bar in Peking, Eimer mit der Optik von Schallplatten. Sauer bricht es aus ihm heraus. — —

Niet wischte mit der Hand über seinen Mund. Und stellte fest, dass es eine Platte war, die auf dem Boden lag. Warum lag sie da so nackt - ohne Hülle? Die anderen waren nicht mehr da. Er war - ja: zu Hause. Flug verpasst?

Er sprang auf, rannte in die Küche, es war kurz vor drei, Stunden nach seinem Date mit Sheila. Seine Sachen lagen nicht mehr auf dem Tisch, stattdessen sah er auf dem Küchentisch zwei Frühstücksteller, Messer, Tasse, Löffel. Carmen war zurück.

* * *

Das Rendezvous mit Sheila hatte er verschlafen, und sie war auch nicht hergekommen. Stattdessen hatte Carmen für ihn mitgedeckt. Wahrscheinlich hatte Sheila gar nicht gemerkt, dass er nicht im X war, Verabredungen mit ihr hatten eine 50/50 Chance, tatsächlich stattzufinden, sie nahm das eher locker, wollte sich nicht festlegen lassen.

Nachdem er aber, von zu langen Nächten in Hotelzimmern getrieben, ihr mitgeteilt hatte, er fühle sich ihr so nahe, er fühle sich mit ihr, der Amerikanerin in Europa, so verbunden, dass er sie heiraten wollte, nachdem er sich dazu durchgerungen hatte, so einen Kloß aus seinem Hals zu bewegen, war ihr Empfang jetzt doch eher enttäuschend. Reichlich enttäuschend. Hatte Klecker Recht, wenn er meinte, Sheila sei nichts für ihn? Cat schien da mehr Verständnis zu haben, er entschuldigte bei Frauen fast alles, nahm sich aber auch heraus, selbst absolute Freiheiten auszuleben. Klecker war als einziger in festen Händen. Und hatte ein Kind.

Je mehr sie miteinander redeten, sich kennenlernten, sich näher kamen, je mehr Sheila und Niet Masken ablegten, sich gegenseitig die Hüllen von ihren zitternden Körpern rissen, desto wahnsinniger wurde er. Das war's. Er hatte schon aufgegeben, an solche Gefühle zu glauben, auf so ein Erlebnis während seinem Dasein auf Erden zu hoffen.

Kurz darauf trafen sie sich zum Essen. In einem Restaurant, in das sie danach nie wieder gehen konnten. Denn es funkte nicht nur zwischen ihnen, es explodierte. Irre. Rock'n'Roll. Aufgegabelt hatte er sie bei einer Vernissage, wo er hingegangen war, um seinen Freund mit den lateinamerikanischen Betäubungsmitteln zu treffen, und stattdessen war er ihr begegnet, sie servierte Fingerfood, man kam ins Quatschen - und ging in dieses Restaurant. Ganz romantischer Laden, überhaupt nicht Niets Sache, zu klischeehaft, aber es war ein Tag, an dem man Prinzipien sausen ließ, an dem man machte, was man sonst nie machte. Auf dem Weg zu dem Restaurant waren sie in einen dieser deprimierend doofen Scherzartikel-Läden gegangen, und die ganze Zeit lachten und prusteten sie, jeder Satz stimmte, jede Bewegung der Lider ein Déjà-vu. Es war magisch. Also gingen sie mit diesem Helium-Ballon wieder raus, ein Riesenfrosch, mit Zickzackbeinen aus Pappe. In dem Restaurant sah man sie scheel an, klasse, und dann, das Ding schwebte zwischen ihnen über dem Tisch, nur das Gewicht der Zickzackbeine hielt es ab, an die Decke zu fliegen und dort von den Ventilatoren zerfetzt zu werden, wie ein Frosch von Alligatoren in den Sümpfen Floridas... Und Niet versank in ihren braunen Augen, faselte etwas von Betäubungsmitteln und Zufällen und Schicksal und Vorhersehung, da tat es einen Schlag ... ein explodierendes KRAWUMM. Wie bei Kiss 1982, Palladium/Detroit Rock City. Der Heliumballon war von der auf dem Tisch brennenden Kerze in die Luft gejagt worden. Die froschgrünen Überreste seiner PVC-Haut segelte über die Köpfe der Pärchen an den anderen Tischen.

Für das Knistern zwischen zwei sich neu begegnenden Menschen war da kein Platz mehr. Bei Sheila zu Hause kam sie dann noch zum essen, irgendwann nach Mitternacht. Fischstäbchen, außen verbrannt, innen vereist. Das war aber erst der zweite Gang. Zum Nachtisch gab es mehr, ihr erstes richtiges gemeinsames Mahl: Süßigkeiten, die sie an der Tankstelle holten, als die ersten von der Nachtschicht nach Hause gingen.

Break

When you hear sweet syncopation
And the music softly moans
T'ain't no sin to take off your skin
And dance around in your bones

William S. Burroughs: »T'Ain't No Sin« - The Black Rider

Der wind klang wie ein titanlied, es war ihm, als könnte er eine ungeheure faust hinauf in den himmel ballen und gott herbeireißen und zwischen seinen wolken schleifen; als könnte er die welt mit den zähnen zermalmen und sie dem schöpfer ins gesicht speien Ich sah aus tiefer nacht feurige dämonen ihre glühenden krallen ausstrecken Ich kenne nicht alles, was da kommen soll Nach dem leben froher menschen, die auf des bodenlosen abgrunds dünner decke lustig tanzten Sie stelzen noch immer so steif herum, so kerzengrade geschniegelt, als hätten sie verschluckt den stock, womit man sie einst geprügelt Was haben sie der erde angetan Komme mir keiner und sage, dass er den regen nicht liebe Eine bemerkung von ihnen hat mich irritiert Dieser blaue himmel! Ich soll mir ein bisschen mehr zeit, ein bisschen mehr ruhe lassen! Ohne ihn würde die sonne uns alle ermorden, nein, komme mir keiner - wir haben alle grund, ihn zu lieben Meinen sie damit, ich soll ihnen mehr ruhe lassen? Handeln, das ist es, wozu wir da sind Das leben des menschen ist sehr kurz und sehr unglücklich Was haben sie unserer schönen schwester angetan Und da es unglücklich ist, ist es gut, dass es kurz ist He schwester, gib mir deine hand, deine hand Vergewaltigt und geplündert Der mensch ist ein schuft Und so sind sie alle, einer wie der andere Und doch: es regte sich in ihm ein unklarer wunsch, mit all diesen leuten gespräche anzuknüpfen Zugegeben, der mensch ist ein ganz außergewöhnliches tier - aber auch alle anderen arten sind außergewöhnlich Einer wie der andere Ihre falsche gesundheit Man kann nur das hassen, was man einmal sehr geliebt

hat Wenn ich zu ihm spreche, antwortet er mir Ihre falsche jugendlichkeit Großvater ich will meine stimme erheben höre mich! Aufgerissen und gefressen Ihre weiber, die nicht zugeben können, dass sie älter sind Lebe, wie du, wenn du stirbst, wünschen wirst, gelebt zu haben Ihre kosmetik noch an der leiche Einer wie der andere Überhaupt ihr pornografisches verhältnis zum tod Im ganzen weltall soll meine stimme erschallen Ihr präsident Höre mich Der auf jeder titelseite lachen muss wie ein rosiges baby Und er fragte mich, ob er mich mit solchen einzelheiten langweilt Sonst wählen sie ihn nicht wieder Ich soll es ihm nur sagen ich sagte ihm: nein Großvater! Ihre obszöne jugendlichkeit Mit messern gestochen im schatten des morgengrauens Ich will leben! Betrachte der menschen art zu sein, beobachte die beweggründe ihres handelns, prüfe das, woran sie befriedigung finden Die qual der einsamkeit birgt nicht nur armut, sondern ebenso einen gewaltigen reichtum Auch unsere ideale bekommen im laufe der zeit runzeln, krähenfüße und sehr viele narben Wollen sie sich nicht zu uns setzen? wurde ich neulich von einem bekannten gefragt, den ich allein nach mitternacht in einem kaffeehaus traf, das schon fast leer war Wie kann ein mensch sich verbergen! Nein, sagte ich Die Einsamkeit gibt gott in uns raum Die wahrheit ist eine von ort und interessen abhängige ansicht, und sie mit dem lasso einfangen zu wollen, ist noch unsinniger, als wollte man den wind einfangen Wie kann ein mensch sich verbergen! Ich habe gesprochen Eingesperrt Es war der sommer meines millionensten jahres Wenn man leben wollte, musste man alle gesetze brechen, weil alle gesetze einen zum tode verurteilten In den schmutz gezogen Und ich befürchte, ich werde mich an jenen sommer immer gut erinnern Die Mädchen standen schweigend in grüppchen, enge jeans, ärmellose t-shirts, mit stiefeln und sonnenbrillen, stützbüstenhaltern Die menschen können spüren, was in dir vorgeht – ströme, schallwellen, kräftefelder? wir nehmen so viel mehr auf, als wir mit dem, was wir hochtrabend als intellekt rühmen, verarbeiten können – kleinigkeiten, dinge, die wir wissen, ohne zu wissen, dass wir sie wissen Zeichen von wahnsinn Glänzendem lippenstift und den leeren, faden ausdrücken pseudo-weiser gemüter, die gemein geworden sind Wir wollen die welt Gemein und nervös von zu viel verbitternden lektionen Menschen sind menschen fürchte dich nicht vor ihnen Seltsam wie weit man auch geht Gelernt in zu wenig jahren Rette uns Es sind immer die gleichen orte an die man kommt Doch sei es, was es will Was uns am leben erhält Kräftefelder? Sonnenbrillen Kann uns auch krank machen Jesus In zu wenig jahren Ohne zu wissen, dass wir sie wissen Ich werd ihm lachend begegnen Er fragte sich wie schon oft, ob er wahnsinnig geworden war Sie sagen, es heißt, gott schuf den menschen nach seinem bilde Vielleicht war ein wahnsinniger nichts weiter als eine minderheit, die nur aus einem menschen bestand Das heißt vermutlich, der mensch schuf gott nach dem seinigen Es hatte eine zeit gegeben, in der es als zeichen von wahnsinn galt, zu glauben, die erde drehe sich um die sonne Es zieht mich fort, mit göttlicher gewalt, dem abgrund zu, ich kann nicht widerstreben Rette uns

Kapitel 5

*And though I reached out for you
wouldn't lend a hand*

Megadeth: »In My Darkest Hour« - So Far, So Good... So What!

* * *

Um fünf war Niet hellwach. Er erwachte diesmal nicht aus einem Alptraum, sondern ganz natürlich. Carmen, die Fee, hatte Kaffee besorgt, außerdem frisches Brot. Er fühlte sich so wach, nach dem Frühstück so fit, wie schon lange nicht mehr. Der Kaffee brachte seine Füße zum Wippen, klare Gedanken in den Kopf. Seine Blutbahnen hatten sich zunehmend entgiftet, der Alkohol-Level war auf ein Minimum reduziert. Und am wichtigsten: Der Schatten, die alles zernagende Depression, das auf *upper* und *elevator* folgende Echo, durchströmte nicht mehr sein Inneres. Carmen hatte einen Zettel an den Kühlschrank geheftet.

Welcome back, oder verstehst du nach so viel Wochen englisch überhaupt noch deutsch? Die Briefe vom Fanclub kamen hier Montag an. Bei Susanne hast du ein Essen gut, wenn du ihr ein bisschen was von Australien erzählst. Sie will da Schafe züchten... Sorry, falls wir dich geweckt haben.

Verrückt irgendwie, hier saß er, Rockstar in the making, und selbst seine Mitbewohnerin behandelte ihn und seine Sache, als seien das bloße Flausen. War aber okay, bewies es doch, dass er nicht zu dick auftrug. Mit den Füßen auf dem Boden, klasse. Ganz wie er es immer gewollt hatte.

Er aß, lächelte, betrachtete kurz den Stapel Briefe, wippte, fühlte sich jung, freute sich auf Amerika, Scorseses Mean Streets von New York, Chandlers Philip Marlowe in den Mean Streets von Hollywood. Den Gedanken an den seltsamen Brief mit der krakeligen Schrift schob er beiseite, auch die Fan-Post ließ er gerne ungeöffnet - keiner der Umschläge hatte eine richtige Briefmarke, alle waren mit den Frankierungen von

Ämtern und Behörden gestempelt; darin konnte also nur das sein, was die Engländer *red tape* nennen.

Er freute sich lieber auf New Yorks gelbe Taxen, die über Schlaglöcher wie in Kairo schaukeln, auf Avenues, die so rochen wie Huren im Morgengrauen. Er freute sich auf die Buden, die Kaliforniens Boulevards säumten, dazwischen und in Beverly Hills Palmen, alt wie tausendundeine Nacht. Weiter südlich dann Straßenschlachten vor laufenden TV-Kameras. Flirrende Träume und Alpträume, eine 360°-Leinwand – was existierte, wurde auf Zelluloid eingefangen und konserviert. Flirrende Visionen und *alternative versions*, Subversionen, die Leinwand endlos – was auf Zelluloid war, das existierte. Stellt die Scheinwerfer auf, die Linse scharf, Überstunden heute an der Illusionsmaschine, auch das lässt sich vermarkten, vervielfachen, vertreiben, verkaufen. Die Kopien wurden oft genug neu bemalt, jagen wir sie durch den Scanner, werten wir sie doch einfach mal holographisch um (oder auf?), und weiter geht's – mit Vollgas. Nur nicht in den Rückspiegel geschaut, stattdessen mit Vollgas, macht nix, Baby, dass es der Rückwärtsgang ist, dem Ende der Sackgasse entgegen. Mach dir nichts draus, Baby, auch diese Wand ist nur eine Fassade, warum also die abendländische Panik vor Untergang und Krise? Los, komm schon, Baby, hol den Champagner aus dem Handschuhfach, und sei so lieb, nimm doch bitte deinen Fuß da weg, dein Absatz hat mir schon das halbe Gesicht aufgeschlitzt.

Das Kalenderblatt an der Küchentür erinnerte ihn dann wieder an das Hier und Heute. Nun also mit einem weniger; seit dem Telefongespräch mit Cat gab es ein paar Menschen weniger. Und einen davon... kannte er zwar nicht wirklich, aber doch eben so gut, wie man jemanden kennt, dessen Kleidung und Klänge, dessen Gedanken und Gefühle man jahrelang studiert hat. Zig Zag, Mann! Mann der verpassten Gelegenheiten. Es kotzte ihn an.

Es kotzte ihn an.

Es kotzte ihn an, nicht nur aus purem Egoismus, der ja bei jeder Trauer mitmischt. Es kotzte ihn an, dass schon wieder nichts mehr ist, wie es mal war. In einer Welt, in der sich die politischen Fronten ständig änderten, neue Feinde und Dämonen kamen und zerstört wurden, alte Feinde zu Bündnispartnern wurden, in einer Welt, in der ständig neuer Hightechklimbim vorgestellt wurde, in der die Kids schon in der Grundschule in Internet und Telefonie unterrichtet wurden. In so einer Welt war es nachvollziehbar, dass sich alle nach Sicherheit sehnten, dass sie sich wenigstens in ihrer Freizeit mit Dingen einließen, auf die sie sich verlassen konnten, wo sie wussten, was sie hatten.

Konservierte Vergangenheit, Nummer sicher statt Experimente. Für einen wie Niet war das ein echtes Problem.

Die ersten Wochen von ShamPains Australien-Trip waren ein Hürdenlauf: Gleich am zweiten Tag die Leute der Plattenfirma 5th Dimension Records kennen gelernt, im Krankenhaus Frankie besucht, ihm seine Sachen und Zigaretten gebracht, bis in die Nacht Interviews mit lokalen Radiosendern und der Tagespresse, am dritten Tag Business Meetings mit dem 5th Dimension Records-Besitzer Luke Keyser und Produkt-Manager Ray Burns, noch mehr Interviews und abends erster Soundcheck im Studio.

Irgendwann die Entscheidung, ohne Frankie weiterzumachen, als Quartett. Das erschwerte Abstimmungen.

Von Luke sahen sie danach nicht mehr viel, da er mit den anderen Firmen zu tun hatte. Personal für die Musikverlage 5th Sin Publishing und Sin Song für die Lizenzverwaltung. Für 5th Sin Publishing konnte er, weil es die Teilhaber so wünschten, nur australische Acts verpflichten, weshalb er ShamPain anbot, bei Sin Song zu unterschreiben. Sin Song gehörte zu 100% der Holding 5th Dimension Enterprises Ltd. und war damit unter Keysers Ägide.

Wie alle Rockstars im Ruhestand wissen, wie seit MP3/Napster und KaZaA auch aufmerksame Feuilletonleser erfahren haben, werden im Musikgeschäft nicht nur mit dem Verkauf von Tonträgern Milliarden verdient, sondern auch mit der Weiterverwertung von Rechten. Das Kapital von Musikverlagen ist soft (Songs, Töne), die Kosten sind gering (Aktenordner und Taschenrechner, kein Presswerk, keine Lagerhäuser). Entsprechend fallen die Margen aus, die ein Musikverlag unterm Strich macht. Seine Zahlen können gar nicht rot sein. Entsprechend heiß umkämpft, unter völligem Ausschluss des Bewusstseins der Öffentlichkeit oder noch so ausgebuffter Musikkenner und Label-Fetischisten, sind die Krümel, die von diesem drögen Kuchen abfallen.

Keyser war mit den Geschichten von Tin Pan Alley und der Übermacht der Musikverlage groß geworden, begann also da, wo auch andere angefangen hatten. Um nicht bei Null anzufangen, schloss er sich zu Beginn seines Wirkens als Musik-Mogul mit einigen Verlagen zusammen und gründete 5th Sin Publishing.

Der Grundstein für sein Musikimperium war gelegt, es kostete ihn einige Millionen Dollar, brachte Kontakte, auch zu Teilhabern, die sich mehr für Folklore und Traditionen interessierten, die auf der Bühne der Politik aktiver waren als in Konzertsälen voll kreischender Teenager. Und für die Abrechnung mit Radiosendern, Discos und anderen Verwertern trat er nicht als Verleger eines einzelnen Künstlers, sondern mehrerer Verlage auf - die $20.000 Startkapital, die ihn der Musikverlag gekostet hatte, waren also gut angelegt.

Und weil auch Plattenfirmen Tantiemen an den Musikverlag zahlen, ist es für jede Plattenfirma interessant, auch hier aktiv zu sein - wie EMI, Warner, BMG und Konsorten schon seit Jahren wissen. Der Verlag muss dann selten mehr als 50% dieser Tantiemen an die Komponisten weiterleiten.

Zweifelsohne waren Keysers Kontakte zu Politikern von Vorteil, gleichzeitig verhinderten einige der Teilhaber, dass ShamPain von 5th Sin Publishing betreut wurden. Wenn die Band ihre Urheberrechte an Sin Song abtreten würde, so Keyser, erhielte sie die Möglichkeit, im Big Bang Recordings Studio in Adelaide aufzunehmen, zu Sonderkonditionen und beliebig lange. Wem ShamPain 50% für diese lästige Abwicklung überließen, war bei dem, was netto unterm Strich blieb, egal.

Im Gerangel um Publishingrechte ging es um das Kleingedruckte, so langweilig wie bei Marketing und Werbung das Großgedruckte. In der Studiofrage konnten wieder alle von ShamPain mitreden. Alles, was ihnen der eigens angereiste Studiomanager von dem Projekt erzählte, lief dem, was ShamPain in einem Studio wollten, entgegen: Die Technik, vor Jahren hochmodern, war heute eher lächerlich: einzelne Zellen für jeden, Bildschirme statt Blickkontakt zum Regieraum. Die Billardtische und Flipperautomaten in den Freizeiträumen beeindruckten nur Klecker. Bei Cat und Niet erweckten sie den Eindruck einer klassischen Fehlinvestition, mit der man nur blutige Anfänger hinters Licht führen konnte. Terry hätte im Big Bang Recordings Studio am liebsten alle kommenden ShamPain-CDs eingespielt.

Alles schon gehabt, kennen wir, grinsten sich Cat und Niet wortlos an. Sie hatten genügend Hinterhofstudios gesehen, zwischen den Lieferanteneingängen zu Schleckers Drogeriemärkten und Karstadt. Man erklärte Luke, mit dieser Entscheidung erst noch abzuwarten, woraufhin er nickte, völlig verständlich. Und, nebenbei bemerkt, der Vertrag ist natürlich auch mit Vorschüssen verbunden, die eine andere Verrechnung der *cross-charges* für kommende Unkosten erlauben würden, Stichwort *cross-collateralization*, und viel wichtiger sind im Moment ohnehin andere Dinge. Das war Keysers Taktik: Übrigens ist hier noch ein Knochen, sprechen wir jetzt aber von anderen Braten.

Luke wäre furchtbar gerne ein Showbusiness-Mogul der alten Schule geworden. Er stürmte von einem Meeting ins nächste, von Konferenzzentren in Flughäfen zu Kokskellern in Calhua, von Privatjets zu Projekten, über die er nicht sprach. In Meetings gab er immer den Effektiven, raste von einem Punkt zum nächsten, während im Ascher zwei bis drei Zigarren gleichzeitig kokelten. Es war klar: Hatte man ihn auf seiner Seite, dann stand einem auf dem Weg nach oben nichts im Weg. Arbeitete man gegen ihn, dann wurde es schwierig, sehr schwierig. Also entschied man sich, ihn so anzunehmen wie ein Straßenmädchen ihren Zuhälter: als Ersatzvater, Retter, Held, besten Freund.

Doch die vielen Knochen und Braten erfüllten Niet nur mit noch mehr Misstrauen. Er unterschrieb nichts. Sie hatten ihren Vertrag mit 5th Dimension abgeschlossen. An Modifikationen war für ihn nicht zu denken. Er, der Komponist des Hits OUT OF ORDER, würde kein Teilhaber an 5th Sin, der Managementfirma werden. Er würde jetzt nicht für später sorgen. Das wurde akzeptiert. Zu Reibereien kam es eher wegen seiner prinzipiellen Ablehnung, also auf der persönlichen Ebene, als wegen der Verträge.

Wenn Niet einen Horror davor hätte, in Ausschüssen für Marketing, Sales & Controlling zu sitzen, an Konferenzen der Holding und bei Diskussionen über Steuerparadiese teilzunehmen - kein Problem. Das wurde akzeptiert. Preise, Urkunden, Titel bedeuteten ihm eben nichts, und das nahmen die Australier hin.

Was die Band, insbesondere Cat, nicht hinnahm, war der Umstand, dass Niet sich die Optionen nicht einmal ansah, sondern rundweg ablehnte. Selbst wenn er sie sich ansah, wusste Cat immer, dass Niet sie nicht ernsthaft in Erwägung zog.

Das war der Grundstein der Zerrüttung, ein scheinbar unbedeutendes Kieselsteinchen. Das Glashaus, in dem die Beatles saßen, wurde von kaum größeren Steinchen und faulen Apple Records zertrümmert, ebenso das der allermeisten anderen Bands.

So ergab es sich, dass Klecker und Terry zu Teilhabern diverser Zweigstellen wurden, und aus Sham Pain wurde Sham-Pain. Die Amateurband, die über Kleinanzeigen und Zettelchen an den Pinnwänden von Musikgeschäften zusammengefunden hatte, sollte zu einer GmbH - beziehungsweise Inc. - werden. Als Ltd. mit Sitz auf den British Isles würde man sich Ende der Woche, also übermorgen, in London registrieren.

Die Musiker sollten sich aber nicht den Kopf über Stammeinlagen, Prokuristen und Notare zerbrechen, sondern eben delegieren – ein für allemal, damit sie sich dann wieder aufs Musikmachen konzentrieren konnten. Im Vorort Deutschland klang das alles nicht nach Rock'n'Roll, in Übersee war es so selbstverständlich wie die Multi-Millionenverkäufe von den Eagles, Hootie & The Blowfish oder Led Zeppelin.

★ ★ ★

Niet packte sein Aufnahmegerät in eine Tragetasche, steckte nach kurzem Überlegen und einer unterdrückten Träne noch ein paar CDs von Slick Black ein, PARALIPOMENA von Zig Zag. Und als Lektüre die Bibel seiner Jugend, END LESS LIFE, die Biografie Zig Zags.

In der Küche strich er sich noch eine Scheibe Brot. Kirschmarmelade. April. Auf der Straße war es noch ruhig, begann aber schon, hell zu werden. April war klasse: unvorhersehbar, eigenwillig. Vor dem Mai grauste ihm schon jetzt: Dieses jährlich wiederkehrende Versprechen auf mehr, was dann so doch nie eingelöst wurde. Dann schon lieber Mai in Kalifornien, wo er identisch war mit dem November. Unecht, irgendwie.

Er lief zwischen Kühlschrank, Tür und Tisch umher wie ein Tiger, der jeden Moment aus dem Käfig in die Wildnis entlassen wird. Oder aus dem Zoo in die Stadt. Im Bad schaute er in den Spiegel, begrüßte ein Gesicht, mit dem man sich für einen weiteren Tag arrangieren konnte, sprang in die Wanne, duschte, drehte das kalte Wasser langsam rauf, das heiße runter. Noch kälter. Bis der Heißwasserhahn sich nicht mehr runterdrehen ließ und kleine Eiswürfel seinen Rücken betäubten. Da seine Handtücher noch gepackt waren, schnappte er sich nach kurzem Zögern eins von Carmen.

Die Handtücher von Tom, dem anderen Mitbewohner, waren immer zerlöchert und so hart, dass man sich daran die Fingernägel feilen konnte. Das Handtuch von Carmen war groß und weiß. Manchmal konnte sie richtig kleinlich sein, wenn man sich etwas von ihr auslieh – was soll's, das Bibbern war stärker, sie würde sich in zwei Wochen nicht mehr daran erinnern.

Und es war weich. Der weiße Frottee kitzelte die Nase ein wenig. Weißer Frottee, weißes Frottee... Auch mit geschlossenen Augen sah er das Weiß, ahnte er die Haut, die der Stoff sonst rieb. Spuren im Weiß. Bleiche Haut, Haut so exklusiv, dass selbst die Sonne nur gelegentlich einen Blick drauf werfen durfte. Er drückte das Frottee tief ins Gesicht, nicht hart, aber bestimmt, ein Unterschied, den jeder Rocker gut kennt, weshalb Rockbands auch die besten Balladen abliefern. Trivial? Banal? Tja, geht es in diese Gefühlsregionen, dann zählt Abstrahieren und Intellekt eben nicht mehr so sehr... Ihm kam die Platinblonde in den Sinn, der Rauschgoldengel mit den langen Beinen, die kleinen Momente Haut, die ihre Hosenbeine freigaben zwischen Schuhen und Jeans. In seinem Alter hatte überhaupt kein Mann zu heiraten oder gar treu zu sein. Er versuchte, die Stromwellen zu zeichnen, die um den Engel im Exil schwirrten und surrten wie ihr Duft. So weich. Frisch und unberührt wie zugeschneite Berge, war es weich und roch einfach gut.

In seiner Nase kitzelte etwas Kruseliges. Die Zartheit des Stoffes war überwältigend, hielt länger an als der Geruch, an den sich die Sinne eben immer zu schnell gewöhnten.

Er tupfte sein Gesicht langsam ab, lehnte den mit dem Handtuch bedeckten Kopf zurück, stützte sich auf den Waschbeckenrand. Versuchte, den Geruch neu einzufangen. Er hatte die Frau niemals zuvor gesehen, ob sie neu in der Gegend war? Womöglich neu in der Stadt? Wenn man neu in der Stadt ist, freut man sich über Leute, die einem zeigen können, wo was abgeht. Ihr entschiedener Gang ließ nicht unbedingt darauf schließen, dass sie sich nach jemandem sehnte, der sie bei der Hand nahm und durch die Kneipen führte. Möglicherweise hatte sie alles schon gesehen, auch andere Länder, andere Städte. Städte, gegen die dieses vergrößerte Dorf entweder lächerlich oder niedlich war. Vielleicht könnte sie Niet davon erzählen, wie sie in Paris gewohnt hatte, als sie versucht hat, Malerin zu werden. Sie würde mit ihm lachen, plötzlich nichts sagen, ihm nur neugierig in die Augen schauen, ihn fragen, was er... Oder auch gar nichts fragen. Er würde mit dem Bein zurückweichen, wenn sie sein Knie unter dem Tisch versehentlich anstoßen würde. Nein, nicht anstoßen - *touch*, das war auch hier das Wort. *Touch*, ja.

Das Handtuch auf seinem Gesicht befreite ihn von dem schweren Samt anderer Gedanken. Weiß, weich, ruhig, so ruhig.

»Na, Rock'n'Roller, dass man dich auch mal wieder sieht.« Es war kalt, besonders sein immer noch nasser Rücken, der der Stimme näher war als der Rest seines Körpers.

Zwei Hände zogen das Handtuch von seinem Kopf. Zur Hüfte. Es waren seine Hände, die es nun um seinen Bauch wickelten, während er im nur noch an den Rändern beschlagenen Spiegel sah, wie Carmen kopfschüttelnd zur Tür hinausging.

»Ich hab dein...«, begann er. »Ich hoffe, das ist okay.«

Er lief ihr durch den Flur hinterher bis in ihr Zimmer. Ihre Freundin lag noch im Bett, auf dem Bauch, schlafend, die Decke zur Hälfte auf dem Fußboden. Carmen kniete daneben, drehte an der Heizung. Der Duft von Kerzenwachs und aromatischen Ölen hing in der Luft.

»Knochentrocken hier.«

»Ja, da ist irgendwas kaputt, wir haben die ganze Nacht -«, stockte sie und lächelte. Jetzt erst sah er, dass sie sich die Haare geschnitten hatte. »Du brauchst doch nicht zu flüstern.«

»Durchgeheizt, wie?« Der zweite Teller war gar nicht für ihn gedacht, schoss es ihm durch den Kopf.

»Susanne schläft entweder wie ein Bär, oder sie ist wach. Erzähl doch mal: Wie war's denn in Australien? Hast ja gar keine Postkarte geschrieben, du Schlawiner«, witzelte sie - etwas altbacken, wie er fand.

»Wirr. Vor allem«, flüsterte er immer noch und bemerkte, wie Carmen ihn musterte. Sie trug ein verblichenes T-Shirt mit Micky-Maus-Aufdruck, Susanne trug nur ein Lächeln auf dem Gesicht. Im Schlaf murmelte sie etwas Unverständliches, Niet zupfte kurz an seiner Zunge, fand aber keinen Tabakrest. »Stress und Rausch, um viel mehr ging's eigentlich nicht.«

»Das war dann ja genau das Richtige für dich, oder? Ganz in deinem Element. Hartes zieht dich doch an, oder?«

»Zieht mich an? War das die Vorlage für deine neue Frisur?«, nickte er Richtung Bett.

»Ach!«, winkte Carmen ab. »Stress und Rausch – du siehst: Es hängt alles irgendwie zusammen.«

Das Lächeln steht ihr immer noch – besser, als ich es in Erinnerung hatte, dachte er. Als er von den Du-Schelm!-Spielchen genug hatte, verabschiedete er sich leise, ging zurück ins Bad, wo er feststellte, dass an ihm nichts mehr abzutrocknen war. Er behielt das Handtuch um die Hüfte, und sammelte seine letzten Sachen zusammen.

Mit kurzen Haaren sah Carmen viel besser aus.

Kapitel 6

We want the world and we want it now
We're gonna take it anyhow

Ramones: »We Want The Airwaves« – Pleasant Dreams

Der Taxifahrer war, wie Niet kurz vor dem Flughafen feststellte, ein alter Bekannter. Dick geworden war er, das Gesicht umdefiniert; wenn er noch nach etwas hungerte, dann sicher nicht nach Bühnen und Rampenlicht, nach Ausdruck durch Musik, Selbstentfaltung durch Kunst.

Nur an der Stimme, die schließlich fragte, wohin denn die Reise ginge, erkannte Niet, dass es Kurt war, der mit beiden Händen das mit Lammfell bespannte Steuer hielt.

»Hey: Wir kennen uns: Du bist doch Kurt!« Kurt! Nicht Sicherheitskurt, sondern Jokurt, der Gitarrist, der im Musikhaus Koenig immer Mirinda trank und Nachwuchsmusiker aufklärte, wie es wirklich hinter der Bühne zugeht.

Er schien keineswegs überrascht, schließlich war er stadtbekannt. Immer schon gewesen. Er schaute kurz zu Niet, bemühte aber nicht sein Gedächtnis, hatte er ihn doch längst mit einem Aufkleber abgefertigt und in eine Schublade gesteckt.

Genauso wie früher, als Jokurt irgendwann aufhörte, Niet zu belehren, da der sich mehr für die Grätsch-Sprünge von Dee Dee Ramone als für Finger-Akrobatik über sieben Bünde interessierte. Drei Akkorde tun's auch.

»Hey, du hast doch früher immer…«, fiel Niet die grässliche, überteuerte kanadische Klampfe ein, mit der Jokurt, der Mann vom Fach, der, dem niemand gut, vor allem professionell genug war, »…im Koenig rumgehangen.«

Wenn Niet damals von aufs mindeste reduzierten Arrangements schwärmte und in den Löchern seiner Jeans bohrte, winkte Jokurt, der Mann ohne Band, nur ab. Dann zog er sich die Jogginghose hoch und lachte laut über Songs, die mit drei Akkorden auskamen. Und dozierte weiter über Musiker, für die sich nicht einmal der Geschäftsführer vom Musikhaus Koenig interessierte.

So wie immer, wenn er besonders früh aufstand, drehte Niets Verdauungstrakt noch einige Extrarunden Schlaf ab, es gluckste träge, rumorte faul. Ohnehin etwas nervös und wegen nichts angespannt, fühlte sich Niet nach Kurts Schweigen hundeelend. Kurt wollte nicht, also wurde nicht geredet, nicht einmal über Sting oder Billy Cobham.

Jokurts fehlende Reaktion landete wie eine flammende Ohrfeige auf Niets Ego. Er steckte sie weg. Nicht kleinkriegen lassen. Schon gar nicht von so einem Würstchen. Von Leuten, die Backpfeifen austeilen. Hat er noch nie gemacht. Nie. Stattdessen freute er sich über die stobende, vor Wut rauchende Faust, die er im Innern spürte. Das, diese splitterfasernackte Wut, DAS, und keine kanadischen Gitarren, die aussehen wie Wohnzimmerschränke, DAS war der Stoff, der ihn antrieb, der ihn rocken ließ. Jokurt? Pissnelke.

»Die sechzig Cents Wechselgeld kannste behalten. Kleines Zugeld für die Kaffeekasse im Heimstudio.«

Im Flughafengebäude beobachteten Kinder landende und rangierende Jets, lauschten Söhne den geflüsterten Erläuterungen ihrer Väter. Jeder ein heimlicher Navigationsexperte, groß geworden mit Träumen von schnittigen Peter-Stuyvesant-Piloten. Jeder ein gescheiterter Aviatiker, der irgendwann einsah, dass Träume Träume sein sollten und ein Erwachsener Verantwortung zu übernehmen hatte. An den Scheiben schimmerte, was von den Nasen der Kinder zurückblieb, Muzak mit 60 bpm überzog alles mit Mief und Muff.

Die Boutiquen blieben leer. Keine Wartenden heute, die sich mit Zeitschriften und James-Last-CDs eindecken wollen, keine Geschäftsreisenden, die noch schnell Aftershave-Lotion und Parfum erstehen, niemand, der Rasierklingen oder sein Attaché-Case vergessen hat.

Im Verbindungsgang zwischen Terminal A und B bauten Filmer ihr Equipment auf. Kabelrollen, Scheinwerfer, denen man die Hitze und das Potenzial von gleißendem Licht ansah.

Auf Schienen glitt ein Dolly vor und zurück. Abseits lehnten Assistenten mit Kopfhörern um den Hals, hatten zischende Walkie-Talkies unter den Arm geklemmt und rauchten No-Name-Zigaretten, tranken Kaffee aus Thermoskannen.

Niet beobachtete das Treiben aus den Augenwinkeln, während er sein Gepäck eincheckte, cool blieb. Der Hauch von Glamour, der davon ausging, war immer noch stark genug, ihm ein Lächeln auf die Lippen zu zwingen. Es war seine Welt, die Welt der 1000-Watt-Scheinwerfer.

Cat, Klecker und Anhang waren zu hören und zu riechen, bevor sie zu sehen waren. Cat fuchtelte mit den Armen durch die Luft, dirigierte augenscheinlich das Gespräch. Kleckers Kopf hing über der Tischplatte, als würde er noch zwischen Wegnicken und Blackout ringen. Natalie, dem Drummer gegenüber, schabte lachend mit einem Löffel an seiner Hand.

Auch dabei: Ein Glam-Metal, randvoll mit Koks, ein Klopper, den Grufties und Cyberpunks schätzen, sowie ein paar Gesichter, die bei solchen Gelegenheiten eben für gute Laune und hohe Rechnungen sorgen. Voller Ehrfurcht lauschten sie Cats epischer Anekdote der letzten Orgie.

Fotografen verschlangen ShamPain, noch bevor die erste Rolle Film im Apparat war. Hier hatten sie eine Band, von der jeder, der auf Optik achtet, lebt: Die pechschwarzen Haare des Gitarristen standen wie elektrisiert in tausend Richtungen, seine exotischen Gesichtszüge hielten ihr Versprechen von Charisma, Charme und Grips. Sein Mund, die Lippen waren, kritisch betrachtet, nichtssagend. Doch das war nicht weiter schlimm, da der Mund ständig in Bewegung war. Mit seinem *motormouth* lieferte er die Qualitäten, die man bei dem orientalischen Gesicht vermutete. Heute trug er einen Blazer aus schwarzem Samt, schwarze Lackhosen und Doc Martens Boots. Seine Kajalstift-Künste lenkten von den blutunterlaufenen Augen ab. Einer, der so aussah, dessen Musik hatte Klasse.

Durchsage für die Reisenden nach Tinseltown mit Zwischenstop in Shitsville: Der fliegende Teppich verlässt den Hangar, machen sie sich klar zum Einchecken.

Neben Cat, wie aus einer anderen Welt: Der Drummer. Ruhender Felsen im tobenden Meer. Stoisch, wie ein Drummer sein muss, auch wenn alles zusammenbricht. Die mit silbernen Hieroglyphen besprayte Motorradjacke war in erster Linie eine originale Perfecto aus den Fünfzigern, was er etwas zu oft erwähnte, und in zweiter Linie ein Stück aus dem Nachlass seines Vaters. Das T-Shirt warb für eine Fritten-Bude in Sydney. Perlen und klimperndes Metall hielten Kleckers Inferno aus Haaren und Dreadlocks nur notdürftig zusammen. Einer, der so aussah, dessen Musik wollte man hören, so verquer musste sie sein.

Durchsage für die Reisenden mit Sonderkonditionen: Keiner muss sich zu diesem Flug anschnallen. Solange keiner zurückschaut, wird die Reise schon weitergehen – reich doch bitteschön die Pfeife weiter, du Joint! Ha ha. Cat ließ einen seiner Evergreens vom Stapel, kam an wie SATISFACTION, auch wenn man ihn schon das ein oder andere Mal gehört hatte.

Und dann Niet der Bassist. Mystisches Grün. Hübsch (lange Wimpern), vor allem hübsch, da sich nicht seiner Qualitäten bewusst. Nicht so köpfeverdrehend wie Cat. Allen und allem gegenüber offen, jedoch nicht so naiv wie Klecker, nicht so zynisch wie Cat – noch nicht. Eben einer, den die Mädchen in der Mittelstufe immer süß fanden, den genau das ärgerte, was sie noch mehr dazu brachte, ihn irgendwie knuddelig zu finden. Dünn, aber nicht so junkie-spindeldürr wie Terry, der in New York dazustoßen würde. Niet: Sah so aus, wie Bassisten eben aussehen: unscheinbar.

Letzte Durchsage für die Reisenden des Flugs Peter Pan nach Never-Never-Land: An den Fransen Hängende und Zurückblickende werden während des Fluges entfernt.

Die Szene im Flughafen glich einem am Rand der Cafeteria aufgeschlagenen Beduinenzelt – alles dabei: der Wasserverkäufer mit glasigem Blick, der solide alles überwachende Krieger in liebevoll verzierter Kluft. Den inneren Kreis bildete ein kleiner Harem giggelnder Schönheiten, um ihn herum kaute und jaulte, nickte und wiederkäute ein Dutzend Esel und Kamele; fehlte nur noch Terry, der Märchenerzähler. Platonische Freundinnen gehörten zum inneren Zirkel, den äußeren bestimmten Groupies, einige Wendys und Tiger Lilys plus Schnorrer des Sternenstaubs, der hier und heute nicht so recht rieseln wollte (jedenfalls nicht um diese Zeit). Die meisten sahen schlapp und verwelkt aus. In Gedanken verwarfen die Typen vom Fan-Club wahrscheinlich gerade die Idee, die Groupies nach Hause zu begleiten. Einer nach dem anderen.

Niet spürte seinen Puls. 120 bpm.

»Na, *party till you puke*, was? Wie geht's und steht's, alte Socke?« Begrüßungen wurden ausgetauscht, Schultern geklopft etc.

Irgendjemand drückte Niet ein paar Speedballs in die Hand. »Musste dir aber selber einteilen«, lächelte er – er? – mit erhobenem Zeigefinger, die Fingernägel schwarzsilbern lackiert.

»Neue Schuhe?«, grüßte Niet Cat.

»Klar Mann!«, wehrte der lachend ab. »Ich werd ja wohl kaum in Jackett und Turnschuhen rumlaufen, oder? Bin ich Politiker?«

Lachen und Nicken vom Gefolge. »Oh«, verzog Klecker lachend das Gesicht, »der ist aber abgestanden, oder? Und du?«, drehte er sich zu Niet: »Steht hier und sagt nix!«

Die Speedbomben in seiner feuchten Linken. Wie Knallerbsen. In Klopapier gewickelt, damit sich die Wirkung über die nächsten Stunden streckt. Niet griff sich eine Tasse ohne Lippenstiftreste und spülte zwei Speedballs mit kaltem Kaffee runter. Bedächtig, als handle es sich um Vitamintabletten. Mit der zweiten kam der Kaffeesatz.

Die drei Musiker und ihre Managerin inszenierten sich in echter ShamPain-Manier an der letzten Bar vor der Grenze, einem sechseckigen Kiosk, um den herum es zu den Gates ging. Vor einer Kulisse aus Koffein, Korn und Bier, zwischen den omnipräsenten Herren in schlecht sitzenden Anzügen und ihren Begleiterinnen mit Filofax und Kosmetikköfferchen erzählte Klecker vom nun beendeten Party-Marathon. Wem? Natalie? Niet? Oder sich selbst?

Wie beim Klassenausflug, fand Niet. Und dann nachts ganz besonders wild, um den Mädchen zu imponieren. Aus dem Fenster klettern und nackt durch die Straßen rennen, Mopeds umstoßen... Scheinbar ziellos, bemüht locker und dabei doch ein ganz klar gestecktes Ziel vor Augen: Bloß nicht erwachsen werden, bloß keine Verantwortung übernehmen.

In Flughäfen saßen immer so viele Geschäftsleute, waren immer so viele Krawatten und Anzüge, gingen jeden Tag so viele Koffer voller Muster und Mappen durch die Röntgengeräte, so viel Papier und letzte Ausgaben der *Wirtschaftswoche*... Dass es SO—VIEL—ARBEIT! gab, so viele Spesenkonten, so viele Berufe, so viele Gründe, durch die Welt zu jetten... Konnten das alles Verkäufer und Vertreter sein? Oder vor allem Manager und Geschäftsführer? Niets Kleidung war anzusehen, dass er zur Band gehörte; seinem Benehmen nach, hoffte er, konnten sensible Beobachter darauf schließen, dass er so etwas wie der heimliche Boss war. Der Boss mit dem Bass, ha! So heimlich, dass nur er davon wusste.

Niet ging telefonieren. Fünf Mal Anrufbeantworter, drei Mal niemand da. Am Kiosk gab es keine Filterlosen. Die nächsten Tage würde er weiterhin Filter abknipsen. Auf dem Klo zerkaute eine Speedbombe, die er - Vorsicht, hinter dem Spiegel sind bestimmt Kameras! - mit Wasser, das er sich übers Gesicht spülte, einnahm. Er konnte es nicht erwarten, von hier wegzukommen.

An den Jacken von Klecker und Niet war genug Kupfer, Silber und Blech, um Metall-Detektoren in aller Welt zum piepsen, Beamte aus ihrer mit der Uniform übergestreiften Ruhe zu bringen. Niets Aufnahmegerät wurde als Beleg für den Beruf des Wandermusikanten gedeutet. Zusätzliche Reißverschlüsse, Münzen aus diversen Ländern, Kettchen und Nieten, Gürtelschnallen und Schmuck zwischen Ohrläppchen und Zehen erzeugten ein Piep-Konzert, bei dem nur noch die Grenzschutz-Beamten, nicht aber die hinter ihnen Wartenden lachten.

Meistens, und so auch heute, ließ man ShamPain problemlos passieren. Dass Kokain-Kuriere und Flugzeugentführer anders aussahen, hatte sich unter den meisten Beamten herumgesprochen, wenn auch nicht unter allen.

Break (se:X:ces)

When the great ones fall and the rapture's here
Who's our generation's lord?

Kill For Thrills: »Commercial Suicide«
– Dynamite From Nightmareland

Musik und Musikmachende, die Typologie nach dem World Almanac for Kids 2002. Alles ganz einfach.

> Pop: In der Popmusik (Abk. für populäre Musik) werden Melodien mehr betont als im Rock, zudem ist ihr Beat softer. Berühmte Pop-Sänger: Frank Sinatra, Barbara Streisand, Whitney Houston, Madonna, Michael Jackson, Mariah Carey, Brandy, Celine Dion, Britney Spears.
>
> Rap und Hip-Hop: Vor einem Hintergrund aus Hip-Hop-Musik, bei der Rhythmus eine tragendere Rolle spielt als Melodie, werden im Rap Worte gesprochen oder schnell ausgerufen. In den Innenstädten unter Afroamerikanern entstanden. Die Texte behandeln heftige Gefühle, beispielsweise Wut und Gewalt. Im Hip-Hop werden „Samples" verwendet, Stücke aus der Musik anderer Songs. Berühmte Rapper: Coolio, LL Cool J, TLC, The Fugees, Will Smith.
>
> Jazz: Seine Wurzeln liegen in Arbeiterliedern, Spirituals und der Folkmusik der Afroamerikaner. Ursprünge zu Beginn des 20. Jahrhunderts im Süden der USA. Berühmte Künstler: Louis Armstrong, Fats Waller, Jelly Roll Morton, Duke Ellington, Benny Goodman, Billie Holiday, Sarah Vaughan, Ella Fitzgerald, Dizzy Gillespie, Charlie Parker, Miles Davis, John Coltrane, Thelonious Monk, Wynton Marsalis.
>
> Rock (auch geläufig als Rock'n'Roll): Rockmusik, die in den 1950ern begann, basiert auf dem Rhythm & Blues der Schwarzen und Country. Oftmals werden elektrisch verstärkte Instrumente eingesetzt. Folk-Rock, Punk, Heavy Metal und Alternative gehören zum Rock. Berühmte Rockmusiker: Elvis Presley, Bob Dylan, Chuck Berry, The Beatles, Janis Joplin, Rolling Stones, Joni Mitchell, Bruce Springsteen, Pearl Jam, Alanis Morissette, Jewel, Kid Rock, Smash Mouth.

Blues: Die „the blues" genannte Musik entwickelte sich aus Arbeiterliedern und religiösen Gospels (Spirituals), wie sie von Afroamerikanern gesungen wurden. Ursprünge gehen auf den Beginn des 20. Jahrhunderts zurück. Blues-Songs sind normalerweise traurig. (Auch eine Sorte des Jazz heißt „the blues"). Berühmte Interpreten: Ma Rainey, Bessie Smith, Billie Holiday, Buddy Guy, B. B. King, Muddy Waters, Robert Johnson, Howling Wolf, Lightnin' Hopkins.

Country: Die amerikanische Countrymusik basiert auf der Berg-Musik des Südens. Blues, Jazz und andere Musikstile haben sie beeinflusst. Populär wurde Country während der 1920er durch die Grand Ole Opry Radiosendung aus Nashville/Tennessee. Berühmte Künstler: Hank Williams, Dolly Parton, Willie Nelson, Garth Brooks, Vince Gill, Reba McEntire, Shania Twain.

Label und Schubladen. Gut geeignet, Sachen reinzulegen, zu archivieren.

Rein-, dann ab- und dann weglegen. Vergessen. Weg- und abschließen, Etikett drauf: *No Access*.

Das Gegenteil zu Excess all Areas. Kaum ein Wort zu dem, was im Herz oder im Bauch stattfindet, schon gar nicht, was sich in tieferen Regionen regt. Nur jugendfreie Nettigkeiten zu dem, was zwischen Ohr und Kleinhirn wahrgenommen wird. Wenn was unter die Haut geht, dann nur unter die Hirnhaut.

Nix Excess. Nix Sex. Nix Success.

Doch auch das: Hülsen wie leere Patronen.

Und Sex: Auch kaum mehr als ein Label, Marketing-Tool im Werkzeugkasten der Meinungsmanipulierer, der Diktatoren für den Geschmack, der diese Saison hip ist, morgen schon wieder passé, übermorgen – via retro – wieder ultramegaokay. Sex: Einfach nur eine Chiffre. Für Geschlechtsverkehr (was man sich doch wirklich auch mal – ...nie gemacht, aber jetzt mal zu exerzieren... – auf der Zunge zergehen lassen muss. Geh. Schlecht. Verkehr).

Im Sex steckt schon der Ex, ist das Verfliegende verfänglich, vorzüglich mit eingebaut.

Sicher nicht verkehrt.

Warum bei einem Überblick über Musik und Musikschaffende nicht vorn anfangen? Die Sklaven, denen Spirituals zu duselig und gefühlsduselnd waren, verstanden Robert Johnsons Deal: Der Neger kam da an eine Wegeskreuzung, hatte Durst, aber kein Geld. Um seine Rechnung zu begleichen, verkaufte er seine Seele. An den Teufel.

Wer Crossroads nicht als Chance sieht, ist selber schuld.

Logo, dass diese darniedergehauchte und unbefleckt empfangene Inspiration mit Sex zu tun hatte. Klar auch, dass das nicht in ein Glossar für Teenager passt, auch wenn es allen Blues-Barden der 1940er beim Rocken nur und immer wieder um das eine ging, ums Rocken, also Bumsen. Zum Rollen und Tollen war ihnen nicht zumute. Zu hart und trist war das, wovon sie sich wegmusizierten.

Nichts Neues, okay. Schon vorher, als Verb, bezeichnen *jazz*, *swing* und *bop* dasselbe. Den Verkehr, der in den Saloons nahe den Crossroads nicht ein- und ausging, sondern in Hinterzimmern stattfand, mehr noch in der Scheune zwischen Pferden im Heu.

Tabus, Mann, darum geht und ging es immer und immer wieder. Um das, was keinem genommen werden kann. Frei zugänglich für alle. Auch wenn in der U-Bahn ein alter geschundener Mann, Gitarre um den Hals, sich setzt, und aus seinem Gitarrenkorpus delinquieren die *blue notes* reihenweise. Auch dann geht es um Tabus, das Unaussprechliche. Und darum kommen die professionellen Kulturauswerter damit auch nicht klar. Sie scheitern, weil sie sich so redlich und ordentlich bemühen, das in den Griffel zu kriegen, was sich da an Klang im Raum bewegt. Geht aber nicht - jedenfalls nicht mit den Methoden, die im Abendland in ihre Kleinhirne getrichtert wurden. Um Gefühle, kleine wie große, geht es da nicht. Die gehören in den Bauch, die Bildung in den Kopf.

Der letzte Whisky, den Robert Johnson auf Erden trank, wurde ihm geschenkt. An der Stelle, wo bei anderen ein Herz pocht, krampfte bei dem Spender Eifersucht. Im Glas für den posthum zum King of Delta Blues gekrönten Johnson befand sich außer Whisky auch Strychnin. Tod durch Vergiftung. Robert Leroy Johnson war siebenundzwanzig. So wie Brian Jones, Joplin, Hendrix, Cobain, Basquiat, Jim Morrison...

Vom kleinen Tod zum großen. Vom Nachschlagewerk für Teenager zu Rattengift und Mord. Dann doch lieber noch ein paar Worte mehr zum Poppen? Zum Polieren der Oberflächen, zu MELODIEN statt Rhythmus, Süßholzgeraspel? Hirnwasch-und-weichspül-verwässer-und-trocknendes Gemache an »Oberflächen«.

Dann doch lieber Heavy Metal, empfangen auf einem verklebten Tapeziertisch in einer Pariser Absteige, in der ein Homo-Junkie und sein Künstlerfreund mit Zeitungsausschnitten herumalberten.

Oder Punk: Der Verkehr nun verkehrt. Es ging noch um Sex, aber nicht mehr die Aktion, ein Aktionswort – herbeigeschnorrt wurde der Begriff von den Knacki-Strichern, im amerikanischen Sing-sing als »punks« in die verdreckte Ecke gedrängt.

Kapitel 7

Companion of the revolution
Though your body rots
Your name lives forever

Lounès Matoub: »Revolte de la Veuve«
- La Complainte De Ma Mere

★ ★ ★

»Und?«

»Nichts Besonderes passiert die letzten Tage.«

»Einfach nur Batterien frisch aufgeladen?«

»Ja. Bis zum Anschlag.« Wie die Turbinen des Flugzeugs: tobend, dem grünen Licht entgegenfiebernd.

»Bei mir ist jetzt erst mal Schluss mit Party til you're futsch«, verkündete Klecker und deutete Richtung Cat, der es sich hinter seiner Sonnenbrille bequem machte.

Im Niesel draußen: ein Wäldchen. Fichten und Tannen streng voneinander abgegrenzt. Alles hat seinen eigenen, ihm zugeordneten Platz. Kein Quadratmeter brachliegendes Land. Keine Steppen im Hinterland, keine schnurgeraden Highways. Auch keine in Häuserblocks geschlagenen Löcher, in denen Autowracks verrotten. Überhaupt: Nirgendwo die dahinvegetierende Architektur, Stadt- und Landplanung Australiens. Oder Amerikas.

Cat zupfte an seiner Nase, drückte daran, wandte sich an Natalie, redete wie die Niagarafälle, drückte sich wieder seinen Zinken. »Mann! Bin froh, dass wir das Scheißwetter hier hinter uns lassen.« Er nahm die Sonnenbrille wieder ab.

»Kannst du mir mal den Zeitplan geben?«, drehte sich Niet zu Natalie.

»Den Plan mit Telefonnummern und genauen Zeiten habe ich noch nicht.«

»Jimmys Job. Der erstellt den gerade«, funkelte es matt aus Cats Augen. »Page, unser Mann in London! Ach ja, außerdem ist Promo-Jack in der Stadt, sollten wir vielleicht treffen.«

»Jack the rip-off?«

Cat lachte eine Salve, faltete die Hände. »Genau. Jack the Tripper, Doppel-J alias Jack-the-rip-off. Weiß der Meier, für wen er da eine Präsentation organisiert... Royal Flush oder so was.« Und als Schlusspunkt, adäquate Pointe zur vorab gelieferten Lachsalve, imitierte er kurz den zwingenden wie ansteckenden, den ebenso gespreizten wie perfekten Enthusiasmus des PR-Agenten: »*Wow! What a trip!*«

Seit der Operation Schneeball hatten ShamPain Jackpot Jack nicht mehr getroffen. Sein Maskenball der Strohmänner am Flughafen in Sydney war erledigt, abgehakt, weg war er. Er hatte eine Lawine losgetreten. Damit war sein Job getan, er mit anderem beschäftigt. Irgendwas zwischen Erpressung und Medienmanipulation.

Ohne rot zu werden, bezeichnete sich Jackpot Jack als Medienguerillero, das war der letzte Schrei bei Werbeagenturen: ein bisschen Punkrock, ein bisschen postmoderne Subversion. Klingt ja auch cleverer als Propaganda, bedeutet aber Massenmanipulation, Viral Advertising, Webvertising, Product-Placement. Vielleicht schmuggelte er wieder mal, wie Cat anmerkte, einen Nazi oder eine Nymphomanin in eine ehrwürdige Firma, nur um Monate später der Konkurrenz den Tipp zu geben, einen Aufdeckungs- oder Boulevard-Journalisten darauf anzusetzen. J.J. tanzte als Spin-Doctor auf allen Hochzeiten gleichzeitig – solange ein Helikopter-Landeplatz in der Nähe war.

»Hier also das letzte Update«, reichte Natalie das Fax von Page an Niet.

5th Dimension Enterprises Ltd

5th Dimension Records
5th Sin Publishing
Sin Song
Big Bang Recordings

Big Bang Sin

London ♦ Sydney ♦ New York

e-mail: 5thdime@fifth.rec

Date:

Sending Party : James Page
Receiving Party : Natalie Voy
Division: A&R /London
Location:
Date: 24. April
Number of ccpages tofollow:
re.: ShamPain US-Blitz-Tournee April/Mai

FOR IMMEDIATE RELEASE

Hi Natalie, wie versprochen nachfolgend der Zeitplan, für die erste Woche. Termine für folgende Woche stehen noch in den Sternen (von Amerika, ha ha). Sie sind je nach Reaktionen „spontan" zu disponieren.Die hier aufgeführten Interviewtermine sind zu 99% bestätigt, weitere werden z. Zt. von Fiona (PR in New York) vorbereitet. Datum/Aktivitäten:

Fr 25.4.: Flug nach London (Heathrow)
Zunächst: Hotel
              Office 5th Dimensions Records Europe
                (Kontakt: James Page)
              Notar
Abends: mögl. Clubs und Konzerte
              (✳✳✳ ✳✳✳ ✳✳✳ im LA II; Launch-Party
              Red Back Tavern Pub, etc.)
Sa 26.4: Video Re-Shoot
(Kontakt: Stoffel, Big Bang Sin)

	Abends: mögl. Clubs und Konzerte (Sensitize im Borderline; Präsentation Royal de Luxe bei Madame Tussaud, etc.)
So 27.4.:	Flug nach New York (JFK) – dep: 16.10
Nach Ankunft (ca 18.00): Meet & Greet mit US-Crew und Medienvertretern	
Mo 28.4.:	Nachmittags Presse (Kontakt: Fiona) Gig im Roseland (Kontakt: Kathleen Elmer, Tourmanager)
Di 29.4.:	Flug nach Los Angeles (LAX) – dep: ca 21.00
Mi 30.4.:	Interview bei RUZY, TV-Sender, ehem. CBS
Abend:	frei
Do 1.5.:	frei, evtl. Phoner oder Treffen mit internationaler Presse
Fr 2.5.:	evtl. Meet & Greet mit Handel und Vertrieb Gig im Roxy (ca 23.00) Vorprogramm: tba
Sa 3.5.:	TV-Auftritt bei SA-SA-SATURDAY NIGHT (WITH TOM SHERMAN)
So 4.5.:	evtl. nachmittags Akustik-Set in Plattenladen (tbc)
abends zur freien Verfügung	

Das wär's erstmal von meiner Seite. Wie Ihr seht, liegt einiges an. Da es Euer erster Richtig koordinierter US-Trip ist, werden wir die Band bisweilen aufsplitten, um eine möglichst große Streuung und Effektivität bei Medien-, Industrie-, Vertriebstreffen (u.ä.) zu erzielen.

ShamPain-Auftritte und Meet & Greet-Veranstaltungen werden das Einzige sein, wo garantiert die komplette Band antritt.

Raymond Burns hat mir schon mitgeteilt, wie sehr der Band daran gelegen ist, möglichst überall als Einheit in Erscheinung zu treten -- aber bei einigen der Termine wird das, fürchte ich, nicht möglich sein.

Das Motto, wie du am Telefon schon ganz richtig bemerkt hast, lautet: Möglichst viele Fliegen mit vier Klappen erwischen!

   Mit freundlichen Grüßen, James Page

* * *

»Lau und langsam in London, in New York dann mit kleiner Produktion, also ohne Kopfnummer, und Top Act in L.A.«, erläuterte Cat.

Fast hätte Niet schon aus Gewohnheit eingewendet, dass es sinnlos sei, in New York ohne richtige Produktion, also ohne die Kopfnummer, aufzuspielen, stoppte sich dann aber noch im rechten Moment. Denn wenn jemand vorgeschlagen hätte, so kurzfristig, also ohne die richtigen Aufbauhelfer, die richtige Produktion zu fahren, dann wäre er garantiert schon vor dem Gig ausgestiegen. Es war ja schon genug, bei der richtigen Produktion Kopf und Kragen zu riskieren – wenn zur Zugabe, bei der Kopfnummer, die Bühne in Trockeneis gehüllt, alle außer dem Drummer an Seilen von der Lichttraverse hingen; mit den Füßen nach oben, dem Kopf zwei Meter über dem Bühnenboden. Die Showeinlage war zu ShamPains Markenzeichen geworden, vielleicht sogar dem Hauptgrund für den Durchbruch, aber sie war gefährlich – wenn auch nur bis zum zweiten Refrain.

»Wie geht's eigentlich deiner Hand? Warste beim Arzt?«, reichte ihm Cat fast eine Friedenspfeife. Cat und Niet sprachen seit langem nur noch über ShamPain, im Idealfall deren Musik. Smalltalk war seit Monaten aus ihrem Repertoire verbannt. Was Niet gehört hatte, als er auf Natalies Handy die Wiederwahl-Taste drückte, wäre nicht in dieses Genre gefallen, doch das gehörte nicht hierher, vor allem, wo die Managerin zuhörte.

Stattdessen griff er sich eine Tageszeitung. Als er sie nach kurzem Durchblättern weglegte, erinnerte er sich kaum mehr an die Schlagzeilen. Bei Ulm hatte man eine seit vierundzwanzig Jahren moderne Leiche ausgegraben, Geschlecht bislang nicht identifizierbar. Eine Aufführung im Hamburger Schauspielhaus führte zu Protestaktionen der Kirche, in München wurde ein Regionalpolitiker (oder Baulöwe? Wahrscheinlich beides) der Veruntreuung von Steuergeldern beschuldigt. *Information overkill* in allen Ecken, jedoch kein Wort zum Tode Zig Zags. Er würde Terry nach Hintergründen fragen, der wusste immer Bescheid. Oder MTV gucken. Bei MTV News gab es wenigstens Nachrichten, die einen wirklich bewegten; inhaltlich genauso ohne Konsequenzen für den Lauf der Welt wie die drittklassigen Vorstellungen in den Parlamenten und Regierungen der westlichen Zivilisation; denn um die ging es ja primär in den Zeitungen, die Niet zu lesen im Stande war.

Klickend wurden die Sicherheitsgurte gelöst. Scheiße, früher kam zeitgleich das Klicken von Feuerzeugen. Es genügte nicht, dass alle ohnehin schon Lights rauchten, das Qualmen musste ganz verboten werden. Irgendwer, wahrscheinlich Klecker, hatte sich im Duty-free-Shop mit Parfümproben vollgesprüht. Roch hurig. Natalie blätterte in einer Musikzeitschrift, Cat hangelte zwischen Flashbacks und Versuchen, mit jeder Stewardess zu small-talken. Egal, wie small. Klecker betrachtete, was er mit dem kleinen Finger, wie elegant, aus seinem Ohr gekratzt hatte.

Und Niet schämte sich. Ein wenig.

»Hier steht auch nichts«, sagte Klecker und rollte die Zeitschrift, die jüngste Ausgabe von *Screech*, zusammen.

Keiner reagierte.

»Noch ein Gin Tonic – bitte!«, winkte Cat einer Stewardess zu.

»Redet wohl nicht mit jedem, eh?«, alberte Natalie zu Klecker, auf Niet deutend.

»Was war das?«

»Wegen Zig Zag: Hier ist auch noch nichts drinnen. Denn danach hast du doch in der Zeitung gesucht, oder?«

»Ja... ja.« Es war schon verrückt: Da wird einer vor laufenden Kameras erschossen, und dann gibt es darüber im teutonischen Blätterwald keine Zeile, kein Wort. Ein Nachruf auf einen Rockstar? Wo kämen wir da hin! Solange es keiner von den Beatles ist oder Keith Richards... Filz regiert in den deutschen Feuilletons. In London erinnern blaue Gedenkplatten nicht nur an Mozarts Bleibe gegenüber Ronnie Scott's Jazzclub, auch Byron, Marx und Hendrix zollt man immerhin einen formalen Tribut.

»Nur weil er jetzt tot ist, muss er na klar zur Legende werden«, murmelte Cat. »Gemacht werden. Müssen sie ihn nur noch auf dem ›Pariser Poeten-Friedhof‹«, malte er Anführungszeichen in die Luft, »unterbringen, paar Meter neben Jim Morrison. Und nächstes Jahr macht dann Oliver Stone seinen Film dazu...«

»Dabei«, fing Natalie wieder an, sichtlich bemüht, den Zank abzuwenden, »kannte ich von dem ja vorher nur ganz wenig, nur ein paar Songs: THREE WAYS TO LOVE und TRUCK ON; DUMB OPERA und...«

»Das ist aber doch gar nicht von ihm, das ist von Marc Bolan!«, unterbrach Cat.

Niet griff sich seinen Walkman.

»Ja schon, aber«, kam Klecker dazu, »Cat, du musst wohl zugeben, dass das, was die mit Slick Black gemacht haben... Das war ja wohl zehn Mal so extrem wie Marc Bolan – das war doch der reinste Kindergarten dagegen. Außerdem«, schlug sich Klecker auf den Oberschenkel: »Was hat Zig Zag noch mal dazu gemeint?«

»Sag das nicht«, erwiderte Cat, »Marc Bolan, die frühen T.Rex waren genial – Slick Black, die waren dagegen...«

»Das meinte er nicht über Marc Bolan, der ist ja schon lange tot – das war über David Bowie.«

»Ach ja«, lachte Klecker, den Kopf schüttelnd.

»»Bowie ist wie die Möse einer Großmutter – jeder weiß, dass es sie gibt, aber keiner interessiert sich dafür!«

»Genauso, was sie von der ersten Soloplatte brachten – NECROMANIA?«, wandte sich Natalie wieder an Niet. »Ich meine, ich wusste ja, dass du total auf den abgefahren bist, aber ich habe das irgendwie nie so ganz verstanden. Für mich war der immer der Typ mit den schwarzlackierten Nieten und Ketten – halt mehr so Image-mäßig, aber was sie jetzt im Fernsehen gezeigt haben – optisch und musikalisch, hey! Das ging ganz schön unter die Haut...«

Cat verzog den Mund. »...schwarz auf Schwarz – was für Farbenblinde. Und Mennoniten«, wandte er sich an seinen Drink.

»Oder bei dem Interview: ›Andere mögen sich dafür einsetzen, – ...hier, was weiß ich – dass die Regenwälder erhalten bleiben‹...«, imitierte Klecker ein Zitat, das er im Fernsehen gehört hatte. »›Für mich aber ist, war und wird immer wichtig sein: zu unterhalten – yeah? Entertainment the american way‹!«, lachte er.

»Ganz so war das aber nicht«, berichtigte Natalie. Cat winkte der Stewardess, um einen weiteren Drink bittend. Niet lächelte. Eins zu eins, unentschieden.

Wie könnte er in das Pingpong an Gesprächsfetzen einfügen, dass die kernigen Sprüche nur ein Teil, ein kleiner Teil in Zig Zags Universum waren, dass alle markigen Tricks und Posen immer auch Provokation waren, Denkanstöße sein sollten? Wie erklären, was für Sprengsätze sich dahinter verbargen? Zig Zag war für ihn Symbol und Beleg, dass Rock, harter Rock mit Kopf möglich war. Zig Zag war die von Teufels Hand geschnitzte Absage an das Heer Waschlappen, das auf jedem vom Fernsehen ausgestrahlten Benefizkonzert human agiert, danach ins Steuerexil in Ozeanien jettet, Tantiemen zählt, Reden für eine bessere Welt schreibt und gleichzeitig bei Privatpartys die Söhne des Sultan von Brunei bei guter Laune hält – freilich für Millionengagen, streng geheim, da es sonst Fans, Finanzamt und sonstige Fahnder verstören könnte. Zig Zag war aber auch das Gegenargument zu den hirnlosen Abarten im Metal der Achtziger. Er trug seine Kritik mit einer Eleganz vor, die völlig un-hip geworden war, seit eine Schar College-Abbrecher im Nordwesten der USA losgezogen war, um ihren Hass gegen alles via MTV in alle Haushalte der westlichen Welt zu stammeln. Und er weigerte sich kategorisch, an einer Wiedervereinigung Slick Blacks teilzunehmen, die Legende zu verklären, ihr hinterherzulaufen. Auch die Nostalgie war etwas, das es zu bekämpfen galt.

Zig Zag hatte Würde. Immer. Er blieb immer und überall der Gentleman aus Detroit, wie Niet feststellte, als er ihn auf dem Flughafen von Tokio traf. Dieses Treffen und kurze Gespräch war nicht der Grund, weshalb er ihn so schätzte, es war nur der letzte Beweis dafür, dass seine Bewunderung für Zig Zag kein aus der Kindheit gerettetes Relikt war.

»Irgendwie ist das schon hart, ne?«, begann Klecker wieder, während sich Cat das Onboard-Magazin griff und die Illustrationen zu einem Artikel über Europäische Mentalitäten im Vergleich zu betrachten begann. »Vor ein paar Wochen noch treffen wir ihn in Tokio, du sprichst mit ihm, und dann ist er weg, ja? Weg. Einfach weg.«

»Was...« begann Natalie.

»Was er da erzählt hat?«, ergänzte Niet. Er nickte – fast bedächtig –, schaute durch die Stuhllehne vor ihr. »Er war gerade dabei, sein Comeback an den Start zu kriegen. Und in Japan lief es für ihn ja immer ganz gut. Deshalb war er da: Promo machen.«

»Wo er erschossen wurde, das war ja auch ein Interview...«, unterbrach Klecker.

»Abartig, ne? Bei einer Pressekonferenz, also wirklich vor den Augen aller Welt...«, verbesserte Natalie.

»Jedenfalls hat er da Interviews gegeben. In L.A. wollte er dann seine neue Platte abmischen. Und die Gerüchte, von wegen Reunion von Slick Black, hat er gesagt, waren bloße Mache vom Management; das verdient ja immer noch am Back-Katalog, will den also irgendwo profitabel unterbringen. Bei seiner Plattenfirma oder so. Und – ja«, sagte Niet, die Hälfte eines Gedankens verschweigend, »er hatte vor, als Musical Director an Soundtracks zu arbeiten, Filmmusik für Horror/Thriller-Dinger, in denen seine Schwester mitspielen sollte...«

»Ist das nicht die mit den dicken Glocken, die aus den...«

»...Pornos«, unterbrach Cat kurz seine Lektüre. »Ausgefuchst und Füchsinnen.«

»...aber der erste Soundtrack sollte nicht nur so Metal-mäßig wie Nightmare On Elm Street oder Shocker oder so klingen, sondern – musikalisch – mehr eine Kombination aus sägenden Gitarren, sphärischen Sounds, indischen Rhythmen und obenauf eben klassischer Dramatik wie bei Hitchcock oder so. Er ist ja auch vorher oft in Istanbul und Beirut gewesen, um dort *vibes* aufzusammeln, Sounds von Kamelmärkten und Moscheen aufzunehmen. Also eher Phillip Glass meets King's X.«

»Wow.«

»Ja, das kann ich mir irgendwie jetzt besser vorstellen«, nickte Natalie langsam. »Denn deren Videos...«

Zig Zag. In Tokio, der Stadt der Primärfarben. Jede Seitenstraße ein Blick in ein Kaleidoskop, dessen Formen und Farben sich ständig ändern. Er, Niet, noch grün hinter den Ohren, immer mehr davon überzeugt, das Bandkonzept zu verwerfen, nicht länger in der Gruppe zu arbeiten. Und dann vor einem Espresso-Express-Cafe: Zig Zag. Majestätisch. Die Fingernägel frisch manikürt. Schwerer Schmuck, größtenteils immer noch schwarz lackiert, auch seine Garderobe in Variationen von schwarz. Ein Gefieder unterschiedlichster Materialien, Lage über Lage, kein Fummel, eine Pelzstola, Variationen von Leder und Samt. Natürlich auch die Jacke eine Sonderanfertigung, augenscheinlich teurer als Niets Auto. Eine Jacke, die nicht bei jeder Bewegung quietscht. Der Geruch von Exklusivem. Dunkle Stimme, der Humor so trocken wie in einem Film Noir. Niets Perspektiven änderten sich, wurden zum Blick in eine Seitenstraße von Minato-ku, er wurde zur Flipperkugel, die von Nishiazabu nach Roppongi gefeuert wurde.

Wenn sich Niet nun bemühte, konnte er Zig Zag nicht nur vor sich sehen, er konnte sein Timbre spüren, seine Präsenz riechen. Okay, der Mann hatte mittlerweile einen deutlicher werdenden Bauchansatz. Trotzdem: Dieser prägnante, und doch nicht aufdringliche Hauch von majestätischer Eleganz, der Geruch von teurem Leder und Kaffee, seine Coolness, und dann die Bemerkung, er habe von ihm – von ihm, Niet! – gehört, jemand habe ihm ihre CD ins Studio gebracht – ShamPains CD!!! –, und er wolle an einem Soundtrack arbeiten, an dem man möglicherweise zusammenarbeiten sollte; kollaborieren. *Produced by Zig Zag, featuring Niet (ex-ShamPain)* – ihm war schwummerig, sein Hirn wurde zum Karussell, wenn er daran dachte. Es war ein Highlight, das er am liebsten jedem erzählt hätte. In seinem ganzen Leben gab es niemanden, der nicht wusste, was Zig Zag ihm bedeutete. Und doch hatte er niemandem von dem Angebot erzählt - zu leicht könnte es verkehrt verstanden werden.

Im direkten Anschluss an Tokio, kurz nach ShamPains Ankunft in Australien, hatte sich Niet eine Lederjacke gekauft, die nicht quietschte.

Und jetzt? Aus.

Niet würde über die geplante Zusammenarbeit spekulieren, für den Soundtrack würden die üblichen Leihmusiker angeheuert werden, ein musikalischer Visionär wie Zig Zag wäre nicht zu ersetzen. Selbst wenn sie einen Erben finden würden... die Ideen, die Zig Zag schon Niet gegenüber nur angerissen hatte... Das war vorbei. Verrückt.

Wirklich: verrückt aus dieser Welt in ein anderes Universum.

Trotzdem: Er würde nach den letzten Engagements mit der Band aussteigen. Vom Treiben auf Bühnen und in Studios würde er sich nun vielleicht schneller verabschieden, als er gedacht hatte. Man kann aber nicht als kleiner Erdenbürger eine Expedition zum Mars planen und sich dann daran erfreuen, stattdessen weiterhin einmal im Jahr nach Rimini zu gondeln.

Er würde sich in etwas anderes stürzen, von dem halbstarken Herumtollen alternder Männer, die nie Kinder waren, hatte er genug.

Zig Zags Timbre, in der Ferne sein Lachen gingen Niet durch den Kopf, als er Klecker hörte. »Dass der trotzdem irgendwo Legende ist, das musst du doch wohl zugeben, Cat, oder? Ich meine, klar: Mir haben die auch nie so besonders gefallen, aber Hanoi Rocks oder Mötley Crüe - auch Marilyn Manson - die hätte es doch alle kaum gegeben, wenn Slick Black das damals nicht so gemacht hätten, oder?«

Cat zog eine Schulter hoch, erwiderte, er würde demnächst versuchen, eine Versicherung abzuschließen, die ausschließt, dass ein Oliver Stone nach seinem Tod die Rechte an seiner Biografie erwerben kann. »Was weiß ich - per Testament oder so«, lachte er.

»Oder jedenfalls hätten die das ohne Slick Black«, holte Klecker nochmals aus, »nicht so gebracht, wie sie's nun mal gebracht haben, oder?«

Man muß die Leute inkommodieren,
ihnen ihre Behaglichkeit verderben,
sie in Unruhe und Erstaunen versetzen.

Friedrich Schiller

Kapitel 8

I hope I die in a slick black limousine
Yeah come along momma gonna take a look at me
We're gonna fly to the ocean, gonna fly to the sea
We're gonna fly yay yay yeah

Marc Bolan with Alice Cooper: »Slick Black Limousine«

Aus einem Lautsprecher im Handschuhfach ratterte Reggae, der Funk-Empfänger der Taxi-Zentrale zischte Synkopen. Nicht ausschaltbar. Wie Orwells Telescreen.

Statt Stretchlimos, statt Empfangskomitee oder wenigstens dem Mann mit dem Namen des Led-Zep-Gitarristen erwartete sie bei der Ankunft in Heathrow nur Nieselregen. Natalie und Cat bestiegen ein Mini-Cab, Klecker und Niet ein anderes. Billiger als die schwarzen Hummeln Londons, aber auch abenteuerlicher.

»Niet, du bist zu friedlich«, meinte Klecker, als sie losfuhren. »Manchmal sieht Cat einfach nicht, wo die Grenze ist. Terry hätte ihm sicher eine gewischt, wie geht's übrigens deiner Hand?«

»Ja, schon okay«, winkte Niet ab. Als sie sich in den Verkehr Richtung Innenstadt fädelten, fiel ihm ein, dass er Klecker noch etwas ganz anderes fragen musste. Seit er in Sydney weggeflogen war, hatten sie sich nicht unter vier Augen gesehen. »Du hast doch erzählt, du hättest dir einen Rolls-Royce bestellt?«

»Nicht nur bestellt. Hab ihn gekauft. Der war dann auch am Flughafen. Total geil, echt.«

»Wie? Vorgestern?« Niet traute seinen Ohren nicht. Klecker hatte sich einen Rolls gekauft und posaunte das nicht breit und ausführlich in alle Welt hinaus? »Und!?«, warf er ihm einen Ball zu, den nur Bassisten und Drummer exakt so verstehen, wie er gemeint war, ein kleiner Tritt, ermutigend, und zwar mit Bestimmtheit, fordernd aber nicht forcierend.

»Sag ich doch: total geil.«

»Und was hat Beate dazu gesagt, wegen ihr hast du den doch gekauft, wenn ich mich richtig erinnere?«

»Ja, die hat damals halt gesagt, dass wir ein Auto brauchen, in dem wir auch einen Kindersitz unterbringen können, und deshalb hab ich ihn bestellt.«

Gerne hätte Niet den Gag erneut mit einem Lachen quittiert, konnte er aber nicht: ein Dutzend Mal über dasselbe lachen; jedenfalls nicht so, dass Klecker es nicht als falsch durchschaut hätte. Mit Publikum, okay, aber ohne war das unnötig.

»Sag mal«, deutete Klecker auf den Fahrer, »der schielt ja dermaßen, dass ihm die Tränen den Rücken runterlaufen.«

»Hey, jetzt sag ich dir mal was: Du kannst mir doch nicht weismachen, du kaufst dir einen Rolls-Royce Phantom...«

»Silver Cloud, selber Motor: V8, 6230 ccm. Aber keine sechs Meter lang. Für einen Phantom hat's dann doch nicht gelangt. Das wäre natürlich ideal gewesen: So ein Phantom VI, da hätte ich im Fonds mein Schlagzeug aufbauen können. Wär' für'n Video sicher klasse...«

»Okay, Silver Cloud. Du steigst am Flughafen ein, sitzt auf Wolke Vau-acht, fährst damit rum... und erzählst keinem was.«

»Bin damit nicht nur rumgefahren, habe drinnen sogar übernachtet.« Jetzt musste Niet doch lachen. »Sie hat mich nämlich nicht reingelassen. Beate hat das Türschloss ausgewechselt. Ich bin dann noch zu ihrer Schwester. Sie hat gesagt, sie will mich nicht mehr sehen. Jetzt jedenfalls erst mal.«

»Oh, Shit.«

»Ja, nix. Es ging ihr halt auf die Nerven, dass ich mit der Band nicht nur viel Zeit verbringe, ich hab ja auch nix anderes mehr im Kopf. Meinte sie.«

»?«

Klecker, hatte mal jemand geschrieben, ist GFR, Grand Funk Railroad. Terry ist GNR, Guns N'Roses: Nicht wirklich originell, nölend, einst hungrig, sehr hungrig, bereit, alles zu tun und zu geben. Mit Terry will jeder gut Freund sein, Klecker ist mit jedem gut Freund. Terry neigt dazu, gewalttätig und paranoid zu sein, ein typisches Beispiel von *white trash*, einem Proleten, der sich benimmt als wäre er Teil einer neuen Oberschicht. Klecker dagegen: das Fleisch gewordene Missverständnis zwischen Rock und Rebellion: Kommerz statt Kunst, Lärm statt Lautstärke. Auf den ersten Blick hielten die meisten Klecker für den Schrägsten: sein Schlagzeug – ein zusammengeschmissener Gerümpelhaufen aus Alteisen und Erklautem, konventionell daran nur eine Handvoll Teile –, dann die Dreadlocks, schon vor Jahren so lang, dass man sich sagte: Voll anti, der Typ. Auch die Tattoos und Piercings wie von einem Veteranen im Großstadtdschungel. Doch je näher man an ihn und in sein Leben herantrat, desto deutlicher offenbarte sich die Kleinstadt in ihm, die penibelst gepflegte Kassettenkollektion, die Stunden, die er mit dem bloßen Stimmen seiner Trommelfelle verbrachte, ganz zu schweigen vom Verpacken der Becken. So wie einst für Grand Funk Railroad, die den Rock'n'Roll killten, so dass auf dem Altamont Speedway 1969 nur noch ein Kadaver abgestochen wurde, galt für Klecker: Er trat mit besten Absichten an, konnte nur eben die Grooves nicht wirklich dechiffrieren, die Zwischentöne gar nicht erkennen – Klecker war *tone-deaf.* Die Übersetzung für farbenblind im Zusammenhang mit Klang ist mit ›unmusikalisch‹ nicht annähernd treffend, ist Unmusikalität doch die Grundlage guter U-Musik.

»Mehr gibt's dazu nicht zu sagen.« Wenn ein Drummer seine Arme verschränkt, dann kann man sie nicht aufknacken, die Konversation fortführen. Wenn er schweigt, sagt er nichts. Da kann man ihm mit tausend Fragen noch tausend Worte aus der Nase ziehen, er wird dann nichts sagen. Für Niet war Klecker das exakte Gegenstück zu Cat 23: Mit dem Drummer sprach Niet fast nur über Privates, mit dem Gitarristen über Musik. Mit dem Drummer kommunizierte der Bassist intuitiv, mit Cat analytisch, Musiktheorie und Harmonielehre befolgend.

Klecker war ein Handwerker, sein Job war das Trommeln. Die Rolle des teilhabenden Geschäftsführers (der er ja, rein juristisch, heute Nachmittag werden sollte) passte zu ihm wie die des Plüschtiersammlers zu Quentin Tarantino. Nach ein paar Takten Schweigen übernahm der Taxifahrer: »Musiker? Hab ich mir gleich gedacht.«

Klecker kümmerte sich eine rote Ampel lang um Öffentlichkeitsarbeit, Niet ging den Stapel Papiere durch, die ihm Natalie gegeben hatte. Auch als die Ampel auf Grün geschaltet hatte, wurden sie von den Fußgängern überholt. Touristen, Banker und Musiker. Glaubt man jüngsten Statistiken aus dem Onboard-Magazin, dann lebt Englands Wirtschaft von Tourismus, Banken und Pop; und Rüstung, ein Wirtschaftszweig, der gerne als Hightech bezeichnet wird, umfasst er doch Computer, Messinstrumente und andere Präzisionstechnologien.

Der Taxifahrer erzählte Klecker, auch er sei Drummer. Congaspieler. In mehreren Bands. *Just for the fun of it.* Lieber bei mehreren Bands gleichzeitig das Glück versuchen, als sich mit einer festlegen. »Wie bei den Frauen«, murmelte er. Damit war auch dieses Gespräch beendet. Der Taxifahrer nuschelte eine Frage und fingerte einen Joint unterm Lenkrad hervor, rauchte ihn an und reichte ihn nach hinten.

Kam an.

Kam gut an.

♫ ♪ ♫

London, das war die Kindheit. Die des Rock, die von Niet. Mit vierzehn war er hierher gepilgert. Für Punk zu spät, für die Beatles sowieso. Trotzdem swinging; und dröhnend; und eklektisch. Auf alle Fälle aufregender als der Mainstreamstrom des Mittelmaßes, mit dem Mitschwimmer und Normalos durch deutsche Fußgängerzonen schlafwandelten. In London dagegen: das wilde Nebeneinander; Pop, so selbstverständlich, dass es ihm einst die Sprache verschlug. Exil für Marx und Engels, Zuflucht für die Hugenotten. Kulturschock schon für Dostojewski, die Abschussbasis für Hendrix' Sounds, eine neue Dimension in der Musik.

Doch die ständige Bewegung, das Nebeneinander von allem, war eben auch so selbstverständlich, dass die Rebellion auf der Strecke blieb, dass sie vom schlabbernden Kapitalismus, von Egoismus, Narzissmus und Profitgier an die Wand gefahren wurde. Aus Beat wurde Pop, aus Pop wurde Papp, dann nun nur noch Fashion – und aus seinen Anhängern wurden Opfer. *Fashion victims* hingen am Diktat der *haute couture* wie Rauschgiftsüchtige: im vollen Bewusstsein, eben dieses Diktat auszulöschen, um anders zu sein als Millionen andere – und doch mit Millionen anderen.

Pop statt Rock.

Für Niet, den Teenager, zählten in London Pubertät und Aneckerei. Gleichzeitig beeindruckte ihn die Ernsthaftigkeit, mit der Chartnotierungen verkündet und gelesen wurden, das Big Business der U-Musik. Überhaupt, die Unterscheidung zwischen seriöser E-Musik und U-Musik... auch so was Deutsches, das Niet schon früh nervte. Die Engländer dagegen, ob mit Shakespeare, Sex Pistols oder Spice Girls, wollen unterhalten, Schiller und Marx wollten Revolutionen anschieben. Was hier generalstabsmäßig und als Broterwerb durchgezogen wurde, war im Deutschland seiner Kindheit nicht mehr als Rangeleien im Hinterhof, halbgare Phantasien halbstarker Träumer. Can, Kraftwerk, Einstürzende Neubauten: Sie mussten alle wenigstens so tun, als hätten sie die Ambition, aus U ein E zu schmieden.

Da kann noch so sehr vom globalen Dorf geredet werden, von Pop als Esperanto der Jugendkultur: Selbst wenn man taub wäre, würde man eine Londoner Straße nicht mit einer deutschen verwechseln, eine Londonerin nicht mit einer Berlinerin: Die Frisuren, egal wie verrottet oder normalo, waren schon mal anders, frischer nämlich, trend-bewusster. Die Jungs waren Jungs – Lads – und lieber unter sich. Fummelten viel in ihren Gesichtern rum, mehr als nervöse Deutsche. Alles eine Folge von zu vielen Jahren in Jungen- und Mädchenschulen? Im Umgang miteinander auf Pubertätsniveau gehalten, im Umgang mit Kleidung durch Jahre in Schuluniformen besser geschult, auch auf Details zu achten?

Bei aller Liebe für London und die Selbstverständlichkeit von blauen Haaren: Niet war ein Kind der BRD, fühlte sich näher an Ton Steine Scherben, an Widerstand aus Prinzip. Der Haken, das Kreuz des Deutschen, der nicht als berufsjugendlicher Thomas Gottschalk altern wollte, verkrampft im Locker-sein, der Haken war: Das Älterwerden hatte einem in Deutschland keiner vorgemacht. Wer wie die Beatles zum Tee zur Queen ging, wurde nicht zerrieben von Idealen der Vergangenheit. Aber die Beatles...? Waren ihm schon als Kind nicht so recht wie die Stones. Die wiederum wurden ihm suspekt, als sie sich auch ein Jahrzehnt nach den Beatles immer noch nicht auflösten, und danach wurden sie ihm so richtig zuwider. Dann doch lieber Pretty Things oder, das war für jeden Saitenmusikanten klar, die Yardbirds, Talentschmiede der Six-String-Asse Jeff Beck, Jimmy Page und Eric Clapton – unter einem Krachdach vereint: Beck der Prototyp des *Guitar Heroes*, Page der Riffmeister des Rock, und Clapton ein verdrogter Slowhand-Spieler. Heute ist Clapton nicht mehr als ein kapitalistischer Opportunist, seinen Sound kriegt man im BMW 7er Reihe im Kofferraum-CD-Player (20-CD-Memory) als Dreingabe kostenlos mit. Ja... Da ist sie schon wieder, diese Metamorphose. Pop eben.

Alles nicht mehr was es mal war. Statt Echtem oder Authentischem überall Diet-Coke, koffeinloser Kaffee mit fettarmer Milch und Süßstoff, kalorienarme Croissants dazu. Die Blue-Jeans schon im Laden ausgewaschen, durchlöchert oder im Look sonstwie gebraucht und geliebt. Lights-Zigaretten. In Flugzeugen nicht einmal das, da beklebte man sich mit Nikotinpflästerchen. Alles mit eingebauter Entschuldigungsautomatik. Alles vage, nur nicht anecken. Soll sich bloß keiner festlegen, bloß keine Position einnehmen, sagen was man denkt und fühlt, was dann vehement zu verteidigen wäre. Bloß nichts machen, was irgendwie irgendwem gefährlich werden könnte. Das Wassermannzeitalter? Eher das Verwässerungszeitalter.

Auch die Clubs waren nicht mehr, was sie mal waren. Das Roxy musste scheitern, noch bevor sich Punk an eigenen An- und Widersprüchen blutig rieb. Ins Rainbow, wo David Bowie 1972 ZIGGY STARDUST inszenierte, in dem die Ramones IT'S ALIve aufs Tonband geprügelt hatten, kamen schon seit Jahrzehnten nur noch Gospelsänger. Der Marquee-Club in der Wardour Street war Yuppiewohnungen gewichen, sogar der Marquee aus den Achtzigern war verschwunden. Das Kommen und Gehen und Wiederkommen der Musik-Clubs bewies einst, wie lebendig die Szene ist. Im originalen Marquee in der Oxford Street zündete Alexis Korner die weiße Blues Explosion, in der Wardour Street ging es um Pub Rock und New Romantics, und mit dem Umzug in die dicke Charing Cross Road wurde die Musik im Club so *middle of the road*, dass am Ende der ganze Laden so unter die Räder kam wie mancher Tourist. Angesagte Clubs standen heute noch weniger still, sie tourten mit DJs und Soundsystem durchs Land. Aus Treffpunkten waren Fluchtpunkte geworden. Was früher Privileg der Metropole war, den Puls der Zeit zu fühlen, wurde nun in der hintersten Provinz ermöglicht. Alle wollten und sollten Teil einer großen Sache sein. MTV sei Dank, die Globalisierung des Geschmacks, uniforme Konserven bis ins letzte Kaff, EMPTY VEE, Niets Song dazu, *previously unreleased*.

Kurz bevor sie in Covent Garden ankamen, erreichte Klecker Beate. Sein Handygespräch klang, als hörte er wirklich zu. Das war bei einem wie Klecker eher ein bedenkliches Zeichen. Danach schien er aber ganz beruhigt. »Das ist halt schwierig, gerade dann noch mit Dennis und so. Es hat sie halt genervt, dass ich wieder nur für so kurz kommen würde. Ideal ist das nicht. Und von wegen, dass ich immer nur von dem einen rede, auch direkt nach dem Bumsen.«

»?«

»Na, von der Band halt und von Songs. Ihr geht das nicht schnell genug.«

Das war immerhin ein Problem, das Niet nicht hatte. Sheila, er kannte Sheila eigentlich gar nicht genau genug, um zu wissen, wie wichtig es ihr war, wie er mit seiner Karriere umging. Ihr schien, wie ihm auch, selbstverständlich, dass er immer als Musiker arbeiten würde, vielleicht auch Arrangeur, Komponist, Producer, irgendwann in ihrer Heimat, Kalifornien. Wäre ja eine Idee, mal herauszufinden, ob sie das so sah.

Was Sound betrifft, ist London ein Naturkundemuseum. Die Straßenmusiker singen, was sie seit Jahren singen – Magical Mystery Tour und Mr Tambourine Man –, die Saxophonisten blasen Baker Street. Nett, selten überraschend. Aber eben nicht mehr als nett. Bestimmt nicht Rock'n'Roll. Der setzt keinen Staub an, der atmet, pocht, hechelt und schreit.

♫ ♪ ♫

5th Dimension Records Ltd., die europäische Niederlassung von 5th Dimension Records, befand sich in einer Nebenstraße von Covent Garden. Sie war also umgeben von einer aus Neal Street strömenden Infusion wohlbetuchter, mit Leinen und Denim bekleideter Touristen, vorbei eilenden Künstlerinnen und arbeitslosen Schauspielern, die auf Obstkisten balancierend ihre Zeit damit verbrachten, bewegungslos in die Menge zu starren.

Als man ShamPain in Australien eröffnete, das Londoner Office befände sich noch im Aufbau, hatte man nicht übertrieben: Der Hausflur wurde noch verputzt, der Weg zu Pages Office glich einem Labyrinth aus Brettern, Bierkästen und Möbelstücken. Keine Ahnung, wie Musiker je dahin finden sollten. Auch Pages Audienzzimmer selbst: Wo andere wenigstens einen neuen Teppichboden, verstecktes Neon und Vitrinen aus Alu und Glas haben, befand sich bei ihm kaum mehr als eine auf Kisten wackelnde Schreibtischplatte. Stapel von Zeitschriften, noch eingeschweißt, sowie Kisten, ungeöffnet, säumten die Wände. Als Natalie, Cat, Klecker und Niet einliefen, scheuchte er ein paar schlecht ernährte Langhaarige in zu engen Lederjacken von der Couch. Wie aus einer anderen Welt entwendet dagegen die Wände, geschmückt mit Fotos und gerahmten Postern längst vergangener Tourneen. Das Skylight in der Decke sorgte für Licht und staunende Gesichter.

James Page, in der Linken ein Becher, funkelnder Diamant im Ohr, einst durchstochener Nasenflügel, die Glut der Zigarette wenige Sekunden alt, entschuldigt sich – sporadisch und englisch – für die Unordnung.«»James Page. Für Freunde: Page. Einfach nur Page. Page. Wie war der Flug? Tee?«

Au Backe, einfach nur au Backe, denkt Niet.

Page verschwindet in einem Nebenzimmer, Natalie macht es sich auf einem Koffer bequem, die Musiker verteilen sich brav auf Sofa und Kisten. »Euer Hotel ist gebucht. Ihr könnt dort um zwei einchecken. Habt ihr den neusten *schedule* schon erhalten?«

»Noch nicht«, ruft Natalie kopfschüttelnd zurück.

»Mit Zucker?« Cat steht auf, begibt sich in das Kabuff, in dem Page mit Wasserkocher und Tee hantiert. »Sag mal, Jimmy, hast du auch Kaffee da?«

»Wir haben noch ganz andere Sachen hier, nur weiß ich nicht, wo«, dröhnt er zurück. »Du bist...«

Während Niet abwechselnd Natalie und Klecker anstarrt, die nur abwinken, antwortet Cat »Cat«, und Page beendet seine Frage mit »der Sänger?« Lachen aus dem Kabuff, Kopfschütteln rund um Niet. »Dummerweise ist Tracy, meine Assistentin, gerade in der Pause, aber die wird uns sicher...«

Page, ein alterndes Road-Animal, kannte Betäubungsmittel nicht nur aus der Theorie (dachte Cat), ohne Respekt vor Musikern, wohl aber vor dem Geld, das manche liefern (glaubte Niet). Die Farbe seiner Haare verwaschen, nicht definierbar (fand Klecker), war er auf den ersten Blick kaum einzuschätzen (entschied Natalie). Man konnte nicht sagen, wann Page ehrlich oder berechnend war, denn ständig war er wie unter Strom, seine Hände fuhren nervös zum Mund, dann zueinander, die Knie wippten unaufhörlich, und zwischen den begrüßenden Händeschütteleien zupfte er an seiner Nase herum.

Hinter seiner Schreibtischplatte schlüpft er in seinen neuen Job, den des Aushängeschilds für 5th Dimension in Europa. Es geht um die Produktion für die Konzerte in New York und Los Angeles, darum, was beim Notar wie erledigt wird, und ums Geschäft. Klecker reicht seine Zigarettenschachtel rum, Feuerzeuge klicken. Nur Natalie hört Page einigermaßen aufmerksam zu. Den anderen ticken die Speedbomben durch die Adern. Cat spielt mit seiner Sonnenbrille, Klecker dreht an seinen Ringen, Niet betrachtet sich eingerahmte Schnappschüsse (Page mit Phil Collins, Page mit Cher, aber nie Page mit Plant...).

»Was den US-Markt betrifft: sehr groß. Es geht um viel. Sehr viel.« Page artikulierte wie ein Oberlehrer. Weil er Sham-Pain für Greenhorns hielt? Oder weil er einer dieser Leute war, die nur vor sich selbst Respekt haben? »Ich persönlich sehe da geringe Chancen für eure Musik, den meisten Amis ist das eher zu«, er schien wirklich zum ersten Mal nach einer Beschreibung für ShamPains Sound zu suchen, »zu schwer einzuordnen, stilistisch. Klar habe ich auch schon davon gehört, von den Kids, die Ärger bekamen, weil sie eure T-Shirts getragen haben, aber ich meine, wenn man – nicht nur wegen der Texte, eher wegen dem Image, der Show und so... Kurz und knapp, ich glaube, wenn eure CDs mit diesen Warnungs-Stickern versehen werden, und wenn also keine einzige Niederlassung von Wal-Mart sie im Sortiment hat, dann... dann ist nur begrenzt viel möglich. Bei Hits kann man davon ausgehen, dass Wal-Mart zehn Prozent der Verkäufe ausmachen. So wie andere Ketten verkaufen die aber nichts, was irgendwie Kontroversen verursachen könnte.«

Niet konnte es nicht fassen: Da saß einer, der sie behandelte wie einen Haufen Zwölfjährige, der nicht einmal verstand, worum es ihnen ging, und die anderen saßen da und beäugten die Papiere für ihre GmbH-Gründung.

»Aber so ein Sticker ist ja auch wie eine Auszeichnung, oder?«, warf Klecker ein. »Der bringt ja zum Ausdruck«, rang der Drummer nach Worten und griff auch schon nach seinem Ringfinger, »dass wir eben nicht so einen Sound machen wie Mariah Carey.«

»Zehn Prozent aber...«

»...vom weltweit größten Markt sind nicht zu verachten«, meldete sich Cat. »In den USA muss knallhart kalkuliert werden, da kann in der Endabrechnung jeder Punkt einen Unterschied von Millionen ausmachen. Dürfen nicht vergessen«, fuhr er nach kurzer Atempause fort, »dass der Löwenanteil, dass mehr als ein Drittel in den USA abgesetzt wird, in Idaho, Ohio, New Jersey und dem ganzen Hinterland. Wenn du das gegenrechnest mit den jährlich vierzig Milliarden der CD-Industrie, Euro oder Dollar, wollen mal nun nicht so pingelig sein, dann siehst du, was für ein Berg Geld das ist. Mann, vierzig Prozent von vierzig Milliarden, das sind...«

»Sechzehn«, schaltete sich Natalie ein, während Page auf seinem Taschenrechner mittippte. Der Anblick dieses Rechners gab Niet den Rest: Das war so ein handgroßes Ding, wie sie einem zwielichtige Elektrowarenverkäufer unter die Nase hielten; oder Typen vom Schlag eines Kurt im Musikhaus Koenig. Natalie zündete sich umständlich einen Zigarillo an. War sie Teil des Spiels, die Band von Niet zu entfremden, die anderen im Crashkurs zu Gesellschaftern zu machen? »Deshalb leben auch so Acts wie Garth Brooks vom US-Markt alleine mehr als gut.«

»Und der deutsche Markt?«, unterbrach Klecker, unbeholfen, da deutlich bemüht, einen vernünftigen Eindruck zu machen.

»Ja«, improvisierte Cat. »Dessen Volumen...«

Reflexartig übernahm Niet. Trocken, als Intro ein bronchiales Räuspern: »Auch nicht so schlecht, genügt immerhin einer Handvoll Westernmaffays und Grönehagens, gut zu leben, sehr gut sogar, vielen Dank auch.«

»An die 2,5 Milliarden Euro«, murmelte Natalie. Sie wollte das Gespräch nicht fortführen. Weil es ihre Karten waren, mit denen wir Kleinen hier spielten? Aus falscher Bescheidenheit, sexy Arroganz, bestem Schutz gegen einen neuen Kontrahenten wie Page? Das Armdrücken der frischgebackenen Geschäftspartner langweilte Niet, bald würde er es nicht einmal als Zuschauer erleben. Als sie begannen, Jahresumsätze hochzurechnen, »inklusive Einnahmen durch Konzerte, CDs, T-Shirts, Merchandise, Downloads«, begann er, in den geöffneten Kartons und Kisten rumzustochern; nach CDs, Zeitschriften, die Page offenbar so gleichgültig ließen wie Reklamesendungen im Treppenhaus.

Die Assistentin, Tracey – v-förmiges Gesicht, ihre Lippen eine künstliche Insel, ein Rotstreifen im graugrauen Allerlei eines Aprilnachmittags –, brachte aus ihrer Mittagspause etwas Shopping mit, aber auch eine Freundin. Su war rothaarig, schüchtern oder still oder geheimnisvoll, wie für Niet gemacht. Ihr Angebot, aufs Hausdach zu klettern und dort ein bisschen was zu rauchen, nahm er ohne Zögern an. Dafür war man schließlich in einer Band, Wandermusiker, heute hier / dann doch dort / abends schon längst fort. Allzeit bereit, immer breit.

Kapitel 9

I'm sure I must be someone
Now I'm gonna find out who

Eddie and the Hot Rods: »Do Anything You Wanna Do«
- Life On The Line

* * *

»Du kennst Page doch noch gar nicht richtig, wie kommst du dazu, über ihn abzulästern, wo du doch das Meeting vorhin nur durchs Glasdach beobachtet hast? Was habt ihr'n da oben eigentlich gemacht? Der Arsch von der einen war ja, von unten betrachtet... enorm.«

»Ihn kenne ich nicht, aber ich bilde mir ein, mittlerweile zu durchschauen, wie der Dicke seine Entscheidungen trifft. Wenn einer schon so aussieht wie ein Fußballtrainer...« Niet konnte das sagen, ganz ruhig, denn er hatte einen Trumpf in der Hinterhand. Vor diesem Meeting hatte er mit Ray Burns gesprochen, dem Chef der Musikabteilung von 5th Dimension.

»Keyser?«

»Trifft doch gar nicht mehr die Entscheidungen, wenn es ums Tagesgeschäft geht«, unterbrach Cat - hitzig dabei, Niet zu kontern und Kleckers stoppende und klitzekleine Zwischenfrage niederzusemmeln. Sie befanden sich noch im Flur vor Natalies Penthouse-Suite, schon gab es Zoff. Sydney revisited. Natalie mit Cat und guten Argumenten gegen Niet. Was wie miesepetriges Genöle ankam, hatte Niet allerdings ordentlich recherchiert. Dass er in seiner Ecke alleine stehen und kämpfen würde, vermutete Niet schon vorher. Überraschend war, dass im Eifer des Gefechts auch Klecker von Cat einen übergebraten bekam.

»Ich habe gerade mit Ray telefoniert.«

»So?«

»Er hat ein paar interessante Sachen gesagt...«

Cats abfälliges Grinsen hierzu war stärker als Natalies Interesse. Cat würde es, egal was Niet sagen würde, wegwischen.

Ray Burns, ShamPains Produkt-Manager, Anfang letzter Woche befördert zum Director für Artist & Repertoire, also 5th Dimensions Verantwortlicher für die Inhalte, war in Sydney die gute Seele der Firma. Ray war angeheuert worden, um aus dem Geldverbrennungsgeschäft des Multimillionärs Luke Keyser eine richtige Plattenfirma zu machen. Er war auch ein netter Kerl. Ray Burns hatte nicht nur endlos viele Anekdoten aus den Studios in L.A. und Teneriffa, den Backstage-Bereichen im Civic Auditorium Cleveland und dem Paradiso Amsterdam, er konnte eine Story auch gut erzählen. Terry liebte ihn für seinen Klatsch, Cat und Niet für sein Musikverständnis, Klecker für die Geschichten von Gelbfieber, von Foyer-Ficks mit Zwillingsschwestern und ohne Gewähr.

»Okay«, fegte Natalie den Zank weg wie ein Gerangel im Schulhof. »Wir haben nicht viel Zeit, in fünfzehn Minuten geht's zum Notar, ich muss mich also kurz fassen. Page wurde hier zwar als European Manager installiert, aber er wird uns nach Amerika begleiten. Er wird sich um Vertrieb – Hast du mal Feuer? – und andere Kooperationspartner – Danke! – kümmern, ich mache den Tour-Manager, ab New York mit einer Assistentin, wahrscheinlich jemand von Leave Home.«

»Von Leave Home, von *der* Booking-Agentur?«

»Ja.«

»Geil, Mann ist das abgefahren!« Cats Wut verwandelte sich in Euphorie, womit klar wurde, wie er die zehn Minuten zwischen Hotel-Check-in und jetzt verbracht hatte. Sein wiederholtes Zupfen an seiner Nase bestätigte dies genauso wie das regelmäßige Inspizieren seines Taschentuchs auf der Suche nach Blutspuren.

»Ja. An der Front ist so weit also alles unter Kontrolle, Fat Head und Terry haben alles organisiert, Leave Home hat bei der Backline ein bisschen mitgeholfen. Was wir in New York für eine kleine Produktion brauchen, steht bereit. In L.A. treffen die Sachen aus Australien Ende der Woche, also ungefähr jetzt, ein. Niet, während wir zum Notar gehen, bleibst du hier: In einer Stunde kommen zwei Redakteure vom *Spiegel* her.«

»Vom *Spiegel*? Sollten wir die nicht alle zusammen treffen?«

»Nee, Cat: Die machen was über Zensur, und sie wollen Niet zu seinen Aktivitäten bei Know Censorship befragen.«

»Na, zum Glück! Wenn der *Spiegel* über was berichtet, zumal Musik, ist es normal ja schon abserviert. Dann sind wir ja als Thema noch nicht tot, ha ha.«

»Sei so gut, Niet, und lass dich nicht allzu sehr darüber aus, wie zensiert du dich fühlst, als Künstler bei deiner Selbstentfaltung... innerhalb der Band und so.«

»Bevor wir über die Schere im Kopf sprechen«, imitierte Niet, amüsiert über Cats Eifersüchtelei, eine Lehrerstimme, »kleben wir uns den Mund lieber mit Heftpflaster zu...«

Über Natalies tonloses »ha ha« legte Cat wieder los, schnell wie ein Revolverheld. »Mann, du weißt doch, wie das laufen kann, wie leicht die einen einzigen Spruch, kann sogar nur ein Nebensatz sein, nehmen und daraus was basteln, was dann dich ärgert. Sagen kannst du das denen auch ruhig: Schließlich editieren und redigieren die ja auch mindestens so viel wie jeder Musiker, nur eben aus einer Menge an Informationen. Wenn das keine Form der Zensur ist... BIG TITS... ist jedenfalls noch nicht abgefrühstückt, das kann ich dir versichern. Und das mit ON THE LINE ist ja nun auch ein alter Hut.«

Ursprünglich sollte ShamPains Debüt alles an Frust und Wut ausdrücken, das man nach Tausenden Stunden Proben hinter sich gelassen hatte, als man für eine Plattenfirma am anderen Ende der Welt aufnahm. Nach durchschnittlich sieben Jahren in Bands, nach jeweils drei Proben die Woche, jede um die vier Stunden lang (manche mit Handschuhen in nassen Kellern, andere mit Idioten voller Lust auf Geld und Ruhm, aber ohne wirkliches Interesse an Musik), nach insgesamt also 4368 Stunden mit Männern, die oft aus bloßer Doofheit ein Instrument in die Hand genommen hatten, setzten ShamPain alles auf eine Karte und nannten das Werk, mit dem sie sich entblößten, PUTTING YOUR ARSE ON THE LINE. Die erste Hälfte des Titels wurde von der Plattenfirma gestrichen, ohne Diskussionen. In den Augen der anderen war das marktstrategische Regulierung, in Niets war schon so ein Gedanke Selbstzensur, typisch für den von Jammerlappen besetzten Scherbenhaufen, zu dem Rock'n'Roll geworden war, seit Menschen sich nicht damit ausdrückten, sondern Karrieren planten. Die Fernsehsender suchen die Superstar-Show, und die Nobodies suchen die Superstar-Rolle, bei der das Halten von Mikrophonen eher eine neben anderen Aufgaben ist, und dabei eine lästige.

»Das ist ja nun wohl... muss ja nicht sein, oder?« Klecker knackte mit den Knöcheln. »Der Titel wäre eh viel zu lang gewesen. Die besten Alben heißen doch eh IV, 4 oder Vol. 4.«

»Okay, kein Problem, werde ich schon schaukeln. Sonst noch Interviews oder Termine für mich, bevor wir weiterfliegen?«

»Ja, gut, dass du fragst, der Videodreh: Die Einstellungen mit deinen Händen müssen nochmal gemacht werden. Deine Knöchel sehen wirklich zu angeschlagen aus. Wie geht es übrigens der Hand, alles in Butter?«

»Ja, alles abgeschwollen. Ist das hier die erste Fassung?« Er deutete auf den Stapel Videocassetten.

»Seine Hände müssen nochmal gefilmt werden? Und ich dachte, das ginge auch so, wo du doch zwei linke Hände hast.«

Typisch Cat: Sprach zwar fließend deutsch, hatte aber den Sinn für die Zwischentöne behalten, die nur einer haben kann, der eine Sprache und ihre Floskeln als denkender Mensch und nicht als Kleinkind erlernt.

»Das Video da? Nee, das ist ein Mitschnitt der Tricia Bush Show...«

»Trash Bash, wie?«

»Wo hast'n das schon wieder her?«

»Fiel mir gerade so ein.«

»Ja, klasse Quoten, die Resonanz eher durchwachsen: Die Show hat überall Kontroversen ausgelöst, die Networks stehen Schlange. Über euren Song wird zwar noch nicht geredet, er bekommt aber schon mächtig Airplay, jedes Mal dann nämlich, wenn Patricia Bush im Radio diskutiert wird.«

»Patricia Bush?«

»Ja, sie ist die Moderatorin der Show. Trish Bush ist mehr berüchtigt als berühmt, bietet reichlich Stoff für Gossip-Junkies, sie hat drei Mal diesen Country-Sänger geheiratet, dann Affären mit irgendwelchen Schauspielern, diesem Baseballer, der dann in den Knast ging...«

»Auch die Schauspieler sind immer nur auf Bewährung auf freiem Fuß, oder? Haben immer Prozesse am Hals, irgendwie... wegen häuslicher Gewalt?«

»Ja, ja, irgend so was. Die Zeichen stehen auf Sturm, zum Showcase in L.A. haben sich ein Dutzend Firmen angesagt, doppelt so viele wie für den Gig in New York.«

»Läuft also wie am Schnürchen, wie von Jackpot Jack geplant«, freute sich Cat. Klecker grinste zufrieden. Magie der Wahrnehmung: Sie sahen den nahenden Erfolg und ignorierten die Mittel, mit denen sie ihn errangen.

»Okay, wann muss ich also wo sein?«

»Was?«

»Na, für den Re-Shoot mit meinen Fingern?«

»Ah ja, genau. In Soho, morgen Mittag, die Firma gibt die Eckdaten noch durch, also wo und wann.«

»Und morgen Abend dann die CD-Präsentation?« Die Frage, gestellt von Klecker, schien Cat und Natalie zu überraschen - was Niet verwunderte. Es war nicht ungewöhnlich, dass es in Meetings im Galopp von einem Thema zum nächsten ging, aber diese Frage schien Cat und Natalie unangenehm. Wurde Niet paranoid? Wenn ja, dann war das ein guter Grund, die Chemie in seinen Blutbahnen aufzufrischen, das Gegenteil also von dem zu machen, was einem die Vernunft raten würde.

»Ja, Royal DeLuxe, bei Madame Tussaud's. Page organisiert das«.

»Royal DeLuxe? Sind die auf unserem Label?«

»Nee, bei dieser Popel-Pop-Firma, wo auch ✱✱✱ ✱✱✱ ✱✱✱ sind.«

»Breaking Records?«

»Kann sein, ja.«

»★★★ ★★★ ★★★ sind doch bei ARC. Deswegen wird ihnen ja auch jeder Wunsch von den Lippen abgelesen.«
»Deswegen?«
»Ja, deswegen: ARC haben mehr Geld als Ahnung.«
»Egal.«
»Freunde von Page? Soso.«
Harmonisches Grinsen in der ganzen Runde, Cat zupft sich das Haar, Klecker schlägt sich auf den Oberschenkel, Natalie strahlt, und Niet schöpft Hoffnung.

Um es kurz und knapp, klipp und klar zu machen: Niet will die Band verlassen. Als ihm vor einigen Wochen Zig Zag ein Angebot gemacht hat, hat das in ihm Träume und Hoffnungen geweckt, Bedürfnisse, die er mit ShamPain nie verwirklichen könnte. Gleichgültig ist ihm ShamPain deshalb nicht, noch lange nicht. Er ist noch Teil der Mannschaft, und er will bis zum letzten Moment voll hinter dem stehen, was er mit der Band macht. Es ist immerhin die beste Band, in der er je war, und es ist die Band, für die man ihn kennt. Entsprechend viel liegt ihm an den Songs und CDs, seinen Songs. Sie sind die Kinder dieser Ehe. Nur weil man sich von der einst geliebten Frau trennt, bedeutet das ja nicht, dass man bis zur Scheidung alles hinnimmt. Noch weniger steckt man die Kinder schulterzuckend in ein Internat, von dessen Methoden man wenig hält. Wenn Niet die Chance hat, Entscheidungen über Verpackung und Marketing zu beeinflussen, dann kämpft er nötigenfalls darum, sie wahrzunehmen. Auch deshalb war er gegen Page und dessen Mission. Auch deshalb interessierte er sich nicht für den Papierkram, den Page aus der Schublade zog. Auch deshalb erklärte er Cat auf dem Weg zu Natalies Penthouse-Suite, warum er Page für einen Blender hielt.

Unisono also das Lächeln. Siehe auch: Magie der Wahrnehmung. Es gab mehr als einen Grund, nichts zu sagen, lieber in die Runde zu lächeln.

»Eine Frage habe ich noch, nicht zur Zensur, sondern eher zum Gegenteil davon: Ray hat mir gerade erzählt, dass auf der englischen Version von 280 SL zwei Bonus-Tracks sind?«
»Ray?«

»Burns, Ray Burns. Vorhin habe ich mit ihm telefoniert.«
»Ja, CHIBA CITY BLUES, die Aufnahme vom Mont de Marsan Festival, und AFTER P.M., die *alternative version*. Das ist auch auf den Japan-Imports.«

Nicht nur Niet stieß es bitter auf, wenn an ihrem sorgfältig zusammengesetzten Kunstwerk andere rumfingerten.

»Page hat gesagt, die Geschäfte hier brauchen auf den UK-CDs was extra, um nicht von Import-Versionen verdrängt zu werden. Denn die sind oft preiswerter.«

»Finden wir auch nicht so klasse, aber er hat uns das breit und ausführlich erklärt. Ja, brauchst nicht so verdattert zu gucken, wir haben das – als Geschäftsleitung – akzeptiert.« Während Cat das sagte, popelte Klecker in einer Hosentasche herum, an diesem Zwist ebenso wenig interessiert wie an Wechselkursen, die Importpreise beeinflussten, an den Geschäftsinteressen der Unterhaltungsindustrie insgesamt. Er trommelte, also war er in einer Band. Weil er in einer Band war, träumte er davon, genügend zu verdienen, um sich eine Insel zu kaufen und alle seine Freunde einzuladen. Mit denen würde er auf seiner Trauminsel das alles genießen, was ihm das Instrument seiner Wahl nie geben würde: Harmonie, Einklang und Ruhe.

»Was hat dir Ray denn sonst noch so gesteckt? Du musst dir im klaren darüber sein, Niet, dass Ray, wenn er über James Page lästert, das mit Sicherheit nur deshalb macht, weil er dessen Job wollte. Stattdessen hat man ihm einen neuen Boss vor die Nase gesetzt: Page. A&R wird bald nur noch von hier gemacht. Klar: Australien ist abgegrast, was gibt's da schon noch? Außerdem ist Jimmy schon viel länger in dem Geschäft aktiv, und dass er auf Tourneen dabei war und Sachen produziert hat, spricht für ihn. Verstehst du? Burns sitzt nun plötzlich auf dem Ast, an dem er selbst gesägt hat. Und jetzt greint er, dass ihm der Sprung zu einem dickeren Ast weiter oben nicht gelungen ist. Nur werden die Äste weiter oben eben dünner...«

Hier verschlug es Niet mal wieder die Sprache. Er wusste aus Erfahrung, dass er gegen Cat nicht ankam, sobald der begann, mit seiner Munition zu spielen. Cats Munition waren keine schweren Geschütze, keine Kloppereien wie die, in die er mit Terry geraten war und die seine Hand außer Gefecht gesetzt hatte. Cats Munition bestand aus Informationen. Die bei dem Meeting mit Page vorgetragenen Fakten-Fakten-Fakten zum US-Markt waren eine Raubkopie, klangen exakt wie das, was Ray gerade Niet erzählt hatte. Und nun kam Cat an und sagte, Burns werde bei 5th Dimension abgesägt. Das konnte in der Band keiner wissen – außer Niet, der ja gerade mit Ray telefoniert hatte. Ray Burns, ein echter Profi, war von der Plattenfirma angeheuert worden, damit 5th Dimension Records nach ein paar Veröffentlichungen auf dem Markt der Ton- und Wasserträger – wie er es nannte – ernsthaft mitmischen würde. Burns war die Sorte Typ, wie sie ein Musiker gerne als Freund hat: locker, klug und immer mit genügend Zeit für ein Witzchen, genügend Nerven, einen beiseite zu nehmen und die Hintergründe zu erläutern. Cat und Niet saßen früher stundenlang mit ihm in Bars und in den Kochnischen der Studios – und lauschten Studio-Stories über Sänger, die am Tag eine Silbe auf Band brachten, von Produzenten, ihren legendären Mischen-Impossible-Projekten. Und jetzt legte ihn Cat beiseite wie ein vollgewichtstes Tempo.

»So so, Ray auf dem absteigenden Ast?« Natalie schien die Unterhaltung nicht zu verfolgen, sortierte ein paar Blätter, Klecker drehte an einem Ring, deutliche Anzeichen dafür, dass beide ganz genau zuhörten. Cat hatte seine Hausaufgaben gemacht, und zwar schon Tage vor Niet, denn alles, was der Gitarrist in Pages Office an Wissen verkündete, klang genau wie das, was Burns vor wenigen Minuten Niet am Telefon vorgerechnet hatte. Und nun servierte er ihn ab wie einen greisen Geschichtenerzähler.

»Nee, ehrlich, Niet: Statt mit Ray zu telefonieren, weil du das Meeting bei Page nur peripher miterlebt hast...«

»Was habt'n ihr da überhaupt gemacht, da oben?«

Niet nahm an, dass Cat noch nichts von Ray Burns' Kündigung wusste. Vor allem, glaubte Niet, konnte Cat nicht wissen, warum sich Ray vor Stunden dazu durchgerungen hatte:

5th Dimension Records hatte ernsthafte Probleme. Der Plan des Firmenchefs Luke Keyser, mit Gewalt und Geld, vor allem mit ausgeklügeltem Marketing den Durchbruch zu erzwingen, war heutzutage nicht mehr so einfach wie noch zu den Zeiten, als Columbia und RCA gegeneinander antraten, mit Elvis, Supremes und Motown als Komparsen. Heute trat man gegen AOL/Time Warner, Bertelsmann und Sony an. Da brauchte es mehr als Zoff und Zaster. Wenn ein Indie gegen diese Goliaths vorgehen wollte, musste er mehr investieren als einen Nachmittag die Woche. In Keysers Import/Export-Geschäften verkam die Musik-Abteilung zu einem bloßen Abschreibeobjekt. Die für die USA geplanten Deals waren, so erzählte Burns Niet, leere Gesten.

Als sie vor einer Viertelstunde zu Natalies Suite gingen, war Niet davon überzeugt, den anderen erklären zu können, was bei 5th Dimension schief lief, weshalb er bei ShamPain aussteigen würde - und vielleicht sogar, was er auf Natalies Handy gehört hatte. Doch was er für eine kluge Eröffnung hielt, wurde von Cat verlacht. Zum Ausspielen der nächsten Karten kam er gar nicht. Dass Natalie in Sydney, bevor Niet ihr Handy versehentlich mitgenommen hatte, mit dem Far Out Management telefoniert hatte, ergab immer mehr Sinn – sie plante insgeheim, die Band an diese Casino-Kapitalisten zu verkaufen und sich mit viel Asche aus dem Staub zu machen. Gleichzeitig litt die Band wie ein Junkie, dem zu viele Dealer zu unterschiedlichen Stoff gegeben hatten. Sie konnten nicht mehr reines von gestrecktem Heroin unterscheiden, liefen ständig Gefahr, an einer Überdosis oder einem Schuss Strychnin zu verrecken wie ein paar Kellerratten.

In so einer Situation konnte Niet unmöglich das sinkende Schiff verlassen, jedenfalls nicht jetzt gleich. Und schon gar nicht ohne einen Rettungsring.

Gleichzeitig musste Niet einsehen, dass - entgegen dem hinter den Kulissen ausbrechenden Chaos - die vor Monaten angelegte Strategie aufging: Luke Keyser hatte in Ray Burns einen Profi angeheuert, der mit allen Wassern gewaschen war. Burns beriet Jackpot Jack, was bei der Operation Schneeball zu beachten war, nun war ShamPains Stern im Begriff aufzusteigen – und drei Viertel der Band befanden sich in einer Zwangsjacke, mit Schnallen aus Gold: Sie würden nicht allzu sehr anecken, mussten eine Menge Verantwortung selbst übernehmen.

Der krönende Gag war dabei freilich, was mit dem Katalysator des Ganzen, was mit Burns, geschehen war: Der war auf der Strecke geblieben, lag im Graben und leckte sich die Wunden. Burns' Burnout.

* * *

PR-FUZZIS BASTELN BOMBE

Bisher so gut wie unbekannt, doch an der Trendbörse hoch im Kurs: eine kleine Band namens ShamPain.
 Von Chris DeMantle
 New York, USA

Immer häufiger wird der nächste Super-Act verkündet, die nächsten Led Zeppelin, Sex Pistols, AC/DC, Nirvana... Die Inflation an kommenden Stars hat Un- und Ausmaße angenommen, dass man meinen könnte, es ginge den Medien- und Meinungsmachern nur ums Spekulieren an der Trendbörse.

 Viel zu viele der vermeintlichen Stars von Morgen werden in eine Liga mit diesen Giganten katapultiert – und brechen sich dabei den Hals, noch bevor sie aus dem Krabbelbett in den Laufstall gewechselt sind. Zu viele Vorschusslorbeeren versalzen die Suppe. In der Praxis, im echten Leben da draußen werden viel zu wenige dem Hype gerecht. Der Grund ist zumeist simpel: Es fehlt ihnen an Praxis, an Erfahrung – wie sagten die Blueser? Ah ja: „First, you've got to pay your dues."

 ShamPain haben hierzulande noch keinen einzigen Auftritt absolviert, und doch haben die vier Musiker ihr Lehrgeld bezahlt. Im Moment sind sie nicht mehr als ein Insidertipp am Horizont, in wenigen Monaten die Sensation des Jahres. Denn sie wissen, was sie tun. Sie wissen, dass zu einem 1A-Act mehr gehört als ein Gitarrist, dessen Riffs mit dem Sänger flirten, es gehört mehr dazu als ein Sänger, der dem Gitarristen einen überbrät und das Publikum bespuckt, mehr als ein Sänger, der mit dem Gitarristen auf der Schulter durchs Publikum

tobt, mehr als ein Sänger mit Sprengstoff in Körper und Seele...
Mehr auf Seite 108.

PR-FUZZIS BASTELN BOMBE
Von Chris DeMantle
New York, USA

Fortsetzung von Seite 21:
ShamPain wissen, was sie tun. Wie man es tut, das wissen die Macher hinter der Band – 5th Dimension Enterprises Ltd mit freundlicher Unterstützung von keinem Geringeren als der Werbe-Agentur Anything Goes! Zu befürchten bleibt da nur noch, dass der so säuberlich choreographierte Medienrummel zum Eigentor werden könnte, angesichts so perfekt gestellter Weichen.

Die Grundbausteine der genannten Giganten kennen Terry, Cat 23, Niet und Klecker (vocals, guitars, bass, drums) in- und auswendig, wie erste Hörproben zeigen. Nun haben sie binnen kürzester Zeit mit drei CDs ihr Fundament errichtet, und das sieht ordentlich aus. Es passt in die Baulücke, in die Lücke, welche die bereits genannten Giganten hinterlassen haben. Das Publikum ganz klar im Visier, hat man sich beim Ausarbeiten der Architektur von altgedienten Profis unterstützen lassen: Vom Producer (Mike Striegel) des jüngsten Longplayers („280 SL") über die Macher des Videos, Anything Goes PR (Kampagnen für Tabak-, Fastfood- und Automobilindustrie) bis hin zu den Überraschungs-Chats der Bandmitglieder (in der Newsgroup alt.music.shampain) arbeiten hier Leute, die für Newcomer normalerweise unbezahlbar sind, die für Nachwuchs-Acts vor allem keine Zeit haben. Die Jahre, die man am Roulettetisch der kommenden Hits verbringt, die langen Nächte in Kellern und Clubs haben diese Leute hinter sich. „Dass einem dabei Talente durch die Lappen gehen können, ist auf jeden Fall bedauerlich", gibt ein Branchenkenner zu, der nicht genannt werden möchte. „Doch wenn eine Band wirklich was hermacht, wenn sie so ist wie... Nirvana oder Ultravox oder Guns N'Roses, dann kriegen das nicht nur Millionen Kids mit, sondern vorher schon die Leute, die sich darum kümmern, dass Millionen Tonträger in die richtigen Geschäfte ausgeliefert werden."

Die Weichen sind gestellt, die Frage ist: Wohin geht die Reise? Eine PR-Kampagne wie für Coca-Cola (virales Marketing, Themenmusik für TV-Shows, Soundtracks usw.)

für eine Band, die keiner kennt, deren CD's bislang nur über Import erhältlich sind?

Plattenfirma und Management sind zuversichtlich: „Wir sind davon überzeugt, dass es Kids gibt, die auf genau so eine Band gewartet haben. Wir wissen, dass es diese Voraussetzungen noch nie gegeben hat: In den USA ist ShamPain zwar ein unbeschriebenes Blatt, in fast jedem Winkel der restlichen Welt haben sie aber so oft und viel gespielt, dass sie auf ihrer kommenden Tournee hier ankommen und dann abräumen werden wie alte Hasen."

In ihren zwei Heimaten (Sänger Terry kommt aus Newcastle, Australien, der Rest aus Deutschland) sind ShamPain „praktisch überall aufgetreten, wo es eine Steckdose gibt". Das ist nicht nur so dahingesagt: Als das erste Album, „(Putting Yourself) On The Line", im Kasten war, „hatten wir die ganzen Clubs und Klitschen schon so oft gesehen, uns mit den Wirten und Besitzern so oft geschlagen, dass wir uns zum Promoten des Albums was ganz anderes einfallen ließen: Wir spielten in Parkhäusern. Und zwar plugged-in und im Stehen", lacht Lead-Vocalist Terry.

Das Umfeld stimmt, die Zeit ist reif, und ShamPain rocken. Bleibt zu hoffen, dass die Musik bei dem ganzen Marketingrummel nicht untergeht – denn sie ist vom Feinsten.

Niet legte die Mappe mit Artikeln beiseite. ›Pressespiegel‹ stand darauf. Haha, sehr passend, es glich ja auch einem Blick in den Spiegel: Das Lesen von Rezensionen und Features war nichts anderes als stundenlanges Posieren vor dem Spiegel. Die ersten Minuten räkelt und suhlt man sich noch in Narzissmus und Schönrederei, sieht man aber zu lange und zu genau hin, so wird es peinlich, Widerwille zu Ekel. Niets Op-Art-Konstruktionen feierten manche Zeitschriften als revolutionär, nannten es Zwölfriffmusik. Dabei handelte es sich bei diesen akustischen Täuschungen meist um uralte Tricks, um nicht viel mehr als Kontrapunkte in ungewohnten Momenten, Dissonanzen, Harmoniebrüche und Intervalle wider Erwarten oder Hörgewohnheit. Was M.C. Escher und Victor Vasarely auf der Leinwand machten, das versuchte er mit ShamPain in

Klang umzusetzen. In den Ohren von Jazzhistorikern ein alter Hut. Nur hörten Jazzhistoriker eben nicht ShamPain. Und ShamPains Publikum verstand nichts von Musiktheorie.

Nach dem anfänglich flauen Gefühl im Bauch war ihm nun so, als hätte er zu viel Lobhudelei verabreicht bekommen. Korrekter: sich verabreicht. Wie ein durstiges Pferd, das nach einem langen Ritt in glühender Hitze Gefahr läuft, sich zu Tode zu trinken. Bulimie schien ihm die richtige Lösung. Alles rausbrechen, die Überportion Süßstoff einfach ins Klo spucken.

Letzten Endes fühlte er sich, daran konnten auch die Erfolge mit ShamPain nicht ändern, wie ein Trickspieler, ein Betrüger. Niet war kein Genie, kein Künstler, nicht einmal ein Musiker. Er mogelte sich durch. Sicher, ShamPains größter Hit kam von ihm, vom Riff über den Text bis hin zu jedem Detail des Arrangements. Klasse Sache, *big deal*, OUT OF ORDER ging zu hundert Prozent auf Niets Konto, und alle Welt wusste es. Nur hatte die Sache einen Haken: Was Niet ursprünglich für ein Geschenk der Muse hielt, das existierte in Wirklichkeit schon. Es war nicht offensichtlich, auch Cat fiel es nie auf, bis Niet es ihm einmal gestand. Tatsache war, dass es den Riff von OUT OF ORDER schon vorher gab; kaum erkennbar, da rückwärts gespielt. Aber er war nicht neu, und er war nicht von Niet.

Cat hatte damit kein Problem, er behielt das kleine Geheimnis für sich, und es waren noch nicht genügend Tantiemen auf Niets Konto geflossen, um sich in Streitereien zu stürzen, an denen Queen fast zerbrochen wären – als sie sahen, wie steinreich der Komponist von I'M IN LOVE WITH MY CAR wurde, nur weil sein Song, vom Album ausrangiert, auf der B-Seite einer der meistverkauften Singles aller Zeiten gelandet war, auf BOHEMIAN RHAPSODY. Die daraus resultierenden Augenauskratzereien führten dazu, dass Queen fast zerbrachen. Statt sich und ihren Egos einen Zacken aus der Krone zu brechen, gingen sie von einem Album zum nächsten dazu über, das zu machen, was Black Sabbath und die Sex Pistols immer gemacht hatten: in den Songwriting-Credits gaben sie die komplette Band an.

Wie auch immer, das Gefühl des Trickspielers war geblieben, auch nach der Absolution durch Cat. Er mogelte sich eben durch. Das Gefühl hatte und kannte er seit der dritten Klasse.

Und das Rausspucken des flauen Gefühls im Bauch: Auf Tournee, mit richtiger Produktion, mit dem entsprechenden Tross an Roadies und Technikern gab es immer mindestens einen, der in solchen Fällen für Abhilfe sorgte, der über die nötigen Helferchen in seiner Reise-Apotheke verfügte.

So einen Helfer mit Helferchen gab es nun aber nicht.

An die zwei Stunden musste er mit dem Überfliegen der Artikel verbracht haben. Vorher hatte er im Internet nach Infos zu dem Mord an Zig Zag gesucht. Bevor er die Suchergebnisse genauer betrachtete, verlor er sich in den Weiten der Newsgroup alt.music.shampain. Erneut hatte ein Fan wegen dem bloßen Tragen eines ShamPain-T-Shirts Scherereien bekommen. Schulleiter und Cops bemühten sich scheinbar, einander zu übertreffen: In New Braunfels/Texas war jemand wegen »Zurschautragens obszöner Gesten« im Supermarkt verhaftet worden. In Fayetteville/North Carolina wurden Schüler von ihrer Schule verwiesen, anderswo führten ShamPain-T-Shirts dazu, dass das Tragen von Rap- und Rock-T-Shirts ganz verboten wurde. Zu Zig Zag fand er, statt eines Nachrufs, viele Gerüchte und Spekulationen. Zig Zag war noch kaum in der Leichenstarre und im Leichenschauhaus angekommen, schon hatten die Hyänen ihren Auftritt, rieben sich Zeilenschinder und Zeitgeist-Kommentierer ihre feisten Fäustchen und lästerten über das lange eingefädelte Comeback des »abgehalfterten Rockstars«. Außerdem gab es Gerüchte über eine Lebensversicherung, die zum Zeitpunkt der Tat, in Japan war es Dienstag, 15.00 Uhr, in Kalifornien nicht mehr gültig war. Videoaufnahmen der Pressekonferenz waren angeblich von der Polizei beschlagnahmt worden. Dann war wieder die Rede davon, dass Zig Zag eben »einer jener Popstars war, die sich nicht abfinden können, schon vor ihrem Ableben in Vergessenheit zu geraten...« Und ein Link zu: »Was aus den Überresten toter Rockstars wurde...«

Die Artikel über ShamPain sahen ebenfalls so aus, als seien zwei Stories und der Waschzettel der Plattenfirma mehrfach durch ein Kopiergerät gejagt worden. Dabei wurden aus der offiziellen Bio gar nicht mal die besten Stellen übernommen – und die waren schon erschreckend dünn gesät, wie er dem Presse-Kit für *280 SL feat. Bonus-Track AFTER P.M.* entnahm. Es verschlug einem die Sprache, wenn man im direkten Vergleich sah, wie viele Redakteure einfach ein paar Zeilen abtippten und dann ihren Namen daruntersetzten.

Wie jeder an den sechsundzwanzig Buchstaben des Alphabets, den sieben Tönen einer Oktave abzählen kann, hatte sich auch Niet bei anderen bedient, selbstbedient. Wenn er sich über das Metier des Kopierschreibens wunderte, ging es ja gar nicht darum: ebenso wenig wie um gute versus schlechte Songs, um Kulturgut und Volksgeist, nichtkommerzielle oder entartete Musik, den Unterschied eines an einer Fabrik oder einer Musikschule vorbeifahrenden Lkw. Es ging nicht einmal um Kunst, die gab es gar nicht. Künstler gab es. Wer meinte, was die herstellten, sei Kunst, glaubte an eine Fata Morgana. Was Künstler, Kinder und sonst wer kreierte, das war einfach.

Es: war.

Und fertig.

Was in den Augen und Ohren der einen erhebend war, das empfanden andere als Schmiererei, Lärm oder Unsinn. Damit es in den Sinnen der Betrachter vor allem wilde und heftige Dinge auslöste, musste man sein Handwerk beherrschen. Und dabei ging es darum zu wissen, was man klaut, wo man es klaut – und dass man sich dabei nicht erwischen ließ.

Viele werden sagen: »Wie bitte? Geklaut? Oh nein, du klaust keine Musik, dir wird von allerhöchster Stelle Inspiration dargereicht, sie wird vom Schöpfer persönlich ausgehändigt.« Ho! Ich warte jetzt schon ziemlich lange darauf, dass das mal passiert – bis jetzt ist noch nichts bei mir angekommen!

Niet erinnerte sich an seine Quellen, und er verbarg sie geschickt, Klecker und Terry nicht. Vierzig Minuten nach dem vereinbarten Termin waren die *Spiegel*-Mannen immer noch nicht aufgekreuzt. Umgezogen hatte er sich ganz umsonst (er wollte sich nicht wie ein Vertreter für City Rock präsentieren: Was für den Auftritt im Flughafen und bei Page angemessen war, schien ihm als Sprecher gegen Zensur etwas unangemessen).

Er ordnete ein wenig seine Klamotten, auch für den Videodreh, fand dabei ein Fax von Chuck, dessen Entwurf für die offizielle Bio.

Aus einer Hosentasche fiel eine Plastikkarte mit Magnetstreifen – der Schlüssel von Natalies Suite. Warum hatte sie ihm den nochmal gegeben?

Break

Laugh and smile while we drown each care
In the tide, as we glide
To the rollin rockin rhythm of the sea

The Boswell Sisters: »Rock And Roll«
– Transatlantic Merry-go-round

5th Dimension Enterprises Ltd
5th Dimension Records
5th Sin Publishing
Sin Song
Big Bang Recordings
Big Bang Sin

London ♦ Sydney ♦ New York

e-mail: 5thdime@fifth.rec

SHAM PAIN -- BIOGRAFIE

Nichts ist neu -- zu wenig ist gut
Die Rebellion gegen das Mittelmaß

„My loathings are simple: stupidity, oppression, crime, cruelty, soft music." -- Vladimir Nabokov

Wir alle kennen die Kraft und Macht von Musik -- die P.O.W.E.R. Anders als jede andere Kunstgattung, ist Klang ganz im Hier und Jetzt, einen Moment lang erhallt er noch im dort – und schon ist er wieder fort. Weil sich Musik so wenig begreifen lässt, war sie nicht nur Platon ein Dorn im Ohr.

ShamPain wissen das. Sie kokettieren mit der Power der Töne, der Kraft des Rhythmus' und der Macht der Worte. Das ist nicht allen Recht: Aus den USA werden erste Fälle vermeldet, wonach Fans von ShamPain mehr oder minder ernsthafte Probleme bekamen, nur weil sie T-Shirts der Gruppe trugen!

Die Eckpfeiler von ShamPains Sound sind weit gesteckt. Der Vierer räubert kreuz und quer durch alle Musikstile. Nicht ohne ironischen Unterton kommentiert Bassist Niet: „Wir kombinieren Genres und Ideen der letzten 3000 Jahre." Plusminus zehn Jährchen hier oder dort.

„Dass man sich hinsetzt und sich dem bloßen Konsum von Musik hingibt", liefert Gitarrist Cat 23 noch etwas mehr Hintergrund, „ist ja relativ neu: Vor ein paar tausend Jahren hat man sich vielleicht noch um Geschichtenerzähler geschart, auf dem Kamelmarkt in Marrakesch macht man das sogar heute noch. Aber dass man Musik nur um ihrer selbst willen anhört, ist relativ neu. Abgesehen von Song & Dance also, vielleicht noch spontanen Einlagen, wenn die Gattin mit ihrem Liebsten über die Dielen wirbelt oder nach dem coitus extravaganza auf seinem Brustkorb trommelt, abgesehen also hiervon und von Gospel, Tempelmusik und so, wurde der erste Konzertsaal für die Öffentlichkeit erst vor ein paar Jahren aufgemacht: 1637."

Ja... auch der Drummer von ShamPain, Klecker, wusste das nicht, bevor es ihm der Musik-Konservatoriums-Absolvent und Diplomatensohn Cat 23 erzählte. „Was uns aber immer geärgert hat", so Klecker, Sohn eines Autoschlossers, „ist die Kommerzialisierung. Sound und Song sind ja frei, frei wie Luft. Deshalb haben wir unsere Fans schon zu Konzerten in Parkhäuser und Schwimmbäder eingeladen – nicht erst als es im Proberaum so voll wurde, dass die Leute anfingen, auf mein Drumkit zu klettern." Was zwischen 1637 (Eröffnung des Opernhauses von Venedig) und 1672 passierte, als in London zum ersten Mal Eintritt für den Genuss von Musik verlangt wurde, erfuhr durch ShamPain eine Umkehrung.

Sie revolutionierten noch mehr: Während Acts der 1970er jedes Jahr ein bis zwei Alben aufnahmen, generell in wenigen Wochen, gute Alben in wenigen Tagen, veröffentlichen Bands heute nur noch im Drei-Jahres-Rhythmus überlange CDs. An 16 Songs wird lange getüftelt, aber, so Lead-Sänger Terry: „Im alten Kampf von Mensch gegen Maschine gewinnen oft die falschen. Nicht bei uns: Wir nutzen Maschinen und Technik, aber wir nutzen sie aus! Glücklich werden die Computer und Sampler bei uns nicht. Man weiß ja, wo bei uns der Hammer hängt: über den Geräten und Instrumenten, fest in der Hand der Band."

ON THE LINE

Das Debüt von ShamPain dokumentiert dies auf geniale Weise: mit einem Einstieg von der Gitarre, nur im Lautsprecher links (wie auf der Bühne); nicht wirklich laut rifft Cat 23 einen Riff, der einem zunächst arhythmisch erscheint, dann abartig, schließlich sehr exzentrisch – so als wäre er von Frank Zappa und Paul Celan zusammengeklebt worden. Im Hintergrund, langsam nach vorne trabend, ein nahendes Bataillon aus Drums und Bass, mal zusammen, dann für sich galoppierend. Ganz vorne, laut und deutlich, die Geräusche einer Rasierklinge auf einem Spiegel, heftiges Inhalieren, Schluckgeräusche, Einatmen. Und weiterhin diese Akkorde, als kämen sie von einem anderen Planeten, verbannt... Gerade will man lauter drehen, um den Groove besser zu verstehen (oder ganz abdrehen, um doch lieber im Fernsehen Fußball zu gucken): STOPP. Und: WAMMM! 42 Minuten und 32 Sekunden das volle Brett. Mit zwingenden Grooves und Breaks und Aussetzern, als stünden die Musiker nicht nur unter Strom, sondern als litten sie an Kurzschlüssen oder Epilepsie. Bei 10 zu vergebenden Punkten gibt es 100 – für jeden Song die Höchstwertung.

OUT OF ORDER

Album Nummer zwo ist ein noch heftigerer Tritt in die offenen Kinnladen der staunenden Fachwelt. Angefangen beim Cover-Design: An das Telefon einer Telefonzelle mit dem Aufkleber OUT OF ORDER (‚Außer Betrieb') klammert sich eine Frau, die schaut, als sei sie gestört, nicht mehr mit den Füßen auf dem Boden. Die Erklärung für ihre dem Anschein nach verrutschte Anatomie und den irren Blick erhält man, wenn man das Foto auf den Kopf stellt, denn so wurde es gemacht. Sobald sich das Ding im Player drehte, standen auch den meisten Zuhörern die Haare zu Berge: ShamPain hatten ihr Instrumentarium um Bohrmaschinen und schwingende Sägeblätter erweitert, die Gegensätze von Melodien und Power, Stille und Schock wurden krasser, zugleich wuchs der Sound zusammen. ShamPain hatte sich als ein Act etabliert, der arm, aber glücklich verenden würde wie andere Pioniere – oder reich und wahnsinnig. Der Erfolg der Single-Auskopplung deutet darauf hin, dass letzteres wahrscheinlicher ist: OUT OF ORDER wurde der Sommer-Hit in den Colleges der westlichen Welt.

COMBI NATION
Eine poststrukturalistische Metapher zu dem vorangegangenen Doppel hat ein anderes Motto: Nichts ist neu, alles war schon da -- aber wenig ist gut, viel zu wenig. Im Klartext: COMBI NATION ist eine Compilation der ersten zwei CDs. So wie der Vorgänger endet die CD mit OUT OF ORDER, einem Finish, das in Konzerten darin kulminiert, dass Terry, Cat und Niet während des sphärischen Intros wie Gehängte von der Decke baumeln, mit den Füßen nach oben. COMBI NATION wurde zwar nur in Europa veröffentlicht (wo man OUT OF ORDER ordern muss), doch die Suche danach lohnt: Es ist weltweit die einzige CD, in der sich als Bonus eine Flexi-Disc für Plattenspieler befindet. Das Scheibchen (nicht im für Vinyl üblichen 7"- oder 12"-Format, sondern 4,33" klein, sodass es in die CD-Hülle passt) überrascht mit einer Coverversion von John Cages Anti-Opus 4'33". Zugleich ist die Schallfolie eine Picturedisc: zwar nicht als Hommage an die Inspiration dahinter, Robert Rauschenbergs WHITE PAINTING von 1951, wohl aber die Inspiration der Inspiration hinter dem „Tacet in drei Sätzen für beliebige Instrumente" -- Rauschenbergs Serie schwarzer Bilder.

„We're going to rock, we're going to roll"

Zu verdanken haben wir das alles keinem einzelnen von ShamPain, sondern den bloßen Zufällen, mit denen sich die Wege dieser vier Leute kreuzten.

Der erste Akt: CAT 23 und KLECKER.
Klecker: „Bei Purple Haze, meiner vorigen Band, wollten wir ihn eigentlich nur, damit er unserem zweiten Gitarristen etwas Druck macht..." Cat 23: „Ich ging hin, weil sie mir sein Equipment versprachen..." Die fragwürdige Methode zog, aber langsam: Der Gitarrist verließ ShamPain erst vor kurzem!

Der zweite Akt: KLECKER und NIET. Niet: „Wir kannten uns aus der Schule, nur so vom sehen. Erst Jahre später traf ich Klecker auf der Straße..." Klecker: „...und zwar aufs Auge. Voll drauf. Es war ein Missverständnis. Schuld daran war seine damalige Freundin." Der Schlagwechsel war schnell beendet: Der Bassist erinnerte sich an die Jungs, mit denen der Drummer groß geworden war, der Drummer erinnerte sich an den „Einzelgänger, vor dem sich alle gruselten. Heute weiß ich auch warum: wegen den hellen Augen!"

Der dritte Akt: SHAM Pain und TERRY. Terry: „Ich hangelte mich zu der Zeit von einem Job zum nächsten, in Europa, wollte Geld sparen, um nach Australien zurückzufliegen. Und irgendwann kam ich deshalb als Kurier zu dieser Band, die waren in einem Bunker auf dem Güterbahnhof."
Cat 23: „Ihm gefiel, was er im Proberaum sah..." Klecker: „...und was er roch..."
Niet: „Und uns gefiel, wie er sich bewegte. Ums Singen ging es uns gar nicht so. Das können auch die Frontmänner der weltbesten Bands eher nicht."

Der wichtigste Grund, weshalb die Musiker den Australier sofort liebten, war ein anderer: Er war der Überbringer der Botschaft von Luke Keyser, eines Großindustriellen, der von ShamPain gehört und nach reiflicher Überlegung beschlossen hatte, eine Plattenfirma zu gründen -- „und wenn es nur für diese Band wäre!"

In den Worten der Band: „Wir hatten Angebote von vielen Labels. Wir entschieden uns für die Firma, die uns drei Sachen garantierte: Unabhängigkeit, künstlerische Freiheit und viel Geld."

Bei den krummen Klängen war von vorne herein klar, dass Sound und Image von ShamPain nicht überall gleichermaßen gut ankommen würden. Dass man sie wahrnehmen würde, das war immer klar. Keiner, das ist auch bekannt, würde die Band einfach nur nett finden. Und so wurden in der traurigen Geschichte von Musik und Zensur noch ein paar neue Kapitel geschrieben: über die Liveshows von ShamPain, das Artwork (auch wenn die Farbfilter auf den CD-Hüllen manches vorübergehend verbergen) sowie die Texte.

Womit wir in der Gegenwart wären...

<u>280 SL</u>
Der nach einem Stuttgarter Sportwagen benannte aktuelle Silberling ist stellenweise eingängiger als alles, was ShamPain bisher gemacht haben. Was man letzten Endes zu hören bekommt, hängt von dem Land ab, in dem man lebt: Einige der Texte behandeln Tabus, über die man in manchen Kulturen nur lächelt. Klar ist so viel: Die Hürde des Make-it-or-break-it, die jede Band beim dritten (regulären) Album erwartet, haben ShamPain mit Leichtigkeit genommen.

„I want to rock and roll you all night long"

Es geht um Sex. Es geht um Öffentlichkeit, um Politik, Revolutionen. ShamPain gebärden sich nicht nur, als würden sie all das neu erfinden, was Rock ursprünglich ausmachte, sie werden auch so aufgenommen -- von den Fans und im Studio.

Der Grund: Tabus, die auch in unserer heutigen, ach so liberalen Alles-geht-Welt existieren, werden von keinem anderen Act so geschickt und konsequent ausgelotet wie von ShamPain.

ShamPain sind nicht originell. Was sie mit ihren Instrumenten anstellen, hat die Welt schon vorher gehört: Sound. Gesehen hat man Vergleichbares eher selten. Gefühlt seit Jahren nicht mehr. ShamPain sind einer der aufregendsten Acts, seit homo ludens in einer Höhle seine Traumfrau traf – und auf seinem Brustkasten einen Paradiddle trommelte. ShamPain sind vielseitig wie Hongkong, sie sind so sexy wie die Stimmen, die Jimmie Griers Orchestra im Jahre 1934 „Rock And Roll" vorsangen.

=.=.=.=.=.=.=.=.=.=.=.=.=.=.=.=.=.=.=/

Line-up: TERRY : Stimmen & Gewirr
CAT 23 : Gitarre & Gitarren
NIET : Bass & besser
KLECKER : Knüppel & Schlaginstrumente

=.=.=.=.=.=.=.=.=.=.=.=.=.=.=.=.=.=.=/

Discografie: ON THE LINE
OUT OF ORDER
COMBI NATION
280 SL

=.=.=.=.=.=.=.=.=.=.=.=.=.=.=.=.=.=.=/

CORPORATE INFORMATION
~~~~~~~~~~~~~~~~~~~~~

Informationen zu 5th Dimension Enterprises Ltd.: Ray Burns: info@fifth.rec

Copyright (c): Fifth World Media International

Kapitel 10

You were a high-flying whirlwind
Talk of the town
Lost in the heat of the flame
Had a lover in Paris, a pad in New York

The Angels: »Fashion & Fame« - Night Attack

Schon wieder so komisch geträumt, irgendwas mit Zig Zag und dem verschollenen Gitarristen von Manic Street Preachers. Richey James. Dazu der Sound von King's X' Wonder: *This is war / This is peace / Quiet roars of silent screams.*

Du hebst den Telefonhörer ab. Kurz nach acht. Mann, was sind das nur für Kopfschmerzen... dass einem der Schädel zerplatzt. Weil das Telefon dauernd besetzt war? Jetzt: Kein Freizeichen. Es klingelsurrt schon wieder, trotz Hörer in der Hand.

Wann war er eingeschlafen?

Die Tür. Es ist Cat, komm rein. Zurück zum Telefon: Hallo? Natalie. Sagt, die vom *Spiegel* hätten eine halbe Stunde vor ihrer Suite gestanden, Niet, wo warst du denn? Ja, hier solltest du sein, deshalb habe ich dir doch den Schlüssel gegeben. Na ja, nun einen schönen Abend, geh Cat lieber aus dem Weg, der ist stocksauer.

Sieht aber gar nicht so aus.

Yep, okay, danke, tschüss.

Cat zieht aus seiner Jackentasche ein paar Polaroids. Kranke Angewohnheit von ihm: Er bewegt sich nicht nur wie ein Panther, rast in Minuten von Bester-Freund zu Tobsucht und via Coke, das weiße, nicht die schwarze, zurück zu Kumpan-Kumpel-Kumpanei: Nein außer dem Cat-Walk und dem Cat-Talk gibt es noch den Cat-Shoot-2-3: Der Gitarrist sammelte außer schrägen Klängen auch selbst geschossene Fotos von Pissoirs, Klos und Badezimmern in aller Welt. Seine Version der Altersabsicherung: ein Bildband über abartige Aborte, »so ne Art *coffeetable book*, wie sie das in England nennen«.

Doch die jüngsten Enthüllungen gekachelter Architektur will er Niet gar nicht vorführen. Schon findet er, was er gesucht hat: schwarz, ölig und schimmernd.

Cat baut die besten Joints der Welt. Er weiß, wie so ein Ding zu schmecken und auszusehen hat.

Je nach Stimmung.
Je nachdem,
wer mitraucht.

Quatschen ein bisschen über die Sängerin, die gerade übern Bildschirm flimmert, was man alles besser machen könnte, was ShamPain alles besser machen würden.

Weiter auf der Hut: Wenn Natalie sagt, er sei sauer, und dann kommt er an und reicht einem ein Ofenrohr voller Dope, *custom-made*, dann ist Vorsicht das oberste Gebot.

Sag deshalb nun mal lieber nicht das, was dir unter den Nägeln brennt, angesichts dieses auf dem Fernseher flimmernden Einheitsbreis. Kein Wort zu Empty Visions bei MTV, zu deinem Song dazu, *previously unreleased*. Auch kein Wort zu der nun veröffentlichten Version von After p.m. Wie sehr ihn das wurmt, ist eh klar. Wie er als Vorstandsmitglied Sabotage dieser Art zu unterbinden gedenkt, kann er ja ein anderes Mal erzählen.

Klug wäre es nun, nicht wie ein Wasserfall alles vollzureden – einfach abwarten, was für eine Bombe Cat da auspacken will. Stattdessen plapperst du über ein paar Sachen, die jemand auf die ShamPain-Website gepostet hat, lachst über Cats abfällige Bemerkung zum nächsten Video – Nippel-Pop, ein Gag, der mit Dylan auf Tournee gehen könnte, so alt ist er. Du lachst wie beim ersten Mal, plapperst weiter, über Sheila und dass sie vielleicht nach New York kommt, bestimmt nach Los Angeles, sogar über Meldungen zu dem Attentat auf Zig Zag redest du, dass das manche für einen Gimmick halten. Nur sprichst du nicht über Dinge, die Cat ärgern könnten, die die Bombe zünden würden: 5th Dimensions Personalpolitik (planlos), Keysers Expansionskurs (größenwahnsinnig), ShamPains Kassenstand (wackelig), die komplette Veröffentlichungsstrategie (kopflos).

Das ist ja nicht mal Sell-out, deutet Cat auf den Fernseher. Zu sehen ist ein wippender Po, der vermeintlich zu einer Sängerin gehört, die weder schwarz noch weiß ist, die vermutlich keine Zeile des Songs gesungen hat, und die sich wie Sham-Pain irgendwann und nach langem Brainstorm in einem *strategy meeting* hat überreden lassen, mit ihrem Talent müsse man Käufergruppen bedienen, die durch das Segmentierungsraster bisheriger Zielgruppen und Märkte gefallen seien.

Cat 23 weiter: »Es gibt die, die sich an den Mainstream verkaufen, ihren Sound und Stil aufgeben, um im Mainstream mit dem Strom zu schwimmen – siehe Genesis und die ganze Legion Hardrocker, die in den Achtzigern alles machte, nur um im Radio gespielt zu werden. Dann gibt es die, die ihren Sound und Stil so modifizieren, dass sie damit im Mainstream gegen den Strom schwimmen und das Mittelmaß etwas aufmischen – siehe Nirvana, auch Metallica. Und dann gibt es diejenigen, die keinen eigenen Stil haben und sich deshalb jenseits des Mainstream umgucken, um im Mittelmaß etwas aufzufallen – siehe Green Day, natürlich auch Bowie.«

»Okay?«, tastet Niet nach der Relevanz seiner Worte.

»Aber jemand wie sie«, deutet Cat auf die Sängerin, »die vermutlich auch schon zigmal nachts um drei aufgestanden ist, um Poster für Verkaufsleiter und Industrievertreter zu signieren. Jemand wie sie hat da keine Chance. Ohne avantgardistische Elemente mischt niemand bei den großen Abräumern mit. Hast du dich mal damit auseinandergesetzt? Hast du dich schon einmal gefragt, wie du deine Qualitäten am besten kontrollierst, wie du aufpassen kannst, dass du da nicht über den Tisch gezogen wirst?«

»Ich hatte nie vor, im Mainstream mitzupaddeln.«

»Du hältst dich also gar nicht für einen Avantgardisten?«

Niet verstand die Frage nicht ganz, noch weniger Cats ehrliche Überraschung. »Ich meine, wenn du nur abseits agieren willst, wenn du auch immer im Abseits bleiben willst, dann interessiert dich die Avantgarde ja gar nicht. Der Avantgardist interessiert sich ja für die vorherrschenden Verhältnisse, er interessiert sich für die Macht, sonst würde er nicht gegen sie

antreten. Wenn du dich gar nicht für eine Machtübernahme interessierst, hast du mit Avantgarde ja gar nichts am Hut.«
»Sondern?«
»Dann wärst du ja ein Utopist.«
»Wie Syd Barrett, Peter Green?«
Niet wollte nicht mit Gründern ultrareicher Bands verglichen werden, die genial waren, aber anders als ihre Bands arm blieben und wahnsinnig wurden.
»Der Utopist hat in einer Gruppe keine Chance, weil er ein Eigenbrötler ist. Und narzisstisch. Ich will wirken, Niet. Ich will etwas bewegen.«
»Ich will lieber wie Iggy Pop alt werden als wie Mick Jagger. Ist mir doch egal, wer mehr Villen in Südfrankreich hat.«
»Nee, was du willst, winkt Cat ab, ist nicht Iggy Pop, sondern à;GRUMH...«
Wie wer?
Im erneuten Klingelsurren geht Cats »Eben!« unter. Diesmal ist es Klecker.
»Hi, oh, du auch hier?«, he he.
Auch so eine Sache: Seit dieser einen Szene in dem Beatles-Film denken die Kids immer, wenn die Musiker einer Band von der Arbeit nach Hause kommen, dann machen sie nix, außer gemeinsam zu ihrer Musik durchs Wohnzimmer zu springen. Alle glauben, die Musiker einer professionellen Band verhielten sich wie die der Schulband: hängen ständig zusammen rum, haben einander mehr mitzuteilen als ihren Freundinnen und Frauen, Kindern und Bekannten. Ist aber nicht so: Wenn man sich in Proberäumen und Studios über jeden die Band betreffenden Kram auseinandergesetzt hat, wenn man sich backstage und in Hotellobbys über Musik gefetzt hat, dann geht man, wo immer möglich, getrennte Wege. Das ist und war bei allen Bands so. Pech für diejenigen, bei denen es nicht möglich ist. Von zu kleinen Bussen und Doppelzimmern mit zusätzlichem Klappbett in der Ecke werden Bands nicht zusammengeschweißt.

Nun waren sie aber zu dritt in einem Zimmer, und Cat hatte scheinbar vorgesorgt, dass das nicht allzu lange der Fall sein würde: Klecker sagte zu dem Gitarristen in Worten, die klangen, als seien sie ihm von Cat Silbe für Silbe in den Mund gelegt worden: »Sei so gut, und lass mich mal mit Niet allein, wir müssen was besprechen. Ich komme später in die Bar.« Cat überließ Niet den Joint und ging. »Ciao, sehen uns spätestens morgen Abend.«

Was dann kam, war nicht nur seltsam, es war hart, sehr hart. Ganz besonders, da es von Klecker kam, der in sowas eben null Erfahrung hat. Was es bei Niet auslöste, das weiß jeder, der schon einmal von einer Frau mit Augen wie Torpedos, dem Hals einer Diva, heißen Tatzen (oder jede, die schon einmal von einem Mann, witzig wie Chaplin, gewitzt wie Chandler, überraschend wie ein lateinamerikanischer Urwald) eine Abfuhr bekommen hat.

»Ich weiß nicht, wie ich's dir sagen soll«, sagt Klecker (soll er das sagen? Hat Cat das in seiner grausamen Choreographie so vorgesehen?), »aber die Aufnahmen der letzten Monate haben ewig gedauert, nicht zuletzt wegen deinen Perfektionsansprüchen. Wir haben einen gigantischen Berg Schulden. Ich sitze mit den anderen da und mache nix außer Krisenpläne und Hochrechnungen, und du willst da eben nicht mitmachen, okay. Aber wir müssen Konsequenzen daraus ziehen. Wir müssen jetzt auch ans Geldverdienen denken, nicht nur ans Geldausgeben. Und wir glauben, auch um mit der Band... Wir müssen mehr zu einer Einheit werden. Wir, wir zwei, waren immer offen und *straight* miteinander, deshalb biete ich dir jetzt auch gar nicht an, wie von Page vorgeschlagen, einen Buyout-Vertrag zu unterschreiben, eben als Angestellter, ein Ding, das du ablehnen würdest.«

Alles nonstop, vollkommen verkrampft. Ganz, als versuche sich Klecker an einem Presswirbel der Marke Buddy Rich; Premium-Marke, nicht Kleckers Terrain.

Klecker starrt beim Reden die ganze Zeit auf den Teppich, seine Hände zittern leicht, die Stimme mehr. »Ich nehme«, sagt er, »die Abkürzung: Nach den US-Gigs bist du raus.«

♫ ♪ ♫

Ich? Raus? Gefeuert?

Machst du Witze?, fragte Niet, als er wieder alleine im Zimmer war.

Seine Stimme klang dabei nicht mehr so zitternd, wie er es vor Minuten erwartet hätte, wie er es vor Klecker erwartet hätte.

Das kann doch nicht wahr sein.

Wenn das wahr sein soll... Ihr habt sie ja nicht mehr alle!

Weil, gib's zu, das ist der Grund, weil ich nicht mehr als sechs Stücke zu 280 SL abgeliefert habe? Mann! Ich bin halt kein Goldesel, den man am Schwanz zieht, und schon kullern die Taler aus'm Maul, pupst er die Hits. Mann!

♫ ♪ ♫

Musikalische Differenzen, so nennt man das dann. Alle wissen es, ständig liest man es, und es ist nicht unehrlicher als das meiste, was sonst noch so in Zeitungen steht. Musikalische Differenzen, man geht getrennte Wege, und dann machen alle dasselbe wie vorher, meistens nur etwas schlechter. Alles wie wenn man sich von einer Freundin trennt: Er hört Coltrane oder Smiths oder Daft Punk, sie mag Kuschel-Rock – also trennt man sich wegen musikalischer Differenzen. In Wahrheit hat es sie schon immer genervt, dass er sich auch in Restaurants nicht bemüht, sein Besteck ordentlich anzufassen, dass er nie die Aschenbecher leert, Kippen auf Untertassen ausdrückt, und ihn hat es immer angekotzt, dass sie sich beim Flirten nur dann bemüht, wenn ein Dritter zuhört.

Den Taxifahrer hatte Niet gebeten, irgendwo hinzufahren, wo Musik gemacht wird. Niet hatte dabei an ein Café voller Bluesmusiker gedacht, die ihre Jam-Sessions mit Bourbon anheizen. Durch verlassene Stadtteile fuhr das Taxi gen Osten.

Einmal mehr zeigte sich: Niet wurde älter.

Es wurde langsam Zeit für ihn, abzutreten.

Angekommen. Ein Rave-Club, trostlose Gegend, gehört dazu, so wie die schulmeisterlich strenge Klamottenkontrolle an der Tür. Niet hatte keine Probleme, bei der Frisur. Das hatte ihm Klecker vor Jahren gesteckt, genau genommen an dem Tag, als sie sich das erste Mal nach der Schulzeit wieder begegnet waren. Niets Freundin hatte gerade begonnen, der Verlobten von Klecker das Gesicht aufzukratzen, weil die sie eine Fotze nannte, nur weil sie sich vorgedrängelt hatte. Also wies Klecker – oder Niet, je nachdem, wem man glaubt – die andere zurecht, schon brüllten sich alle an. Wie junge Hunde. Heiße Ausschüttungen überschüssiger Hormone. Wunderbar. Klecker schreckte zurück, als er sah, wen er vor sich hatte, oder zutreffender, was er vor sich hatte: eine Type mit Zöpfen wie eine Squaw. Das war Niet, der Klecker sofort wiedererkannte. Verwirrung, Furcht. Klecker: Einen Wahnsinnigen schlägt man nicht. Niet: Einer wie Klecker hat nicht nur mehr Mucki, sondern auch mehr Ausdauer, daran will ich mir die Finger nicht zerbröseln. Lachen, großes Hallo.

So war das gewesen.

Niet ging zu ShamPain, alles wurde anders. *Seitdem hat sich auch das Publikum geändert. Die übliche Bande von Nichtsnutzen, Tagedieben und Müßiggängern wird zunehmend von Kunst-Tussen, Semi-Schickis und New Economy-Losern unterwandert – T-Shirts der Band gehen via Internet für 150 Zacken weg, ein ShamPain-Aschenbecher kostet gar 130 Euro.*

Das war jetzt vorbei.

Drinnen dumpfte und bullerte es schon schön und laut und heftig und wie ein Klang gewordenes Cut-up. *Bunte Lichter flammten auf.* Überall eng anliegendes Plastik an okayen Körpern. Klasse, Sound zum Eintauchen, der Duft von Trockeneis und teuren Wässerchen, der Flair verwöhnter Einzelkinder.

Rave hart.

Laut und gut. So wie Rubens' Ildefonso-Altar: als Postkarte bedeutungslos. Muss laut sein, macht anders keinen Sinn.

Die Musik fällt aus, die Luft ist raus, die Frauen krabbeln krumpelig aus dem Ambient-Room. Zurück zu den chronisch Beleidigten der *Ghettogastronomie*. Niet geht zum DJ, keiner schreckt zurück. Nicht in London. Wieder unter Strom.

Sound.

Hierarchien sind für die, die sich einordnen wollen, die klare Strukturen brauchen. In der Musik gibt es keine Hierarchien, in der Musik, wie Niet sie wahrnimmt. *Diese Sache groß rausbringen, groß rüber kommen, groß rüber und raus kommen.* Das Gequassel ist enorm, endlich dröhnt es wieder. Star ist hier jeder, und die Musikmachenden collagieren.

Immer ohne damals, jeder neue Bass.

Schnitt, Cut, Klappe. *Wir sind die Jukebox BRD, die Hitparade der Deutschen, aller Volksempfänger Dröhnung, immer auf der Welle, stets auf Empfang. Wir kommen, wann immer man uns drückt. Wir sind die Pickel am Arsch der Vorkriegszeit. Die Gnade der frühen Geburt, die bis in die Steppen des späten Orients hineinblüht. Wir sind Klatschmohnweiber und Steckrübenkerle, immer auf der Suche nach einem lauten, donnernden Sinn, einem materiellen Gott, der uns die kurze Zeit zwischen Himmel und Sand, zwischen Regen und Rinne, Kimme und Korn versüßen soll und doch nur grinst wie ein Honigkuchenpony im Butterfass der EU. Stumpf ist Trumpf. Nicht nur in den Minenfeldern Afghanistans. Mitten in Europa. Tief drin in einem schiefgelaufenen, hochnäsigen, sabbernden Land. Im globalen, nassen Plattfuss, dem kein eleganter Stiefel passt.*

Alles geklaut, alles schon da gewesen, vorproduziert. Haste Töne. Machen wir ja alle. Gedanken sind frei, Sound auch. Was klauen wir heute? Niet nimmt sich, was er noch nie genommen hat, er nimmt es sich heraus, denen zu erzählen, er sei ein DJ aus Berlin, Berlin-Mitte. Geht. Kommt. Gut.

Auch wichtig, wenn man klaut: Aufpassen, dass keine Kamera läuft. Kurz zur Bar. Neon-Bar. Nippel-Pop, Kingsize-Rock. *Exzess, Saufen, Sex, Gewalt.*

Zwei Decks, schade, dass es nur zwei sind, aber man hat eben nur zwei Hände, und überhaupt ist alles immer zweigeteilt, vor allem in der Digital-Ära. *Ohne Drohung keine Party, ohne Angst kein Spaß, kein Beat, keine Logik, kein nichts.* Niet macht, was Rainald Goetz mit Wörtern anstellt: Er macht den anderen was vor, *jung sein ist nicht so schwer.*

Ist aber okay.

Geht klar.

Nur nie zu lange dasselbe bringen. *In jedem Bassbreak hört er jetzt wieder alle je gehörten Bässe seines bis hierher gelebten Lebens.* Einer der Digital-Propheten, Howard Aiken, machte aus den Internationalen Büromaschinen IBM-Rechner, Aiken also, der sagte: Keine Angst, bloß nicht paranoid werden wegen Ideen und Diebstahl – gute Ideen muss man den Leuten einprügeln. Die klaut einem keiner.

Das war ja nun fast episch. Kurz ist besser. Kurz und perfide, trivial und ritual.

Wortbeschuss. Rezeptions-Präsident. Busen-Zeit. Sex-House-Dealer. Schokodebatte. Plattendilemma. GUT, das ist sehr gut, gut. *Yeah, unser Mann am Bass und am Joint.*

Voller Pulverenergie. Billig-Exkurse und Heroinflächen. Good-Gedanken. Der Trick ist simpel, der Zufall wird es richten, und wenn was nicht so gut kommt, dann das nächste einfach etwas lauter und kürzer.

Doppelgeschichte. Amerikanohals. Hysteriehirn. Krypsehitze. Brüste-Trash-Pop. Trashklamotten. Zum erfinden, so Thomas Edison, braucht man Phantasie und einen Haufen Schrott.

Angebermaschine. Wenn er das sagte, Antischenkel, muss es nicht nochmal umformuliert werden. Bloße Begrüßungsmanöver. Betonzimmer. ♫♪♫♪ Brustklinge. Dauerkopf. Kalkulationskreis. *Here was a girl you could be proud to be ashamed of, a tough little dolled-up working-class slut, libidinous jailbait with an evil streak, a juvenile offender with a cherry-red mouth, with Cadillac chrome-bumper breasts you would mow down a crippled nun to get to.* Zurück zur Brustklinge. Kein Zurück im Begrüßungsmanöver. Ewig brät der Dauerkopf. Rundherum im Kalkulationskreis. Und immer wieder die Kingsize-Melodie, wie aus einem Kleinst-Porno. Eine echt knallige wallige Knappst-Scheibe. Alles Kunst-Rock... – nanu? Das gab es doch schonmal, diese Kombination, Kombi-Nation. Nacht-Pop, *thank you and good night, pop...*

Ja gut, das ist gut, das groovt, das regt an. *Here was a girl who got down, put out, got knocked up.* Nacht-Pop, kaum mehr als سس صض ضئج, eine Nicht-Pose. Nippel-Lauf. Obermetall.

Noch so ein Richtigtrick, nur EINER, und ich hör auf und wieder zu. Der Musik. Und der Frau. Der mit den roten Haaren, will rausfinden, was sie mir da ins Ohr gebrüllt hat. Ja, genau du, mit den Klingenbrüsten, gezwängt in ein Kleinst-Top aus Lack und Leder, schwarz und rot. Scharf, sie heißt Sharlene, Mann, ist das hier alles scharf. Wird sich schon noch näher zusammenrücken lassen, das Spältchen.

Now, here was a girl who got drunk but didn't puke, who didn't have to be in by eleven, who didn't wear little white gloves, who wasn't in love with her horse, who popped pills and wouldn't think you were sick if you went down on her, who wouldn't make a face if you suggested she go down on you.

Nur noch den einen Sauftropfen, schon läuft wieder Scham-Pop. Auch: schon schön (Besser als die Schlankheitsspalter mit dem Schrei-Text von x-xx-x-xx-x--x-xx-x--x von vorhin, der reinste Schweineturm das hier). *She was a cheap angel, the stuff of dirty jack-off dreams, not one of the refined blond girls you were supposed to marry.* Alles Sozialzwang, alles Sprachköcher, kein Platz, nicht mal ein klitzekleines Örtchen für Subkritik, jedenfalls nicht zwischen den Dingern da, den zwei.

Überton.
Unterslang.
Wende-Pop.

Die Methode ist klar, zu klar, daher nun noch ein letztes Mal Goetz' Gerötz, trotz der Überwachungsachtsamkeitswarnung, von wegen laufende Kameras und so, trotz Einsteins Bescheidenheit, der da sagte, das Geheimnis der Kreativität bestehe darin, seine Quellen gut zu kaschieren.

Partypanik, Break, der Bass war plötzlich weg.

♫ ♪ ♫

So geht's: scheißescheißescheiße. Billige Drogen, die Dosierung zu gering für psychotische Zustände. Aber genug für schnellen, unkontrollierten, gemeinen Sex. Nervensystem regeneriert, um ein paar Pfund Sterling erleichtert. Die mit dem Alkohol im Haar, Äther im Täschchen, ja genau: Lady Lack, die mit dem Polyvinylchlorid auf der Haut, dem Asbest unter den Fingernägeln, einer rustikalen C90 im Handtäschchen, Parametoxyamphetamin im Herzen und, ja, Niet im Mund. Ja, ja, genau die: Hat ihm alle Scheine aus den Hosentaschen gezogen. Das muss die gewesen sein, kann nur die gewesen sein, denn vorher bezahlte er noch zwei grauslich grünlich blaue Drinks, und danach war's weg. Wie sie. Und überhaupt: In seine Hosentasche langt keiner, ohne dass Niet es merkt, SOLANGE er sie an hat, die Hose.

Okay. Er kam, sie ging, dann er.

Ein Abend, der beschissen begann, hört beschissen auf.

Immerhin musste er mit niemandem Hochrechnungen anstellen über Ladenverkaufs- und Einkaufspreise von CDs und T-Shirts, Herstellungskosten von Marketing-Gimmicks und Flipperautomaten, Vertrieb und Verpackung von 12''-CDs, Anteile für Lizenzgeber, die Punkte, die mancher Produzent aufruft, welche Vorschüsse mit Verkäufen der folgenden Platte zu verrechnen sind, ob die Tantiemen weltweit von ASCAP, BMI oder SESAC eingesammelt werden sollen. Immerhin.

In dieser Ecke Londons war er nicht auf der Seite derer, die betriebswirtschaftlich die ganze Nacht ackern und schuften. Hier befand er sich unter denen, die sich vor- und aufführen, mit beeindruckender Betriebsamkeit sich selbst feiern, ausleben und bejauchzen.

Die Volldröhnung selbst hinterließ keine, wohl aber die Phase danach, die verschaffte ihm nun langsam Klarheit... Weiter im Satz: Die Volldröhnung selbst hinterließ keine Nachwirkung. Bei ihm. Aber jetzt war, ist sein Hirn ein weißes Blatt Papier, und was er darauf schreibt, fast in binären Codes, ist dies:

Niet will weg, weil in seiner Selbstentfaltung eingeengt. Gut.

Niet sucht sich eine neue Zwangsjacke aus. Schlecht.

Die neue Zwangsjacke wird er nicht einmal anprobieren, da Zig Zag stirbt. Gutschlecht.

Niet sagt nicht, dass er weg will, stattdessen sagt er: Ihr seid Marionetten, und der, der die Fäden in der Hand hält, beschäftigt sich mit anderem. Die Fäden hält nun ein einarmiger Bandit, der an Gicht leidet und außer zu engen Jeans wahrscheinlich weiße Socken trägt. Schlechtgutokayscheißdreck! Wie konnten sich die anderen von einem Typen wie James Page beraten lassen? Das konnte doch überhaupt gar nicht wahr sein!

War ihm ja egal, wenn sie keine Lust mehr hatten, mit ihm über Musik zu zanken, wenn sie fanden, ohne ihn schneller zu fertigen Songs zu gelangen, wenn sie kommerziellen Erfolg mehr wollten als musikalischen. War ja okay, das verletzte ihn nicht, das hatte er gewusst, dass das so kommen kann. Und irgendwann ruft dann Wolfsburg an, sagt, der VW Golf Pink Floyd lief so gut, auch der Rolling Stones Golf war ein Renner, der mit dem Bon Jovi-Logo ein Knüller.

Aber dass sie sich von einem wie Page, erst ein paar Tage in der Firma, vorher Handlanger bei großen Tourneen, sagen ließen, was zu tun sei? Während die anderen beim Notar waren, hatte Niet im Internet nachgelesen, dass Luke Keyser wirklich größere Probleme hatte als sein kleines teures Hobby, die Plattenfirma 5th Dimension. Investoren warfen ihm vor, Bilanzen und Prognosen manipuliert zu haben. Buchhalter suchten nach Geldquellen. Wenn einer fündig wurde, so deutete es Ray Burns an, würde er feststellten, dass die Geldquellen aus den Grenzbereichen der Legalität stammten, aus einem Papierdschungel flossen, nach dessen Studium man kaum noch wusste, was oben und unten war, was rechts und links.

Cat kannte doch die Rechenexempel von Ray Burns gut genug, er musste von dem doch auch erfahren haben, auf wie wackeligen Füßen die Firma stand, deren Mitgesellschafter er heute geworden war. Was war Cats Plan? Wollte er Keyser die ganze Plattenfirma abluchsen, preiswert, sobald der in der Bredouille wäre?

Und Natalie? Was wollte sie, warum hielt sie sich aus diesen Diskussionen raus? Geradezu deutlich betonte sie ihr Schweigen. Sollte Cat planen, statt ShamPain lieber die 5th Dimension Europa GmbH zu betreiben, dann konnte ihr das doch nicht egal sein. Sie glaubte doch nicht allen Ernstes, dass sie bald die nächste Band finden würde, die ihr so viel Vertrauen entgegenbringen würde und die über solch internationales Potenzial verfügte? Außerdem: Was wollte sie von Far Out, warum hatte sie beim größten Rock-Management der Welt angerufen und es niemandem erzählt? Plante auch sie einen Abgang?

Ha ha: Cat und Nat als Dave Stewart und Annie Lennox der kommenden Jahre, wie? Das ins Alter gekommene Pop-Pärchen, *sweet dreams / are made of this*.

Ha ha.

Yaba, Shaba, waber, die Gedanken wurden richtig klar, so klar, dass Niet sich fragte, ob er am halluzinieren war.

In seiner Zigarettenschachtel fand er ein Briefchen, musste von Miss Metamphetamin sein, sicher keine gute Idee, sich das nun reinzutun. Er griff sich einen der Jungs, die auf dem Weg zu dem Club waren, erzählte ihm, mit diesem plattgemachten Mitsubishi, nicht anders als ein Elefant oder weißes E, ginge der Trip noch schneller. Garantiert mit PMA, bei 50 mg biste voll bei der Musik, dröhnt wie MDMA.

Guter Deal, so konnte sich Niet wenigstens ein Taxi leisten.

Vielleicht war das wirklich Cats Plan: Er plante sein Leben nach ShamPain, so eine Plattenfirma ist ja wie eine Bank: Es fließt mehr Geld rein als raus. Sicher, Bands bekommen Geld, aber das wird ja mit allen kommenden Einnahmen verrechnet.

So you wanna be a rock'n'roll star? Glück gehabt: Als Vorschuss gibt es eine Million Dollar, die Hälfte geht für die Aufnahmen drauf, fürs Verticken des Deals nimmt der Manager 20%, Anwälte und Buchhalter ihre Kommissionen; bleiben der Band 350.000, nach Steuern 45.000 Dollar pro Nase.

So you wanna be a rock'n'roll star? Glück gehabt: Zwei Singles werden ausgekoppelt, zwei Videos gedreht, jedes à 500.000, die Hälfte der Kosten trägt die Band. Muss sie nicht bezahlen, wird einfach von kommenden Tantiemen abgezogen, wenn nötig von den Einnahmen folgender Alben (!). Um Albumverkäufe weiter anzuleiern, geht die Band auf Tour, die Kosten hierfür – von der Penthouse-Suite der Managerin über die für den Basser geliehene Anlage bis zur abgefackelten Mini-Bar – trägt voll und ganz die Band. $200.000 sollte man hier schon ansetzen, Vorprogramm für einen etablierten Act kann mehr kosten – auch wenn der dann vor halbleeren Hallen spielt, weil er von gestern ist. Weil die Band so viel und oft Glück hat, tut auch die US-Abteilung der Plattenfirma was: Sie schmiert die Radiosender. Payola hieß es früher, heute heißt es anders, aber die Radiolandschaftsarchitektur würde nicht ohne bestehen. Warum sonst spielen sie ständig nur, was alle schon kennen? Das wird mit $300.000 angesetzt, wenn man einen Hit anstrebt, also mehr als eine CD für eine Handvoll Insider.

Wer die Radiosender nicht bei Laune hält, hört seinen Song nicht im Radio – wie 1980, als keiner von Los Angeles' vier Top-40-Sendern ANOTHER BRICK IN THE WALL spielte –, selbst als für fünf Konzerte in der Sports Arena 80.000 Eintrittskarten verkauft worden waren. Die Single wurde nicht gespielt. *No pay no play.*

Ob es die Band also will oder nicht, der Posten geht von ihren Kosten ab, selbst wenn die Plattenfirma durch die Hintertür sich selbst – oder den Schwippschwager des Chefs bereichert, denn die Schmiergelder gehen natürlich nicht direkt auf die Konten der DJs oder CEOs. Mittelmänner und Consultants kümmern sich um die Kanalisierung der »Interessen«.

Die Band, die Glück gehabt hat, weil sie mit Hit-Potenzial von der Plattenfirma in allen Belangen unterstützt wurde, schuldet nun der Plattenfirma zwischen eineinhalb und zwei Millionen Dollar.

Glück gehabt, es gelingt ihnen, was jährlich nicht einmal dreißig von 30.000 Bands schaffen. Die CD läuft; richtig gut sogar. Nicht mal jede hundertste Band setzt mehr als 10.000 CDs ab. Unsere Glückspilze verkaufen schon von ihrem Debüt eine runde Million. Jede davon zum regulären Preis, keine Club-Editionen, keine Unmengen in der Bemusterung, sondern eine Million Tonträger, die regulär gekauft werden. Es fließen zwei Millionen Dollar an Tantiemen, einskommafünf direkt in die Tasche der Plattenfirma.

The record company, wie Zig Zag erklärte, *is laughing all the way to the bank*: Die Herstellung der CDs hat pro Exemplar höchstens fünfzig Cent gekostet, eine Million hat man in Videos investiert, 750.000 für Verlagsrechte bezahlt, 2,2 Millionen für Werbung und Marketing – macht unterm Strich 4,4 Millionen an Kosten. Bei einem Umsatz in Höhe von elf Millionen kommt die Plattenfirma auf Einnahmen von 6,6 Millionen Dollar.

War das also Cats Plan? Von der Top-Hure zum Zuhälter? Besser als so zu enden wie Hit-Lieferanten, denen am Ende nichts übrig bleibt, als Konkurs anzumelden, da ihre Schulden selbst Sisyphus in den Suizid getrieben hätten – siehe TLC: CRAZYSEXYCOOL ging mehr als zehn Millionen Mal über amerikanische Ladentische, doch die Krümel, die nach der Abrechnung vom $175-Millionen-Kuchen für die Band abfielen, beliefen sich auf weniger als zwei Prozent hiervon.

Von Tin Pan Alley nach Death Row ist es nur ein Katzensprung.

Was das Abtragen des Darlehens betrifft und das Zurückzahlen der Vorschüsse: Geht nur, solange man CDs verkauft. Hierfür braucht man nicht nur interessierte Käufer, man braucht einen Vertrieb, der die Dinger in die Läden stellt. Das kann nur gemacht werden, wenn die Dinger überhaupt hergestellt werden. Bei fast allen Veröffentlichungen ist das gar nicht der Fall: Sogar das Gros der von Major-Labels verlegten Platten ist vergriffen, wurde als CD niemals aufgelegt. Pech gehabt.

Kapitel 11

I look bad in shorts but most of us do
...
Get me to the stage – it brings me home again

Mother Love Bone: »This Is Shangrila« - APPLE

★ ★ ★

Wenn Leute sagten, Hotels seien deprimierend und langweilig, sie glichen sich – speziell in den USA – wie ein Cheeseburger dem anderen, so hatte Niet das früher nie verstanden. Für ihn sahen Hotels immer unterschiedlich aus, immer spannend, immer einladend. Ob altmodisch, viktorianisch und mit Stuckverzierungen, Teppich und Vordach über dem Eingangsportal, oder hochmodern und mit kleiner Einfahrschneise für Taxen, mit gläserner Aufzugsröhre, in der man abends erleuchtete Damen in Galagewändern sehen konnte – wenn man mit dem Fahrrad unten vorbeifuhr... Hotels waren für Niet lange Zeit Wundertempel eines Lebens jenseits von Trott und Alltag, weit weg von Abwasch und Durchschnitt.

Jahrelang war er neugierig gewesen auf ein Leben in Hotels, jahrelang. Er hatte sich vorgestellt, wie er morgens um vier eben mal in einen Swimmingpool springen würde, danach in eine Bar schlendern mit einem Tresen aus Mahagoni, perlender Soulmusik im Hintergrund. Dann im Fernseher ein Film nach Wahl. Und das alles mit der Selbstverständlichkeit der Zigeuner, überall zu Hause, immer ohne Heimat.

Wovon er als vorbeiradelndes Kind nichts wissen konnte, das war die Luft, die in Hotels geatmet wird. Kein Prospekt zeigt Aufnahmen der langen, ins Nichts führenden Korridore, an deren Ende immer zur Rechten und zur Linken exakt derselbe Gang noch einmal beginnt. Endlose Gänge, deren Rechtwinkligkeit alle zwanzig Meter Feuerschutztüren auflockern. Keine Broschüre klärt einen darüber auf, wie die Luft mieft, die von Klimaanlagen geknetet, gewalzt und wiederverwertet wird, nonstop. Kein Prospekt erzählt von dem allgegenwärtigen Brummen, so konstant, dass man es nicht hört, es nur daran spürt, dass man schon wieder Kopfweh hat.

Es war der in jedem Winkel präsente Beigeschmack von Verzweiflung, von Selbstmord um fünf Uhr morgens, den Niet später kennen und hassen lernte. Amerikanische Hotelketten wussten ganz genau, weshalb sie auf das zwölfte Stockwerk gleich das vierzehnte folgen ließen, und weshalb sie auch bei Zimmernummern die Dreizehn ausließen. Auch wenn das, vor allem im Lift, so lächerlich aussah: zwei senkrechte Spalten Knöpfe mit den Nummern der Stockwerke, unten alle geraden rechts, die ungeraden links, und plötzlich umgekehrt, ab da, wo die Dreizehn fehlte.

Hatte man dann den Weg vom Lift zum Zimmer zurückgelegt, so schob man da nicht mehr einen Schlüssel ins Loch, um die Tür zu öffnen, sondern ein Plastikkärtchen in einen Schlitz. Wenn einer beim Sprung aus dem Fenster seinen Schlüssel – denn die Bezeichnung ist geblieben – mitnimmt, so muss nicht gleich das Schloss ausgewechselt werden, sondern lediglich der Nummerncode.

Tapeten, Teppichboden und Bettlaken waren dann in Pastellfarben, dezent und zeitlos, sofern Mittelmaß überhaupt zeitlos sein kann.

Deckenlicht gab es nie, das stets gelbe Licht kam von einer Stehlampe, von Nachttischlampen und einer Tischlampe, alle aus Kupfer und mit Schirmen, deren Muster einem von irgendwoher bekannt vorkam. An der Wand gegenüber dem Bett hing dann immer ein pseudo-impressionistisches Gemälde – Motiv: Segelschiff oder Hafen. Immer altertümlich, immer unecht, Kitsch nach Definition, immer mit dem Vertretergetue eines Reisebüros für Trips in die Vergangenheit.

Das Fenster führte – bei Niet immer – auf einen Hinterhof, dessen verschachtelte Architektur einen kurz beschäftigte, dann abstieß. Dem dunklen Schlund, Schatten der Zivilisation, sah man an, dass es wenig Beachtung fände, wenn man auf seinem Boden zerschellen, vielleicht auch in einem Kübel Küchenmüll verenden würde; mit gebrochenen Knochen, der Schädel langsam zwischen braunen Salatblättern verwelkend.

Überhaupt, die Fenster: Öffnen ließen sie sich eigentlich nie. Im Bad gab es dann immer ein dickes Handtuch, das man auf den hellbraun gekachelten Fußboden legte. Und das weiche Handtuch, das man fürs Gesicht benutzte, roch dann nach den Füßen des Vorgängers.

Hotelzimmer hielten ihm – mit jedem Stück ihrer auf individuell und persönlich getrimmten Einrichtung – nur eins vor Augen: dass er mit Tausenden Zimmernachbarn, mit Margarinevertretern und Kongresskarrieristen nicht nur das Dach teilte, sondern auch die Bettwäsche und den Innenarchitekten; ja, das Schicksal.

Hotels waren Rock'n'Roll: aus der Ferne betrachtet glitzernd, glamourös und voller Aufregung. Nur: Kein Hotelgast tat, wonach er sich sehnte, sehnen musste, nämlich laut, lauthals schreien. Niet verstand allzu gut, was vorher durch den Kopf dessen gegangen sein musste, der sich in irgend einem Holiday Inn der westlichen Welt den goldenen Schuss setzte – oder auf die Fensterbank kletterte und sprang.

♫ ♪ ♫

Aus dem Zimmer nebenan war dumpfes Stöhnen zu vernehmen. Kein helles Jauchzen der Euphorie, denn hohe Frequenzen gehen nicht durch Wände.

Es sind die Basslinien, die man hört, wenn man an den Proberäumen anderer vorbeigeht.

1:00 Uhr zeigte der Wecker an, Niets innere Uhr hatte den Herbst von Australien hinter sich gelassen, pendelte irgendwo zwischen sieben und neun, nicht ganz entschieden, ob er nun aufgekratzt und knapp hinter seinem toten Punkt war oder knapp davor. Cat wusste, dass er knapp dahinter war: Es klopfte, und er kam hereinspaziert.

Hierfür gäbe es bei einem normalen Menschen nun zwei Arten der Erklärung: Entweder der Kerl, der vor Stunden die Kündigung einem anderen überlassen hatte, entweder dieser Kerl war so sensibel wie ein Bimsstein, oder er hatte die Nerven eines Löwendompteurs. Beides traf nicht zu.

Cat war der Löwe selbst, treffender: der Panther, der nur zufällig im Kostüm eines Menschen steckte. Er war sich seiner Grazie, seiner Qualitäten bewusst. Er hatte Biss, Charme, Charisma.

Niet hatte keine Angst vor ihm, aber seit den musikalischen Zankereien während der Aufnahmen zu 280 SL konnte er ihm nicht mehr in die Augen sehen – und wenn er es tat, dann nur, um festzustellen, dass auch Cat seinem Blick auswich. Sie hatten sich im Eifer zu vieler Gefechte zu persönliche, zu harte Brocken um die Ohren geschleudert. Sensibel beim Wahrnehmen der Verletzungen, sensibel beim Identifizieren der Schwächen des Gegenübers. Grob beim Austeilen.

»Hi, wie geht's?« Noch bevor Niet eine möglichst eindeutig zweideutige Antwort einfiel, schob der Gitarrist nach: »Richtig scheiße geht's mir.«

Darum ging es ihm also, er wollte sich von Niet attestieren lassen, dass die Entscheidung der Band okay war, dass es das Beste für alle Beteiligten wäre. Nix, nix, nix. Er wollte in sich wieder diese Faust der Wut spüren, Cat so richtig – klatsch, klatsch – zurechtrücken. Die Wut kam aber nicht. Zu viel Enttäuschung war im Spiel, zu viel Ballast in der Diskografie. Niet hatte einfach nur ein flaues Gefühl im Bauch, fand es mutig und widerwärtig zugleich, dass Cat so angestrauchelt kam.

»Klar«, murmelte Niet schließlich. Sie setzten sich auf den Boden und lehnten sich ans Bett, wie früher, als sie bei Niet oder Cat stundenlang Platten hörten, nächtelang über Hendrix, Devo und Satie schwätzten. Cat war immer der Mann fürs Grobe, Niet der fürs Verkopfte – und beide wussten sie genau, wohin der andere wollte. Denn mit dem Groben war Niet aufgewachsen, Cat mit dem Grazilen. Lange hatte Niet Cat bewundert; genauer und ehrlicher gesagt: geliebt. Wie einen, mit dem man nicht nur Pferde stehlen, sondern auch Stuten erobern konnte.

In der Stille, dem schweigenden Sortieren von Gefühlen und Strategien, machte Niet auf der Fernbedienung ein paar Fingerübungen – bis das über den Bildschirm flimmerte, was zu dem Stöhnen nebenan gehörte. Der Film war vermutlich in einer Trattoria gedreht worden – Mittwoch Ruhetag.

Cat rauchte eine Pfeife an. »Ich habe mich gestern«, meinte er schließlich, »zweimal im Ton vergriffen. Einmal das mit Zig Zag: War nicht cool, wo er jetzt tot ist und dir so viel bedeutet. Er hat mit Sicherheit ein paar gute *lyrics* geschrieben, und er war natürlich den ganzen Muckern, die seine Sachen imitieren, haushoch überlegen. Und du gehörst natürlich nicht zu denen. Nur finde ich diese Millionen Jünger eben... Egal. Du bist ja keiner von ihnen.«

Komische Art, dachte Niet, die Friedenspfeife zu reichen. Er blieb auf der Hut, schwieg. Auch seine Stärke als Bassist: Pause statt Überkompensation.

Trotzdem, Cat verstand es, ihn einzulullen. Es war nicht nur das feine Opium, das bildhübsche Gesicht, geformt von einer ägyptischen Mutter, die ihn verwöhnt und verhätschelt haben muss, so selbstsicher und überzeugt wie Cat von sich und seiner Sache war. Es war auch die Art und Weise, der Rhythmus, in dem er sprach, in dem er Schwächen und Fehler eingestand, die ihm diese Größe gaben. Kam einfach hier rein, setzte sich hin, und bevor man ihm für sein fehlendes Taktgefühl eine reinwürgen konnte, sprach er über seine Fehler. Aber nicht die, die einen wirklich verletzt hatten.

»Und Ray«, monologisierte Cat weiter, »sicher hat der gute Stories, aber wirklich beeindrucken kann er damit ja nur Terry. Weißt doch selbst, der kann den Hals gar nicht voll genug kriegen, wenn es um so *Bravo*-Fakten und Stories geht. Sind aber nicht viel mehr als eben das: Stories für Teenies.«

Niet würde es nicht zulassen, so viel stand fest, dass Cat hier auf dem Boden saß, ihn mit Worten und Dope einräucherte und dann ruhigen Gewissens zurück auf sein Zimmer ginge. Er würde sich auch nicht auf einen ihrer Gesprächsklassiker einlassen, darüber lamentieren, ob Hendrix, den Cat vergötterte, nun Handwerker oder Visionär oder beides gewesen sei... Erneut kam Cat anders, als es Niet gedacht hätte: Er verwickelte ihn in ein Gespräch über die Turnereien im Fernsehen. Aber eben – das war Cat, das liebte Niet an ihm

– nicht lang und breit über Titten, ausführlich und detailliert über Mösen, neunmalklug über Stellungen, sondern über das Dahinter, über die weiß gekalkten Wände mit ihren gusseisernen Kaminwerkzeugen im Hintergrund, über das Dekor der Schaumstoffkissen auf der gutbürgerlichen Eckbank. Über den Soundtrack sprachen sie nicht, das war ein altes Thema. Es war ein Thema, wie es Niet eingefallen wäre. Selbst wenn er ihm neue Aspekte hätte abgewinnen können, so war das Thema an sich nicht originell. Cat war es, der die neuen Themen fand, er präsentierte einige Ansätze, die neuen Themen aus einem anderen Blickwinkel zu sehen, und Niet war dann derjenige, der mehr und mehr andere Blickwinkel und Interpretationen, Variationen und Perspektivwechsel lieferte.

»Der Rhythmus, bei dem man mit muss... Porno und Hurerei: wie wir. Verkaufen den Leuten, was sie zwar nicht zum Überleben brauchen, was sie aber eben bewegt, was sie sehr interessiert. Klar können die Leute es sich auch kostenlos besorgen. Wenn sie bezahlen, erhalten sie dafür einen Eins-A-Service.«

»Aber Sex«, schüttelte Niet den Kopf, »Sex und Prostitution ist doch nicht dasselbe.« Niet wollte sich nicht erneut auf eine Diskussion über ehrlichen Rock'n'Roll versus Kommerz-Pop einlassen, gegen Cats zynische Sicht argumentieren (nach der Verkauf immer Hurerei sei, Ausverkauf).

»Sex statt Liebe. Unsere Liveauftritte sind Pornos: Verrenken uns«, ließ er in bester Cat-Manier das ›wir‹ weg, »und die Leute kommen und stieren aus dem Dunkel darauf, wie wir schwitzen und stöhnen. Der totale Kick, aus allen Poren strömt Adrenalin. Von Liebe und Kerzenschein und zweisamer Harmonie keine Spur. Deshalb sind wir ja auch den Moralaposteln ein Dorn im Auge – so wie Pornos: weil wir abbilden, wovon alle phantasieren.«

Das war das Problem mit den Metaphern von Cat: Er präsentierte sie, dass es einem die Sprache verschlug. Wenn das Bild passte, konnte man nichts erwidern, weil man auf so einen Vergleich einfach nicht vorbereitet war; wenn das Bild nicht stimmte, konnte man auch nichts erwidern, weil es von vorneherein auf wackeligen Füßen stand. Solche auf wackeligen Füßen stehenden, selbstgemachten Bilder sind immer fest im Besitz dessen, der sie in die Welt gesetzt hat, und entsprechend hat der sie auch immer im Griff. So langsam fühlte sich Niet selbst wie eine Metapher. Nur für was? Chiffre für Freiheit, Rebellion oder für Chaos und Untergang? »Das macht auch unsere Rechnung einfacher: Wir verkaufen nichts Bleibendes, nur den schnellen Kick. Wir sind heute angesagt, morgen vielleicht auch noch – aber übermorgen? Nichts währet ewig, lieber Niet, da kannst du noch so romantisch sein, diese Reise wird nicht ewig weitergehen, deshalb ist es wichtig, dass wir uns vom Zuhälter abnabeln und den ganzen Puff übernehmen.«

»Als Puffmutter?«

»Ja.«

»Ich glaub, ich spinne.«

»Auf jeden Fall besser, als auf dem Straßenstrich zu enden – jahrelang alte Männer erfreuen, bis dich irgendwann einer in die Tonne tritt und sie ansteckt.«

»Wie kommst du denn darauf?«, wunderte sich Niet. Konnte Cat wissen, dass Niet geplant hatte, mit Zig Zag Musik zu machen, Musik, die ihm etwas bedeuten würde?

»War in den Nachrichten.«

»War in den Nachrichten? Das mit dem Strichmädchen und dem alten Mann?«

»Nee, das mit der Tonne. Auf einer Autobahnraststätte haben sie menschliche Überreste in einer noch heißen Tonne gefunden. Vor ein paar Tagen. Das einzige, was identifizierbar war, war der Schmuck. An dem konnte man erkennen, dass sie ihren Lebensunterhalt im Liegen bestritten hat: protzig und billig.«

Niet konnte nicht kontern. Wenn Niet und Cat zusammen arbeiteten oder wenn sie wirklich miteinander (statt gegeneinander) sprachen, dann war das sehr aufregend. Trat oder sprach er gegen Cat an, gingen ihm schnell Argumente und Munition aus. Genauso war es, wenn sie über Musiker im allgemeinen und Hendrix im Speziellen redeten. Für Cat gab es unter Musikern zwei Sorten: die Handwerker und die Visionäre, und Hendrix war ein Gott, weil er handwerklich alles aus dem Eff-eff und mit verbundenen Händen spielen konnte, gleichzeitig ein Visionär war wie sonst eher die handwerklich weniger Versierten, Leute wie John Lennon, Bob Dylan, John Lydon. Und wir? »Keiner von uns«, da war Cat so realistisch, dass es einem die Sprache verschlug, »ist ein außerordentlicher Handwerker, noch haben wir als Teenager – als wir sie hätten haben müssen – die Ambition gehabt, jeden Tag zu üben wie die Irren. Und Visionär? Du vielleicht?« So wie Cat das fragte, war klar, dass er wusste, wofür sich Niet hielt, aber er konnte es hier unmöglich sagen, ohne wie ein Idiot dazustehen. Außerdem: Vielleicht hatte Cat ja auch Recht.

Im Fernsehen lief mittlerweile eine Verfolgungsjagd, irgendein Drama aus der Zeit, als Amischlitten noch wild schaukelten, in der Männer noch Frisuren wie Helme hatten und alle Frauen Miniröckchen trugen. Cats und Niets Pingpong der Gedanken, bei dem sie sich die Bälle zuspielten wie ein altes Ehepaar, war beendet. Aber es war ja auch gar nicht der Grund für Cats Besuch.

Immerhin war es bei ihrem Pingpong und Ideenwälzen nicht zu einer erneuten Frontalkollision gekommen. Beim Bereden und Brechen aller Tabus hatten sie inzwischen einen ganzen Katalog an Minenfeldern, einfach, weil ihre Ansichten zu den Themen zu weit auseinander lagen. Top-Thema Sex. Für Niet war das wie das Beherrschen und Kontrollieren eines 800-PS-Ferrari: mit Risiken verbunden, ob mit oder ohne Helm, alles klein und eng und rot. Liebe war dagegen eine Fahrt in einem schaukelnden Cadillac, ob alt oder neu, so vielfältig und variabel wie die Liebe zu einem guten Freund, der Schwester oder einer Band.

Für Cat hatten Liebe und Sex so viel miteinander zu tun wie ein Cadillac mit einem F-104 Starfighter.

Genauso verschieden waren ihre Auffassungen vom Zusammenhang zwischen dem Musikmachen, den Idealen, die man dabei verfolgte, und dem Geldverdienen. Für Cat gab es überhaupt gar keinen Grund, die hohen Ansprüche, die er an das Musizieren stellte, mit dem Geldmachen zu verbinden.

Cat stand auf, lief ein bisschen herum, machte aber keine Anstalten zu gehen. »Du weißt, wie sehr mich vieles ankotzt, was 5th Dimension für uns bisher gemacht haben, diese ganze Chose mit den verschiedenen Veröffentlichungen in Europa und Australien, in Deutschland und Rest-Europa, USA und so weiter. Wir brauchen einfach mehr Kontrolle. Mit unserer eigenen Firma hätten wir die...«

»Mit einem eigenen Label ja, mit so was wie Apple oder Swan Song. Aber nicht, wenn wir uns um wirklich alles kümmern, wenn wir...«

»Wie wer? Genau das hat doch noch keiner gemacht.«

»Doch: Alternative Tentacles«, wusste Niet von Ray Burns.

»Wer?«

»Alternative Tentacles, das war Dead Kennedys' Versuch, eine eigene Plattenfirma aufzubauen. Plötzlich wurden sie alle zu Buchhaltern und Taschenrechnern...«

»Aber das ist doch nicht vergleichbar mit Apple oder Swan Song, als die Beatles oder Zeppelin ihre Labels machten.«

»Eben.«

»5th Dimension zahlen die Rechnungen«, nahm Cat einen neuen Anlauf. »Deshalb müssen wir das eine Zugeständnis machen.«

»Plus Kompromisse, was die Songs unserer Alben betrifft!«

»Okay. Was den Bonus-Track von 280 SL betrifft...«

»Genau so was sollte eure GmbH doch vermeiden!«

»Ltd., nicht GmbH. Lass mich aber erstmal ausreden: Dass die UK-Version aufgepeppt wird, entschieden Page und Terry...«

»Und Terry?«

»Ja.«

Terry blieb ein Mysterium. Er lebte, wie es Sänger eben tun, in einer Welt für sich. Sicher, er war kein Al Jarreau, kein Freddie Mercury, Terry war kein Frontmann à la Ozzy Osbourne – verdammt, er war nicht einmal ein Johnny Rotten. Aber in dem permanenten Krisengebiet der musikalischen Konflikte und Kriege war er – wie Klecker – ein wertvoller und notwendiger Grenzposten. Jeder singende Sänger hätte ShamPains Sound zum Kasperletheater gemacht, ein Vokalist mit *personality* zu einem subrealistischen Happening für eine winzige Kultschar verstrahlter Pop-Snobs. Stattdessen sprachsang sich Terry durch die Texte, bewegte sich cool, aber nur wenn es passte. Wenn nicht, ging er schon mal ins Dunkel hinter dem Schlagzeug und spielte auf seinem Gameboy. Er passte in den von Cat und Niet gesteckten Rahmen, konnte Klecker in die Augen sehen, früher vor allem Frankie.

»Normalerweise wäre das ein Patt: zwei gegen zwei, aber da Klecker und ich erst später von der Entscheidung erfuhren, können wir sie nicht rückgängig machen, das könnten wir nur, wenn wir eine Mehrheit wären, und die wären wir ... – wenn wir einen weiteren Gesellschafter hätten.«

Niet hatte genug davon. Er kannte die Argumente, seit sie in Australien darüber gefachsimpelt hatten. Nächtelang laberten sie über transparente Verträge und Abrechnungsmodi – statt ihre Songs rund zu spielen. Kein Wunder, dass sie am Ende anstelle des geplanten Doppelalbums AMAZING CRAZE nur eine EP im Kasten hatten, die James Page nun mit einem drittklassigen Song aufzupeppen versuchte.

Niet hatte keine Lust, das alles noch einmal durchzukauen. Um diese Zeit, mit Cat. Er wollte es nicht, und aus, fertig. Ein anderer, ein normaler Bassist mit weniger dickem Dickkopf, schoss es ihm durch den Kopf, würde Cat einfach machen lassen, ihm das Schachbrett für personelle Manöver überlassen. Mit einem Jein-Sager wie Klecker und ohne einen Niet wäre Terry zum Beispiel austauschbarer. Niet deutete das an, Cat winkte ab.

Niet zündete sich eine Zigarette an, knipste nachträglich den Filter ab.

»Mann, im Moment bist du noch dabei, wir machen doch nicht jetzt Pläne, welche weiteren Nebeneffekte ein Bassist, den wir noch gar nicht kennen, haben könnte. Also: Sicher machen wir uns Gedanken über Nebenwirkungen, aber das ist ja reine Spekulation. Im Moment bist du dabei – und ich hoffe...«

Niet drehte den TV-Sound hoch. Cat sollte ruhig brutzeln, sich schämen, statt sich mit klugen Worten der Verantwortung entziehen, diese Kurzschlussentscheidung wieder auf Klecker abzuwälzen. Es war alles zu zerfahren, und mit Cat war darüber nicht zu diskutieren.

In der Rolle als Retter der ShamPain GmbH gefiel sich Niet nicht. In der des geschassten Stars von morgen auch nicht. Und noch etwas gefiel ihm überhaupt nicht: die Undercover-Rolle des Musikers, der mal mit Zig Zag etwas Großes machen wollte und nun nicht konnte – weil ihm der Tod einen Strich durch die rosarote Rechnung gemacht hatte.

Niet fuhr die Lautstärke zurück, schon setzte Cat in anderer Tonart an: »Ehrlich gesagt kann ich mir auch vorstellen, dass wir uns anders einigen...«

Mit der Autorität eines Dirigenten entschied Niet, wann in der Luft Raum war für Worte, wann nicht, und drehte noch mal auf. Auf dem Bildschirm flogen die Fetzen, Rauchbomben gingen hoch, der von Kopf bis Fuß Behaarte hatte eben noch in einer Chaiselongue seinen Campari genossen. Cat missfiel Niets Fummelei an der Fernbedienung, musste aber damit leben. Jetzt. Niet drehte leiser, sagte: »Terry hat dafür gestimmt, dass die *alternative version* von AFTER P.M. auf die CD als Bonus-Track kommt?«

Nicken.

»Hat er in Interviews nicht selbst erklärt, wie wir es ablehnen, wenn die Engländer oder sonst wer versucht, sich und ihre Industrie mit linken Tricks zu bereichern? Dafür, dass sie aus unserem Mülleimer einen unfertigen Song gefischt haben – eine Skizze Mann! –, dafür wollen die den Fans mehr Geld aus der Tasche ziehen...«

Cat winkte ab, auf dieses Schlachtfeld würde er sich nicht begeben: Mit einem bald geschassten Bandmitglied über ein Noch-Mitglied von Band und Firmenvorstand lästern? Nix da. Er kannte, wie Niet, die Hintergründe, die Untersuchung der Kommission für fairen Wettbewerb, die englische Firmen verklagt hatte, weil sie schwindende Abverkäufe (bei wegen starkem Pfund Sterling steigenden Importen für niedrigere Preise) mit Bonus-Tracks zu kompensieren versuchten. Cat ging wieder zum Fenster, äußerlich ruhig, ganz ruhig und kontrolliert. »Ich will, dass du in der Band bleibst. Als Goodwill-Geste fliegen wir Sheila nach New York. Firma zahlt. Wir besorgen euch ein Liebesnest über den Wolken von Manhattan. Ich hoffe, das kannst du akzeptieren.«

Niet fühlte sich wie kurz nach einer erklärtermaßen finalen Vögelei, erleichtert und bestätigt, wenigstens oberflächlich, aber auch ausgepowert, schon mit einem Gefühl von Reue, sich darauf eingelassen zu haben. »Aber ich sehe nicht so recht, wie wir dir ein Angebot machen sollen«, rang Cat nach einer Erklärung für den Zickzack-Kurs. »Dich anzustellen wie diese Kasper bei Simply Red oder... wie Ron Wood bei den Stones oder die zwei Lakaien bei Metallica – das geht nicht. Fehlt nur noch, dass die zur Stempeluhr gehen, bevor sie im Studio ›Hi, wie geht's!‹ sagen...«

»Okay, ich lass es mir noch einmal durch den Kopf gehen«, sagte Niet, ohne zu wissen, was er überdenken sollte. Für ihn war die Sache klar, war sie nun wieder klar: ShamPain brauchten ihn, wollten ihn aber nicht. Er würde die Band verlassen, da es um Geschäfte ging und nicht um Musik. Er wollte auf gar keinen Fall von der Band gefeuert werden. Wenn einer kündigte, dann er. Also würde er bleiben, das Spiel mitspielen, sich unersetzlich machen. Und dann würde er gehen.

Cat war anzusehen, dass er kurz vorm Kollaps war. Halb vier, keine Ahnung, was das nun für ein Kuhhandel war. Cat streckte die Hand aus, als wäre es eine echte Abmachung unter Berbern, mündlich, aber wie in Fels geritzt, und doch ging es nur um leere Floskeln, sagte: »Lass es dir noch einmal durch den Kopf gehen.«

Rock'n'Roll: viel heiße Luft, Simulationen, von denen man weiß, wie unecht sie sind, auf die man sich aber einlässt, weil es der einfachere Weg ist.

»Mir geht es nur darum«, sagte Niet, was nicht mehr gesagt werden musste, »dass ich nicht das Gefühl habe, entbehrlich zu sein. Nicht in den Augen der Öffentlichkeit, sondern der Band und mir gegenüber.«

»Glaube nicht, dass du das bist.« Eine typische Doppeldeutigkeit Cat'scher Machart: Lässt vorne das ›ich‹ weg, so dass man es auch als Imperativ verstehen kann, z.B. ein ›Niet‹ davor setzen könnte.

♫ ♪ ♫

Niet fühlte sich zwar müde, packte aber seinen Bass aus, um seine Gedanken auf etwas anderes zu lenken. Ein Wunderwerk, in dessen schwarzem Lack man sich spiegeln konnte wie in einem tiefen See. Er spielte den Riff des Zwischenteils von BACK FOR MORE, den sie für die Zugaben der US-Gigs modifiziert, schließlich in einem hitzigen Streit aber doch verworfen hatten.

Was ihm an BACK FOR MORE lange Zeit am besten gefiel, war das Intro, die sachte wimmernde Gitarre. Für ihn war das der Höhepunkt der Platte. Auch als er sie das erste Mal gehört hatte, vor Jahren, kurz bevor mit Petra Schluss war. Das Intro hatte die Harmonien, die man hörte, wenn man durch Straßen lief, die man nicht mehr registrierte, wenn man begann sich zu fragen, ob es genügend Schmetterlinge im Bauch gegeben hatte, die diese Schmerzen jetzt rechtfertigten. Es war die geknickte Tonart, mit ihren Akkorden von der Unterseite der Seele, dem Hinterhof der Gefühle. Der Song kam... aus der Tiefe, schallte durch eine verwinkelte Innenarchitektur, wie sie selbst Freud zu beleuchten nicht im Stande gewesen wäre. Egal, wie andere zu dem Stück stehen – hier hatte mal jemand ein Meisterstück abgeliefert.

Dann der Bass- und Schlagzeugeinsatz: unvermittelt, fast maschinell, hart. So dass man es wahrlich nicht im Sitzen spielen konnte. Auch der folgende Groove kam stehend besser – der, der in den Gesangsteil geht, mit seinen klitzekleinen Funk-Referenzen vom Bass. Niet groovte in den ›Und‹. Zum geschnalzten Funk-Akzent hier und da ging er mit dem Hals des Basses nach oben, die Geraden des Refrains spielte er mit dem Hals waagerecht - straight, parallel zum Bühnenboden, simpel, klares Bild. Nur in der Ebene ein wenig mit dem Hals rudernd, Haare nach unten - klassisch.

Und nach dem zweiten Refrain dann - endlich - die Breaks (er könnte schwören, dass die geklaut waren, nur von wem?), Tempo langsam zurück, alles ein bisschen ausleiernd, fast verdurstend...

Er schlenderte Richtung Tür, gegenüber vom Badezimmer hing ein Riesenspiegel. Blick zu Klecker (rechts neben der Badezimmertür), die Abschläge auf den Becken abpassend, klare Akzente, während der länger werdenden Wirbel Kleckers den Bass-Hals runter - dann DRUCK, wieder die ›Und‹, Cat am Solieren, jetzt auch Klecker deutlicher mit den ›Und‹ dabei, dann wieder in den Refrain - ein letztes Baden in konventionellen Gewässern, UND DANN - das war neu, das war jetzt ShamPain, inszeniert von Niet, nicht mehr das Original von Ratt - ein zweites Mal in den Break vorm Solo, diesmal länger zögernd, ausleiernd. Niet jetzt auf der linken Bühnenseite, Kleckers Schlagzeug hinter sich, mit dem Körper und dem Bass nach vorne, den Blick weit weg vom Instrument, stattdessen nach hinten schauend, auf Kleckers Abschläge achtend. Dann, wenn die artverwandten Breaks starten, ganz zu Klecker gewandt. Abwechselnd Kleckers und Cats Hände... Hart, die Breaks jetzt richtig hart - nix sachte, nix wimmernd - mit längeren Pausen dazwischen, bis man das Intro von SWEET LEAF erreicht hatte. Und das war dann wirklich hart; eine Umdrehung von Niet und Cat - wie zwei Kreisel, rechts und links vom Schlagzeug - wieder nach vorne, aufs Publikum gerichtet. Niet und Cat in die äußersten Ecken vorne, Bühnenrand. Die Gesichter im Publikum suchend - wie viele waren anwesend, die sich an diesem Sprung in fremde Gewässer freuten? Wie viele erkannten den Black Sabbath-Riff?

Bloß nicht zu schnell werden hier, das muss zäh sein. Solide und stetig durch die erste Strophe von SWEET LEAF, dann der Break, zurück ins Intro, noch einmal den Break, und dann – wieder Black Sabbath, diesmal von Vol 4 – kopfüber in Snowblind.

Das Kopfüber, genau dieses Kopfüber, das war es, was auch Niet nicht sonderlich passte. Ihn hatte schon die Idee an sich wenig begeistert. Sicher, beide Songs hatten – wie überhaupt jeder bessere Song Black Sabbaths – Parallelen, aber gerade deshalb hielt Niet es für nicht allzu weise, ja, für gefährlich, das zu verquirlen. Egal, entschieden war entschieden, daran war nicht mehr zu rütteln. Niet war immer mehr für Arrangements, die er als organisch bezeichnete, im Gegensatz zu Cat, dessen Arrangements ihm oft zu statisch, zu durchdacht erschienen. Cat vertrat – worauf Klecker mehr als einmal hinwies – den exakt selben Standpunkt, kritisierte an Niet, dass seine Arrangements zu sehr vom Kopf, nicht genügend vom Bauch kamen. Niet fand, okay, mag ja sein, dass Cats Ideen aus dem Bauch kommen – deshalb sind sie ja auch so unverdaut; meine Sachen aber, die kommen nicht von weiter oben, sondern von weiter unten!

Während des Spielens dachte er an Cat, an die vielen Streitereien während der letzten Proben, an *strategy meetings* und *think tanks*, Trendforscher und Jackpot Jack mit seinen Massenmanipulationen, Theorien der Medienguerilla. In Niets Erinnerung verblassten die Diskussionen, die sie früher über den Stellenwert Mother Love Bones hatten, über Back For More als Findling eines neuen Crossovers, den Refrain von After P.M....

Und dann – in seinen Ohren lief eh ein anderer Sound als der, der von seinen blechern klappernden Saiten kam – dann ein Purzelbaum.

Mitten in den Spiegel.

Mit den Scherben auf dem Boden kehrte etwas Nüchternheit zurück in seinen Kopf.

Panik. Wie doof, wie saudoof, wie supersaudoof. Sau-super-duper-ultra-mega-doof.

Verletzt hatte er sich nicht bei dem Krachen in den schrankwandgroßen Spiegel, erst beim hastigen Zusammenkehren der Scherben bekam er einen Splitter ab.

Ultra-mega-scheiße. Only in Rock'n'Roll...

Als er die Scherben unter dem Bett versteckt hatte – jedenfalls die größten, die kleinsten föhnte er unter den Schrank –, wurde es draußen hell.

Seinen letzten Joint rauchte er nicht mehr fertig. Schnell sackte er in die Arme der Nacht.

Kapitel 12

*Will you still sneer when death is near
And say they may as well worship the sun*

Black Sabbath: »Into The Void« - Master Of Reality

Wuchtige Säulen - echter Marmor, wie einige Risse zeigten -, Silberbesteck und Messer, auf denen man reiten könnte, wie Klecker witzelte. Wie ein Sprung in ein anderes Jahrhundert. Nur ein Tisch war gedeckt, eine richtiggehende Festtafel neben den Schwingtüren zur Küche. In dem Restaurant, in dem die neue Aristokratie (Königin Natalie, Kalif Cat und Krieger Klecker) zum Brunch Platz genommen hatte, hätte es Niet (Hofnarr) wenig überrascht, wenn die Stuckverzierungen abgebröckelt und in die Cornflakes gefallen wären. Die Mittagssonne beleuchtete jedes Staubkorn, strahlte durch hohe Fenster auf feudalen Samt. Vorhänge aus Purpur höhnten: Laptops, Handys und Krisen-Management werden bald so sehr der Vergessenheit angehören wie Spucknäpfe, wie Telexgeräte und die Osmonds.

Das übrige Restaurant war leer und still, nach Natalies Intervenieren war eine Tafel nur für die Band gedeckt worden. Niet hatte keine Wahl, er musste sich zu ihnen an den Tisch setzen. Natalie spielte mit einem Zigarillo, briefte Cat und Klecker für die nächsten Tage.

Niet tat so, als hätte es die Gespräche mit Cat und Klecker nie gegeben.

Auch Natalie benahm sich, als hätte es die gestrigen Gespräche und Abmachungen nie gegeben: Der European Manager James Page sollte sich nun doch nicht um das Verschachern der Band in den USA kümmern, um Vertrieb und Kooperationspartner. Er übernahm stattdessen den Job, den Natalie gestern noch für sich beansprucht hatte, den des Tour-Managers. Page als Tour-Manager, Fatburger als Stage-Manager, Niet verging fast der Appetit.

Natalie hatte sich in ihren neuen alten Job so eingearbeitet, als hätte sie nie etwas anderes gemacht – als ShamPain an Vertragspartner zu binden. Der US-Trip würde viele rote Zahlen hinterlassen, selbst wenn alles super liefe. Reisekosten, Aufenthalts- und Arbeitsgenehmigungen verschlangen bereits die letzten Ressourcen, es sei daher wichtig, die Industrievertreter, für die der ganze Zirkus organisiert wurde, mit Professionalität zu überzeugen. Es sei wichtig, bei den Gigs mehr als ausgeschlafen zu sein, Orgien und Schlägereien auf später zu verschieben. Denn das stand fest, wenn ein guter US-Deal organisiert würde, wäre das der erste Schritt, sich von den Australiern abzunabeln.

Das also war der Plan. Mit der europäischen Filiale von 5th Dimension wollten sie sich nicht länger zufrieden geben, die neu gegründete GmbH/Ltd. sollte die ganze Bank sprengen. Wie passte das zu Cats gestern Nacht geäußerten Plänen? Das klang doch nach Einschleusen in die Entscheiderebene, um dann eine Palastrevolution zu starten. Dass es bei der Meuterei darum gehen sollte, die ganze Reederei über Bord zu werfen, empfand Niet als größenwahnsinnig, vermessen, aber auch blauäugig. Luke Keyser schien ihm dann doch eine Nummer zu groß: So einen haut man nicht ohne weiteres übers Ohr.

»Rumtoben wie in Australien ist passé, endgültig.« Klecker spielte mit keinem Ring, er gab Natalie Feuer. Sie – cool, ganz Business – nickte kurz zum Dank, schaute auf ihren Laptop, während Klecker seine Zigarette in den Rühreiresten vor sich entdeckte. Cat hasste das. Cat 23 hasste das wie die Pest, also fast so sehr wie Abba, Bagatellen-Teller, Caesar's Salad mit zu viel Soße, deutsche Dörfer, Exkremente unter seinem Kopfkissen, gespielte Frivolitäten, GNR, H, italienische Immobilienmakler und so fort bis Zehennagelvereiterungen...

Doch er blieb ruhig. So wie Klecker sah er zu, wie Natalie mit dem Zeigefinger das bearbeitete, was auf der Laptop-Tastatur von der Maus übrig war: kein Touch Pad, sondern ein süßes Mäuschen zwischen B und H und N. Natalie drehte und drückte vorsichtig, suchte den Bildschirm ab, mit halboffenem

Mund. Schon möglich, dass Freud Recht hatte, als er meinte, andersgeschlechtliche Beziehungen hätten immer auch sexuelle Untertöne. Schon möglich. Mehr als möglich, nämlich garantiert zutreffend: Ist eine einzelne Frau von einer Gruppe Männer umgeben, körperlich alle mehr oder weniger auf dem Höhepunkt ihrer Zeugungskraft, dann steigt schon mal der Blutdruck in bedenkliche Höhen.

In der Stille schaute Natalie auf, mit großen runden Augäpfeln. »Was ist denn los?«

»Na«, räusperte sich Niet, »wegen der Brustwarze, an der du da rumfingerst.«

»Bisschen vulgär, ne?«, lachte Klecker.

»Mitten in diesem viktorianischen Speisesaal hier...«

»Die neusten Zahlen«, die Natalie dem Laptop entlockte, »belegen, dass alles wie am Schnürchen läuft: Radio-Einsätze, Chartnotierungen, Verkäufe, Imports. Deshalb muss nun auch bei uns alles wie am Schnürchen laufen. Wenn sich einer für ein paar Tage aus dem Staub macht und die Regionalpresse aus Südwest-Nashville damit ihren Skandal für Seite 78 erhält, geht uns das am Arsch vorbei. Interessiert uns nicht. Drüben sind die mit allen Wassern gewaschen, mit solchen Aktionen beeindrucken wir da niemanden. Um es nochmal in aller Deutlichkeit zu sagen: Wir haben einen Haufen Schotter verprasst, um das auf die Beine zu stellen, auf dem Spesenkonto ist kein Platz für Kautionen, gebrochene Rippen, gecancelte Gigs und so Sachen. Das Interesse der Industrie-Giganten ist groß, mit fast allen habe ich Meetings arrangiert – die sind scharf...«

Lächeln wie Weihnachten. Natalie inspizierte einen gebrochenen Fingernagel. Klecker setzte an, etwas zu sagen, schon fuhr Natalie fort: »Dieser Fernsehshow haben wir viel zu verdanken. Jubel und Höhenkoller ist gut, aber behaltet das im Hinterköpfchen: Jedes Mal, wenn über die Tricia Bush Show berichtet wird, spielen sie FINGERED. Das kann schnell wieder verebben – so wie bei White Zombies' Durchbruch via Beavis & Butthead. Es ist nun wichtig dranzubleiben.«

Mit Ausnahme des letzten Satzes war jeder ihrer Ratschläge zu hundert Prozent ein Appell an Niet. Natalie bremste

Einsprüche schon im Ansatz ab. Wenn sie ihren Redefluss stoppte, um mit dem Zeigefinger wie ein Metronom hin- und herzupendeln, hatte man sich auf ihren Rhythmus einzulassen, ihre Tonart, hier und jetzt: kühl, Business, dies ist ein *strategy meeting*.

»Das EPK für den F<small>INGERED</small>-Videoclip«, wandte sie sich direkt an Niet, »müssen wir also unbedingt fertig stellen. Du wirst hier in... eigentlich jetzt sofort abgeholt. Die sind drüben schon ganz heiß darauf, das zu spielen. Die *heavy rotation* des Videos ist vor Tagen angelaufen. Jetzt wollen alle wissen, wie wir das gedreht haben, deshalb brauchen sie das ›Electronic Press Kit‹«, malte sie Anführungszeichen in die Luft.

»Hast du deshalb mit Far Out gesprochen?«, kam es aus Niets Mund, noch bevor er sich überlegt hatte, ob er diesen Joker so und nun ausspielen sollte. In Wirklichkeit hatte er keinen Schimmer, was sie von der Managementfirma wollte. Er hatte lediglich den Verdacht, dass sie heimlich bei der Mega-Vermarktungsmaschine angerufen haben musste, weil sie ganz andere Ziele verfolgte – zum Beispiel einen Ausverkauf, von dem ShamPain wenig hätten (sonst hätte sie es ihnen ja mitgeteilt).

Far Out Management arbeitete für Mega-Acts. Unter Insidern war die Firma allerdings verrufen, da sie Talente zerrieb, aussaugte und dann mit Drogen und geleasten Luxus-Sportwagen statt Tantiemen abfertigte. Sogar Terry kannte die Stories von den Musikern, die bei Far Out auf Schreibtische kletterten und ihre Gedärme leerten, weil sie die Buchhalter nicht anders auf sich aufmerksam machen konnten, und die dann mit Riesenmengen Kokain und einem Scheck wieder auf die Straße geschickt wurden. Seine Frage, schoss es Niet in Lichtgeschwindigkeit durch den Kopf, war ein Reflex, eine Retourkutsche auf ihr Abwürgen der Musiker vorhin. Hätte er oder Cat oder Klecker die Gelegenheit gehabt, kurz zu protestieren, klarzustellen, dass man nicht nur wegen einer TV-Show auf sich aufmerksam machte, dann hätte er dieses Geheimnis Natalies nun nicht so gelüftet.

Er hatte es aber gesagt. Schäbig. Er kam sich billig vor. Billig und dumm. Als er die Kaffeetasse in die Hand nahm, spürte er, wie das Blut zwischen seinen Ohren heiß pochte. Schon beim Gedanken daran, wie rot er sein musste, zitterten seine Hände.

Scheißdrogen.

Natalie schaute ihn fragend an, Cat und Klecker auffordernd.

Er hätte sich am liebsten mit der Faust ins Gesicht geschlagen, so wütend war er über sich. Erneut hatte er seine Karten verkehrt gespielt, so wie gestern, nach dem Meeting mit Page. Im Showbusiness, wo nicht taxierbare Güter angepriesen und verhökert werden, war nichts so wichtig wie das Bluffen. Man musste so tun, als hätte man etwas in der Hinterhand. Stattdessen hatte er mehrere Fehler auf einmal gemacht: Erstens war er sich nicht sicher, was genau die Bedeutung seines Jokers war, zweitens hätte er den Trumpf zunächst nur Cat und Klecker offenbaren sollen, drittens war das Timing verkehrt: Er hätte die Karte nicht jetzt auf den Tisch legen sollen – sie sah gar nicht mehr aus wie ein Trumpf, sondern wie der Schwarze Peter.

»Mit denen habe ich gesprochen, weil uns Leave Home gegen die Wand gefahren haben. Die werden uns nicht unterstützen. Sie haben Fat Ed abgesagt.« Vor weniger als vierundzwanzig Stunden hatte sie verkündet, man werde in den USA mit der legendären Booking-Agentur kooperieren (was Cat als Beleg dafür sah, dass es voran ging).

»Gestern?«

»Die Tage«, nickte Natalie vage. Natalie Voy, N. Voy, envoy, die Abgesandte, wie Ray einmal feststellte. Abgesandt, aber von wem? Sie war Niet so fern, wie es nur eine Frau sein konnte, der man sich auch extrem verbunden fühlte.

»Du hast aber doch schon in Australien mit denen gesprochen.«

Cat verzog das Gesicht, als hätte Niet gerade auf dem Griffbrett fürchterlich daneben gegriffen, gestrichen Schiss-Moll. »Mit Far Out? Spinnst du?« Sein Blick pingpongte zwischen

Niet und Natalie, die Frage war aber ziemlich eindeutig an Niet gestellt. Cat kam ohne Umwege zu der Schlussfolgerung, mit der Niet in Gedanken nur gespielt hatte: Wenn Natalie mit Far Out telefoniert hatte, dann kam das einer Abmachung des Mannesmann-Geschäftsführers mit dem Vorstand von Vodafone gleich. Umso geheimer das geschehen war, desto unüberschaubarer schien es in seiner vollen Reichweite. Niets Schwarzer Peter war der Beleg, dass nicht alles wie am Schnürchen lief, im Gegenteil, dass ShamPain die Fäden mehr und mehr aus der Hand gerieten.

Natalie holte Luft, blieb ruhig, geduldig. Nun Grundschulstatt Mittelstufen-Lehrerin. Nett, warm, distanziert, aber mit weit mehr Überblick als die Musiker. »Bei dem Wirbel, den wir in der Industrie entfachen, ist es selbstverständlich, dass wir auch Kollegen und Koryphäen einladen. Nicht nur Musiker wie Bucky Wunderlick, sondern auch *wheelers & dealers* – wie diverse Wichtigtuer von Far Out Management. Eine Tochter von denen, 1001 Knights, springt vermutlich für Leave Home ein, ich muss mich mit denen nur noch über die Konditionen einigen. Wie gesagt, wir müssen auf unsere Kosten achten. Will sagen: Wenn Freunde von euch kommen wollen, müssen die sich ein Ticket kaufen.«

»Du machst Witze!«

»Nee, das ist mein Ernst.«

»Eine Ausnahme?«

»Keine Ausnahme.«

»Tausendundeine Nacht?«, übersetzte Cat. »Nie gehört.«

»Fast: mit K vorne. Wie Ritter. Wir können davon ausgehen, dass die auch den Braten riechen, im Moment dampft es ja auch an allen Ecken: der Hype um die Liveshow, die Skandale mit den T-Shirts, JJs Trick, unsere Vertriebsschwächen als Zensurversuche christlicher Fanatiker zu verkaufen... Die Weichen sind gestellt, und deshalb liegt 5th Dimension auch viel, sehr viel daran... Sie wollen sich das einfach nicht durch die Lappen gehen lassen. Denen ist klar, dass sie es nicht schaffen, US-Operations, mit der ganzen Infrastruktur und allem drum und dran, schnell genug aufzubauen. Außerdem – und nicht unwichtig – haben sie, auf dem Papier, nur die Option, uns in Amerika zu verticken, aber nicht das bindende Recht. Sie würden es nicht zulassen, dass wir zu billig verkauft werden, denn mit einer US-Lizenz würden sie wahrscheinlich... ach was, würden sie garantiert mehr verdienen als mit Australien und Europa zusammengenommen.« Diesmal blies sie den Rauch direkt in die Runde. »Ruckzuck, hast du da siebenstellige Nummern auf der Uhr.«

Natalies Redestrom versiegte langsam. So wie alles, was sie mit Emotion vortrug, hatte er etwas Zwingendes, eine Power, der man sich nicht entziehen konnte – oder wollte. Selbst wenn ein schales Gefühl zurückblieb, der Eindruck, dass sie einen übern Tisch gezogen, um den Finger gewickelt und übers Öhrchen gehauen hatte.

In die Stille des Saals spazierte James Page. Ausgeschlafener als alle Sitzenden, die blinzelten, als er, eingerahmt von den hohen Fenstern, auf sie zukam. Mit ihm kam ein Hotelangestellter. Bevor der Produkt-Manager von vorgestern, Business-Einfädler von gestern, Tour-Manager von morgen, Geschäftsführer ganz allgemein, ShamPain grüßen konnte, sagte der Hotelangestellte zu Natalie: »Ihr Fahrer? Ist da.«

»Wird ja immer toller: In wenigen Stunden vom Geschäftsführer zum Fahrer?«, murmelte Niet.

Bevor der Bassist vor Lachen unter den Tisch fiel, stoppte ihn der Angestellte mit: »Draußen, er wartet draußen vor der Tür.«

♫ ♪ ♫

War es die Stadt, oder war es die Art und Weise, wie Natalie ihn in seine Schranken wies, sanft aber bestimmt? Was auch immer, er fühlte sich wie ein Schuljunge. Melancholisch wie der Halbstarke, der es gar nicht erwarten konnte, Illusionen und Kindheit hinter sich zu lassen. Bedrückt, eingebremst und unruhig, da noch so viel zu tun war, vor allem so viel zu erfahren und zu lernen. Und er fühlte sich matt und flau, da er vieles schon während der nächsten Tage machen würde. Mit unangenehmen Überraschungen war zu rechnen.

Lange war es allen in der Band recht gewesen, dass sie sich auf das bloße Musizieren konzentrieren konnten, dass Natalie und ihre Mitarbeiterinnen sich um den Rest kümmerten: Rechnungen, Kfz-Versicherung, MwSt., Künstlersozialkasse, Miete, Strom, GEZ, GEMA, Anfragen von Shampooherstellern, durchgeknallten Fans sowie Werbeagenturen und eben auch Fernsehshows. ShamPain machten Sound, manchmal auch Geld. Natalie sorgte dafür, dass sie von beidem viel machten, und gab das Geld aus. Ihr vertrauten sie. So konnten sie sich weiter vor Verantwortung und Papierkram drücken, und alles war gut. Bis eben in Australien der Vorschlag kam, die Band könnte mehr verdienen, wenn sie mehr tun würde. Vielleicht war das sogar eine Strategie, mit der Luke Keyser Natalie loswerden wollte? Wollte er dabei ihre Marge kappen und nur teilweise den Musikern zustecken?

Auch die Entscheidung, dass Natalie in den USA mal den Konzertveranstaltern hinterhertelefonieren sollte, dann potenziellen Partnern von 5th Dimension... das alles klang doch so, als sei sie in dem Spiel schon lange keine Königin mehr.

Die Gedanken passten zu dem, was Niet in London sah. Mehr Geschäft als Genuss. Und doch: die Kindheit des Rock. Die Wiege steht immer noch in den USA, daran kann gerüttelt und gerasselt, gerockt und gerollt werden, wie man will. London war nur noch eine Pyramide für einen zu früh dahingerafften Pharao. Einbalsamiert 1970, mit den Beatles, Hendrix' Tod in Kensington. Wahre Gefühle gab es danach nicht mehr, stattdessen gefühlsleere Ware. Kunst-Studenten nahmen *swinging London* den Schwung, ELP, Yes und Genesis machten Rock zu einer im Schulunterricht besprechbaren Sache. Auch Punk war nicht viel mehr als eine obszöne Geste, jedenfalls wenn man es so betrachtete, wie es die Form verlangte: ohne Illusionen. Nicht mehr als ein Spucken gegen den Wind. Und danach? Nach dem Sommer '77? Aufgekochtes und Dünnschiss. Die Hypemaschine lief perfekt, der Ausstoß wirklich bleibender, wichtiger Acts kläglich. Blur, Oasis, Pulp,

Garbage? In der Erinnerung nicht mehr, als die Bandnamen versprachen: verschwommene Oasen des zermüllten Schrotts. In den Einkaufszentren und CD-Megamärkten dröhnt schon The Next Big Thing. Ein guter Bandname wäre Redundant. An welche Top-Band, die vor mehr als vier Jahren debütierte, erinnert man sich denn heute noch? Teenage Fanclub? Deee-Lite? Happy Mondays? Primal Scream? My Bloody Valentine?

Im Optikerladen läuft ein Lied der Stones, muss von Some Girls sein. Das begegnet einem in Deutschland wiederum nicht, so ein Sound beim Optiker. In London geht das. Und es weckt Erinnerungen, Niet spürt den Halbstarken, der vor vielen Jahren Werbung für das Rolling Stones-Album Tattoo You auf den Doppeldeckerbussen entdeckte, zwischen Theatern voller Pomp und Tempeln aus Backstein. In seiner Heimatstadt war so etwas, waren groß angelegte Werbekampagnen für Pop oder Rock undenkbar. In dem Muff, aus dem er kam, hielt man das noch heute für Negermusik. Dass Leute damit ihren Lebensunterhalt verdienten, wusste in der Berufsberatung kein Mensch.

Der Fahrer setzte ihn bei Cecil Court ab, zeigte Niet, wo am Ende der kurzen Fußgängerzone das Video-Studio lag.

In Cecil Court dann ein Déjà-voulez-vous. Wie jeder Jünger des Agnostizismus weiß, mancher Led-Zeppelin-Verehrer schon gelesen hat, wie Jimmy-Page-Fans nun ahnen, befindet sich hier Watkins Books, die weltweit wichtigste Buchhandlung für okkulte Schriften, Bildbände mit behuften Jungfrauen, Höllenstuten und anderem Schabernack. Alles sehr ernst, sehr *deep*, wie ihm die hinter der Kasse kauernde Lady aus den Untiefen des Unterbewusstseins klarzumachen schien. Mit stoischem Blick, diffusem Alter.

Viel Zeit blieb Niet nicht, also blätterte er nur schnell durch ein paar Totenbücher untergegangener Kulturen, las ein paar Zeilen über nihilistischen Buddhismus und betrachtete ein Bändchen mit Essays von Aleister Crowley. Der Umschlag war von zu viel Sonne verblichen, die Seiten klebten noch so zusammen wie die von *GEO* in den Wartezimmern der Zahnärzte, die auch *GQ* auslegen, um ihren Patienten den Besuch möglichst unvergesslich zu gestalten.

Die 666 anderen schrägen Sachen – Tarotkarten, Pendel und Kristallkugeln – waren Niet bekannt, waren kaum mehr als bloße Objekte einer Parallelwelt. Er kannte diese Welt, sie hatte was, hatte für ihn allerdings wenige endgültige Antworten in petto. Die chinesischen Metallkugelpaare mit ihren im Inneren sanft schellenden Glöckchen erinnerten ihn immer an eine Frau, die damit ihre Vaginalmuskulatur trainierte; nur dass sie ihm das nicht vorher erzählte. Kam einfach mit einer brennenden Kerze und Getränken zurück auf die Matratze, und als sie begannen, es auf französisch zu machen, entledigte sie sich der Kugeln, heiß, glitschig – aber trotzdem hart. Niet schlug das fast die Schneidezähne aus.

Über Traumdeutung hatten sie bei Watkins Books nichts, was ihn sonderlich interessierte. Also kaufte er RUN OF THE RUNES und ein heruntergesetztes Mängelexemplar, dessen Cover ihn ansprach: THE TOPOGRAPHY OF EMOTIONS stellte die Innereien des Menschen wie die Katakomben der Hölle dar.

Cool.

RUN OF THE RUNES war ein ABC der schwarzen Magie. Niet hoffte, die Runen-Fibel würde ihm manche der Kritzeleien jener Briefchen auf schwarzem Tonpapier erklären.

♪ ♪ ♪

Im Schneideraum von Big Bang Sin lief er ein wie ein alter Hase – nicht nur wegen der geballten und verschüttet geglaubten Weisheit aus tausenden Jahren, die er nun in einem Plastiksäckchen hielt.

Keine Rezeptionistin, die Kaffee kochte, keine Auszeichnungen an den Wänden. Einfach ein paar Räume, vollgestopft mit Equipment, dem man ansah, dass es Unmengen gekostet haben musste, alleine schon für die vielen Knöpfchen und Leuchtdioden...

»Niet? Du möchtest bitte Natalie anrufen«, grüßte ihn der Cutter. »In sehr dringlicher Sache.«

»Kleinen Moment«, stoppte ihn Natalie kurz und ging offenbar in ein Zimmer ohne Sprecher und Ohren im Hintergrund. »Mann, hier geht's gerade ab. Bist du bei Big Bang, soweit alles klar?«

»Ja, musst dir keine Sorgen machen. Soll ich wieder anrufen, wie beim Ausflug ins Landschulheim, wenn ich hier raus und ins Gemenge von Babylondon gehe?«, ulkte Niet zurück.

»Niet«, ging Natalie sofort in Cheftalk über. »Am liebsten würde ich dir das unter vier Augen sagen: Mit Far Out hast du dir ja einen ganz schönen Fehler erlaubt.« Bevor er protestieren konnte, fuhr sie fort: »Nein, stopp, mein Fehler. Versprecher. Es war mein Fehler, ich gebe es zu, es war mein Fehler, dass ich dir nicht schon vorher erzählt habe, was es damit auf sich hat. Ich hatte euch – wie übrigens auch Luke Keyser – nicht davon erzählt, da es ziemlich vertrackt ist, was Far Out planen. Im Moment ein ungelegtes Ei, aber eins, das kommen wird. Fakt ist: Sie repräsentieren einen Konzern, der sich für eine freundliche Übernahme interessiert. Von 5th Dimension, nicht 5th Dimension Enterprises Ltd., sondern Records. Das aber nur nebenbei. Es hat Gespräche mit Keyser gegeben, doch der Konzern will nur eins: uns. Keyser würde gerne alles verkaufen, also seine komplette Unterhaltungsabteilung...«

»Was, Studios? Musikverlage?«

»Korrekt. Außer 5th Dimension Records auch seine Anteile an 5th Sin Publishing und Sin Song. Die Verlagsrechte, vor allem Eure...«

»...sind wie eine Lizenz zum Gelddrucken«, zitierte Niet schnell, was er einst in einem Zig Zag-Interview gelesen hatte.

»Ja, sie werfen schon mal nicht so viele Kosten auf wie das Studio. Deshalb wollen die nicht Big Bang Recordings, und er hat einen einfach unrealistischen Preis aufgerufen.«

»Luke?«

»Kann man ja auch verstehen, schließlich hat er bisher ja nur Geld reingesteckt, und das will er zurück. Aber der Preis ist eben zu hoch. Weißt ja selbst, wie schlecht einige der Acts laufen. So. Big Bang Recordings kann er ja auch anders los werden, aber selbst in seinen Spielhöllen...«

»Ist die Hölle los. Ja, habe ich auch gehört.«

»So würde ich's nun nicht bezeichnen, aber auch die laufen wohl nicht mehr so wie früher. Egal. Daher wurde nun Far Out damit beauftragt, als Zwischenhändler für eine Firma zu verhandeln, die Keysers Angebot vor ein paar Monaten abgelehnt hat.«

»Und 5th Dimension Records Europe Ltd...«, fiel bei Niet langsam der Groschen, Natalie unterbrach oder ergänzte ihn nicht, »ist das Päckchen, das ihr für die nun schnürt. Und...« Bevor er fragen konnte, inwieweit die anderen - Cat, Klecker, Terry - davon wussten, unterbrach sie ihn aber doch wieder.

»Ich wäre dir also dankbar, wenn das erstmal unter uns bleibt. In New York, spätestens in L.A. müsste das in trockenen Tüchern sein. Es versteht sich vermutlich von selbst, dass ich mich dafür einsetzen werde, dass du weiterhin eine tragende Rolle einnehmen wirst.«

»Nee danke«, schoss es aus Niet, bevor er den Gedanken aufnahm.

»Wollen die anderen aber«, setzte sie nach. Leise, bestimmt, der Videoclip zu den Zeilen: ein Pärchen in einem Café, mehr als ein voller Aschenbecher und eine Kerze zwischen ihnen.

»Wie...«, begann er.

»Sicher. Sie haben eingesehen, schnell eingesehen, dass du als Basser... Du wirst da eben leicht zum Sündenbock. Als Bindeglied zwischen Rhythmus und Tönen... Der Basser ist eben immer der, den man am leichtesten für jeden Fehler verantwortlich machen kann. Um Geschäftliches ging es da wirklich gar nicht. Sie waren halt noch wütend wegen dem, was bei den Aufnahmen schief gelaufen ist. Das Geld, das das gekostet hat, ist Cat doch vollkommen egal. Und Klecker...«

Stoffel - scheinbar Assistent, Hausmeister und Beleuchter von Big Bang Sin - brachte Niet seinen Bass.

»Im Ernst: Sie haben sich da in der Hitze des Gefechts in etwas reingesteigert, das ihnen jetzt peinlich ist. Sei so lieb: Gib ihnen noch eine Chance.« Den Hörer zwischen Ohr und

Schulter eingeklemmt, slappte, fingerte und attackierte Niet ein wenig mit der Linken, befühlte er den Hals, Ahorn, mit der Rechten. Ohne hinzusehen, spürte er, dass den Videoleuten fast die Augäpfel aus dem Kopf fielen. Diesen Effekt kannte er: Leute waren immer ganz platt, wie schnell er von null auf hundertachtzig kam. Dass es bis zur Zweihundertmarke wesentlich länger dauerte, wie Cat gern betonte, sah man da noch nicht. Ein Schumacher würde die Fahrbarkeit des Getriebes bemängeln: Die Übergänge vom ersten bis zum vierten oder fünften Gang waren traumhaft, die Beschleunigungen danach ließen zu wünschen übrig.

»Ich muss jetzt losmachen hier, die warten schon alle.«

»Lass es dir nochmal durch den Kopf gehen. Versprochen?«

»Versprochen«, log Niet. Er wusste ganz genau, was er zu tun hatte. Inzwischen war er bei 185. In etwa.

Jetzt das Video aufnehmen. Bisschen Smalltalk mit dem Cutter, ein paar Worte mit Stoffel. Die Aussicht zu arbeiten, richtig zu arbeiten, machte ihn todmüde. Würde man auf einem Fernseher erkennen, dass der Bassist, zu dem die über den Bildschirm flimmernden Flatter-Finger gehörten, müde war, völlig ausgepowert von dem wahrlich guten Stück Musik? Kaum. Musik, Klang ist nur im Hier und Jetzt, am Schnittpunkt, wo die Zukunft zur Vergangenheit wird. Anders als in der darstellenden Kunst oder der Literatur legt der Künstler das Tempo fest, in dem das Werk konsumiert wird. Das wäre also eine Parallele zum Film; doch der lässt sich mit Freezeframe immer stoppen und in einzelnen Szenen betrachten. Dagegen ist Klang jetzt hier, dann schon längst fort.

Als Pärchen kamen sie nur scheinbar miteinander klar: Film und Musik.

Sicher: Diese Gedanken waren nicht mehr als das Selbstmitleid eines winselnden Mittelklasse-Kids, das nie nach mehr gehungert hatte als nach Aufmerksamkeit, das sich daher Dinge suchte, die einen verbrauchten. Der von der Überdosis, die sich die Band in Australien gesetzt hatte, überrascht worden war. Trotzdem: Der Beruf des Pop-Stars, fand Niet, birgt eine Menge Sachen, die einfach viel ätzender und langweiliger, da langwieriger sind, als man so denkt. Video- und Fotosessions waren fast noch übler als morgens um vier aufzustehen, um vor dem ersten Flug, im Dunst von Xylol, noch schnell für irgendeinen CD-Megamarkt dreihundert Poster zu signieren.

Für Betrachter waren Videos nett, manche sogar unterhaltsam genug, dass man hinsah, wenn sie bei H&M über die Bildschirme flackerten. Die Arbeit, die sie verursachten, wenn man nochmal und nochmal ohne Sound und Emotion, ohne echt und richtig, bestimmte Bewegungen machte, nervte Niet endlos. Die Arbeit war dem Ergebnis anzusehen: Statt Stimulation Simulation. Insofern hatte Cat nicht unrecht, wenn er ShamPains Arbeit mit der von Pornodarstellern verglich.

Ein Videoclip kostet etwa so viel wie die Aufnahme einer CD.

Dafür war das Catering, das sie einem bei Videoaufnahmen reichten, bedeutend besser. Immerhin war auch der Cutter sehr nett und sehr professionell. Er befragte Niet kurz, analysierte die Exkursionen auf dem Griffbrett und fügte die letzten Puzzleteile in das Video zu FINGERED. Licht, Leinwand und Hintergrund waren so aufgebaut wie bei dem Dreh in Sydney. Entfesselt und voller Ekstase bewegte Niet Finger und Gliedmaßen. Zur möglichen Verwertung filmten sie mehrere Male, wie er nur vor der weißen Leinwand saß und ins Nirgendwo starrte, sein Blick zwischen Zen-Meditation und Weltschmerz, Lethargie und BLANK GENERATION. Nach etwas mehr als einer Stunde war alles im Kasten.

Stoffel bestellte was zu essen, ein Kurier holte die Aufnahmen ab. »Die Dinger überqueren noch vor euch den großen Teich. Die laufen da in den VCRs, noch bevor ihr in Heathrow eincheckt. Und wenn ihr in den USA landet, dann kennt schon jedes Kid in Ohio...«

Der Cutter verdrehte die Augen, alle lachten. »Er«, biografierte Stoffel über den Cutter, »er hatte auch mal seine *fifteen minutes of fame.*«

»Nicht Minuten: Jahre, Mann! Jahre!«, lachte der. Sein Lachen kam vom Mund, um die Augen herum erwachten Tausende Fältchen wie Pfauenfedern. An den Augen selbst war abzulesen, dass sie sehr viel gesehen hatten, den Tränensäcken, dass sie nächtelang allzu sehr beschäftigt gewesen waren. Zu sehr und zu oft für ein Menschenleben.

»Das ist«, ließ er sich schließlich aus der frisch gepuderten Nase ziehen, »wie auf einem fliegenden Teppich. Der Teppich fliegt weiter, aber ohne mich. Jeder, der da drauf sitzt, benimmt sich, als hätte er ein Recht auf Erfolg, auch Macht. Hat aber keiner. Man ist so high von dem Feeling, dass man denkt: Das geht ewig so weiter. Ist aber ein Trip wie dieser«, pochte er sich mit dem Zeigefinger an die Nase: »Geht nicht ewig. Verbrennt dich.«

Das Ende der Band, die fünfzehn Jahre berühmt war, klang fast wie die Gegenwart ShamPains: »Die Leute sagen immer: *je ne regrette rien*. Tolles Lied, aber als Spruch? Ich sag dir die Wahrheit: Ich bereu eine ganze Menge. Wenn ich die Wahl hätte, würde ich keinen der Fehler noch einmal machen.«

Der Mann gefiel Niet. Wusste zu gefallen. Die zurückhaltende Art. Gleichzeitig mit einer Präsenz, mit einer Haltung, die in der Gegenwart fest verankert war. Diesen einen Teil des Musizierens verstand er also schon mal besser als die allermeisten: Im Moment, in dem du etwas tust, tu nur dies, denke nicht gleichzeitig an ganz andere Dinge.

»Klar, oder? Die Wahl habe ich aber nicht. Also kam es, wie es kommen musste.« Niet bot ihm eine Zigarette an, mit einer Geste, die sagte: Erzähl, was lief schief?

»Ich schrieb die meisten Songs, auch die Hits. Wir hatten zwei, drei richtige Hitsingles, du erinnerst dich...«

Niet nickte, kannte auch die Alben - zwar mehr vom Hörensagen, aber immerhin.

»Als wir keine Hits mehr hatten, gingen die Plattenverkäufe zurück, als auch die Konzertsäle leerer wurden, setzte die Panik ein. Alle wollten was tun, drehten durch. Wir waren keine Band mehr. Wir kommunizierten nicht. Stattdessen glaubte jeder, er sei ein Star. Auf der Bühne und hinter der

Bühne. Wir klammerten uns auf dem Teppich fest, als hätten wir ein Recht darauf. In Dallas flog unser Bassist fast in die Luft, Stromschlag auf der Bühne. Was machten wir? Wir tourten weiter. Wir eilten weiter, denn wir hatten die Hosen voll, dass wir sonst den Anschluss verlieren. Statt dass wir uns um den Bassisten kümmerten, rannten wir weiter. Und weißt du wohin?«

Bevor Niet sagen konnte, dass er es nicht wusste, dass er nicht einmal die leiseste Ahnung hatte... »In die verkehrte Richtung. Jeder rannte in eine andere. Kopflos und von sich überzeugt. Der Bassist erholte sich nur langsam, versackte in Alkohol und Pillen. Der Manager feuerte ihn, was wir zuließen. Für den Bassisten war die Musik alles, was er hatte. Als ihm nach der Musik noch die Band genommen wurde, war das das Aus. Er fing an zu drücken«, gestikulierte der Cutter das Handwerk des Fixers. »Selbst als wir ihn zurückholen wollten, gingen uns die Argumente aus. Schuss um Schuss brachte er sich um. Unseren Sänger hat das wahnsinnig fertig gemacht. Mir ist das erst Jahre später so richtig klar geworden.«

»Was hast du gespielt?«

»Keyboards. Ja. Hammond B3. Die habe ich benutzt, gespielt habe ich darauf eigentlich nicht. Ja, und unser Sänger fand dann, wenn wir an alte Erfolge anknüpfen wollen, müssen wir den Produzenten feuern. Das war der erste Fehler. Der nächste war, zu glauben, wir könnten das in Eigenregie machen. Großer Fehler. Bei den Proben hatte keiner Songs, also schleppte ich alle Ideen an, die ich hatte. Dazu dann noch der neue Bassist, routinierter als wir alle, aber nicht so erfahren, schon gar nicht mit unserem Sound und wie man ihn erreicht. Das Album hatte am Ende also lauter nette Songs, war aber kein Album; und kam auch nicht von einer Gruppe. Der gefeuerte Produzent, gleichzeitig unser Manager, setzte alle Hebel in Bewegung, um zu verhindern, dass die Platte in den USA erscheinen würde.«

»Warum?«

»Weil wir ihn nicht mehr als Producer an Bord hatten.«

»Echt wahr? Aber er war immer noch euer Manager?«

»Allerdings, und auch kein schlechter. Auch die Plattenfirma hat er besser geführt als andere. Aber als der Erfolg nicht mehr so kam, wie wir ihn uns vorstellten, suchten wir eben – alle – nach einem Sündenbock. Und die Platte: ist inzwischen drüben erschienen. Auf CD. Sechsundzwanzig Jahre nach der ursprünglichen Veröffentlichung.«

»Ist nicht wahr«, schüttelte Niet den Kopf und wunderte sich: Wie kann einer so erfahren und weise sein, und jetzt sitzt er hier, lebt immer noch und ist kein bisschen bitter?

»Doch«, nickte Stoffel.

♬ ♪ ♬

Im Hotel an der Rezeption erhielt Niet mehrere Umschläge, einen mit dem VIP-Ticket für die Royal DeLuxe-Präsentation am Abend, ein Fax von Sheila, sie sei gerade aus Milano zurück, entschuldigte sich, dass sie nicht ins X gekommen war (toll: er tagelang mit schlechtem Gewissen, weil er sie versetzt hat, auch weil er wenig an sie dachte – und nun erfuhr er, sie war zu dem Rendezvous gar nicht erschienen), freue sich aber, ihn bald in New York zu sehen. Dann ein Fax eines Bekannten von der Zeitschrift *Screech*; er hatte einen noch nicht veröffentlichten Nachruf auf Zig Zag geschickt. Endlich etwas Hintergrundinfo über das Ereignis, das für Niet immer noch im Dunkeln lag.

Der vierte Umschlag bestätigte den fernöstlichen Aberglauben: Aller guten Dinge sind drei, vier ist bad news. Schon das Öffnen des Kuverts, im nach oben schnellenden Lift, versetzte Niet einen Hieb. Nicht, dass Milzbranderreger, Metamphetamin oder Crack herausrieselte: Das Kuvert enthielt lediglich einen weiteren, auf schwarzes Tonpapier geschriebenen Brief, und dieser war zweifelsfrei als Drohbrief zu erkennen. Niet entschied sich, zu Natalie ins oberste Stockwerk weiterzufahren.

So ein Ding hatte er schon vor ein paar Tagen erhalten. Ob auch Cat und Klecker so komische, kränklich gekrakelte Botschaften bekommen hatten? Die Schrift hatte etwas

Verkrampftes. Sie war zu entziffern, aber irgendwie sah jeder Buchstabe aus, als sei er mit einem anderen Fuß geschrieben worden. Weiter ging Niets kriminologische Analyse nicht. Auch konnte er sich nicht erklären, warum ihn das Ganze so unangenehm berührte. Vielleicht war es Scham. Der Text jonglierte diesmal mit dem Refrain von Stranglers' NO MORE HEROES, war erneut eher peinlich als mysteriös: *Know more heroes / No more Shakespearoes / Niet, the strangely strangling struggle'll soon be over.*

Wie sonst: Kein Absender, statt einer Briefmarke eine Frankierung aus den USA. Diesmal ging er damit direkt zu Natalie.

Kapitel 13

*I wanna die just like Jesus Christ
I wanna die on a bed of nails
I wanna die just like JFK
I wanna die on a sunny day*

The Jesus And Mary Chain: »Reverence« - HONEY'S DEAD

EX-SLICKER TOT
Songwriter ZIG ZAG, 49, wurde Opfer eines mysteriösen Attentats

Von Bob Raid
Los Angeles, USA

Zig Zag, der am vorvergangenen Samstag erschossen wurde, war einer der größten Shock Rocker seiner Zeit. Während einer knapp dreißig Jahre währenden Karriere etablierte sich der <i>agent provocateur</i> als Komponist einer ganzen Reihe von Top-10-Hits. Unvergessen durch eine Hitserie (ins Rampenlicht katapultierten ihn Songs wie 'Missed Opportunities', 'Satiety Incorporated', 'Frozen Gold', 'Morph', 'Exes', 'The Flesh Eaters', 'okay' -- von denen die meisten für Bandnamen Pate standen), verbrachte er das Gros seiner Karriere abseits vom Rampenlicht.

Mit der Shock-Rock-Truppe Slick Black erreichte Zig Zag schon zu Lebzeiten einen semi-legendären Status, der auf seinen Kompositionen voller Dissonanzen fußte, aber auch auf seinem Umgang mit den Mechanismen des Pop-Betriebs. Beides ließ auf Raffinesse schließen. Als 'Eminenz des Düsteren' [Melody Maker] blieben Zig Zags Leben und Lebenslauf bis zu seinem tragischen Ende voller Widerspruch. Geboren als Zachary Cline, aufgewachsen unter der Obhut seiner Großeltern, orthodoxer Juden aus Zentraleuropa, war seine Karriere stets von Absenzen und Leerstellen gezeichnet. So wie in seinen Texten offenbarte er auch in seinem Leben vieles nicht. Details über seine – teils Jahre währenden – Aufenthalte in Gegenden, so entlegen wie Tibet, Istanbul und Glasgow, verliehen seiner Persona etwas Mystisches, das zu gleichen Anteilen faszinierend, aber auch kalkuliert zu sein schien.

Slick Black, von Zig Zag vor dreißig Jahren mit Schulfreunden gegründet -- Gitarrist Toy Toy, an den Drums Riz Raz, plus eine endlose Armee wechselnder Bassisten -- begannen als Darlings der Ostküsten-Kritiker, konnten frühe Vorschusslorbeeren aber erst nach drastischem Imagewechsel in kommerzielle Erfolge ummünzen. 'Missed Opportunities', die Ballade der verpassten Gelegenheiten, wurde für Zig Zag schon zu Lebzeiten zu einem "Fluch", wie der Sänger selbst fand: "Es entstand aus einer Situation heraus, in die ich mich Jahre zuvor verrannt hatte, war so eine Art Aderlass, der abschließende Sargnagel. Und das war es dann, was ich -- wie Dämonen der Vergangenheit -- Abend für Abend wieder wachrufen musste, nur weil es die Fans wollten. Am Ende kam ich mir vor wie im Kasperltheater, nur war das Stück für mich eine Faust'sche Tragödie" [aus der Biografie 'Zig Zag: End Less Life'].

Mehr auf Seite 28.

EIN ETWAS ANDERER NACHRUF: ZIG ZAG (RIP)
Von Bob Raid
Los Angeles, USA

Fortsetzung von Seite 2:
Diese Diskrepanz zwischen Erfolgen, die sich an Charts-Positionen messen lassen, und dem eigenen Glück strahlte auch auf die Jünger Zig Zags ab, verlief auf geradezu unheimliche Weise immer wieder parallel zu den Unglücken seines Lebens: So wie Slick Blacks Drummer Riz Raz erlag der Schlagzeuger von Morph (Hit: 'Quaalude Fellatio') einer Überdosis. Genauso wie Zig Zag flüchtete Schicklgruber-Mastermind Bucky Wunderlick vor seinem Manager Globke in selbst auferlegtes Schweigen. Nach Parallelen zum Werdegang von okay, die wie Morph aus Seattle kamen, dürften Ethnologen des Rock bereits fahnden. Geradezu gruselig ist die Parallele zu Frozen Gold: Beim ersten Date ihrer Comeback-Tournee wurde deren Sängerin Christine Brice von einem christlichen Fundamentalisten erschossen.

Zu Zig Zags schwierigem Umgang mit dem Erfolg sagt Slick Black-Gitarrist Toy Toy, der sich an die erste Goldene Schallplatte für Slick Black erinnert: "In der Nacht, als er die Goldene auf den Boden schmetterte, wusste ich, dass alles vorbei war, dass es ihm nie darum gegangen war, mit der Band groß rauszukommen. Ich schätze, das war der Zeitpunkt, an dem er aufhörte, reelle Ziele anzustreben." Zwei Wochen später bewahrheiteten sich Toy Toys Befürchtungen: Die treibende Kraft von Slick Black verließ sein knapp zehn Jahre zuvor gestartetes 'Vehikel wirrer Visionen' [Hustler]. Für die internationale Musikkritik war Slick Black seit Jahren ein sinkendes Schiff, für die Fans mehr als nur Kult: eine Ersatzreligion.

Charakteristisch für den Sound Slick Blacks und aller folgenden Projekte Zig Zags waren die für ihre Zeit außerordentlich umfangreichen Gitarren-Overdubs, dutzendfaches Übereinanderlegen von Tonspuren, durch welche die Rhythmusgitarren zu einem dicken, zähen Brei mutierten, über dem unerwartet poppige Melodien das erzeugten, was man von einem herkömmlichen Hitparadenvertreter erwartet: Ohrwürmer. Slick Black zerbrachen an externen Problemen, rivalisierenden Managements und Plattenfirmen. Zu einer außergerichtlichen Einigung kam es erst vor wenigen Monaten -- Jahre nach dem Split. Slick Blacks Plattenlabel redrum:lebal und das Management Slick Trick einigten sich außergerichtlich mit Vertretern Zig Zags, Surrect und Rififi Records. Kenner rechnen nach Zig Zags Tod mit einem Revival der 'Slicksters Legacy'.

Das Attentat auf den seiner Unberechenbarkeit wegen von Fans abgöttisch verehrten, im Musikgeschäft aus denselben Gründen eher gemiedenen Zig Zag löst unterschiedlichste Reaktionen aus: Schock, dass er überhaupt so viele Stunts überlebt hatte, auch dass er bei so vielen PR-Stunts ungeschoren davonkam, und, last but not least: Unglaube. Schon Wochen nach dem unerwarteten, da späten Erfolg für 'Frozen Gold' -- 'Rebellionshymne für einen Spätsommer' [Enemy] -- von dem durchwachsenen Album 'PX-C5' verschwand Zig Zag. Wie sich nach seinem letzten Album mit Slick Black herausstellte, war er schon zuvor für Monate in Istanbul untergetaucht, um dort sein Solo-Debüt 'Necromania' vorzubereiten, während ihn die restliche Band in New Yorker Studios vermutete (aber nicht nach ihm suchte).

'Necromania' wurde, wie alle folgenden Aktivitäten Zig Zags, von Fans rezipiert wie ein Schuss Heroin von einem Fixer, von der Presse dagegen wie eine Ladung Morphium von Medizinern: Im Stillen mochte man sich noch damit auseinandersetzen, doch niemand, der etwas auf sich hielt, bekannte sich offen zu seiner Sucht. Das von der Zeitschrift Running Dog als 'Istanbul-Dilemma' recht treffend bezeichnete Problem war nur die erste von einigen Episoden, die der 'morbideste aller Musiker' [Bucky Wunderlick] wiederholt in Gerüchte um seine Existenz ebenso wie in ausgeklügelte Marketingkampagnen umzumünzen bereit war. Als redrum:lebal nach der Trennung von Zig Zag ein Slick Black-Livealbum ('Europe In The Raw') veröffentlichte, reagierten Rififi Records und Zig Zag mit dem hastig arrangierten Konzertmitschnitt 'Surrect'. Slick Blacks nach dem Russ Meyer-Film von 1963 benanntes Album kam bei der Presse noch gut weg ['Klares OK für postumes okay', so Michael Premsel], so persiflierten selbst die positiven Resonanzen zu 'Surrect' zumeist die Schlussworte von Zig Zags Livealbum: "This is it, you will never hear any of this again – Good Morning... and Goodbye!" -- auch dies eine Referenz an den Busenwunderfilmer Russ Meyer ('Good Morning... and Goodbye!' war 1967 der Originaltitel von 'Confessions of a Sexy Supervixen', das später als 'The Lust Seekers' erneut auf Publikumsfang ging -- und scheiterte).

Infoschreiben von Rififi Records endeten mit dem Postskriptum: "Der Verbleib Zig Zags ist derzeit unbekannt. Die mit Schwefelsäure gefüllte Badewanne, die man bei einer Durchsuchung des Appartements seiner letzten Residenz, im New Yorker Chelsea, auffand, ist als symbolischer Gimmick zu deuten. Auf dem Grund liegende Überbleibsel: Schmuck aus Slick Black-Tagen – nun in seinem ursprünglichen Zustand: silbern." Diesmal begab sich der Sänger mit dem morbiden Humor nicht in den Orient, sondern zum Drogenentzug in die Schweiz. Unter Kritikern und Kollegen blieb Zig Zag eine umstrittene Figur.

Ein überschaubar großer Zirkel Freunde und Verehrer erinnert sich nichtsdestotrotz an Zig Zag als einen außerordentlich charismatischen Gesprächspartner, der Show und Privates stets streng voneinander zu trennen wusste, der nie verlegen war, scharfe, bisweilen brennend scharfe Beobachtungen kundzutun. Auch unvergessen für eine Unmenge Geschäftsleute: Sein Umgang mit Terminen und Produktionsbudgets: "Die haben nie für mich gearbeitet, immer habe ich mich für die krummgemacht. Mein Job ist es nicht, Erbsen zu zählen, mein Job ist es, kreativ zu sein -- und dazu gehört eben eine gewisse Portion Unvorhersehbarkeit, Chaos." Unvergesslich für Musiker, die mit ihm arbeiteten, waren die Probleme, die ihm seine außerordentliche Introvertiertheit, die in übermäßigen Drogenkonsum mündete, bescherte: Nach mancher mit Betäubungsmitteln verstärkten Orgie fand sich immer wieder der eine oder andere Begleitmusiker des Zig Zag Zircus ohne Job.

Während der letzten Jahre arbeitete der Sänger/Komponist als Musical Director für Horrorwood Motions in Los Angeles. Er komponierte und arrangierte Jingles der Produktionsgesellschaft, sprach seit mehr als zwei Jahren von einem "Projekt, das alles an die Wand fahren wird, was es bisher an Soundtracks gegeben hat". Namen, die im Zusammenhang mit dem 'ultimativen Soundtrack zum ultimativen Horrorfilm' genannt wurden, waren die illustrer sowie anerkanntermaßen talentierter Songwriter weltweit; mitwirkende Musiker waren nicht bekannt.

Unter noch ungeklärten Umständen fiel Zig Zag am 20. April einem Attentat zum Opfer. Der Star war offenbar kurz vorher zu Gast bei einer Pressekonferenz aus Anlass des 666. Produktionstages eines Horrorwood Motions-Projekts gewesen. Im Cedars Sinai Medical Center konnte nur noch der Tod des 39-Jährigen festgestellt werden. Die Identität des Täters wurde vom L.A.P.D. bislang nicht bekannt gegeben.

Noch bevor Niet anklopfen konnte, öffnete ein Zimmermädchen und schob einen Getränkewagen aus Natalies Suite. Ihm war offenbar anzusehen, dass er zu Natalie gehörte, das Zimmermädchen ließ ihn ohne weiteres eintreten. Schon im Flur der Penthousesuite hörte er, wie jemand über einen Telefonlautsprecher sprach. Klang nach australischem Akzent. Terry? Keyser?

Um den Konferenztisch saßen Natalie, Cat, James Page und Klecker. Cat kritzelte Strichmännchen mit überdimensionalen Gitarren auf einen Memo-Block. Natalie schaute überrascht, weil Niet ohne zu klingeln oder sonstige Ankündigung aufkreuzte. Kam rein, stand einfach hier – hinter Klecker und Page, der an einem Finger herumbiss, dann dem Australier im Lautsprecher antwortete, als wolle er ihm die Leviten lesen.

Es konnte also nicht Keyser sein, dem Page hier antwortete. Page war keiner, der seinem Chef gegenüber solche Töne anschlug. Außerordentlich waren die Töne zwar nicht – sein

Lieblingsrefrain zu Zahlen, CD-Bestellungen, dem Charts-Einstieg, mit dem nächste Woche zu rechnen war –, doch Page trug sie ruppig vor.

»Hinsichtlich der Aktivitäten vor Ort«, kam Page auf den Punkt, um den es ging, »ist das ja wohl nicht meine Schuld, wenn ihr dem Manager vom Roseland nicht klarmacht, dass ihr für euer Geld auch was bekommen wollt. Eure Anforderung muss ganz klar sein: Für die königliche Bezuschussung muss mehr drinn sein als bloßes Pay-to-play. Ihr dürft euch nicht wie Amateure aufführen, sonst werdet ihr wie Amateure abgespeist, und das dürft ihr nicht zulassen...«

Bevor Page in die nächste Strophe seiner Litanei überging, kratzte es aus dem Lautsprecher: »Aye? Wer spricht da? Seid Ihr nicht, ich meine, wer ist denn noch alles im Zimmer?« Cat hatte nun so viele Gitarristen gekritzelt, dass Lynyrd Skynyrd beim bloßen Anblick seiner Six-String-Armee Haarausfall bekommen hätten.

»Ja, ich sitze hier mit den anderen. Page ist der Name, James Page«, nickte er, das nun so unterwürfig, wie er es seit seinen Kindestagen nicht mehr gemacht haben musste.

»Okay«, sagte Terry aus dem Lautsprecher.

Page deutete das als kleinlaut, zuckte mit den Schultern. »Okay, nichts für ungut, ist eben schwierig, da den Überblick zu behalten. Ich werde mit dem Promoter reden, ist ja ein alter Bekannter von mir. Und dann werdet ihr nicht für jeden zusätzlichen Posten bezahlen. Die Monitoranlage, darauf kannst du Gift nehmen, ist inklusive, ebenso hundert VIP-Tickets. Schwieriger ist das mit eurem Schriftzug. Wenn ihr den über deren Logo hängen wollt...«

»Das wäre ja lächerlich: ShamPain spielt, und auf allen Fotos erkennt man im Hintergrund das Logo von Urban Scream«, schaltete sich Australien dazwischen. Diesmal der Boss. Aus Sydney. Keiner unterbrach. Cat öffnete drei Fläschchen Nagellack und begann, seine Fingernägel neu zu lackieren. Page wedelte die Gase aus der Luft und tupfte sich ein paar Schweißperlen von Stirn und Nacken.

Nach kurzem Schweigen, betreten da verwirrt, fragte Luke Keyser: »Und der Basser, wie lief das mit dem?«

Über Cats »Ist alles wieder in Butter«, trommelte Klecker seine Antwort. Er schien mit der Frage gerechnet zu haben, bretterte über sämtliche Unterbrechungen und Zwischentöne hinweg. »Wir haben ihn schon ein paar Mal getroffen. Ich bin mit ihm halt noch nicht so warm geworden...«

Niet wäre fast in Ohnmacht gefallen, sie hatten sich schon mit seinem Nachfolger getroffen?! Nach all dem, was ihm Natalie am Telefon zugesichert hatte? Nach Cats Fast-Versöhnung? Den Blick auf einen Punkt im Nirgendwo fixiert, nur Drummer wissen, was das soll, wirbelte Klecker weiter und weiter. »...kann aber ja noch werden. Gibst ihm halt eine Chance, ist ein wilder Kerl, aber okay. Gestern aber, als er also erzählte, wie sie mit der Band im Puff waren... und da haben sie ein paar Nutten überredet, sich zu zweit über den Sänger herzumachen. Die eine hat ihm dann die Augen verbunden; und die anderen sind dann alle rein ins Zimmer und haben zugeguckt, jetzt wart mal, hör erst mal fertig zu. Dem Sänger, der nix sehen konnte, wegen der Augenbinde, haben die anderen also zugeguckt, wie sich die Frauen und Brüste über ihn rieben und wie – jetzt kommt's: ein Callboy kam und ihm einen geblasen hat. Na? Was sagt Ihr dazu?«

So enttäuschend Klecker die fehlende Kameradschaft fand, so sehr lachte Terry, knatternd wie eine alte Uzi-MP. Cat, der im Gegensatz zu Klecker sehen konnte, dass Niet hier im Zimmer war und das nun alles gehört hatte, nahm das Ruder in die Hand, ruhig, wie den Riff von BACK FOR MORE, wahnsinnig ruhig und doch unbestreitbar der Tonangebende: »Was heißt hier, wir haben ihn ein paar Mal getroffen? Royal DeLuxe sind halt in der Stadt, und deshalb haben wir uns mit denen getroffen, und wir gehen auch heute Abend zu deren Präsentation.« Er machte eine großzügige Handbewegung zu Niet hin. »Das klingt jetzt so, als wäre das die große Verschwörung: Wir treffen uns mit dem Bassisten von Royal DeLuxe, während du Videos drehst...«

Klecker und James Page fuhren herum wie vom Blitz getroffen. Der Drummer sah den Bassisten an, als sei er beim Kacken überrascht worden. »Hey Grusel«, schüttelte Klecker leicht den Kopf – fast wie bei ihrem allerersten Wiedertreffen, bevor Niet bei ShamPain einstieg. »Was machst'n du hier? Schon im Kasten, dein Part?«

Niet hielt inne, nickte deutlich und langsam, spürte, wie ihm schwindelig wurde, Nadeleinstiche auf der Hirnrinde, setzte sich. Er fummelte eine Zigarette aus seinem Stiefelschaft, knetete den Bereich, wo Filter auf Tabak trifft: Die Finger fühlten sich zwar an, als zitterten sie, waren aber ganz ruhig. Er knipste den Filter ab. Als wolle er damit das Schweigen abbrechen, schlug Klecker auf seinen Oberschenkel. Niet sah, dass seine Hände doch zitterten. Unmerklich. Für die anderen.

»Was diesen Gag von denen betrifft, das im Puff, das hat Klecker halt mitgenommen. Sind ja alle Romantiker. Dabei muss man nicht Konstruktivist sein, um zu wissen, dass sich auch bei Sinneseindrücken das meiste im Kopf abspielt. Wenn dir einer oder eine an den Eiern rumspielt, dann sind es deine Gedanken und Assoziationen, die dich am Laufen halten. Ist bei Musik nicht anders. Was Niet betrifft, so bleibt er auf jeden Fall bei uns. Niet ist das wichtig, und uns ist es wichtig. Wir müssen halt sehen, wie wir uns besser arrangieren. Solange die Zweigniederlassung London eh nicht existiert, müssen wir uns ja auch nicht den Kopf zerbrechen.«

Das Kuvert mit dem, was Niet für einen Drohbrief hielt, hatte sich fast aufgelöst, so sehr hatte er es durchgeknetet, während das Tele-Pingpong immer chaotischer wurde.

Schemenhaft begann er zu erkennen, worum es ging: Das Tagesgeschäft von 5th Dimension Records betreute nicht mehr Ray Burns – ob der gegangen wurde oder gegangen war, blieb unklar, also war vermutlich letzteres der Fall –, und deshalb hatte sich Luke Keyser wieder eingeklinkt, scheinbar widerwillig, und dabei festgestellt, dass der Kostenaufwand für die US-Blitz-Tournee in keinem realistischen Verhältnis zu der zu erwartenden Ausbeute stand. Man sollte, fand er, der noch nie eine Tournee geplant hatte, der aber wusste, wie schnell man Hotels, Nightliner und Flüge buchen könnte, der meinte zu wissen, wie schnell man als Support-Act auf eine kleine Klitschentournee käme, man sollte nach den L.A.-Gigs noch ein paar weitere dranhängen. Ein ernsthaft an Spielsucht Leidender hätte kaum einen anderen Vorschlag geliefert: Habe schon so viel Geld verprasst, da kann ich auch noch mehr auf die eine Karte setzen und das zum Fenster rauswerfen.

Die Entscheidung überraschte alle, jeden aus anderen Gründen: Natalie, da sie den Mann, der hier investierte, nicht mehr auf ihrer Rechnung hatte – jedenfalls nach dem, was sie Niet vorhin am Telefon erzählt hatte. Die 5D-GmbH um Page, Cat, Klecker und Terry musste es überraschen, da ihre »Zweigniederlassung London«, wie Cat gerade sagte, noch gar nicht existierte – wodurch Keyser sie nicht so sehr im Griff und unter Kontrolle hatte wie gewünscht.

Außerdem waren das fast die Entlassungspapiere für Page: An dem Job, in Tagen eine Minitour zusammenzustellen, die weitere Investitionen insofern rechtfertigt, da ein paar Leute ShamPain sehen und viele darüber berichten würden, ein solches Unterfangen war von vorne herein zum Scheitern verurteilt. Einer wie Page könnte unmöglich im Handumdrehen eine US-Tour auf die Beine stellen, schon gar nicht, wenn Natalie hinter seinem Rücken bereits mit Far Out Management die Weichen für die Zukunft stellte. Keyser wusste doch, dass Natalie mit Far Out sprach, ihm musste doch das Risiko klar sein, dass die eventuell mehr sein wollten als ein bloßer Broker. Wie konnte er also für Page so eine Falle installieren?

Die Musiker dachten daran offenbar nicht. Dass Keyser noch mehr investieren wollte, sahen sie als logischen Entschluss, nach all dem Hype, der um sie gemacht wurde, vor allem seit die Tricia Bush Show im Fernsehen für Quoten sorgte und in den Medien für Aufruhr. Den Reaktionen zufolge, und wenig überraschend, sahen sich Terry und Klecker in ihrem Selbstwertgefühl als 5th Dimensions Top-Trumpf bestätigt.

Unter normalen Umständen wäre es für Niet der letzte Zeitpunkt gewesen, allen mitzuteilen, dass er in L.A. aussteigen würde. Ging aber nicht. Konnte er nicht. Gerade gefeuert, zurückgeholt und als wichtiges Element bestätigt, gerade vor wenigen Minuten wieder. Vielleicht war er nicht der essenzielle Hauptdarsteller, kein Hamlet. Aber er war zumindest Ophelia, ohne die Hamlet zerfiele. Ziemlich exakt sogar, wie Ophelia: wichtig für das Ganze, sehr sympathisch und etwas verrückt.

Außerdem konnte er inmitten der Business-Schachereien, wie er zunehmend, aber nur langsam begriff, nun nicht sagen: Hey, alle mal herhören, ich mache das nicht mehr mit, ab L.A. müsst ihr euch mit dem Spaßvogel von Royal DeLuxe arrangieren.

Das konnte er nicht.

Nachvollziehbar?

Du bist mit der tollsten Frau der Welt zusammen, dann träumst du von einer Affäre mit einer Göttin. Du bist also weiter mit deiner Freundin zusammen, aber innerlich hast du begonnen, dich loszusagen, rumort die Trennung, und das, obwohl es zu der anderen Affäre nie kommen wird. Die Affäre mit der Göttin kam dir – unter anderem – in den Sinn, seit deine Freundin, tollste Frau oder nicht, aufgehört hat, dich zu lieben, und dich stattdessen heiraten will. Sie will dich an sich binden, also träumst du von anderen Abenteuern. Achterbahn statt Ketten. Doch dann gibt dir die Freundin einen Tritt. Und kurze Zeit später erklärt sie, das hätte sie nur gemacht, um den Pfarrer zu verwirren, selbstverständlich will sie mit dir zusammenbleiben. Zu allem Überfluss erfährt der Pfarrer, der ja nur auf Anfrage deiner Freundin agiert, zufällig von ihrer Affäre mit einem anderen, nicht mehr als Flirterei, du vermutest: mindestens Petting. Alles nicht weiter wichtig, aber scheinbar, mit Blick auf die Mitgift ein Schachzug, um den Pfarrer auszuspielen gegen... gegen wen? Einen Guru vielleicht? Gegen den geheimnisvollen Klienten von Far Out? Egal. Der Pfarrer schickt euch also als nächstes, nachdem alles verkorkst und schief lief, einen Scheck, damit ihr Turteltauben die Flitterwochen verlängert? Und der Trauzeuge kommt als Kofferträger mit? Wer blickt da noch durch?

Page und Natalie fachsimpelten eine Zeitlang über die Logistik weiterer Dates, schließlich meldete sich Keyser ein letztes Mal zu Wort. »Es geht schließlich um die Zukunft der Marke ShamPain. Um eine gute Abwicklung zu gewährleisten, solltest du... als Verstärkung für Page... auf jeden Fall Johnny Volume mitnehmen.« Ein überraschender Rat: Keyser hasste Volume, hielt ihn für ein Faultier. Geboren als Jonathan Aaron Steel und einen Sommer lang Rockstar, machte Volume in seiner Funktion als Chefroadie zwar nicht sehr viel, das was er machte, machte er allerdings besser als andere, und er machte es mit Herz. Jeder in der Band liebte Johnny – und sein Lachen. »Das fällt mir nicht leicht, wie ihr euch sicher vorstellen könnt. Aber beim Briefen einer größeren amerikanischen Crew ist er sicher ein erfahrener Mann. Page kennt ja ShamPains Equipment und Anforderungen noch nicht genug, und Johnny ist besser als Fat Ed, dem kein Team folgen würde, selbst wenn er auf einem sinkenden Schiff der einzige wäre, der wüsste, wo die Rettungsboote sind.«

Keyser, als Krisenmanager geschult, auch bereit, einen Mann zu rekrutieren, von dem er persönlich nichts hielt, kam richtig in Schwung. Das Anpaffen einer Zigarre war laut genug, dass alle warteten, dann kam ein Schwank aus seinem Leben als Großindustrieller, irgendwas von Leuten, die schon als Kind »Warum nicht?« sagten, es ging quasi um die Neuerfindung der Quadratur des Kreises. Bei Terry klang es, als klappte er auf seinem Klappstuhl zusammen. Von seinem Ende der Leitung knackte und sprotzte es.

Beim Inspizieren des Konferenzzimmers der Penthouse-Suite entdeckte Niet, dass ein Großbildschirm installiert worden war, scheinbar für eine Video-Telekonferenz. Ob man darauf auch Fernsehen gucken könnte? Sportschau oder so?

Natalies nette, also phrasenhafte Reaktion auf Keysers Memoiren wurde unterbrochen. Überraschend, überraschend vor allem, da es auch in New York einen Gesprächspartner gab, von dem Niet bis dahin nicht wusste: Fatburger Ed meldete sich zu Wort. Das Ganze wurde zu einem Spiegelkabinett der Strippenzieher. Fat Ed war der Hohlspiegel. Die verzerrte Maske, die er aus dem Labyrinth der Zwiste, Intrigen und verdeckten Strategien hervorzerrte, war Page. Offenbar war auch ihm, so wie zuvor Terry, nicht klar, dass in London James Page mithörte. »Mehr Dates? Klasse. Und Volume als Roadmanager? Ist mir recht. Denn diesen Page könnt ihr gleich nach dem Gig in L.A. zurück auf die Insel schicken. Was der hier verzapft hat, schon alleine die Bühnenanweisungen: Hat dem denn keiner erklärt, warum wir eine Lichttraverse brauchen, die dreihundert Kilo zusätzlich trägt? Zum Glück habe ich es noch geschafft, für L.A...«

»Hallo Ed? Sachte, sachte, zerbrich dir mal nicht den Kopf. James sitzt hier bei uns, er wird sich...«

»Oh?«, verbeugte sich nun Ed vermutlich vor dem Telefon so unterwürfig, wie es Page vorhin getan hatte. »Nichts für ungut...«

»New York«, revanchierte sich Page, dem Tonfall nach ein alter Hase im Geschäft. »Ist gebongt. Auf der Bühne ist zwar nicht viel Platz... Alle außer dir, Klecker, müssen sich quasi vorher entscheiden, ob sie links oder rechts vom Schlagzeug spielen wollen.« Page war der einzige, der den Spruch witzig fand.

»Die Bass-Drums gehen bis an den Bühnenrand?«, fragte Natalie ungläubig.

»Nee, nee«, grinste 5th Dimensions Mann in Europa. »Aber Urban Scream werden ihr Equipment stehen lassen. Genauso wie die andere Band.«

»Andere Band? Wer spielt denn noch außer uns?«

»Leather Girls«, nickte er, wieder ganz Geschäftsmann.

»Leather was?« Die Fragezeichen klangen nicht gut. Wenn Terry, das wandelnde Rocklexikon, von einer Band nichts oder wenig wusste, dann war das kein gutes Zeichen.

»Nie gehört«, schüttelte Cat den Kopf. Klecker begann, an seinen Ringen zu drehen, Natalie holte tief Luft, schien mit sich zu ringen, wie sie Page an seinen Job erinnern sollte.

»Denen geht's wie euch, die suchen auch nach einer Plattenfirma.«

Klecker konnte nichts erwidern, schon gar nicht auf Englisch. Niet steckte sich eine Zigarette an, knipste den Filter ab. Cat zwang sich, nichts zu sagen, kochte aber. Niet suhlte sich ein wenig darin, es immer schon gewusst zu haben: Page gehörte in einen Altglascontainer, zu anderen Flaschen. »Klingt nach Amateurfestival an der Berufshochschule...«, murmelte er.

Den Teilnehmern in Übersee fehlten scheinbar die Worte.

»Eine Frauenband aus Brooklyn, local act, mit großer Fangemeinde«, verteidigte Page die Entscheidung des Veranstalters. Den Tonfall des Engländers, bemüht zu vermitteln, einzurenken, wischte Niet mit der Linken aus der Luft. Das war nun sein Einsatz. Er hatte genügend Wut, Page abzuservieren, nach allem, was der vorher eingefädelt hatte.

Der Schock hierüber einte: So wie es nach einer einst großen und echten Liebe niemand tolerieren würde, wenn sein/ihr Ex vor die Hunde geht, weckte Pages Gleichgültigkeit in Niet uralte Reflexe. Cat war immer noch wie versteinert, entweder weil ihm seine falsche Einschätzung peinlich war, oder weil er vor Niet keine klare Stellung beziehen wollte.

Niet nahm den für Cat so seltenen Kontrapunkt als ein Zeichen, Page zu zeigen, wo der Hammer hängt. Er führte sich einfach so auf, als wäre er nie von der Band geschasst worden.

Sachte wie alle Meister der Lautstärke sagte er: »Leather Girls? Ein paar Mädels ohne Plattenvertrag? Lokalmatadoren? Dass das unter unserem Niveau ist, kann doch keiner abstreiten, oder? Ich würde sagen«, spielte er einen Ball, der Cat viel bedeuten würde, »das ist so daneben wie Hendrix mit den Monkees.«

»Die Leute laufen ja weg«, eiferte sich nun via Konferenzschaltung auch Terry.

»Wir haben eine kilometerlange Gästeliste mit Businessfritzen«, fuhr Niet unbeirrt fort, »und dann springen so ein paar Mädels aus der Nachbarschaft aufs Trittbrett? Wenn unsere Leute die hören, dann spielen wir vor einem leeren Saal.«

»Gerade wenn das gegenüber Max's Kansas City ist«, ergänzte Cat, nicht wirklich passend. Ihm fehlte eindeutig die Munition.

»Hm?«

»Na...«, schwamm Cat weiter auf dem Strohhalm, den er selbst in die Fluten geworfen hatte. »Der Laden ist ja legendär: Aerosmith wurden da gesigned, Robert Rauschenberg und Andy Warhol hingen da ab, ein paar Jahre später Bruce Springsteen, Patti Smith und Robert Mapplethorpe...«

»Medienvertreter und Plattenfirmen?«, murmelte Niet weiter, laut genug um gehört zu werden, leise genug um es anstrengend zu machen. »Die tun sich doch nicht so eine Band aus der Nachbarschaft an, wenn sie die seit Ewigkeiten kennen! Wir haben VIP-Tickets für...«

»...an die hundert Leute...«

»...hundert Leute gekauft. Wir haben für jedes einzelne Ticket bezahlt, außerdem für die Lichtanlage und die Plakatierung, Radio-Spots und und und. Und die spielen nun, damit auch ein paar Fans aus ihrer Nachbarschaft kommen? Wie viele Leute kennen die überhaupt, Leather Girls?«

»Mehr als euch«, kam James Pages Antwort wie aus der Pistole – allerdings mit dem Lauf in seinem Rachen, den Schuss setzte er sich im nächsten Satz: »Deshalb macht ihr das Vorprogramm.«

Kapitel 14

I'm a street walking cheetah with a heart full of napalm
I'm a runaway son of the nuclear A-bomb

Iggy and the Stooges: »Search And Destroy« - RAW POWER

Vor dem Eingang von Madame Tussaud's: Statt der Wiege des Rock das Wartezimmer zum Leichenschauhaus. Cool und kalt, schockend und schaurig – alles erschreckend nahe beieinander. Die Männer mit weißen oder gefärbten Haaren, oder mit ausfallenden Haaren, den verbleibenden bis zum Ellenbogen. Dazwischen ein paar Aufgetakelte, dürr und bleich, das Make-up fingerdick aufgetragen. Und die Frauen? Sehen nicht wirklich besser aus.

Zwischen Vertretern vergessen geglaubter Stämme, zwischen Hippies und Grufties, Krusties und Freaks grinsen und flüstern Mädchen in Mänteln: verbergen, wie ihre Röcke, wenig, rauchen vorsichtig Lights, klopfen mit Brieftäschchen antirhythmisch auf ihre Schenkel. Ungeduldig. Lachen, dem eher anzusehen als anzuhören ist, dass es jahrzehntelang eingeübt wurde, perfektioniert. Furchen und Falten zeugen davon, wie oft sie gelacht haben, wenn es nichts zu lachen gab. Eine Blasse, die näher an fünfzehn als an dreißig ist, reicht ein Plastikfläschchen Mineralwasser in der Runde herum. Erkennungscode für eine kleine E-Party. Die Drogen vom schärfsten, die Accessoires modern: light oder diet, Hauptsache, der Fun-Faktor ist mit Open-end. Bloß nicht zu heavy, die Substanz ist gerade auf Urlaub, Erholungsurlaub, Kur.

Keiner kann mit ShamPains Auftreten konkurrieren. Die Band, eine Einheit wie vor langer, langer Zeit, als man noch nicht mit Keysers 5th Dimension unter einer Decke steckte, als man sich noch nicht darum kümmern musste, Typen wie Page loszuwerden. Als man Musik machte und nicht Geschäfte. Allein gegen den Rest der Welt. Vor dem Blindflug. Entschlossen wie Sioux auf Kriegspfad, denkt Klecker. Eine Einheit, die gekommen ist, um zu erobern, Gesichtszüge wie bei einem in Fels gehauenen Monument.

Page entdeckt einen Freund, grüßt, stellt ihn als den Entdecker von ✳✳✳ ✳✳✳ ✳✳✳ vor. Dem Freund ist anzusehen, dass er an seinen Bands zu viel verdient. »Und das hier sind Dave, Steve und Todd. Todd hat eine Zeit lang in Deutschland gearbeitet...«

»Tatsächlich?«, tut Klecker neugierig.

»Ja, in Frankfurt. Gerade neulich war ich in München, bei Freunden. Und, hey! Das hatte ich ja schon vorher gehört, aber die wissen dort ja wirklich, wie man trinkt. Hatte man mir ja schon erzählt, aber als ich da ankam... Ich trug mein Manchester-United-T-Shirt und war bei meinem vierten Bier – in diesen riesigen Krügen...«

Drei ältere Männer, abgeklärtes Grinsen, jeder in Jogginghose, einst dunkel, jetzt ergrauend wie die Gesichter, entsteigen einem Taxi. Das Grinsen signalisiert: Brancheninsider. Koksbesteck neben Fotos nackter Kinder in der Brieftasche, bei Star-DJs aus Krokodilleder. Trinkgelder werden verkündet, wollen mal nicht kleinlich sein, man hat ja Zuschauer. Aber bitte mit Quittung.

»...und die stießen alle an. Alles total die Fußball-Fans, Bayern München, total. Und dann setze ich zum Trinken an, aber mein Glas war leer! Ja, kaum zu glauben, was? Absolut und total leer!« Die Lederjacke riecht nach Imprägniermittel, quietscht bei jeder Bewegung – so sparsam er beim Jackenkauf war, so verschwenderisch fingert er an seinen Haaren rum.

»Die Urgesteine vom Radio«, raunt einer – Johnny. »Jeder ein Fossil für sich...«

»Hat's mir beim dauernden Anstoßen doch tatsächlich den Boden aus dem Glas geschlagen! Hä, kannst du dir so was vorstellen? Aber echt klasse Typen. Alles gute Freunde. Und Bayern München...«

»Hey Mann! Alter!« Johnny Volume: laut Lohnsteuerkarte ShamPains Stage-Manager, ab heute Tour-Manager. In seinen Worten, stets angereichert mit einem Jim-Beam-Lachen, nicht mehr als Stagehand, Mädchen für alles und jeden. Mit Johnny kommt Stimmung, es gibt Küsschen, Küsschen für Natalie, Händedruck mit Cat, Johlen mit Klecker, für Niet ein Zwinkern durch Johnnys blaue Brillengläser. Und ein Lachen, Volumes Lachen. Der Mann mit den blauen Brillengläsern und der ausgemergelten Figur beendet alles lachend.

Johnny Volume kommt immer aus dem Dunkeln, ist immer zu hören, bevor er zu sehen ist.

»Echt total coole Typen. Bist du Bayern-Fan?«

Der dritte Radiomann rückt seine Baseball-Kappe zurecht, nimmt sie ab, offenbart kurz sehr viel Nichts, also den Grund, weshalb er sie trägt, und setzt sie schon wieder auf. Wenn hinter den Kulissen Kulissen sind, warum sind dann die Bühnenbildner solch ungeübte Amateure?

»Das hier ist Lee«, stellt Dave (oder ist es Steve?) Niet einem Mann vor, der aussieht wie ein Mathematikstudent. »Lee managt eine Band aus Manchester – total hip!« Die drei Alten gehen an der Schlange vorbei durch eine Seitentür.

Bei Lees Frage – »*What will you do now?*« – schaltet Niet auf Autopilot, erzählt von den Gigs in New York und Los Angeles, der Aussicht, den US-Markt zu knacken. »Zu unserem ersten Album, ON THE LINE, haben wir diese Tournee durch Parkhäuser gemacht, nach OUT OF ORDER fingen wir mit der Kopfnummer an, mit 280 SL werden wir uns wieder etwas Besonderes einfallen lassen...« Das einzig besondere, das Niet einfällt, sind Verkaufs-Strategien und Marketing-Tools wie die TV-Show, von Jackpot Jack lancierte Gerüchte. Während Niet ins Stocken gerät, unterbricht Lee: Mit *you* meine er nicht die Band, sondern Niet, Niet alleine: »Ich meine, jetzt wo sie dich... entlassen haben.«

»Wer erzählt denn so was?«, tut Niet halb überrascht, halb ironisch. Die Antwort ist klar: Page.

Zusammen mit den drei Jogginghosen ermogeln sich einige Fotografen Eintritt. Zu erkennen an Tragetaschen wie Kindersärgen und dem Blick, der sagen will: Alles schon gehabt, alles schon gesehen, trotzdem: Wenn Sie bitte einen Moment still halten könnten? Das Alles, das Fotografen gehabt und gesehen haben, bezieht sich auf die letzte Schlacht, die sie gefochten haben – nicht in Vietnam, Bosnien oder im Irak, sondern im Fotograben beim letzten Red Hot Chili Peppers- oder Kid Rock-Konzert. Manche unterstreichen es mit Anekdoten von Fans, die über ihre Schultern auf die Bühne kletterten, nur um von Security-Leuten über ihre Köpfe wieder zurückgeworfen zu werden.

Es sind Erfahrungen, nicht Bilder, die einem den Blick zurechtmeißeln.

»Auf! Los, aufmachen!«, klopft Cat lachend an dieselbe Seitentür. Ein Cassius Clay mit dunkelblauer Bomberjacke aus Satin öffnet, ein Fragezeichen in das massige Gesicht geknetet. Cat wedelt mit einer Visitenkarte, erzählt von einem Agenten, dessen Namen er umgehend erfindet, und schlängelt sich an dem Bomber vorbei, ShamPain wie selbstverständlich hinter sich herziehend.

»Alter Trick«, erklärt Cat – niemandem, denn der Rest der Band kennt die Methode, mit der man bei Konzerten und Partys Einlass findet. Vorausgesetzt, man nennt sich Cat. Frech und frontal, ganz wie es im Waschzettel der Plattenfirma steht.

Wo sich andere schämen würden, lacht Cat nur. In der Topografie der Emotionen sind bei Cat 23 einfach Leerstellen, wo bei anderen Komplexe und Probleme wie Gebirgsketten wuchern. THE TOPOGRAPHY OF EMOTIONS räumt genau dieser Art des Schuldgefühls viele Seiten ein. Schuld/Scham (in dem Buch *guilt*) ist dem Buch zufolge eins von insgesamt fünf Grundgefühlen, das hinter allem Agieren sowohl der Motor als auch der Bremsblock sein kann. Schuld/Scham steht – neben Angst, Depression und Wut – dem einen durch und durch positiven Gefühl gegenüber, der Liebe. Alle anderen Gefühle (Eifersucht, Enthusiasmus) sind diesen fünf Emotionen untergeordnet; jedenfalls, wenn man THE TOPOGRAPHY OF EMOTIONS glaubt. War halt, wie einen der Aufkleber auf dem Cover erinnerte, ein Mängelexemplar. Das Konzept setzte sich aus den Ideen des Mystizismus zusammen, eine Unterweisung in die Kabbalah sei von Vorteil, hieß es im Vorwort. Ganz zu schweigen von Grundkenntnissen der Huna, Wicca, Tantra... Kein Glaubensbekenntnis – sicher –, aber plausibel. Und bestimmt inspirierender als ein Paar Metallkugeln mit klingelnden Glöckchen innen und zerstäubten Zahnschmelzresten außen...

Von den vier Emotionen, die der Liebe diametral gegenüberstehen, war Niet zuständig für die Scham, das Schuldgefühl. Wer im Quartett von ShamPain für Wut, wer für Depression verantwortlich war, wusste Niet nicht. Dass Terry die Personifizierung der Angst war, das wiederum stand fest, felsenfest.

♫ ♪ ♫

Die meisten Säle sind abgesperrt, ihre Exponate, mit Glasaugen ins Dunkel blickend, unter sich. Echte Hände entfernen im Ausstellungsraum für die Königsfamilie Zellophanfolien von Tellern eines kalten Büfetts. King Henry V und das schräge Lächeln eines Prinzen beäugen Mischpult und Equipment der Band Royal DeLuxe. Ein Sound-Engineer in zu weiten Jeans testet die Raumakustik mit weißem Rauschen. Ein höchstens seiner Durchschnittlichkeit wegen Auffälliger, den Niet aus den Augenwinkeln wahrnimmt, starrt auf ShamPain. Abgesehen von den Händen am Büfett sind ShamPain, angeführt von Cat, die einzigen, die hier in Bewegung sind. Im weißen Rauschen, dem Tosen aller Frequenzen, bleibt wenig Raum für Bewegungen und Unterhaltung.

Die drei Jogginghosen, ein Grüppchen bleicher Mädchen und einige Roadies drehen sich kurz nach den Ankömmlingen um, nicken ausdruckslos. Niet ist, als bohrte sich der Blick des auffällig Unauffälligen in sein linkes Schulterblatt, schon dreht sich Cat, durch das Rauschen hindurch lachend, schamlos und direkt, zu diesem hin. Der makellos in Grau Gekleidete ist keineswegs, wie es seine Aufmachung nahelegen würde, einer jener Aufpasser, die in Museen immer klug gucken und auf Stühlen vor sich hindösen, aber dann zumeist ziemlich geistlos dreinblicken, sobald sie nach etwas gefragt werden. Er ist vielmehr die Wachsfigur eines Präsidenten, natürlich eines amerikanischen Präsidenten. Auch ein anderes bekanntes Gesicht, dem Niet kurz zunickt, entpuppt sich als Wachsfigur.

Mit den Kategorien nimmt man es bei Madame Tussaud's nicht allzu ernst: Im Raum der königlichen Familie verweilen auch US-Präsidenten und Entertainer; der Unterschied ist ja auch nicht groß, ob man nun händereibend vor Kameras auf- und abgeht und die Entscheidungen der Industrie, der Mächtigen, die immer an der Macht bleiben, verteidigt und verpackt, erklärt und schmackhaft macht, oder ob man das Volk mit Zepter und Krone oder gespreizten Beinen und Mikrophon bei Laune hält (und unterhält)... so groß ist der Unterschied nicht. Was soll's, Ernst, Bierernst ist ohnehin ein deutsches Ding.

Partys nutzten ShamPain als verkleinerte Bühne, als eine weitere Gelegenheit, Publicity-Kapriolen vorzuführen. Cats Repertoire war das Beste, aber es blieb auch so unverändert wie die Riffs von AC/DC: Da waren seine Charakterisierungen Niets - »Er liebt seinen Martini so wie Humor: trocken« und »Kaffee, Zigaretten oder Frauen: Niet kann es gar nicht stark und dunkel genug sein...« Ähnlich waren seine Sprüche zu jeder gerade die Charts erklimmenden Band sowie das Märchen, wie er einst Blut spenden ging, um die Schulden für seine erste Gitarre abzustottern... Besonders auf Präsentationen anderer Bands war Cat ganz in seinem Element - er machte sich einen Sport daraus, das Interesse zu kidnappen, Journalisten den spannenderen, gewitzteren, charismatischeren Gesprächspartner zu präsentieren: sich selbst.

Nachdem die Zone der Starrenden durchquert ist, singt Cat: »*White noise in the White House*... eh?« - in der Melodie von BLACKOUT IN THE RED ROOM. Weiter geht es durch einen mit Kerzen gesäumten Gang, die Pflastersteine sind wie mit Nebel benetzt. Auf Kanonenschüsse zu, das weiße Rauschen hinter ihnen. In Nischen platzierte Gesichter, aus Zeitungsartikeln bekannt, tauchen im blitzenden Weiß greller Halogenscheinwerfer urplötzlich auf - und weg. »Guter Gag, guter Gag«, wischt sich Klecker die Schweißperlen von der Stirn.

Im Keller, im Kanonenrauch zwischen der Attrappe eines knarzenden Piratenschiffs und einem elektrischen Stuhl: die Steuermänner der Musikbranche. Bedächtig drehen sie ihre Sekt-Gläser, erbauen sie sich an Zigaretten mit weißen Filtern. Den englischen Humor wenig subtil auf die Spitze treibend, wacht der Herrscher des tausendjährigen Reichs über das Horrorkabinett.

Einige der Krawatten drehen sich zu ShamPain um, sehen, dass es nicht ihre Band ist, keiner der Künstler, von deren Bruttoeinnahmen sie sich zwanzig Prozent nach Liechtenstein überweisen lassen. Niet glaubt, Jackpot Jack erkennen zu können, winkt ihm kurz zu. Keine Reaktion. Cat und Klecker sind schon wieder auf dem Weg nach oben.

Niet fühlt sich wie ein Mängelexemplar. Er merkt, dass es ihm im Moment wieder recht, sehr recht ist, Teil der Band zu sein. Es würde ihn deprimieren, alleine in diesem Kabinett der Idioten und Schaumschläger herumzuirren; zwischen diesen Affen, die alle so tun, als seien sie seit ihrer Kindheit bestens miteinander befreundet.

Noch ein Unterschied zwischen der Kultur der E-Musik und der U-Musik: Bei den ernsten Unterhaltern befinden sich die Clowns auf den Logenplätzen, hier stehen sie hinter der Bühne und werden fürs Zuschauen und Rumstehen bezahlt, überbezahlt.

Oben läuft die Party inzwischen auf vollen Touren. In einem Saal, in dem sich Kategorien nicht nur verwischen und vermischen, sondern in dem sie nie existiert haben, nicht einmal ansatzweise, mixen und reichen Frauen – jede gekleidet wie Kleopatra, aufgeschminkte Balken statt Augen – grelle Cocktails, in Plastikbechern. Dieser Saal gefällt allen am besten – Cat und Natalie wegen der Drinks, Klecker und Johnny wegen der ägyptischen Göttinnen. Niet gefällt besonders die Figur des Künstlers im Unterhemd: Pablo Picasso. Er ist der Einzige hier drinnen, dessen Blick nicht kalt oder ergraut ist: der Mann, der nicht suchen musste, sondern einfach fand. Der Mann, der bis ins hohe Alter Arroganz und Energie verband, kongenial verband, der sexy blieb, der Kunst in Mengen produzierte, wie andere höchstens Luftblasen.

Das Album von Royal DeLuxe dröhnt mit 100 Dezibel aus der Mini-P.A., am Büfett übt sich die Journalistenschar in ihrem Element, lebt ihre Hyänen- und Aasgeier-Instinkte aus: Möglichst schnell möglichst viel abgreifen. Johnny zieht Niet zu seinen Londoner Kumpels, stellt ihn einer Rothaarigen mit auf die Schulter tätowiertem Drachen vor. Niet nickt zu dem vorstädtischen Dialekt eines besonders Eifrigen. Ein nach Ketchup und Bierfilz riechender Afrolook schreit ihm eine länger und länger werdende Anekdote ins Ohr. Dem Tonfall entsprechend, erwartet Niet zunächst einen Witz, irgendwas mit Saiten; oder mit Fischstäbchen. Der Dialekt des Ketchupmannes ist aber dermaßen breit, dass Niet sich nicht ganz sicher ist. Nickend und leicht vorgebeugt verbirgt er Verwirrung und Mimik hinter einem Vorhang Haare. Schon lacht Mister Ketchup so sehr in sein Ohr, dass Niet dessen Spucke die Backe runterläuft. Prima Party. Lächelndes Kopfschütteln, Niet strengt ein Lächeln an, bewegt tonlos die Lippen. Warum ist die Musik eigentlich nicht lauter?

Bei so einem Anlass also, schießt es ihm durch den Kopf, wurde Zig Zag umgelegt. Im Internet hat er dazu nur Gerüchte und Spekulationen gefunden, nicht einen Bericht eines Augenzeugen. Typisch Information Overkill: Da laufen alle Kameras, und danach erfährt man kaum davon, dass einer erschossen wurde. Nur lauter Sprüche, die eine Slick Black-Single parodieren: FORGOTTEN BEFORE GONE.

»Kannste mir mal einen Tipp geben?«, kommt Cat von der Seite. Sehr nett übrigens, das Kriegsbeil hat er tief verbuddelt. »Wie kann ich denen nur beibringen, dass sie den Wodka nicht so sehr mit Orangensaft verwässern sollen?« Niet lächelt und nickt in Cats Richtung. Eine gute Gelegenheit, sich von dem Ketchup-Mann abzuwenden, die Frau mit den Drachenkrallen ist eh verschwunden. »Sag mal, Cat«, behält er den lockeren Tonfall bei: »Wer wird Page nun abservieren?«

Cat hat mit der Diskrepanz kein Problem, antwortet lachend und in Partystimmung: »Wird sich von alleine lösen. Er hat sich doch selbst abserviert. Die GmbH-Gründung haben wir abgeblasen, weil zu viel unklar war. Dem Notar. Wartet jetzt noch auf viele Unterlagen. Wurden angefordert, kamen aber nicht.«

»Ach«, staunt Niet. »Und dann? Wie geht es weiter? Natalie kann sich doch nicht um alles kümmern: Die Geschäfte für ShamPain, die für 5th Dimension, und dann betreut sie noch Johnny beim Planen der Zusatz-Dates...«

Cat winkt ab: Lange genug ernsthaft gewesen, Natalie wird das hinkriegen, die hat schon ganz andere Sachen geschaukelt. Cats Vertrauen in Natalies Magie machte nicht nur Niet gelegentlich misstrauisch – und eifersüchtig. »Du willst wissen«, lacht der Gitarrist schon wieder, etwas zu laut, »wie Natalie das in den Griff kriegen soll? Schau doch nur, wie sie die Kerls da vorne gerade dirigiert. Guck mal, der in den Cowboy-Klamotten, Chef von Universal oder Sony, glaube ich: Hat ihr gerade zum zweiten Mal einen Drink gebracht! Von der Bar. Musst du mal beobachten: Sie schickt ihn an die Bar, um extra für sie was mixen lassen. So wie der sich an sie ranhängt, könnte sie den ohne weiteres dazu bringen...«

»...bei uns als Gitarrenroadie mitzureisen – hahahaha!«, klinkt sich Johnny Volume in das Gespräch. Der Mann, der bei ShamPains Auftritten für die Stimmung, nicht nur der Gitarren, zuständig ist. »Oder als Putzfrau für Kleckers Schlagzeug.«

Großer Lacher. Nervöses und neugieriges, vor allem gieriges Lächeln der um sie Herumstehenden.

Niet entdeckt den Bassisten von Royal DeLuxe, spielt einen Moment mit dem Gedanken, auf ihn zuzustürzen und ihn umzuhauen – mit einem Zungenschlag. Er weiß, er ist nicht wie die Gattin, deren Mann nach einer Affäre zähneknirschend zurückkehrt. Eher wie eine Göttin, zu der die Gläubiger reumütig zurückgekehrt sind. Ihm gibt keiner einen Stoß. Er ist jemand, der von Beratern Zig Zags bekniet wird, an Projekten mitzuarbeiten. Wenn es zu einem Split zwischen ihm und einer Band kommt, dann wird er es sein, der den Stecker rauszieht und sagt: Okay, Jungs, hier ist die Nummer von Kenny Aaronson.

Der nicht zu schlagende Vorteil absoluter Lautstärke: Es erspart einem die Verlegenheit, die bei stockenden Gesprächen entsteht. Genauso wie eine mit meterhohen Verstärkertürmen zugestellte Bühne: Hat eine Band solch eine Backline, dann merkt kein Mensch, wenn sich die Musiker davor nur schleppend bewegen.

»Johnny, kannst du mir mal sagen, wie sie das macht?«

»Ha«, lacht er sein tonloses Lachen. Als hätte sie das gehört, schaut Natalie in ihre Richtung. Sie, umgeben von vier, die sich wund reden, um heute Nacht mit dieser kühlen Deutschen noch mehr zu verhandeln.

»Johnny«, lenkt Niet auf ein neues Thema. »Du bist doch jetzt wieder für unser Wohl zuständig, oder? Ich meine, heute schon, oder? Könntest du mir mal sagen, wie ich an die Gitane in Pablos Mund kommen könnte?«

Wieder Cats lautes Lachen, die Aura dessen, der das Leben aus vollen Schalen genießt. Nichts kommt da heran, nichts gibt einem so ein Gefühl von Exklusivität.

»Prima Party, eh?«, richtet er sich schon an ein Grüppchen Groupies. Sie drehen sich weg, der Gitarrist lacht etwas lauter weiter; bis Kleckers Gesicht auftaucht. Noch so eine Eigenschaft Cats: Er kann Partys ätzend finden, mit Niet nächtelang darüber und über tausend andere Sachen reden, wenn er aber auf einer Party ist, macht er das Beste daraus – so wie du, Niet, pflegte er es herunterzuspielen; nur ist das Beste bei uns eben unterschiedlich.

Jetzt und hier zieht Cat 23 alle Register, um der Welt und der Halbwelt aus Wachs mitzuteilen: Wir sind eine Band, Niet und ShamPain gehören zusammen wie Lennon und die Beatles, Mick Taylor und die Stones.

»Immer diese beschissenen Filterzigaretten...«, nickt Cat, »...und dann immer den Filter abzwicken. Obwohl...«, nimmt er Niet einen frisch entfernten Filter aus der Hand, bevor der ihn wegschnippen kann. »Ist ja auch praktisch, oder?«, steckt er sich das Ding ins Ohr.

»Der Gitarrist von denen, ne?«, unterbricht Klecker, »der hat Wahnsinns-Dope...«

»Oha, vielleicht sollten wir uns ja mal mit dem treffen?«, schlägt Niet vor. Cat und Klecker erwidern den Sarkasmus mit einem Lachen, freundlich.

So schnell sich die Journalistenzunft von Royal DeLuxe abgewandt und auf das Fingerfood gestürzt hat, so schnell verschwindet sie von der Party. Übrig bleiben Security-Leute in Bomberjacken und ein paar Profimusiker im Ruhestand, die leere Gläser halten, auf die Krümel am Büfett und in zurückgelassene Zigarettenschachteln schielen.

♫ ♪ ♫

Das Borderline ist so voll, dass Page seinen Bekannten nicht auf Anhieb findet. Cat und Klecker drängen sich gar nicht erst von der Treppe ins Publikum, Page verschwindet im Gedränge des Kellergewölbes. Niet besieht sich mit Johnny Volume kurz die Anlage der Band, ihre Präsentation.

Keiner dreht sich nach Niet um, Johnny rammt sich freundlich, aber entschieden, englisch, zwischen Rücken und Jacketts zu Page, um dem ins Ohr zu brüllen, dass man draußen auf ihn warten wird. Mindestens die Hälfte des Publikums ist geschäftlich hier. Lauter Leute, die sich an die Freikarte fürs Jungsein klammern, alles Leute, deren Familie die Firma ist, die mit Kollegen trinken, arbeiten, frühstücken, tratschen, mittagessen, telefonieren, abends weg- und dann manchmal ins Bett gehen. Niet sind einige Gesichter bekannt – von Madame Tussaud's. Zwischen den Songs klatscht ein Dutzend der zweihundert Anwesenden.

Auf den offiziellen T-Shirts ist vorne das Emblem der Band zu erkennen, hinten das, was scheinbar Motto der Tour sein soll: ›Bad Loser‹. Witzig, witzig. Pummelige Einzelkinder führen das ihren Freundinnen vor, ziehen das gerade erworbene Hemd über den Kopf. Die *Codes of cool*, mit denen Niet aufgewachsen ist, haben an Bedeutung verloren.

»Und Schwänzchen am Hinterkopf – wow!«, ergänzt Klecker draußen. »Jedenfalls sobald die Haare sieben Zentimeter Länge erreicht haben.«

»Wenn es wenigstens sieben wären!«, lacht Johnny seinen Jim Beam beim Mustern eines vorbeigehenden Heimkehrers. Der zeigt ihm den Mittelfinger, stammelt mit zitternden Stimmbändern: »*The revolution starts here!*«
Brüllendes Lachen.
Niet laufen fast die Tränen. Jemand nuschelt etwas. Er muss so sehr lachen, dass er in den letzten Verästelungen seiner Lunge Granatsplitter spürt.
»Was war das?«
»Keine fünf Zentimeter!«, schreit Cat, worauf zunächst – drei Augenblicke lang – niemand, dann alle wie verrückt lachen.
»Schätze mal, die können diese Milch-Fratzen um sich herum auch kaum aushalten – warum sonst fressen sie so viele Pillen?«
»Ach, da fällt mir ein«, lacht Cat und imitiert die Gesten eines Zauberers – nicht ganz so galant fingert er an seinem Jackenärmel – und bringt eine Zigarette zum Vorschein. Handgedreht, drei Viertel lang. Cats Augen leuchten, Johnny und Klecker halten, die Lippen zusammengepresst, die Luft an.
»?«
»Tja-ha-ha«, triumphiert Cat. »Pablo Kingsize Picasso, die starke Filterlose aus Spanien!«
Page kommt mit Natalie die Treppe hoch, redet auf sie ein.
»Oh, na – vielleicht eher drei Viertel Kingsize?«
»Affengeil, hey, lass sehen!« Niet zieht die Zigarette zwischen Oberlippe und Nase, den Geruch des Tabaks einsaugend wie den ersten Schluck Wasser nach Tagen.
»Hey!«, lacht Cat. »Clint Eastwood, he? Aber! Einem geschenkten Gaul schaut man nicht ins Maul – mach sie an, Mann!«
Page nuschelt zum Aufbruch, Cat zieht Natalie heran, schiebt sie zwischen sich und Niet, der Picassos Filterlose vorsichtig in den Mund steckt, ein wenig anfeuchtet. Klecker gibt ihm Feuer, es knackt verhalten. Natalies Augen weiten sich auf Annie-Lennox-Format.

»Achtung, jetzt geht gleich der eingebaute Kracher los – Diebstahl-Sicherung oder so!«

Picassos Filterlose knistert noch einige Mal leise, Cat nimmt sie, inhaliert, verzieht das Gesicht wie Keyser beim Anrauchen einer Monte Christo. »Hm... Irgendwie... interessant...«

»Ach!«, lacht Niet, nun auch hörbar und hustend: »Wie Staub mit Holzkleber, oder?«

»Ja, Ponal, was? Trotzdem: Schmeckt irgendwie... würzig. Und stark.«

»Sicher – ist ja auch knochentrocken!«

»Aber hallo, trocken wie...«

»Ja, wie...«

»Wie 'ne Nonne.«

In der Limo. Stimmung verebbt. Keiner der Musiker will Page erklären, dass man ohne ihn nach Amerika fliegen wird. Dafür ist man ja Rockstar: um es anderen zu überlassen, den Dreck wegzukehren, das aufzusammeln, was man noch gebrauchen könnte.

0:04 zeigt die Uhr an, blau und kalt und leblos.

Seit Tagen versucht Niet, den Blick auf Uhren zu vermeiden. Und auf Kalender. Sie erinnern einen zu sehr an Vergänglichkeit und Tod, die Sorte Tod, die man mit allen Mitteln zu verdrängen sucht und tatsächlich vergisst. Bis dann einer, den man eben noch kannte und liebte, aufhört zu atmen.

Kapitel 15

They said they only wanted well behaved boys
Do they think guitars & microphones are just fucking toys?

Crass: »Banned From The Roxy«
– THE FEEDING OF THE FIVE THOUSAND, THE SECOND SITTING

Das Stöhnen im Zimmer nebenan höhnt und dröhnt wieder. Unbeirrt, von Niets mitternächtlichen Fingerübungen auf dem Bass nicht aus dem Rhythmus gebracht. Keine Spur.

Er schaltet den Fernseher ein. Nach einem Dutzend Quiz- und Talkshows, nach Klatsch- und Chatrunden um Frauen, die alle aussehen wie Cher, die Bilder zu dem Jauchzen von nebenan: Auf einem Bettvorleger aus Lammfell liegen und betatschen sich zwei Frauen mit dem Elan, den eine Putzfrau für das Sauberwischen eines Aschers aufbringt.

Die Brünette ist, einer schlecht überschminkten Narbe nach zu urteilen, auch im S/M-Bereich aktiv. Low- bis No-Budget: Am oberen Bildrand ist das Ende der Kulissen zu erkennen. Man riecht fast den sauren Schweiß der Crew, das Bier der Kameramänner, den Kater des Regisseurs, die kalte Zigarrenasche des Produzenten, die Latten der Laufburschen – und schaltet um auf MTV.

Promo-Videos zwischen Werbeblöcken, die Endlosschleife so quälend wie ein Computer beim Abschmieren. MTV war nie mehr als ein Shopping-Kanal für Pop. Noch mehr seichte Muzaksounds, noch mehr Titten und Ärsche, hier aber mit mehr als zwei Kameras, mit hektischen Schnitten & überquillendem Sound. Sampler statt Silikon, der Look und Sound genauso uniform, der Reggae-Rhythmus etwas nervös, wie von einem Drumcomputer auf Mallorca.

Das Telefon klingelt. Es ist Natalie; sagt, das Interview mit denen vom *Spiegel* finde in New York statt, da sei aber eine Japanerin, die ein kurzes Telefoninterview machen wolle. Für ein kleines Feature zu 280 SL. Er schreibt sich die Nummer auf, verspricht, während der nächsten zehn Minuten zurückzurufen.

Noch bevor er dazu kommt, klingelt das Ding schon wieder. Diesmal ist es Klecker, er sei mit ein paar Leuten, auch einigen tollen Miezen, in der Bar. Wayne meint, Niet solle unbedingt kommen. »Wayne?«

»Ja: Wayne«, dröhnt Klecker über Tasmin Archers Klänge einer für McDonald's geschaffenen Muzakmatschpampe. »Der mit dem Dope.« ›Wayne mit dem Dope‹ klappert Niet in Gedanken den Karteikasten seiner Erinnerungen ab. In London, Wayne mit Dope? »Na, du weißt schon, der aus'm Taxi gestern.«

♫ ♪ ♫

Statt auf den Fernseher schaut er zum Fenster – nicht hinaus, denn die Nacht hat draußen eine sanfte Decke der Dunkelheit übers Glas gelegt. Statt in den Hinterhof des Hotels sieht er in sein Gesicht. Statt einem Fenster zur Welt, ein stiller Spiegel.

Er drückt die REC-Taste seines Aufnahmegerätes, denkt im Stillen: Und alles, was einem bleibt, ist die Nacht, die einen nimmt, die einem schützend ihren Mantel überstreift. Weich wie Haut, dunkel wie Samt.

Er versucht, durch sein Spiegelbild im Fenster hindurch das Material, das das Dunkel dieser Nacht bestimmt, zu erahnen. Vorsichtig, wie ein Archäologe in einer ägyptischen Grabkammer, streckt er seine Hand aus, fühlt er nach der Oberfläche des Materials, aus dem diese Nacht geschaffen ist, nach charakteristischen Merkmalen.

Die Nacht, die Nacht, welch Macht! – Niet könnte ihr eine Million Liebeslieder schenken.

Tag und Nacht, Krieg und Frieden. Hass und Liebe, Scham und Schmerz – SHAM und PAIN.

Cat war der Sommer, stellte Niets Freund, der Musikjournalist Chuck B. Badd, einmal fest, Terry der Winter, dessen Schneedecke Geheimnisse verbirgt. Klecker war Erde, Cat Feuer. Und Wasser, wer war das Wasser, das die Erde befruchtet, vom Feuer profitieren kann, es aber auch auslöschen? Wer die Luft, in Traumschlössern zu Hause, aber zugleich essenziell für das Feuer? ShamPain, dozierte Chuck in seinem kalifornischen Exil, lebten von diesen Kombinationen und Widersprüchen. Niet zerrieben sie – war er der Frühling, strotzender vor Leben als der Sommer, der alles austrocknet? Oder der kriechend düstere Herbst, modernd die Farben des Frühlings verlachend? Im Zerstörungszyklus des Tao ist es das Holz, das die Erde zerstört, das das Wasser zerstört, das das Feuer zerstört, das das Metall zerstört, das, zur Axt geschmolzen, das Holz zerstört. Die Chiffren und Zeichen faszinierten Niet – wie jeden Vermarkter kultureller Ideen und Ideologien. Aber er hatte nicht den langen Atem, sie zu Ende zu denken, nicht den Überblick eines Cat. Er war Komponist einzelner Songs, nicht der Überblicker ganzer Alben.

Sicher war: Die Nacht gehörte Niet. Sie gehörte ihm, sie hörte ihm zu, sie flüsterte ihm ihre Geheimnisse zu. Die Muse ist eine Göttin des Lichts, aber wenn die Nacht am ruhigsten, wenn die Städte nur noch leise surren, unbemerkt wie das Surren von ausgeschalteten Radios, dann kam nachts die Muse zu Niet, gesellte sich zu ihm und nahm ihn in ihre Arme aus Samt.

Der Feind der Inspiration ist der Tag. Auch das beste Management kann einen nicht vor seinen Krallen beschützen, vor den um die Wette kläffenden Autos und Marktschreiern, dem Licht, das einem sämtliche Sinne einschläfert, nur die Augen beliefert. Es ist der Tag, an dem gestorben wird, an dem Vollgedrogte, Tropf in der Beuge, aus Hotels getragen werden.

Was Nacht und Sonderschichten der Muse betrifft, waren sich Cat und Niet einig. Klecker kannte kaum den Unterschied zwischen Muse und Muße, Terry wurde nachts nur müde, auch tagsüber traf er die Göttin der Inspiration eher gar nicht. Terry, der Australier, begab sich lieber ins Hinterzimmer mit Peter Pan. Statt der Reize der Muse interessierte ihn das Ausreizen aller Trümpfe, das Bluffen war sein Spiel. Wenn er mit Feuer spielte, dann nur um eine Wasserpfeife anzurauchen.

Als Niet schließlich die Japanerin anruft, erzählt er der nichts davon. Überhaupt, was er ihr erzählt, weiß er schon nicht mehr, als er den Hörer auflegt; zu sehr schlafwandelt er durch die üblichen Fragen. Sein Mund und seine Zunge sind bloße Muskeln, die von seinem Bewusstsein so weit entfernt sind wie der linke Fuß vom Ohr, während man einer Radiosendung über Piraterie im Internet zuhört.

Man sollte sich einfach damit abzufinden, dass sie einen nicht fragten, wie man unterschiedliche Kunstgattungen im Vergleich und Wechselspiel zueinander sieht, was man über das Leben an sich, das eigene im Speziellen denkt. Was jeder über ShamPain erfahren wollte, immer wieder, waren Anekdoten von Exzess und Sex, die Entstehungsgeschichte der so genannten Kopfnummer, wie sehr sich ShamPain als deutsche Band sahen, was dahinter steckte, wenn sie mit Schifferklavier und Bohrmaschinen experimentierten, wenn sie Straßengeräusche collagierten. Die ganz besonders gewieften Journalisten zogen sich auch mal schnell ein politisch informiertes Übermäntelchen an und polemisierten über Tagespolitik und Rassismus. Bei Tagespolitik zogen sie eine Niete, das interessierte keinen von ShamPain. Ging es um Rassismus, sprachen sie mit Cat. Bei Fragen zu Politik und Zensur bekamen sie Niet vorgesetzt.

♫ ♪ ♫

Wenn jetzt die so lange angesagten Gestalten vom *Spiegel* gekommen wären, hätte er sich mit den Antworten etwas mehr bemüht, dann hätte er es nicht zugelassen, dass sein Geist zur Tür rausgegangen und in die Kellerbar gegangen wäre, während seine Muskeln dahinredeten, als sei er stoned. »Terry macht das hier alles vor allem deswegen mit, weil ihm daran liegt, der Legende von Sex & Drugs & Rock'n'Roll hinterherzueilen«, hätte er ihnen investigatives Futter zugespielt. Bedächtig.

Rechnen Sie damit, dass ShamPain ein Revival von Sex & Drugs einläuten?

ja... sind nicht mehr so angesagt, sex & drugs, ne? daraus wurde irgendwie irgendwann aids & tod, ne? so wie irgendwann nach hendrix das griffige sex & crime der schmierenschreiber al capones zu sex & drugs & rock'n'roll wurde. kriminalität wurde zu drogen & rock'n'roll zusammengerollt, passt ja auch gut... & dann wurde sex & drugs umgemünzt in aids & tod...

das tollen & treiben der kinder von woodstock ist lange vorbei, sogar die metapher davon ist hin, keiner springt mehr mit blumen im haar durch die wiesen. die drogen waren verpanscht, die trips nichts als zu acid-albträumen mutierende halluzinationen. heute ist der regen sauer, auch wenn es seit sting uncool ist, darauf hinzuweisen. sex ist heute nur noch zweierlei: entweder ein steriles, blitzblank gewienertes marketing-tool von werbeschaffenden, die damit autos, shampoo & kloreiniger verkaufen, oder eben echt & lebensgefährlich. & statt £$D nimmt man ecstasy – & verdurstet. die kinder der ersten welt, die kids der vor überfluss & fettsucht schlabbernden westlichen welt verdursten! zu doll & zu lange im blitzlicht getanzt. an die möglichkeiten bewusstseinserweiternder drogen glauben nur spatzenhirne mit schmalspurbewusstsein, & rock'n'roll befindet sich in den letzten zügen. wieder mal. das soll man dabei nicht vergessen: wieder mal, denn vom ende des rock'n'roll spricht man, seit es ihn gibt, die maddox brothers haben den abgesang schon `56 angestimmt. rock'n'roll, dieses ungeziefer, diese kakerlake, insekt der geschmacklosigkeit, getier, das alles frisst, alles, was ihm in die quere kommt, aufnimmt & verarbeitet, jedes nahrungsmittel inspiration nennt, & am ende doch nur halbverdaut ausspuckt.

Für einen Rocker in einer geradeaus nach vorne rockenden Band sind das eher untypische Gedanken...

glaub' ich nicht. nee.

Wie kam Terry zu ShamPain, wie kommt solch ein doch eher reaktionärer Australier zu einer Band, die speziell außerhalb Deutschlands eher als kopflastig gilt, als Traditionen brechend?

wenn wir als kopflastig im sinne deutscher bands gelten, dann meint man damit can, kraftwerk & einstürzende neubauten. sicher, wir haben von jeder dieser bands stücke nachgespielt – eben nicht auf dem streifen der dichter & denker, aber auch nicht entsprechend diesem perfektionismus-trip von mercedes-benz & wertarbeit made in germany. wir coverten ursprünglich den song einer dieser bands, um einen typ, den wir flüchtig kannten & der bei einer dieser bands mal gespielt hatte & jetzt ein studio hat... den wollten wir also für uns interessieren. wir dachten uns, dass wir ihn so dazu bringen könnten, unser demo zu produzieren – wir wollten kostenlos bei ihm aufnehmen. wollte er aber nicht.

War ihm eure Interpretation dann doch zu gewagt?

möglich. schon möglich (Gewagt war daran nichts, auch die verstimmten Gitarren nicht – es war eher zu sehr Speichelleckerei als zu dilettantisch).

Und Terry, wie passt der nun zur Band?

zunächst mal zu dem, was du vorhin zu ihm als ›reaktionärem element‹ gesagt hast: er ist, so wie klecker, working class. deshalb ist er street-wise wie kein anderer bei uns. & als australier... ist sein humor eben nicht immer politisch korrekt. es ist der galgenhumor der sträflinge, den er, wie viele australier, draufhat. sein herz ist aber, das kann ich dir versichern, aus gold (Auch wenn er es aus eben dem Grund keinem zeigt, zermürbt vor Komplexen und Ängsten, wie er ist).

er passt hervorragend zu der band, da er, wenn auch auf der anderen seite der erde, unter denselben bedingungen groß geworden ist wie wir – regional-spezifische kulturen gibt es bei uns ja kaum noch, stattdessen haben wir einen generationen-spezifischen kontext. die kultur vor der eigenen haustür hat weniger einfluss auf einen als die ereignisse, die einem von cnn & mtv ins gemüt geblasen werden. ich persönlich denke, der schnittpunkt, der zeitpunkt, zu dem das bewusstsein wacher menschen globalisiert wurde, nach dem jede nachricht entweder alle menschen weltweit oder eben nur noch sparten betrifft, dieser schnittpunkt lässt sich mit einem ereignis zusammenfassen: tschernobyl. für die geschichte der menschheit mindestens so einschneidend wie napoleon, marx & freud, das dritte reich & hiroshima. nach tschernobyl war – auch wenn das thema besonders gerne totgeschwiegen wird – in den köpfen der denkenden nichts mehr wie es vorher war. & die hoffnungen der kinder? (wie viele der altklugen feuilletonisten und weltveränderer haben sich gedanken darüber gemacht? über die auf immer und ewig zerschlagenen hoffnungen folgender generationen? in ihren gleichgeschalteten meinungsmacher-glossen lamentieren sie, wie verantwortungsscheu und politikverdrossen die nachwachsende jugend ist, scheren sich aber einen scheiß darum, herauszufinden, wie es so kommen konnte.)

vorher war das anders: '68 gehörte noch denen, die sich auflehnten, gegen ludwig erhards wirtschaftswunder & vietnam. zigarren & bundeswehr waren danach nur noch für jene diskutabel, die sich kritiklos einklinkten in eine gesellschaft, die auf die dritte welt scheisst. für die 78er war es schon schwieriger: unbeeindruckt von politik, verwirrt von der großen koalition, der stadtguerilla & den hoffnungen, die selbst grundschullehrer auf die grünen stülpten, waren sie – die die unruhen der späten 60er als halbkinder erlebt hatten – die generation, an der nur noch alles schlapp runterhing: die jeans mit schlag, die verwaschenen parkas, das schulterlange h. sogar bei konzerten setzten sie sich noch vor dem ersten akkord müde auf den fußboden, rauchten kräuter, die mädchen lackierten ihre zehennägel, die jungs zündelten mit tee und räucherstäbchen. eingesäuselt von dope & langweilern in t-shirts ließen sie sich beeindrucken – von muckern, deren finger sich filigran übers griffbrett spreizten, deren drummer sich hinter burgen aus trommeln vor einem tibetanischen gong versteckten. & dann kam nina hagen und demonstrierte sofort, wie sich auch im freien westen die sender ausschalten, & dann 1980: abwärts spielten AMOKKOMA ein (Niet wurde fast nostalgisch beim Gedanken an No Future, an die Zeit, als es keine Zukunft gab...); *mit bohrmaschinen & gitarren, auf denen nur ein gestreckter zeigefinger über den hals rutschte. abwärts hatten die abgeklärtheit, die den vorhergehenden nachkriegsgenerationen abging, denn sie wussten um ihre macht, ihren einfluss: atom- & konsumterror,* MASCHINENLAND *&* COMPUTERSTAAT...

Das klingt mir sehr pessimistisch...

es ging fortan um tatsachen, mit denen man sich zwar nicht abfinden musste, an denen aber auch wenig zu rütteln oder zu rücken war. wenn sich schon nichts mehr ändern liess, musste man

sich deshalb noch lange nicht schlapp hinsetzen & neuen helden beim musizieren applaudieren. alle generationen nach '78 sind mehr oder minder stark geprägt von diesem bewusstsein, in einer welt zu leben, deren bewohner in der lage sind, ihren eigenen planeten zu zerstören. & der drittklassige film-cowboy ronald schien es sogar darauf anzulegen, während sein namensvetter in den vorstädten bei mcdrive auf kindergeburtstagen ringelreihchen tanzte... hey, das sind die pfeiler, das sind die bekritzelten betonträger, zwischen denen ich groß geworden bin – & da fragst du mich, ob ich pessimist bin?!
Nein, gemeint war...
das also die situation der kids, die in dem durch pillenknick abgebrochenen jahrzehnt das neonlicht dieser welt erblickten: in überfluss & kaltem krieg gross geworden, immer genug zu essen, aufgeklärt mit nachrichten aus aller welt – vollgefüttert & abgespeist mit nachrichten einer bei lebendigem leib verreckenden dritten welt, terror & ökokatastrophen in anderen ecken, um die verdauung werden sie sich schon noch selbst kümmern. & in der brd, einem gespaltenen land, dessen vor sünde & punk dahinsudelnde ex-hauptstadt auf der einen, dessen offizielle, richtige auf der anderen seite (auf der westlichen natürlich)... *berlin & bonn standen für, ja symbolisierten geradezu belanglosigkeit & das neue deutsche mittelmass. in diesen dichotomien heranreifend, wurde die post-pillenknick-generation schon sehr früh vor unverrückbare tatsachen gestellt.*

entsprechend wurde auch das schlüsseljahr vorgezogen: 1986, von tschernobyl beschlagnahmt. aufrüstung, abrüstung, atomare abschreckung, statt verschmutzung umweltverseuchung...? tobt weiter auf den wiesen vor dem bonner bundestag, demonstriert zu hunderttausenden in den fussgängerzonen, der verkehr braucht gar nicht umgeleitet zu werden, es geht gar nicht länger um den vollzieh- & gewinnbaren atomkrieg auf der erde, reagans berater haben zusammen mit den sponsoren seines wahlkampfs, waffenhändlern und aufrüstern, dem senilen präsidenten, der kaum seinen ellbogen von seinem hintern unterscheiden kann, bereits sdi ins hirn gesetzt. & der nachwuchs? hat sich an sauren regen gewöhnt, ist von aids verschreckt, wundert sich über die neuen hitlers im irak oder afghanistan, guckt – & das beobachte ich auch an mir selbst – nachrichten nur noch bei mtv. hier geht es nicht mehr um sex & crime, amerikanische gangsterromantik & kaugummi. auch nicht um free sex oder überhaupt... freiheit.

& die alten säcke, die bei demos ausser sich waren, denn als ich so alt war wie du, da habe ich mich mit haut & haaren fürs vaterland eingesetzt, da habe ich an der front gekämpft! diese alten, die den 68ern & 78ern ihre erinnerungen an krieg & hunger, höhepunkte eines im grunde ereignislosen lebens entgegenbrüllten, wenn die kühlschrank-kinder des wirtschaftswunders zum hungerstreik aufriefen, diese alten hatten '86 ihre letzten haare gelassen, wurden von zivis durchs altenheim geschoben. & wenn sie hier versuchten, das junge volk eines besseren zu belehren, dann drehte der zivi seinen walkman einfach ein bisschen lauter. und der zivi aus den 80ern, realo oder fundi, staunte nicht schlecht, als die grünen verwelkten und fast braun wurden. nichts ist mehr, was es hätte werden können.

& die kultur der 86er? genauso wie die mode, wie new age & ndw, genauso wie neue männer voller sinnlichkeit, die dann doch auch nur lieben lassen, wie die politik im kleinen & ganz grossen auf der weltbühne: einheitlich flimmert das fernsehen auch im letzten kaff australiens dieselben dschungelcampbilder in die esszimmer: orientierungslos, gewaltvoller als je zuvor, anything goes. auch alternativen lassen sich verkaufen & etablieren, verse verschenken. & das alles auf immer mehr sendern und channels im internet. & was ist es, was man sich via satellit & schüssel in die röhre schicken lässt? in den buden der karibik genauso wie in magdeburg? ob auf mtv oder anderswo: titten & ärsche. immer nur titten & ärsche. irre, oder?

Aber jetzt mal im Ernst, Niet: Pop und Politik, für Sonderhefte immer gut und gut verkaufbar, das ist doch ein alter Hut. Letzten Endes geht es doch um Kommerz und nicht Kunst...

rock'n'roll als metapher für freiheit... ja, ein alter, filziger hut. aber: nicht ohne grund benannten sie das zerschmelzen des eisernen vorhangs nach einer band. nicht zufällig berief der velvet revoluzzer vaclav havel damals frank zappa in sein kultusminis-

terium. nicht ohne grund gehen in den südstaaten ständig frömmelnde fundamentalisten auf die barrikaden, verbrennen platten & erzwingen zensur...

Kein Reporter würde so was abdrucken, dachte sich Niet. Auch nicht die Enthüller vom *Spiegel*, die, natürlich als Duett, schon in Sydney bei ihm vor der Hotelzimmertür standen, und die er für Fahnder vom Finanzamt hielt, so ordentlich saßen ihre Krawatten. Die Nacht blieb dunkel, sie blieb still. Sie brachte ihn dazu, wie ein Knallfrosch durchs Zimmer zu hüpfen, mit den Armen rudernd wie die Windmühlen, die Spaniens Bester noch bekämpft hatte.

die eckpfeiler der kultur waren vor hundert jahren eben doch anders, sie waren klarer gesteckt. f. scott fitzgerald, der mann des jazz age, schrieb noch über die generation, für die es keine götter mehr gab, für die alle kriege geführt worden waren, die generation, bei der glaube & vertrauen verballerte hülsen waren, leere patronen vergangener schlachten. ja, das hatte er sich so gedacht, der gute fitz – und schon kamen sie, die weltkriege. auch kerouacs huldigung an die ewige bewegung hatte ihre haken: er selbst übersah, dass man die dämonen im eigenen schädel keineswegs loswird, nur weil man reist.

Niet hatte das Gefühl, die Fehler seiner Vorgänger nicht wiederholen zu müssen. Er wollte unabhängig, auf niemanden angewiesen sein. Wie die Luft. Er wollte... er wollte... noch so viel machen.

Break

You look, you laugh
You doubt and go out
And I'm gone
But the bass goes on

Public Enemy: »Nighttrain«
– APOCALYPSE 91... THE ENEMY STRIKES BLACK

Abfahrt, endlich Abflug. Endlich würden sie London hinter sich lassen. Für Niet war London immer ein schmerzhaftes Pflaster, es war nicht gemacht für ihn als Mitglied einer Band. Er konnte es nur als Einzelgänger ertragen, als Outcast der deutschen Kleinstadt, die er inzwischen hinter sich gelassen hatte. Es taugte nicht für einen Ritter des Rock, für einen, der Rebellion und Widerstand ernstnahm. Kaleidoskop des Lebens. Parameter und Perspektiven bleiben in Bewegung. Er kam an als Bandmitglied, das weg wollte, sie verließen die Stadt als wiedervereinigte Band. Geeinter als zuvor. Wie ein gebrochener Knochen: danach stabiler als vorher. Typisch London. Gut so. Denn die ständigen Änderungen zeigen, dass man nicht festgefahren ist. Aber auch schlecht. Denn die ständigen Wechsel zerreiben einen auch. Zum Beispiel war London sowohl der Anfang als auch das Ende von Hendrix' Karriere. Stand hier, in einem Artikel über die Toten des Rock. Und: Bobby Ramirez, der Drummer von Edgar Winters Band White Trash, wurde 1972 in einer Bar in Chicago zu Tode geprügelt – weil er lange Haare hatte... Bevor Niet weiterliest, zupft ihn Cat am Arm, muss ihm eine Stelle in der Tageszeitung zeigen: Sie sind zu allem bereit, sie sind bereit zu lügen und andere zu betrügen, zu bestehlen. Sie wären sogar dazu bereit, zu arbeiten, sehr, sehr hart zu arbeiten. Und genau das ist die Hürde, an der alle Konkurrenten scheitern. Es geht in dem Artikel aber nicht um ShamPain, sondern um einen Softwarehersteller. Cat findet, diese Sätze aus den Wirtschaft-Seiten kann man als Mantra für die nächsten Wochen durchgehen lassen. Erschossen wurden Sam Cooke (1964 in einem Motel, vermutlich vom Rezeptionisten, nachdem ein Callgirl in Cookes Klamotten geflüchtet war), Bobby Bloom (1974, unbeabsichtigter Selbstmord), Beatles' Chefroadie Mal Evans (1976 von LAPD-Cops, die er auf einem Valium-Trip selbst angerufen hatte und mit nicht-geladener Knarre empfing), Chicago-Gitarrist Terry Kath (1978 auf einer Party beim Russischen Roulette), John Lennon (1980 vor seinem New Yorker Appartement von Mark David Chapman um Unterschrift gebeten und dann erschossen), Mountain-Bassist und Top-Producer Felix Pappalardi (1983 von seiner Frau, ihrer Verteidigung zufolge nicht aus Eifersucht, sondern aus Versehen), Marvin Gaye (1984 von seinem Vater, von Berufs wegen Vater), KRS-One-DJ Scott La Rock (1985 in einem Club in New York), Peter Tosh (1987 in Kingston unter dubiosen Umständen), Carlton Lloyd Barrett von Bob Marleys Wailers (1987 von Ehefrau und deren Liebhaber), The Knaves' Gitarrist Tony Harris (1992 von Polizist), RBL Posse-Rapper Mr C (1995 in misslingendem Drogendeal), Seagram Miller (1996 in Oakland, vermutlich wegen Rangeleien um Drogen und Territorien)... Gekachelte Wände, weiß-grau, das Klo im Flughafen. Mit maschinellem, metallischem Timbre dröhnt eine Frauenstimme: *Would Mister Smith, meeting his daughter, please contact the airport information desk!* Wieder in Heathrow, wieder eine blecherne Ansage aus den PVC-Lautsprechern, wieder wach. *We are the rock'n'roll soldiers / Rock'n'roll'll keep you alive.* Bis zum Flug bleibt fast eine Stunde Wartezeit. Live Squads Randy ›Stretch‹ Walker überlebte mit Tupac Shakur 1994 ein Attentat in New Yorks Quad Studios, von Shakur sah er danach wenig und wurde auf den Tag genau ein Jahr später in Queens hingerichtet, Shakur 1996 in Kugelhagel in Las Vegas im Auto von Death Row Records-Boss Suge Knight – der mit Platzwunde davonkam; einer der möglichen Zeugen, Outlaw Immortalz' Yafu Filaz wurde Wochen später erschossen, ein halbes Jahr später Shakurs einstiger Blutsbruder, späterer Erzfeind Notorious B.I.G.; der als Drahtzieher verdächtigte Boss von Death Row Records, Suge Knight, hatte auch mit einem Signing für Tha Row Records wenig Glück: Lisa Lopes hatte ihr erstes Soloalbum nach TLC-Bankrott und -Split im Kasten, da kam sie auf Honduras bei einem Autounfall ums Leben. Fortsetzung folgt, so die letzte Zeile des Artikels. Klecker und Johnny beugen sich über ein Computerspiel, ballern was das Zeug hält. *We never give in – it would be a sin / In the war against the time.* Walkman über die Ohren: *In the war against the time / In the war against the time / In the war against the time / In the war against the time / In the war against the time / In the war against the time / In the war against the time!* Alter Schalter, wer ist denn das? Mix-Tape von Johnny. Was'n das hier? Rock'n'Roll Soldiers von New Order. Nee, nicht von denen, an die du jetzt denkst. Ach! Ein paar von Iggys Stooges mit einem von Amboy Dukes und dem Drummer von MC5, glaub ich. Hohoho, historisch, wa? Was, findste nicht gut? Klingt wie Spinal Tap, obwohl... ist der nicht vor ein paar Jahren gestorben? Der Drummer? Ja. Nein, das war der Sänger, verheiratet mit *...because the night...* Patti Smith. Der Gesang am Schluss ist ja ganz okay; und die Bridge war auch ganz witzig. Cat hört schon nicht mehr zu. Das globale Dorf Flughafen, Massen an Menschen, unterschiedliche Kulturen, alles dabei. Und mit keinem von ihnen wollte man gekidnappt, an einen unbekannten Ort im Nahen Osten entführt werden. Auch global, überall gleich: die Logos und Neonreklamen für Fast-Food, Banking. Wartende vor zellenlosen Telefonzellen starren auf eine Frau, sie ist völlig außer sich, heult in den Hörer, klammert sich an das Kabel. In Tränen aufgelöst. Klecker knackt Knöchel. Volume ist elektrisiert, hat seine Batterien offenbar frisch aufgeladen. Ansteckend. Road fever. Noch nie hat Niet einen Erwachsenen so hemmungslos heulen sehen wie diese Frau. Uniforme Dienstreisende eilen vorbei. Geschäfte, die zwischen Lear-Jets und Hilton Hotels, in Fonds verdunkelter Limousinen ausgehandelt, die mit Chateaubriand abgeschlossen und auf dem Balkon gefeiert werden mit Sekretärin und Cognac Réserve oder V.S.O.P., very superior old pales. Deals & Wheels, Wine & Dine, überall. Muscheln werden nicht mehr gegen Steine getauscht, kaum noch ein Scheck wird signiert, wenige Plastikkarten gezückt. Wenn es heute um Deals geht, dann werden nur noch Zahlen verschoben, Wertpapiere gegen Anteile getauscht, dann feilschen very superior old pales um Prozente, werden Optionen und Interessen aufgerechnet. Heute wird um Punkte gezockt. An einer Coffee-Bar grinsen einige so aufgesetzt überlegen/erfolgreich wie ✶✶✶ ✶✶✶ ✶✶✶. Sie gaffen der heulenden Hübschen nach, als seien sie gerade aus dem Zeltlager für Pfadfinder ausgebüchst. ✶✶✶ ✶✶✶ ✶✶✶ ist eine Band, die seit jeher ShamPain wie ein dunkler Schatten auf Schritt und Tritt verfolgt: ✶✶✶ ✶✶✶ ✶✶✶, kommerziell unbedeutend, ein nicht weiter relevanter Haufen Honiggesichter – das, was man als ›Projekt‹ bezeichnet: ein Egomane mit vier Lakaien. Die Lakaien: drei Armleuchter, und der Bassist: nicht einmal das, der ist höchstens eine Handlampe. Keiner von denen stellt Fragen, jeder spielt auf Knopfdruck. Bei denen, predigen Plattenfirmen seit Jahren, kann man langfristig planen, auch als Firma lohne es sich da zu investieren. Ein anderer Industrie-Heini steckte dann ShamPain, dass bei ihnen in der Firma eigentlich niemand auf dieses Aushängeschild steht, dass die aber unheimlich Potenzial hätten, vor allem in den Augen von denen da oben... Managements und Marketing-Strategen verdienen sich an ✶✶✶ ✶✶✶ ✶✶✶ dumm und krumm, stecken Plattenfirmen, Verleger, Sub-Managements, Agenten und Promoter doch jede Menge Geld in dieses Projekt. Egal, wo ShamPain hinkommen, egal, was ShamPain machen, die very special old pales von ✶✶✶ ✶✶✶ ✶✶✶ waren schon da, haben die teurere Promo-Aktion – erfolglos – gemacht, haben den Cover-Vorschlag, jenen Promo-Gag, diese Aktion nicht bewilligt bekommen. Man heuchelt von den Interessen Dritter, reizt mit Privilegien, die man nicht genießt. Moralisch betrachtet macht der Vertreter, der im Supermarkt um die Ecke Klopapier oder Zahnpasta in Augenhöhe platzieren will, der sein Produkt nicht nur in den Laden, sondern in die ganze Ladenkette drückt, dasselbe wie der Promoter, der die Weichen so stellt, dass ✶✶✶ ✶✶✶ ✶✶✶ als einzige Band aufspielen, dass deren Medienkampagne Schwerpunktthema des Monats ist. Waschmittel und Musik. Der eine arbeitet mit Sonderkonditionen und Vergünstigungen, vielleicht auch mal einem Geschenk unterm Tisch, wie wär's wieder mit einem richtig netten Urlaub in Thailand? Der andere manipuliert Kollegen, hilft mit kolumbianischem Marschmittel nach, Trip gefällig? Beides Grenzgänger der Legalität, ethisch verstümmelt. Tja, mein lieber alter Freund, my special old pale: Wenn das Wahre nicht länger auf dem Markt erhältlich ist, wo sollen es dann die Leute suchen, die es zum Leben brauchen? Das Tape geht weiter, der Walkman isoliert. In MY FRIEND singt Hendrix, wie er mit seinem alten Kumpel durch L.A. gondelt, im Hintergrund klimpern schwere Gläser, Eiswürfel knacken im Bourbon, Zecher muntern den Musiker auf, kaum zu unterscheiden von den Geräuschen der Cafeteria hier rechts. Sham-Pain sind Weltmeister im Flüge verpassen. Nicht nur in Narita/Tokio, auch auf dem vergleichsweise winzigen Flughafen von Perth/Australien ist es ihnen gelungen, drei Flüge nacheinander zu verpassen. Das war der Rekord. Drei nacheinander. In Tokio, weil Cat und Terry mit der Flughafenpolizei Scherereien bekamen, nachdem Terry, schöne kleine Welt, ✳✳✳ ✳✳✳ ✳✳✳ mit Ketchup bespritzt hatte. So sind Sänger eben, machen nicht viel, und wenn, dann Ärger. Nüchtern würde Terry nie in ein Flugzeug steigen, also trinkt er sich manchmal zu viel Mut an. Heute hat Natalie nur den ersten Flug sausen lassen, der war ohnehin zu früh gebucht. Jetzt kettenraucht sie ihre letzten Zigarillos, klebt am Handy. *One, two, three, four,* Giggeln, von wegen: *Too early, man!* Chuck B. Badd ist nicht zu erreichen. Nachricht auf Anrufbeantworter: Im Moment ist es hier, warte: zehn vor zehn, ich glaube, Sonntag. Morgen müssten wir in New York sein... am Freitag, nein Donnerstagabend auf jeden Fall Gig im Roxy... In Narita traf Niet zum ersten Mal Zig Zag. Jahre, nachdem er ihn das erste Mal sah, also im Fernsehen, dann auf der Bühne. Jedes Mal, wenn ein Flug verpasst wird, weil einer fehlt, streunen alle wieder in verschiedenen Richtungen davon. Sheila ist nicht zu erreichen, beim Management weiß man, dass sie bereits auf dem Weg nach New York ist. Mit Sodbrennen im Hals läuft

Niet in Richtung Gate, sammelt unterwegs Klecker auf, der irgendwo sitzt und Zeitung liest, dabei mit den Lippen lautlos jede Silbe formuliert. Klecker, müssen uns beeilen, ist schon fast halb zwölf. Wird Niet irgendwann wieder auf einen Kalender oder eine Uhr schauen können, ohne gleich an Verfall und Tod zu denken, an Zig Zag, daran, dass alles, absolut alles zu Staub und Asche wird, nach dem World Trade Center irgendwann auch die Pyramiden. Denn die Zeit, die Zeit ist ein Mühlrad, das alles zermahlt. Alles. Auch Gedanken? Gefühle? Seelen? Jetzt sind Klecker und Niet doch wieder viel zu früh. Oder am verkehrten Gate? Niet kauft sich ein Buch: DER FÄNGER IM ROGGEN, immer noch das definitive Buch über das Erwachsenwerden. Besser: Das Nichterwachsenwerden. Die Grenzbeamten hier sind wieder von der vorsichtigen Schule, betatschen Cat, als das Gepiepse bei ihm nicht aufhören will. Er zieht ruckzuck die Jacke aus, knöpft sein Hemd auf und zieht, blitzschnell, der Reißverschluss muss schon offen gewesen sein, er löst nur den Knopf, schon zieht er seine Jeans bis zu den Knien runter. Dann können sie durch, Richtung Dutyfree und Flug.

> Vielleicht geschah etwas von Bedeutung. Vielleicht auch nicht, auf lange Sicht betrachtet... aber keine Erklärung, keine Collage von Wörtern oder Musik oder Erinnerungen reicht an jenes Gefühl heran, zu wissen, daß man dabei war, daß man jenes Eckchen der Zeit und Welt leibhaftig miterlebte. Was immer es bedeutete...
>
> Hunter S. Thompson

Kapitel 16

I'll get you high I'll get you high
I'll get you high I'll get you high
I'll get you high I'll pin one

Love/Hate: »Tranquilizer« - WASTED IN AMERICA

᚜ ᚛ ᚛

Mindestens eine Stunde, bevor man in den US-amerikanischen Luftraum einfliegt, verteilen die Stewardessen Formulare der Einwanderungs- und Zollbehörde. Voller Ehrfurcht und Gehorsam kritzeln Stifte über die Zettel. Zungen lecken pendelnd über Lippen, Kulis machen ihre Kreuzchen: Nein, Obst, Gemüse und Würste plane man nicht einzuführen, auf einer Farm außerhalb der USA war man innerhalb der letzten dreißig Tage nicht.

Bei manchem Passagier tropfen Schweißperlen auf das frisch Hingekritzelte, die Ehrfurcht zerbröckelt, übrig bleibt nur die Furcht.

»Das letzte Mal«, wiehert Cat, »ich glaube, das letzte Mal, dass ich mich einer Kuh näherte, das war vor einer Woche, in der Warteschlange bei McDonald's!«

C.: Waren Sie jemals oder sind Sie derzeit als Spion oder Saboteur aktiv; oder in terroristischen Vereinigungen; oder im Zusammenhang mit Völkermord; oder waren Sie zwischen 1933 und 1945 auf irgend eine Weise an Verfolgungen durch Nazi-Deutschland oder dessen Alliierte beteiligt?
☐ Yes.
☐ No.

Die Paranoia der US-Behörden kommt nicht von irgendwo, sie kommt aus den Tiefen der eigenen Psyche. Ihre Logik ist die Psychologik: Die Amerikaner fürchten sich davor, jeder würde es ihren Großeltern gleichtun, plane insgeheim eine Invasion, ein systematisches Niedermetzeln der Eingeborenen.

Welcome to the United States.

Nach den stempelnden Visum-Verteilern dann am Zoll die nächste wichtige Lektion: Waffen und Gewalt, lieblich naive

Fragereien aus ermüdeten Gesichtern von Menschen, bei denen statt eines Herzens eine Faust pocht.

Endlich hinter der Absperrung.

Hunderte warten und erwarten.

Wer es bis hierher geschafft hat, wird angestarrt, zum Star, zum Auserwählten. In God's own country.

This is New York, Mann! Die Stadt, die niemals schläft. Die Stadt, die nichts verschläft, und die immer noch jeden aufrüttelt, jedem entgegenschreit, dass man bisher durch sein Leben nur geschlafwandelt ist.

Hier ist es, das richtige Leben!

Die Vorlage für Gotham City, die Stadt der Städte. Wenn es hier drei Uhr ist, dann ist es in London immer noch 1938.

Weiter hinten stehen Chauffeure und wedeln über den Köpfen mit Pappschildern. Flüchtig draufgekritzelte Namen, Firmenlogos oder Broschüren. Auch die Kritzeleien so wie alles hier: in Großbuchstaben, unterstrichen, laut. Alles exklusiver, alles superlativer als die Visitenkärtchen, aus denen sich Niet noch vor ein paar Tagen die von Media Strzempka rausfischte.

Alle halten Ausschau – nach jemandem, der nach ihnen Ausschau hält.

Es gibt unbegrenzte Möglichkeiten, Geld zu verdienen.

Weiter hinten, an einer Express-Espresso-Bar: Zwei Typen, jeder eine Dose Budweiser in der Hand. Der eine mit dichtem Haarwuchs, zu einem Zopf zusammengebunden, halb-abgedunkelte Sonnenbrille, Porsche-Design, breites Grinsen, schöne Zähne, zu schön, vor allem zu makellos, um in seinem Mund entstanden zu sein. Weniger perfekt ist die braune Wildlederjacke, in der er steckt, mit ihren ellenlangen Fransen. Der neben ihm, der steckt in einer Krise: Zwitter aus Punk und James Dean, knochig. Mitten im Gesicht eine überdimensionale Nase, wie von einem Kind draufgeklebt; das Ohr mit so vielen Ringen durchstochen, dass es ohne den Schmuck wie die Ecke eines Abreißkalenders aussehen müsste.

Der Betreuer nimmt die Sonnenbrille ab, streckt Natalie, dann Cat, Niet und Klecker seine Hand entgegen. Zwischen

Daumen und Zeigefinger: eine tätowierte Note, eine Achtelnote, von dem Mühlrad der Zeit all ihres Glanzes beraubt, nur noch bläulich schimmernd, ein Pfeil, der auf wilde Zeiten verweist, auf durchzechte Nächte und Wochen, vor mindestens zwei Jahrzehnten. Schön, euch zu treffen - ich bin Spike!, lacht er, während er reihum jedem die Hand zerdrückt. Wie war der Flug? Ihn, lacht er mit seinen makellosen Zähnen weiter, während er mit einem Wink zwei Gepäckträger herbeizaubert. Ihn hier brauche ich ja niemandem vorzustellen...

Terry lächelt tonlos, schiebt seinen Gameboy in die zu hohe Jackentasche, kaut kurz einen Fingernagel an. Für einen Punk waren seine Haare zu lang, für einen James Dean meistens zu schlecht gekämmt, auch zu dunkel.

Terry trägt Schwarz.

Aus Prinzip.

Immer: schwarz.

Fotografen verschlangen Terry, noch bevor sie ihre erste Rolle Film im Apparat hatten.

Von den Haaren über die mit Reißverschlüssen verzierte Jacke, die Levi's 501, bis hin zu den mit Chrom-Schnallen besetzten Stiefeletten aus blank gewetztem Wildleder: schwarz. Das Schwarz unter seinen Fingernägeln hätte er mühelos mit den Chromspitzen seiner Schuhe hervorkratzen können.

Terry kennt nicht den Unterschied zwischen Dur und Moll, er kann keine Noten lesen, weiß aber über jede Band alles. Inzwischen auch über Leather Girls, die zusätzliche Band bei ShamPains Auftritt morgen. »So ein Ding auf dem Streifen der Pandoras, ein bisschen Cycle Sluts From Hell, und die Gitarristin steht auf Shangri-Las. Haben in Eigenproduktion eine Single gemacht, die heißt, glaube ich, ONE MORE DRINK (AND I'LL BE UNDER THE HOST)...«

»Frei nach dem Spruch von Dorothy Parker?«, lacht Cat, plötzlich ganz neugierig.

An Terrys Nicken ist unschwer zu erkennen, dass er nicht weiß, was der Gitarrist damit meint. Sahen Cat und Niet noch aus, als seien sie einem Fotoband der größten Rock-Helden entsprungen, Klecker wie ein dem Internet entlaufener Cyber-Punk, so war Terry nicht *wie* aus einer anderen Welt, – er *war* aus einer anderen Welt. Sein Leben war die Sylvesterparty von 1955.

Terry war der ewige Gast.

Die Party ging bis 1977. Fing dann wieder von vorne an.

Durch die Schiebetüren nach draußen: New York. Radiocab-driver bieten laut billige Fahrten in die Stadt an. Downtown, downtown. Von Hupen und Schreien unberührt: majestätisch dahingleitende Stretch-Limousinen, karikaturenhaft lang, eine mit einem Helikopter-Landeplatz auf der Heckklappe. Alles beäugend: Cops, kaugummikauend, die dunkel behaarten Arme verschränkt vor geplättetem Hemd, große Knarre und Schlagstock lose unter den Ellbogen. Baumelnd. Groß. Vulgär.

Der Puls klopft schneller.

Das totale Chaos. Überall rennen und brüllen Leute. Die Uniformierten stehen rum, kauen Kaugummi und gucken zu. Schon ihre Vorgänger haben es aufgegeben, Kofferkulis, Touristen, Schuhputzer, Bettler, Fahrer und Dienstleister, Shuttle-Busse, Hausmeister, Catering-Wägelchen und noch mehr anströmende Touristen zu entwirren. Krawattentragende mit Designer-Köfferchen. Ein Grüppchen Japaner gebärdet sich wie Obelix in Athen. Eine Araberin mit Kupfermaske, die obere Gesichtshälfte verdeckt, eskortiert von drei Leibwächtern, steigt aus einem Kleinbus mit verspiegelten Fenstern. Ein Trupp braungebrannter Surfer lächelt Fotoapparate und einen Camcorder an. Zwei alternde Starlets lassen sich ein Dutzend Koffer tragen, klammern sich an fleischfarbene Kosmetikköfferchen, tasten sich über die kaum sichtbaren Zebrastreifen.

Der Puls wird hörbar schnell. Es pocht im Ohr, als liefe man direkt in einen Filmset, hinein in den großen Auftritt.

Schöne, neue, wilde Welt.

Quietschend schaukelt ein verbeulter Oldsmobile zum Stillstand, schon wuchtet der Beifahrer einen Stapel Rucksäcke in den Kofferraum. Ein Grüppchen lauthals spaßender Sportsfreunde mit Snowboards schaut zu. Noch mehr Aktenköfferchen, diesmal mit Handschellen an Handgelenken befestigt,

Herren in exklusiven Anzügen, schwarzen Hemden aus Seide, schmale Krawatten; jeder mit Gel im Haar, als wären sie auf dem Weg zu einem Vorsprechtermin für DER PATE IV.

Schöner, wilder, fremder Westen.

Und in der Luft: der Geruch von wartenden Jumbojets, Kerosin, der von startenden Taxen, gelben Chevrolets, die schaukeln und wippen, als seien ihre Stoßdämpfer gegen Kugelschreiberfedern ausgetauscht worden.

Pochen, klopfen, heiß in den Ohren.

Weit und breit kein Modell wie in TAXI DRIVER, alle neu, eins wie das andere, alle so wenig voneinander zu unterscheiden wie das Bodenblech eines Chevrolet Impala von dem eines Caprice. Als Jack Kerouac in diesem Land unterwegs war, *on the road*, wusste er ganz genau, weshalb er beim Verfassen seiner Eindrücke keine Absätze machte.

Über allem: Ein Himmel in Anthrazit. Er scheint niedriger, aber auch größer, breiter, weiter gebogen zu sein als der europäische Himmel. Eine totale Breitwand. Bewölkt sich stärker und stärker, wird sich irgendwann so zuziehen, ja, muss sich so zuziehen, dass ein Gewitter wie aus einer eitrigen Wunde platzen wird. Aber: nichts.

Auf dem Boden bleibt alles in Bewegung.

Keiner verdreht auch nur einen Augapfel in Richtung Sham-Pain, keiner hebt eine Augenbraue, murrt einen Kommentar zu seinem grauen Weggefährten, klemmt sich an den Arm seiner Braut. Das hier ist Amerika, Mann, hier geht alles...

H.E.L.L.O. N.E.W. Y.O.R.K.!!! Wir sind gekommen, um hier zu rocken! ZWEIHUNDERT JAHRE GESCHICHTE? SCHEISS DRAUF! WIR WERDEN ZWEITAUSEND WOLKENKRATZER IN SCHUTT UND ASCHE DRÖHNEN, ZWANZIGTAUSEND WAHNSINNIGE MIT UNSEREM SOUND BETÄUBEN, PLATTWALZEN, BIS ZUR TAUBHEIT BEDIENEN & VERWÖHNEN.

ᛏ I X

Die Lobby des Hotels sieht aus, als habe sie ein Fünfjähriger entworfen, das Brüderchen abgesegnet und der Opa angestrichen. Keine gerade Linie weit und breit. »Dieses Art-Hotel ist ein echter Geheimtipp«, zieht Spike lachend an seinem Zopf. Mit einem Stolz, als habe er dieses Hotel, Künstler-Familienbetrieb nordöstlich vom Village, eigenhändig zusammengeklebt. »Jedes Zimmer wurde von einem anderen Künstler entworfen...« Spike lacht viel, nach Bemerkungen, die bei guten Sichtverhältnissen als Witzchen durchgehen könnten, auch zwei Mal. Laut Visitenkarte ist er der Artist Relations Director des Far Out Managements.

»Bei Far Out?«

»Ja, Far Out, ne? Echt abgefahren, ha ha.«

Yep, wirklich abgefahren, Showbusiness eben: Der Fahrer – abseits von Bands auch Babysitter genannt – ist in Amerika ein Direktor für Künstlerbeziehungen.

»Bowie«, kramt er gleich eine Anekdote hervor, die sein Wissen um den Jetset demonstrieren soll, »der sollte mal hier absteigen, wollte aber nicht. Denn er... kennst du die Geschichte schon?«, wendet er sich an Terry, von dem er während der letzen Tage sicher erfahren hat, dass der alle Geschichtchen und Histörchen schon kennt, die mit Musikern zu tun haben. »Bowie also nächtigt nur im Erdgeschoss und will immer ein Zimmer mit Flügel. Damit er sich drunterlegen kann, er hat doch solche Angst vor Erdbeben!« Grölendes Gelächter. »Weil er so eine Paranoia vor Erdbeben hat, will er nur Erdgeschoss; und mit Konzert-Flügel!«

Eine halbe Stunde später geht es weiter. Danach dann weiter und weiter und weiter.

Nonstop.

ShamPain ist wieder vereint.

ShamPain ist wieder on the road.

ShamPain erfüllt wieder seine Mission: noch mehr Leute taub, wahnsinnig und glücklich machen.

Das Umfeld stimmt: Für alles ist jemand da. Alles ist gerichtet, keiner braucht einen Wecker. Spike wird einen schon aus dem Bett unter die Dusche oder aus der Bar ins Auto verfrachten. Natalie wird einen briefen, wie lange man mit wem worüber quatschen soll. Andere werden kommen, um die Band auf die Klaviatur der Medienvertreter einzustimmen. Johnny Volume checkt, was Fatburger klargemacht hat. Fatburger telefoniert mit L.A. Die Roadies, Aufbauhelfer und die Crew der nächsten Tage oder Wochen wird man treffen, irgendein Radiointerview machen, morgen den Gig, dazwischen Händeschütteln und Witzemachen mit Industrievertretern. Alles und von allem so viel, dass es am besten ist, man kümmert sich um nichts – außer darum, immer fit und gut gelaunt zu sein.

Jetzt also erstmal zur Bar, mal sehen, wer da schon eingelaufen ist – *one more for the road*.

»Die ist ja kleiner als die Mini-Bar in meinem Zimmer«, grüßt Johnny. »Auf jeden Fall genauso still, ha ha!«

Terry nickt Niet sein Hello entgegen. Unsicher, schüchtern, als hätte er was zu verbergen; also so wie immer.

Johnny trug einst einen kompletten Chemiebaukasten in seinen Blutbahnen mit sich herum, und man sieht es ihm noch an. Weil er sich mit Giften entsprechend auskennt, dosiert er sie mit einer Vorsicht, die manchen überrascht. Nebenwirkungen sind sein Spezialgebiet. Trotzdem war Volume bei Keyser immer unbeliebt. Terry dagegen, der alles trinkt, was er an die Lippen führen kann, wird von Keyser geliebt wie ein verlorener Sohn. So ähnlich die Charaktere von Johnny und Terry, so ähnlich ihre Entfernung von der Welt da draußen, so unterschiedlich ist ihr Umgang mit der Welt da drinnen: Terry wirkt nervös wie ein Kleinkrimineller, ist aber nicht so unzuverlässig, wie er rüberkommt, nur viel nervöser, auch introvertierter und unsicherer als jeder andere von ShamPain. Und er neigt dazu, Probleme mit den Händen anzupacken, mit den Fäusten zu lösen. So geschehen mit Niet am letzten Aufnahmetag in Sydney. Ist aber passiert, abgehakt, vergessen.

Dass dem Sänger bei ShamPain die Rolle des Frontmanns nicht zufällt, da sich Cat und Niet den Posten bereits teilen, kann Terry nur recht sein.

Dass Terry von Ängsten besessen ist, kann man an den Leuten ablesen, mit denen er durch die Gegend zieht: Sozialfälle, Langzeit-Junkies, Strichmädchen mit und ohne Zuhälter, Sektenmitglieder und Groupies, die in den Band-Bus einsteigen, lange bleiben und selten mehr zurücklassen als eine schwache Erinnerung und ein starkes Jucken.

It's only Rock'n'Roll? Genau darum geht es doch? – Großer Schwindel. Steht zwar alles zur freien Verfügung, ist auch immer wieder toll, die eine Versuchung mitzunehmen, eine andere zu genießen und die dritte zu penetrieren. Mit dem Beruf des Rockstars hat das allerdings nichts zu tun. Der ist knochenhart.

Ende des Mini-Breaks.

↑ ◊ ᛗ

Wieder findet Niet in seinem Zimmer ein mattschwarzes Kuvert ohne Absender. Diesmal mit einem Siegel auf der Rückseite. Unter Runen, die Niet von Ozzy Osbourne-Plattenhüllen zu kennen glaubt (in seiner in Cecil Court/London erstandenen Fibel der altnordischen Runen kommen sie nicht vor), steht:

Niet in the Teens
Good Opportunity

Unten, wie nachträglich angefügt: *The idol needs the fan just like the gun needs the bullet.*

»Hat sich ja richtig viel Mühe gemacht«, lacht Johnny seinen Walker beim Anblick des Briefes. Das begleitende Kopfschütteln verrät, was das Lachen nach Jahren der Übung fast perfekt kaschiert: Hilflosigkeit.

Weniger hilf- als ratlos scheint Spike, der lieber seinen Job als Kindermädchen wieder aufnimmt, den Barkeeper herbeizaubert und sich diskret gibt wie ein Butler. »Was willst du, Niet? Zur Cocktail-Hour empfehle ich...«

»Nur einen Kaffee bitte, oder nee: einen Black Russian.«

»So was«, deutet Johnny auf den Brief, den Niet für eine Art Drohbrief hält, »würde ich doch direkt in den Mülleimer werfen, so schnell, wie ich auf meinem Anrufbeantworter Sachen lösche – wenn sie von irgendwelchen Verwirrten kommen...«

»Bei den Verwirrten, die bei dir anrufen«, widerspricht Terry, »weiß doch jeder, wer das ist: Frauen, denen du nicht genug...«

»Hey hey hey!«

»Ich finde das ziemlich heavy«, schaltet sich Spike schließlich doch ein. Mit den Fingerspitzen dreht und wendet er das Briefchen. Gleichzeitig schaut er gelangweilt, die Augen so matt und leer wie die einer Stripperin am Fußende ihrer Halbwertzeit.

»Ein Satz in Manhattan, eh?«, witzelt Terry dazu nur. Und denkt im Stillen: Au Backe mein Arsch, zum Glück ist das nicht bei mir auf der Fußmatte gelandet. Dann steht er auf und geht Richtung Klo, ohne auch nur irgendwo anzuecken oder zu anzustoßen.

Niet erklärt in der Lautstärke, in der sich Europäer an Bars unterhalten, dass ihm das keine Angst mache, zündet das Briefchen an, steckt sich eine Filterlose daran an - und summt die Bridge eines Songs, den er lange nicht gehört hat. Glasklar sieht er die Melodie mit den Ohren. Er hört sie nicht in ihrem originalen Sound, nicht in dem Umfeld, in das sie gebettet war. Er ahnt lediglich, dass es ein eher angestaubtes, nicht sauber produziertes Umfeld war, das zu dem Song gehörte. God Needs A Bullet? Nein. GOD IS A BULLET, Concrete Blonde? Nein, auch nicht. Zwei Gitarren? Eine Orgel? Oder nur eine Gitarre, die diese Melodie als Overdub... gegen Ende des Songs, des Solos? Sie geistert ihm glasklar durch den Kopf, die Melodie, nicht aber der Sound.

Als keiner zusieht, löscht er mit der Hand das langsam dahinkokelnde Briefchen und steckt es in die Hosentasche. Bezog sich jeder der schwarzen Briefe auf einen Song? Beim vorigen, dem im Londoner Hotel, waren es unmissverständlich ein paar Zeilen aus Stranglers' NO MORE HEROES, ein Song aus Niets Kindheit. Mit Jean Jacques Burnel am Bass, knurrend, deplaziert neben dieser torkelnden Jahrmarkts-Orgel. Und dazu das Kläffen: *Whatever happened to the heroes?* Gar nicht Punk übrigens, erschien zwar 1977, mit Ratten rund um das Coverartwork, Verhaftungen, sperrigem und schrägem Sound, aber doch sehr auf Pop und Kommerz gerichtet. Ohne den Bass hätte man sie so schnell vergessen wie die Buzzcocks. Oder X-Ray Spex.

»Zeig nochmal her«, wendet sich Spike wieder an Niet. »Das ist harter Stoff, Mann. Ich werde mich darum kümmern. Zu Natalie brauchst du mit diesem Brief gar nicht erst zu gehen, die hat schon so genug zu tun. Aber wenn so was von einem durchgeknallten Fan kommt, dann... Sicher ist sicher, Mann.«

Niet gibt ihm das angekokelte Stück Papier.

Spike, bedacht, seine Angst zu verbergen, fährt lauter fort: »Wahrscheinlich irgend so ein Mädchen, das jede Zeile über dich verschlingt, euer Logo auf die Pobacke tätowiert, den Kopf voll von dir, den Mund noch nicht...«

Niet winkt ab, als könne er Spike damit leiser stellen.

»Nicht weiter schlimm, man muss dann meistens nur aufpassen, was man mit solchen Fans anstellt, vor allem, was man mit sich anstellen lässt, wenn sie ins Hotelzimmer mitkommen. Wir hatten eine extra Telefonnummer, die wir denen gaben, taten so, als sei es die Privatnummer, war aber nur ein Anrufbeantworter bei unserem Manager...«

»Und was willst du nun damit machen?«, fragt Niet das Männchen für alles; und sich: Wo hat er denn diese Groupie-Aus-und-Abzieh-Klamotte her?

Cat kreuzt auf, Spike klärt ihn und Johnny über das Equipment im Roseland auf. In ein paar Minuten geht es weiter, hört Niet noch, zum Meet & Greet mit der Crew und ein paar Industrievertretern. Außerdem wird die Band dann einer gewissen Fiona vorgestellt. Fiona soll Presse und Interviews koordinieren. Terry kommt vom Klo zurück, weiß schon, was Spike zu erzählen hat, und nimmt Niet beiseite.

»Du bist down?«

Nach Niets Schweigen elaboriert Terry, so elegant wie er kann: »Hat Klecker gesagt.«

Niet will auch das mit Schweigen quittieren – zum einen, weil kein Mensch auf so einen Satz viel erwidern kann, zum anderen weil ihm nicht klar ist, ob sich das auf den kurzfristigen Rausschmiss bezogen hat. »Im Moment geht's mir ganz prächtig. Freue mich auf den Gig - ich habe so ein Gefühl: Das wird heiß!« Das war wahr: An keinem anderen Ort der Welt können Halbstarke sich so zelebrieren und abfeiern wie in Manhattan, auf der größten Bühne überhaupt.

»Klasse«, freut sich Terry. Betont cool, kurz. Und vollkommen unehrlich. »Ich meinte, ob du down bist wegen Zig Zag und Toy Toy«, fährt er fort, als sei es das normalste der Welt, wenn der Drummer dem Sänger erzählt, der Bassist sei down, weil sein Idol gestorben sei. Terry und Klecker sprachen selten länger als fünf Minuten miteinander, und wenn, dann über Rennautos oder Lederjacken, aber bestimmt nicht über Niet und was ihn so beschäftigen könnte. An Toy Toy, Slick Blacks Gitarristen, hat Niet seit Jahren keinen Gedanken verschwendet. Toy Toy war so schlecht, dass im Studio Armeen an Mietmuckern angekarrt wurden, um die Songs zusammenzukitten.

»Hart, ne? Ich meine, als Riz Raz gestorben ist...« Terry bohrt sich mit dem Zeigefinger in die Armbeuge. »Das war ja schon hart. Ich glaube, so ähnlich muss das gewesen sein, als Eddie Cochran starb, oder auch Brian Jones: Das waren Momente, wo die ganze Unschuld auf der Strecke geblieben ist, das Feeling, der Fun, den man vorher hatte. Obwohl das bei Riz Raz ja immer klar war. Musste so kommen.«

Niet nickt dazu. Warum will sich Terry zum Rock'n'Roll-Analytiker aufschwingen, Tratschtante liegt ihm doch viel eher: das bloße Aufnehmen, Kopieren und Weitergeben von Geschichten, die für die Musikpresse inszeniert und erfunden wurden.

»Ein Wunder, dass er so lange durchhielt.« Terry in seinem Element. *Motormouth*. Tonnen an halbgarem Wissen, angelesener Bildung. »So wie bei Stiv Bator, oder auch Johnny Thunders: Dass der so lange lebte, war ja eher das, was einen überraschte. Oder Sid: war ja abzusehen, immer klar, dass das schnell enden würde. Genauso Kurt Cobain - ich meine, war auch hart. Aber... Jetzt mal ehrlich: Hat dich das überrascht? Nach allem, was vorher war?« Eine kurze Stippvisite, für Terry, normalerweise würde er bei so einem Thema weniger Tiefe und mehr Breite präsentieren.

Stattdessen spielt er mit einem Briefchen Zündhölzer. Ist Terry enttäuscht, überrascht, dass Niet ihn nicht in die Arme schließt wie einen Seelenverwandten? Niet war Musiker, Terry eben nicht mehr als derjenige, den zwar jeder Zuschauer als erstes wahrnimmt, der aber eben nicht Musik macht, sondern Texte vorträgt. Nichts besonderes, das gibt es seit Motette und Madrigal.

Terry knipst eins der Lämpchen an der Bar an, aus, an. Aus. Dann fingert er an seiner dreieckigen Nase herum. Irgend etwas brennt ihm unter den Nägeln.

»Ja, ich kann's auch immer noch nicht so richtig fassen. Als ich ihn in Tokio getroffen habe...«, murmelt Niet – einen Satz, der ihn zu nerven beginnt; wie ein schlechter Refrain, die Sorte, aus der Hits gezimmert werden. Entsprechend reagiert Terry: Beginnt wie verrückt zu nicken, zwingt sich, nicht zu unterbrechen. Er ist so erregt, als habe Cat einen Riff von Scotty Moore in den Raum gestellt. »Du hast ihn ja auch gesehen. Da kam er einem doch lebendiger vor als... Klar, aus der Nähe... Und so...«

»Genau!«, eifert sich Terry, nun voller Leben und Elan. »Ich glaub das nämlich auch nicht.«

»Was?«

»Dass der tot sein soll.«

»Wie bitte?«

»Ja, oder verschollen, oder was sie da erzählen...«

»Sag mal! Was haben sie denn dir ins Bier geschüttet? Hast du ein paar Pillen zu viel gefressen, ne Hallu oder was? Der wurde vor laufenden Kameras erschossen, dafür gibt es doch Beweise.«

»Nee«, winkt Terry ab. »Ich meine doch Toy Toy, dafür gibt es keine Beweise.«

»Toy Toy? Was ist mit dem?«

»Haste nicht gehört? Kannst du ja gar nicht gehört haben – sorry: Der ist verschollen. Wie vom Erboden verschluckt – besser gesagt: vom Meer. Man hat sein Auto aus dem Pazifik geangelt, nördlich von San Diego. Von ihm keine Spur. Die Polizei vermutet Verbrechen konkurrierender Gangs.«

»Gangs?«

»Ja, Gangs, die auf Dealerei und Zuhälterei spezialisiert sind. Wenn da die eine Gang ins Gehege einer anderen gerät, —« Den Satz beendet Terry mit einem über seinen Hals gezogenen Querstrich.

»Und was hat der damit zu tun?«

»Damit hat er sich jahrelang über Wasser gehalten.«

Kapitel 17

Do you like the world around you
Are you ready to be helped?
Outside of society
That's where I wanna be

Patti Smith: »Rock'n'Roll Nigger« - Easter

ᛗᚢᛟ

Entstammt die Lobby des Band-Hotels einem Acidtraum, so erweckt die Empfangshalle des InterContinental Central Park South den Eindruck, als habe ein kühner Architekt über die Ruinen von Pompeji eine Filmkulisse gebaut. Treppchen führen ins Nirgendwo, und Portale prunken zwischen Sitzgarnituren. Verloren, des Sinns und Zwecks beraubt, sammeln Säulen Staub. Das komplette Interieur in Art-déco-pseudoklassizistischer-Neogotik-postmodern-Streamline-Ambiente. Schwere Samtvorhänge, von einem Innenarchitekten ›kunstvoll‹ zwischen marmorierte Säulen geworfen, verhindern allzu tiefe Einsichten in den Coffee-Shop, ein Pfeil weist den Weg zur ›Sauna + Leisure Area‹, über einen Bildschirm hinter der Rezeption huschen die Schlagzeilen des Tages. Zwischen Sitzgruppen und zu niedrigen Tischen steht ein Flügel, schweigend und schwarz.

Guck, lacht Spike schon wieder (oder immer noch?), liegt keiner drunter!

Noch nicht.

Beziehungsweise: Ist schon aufgestanden, Bowie meine ich...

Klar: Im Moment ist ja auch kein Erdbeben, Mann.

Terry hat Recht: Spike, der Chauffeur, ist eine Labertasche sondergleichen. Weil Spike während der letzten Tage schon sein komplettes Repertoire abgespult hat, geht ihm Terry nun aus dem Weg. Im Mini-Bus nickt Klecker freundlich zu dem neunmalklugen Quiz-Gequassel, Cat 23 weist ihn ab, und so bleibt es an Niet hängen, sich von Spike sagen zu lassen, was für ein dufter Typ er ist.

Die Lobby. Hüstelnde Herren, Krawatten so vorhersehbar, die Geschäftigkeit so glaubwürdig wie der letzte in Österreich gedrehte Western. Jeder von ihnen mit dem Gehabe, als sei er gegen Ängste und Zweifel immun. Zweifel sind ihnen – Verzeihung, müssen Ihnen doch, in dieser Position! – fremd sein, sonst würden sie sich nicht so vulgär bewegen. Das hitzige Gestikulieren, das Schnippen nach Drinks, der aus parfümierten Herrenzeitschriften geleaste Blick, knapp am Gegenüber vorbei, um zu signalisieren, dass noch wichtigere Gesprächspartner kommen könnten, das alles unterstrichen von einer Hand, die das Kinn stützt, nachdenklich den Mund in Zaum hält. Einstudiert wie das Lächeln ihrer zu jungen Begleiterinnen.

Alles wie eine einzige Dauerwerbesendung.

Irgendwo verkündet ein Softwaregigant die Bilanzen des vorvergangenen Quartals, Boeing stellt neue Sicherheitsmaßnahmen vor, Mobilfunker und Mediziner tagen auf einem anderen Stockwerk. Mit der Normalwelt kommt man nur noch an Airport-Terminals und in Hotel-Lobbys in Berührung. Im Freundes- und Bekanntenkreis, unter Musikern, Machern und Mitmachern wird man niemals mit solchen Leuten oder gar ihren Geschäften konfrontiert. Jede noch so abartige Interessengemeinschaft oder Thinktank-Gruppe amüsiert sich im eigenen Hinterzimmer, während die Welt da draußen in stillosen Sälen verplant wird.

Die Damen kommen und gehen. Manche gehen auch ohne zu kommen, weiß Spike auszumalen, wer sonst.

Die Frauen, die für jeden sichtbar ankommen, hier und heute, stellen lächelnd ein paar steife Einkaufstüten von Macy's ab und schlendern weiter. In die *Leisure Area*, um die Zeit auf einem Fließband wegzutreten. Ihre Zeit, ihr Leben, ihre Zeit auf Erden – verdammt noch mal! – ist genauso begrenzt wie die des Pantomime-Künstlers und der in Decken gehüllten Gammler auf der Marmortreppe der Great Western Bank, keine hundert Schritte von hier.

Die erinnert mich total an meine Ex, murmelt Spike weiter, die war vielleicht ein Psychowrack. Bei Frauen, leiert er seinen Monolog weiter, gerate ich immer an Psychowracks. Soll das, fragt sich Niet, soll das nun zu einem Spielchen der restlichen Band gegen ihn und seine Beziehung zu Sheila werden? Haben sie Spike erzählt, er solle Niet trösten, schließlich sei er hoffnungslos in eine Hoffnungslose verknallt? Ist das einer dieser Scherze, über die sich Cat, Klecker und Terry so amüsieren wie über Zahnpasta auf der Türklinke, ungespülte Klos, Room-Service mit Frühstück für vier – und um fünf? Total die Irren, fährt Spike fort, mit betont regungslosem Gesicht. Eine, sah total super aus, verstehste, was ich meine? So richtig scharf, die war sogar mal Miss Arizona, und bei den Miss-America-Wahlen... Na ja, das ist eine andere Geschichte, auch total abgefahren. Sie kam aber in die Endrunde, nach Hawaii, und und und. Na ja, sie wurde disqualifiziert, weil... Sie hatte von allem genau an den richtigen Stellen die richtige Menge und so, und die war auch gar nicht doof, sah total süß aus – und die weckt mich also mitten in der Nacht auf, hat meine Arme und Beine an den Bettpfosten festgebunden und fuchtelt mit einem Küchenmesser rum. Echt: Total PSYCHO.

Aus dem Lift kommt einer, der mit seiner löchrigen Hose problemlos als Mechaniker durchgehen könnte, wäre da nicht die senffarbene Solariumsbräune, das Etikett auf den Jeans, das auberginefarbene Jackett aus englischem Tuch und ein Zwillingspärchen Bodyguards mit Gesichtslähmung. Wen interessieren hier eigentlich die Schlagzeilen des Tages? Ist die Kundschaft in diesem Hotel wirklich mit mehr als sich selbst beschäftigt, all diese Vertreter in eigener Sache?

Mit den Hotelgästen, besonders dem Solariumgebräunten, haben sich die gestrigen Schlagzeilenschreiber beschäftigt, heute geht es schon um den nächsten Superstar, wie ShamPain von einem Pulk Wartender vor dem Hoteleingang erfahren haben. Ein paar Schaulustige können den Hals vor Promis nicht voll genug bekommen, schließen sich den Wartenden an, obwohl ihnen der Superstar genau so unbekannt ist wie Niet. Ohne so recht zu wissen, auf wen sie warten, baten ein paar ShamPain um Autogramme. Einer kannte sie tatsächlich, hatte richtig Kluges zu sagen. Finde euch total geil, doch ehrlich, ihr habt's raus.

Echt wahr?, reagiert Niet auf Spikes Story. Im Foyer, durch große Glasscheiben getrennt von den Kids und ihren Sounds und Gerüchen, nicht erlöst von ihren Blicken. Geifernd, gierig.

Kommst nie darauf, was die damit machen wollte. Hat mir erst die Haare aus den Achseln rasiert und wollte mir dann einen Finger abschneiden. Hier, hält er Niet seinen nikotinbraunen Zeigefinger unter die Nase.

Eine Schlanke stellt sich als Fiona vor, geleitet die Band samt Tross zum Lift. Natalie, Volume und Spike schieben die Band durch das Foyer, über gewienerten Marmor. Die Blicke schweifen in ihre Richtung, im Rücken ist zu spüren, wie manche innehalten, rätseln, ob das die Megastars von übermorgen sind.

Die Band ist wieder komplett, unangreifbar.

Terry, Cat, Niet und Klecker werden durch die Halle eskortiert wie ein frisch aus Saudi-Arabien eingeflogener Harem. Die Behutsamkeit, die ihnen zuteil wird, kennt man im Abendland nur aus dem Fernsehen – wenn ein Rennauto nach einer Aufwärmrunde zurück in die Box geschoben wird, immer noch randvoll mit Sprit, die Innereien des Motors nur kurz in Wallung geraten, weit entfernt von seiner eigentlichen Aufgabe. So gefährlich, so berstend vor PS, auf Italienisch: potenza, so voller Potenzial und Sex, dass die Mechaniker die Pferdestärken in Zaum halten müssen. Draußen, vor den Fenstern, tobt der Mob wie auf der Haupttribüne. Die Fahrer, Lenkrad unterm Arm, tobendes wie stummes Publikum gleichermaßen ignorierend, setzen sich auf der Startgeraden in die Boliden, stecken das Steuer auf die Lenksäule. Kurzes Zeichen, der Motor heult auf, aus den Auspuffrohren röhrt es wie ein Bison, der trotz Tripper weitermacht, Trockeneis kühlt den Motor, dampfend. Die Reifen drehen, drehen durch, drehen sich auf dem Asphalt, bis sie so heiß sind, dass es qualmt. Gestartet wird aber noch nicht, jeder der vier Wagen klemmt hinter einer Barriere. Rennpferden gleich, kurz vor dem Startschuss. Gehätschelt und getätschelt. Ein Auftritt ohne Instrument, ein Solo ohne Saiten. Ein Konzertflügel ohne Pianist. Eine stumme Oper.

Die Barriere will und will nicht runtergehen, macht einen ganz wund. Auf der Zunge der Geschmack von zerbrennendem Gummi, heißem Metall. Der Gedanke daran. Wie schmeckt heißes Metall?

*SHAM PAIN * MEET & GREET * 1001 Knights* findet im Konferenzraum Lincoln statt. Miss Voy, witzelt Klecker zu Natalie, hast du noch paar Sulphate? Mir schwirrt die Birne.

1001 Knights, erklärt Fiona im Lift, ist eine Tochterfirma vom Far Out Management, das zu dieser Party eingeladen hat. Ganz locker und unverbindlich. *Boozing & schmoozing, wine & dine, meet & greet – networking.* Eine Geste der Leute von Far Out, die Natalie beim Managen von ShamPain gern unterstützen würden. Weder von Fiona, der PR-Frau, noch von Natalie kommt auch nur die blasseste Andeutung dessen, wovon Natalie neulich noch Niet erzählt hat: der Übernahme von 5th Dimension Europe Ltd. Andererseits: Die Pläne könnten sich geändert haben, vielleicht ist aus der geplanten freundlichen Übernahme ein feindliches Abschlachten geworden. Fiona erweckt den Eindruck, als wüsste sie besser als ShamPain, was hinter zugezogenen Jalousien besprochen wird, wer unter dem Verhandlungstisch wessen Händchen hält. Ein Schönheitsfehler der Übernahme, von der Natalie Niet am Telefon erzählte, ist, dass ShamPain nicht wie Leibeigene zu 5th Dimension Europe Ltd. gehören. Was kann Far Out also noch kaufen?

Im Konferenzraum Lincoln sieht es aus wie in allen Konferenzzimmern: Viel Selters, ein paar uniformierte Bedienstete und viele Schlechtgekleidete und Nichtfrisierte, die Häppchen verschlingen und Alkohol wollen.

Johnny Volume hat alle Hände voll zu tun. Alles recht *straight*, brieft er die Handlanger. In kleinen bis mittelgroßen Hallen für Licht doppelt so viel Watt wie für Sound. Erst in Arenen zweieinhalb bis dreimal so viel. Für Sound dann um die 50.000 Watt, macht 100 bis 150 Kilo für Lights, wobei wir kaum noch 500er Scheinwerfer verwenden, fast nur

1000er; außer bei Klecker, dem schmelzen sonst die Felle weg, weißt schon: Black-dot, die ziehen die Hitze an. Als wir ihm mal Pinstripe gegeben haben, wollte er danach nur noch die schwarzen – oder die von Evans. Kenner lachen laut, Johnny grinst sein Grinsen. Das geht also nicht. Für Vari-Lights und Verfolger brauchen wir noch ein paar Watt mehr, aber insgesamt kommen wir mit doppelt soviel Leistung für Licht wie für Sound hin. Wie gesagt: alles ganz konventionell. Für so was wie den Roseland Ballroom hätten wir normal 60 Kilo Sound mitgebracht, sagen wir mal dreißig Cabinets von Clair Brothers?

Die Roadies wissen, wann sie überrascht die Augenbrauen hochziehen müssen, wann laut lachen, und Johnny sortiert, wer sich wie auskennt und wer nur vorgibt, viel zu wissen, in Wirklichkeit aber nur auf Tour gehen will, um Weib und Kind hinter sich zu lassen. Schon vor Jahren haben sich diese Männer das Schlafen abgewöhnt. Harte Kerle, kommende oder abgestürzte Profimusiker, jeder eine Tragödie für sich, eine Geschichte, die keiner hören will.

Auch bei dem Meet & Greet anwesend, es soll ja nicht aussehen wie ein Klassentreffen der Handwerkerinnung: Apparatschiks von Far Out, aber auch Plattenfirmenvertreter sowie ein paar Gestalten, die sich zieren, als wären sie gern eins von beidem.

Von Hierarchie kann nicht die Rede sein, redet ein Dicker mit säuberlich ausrasiertem Bärtchen auf Natalie ein. Sein goldener Ohrring wippt, während er fortfährt: Bei uns hat man offene Strukturen. Mit seinen Händen malt er eine Horizontale in die Luft. Die Geste soll Flair vermitteln, sieht aber aus, als wäre er wieder daheim bei Mama in Brooklyn und streiche auf dem Bügelbrett über seine Jeans. Weiter weg von Mamas dampfender Waschküche sind die, die in Zahlen sprechen, beim Erwähnen bestimmter Chartplatzierungen rote Ohren bekommen. Sie vergleichen Ratios von Auslieferungen und Radio/TV-Einsätzen mit Vorjahreszahlen. Das Lamentieren über firmeninterne Strukturen überlassen sie den Aushilfskräften, denen, die damit protzen, sie hätten mit Tina

Turner gearbeitet, wenn sie in Wirklichkeit am Fotokopiergerät standen, als der Produktmanager für Backkataloge vorbeieilte, der Mann für Comebacks alternder Acts.

Yeah, Show-Biz. Alle haben mal, alle wollen sie mal.

Fiona, die ja nur als Kupplerin hier ist, lässt sich über Wert und Unwert demoskopisch erstellter Statistiken aus, spricht von arithmetisch ermittelbaren Kurven. Sie hat in Baton Rouge ein Fach studiert, von dem keiner der Band je gehört hat, und erläutert mit graziös gestikulierenden Händen die Firmenstrategie. 1001 Knights, die Tochter der anbändelnden Managementfirma, fungiert als Berater von Far-Out-Acts, darüber hinaus aber auch als Consulting- und Werbe-Agentur für alle und alles, die am Pop-Kuchen teilhaben wollen. Niet glaubt, nicht richtig zu hören: Laut Natalie gab es eine Major-Firma, die Far Out eingeschaltet hatte und deren Chef eventuell auch hier unauffällig rumsteht, doch Far Out hat gleichzeitig 1001 Knights engagiert, um mit Natalie zu plaudern? Für Niet klingt das nicht nach Strategie, sondern nach Stille Post.

Richtig, sofern ein potenzieller Kunde – sei es Pepsi, Levi's oder McDonald's – Interesse zeigt, bejaht sie eine Zwischenfrage Cats, können Bands genauso wie Auto- oder Bratpfannen-Hersteller unsere Dienste in Anspruch nehmen, wir sind ein Dienstleister. Für *solutions*, multimedial schon, als es das Wort noch gar nicht gab. Und wenn General Motors ein neues Modell mit Millionenaufwand von den Fernsehern in jedes Wohnzimmer rasen lässt, spielt der Sound dazu eine tragende Rolle, um nur ein Beispiel zu nennen.

Unter der glänzend straff sitzenden Rüstung lässt Fiona ab und an – auch das wohldosiert – ein Lächeln von 1001 Träumen aufblitzen. Will man seine letzte Produktreihe unters quirlig wilde und verrückte, amüsierbedürftige, vor allem zahlungsfähige Jungvolk bringen, so ließe man sich von diesem Hauch eines exklusiv vergebenen Lächelns sicher gerne überzeugen. Ganz, wie es sich für ein ordentliches Consulting-Institut gehört, wird über laufende oder geplante Kampagnen geschwiegen, wird die Mitarbeit an erfolgreich über Bildschirm und Bühnen gegangene Deals nur in Nebensätze eingeflochten.

Fiona: Einer jener Menschen, neben denen man sich gerne sehen lässt. Mehr chic als schick. Styling, Kleidung und Frisur wie in *Vogue*: eher anspruchsvoll als auffällig, eher gewitzt als nachdenklich, zu gleichen Anteilen Augenweide wie kühl kalkulierte Cleverness. Make-up, das Kostüm, der Schmuck, ihre Gestik, alles bestätigt: Fiona hat es im Griff, so sehr und so sexy, dass die Gedanken abwandern.

Cats Aufforderung, doch noch mehr von Zahlen und Kurven zu erzählen, so ganz habe er das noch nicht verstanden, gleitet an Fiona ab wie an einem Eiswürfel, denn schon zwinkert sie einer ankommenden Krawatte zu, Pablo! Na?!, Küsschen-Küsschen. Dann noch eine Zugabe, von ihm initiiert, eine für Nordamerikaner sehr innige Umarmung. Wie geht's?! Schon reicht sie ihm eine Sektflöte, und Cat dreht sich weg. Stöhnend lachend.

Niet mischt sich wieder unter die Entourage, zu Männern, die sich mit Spitznamen und markigen Sprüchen vorstellen. Noch ein Dutzend Gesichter und Jobs, lauter Namen, die fast alle mit ›Slim‹ oder ›Big‹ beginnen. Alliterationen und Wortspiele, die helfen sollen, Name, Funktion und Gesicht zu verbinden. Nachdem ShamPain ihrem Buchhalter für amerikanische Territorien, Anwälten und Beratern Far Outs brav die Hände geschüttelt, mit Schaltern und Waltern gesmalltalkt haben, mit den Roadies mehrmals die Bierdosen angestoßen, jedes Mal witzelnd gesagt haben, dass sie seit sieben Uhr Londoner Zeit, also seit ungefähr drei Wochen nonstop auf den Beinen sind, stehen sie wie im Auge eines Orkans: unberührt, distanziert. Allein. Unter sich. Wie Arschlöcher auf einer Geburtstagsfeier, zu der die Mutter die Einladungen verschickt hat.

Ab und an prostet ihnen ein René, ein Slime, La Quiequa oder Zakk aufmunternd zu, lächelt ein Sektglas von einem Chromtablett. Production-Manager ist Lisa. Ihr Alter ist an den Händen besser als am Gesicht zu erahnen, eine Fiona ist sie nie gewesen, würde sie nie sein. Neulich war sie mit einer

Vorgruppe von U2 in Fernost. Aha, hm, tja, was soll man da sagen, tolle Gegend, hä hä. Dann doch lieber ein kurzer Gegencheck der Stabsliste, vielleicht auch ein Foto, ein Schnappschuss: Fatburger steht als Stagemanager auf und neben der Bühne, um die Gitarren einzustöpseln, zu stimmen, gegebenenfalls neue Saiten aufzuziehen. Der Wirkungsbereich eines Production-Managers wie Lisa geht weiter, zum Mischpult und den Anweisungen dort, aber auch zum Kassenhäuschen und zum Promoter – ein Job, in dem schnelle Taschenrechner mehr gefragt sind als alternde Musiker. Als Tourmanager kümmert sich Johnny immer gleichzeitig um die schon laufende, aber auch um kommende Shows, um Bühnenanweisungen, Hotels, Promoter und um die Production-Manager. Beim Businessmanager, Natalie, laufen alle Fäden zusammen.

Alle wären gern, sind aber nicht wirklich jung. Alle wären gern, sind aber nicht wirklich hübsch, erfolgreich. Alle wirklich weiß, nicht richtig solo, aber einsam und traurig, tieftraurig. Alle ohne Freunde, ohne Verständnis, ohne Liebe. Jeder zu jung, um die Nacht alleine zu verbringen, jede zu sexy, um sich ihre Einsamkeit einzugestehen.

ᚾ ᚠ ᛏ

Alles eine Frage der Perspektive, sicher. Bist du down, so sehen sie alle aus, als stünden sie über dir, über allem. Aus der Ferne erscheinen sie wie arrogante Fratzen, die sich von gemeinem Laufvolk wie dir abschotten, immer möglichst laut lachen, um dir deine miese kleine Existenz vor Augen zu halten.

Dann lernst du sie kennen, einen nach dem anderen.

Und: Sind echt nett. Der eine legt Wert darauf, ein Jackett von Gucci zu tragen, ein anderer wird penibel, wenn es um seinen Scotch oder Espresso geht, der nächste tobt sich am Wochenende als Mr. Hyde aus, geht Platten scratchen und die Toleranz stretchen. Na und? Bei näherem Betrachten sind sie alle Profis, die meisten mit Herz.

Die Gespräche bleiben kurz, gewinnen aber an Tiefe.

Ist doch ganz egal, was für ein Jackett einer trägt, welches Hobby ihm wichtig ist. Es sind Profis, mit Haut und manchmal Haaren, immer mit Herz. Auch hier und heute, hundert Meter über Central Park South. Das für Niet beste Gespräch ist mit einem, der ihm erklärt, warum in den Medien so wenig über Zig Zags Tod zu lesen ist. »Ich weiß nicht, ob zu Recht oder Unrecht, aber die Medien halten sich an eine Nachrichtensperre.«

»Freiwillige Selbstzensur?«

Der Mann schaut Niet an, nicht ungläubig, aber so, als suche er nach dem Auftakt für seine folgende Erklärung. Der Anzug vermittelt den Eindruck, er sei älter als Niet, dem Gesicht nach könnte er jünger, dem Gebaren nach exakt gleich alt sein. »Mit Tabus und Verboten hat Zig Zag immer gespielt. Was ja auch das Besondere und den Witz seiner Sachen ausgemacht hat. Das war clever. Und kalkuliert. Aus denselben Gründen hatte er viele Feinde. Schon immer. Also nicht nur die ganzen Leute und Vereinigungen, die er mit... zum Beispiel mit BUY ROOTS EVERYWHERE... schockte, sondern auch ehemalige Fans, die erst spät begriffen, dass das *Beirut's everywhere* sehr antisemitisch... In Bezug auf die Medienindustrie, nicht nur der Ostküste, kann das leicht missverstanden werden - beziehungsweise: Es war ja so angelegt, dass es unklar blieb, also missverstanden werden musste.«

Niet kennt die Geschichte - der jüdische Zig Zag als Judenhasser, das ist ein alter Hut; für einen Deutschen nach wie vor einer, mit dem man sich zu beschäftigen hat und der auch nach mehrmaligem Drehen und Wenden ein paar Nummern zu groß bleibt. »Es ging ihm aber - nicht nur in BUY ROOTS... - um Religionen allgemein. Immer wieder...«, stammelt Niet und ärgert sich schon einen Moment später, dass er sich hier aufführt wie ein Oberschüler, der sich vor seinen Klassenkameraden rechtfertigt, warum er einen bestimmten Bandnamen auf seinen Schulranzen geritzt hat. Irgendwie rechthaberisch, im besten Falle rechtfertigend, also auch doof.

»Ganz genau«, nickt sein Gegenüber. »Na, jedenfalls haben einige zu dieser Nachrichtensperre aufgerufen. Die halten das für einen weiteren Publicity-Trick, Niet.«

Niet nimmt einen tiefen Schluck aus seinem Glas. Gin Tonic.

»Hey, nicht meine Idee! Schau mich nicht so an, als hätte ich mir das ausgedacht«, gibt er Niet einen kumpelhaften Stoß. »Dadurch wird es also knifflig: Keiner weiß genaues, keiner will danach aussehen wie der letzte Idiot, der wider jegliche Pietät einen Todesfall öffentlich angezweifelt hat; und keiner will derjenige sein, der auf einen so gemeinen Trick reingefallen ist.«

Der Gin Tonic schlägt wie Blei in seinen Magen, saugt das Blut aus seinem Kopf.

»Wer will schon derjenige sein, der in einem Nachruf trauert und sich dann von einem lebendigen Zig Zag anhören muss: Warum hast du so freundliche Sachen über mich nie zu meinen Lebzeiten geschrieben?«

»Das ist doch Scheiß, oder? Schließlich wurde alles gefilmt.«

»Aber den Film hat niemand gesehen.«

Niet sieht sich nach den anderen um, vertrauten Gesichtern. Terry muss doch etwas hierzu wissen, Cat hat doch im Fernsehen was aufgenommen...

»Bei der Pressekonferenz war niemand, jedenfalls keiner...«

»Moment. Ich habe aber sehr wohl davon gelesen, also von Augenzeugen, auch bei MTV hatten sie...«

»Bei MTV News hatten sie – direkt danach, mussten sie ja bringen – Reaktionen einiger Leute, aber nicht Berichte von Augenzeugen oder so.«

»Hier in Amerika?«

»Klar. Wen sie bei MTV Europe hatten, weiß ich nicht. Aber es schien, als ob... Man bekam den Eindruck, als wäre zu der Pressekonferenz niemand gekommen, außer ein paar Freaks. Von Fanzines oder Websites oder so. Und, machen wir uns doch nichts vor: Ohne Produkt, ohne Präsenz – er war nun ja ewig ganz von der Bildfläche verschwunden –, also ohne Produkt zum Vorstellen, kann der natürlich nicht wie einer von den Beatles einlaufen und damit rechnen, dass CNN, Associated Press und dpa alle gleich Schlange stehen, Kamera bei Fuß.«

»Und warum dann eine Pressekonferenz?«

»Genau. Ach, sieh mal an: Dave the Gaze«, grüßt er einen, der aussieht wie Quentin Tarantino. In einem Hotel dieser Preisklasse fällt so jemand schon seiner fehlenden Frisur wegen aus dem Rahmen. Nachdem sie einander vorgestellt wurden, nach ein paar lobenden Worten über ShamPain, nennt Dave the Gaze, Journalist und scharf auf News, ein paar weitere Gründe für die Nachrichtensperre gegen Zig Zag. »Ziemlich abgeschmackt, die ganze Chose. Für uns klar: ein PR-Gag. Ein ziemlich geschmackloser, wenn du mich fragst.«

Das hatte Niet nicht getan: ihn gefragt.

»Deshalb schweigen wir ihn nun zu Tode.«

Typisch Journalisten, als Meinungsmacher taugen sie zu nichts, weil sie keine Meinung haben. Sie haben keine Meinung, weil sie zuviel Angst haben, das Verkehrte zu loben, zu preisen oder anzuprangern. Weil sie vor lauter Angst noch darum bangen, früh vergessen zu werden, wollen sie wenigstens mächtig sein. Die Moralkeule kommt da immer gut. »Warum Zig Zag das macht, liegt auf der Hand«, reibt Dave seinen Daumen gegen die Kuppen von Mittel- und Zeigefinger. »Es geht um viel Geld.«

Niet hat im Internet ein paar Zeilen über eine Lebensversicherung gelesen, über unterschiedliche Zeitzonen, Zig Zags Witwe; um viel Geld war es aber nicht gegangen.

»Mehr als die Hälfte ihrer CDs und Videos haben Nirvana verkauft, nachdem sich Kurt Cobain das Hirn weggeblasen hat. Elvis: der hat noch heute ein höheres Jahreseinkommen als Mel Gibson.«

»Und das soll der Grund sein, weshalb er sich mit einem gestellten Tod aus dem Staub macht?«

»Gut gesagt, ja, aus dem Staub macht«, nickt Dave, in dessen Top 10 der Ängste eine weitere ganz oben rangiert: die Angst davor, versehentlich schon vor Redaktionsschluss zu viele Infos rauszugeben. »So bitter es klingt: Der Tod belebt das Geschäft. Der Fall Zig Zag ist ganz klar ein inszeniertes Spiel. Was ist nun eigentlich mit dir und Sheila? Wann läuten die Hochzeitsglocken?«

»Zurzeit läuten vor allem die Telefone.«

»Ha ha.«

»Warum ist das so klar, dass er seinen eigenen Tod gefaket haben soll?«

»Dafür gibt es viele Indizien, die sich zu handfesten Beweisen ergänzen.«

»Und trotzdem lässt sich niemand darüber öffentlich aus?«, winkt Niet ab. »So was wäre doch genau die Sorte Skandalstory, auf die sich die Presse sonst so gerne stürzt.«

»Die Zeitungen, die sich auf so ein Thema stürzen würden, haben entweder nicht die Geduld, die Sachlage zu überprüfen, oder...«

»Oder?«

»Oder er ist ihnen zu sehr der abgehalfterte Rockstar, der eh keine Auflage macht. *Forgotten before gone.*«

ᚱ ᚷ ᚲ

SuperFan69: Hi! Hab viel über euch aber nix von euch gehört. Was macht ihr?
Terry: Sex & Drugs &...
SuperFan69: Ich meine was fürn Sound?
Terry: City Rock.
Cat 23: Unsere Musik soll alte Leute verschrecken, unsere Texte junge aufwecken – und Frauen verzücken.
Terry: All das, was im Normalo-Sound von heute verloren geht.
Klecker: Bumm bumm bumm.
Marion: Hallo, hier Marion aus Ludwigsburg...
Cat 23: Ludwigsburg in Germany...
Marion: Ist das euer erster Besuch in die USA?
Terry: Nein.
Klecker Ja.
Niet: *Unser* erster, ja. Cat, Terry und ich waren schon vorher hier, nicht mit Bands.
Mongo 3000: Stimmt es, dass 280Sl was mit Stellungen zu tun hat?
Klecker: 280 SL, Stellungen?
Mongo 3000: Weißt schon: Sexstellungen...
Cat 23: Ach so, so wie die 69?
Mongo 3000: Ja.
Klecker: Nee. Der 280 SL war Mercedes' Antwort auf Ja-

guars E-Type. Kompakter, sportlicher. Eigentlich ein GT, also ein sportlicher Tourer. Auch innen genau zwischen den Welten, Ende der Sechziger: Holz, etwas Chrom, nirgends zu viel Chrom, aber auch schon das für Armaturenbretter damals hochmoderne PVC.
Cat 23: PVC = politically very correct ;-)
Terry: Schöner Wagen. Mit diesem abnehmbaren Pagoda-Dach, konvex...
Cat 23: Vielleicht noch Fragen zur Musik?
Matthew: Der mit den Flügeltüren?
Terry: Nee, du denkst an den 300 SL aus den 50ern, den mit dem Einspritzmotor. Der 280 SL war ein Roadster, auch teuer, aber nicht so exklusiv und unpraktisch.
Cat 23: Was anderen recht und billig ist, ist uns gerade recht. Billig braucht's nicht zu sein.
agrumpfh: SL steht für „super light".
Cat 23: Ähem.
Niet: Räusper.
Cat 23: Tja, da schlägt die Rastafahndung zu – ich gebe weiter an unseren Rastaman, den Mann mit der verfilzten Matte...
Klecker: Stimmt. Band-intern steht SL aber für etwas anderes.
Suzie X: Sehr lustig?
Cat 23: Nee, nicht ganz.
Niet: Sind hier Minderjährige im Chat?
Cat 23: Erzählen wir jedem von euch unter vier Augen. Manchen gerne.
Terry: Mancher gerne. Manchem nicht.
agrumpfh: :-/ *~@!?
Klecker: Terrys Vision von poetry (:
Matthew: Hab gehört, ihr wollt mit Blitz-Tournee den US-Markt knacken. Bedeutet das, dass wir von euch dann in Australien weniger zu sehen bekommen?
Terry: Australien wird immer eins unserer Standbeine bleiben.
Cat 23: Wenn auch das fünfte :-)
Niet: Nee, nicht nur wegen Terry, der ja aus Sydney kommt, werden wir in Australien immer wieder und regelmäßig Zwischenstopps einlegen. Außerdem ist da ja auch unsere Plattenfirma.
Matthew: Aber wie lange noch?
Terry: Bis die Welt untergeht. Warum sollte ich auswandern?
Matthew: Ich meinte: Wie lange ist da noch eure Plattenfirma, in den Nachrichten hier häufen sie die bericht-

bestattungen, in den es heißt, Luke Keyser hat richtig Trouble.
Cat 23: Hey ho, die Wonnen des Internet-Chats: alles unzensiert, so wie es die Leute erfahren und weitergeben. Chinese Whispers, hey, ich meine, ich hätte gehört, und ich habe dazu gelesen...
Marion: Wenn ihr nun in immer größeren Hallen spielt, kommt man dann mit einem Band-Tattoo noch rein?
Klecker: Sofern es geht, werden wir am Eingang IMMER jemanden hinstellen, der Leute, die sich das Bandlogo wo hintätowiert haben, reinlässt.
SuperFan69: Echt wahr?
SpeedKing: Ja, ist echt wahr. Bin so schon in mindestens ein Dutzend Shows gekommen. Die Jungs sind echt klasse. Und der Sound. Den beschreibe ich als Led Zep treffen auf Doors, plaudern über AC/DC und versuchen sich an Miles Davis.
Marion: Miles Davis?
SpeedKing: Oder John Zorn oder sonstwas irgendwie anderes.
Niet: Varèse.
Cat 23: Bumm bumm.
Suzie X: Wovor fürchtet ihr euch bei Nacht und im Dunkeln?
Terry: Vorm aufwachen.
Cat 23: Kuschelrock.
Niet: Nichts, eigentlich. Die Nacht und ich, wir sind per du. Tagsüber habe ich Angst, dass das ewig so bleiben könnte: hell und alles glasklar. Umso schattiger es wird, desto mehr fühle ich mich in meinem Element.
Klecker: Haha: Niets Elementarphysik. Hat aber schon recht. Das FÜHLT er wirklich. Deshalb meine Antwort, wovor ich mich im Dunkeln fürchte: vor Niet.
Mongo 3000: Was hat es eigentlich mit euren Namen so auf sich?
Terry: Das kommt von „Halloween 3". Da gibt es einen Masken-Hersteller, der heißt"Silver Shampain Novelties".
Suzie X: Nachdem Silver Shamrock Novelties zumachen musste, weil Conal Cochran in den Knast kommt – verdonnert zu 462.142 mal lebenslänglich.
Mongo 3000: Ich meinte EURE Namen, Cat und so. Wie heißt ihr wirklich?
Niet: Ich bin Terry.
Terry: Ich Klecker.
Klecker: Ich Cat 23.
Cat 23: ...

Mongo 3000: Okay, war ja n Versuch wert...
Cat 23: Ich heiße Ketim-Ali Abdel Hadi.
Matthew: das mit Keyser sind keine gerüchte, von denen ich nur vom Hörensagen weiß: Gegen ihn wird hier wirklich ermittelt. Fragt doch mal bei Leuten vor Ort nach, wenn in den USA nicht darüber berichtet wird.
Klecker: Wird gemacht.
Suzie X: Was macht ihr in New York gerade so?
Cat 23: Du auch hier?
Terry: Im Moment sitzen wir in der Sauna im Ritz, splitterfasernackt, und sprechen in so ein PC-Mikrophon, das unsere Gedanken in die Weiten des Internets überträgt.
Cat 23: Im Ernst: Sitzen hier und tippen auf vier Laptops -- und amüsieren uns dabei ganz prächtig mächtig.
Marion: Was macht ihr danach, auftreten?
Cat 23: Der Auftritt ist leider erst morgen. Kannst also noch schnell aus Ludwigsburg rüberkommen, wie war dein Name?
Klecker: Wir tun dich auf die Gästeliste.
Cat 23: Dann haben wir noch ein paar Interviews, Radio, morgen Presse. Heute Abend gehen wir wohl auf die Rolle, muss man ja, in Manhattan... Morgen dann der Gig, zwei Tage später L.A.
jimasse: Spielt ihr in den USA out of order?
Terry: Oha! Wo wäre die Spannung, wenn wir das schon vor der Show preisgeben würden? Bist du bei einem der Konzerte?
jimasse: Ja, im Roxy. Nächstes Wochenende.
Matthew: Ist euch der Kontakt zu den Fans noch wichtig?
Niet: Solange sie unsere Platten...
Klecker: Ganz klar. So wie... Moment...
Terry: So wie Trapeze sagten: YOUR THE MUSIC, WE'RE JUST THE BAND!

ᚾᚲᛇ

Dann alle wieder im Minibus, schaukeln dem nächsten Termin entgegen. Präsentation in einem Plattenladen, kurze Stippvisite im Konzertsaal, Interview beim Radio. Laufen halt alle brav mit, Fiona weiß, was sie tut, Spike lenkt und parkt. Und amüsiert sich. Im Moment über Niets Namen – *truely neat*, ha ha.

Ja, wirklich witzig, vor allem, wo das Lachen von Spike kommt. Die Drinks, die er reichte, waren spiked, mit Schuss, einer ganzen Schrotladung Narkotika. Neat/pur wäre es Niet lieber gewesen. Er wollte die Kontrolle noch nicht komplett verlieren. War aber besser, in so einer Situation klein beizugeben. Nichts ist ätzender als die Weigerung, auf einen Trip zu gehen, wenn einen der Trip einfach mitnimmt.

Wo man auch hinsieht, alles platzt aus allen Nähten, geparkt wird in der zweiten Reihe, Nannies führen Babies und Doggen spazieren, dazwischen Kuriere auf Inline-Skatern und Eateries voller exotischer Kost, dann wieder wahnsinnig normale Gerüche und wachsende Hochhäuser – als gäbe es nicht genug davon, als gäbe es Leute, die sich den Mietwucher leisten können. Dazwischen dann die vielen Verwirrten, Verlorenen und Verdammten. Weggefegte und Vergessene in Manhattans Raster an Streets und Avenues. Die einen tragen ihr komplettes Hab und Gut in einem Dutzend Plastiktüten herum, andere karren eine Kollektion Pfandflaschen zu einem Lädchen, in dem man ihnen dafür zwei volle Flaschen gibt. Unterwegs sammeln sie auf, was der fette Wanst im Schatten seiner Phallusprotzereien abwirft. Kippen. Armbanduhren ohne Zeiger. Rund um die Uhr.

Und gleichzeitig und immer wieder gleiten direkt danebem, keinen Kötersprung entfernt, lackierte Limousinen in Überlänge vorbei. Chauffierte Geschosse des Fortschritts – Anwälte, Manager, Makler und Broker im abgedunkelten Fond, ist der Champagner auch kühl genug? Lauter Leute, die reich werden, weil sie viel telefonieren, weil sie im richtigen Moment am richtigen Ort sind. Dass der richtige Ort vom verkehrten nur so weit entfernt ist, wie immer noch jeder spucken kann, ist nicht weiter relevant. Denn genauso austauschbar wie ihre Fahrer und ihre Liebhaberinnen, so austauschbar wie ihre Gesichter und ihre Sekretärinnen sind ihre Sprüche und Formeln, die Blasen, mit denen sie im Dunkel ihre Millionen machen.

Und auf der Marmortreppe eines Bank-Portals eine in schwarzes Tuch gehüllte Araberin, von der außer einem bandagierten Fuß nichts zu sehen ist. Daneben ihr in ein Bündel Altpapier gewickelter Säugling. Hin und wieder tätschelt sie ihn, als wollte sie ihm sagen: Wird schon, wird nicht mehr lange so weitergehen.

Beim Roseland steigen Johnny und Fatburger aus, Natalie einen Häuserblock weiter, muss irgendwas anderes regeln. »Ist das hier Broadway?«

»Das?«, stolzt Spike zurück. »Das ist Main Street, USA, die Hauptstraße von Amerika. Kunst, Schräges und Peepshows – alles nebeneinander. Der Mainstream von morgen, die immer geltende Doppelmoral und das Lebenselixier von allen und allem: Eros. Da vorne: Show World, das Flaggschiff aller Sex-Center. Früher jedenfalls. Auch nicht mehr, was es mal war: Video hat ja nicht nur die Radio-Stars gekillt, sondern auch die gute alte Porno-Industrie, schon Jahre vor dem Internet. Dadurch wurden die Leute eines Bedürfnisses beraubt, nämlich dem, sich aus der Realität zu flüchten, mit Phantasien, egal wie peinlich. Genau davon leben doch die Anbieter hier: Von dem Bedürfnis, für Sachen zu bezahlen, die einem die Freundin erst nach Jahren der Überredungskunst gewährt...«

Irgendwo in Midtown zeigt Spike allen das Dakota Building, destruktive Kadenzen, dekadente Kapriolen. Hier hat dieser Irre damals John Lennon erschossen. Mark Chapman. Tage nachdem der ihm ein Autogramm gegeben hatte.

Dann wieder mehr von allem und von allem noch mehr: Schuhgeschäfte, Möbelläden, Antiquitätengeschäfte, Supermärkte, Juweliere, Klamottenläden, kleine Klein-Theater, Restaurants, Bars. Mehr Künstler, Schriftsteller, Maler, Studenten, Mitläufer und Trittbrettfahrer, ordentliche gekleidete Schönheiten, schludrig gekleidete Schönheiten. Noch mehr Autos. Noch mehr Motorräder. Mehr Lieferwagen. Mehr Polizeiautos. Unterhalb von 77th Street, der Bürgersteig randvoll mit Hausierern, die Lederwaren und -hüte verkaufen, wie Bomben geformte Kerzen, Purpfeifen und Plastikschmuck aus Reservaten.

Komisch: Wenn Niet an New York dachte, sah er immer noch vor allem eins: Holden Caulfield, wie er durch leere und kalte Dezembernächte an Lichtspielhäusern vorbeistiebt. Auf der Suche nach dem, was für immer hinter ihm liegt.

Die Wirklichkeit ist anders. Wieder einmal. Verlacht ihn.

Okay, in Europa steigt nicht an jeder zweiten Ecke der Dampf der Subway aus dem Asphalt. Eingehüllte Häuser, oben eingekleidet in im Wind knisterndes Plastik, unten verbarrikadierte Baustellen und Tunnel aus Bretterverschlägen – auch das ist ja nicht so ungewöhnlich. Nur ist die Höhe der Baugerüste eben in einer anderen Dimension. Überhaupt: Auch die Straßen sind breiter, an diesem Mini-Bus ist nicht einmal der Zündschlüssel mini.

Größer, mehr, häufiger.

In Mittel-Europa genießt man Melancholie, in London Melancholie und Trauer, in New York genießt man nichts – und das hektisch.

Spike katapultiert seine Passagiere direkt in die Sub-Realität des ungestümen Molochs New York. So wie alle Welt meint auch er nur Manhattan, Mid- und Downtown, wenn er über NYC schwärmt. Die Sexschuppen am Times Square sind nun nicht neuen Büro-Parzellen gewichen. Theater und Musicals, Dildo- und Sex-Shops stehen weiterhin, Schulter an Schulter wie eine Einheit, inzwischen mit zehnfachem Umsatz. Die Kontrollen, auch der Steuerbehörden, sind schärfer geworden, das Programm eher nicht. Alles zahnlos, eben für Touris. Redet Spike weiter und weiter. Als ob New Yorker so ausgefuchste Trendgötter wären, dass sogar Sex bei ihnen anders aussieht als bei den Kids aus der Provinz. Hier gäbe es nur, so der Mann für Künstlerbeziehungen, *nasty business*. Die Bars und Peepshows in Alphabet City hätten dagegen noch richtig guten, alten, sauberen Spaß zu bieten. Und das, obwohl selbst Jesus, sagt Spike (wem eigentlich? Fiona? Oder will er die Boys beeindrucken?), der Legende nach, natürlich nur der Legende nach, vor Alphabetville inne gehalten habe und bei Avenue A nicht weitergegangen sei. Betonendes Nicken von Spike, peinliches Schweigen bei der Band, betretenes bei Fiona. Er nickt weiter, der Mann, der alles weiß, nur nicht, wie man Songs schreibt.

Eingeparkt, ausgestiegen, paar Minuten zu früh für das Interview beim Sender, weiß der New Yorker, der alles schon gesehen hat, der alles und niemanden kennt. Fiona telefoniert kurz, alle wollen noch schnell was trinken.

Spike kennt eine Bar. In der Bar kennt man ihn, zumindest die vielen Bedienungen, jede von ihnen in gesetztem Alter, dem Gesicht nach jenseits der Halbwertzeit, der Oberweite nach einander übertreffend und einst in den Strip-Bars so aktiv wie Spike auf den Bühnen von Idaho.

Klasse Bar. An den Wänden im Halbdunkel Lächelnde und Porträts verblichener Broadway-Größen, jede mit dem antisubtilen Make-up von Vaudeville, dem leeren Lächeln der Varietés. Mit Blick auf ein paar Biker, die sich über ein Mädchen lehnen, die hier auch in Schwarzweiß nie von den Wänden lächeln würde, attestiert Klecker: »Cool, echt cooler Laden, das hier.«

»Ja, wild, ne?«, versichert sich Spike.

»Wirklich wild«, raunte Terry zu Niet, »finde ich eigentlich nur das Leder seiner Fransen-Jacke.«

Yep, alles relativ. Das Bier ist auch nur Bier, und die Sorgen sind die selben wie überall. Was hatte Jesus hier auch verloren? Wusste doch jeder, dass das Satans Gesellenstück war, der aus Staub und Spucke geformte Big Adam's Apple, der Urapfel, Mann. Das war die Natur der Stadt: Sie walzt Felder und Gras nieder, macht alles vergessen, was vor ihr war, und zerfällt und zerschmilzt schließlich wieder wie Babel. Ideal für No-Budget-Kunst, für Reporter des Untergangs, Politiker mit wenig Moral aber umso mehr Ambition, Zivilisationszyniker und Prediger, Low-Budget-Terroristen mit Hightech-Waffen.

Jede Ecke ein Gemälde Hoppers, nur eben in 3D, in den Kellern und Hinterhöfen der Plot zu einem Thriller, Soaps in den oberen Stockwerken der Skyscraper, an deren glitzernder Fassade alles so abgleitet wie der Staub an den Kleidern der durch die Tunnel hastenden Frauen. In jedem Gespräch ein Song – THEY SAY... Was will Spike überhaupt?

»Wer schiebt ihm hier eigentlich ständig neue Münzen unters Lid, oder redet der einfach so weiter?«

»Genau: Hey Terry, hat der keinen Aus-Knopf?«

»Nee, und zum Tilt hab ich ihn auch noch nicht zurechtgerückt.« Großer Lacher. Jeder versteht nur jede dritte Silbe, aber das genügt.

Die Bar ist ein langer Schlauch. Der Fußboden zeigt entlang dem Tresen blankes Holz, so viel wie hier gestanden, gewartet und aussichtslos gehofft wurde. Wände und Decke sind vom Rauch der Jahre und den Sorgen der Zecher geschwärzt. Zu viel Kummer und Geldnot, zu viel Einsamkeit und Gedanken, die sich in endlosen Schleifen drehten, zu viele Geschäfte nach Mitternacht sind im faden Licht unter dem Tresen abgeschlossen worden. Neonreklamen für Bier funzeln alle zwei Meter etwas rötliches und hellblaues Zwielicht in Gläser, die bestenfalls halb leer sind. Eine willenlose Ansammlung Ausgespuckter starrt und schweigt zu ultralautem Eastcoast-Punk: Fun und nonpolitische Statements als vorherrschende Haltung. Wir warten nicht mehr auf den Untergang, er ist schon da, tanzen wir also noch ein bisschen, bis der letzte Gong erklingt.

Unfassbar: Die Bar nicht nur so düster wie eine Höhle, auch so stickig und erdrückend, denkt man nur an die 138 Stockwerke über einem. Draußen beschimpft einer das Trottoir, humpelt weiter, zieht einen Einkaufswagen hinter sich her, randvoll mit leeren Bierdosen zum nächsten Supermarkt, fünf Cents die Dose. Am Gitterrand die dunkle Hand, matt, asphaltfarben. Ein Krümel zwischen den Monolithen aus Stahl und schwarzem Glas, von menschenverachtenden Megalomanen errichtet.

Die Bedienungen zwitschern vergnügt, die meisten Gäste schweigen wie der Koch – Augen wie Billardkugeln, nur ruhiger, graues Haar, weißer Walross-Schnauz, ein Schädel nicht so klein, aber so abgewetzt wie ein Fußball. Alle starren sie in eine Welt, die bessere Zeiten gekannt hat – auch wenn keiner hier diese Welt selbst erlebt hat, wenn jeder nur in Präsidentenreden davon gehört hat. In kleinen Gläschen, ex & hopp, kippt man das Petroleum, das einen vergessen lässt, was man ohnehin nie mit Gewissheit gewusst hat. Mit Bier spült man die Erinnerung an das Vergessen weg.

Warten statt träumen.

Warten.

Niet verbrennt sich an einem wässrigen Kaffee die Lippen, spürt, wie es brennt, so ganz betäubt kann er nicht sein. Muss aufpassen, dass Spike ihm nicht noch mehr Drinks würzt. Es brennt noch gemeiner, aber auch gut, immerhin spürt er etwas, als ein Tabakkrümel auf der Lippe festwächst.

Warten.

Auf das große Ding, die nächste Runde für lau, die *connection*. Oder - scheiß drauf! - alles zusammen. Vielleicht warten sie auch nur darauf, dass alles schnell aufhört. Dass alles über einem zusammenbricht. Schnell und schmerzlos. Die Handschrift des Schmerzes kennen sie zu gut. Mit Sicherheit gut genug, um sie nicht zu glorifizieren - so wie die Kids, denen jede Gefühlsregung recht ist; die glauben, der Kunst ausgeliefert zu sein, Spielball ihrer tief greifenden Emotionen.

Niet weiß, dass er die Szenen solcher Vergangenheiten, dass er diese Geschichten selbst nie erleben, wohl auch nicht überleben würde. Er weiß, dass er nie sagen würde, er habe die Erstbeste, und dazu noch zu jung geheiratet, er weiß, dass er sich nicht darauf einlassen würde, wenn Spatzenhirne mit Goldkettchen vom großen Ding schwärmen. Er kennt einige der sumpfigen Löcher und Fallbeile, er weiß, dass sich unter der öligen Oberfläche mancher Straßenlache mehr als ein Schlagloch befand. Er kann die Gerüche vor der Tür deuten, ob Disney-Musical oder Fließband-Strips. Er kennt die lustlosen Gesichter, die nichts hergeben, auch wenn sie einem alles zeigen, solange man das Geld fließen lässt.

Warten und Schweigen, noch ein Kaffee - schwarz - bitte, diesmal etwas stärker.

Okay, an die große Liebe will er weiterhin glauben, das große Ding aber, das weiß er, ist Sache der Filmemacher und Tagträumer. Und ob die große Liebe in Menschengestalt erscheinen würde oder als Klang, der einige Momente lang Raum, Hirn und Universum füllt, ob die große Liebe noch ein dutzend Mal oder nur noch einmal greifbar wäre, das... das ist ihm eigentlich scheißegal. Jetzt jedenfalls.

»Harte Szene hier«, versucht er sich wieder in Spikes Tonart einzuklinken. »Besser als im Fernsehen.«

Doch Spike ist - in kleinerem Format konnte man das bei West-Berlinern beobachten, als es die noch gab - damit beschäftigt, ein New Yorker zu sein, über Provinzler aus New Jersey und Touris zu lästern. Redet von Authentizität. Doofer Gedanke. Was war schon authentisch, was wirklich repräsentativ? Woody Allens Warten in der Schlange vorm Kino? Robert De Niros Taxi, Martin Scorseses Little Italy? Pavement, Ramones oder Run DMC? Niet liebt die Produkte, die aus dem Big Apple in Mengen, vor allem in einer Qualität herausfallen, wie aus keiner anderen Gegend - die kleine, klischierte Welt haut einen um. Im Moment aber sieht Manhattan mehr und mehr nur noch kleinkariert aus, vor allem Spike.

Ein sanftes Zittern in den Knien, er ist hundemüde. »Hey, gib mir noch eine von deinen Wunderpillchen!« Rückblickend wäre diese Welt sicher wieder beeindruckend. Er würde, irgendwann von Mattau danach befragt, lächelnd und umständlich eine Filterlose anzünden, und sagen: Ja, New York... ist schon der Hit! Aber jetzt und hier?

Kapitel 18

*One A. M., and I'm cold again
I'm alone again, and I need a friend
Where the hell are you?*

Beautiful Creatures: »1 A.M.« - Beautiful Creatures

ᚱ ᚨ ᚣ

»Bei dem Sender hier«, verkündete Fiona, als sie Johnny's Corner hinter sich ließen, »springt heute eine Aushilfe ein. Statt Freddie Allen macht ein Grant Christopher das Interview für die Show, *Moondog House Party*. Der Sender ist derzeit aber unheimlich angesagt, vor allem wegen des DJs, der ist Kult. Ihr könnt also davon ausgehen, dass das Interview von der halben Stadt gehört wird.« Grant sei zwar keine Legende wie Freddie Allen, aber sicher auch nicht von schlechten Eltern. Die Sendung ginge in ein paar Tagen, Freitagabend, raus, werde aber *live on tape* aufgenommen, als sei sie live.

»Was war'n das, Terry?«, fragte Klecker. »Rauchst du nun doch wieder?«

»Nix«, verzog der Sänger stolz seinen Mund und schnippte die winzigen Überreste eines Joints zwischen zwei Mülltonnen. »Ich hab täglich vierzig, fünfzig geraucht«, reagierte er auf Fionas Mimik. »Also jeden Tag so um die vierzig, nachts dann noch mal so viele, ha ha«, hustete er den Rest seiner Pointe. »Jetzt habe ich seit schätzungsweise fünfzig Stunden keine einzige mehr gequarzt – nicht eine!«

»*Hi!* Fangen wir doch einfach an«, ratterte Grant Christopher ins Mikrofon. Der Stellvertreter der Legende saß, wie Cat und Terry, auf einem hohen Hocker, Niet und Klecker mussten mit zwei Drehstühlen vorlieb nehmen, die ein gelangweilt dreinschauender, indianisch aussehender Ton-Assistent in den Aufnahmeraum gerollt hatte.

»*Here we go*, wir sind hier im Studio zwei, mit der kompletten Band...« Keiner der Stühle gab einen Laut von sich, jede Silbe verstummte in dem schalltoten Raum, als sei sie nie gedacht, geschweige denn ausgesprochen worden. War das ein

Fragezeichen, das Grant da in den Raum gestellt hatte? Nee: Soundcheck, er lauschte den Anweisungen im Kopfhörer.

»*Right*, wir sind hier heute im Studio, zu Gast haben wir heute Abend und für euch live aus dem Studio zwei: ShamPain...« Geräuschlos leckte Grant seine Oberlippe, strich mit der Rechten über den Waschzettel vor sich. »Und-äh... ich leier für euch jetzt einfach mal runter, wer ShamPain im Genauen sind: Klecker, Niet, Terry und Cat... two... three, fangen wir doch einfach mal mit Niet an: Soweit ich verstehe, bist du sowohl der Arrangeur als auch der Komponist der Band – ist das richtig?« Niet verstand kein Wort, akustisch kam wenig rüber, inhaltlich traute er seinen Sinnen nicht. Er klopfte gegen den prähistorischen Kopfhörer. Durch das Fenster zum Kontrollraum sah er, wie sich der Ton-Assistent über das Mischpult beugte, es inspizierte, als beobachte er aus sicherer Entfernung den Aufmarsch von General Custers Truppen, während sich Spikes Mund lautlos bewegte, Fiona, ebenso lautlos dazu lachte, die Augen allerdings auf das schwarze, ölige Haar des Soundmannes vor ihr gerichtet.

»Sorry, was war das? Sowohl Arrangeur als auch Komponist?«

Mit rauchigstem Timbre nickte Grant. »*Yes*.« In den Gehörgängen heranwachsender Radiohörer, vor allem Radiohörerinnen klang das, als berste Grant vor lauter Selbstverliebtheit aus einem bis zum Bauchnabel aufgeknöpften Hawaiihemd.

»*No*«, winkte Cat ab, bevor sich Niet zwischen Irritation und Wut entschied.

»Sowohl Arrangeur als auch Komponist?«, fragte Grant ein letztes Mal. Die Wiederholung sollte das nun als ironisches Witzchen dechiffrieren.

»Nein, sowohl ein Arrangeur als auch ein Bassist«, setzte Niet trocken hinterher und bereute es im selben Moment.

»Don... Können wir das noch mal machen?«

»Noch einmal, okay«, nickte der Indianer. »Geht bitte näher, so richtig nah ans Mikro, wenn ihr redet.« Das Neonlicht war kalt wie im Leichenschauhaus, unter dem Kopfhörer rann Niet der Schweiß durch die Ohren.

»ShamPain etwas näher... Wenn ihr etwas näher ans Mikro gehen könntet, wenn ich spreche, jeder von euch...«, gab Grant Cat und Terry zu verstehen, während er Niet und Klecker noch einmal zeigte, welches ihr Mikro war.

»Okay, wir sind jetzt mit ShamPain im Studio zwei, und als Erstes werde ich mit Terry sprechen... der der Leadsänger ist, und für die Sounds... diverser Werkzeuge verantwortlich ist«, las Grant nun wieder von seinem Waschzettel ab. »*Hi Terry!*«

»Hi, how do you do?«

»Äh, seit wann bist du eigentlich bei der Gruppe dabei?«

Terry nahm tonlos seinen Kaugummi aus dem Mund, beugte sich zu dem Mikro. »Weiß gar nicht so genau, wie lange das jetzt schon so läuft – schätze, seit drei oder vier Jahren.«

»Ja. Und-äh, das muss dich ja ziemlich erschöpfen, wenn du mit dieser Geschwindigkeit und gleichzeitig in dieser Höhe singst... Wie gelingt es dir, die Töne so zu halten...«

»Tja, ich halte sie nicht«, lachte Terry zurück – mit bestem, bierseligem australischem Humor.

»Sehr schön, sehr schön. Äh, sprechen wir nun weiter mit... Mister Klecker, der sich für Drums und *steelworks* verantwortlich zeichnet. *Hello Klecker!*«

»Helloye!«, rammte Klecker gegen den Schaumstoff des Mikrofons. Wollte nun auch locker und bei bester Laune sein.

»Es freut mich, dass du auch gekommen bist«, holte das Hawaiihemd, das gar keins war, tief Luft. »Ähm, was hast du gemacht, bevor ShamPain gegründet wurden?«

»Äh, eigentlich nichts«, lachte er, sichtlich verwirrt, aber auch eilig, mit der Antwort nicht lange zu warten, das war schließlich Radio hier, und nicht Presse, wo man seine Antwort auch mal überdenken darf. »Ich habe vor ShamPain mit allen möglichen Bands gespielt, alles regionale Dinger, nichts, was weiter erwähnenswert wäre.«

Auch die nächste Frage begann wieder damit, was offenbar Grants Lieblingseinleitung war, was bei ihm wie ein Wort klang: »Und-äh... *Cat two three!!!* Machen wir jetzt mit dir weiter: Du spielst E-Gitarre, 12-, 6- und 5-saitig, Akustikgitarre, Pedal-Steel-Guitar, und du singst. Was gibt's dazu zu sagen?«

Ohne ihn während der letzten Minuten beobachtet zu haben, konnte sich Niet ausmalen, wie sehr Cat innerlich kochte, seine Haut glühte. Vielleicht aber auch nicht – abergläubisch und stets penibel auf Omen achtend, wollte er es sich in solchen Situationen oft nicht eingestehen, es nicht zulassen, dass wieder mal alles absolut katastrophal ablief.

»Yeah, äh...«, begann er.

»Ein optisch sehr... exotischer... Typ... Cat-two-three.«

»Yeah...?«

»Mit einem sehr mysteriösen, dunklen Charisma, yeah.«

»Yes«, nickte Cat, nun lachend, die Pupillen dunkel leuchtend, Nadeln der Nacht.

»Ähm, soweit ich weiß, hast du vorher, vor ShamPain, viel als Sessionmusiker gearbeitet – ist das richtig?«

»Yeah, vor allem, bevor wir mit der Band anfingen. In letzter Zeit habe ich nicht so viel gemacht, weil ich... mit 'Pain ja wirklich genug zu tun habe.«

»Hmm, ganz schön viel los, eh?«

»Ja!«, lachte Cat.

»In Ordnung, machen wir jetzt weiter mit... mit diesem, unserem letzten Gentleman heute Abend: Sein Name ist Niet, er spielt Bass und zeichnet sich für Background-Gesang verantwortlich – hallo Niet.«

»Hallo«, antwortete Niet, so freundlich wie möglich. Grant holte so tief Luft, dass Niets angebotener Friedensvertrag vom Raum verschluckt wurde. Grants Seufzen tönte wirklich so laut, dass die roten Lämpchen im IQ-Ausschlag fast aus den Augen des Indianers ins Studio zurückblickten.

»Äh... *Right, well*, du hast auf diesem Album, das ich hier vor mir habe – COMBI NATION –, scheinbar ziemlich viel gemacht, abgesehen vom Komponieren und Arrangieren. Ähm, wie setzt du die Sachen irgendwie zusammen, wenn du... Du weißt schon, wie... kom-po-nierst du da so? Setzt du dich einfach hin, und genießt das Ganze...«

»Wir buchen ein Studio, viel Equipment... und machen los. Und äh...«

»Drehen auf.«

»Drehen auf, ja, haha«, nickte Niet, schon einen Moment später darüber verärgert, dass er sich von dem ›Und-äh‹ hatte infizieren lassen. »Wir gucken dann einfach, was sich so ergibt...« Noch bevor Niet nach seinem letzten Satz einen Schlusspunkt setzen konnte, raunte Grant in bester Radiomanier und deutlich erleichtert: »*Well, thank you boys for coming into the studio, bye bye.*«

< ᚲ ᚠ

Der Himmel glühend grau, die Luft angefüllt mit dem Heulen von Sirenen, mit vor Verzweiflung Jammernden, Marktschreiern und Autoabgasen. Diesel von einer Million Lieferwagen und vorbeiheulenden Krankenwagen.

Immer noch kein Regen. Die Luft stickig wie in einer Peepshow-Kabine. Auch nach oben bot sich kein Ausweg, denn der Himmel war heute wie elektrisiert.

Perspektiven und Zeitgefühl nicht mehr verschoben wie in einem normalen Rausch, sie schoben sich nun übereinander. So wie die späten Porträts von Warhol, zum Beispiel auf dem Cover des Livealbums, das er für die Rolling Stones gestaltet hat: Da sah alles so aus, als präsentierte er mehrere Versionen statt neben- lieber übereinander. Verschoben, zum Teil die anderen Ebenen imitierend, zum Teil aus der Reihe tanzend.

Wie durch Watte nahm Niet die Straße, einen Kilometer tiefer, wahr. Watte vor den Augen, Lehm in den Ohren, Diesel in der Nase. Auf dem Trottoir liefen als Passanten verkleidete Cowboys herum. Dunkel, dunkel, da draußen. Mürrisch, mies gelaunt, die Typen da unten. Irgendwie comichaft. Scheinbar in Gedanken versunkene Passanten, in Wirklichkeit bereit, bei der kleinsten menschlichen Barriere den Colt zu ziehen.

Mitternacht, nach deutscher Zeit also sechs, fünf in London. Nicht ganz hinterm toten Punkt, aber fast.

Seit fünfundzwanzig Stunden auf den Beinen, die innere Uhr lief im Gegentakt, sollte mal aufgezogen werden. Nur wie und womit? Durch seine Adern trabte bereits eine Armee Aufputschmittelchen, nickte unisono. In seinem Kopf tickte und ratterte es wie in einer Maschine, die nicht mehr wusste, ob sie explodieren oder zusammenbrechen sollte. Jeder Muskel fühlte sich an wie bloßes Fleisch, verwesend, aber noch wund, jeglicher Funktion entledigt. Die Nacht war jung, um halb oder viertel vor oder nach wollten sie weiterziehen. Egal wann, Spike würde ihn schon abholen. Oder Klecker.

Genug Zeit für ein paar Telefonanrufe. Zwischen einer Eaterie, Burger-Joint nannte man das hier, zwischen einem Steh-Imbiss zum Reinsetzen also und Tower Records hatte er in einer Telefonzelle sein Glück versucht. Mann, war das wieder typisch, in diesem hochmodernen Land, in der Stadt der Städte: Hatten kaum Mobiltelefone, und jede Telefonzelle gehörte zu einem anderen Festnetz. Deshalb funktionierte jede Zelle anders; aber mit Operator. *Hello, can I help you?* / Nanu? Ja, äh ich wollt telefonieren... / Ach, ich dachte, Sie wollten ein Auto kaufen... / Ein Auto? / War'n Witz, Mann! Was ist Ihre Nummer?

Sein Herz klopfte schneller als Metallica, CREEPING DEATH, als Sheilas Pager ihm wie allen Anrufern mitteilte, sie sei auf dem Weg zu ihm. In ihrem Hotel sagte die Rezeptionistin, Miss Casale habe eingecheckt, ob er ihr etwas ausrichten wolle? Verbinden? Niemand hob ab, wahrscheinlich machte sie sich gerade frisch. Tolle Stimme, die Rezeptionistin. Klang so, wie man sich die Leiterin eines Mädcheninternats vorstellt. Ohne aufzustehen schaltete er den Fernseher ein, Ton weg. War so eine Sache, die Sheila viel machte: im Badezimmer mit Döschen und Töpfchen spielen. In Australien war es Sonntag Nachmittag, also eine gute Zeit, bei Ray Burns anzurufen, vielleicht könnte der ihm jetzt sagen, was genau es mit Keysers Schwierigkeiten auf sich hatte. Nicht, dass das sein Job wäre, das war ganz klar der Aufgabenbereich von Natalie.

Keiner hob ab.

Vielleicht auch besser: Solche Sorgen würden Niet im Moment nur dumm im Weg rumstehen. Hierfür sollten andere

Verantwortung übernehmen. Und überhaupt: Wenn 5th Dimension versacken würde, könnte das ShamPain nur recht sein. Es war ja alles bereits angeschoben worden, in den nächsten Gang könnte man vielleicht mit einem Major-Label schalten. Es wäre sicher gar nicht so übel, bei einer etablierten Firma unterzukommen, bei der dann alles bürokratisch und entsprechend zuverlässig liefe, der man vertrauen könnte, wenn sie erzählte, wie viele Platten sie verkauft, verschenkt und wie viele zu Sonderkonditionen verkauft hätte. Bei 5th Dimension waren diese Abrechnungen immer sehr mühselig.

Ein Musiker, der auf der Bühne und im Studio überzeugen soll, der so spielen soll, als wäre es sein letzter Auftritt auf Erden, den Reitern der Apokalypse nur um wenige Meter voraus, mit einer Energie und Freude, als wäre es das erste Mal, dass er genau diesen Song spielt, mit einer Überzeugung, als könnte es gar keinen Zweifel daran geben, was er JETZT an dieser Stelle HIER spielt, so ein Musiker durfte sich nicht den Kopf zerbrechen, ob Tantiemen und Lizenzen korrekt abgerechnet wurden.

So jemand durfte nicht Steuerprüfer vom Finanzamt im Nacken haben, Ärger mit der Freundin, Sorgen, wo er die Nacht verbringen würde, wie die Plattenfirma ihn zum nächsten Gig transportieren würde. Er hatte sich ganz und gar und mit Haut und Haaren und Tönen und Rhythmen nur auf das eine zu konzentrieren: seinen Job als Musiker. Ein 24-Stundenjob.

Kein harter Job, aber schon das: ein Job. Arbeit.

Jetzt war bei Sheila besetzt. Also rief er bei Chuck in Los Angeles an, kurz eine Nachricht hinterlassen, vielleicht ihm auch sagen, wie oberbeschissen und ignorant der Radioheini war. Bei so Leuten musste man toben, einfach um sein Gesicht zu wahren. Selbstverständlich interessierten sich solche Berufsjugendlichen nicht für einen, es gab ja Millionen andere. Selbstverständlich haute sie der Sound nicht vom Hocker, sie hatten ja schon so viel gehört, dass sie taub waren. Bei der Band konnte er seine Wut nicht ablassen, da es als miesepetrig interpretiert worden wäre – was ihn inzwischen nur noch langweilte –, und Fiona war einfach nur stolz auf den Slot bei dieser »wichtigen Premium-Show – und dann noch zur Primetime!« Für sie war das nichts weiter als eine Aufgabe auf ihrem Terminkalender, die sie erfüllt hatte. Mehr nicht.

Um Inhalte ging es niemandem, der in der Musikbranche als Profi tätig war.

»*Hello?* Hallo? *Neat?*« The Chuck, wie er stöhnt und redet – »tatsächlich?« – furzt und schwallt – redeschwallt. »Ich brech ab, ist nicht wahr. Wie geht's?«

Chuck B. Badds Von Vagabunden und Schnorrern, Tagedieben und Musikanten war zwar kein Bestseller wie die Feuilletonanbiederungen bekannterer Wichtigtuer und verkopfter Studienabbrecher, die sich dann Elvis genauso näherten wie Punk und Madonna, Dylan oder Folk – mit verschwurbelten Schachtelsätzen, komischen Fremdwörtern und Sinnleere. Doch Chuck bewies in jeder Formulierung, wie viel er vom Rhythmus seiner Materie verstand. Chuck hatte die erste Band-Bio für ShamPain geschrieben (und sich fürstlich honorieren lassen, wie Ray Burns jammerte).

»Hey ho, Niet hier. Ich wollte eigentlich nur sagen... Ja, wir fliegen also in ein paar Tagen Los Angeles an...«

»Wie geht's, Mann!«

»Ja, gut. Gut. Einigermaßen.«

»Gut, gut, einigermaßen!«, lachte Chuck, so herzhaft wie nur Männer lachen, die schon lange über zweihundert Pfund wiegen.

»Klasse, dich mal wieder zu sprechen! Die letzten Tage waren reichlich chaotisch... Egal wo ich anrufe, ich spreche nur noch mit Anrufbeantwortern, Aushilfen oder Rezeptionisten.«

Auch hierzu lachte Chuck erst mal so herzhaft, als sei es der beste Witz, den er seit Jahren gehört hatte. »Bei euch geht's ja schwer ab!«, dröhnte der Journalist wie zur Antwort.

»Ja. Vor zwei Tagen habe ich erfahren, dass wir... heute Abend Vorprogramm für Urban Scream machen, dann, also vor ein paar Stunden: Da spielt noch eine Band: ›Ihr bezahlt für den Vorgruppenslot, aber nach euch und vor der Hauptband spielt noch eine Band!‹ Mann, wir machen die Vorgruppe für die Vorgruppe?!«

»Wer?«

»Urban Scream.«

»Ich dachte, da spielt noch jemand...«

»Ach so, ja: Leather Girls.«

»Echt? Na, die sind ja immerhin total nett. Urban Scream dagegen: Gut, eben das totale Hype-Thema, ziehen sicher viel Publikum. Aber Leather Girls, ich hab mal die eine von denen gesehen... vor ein paar Monaten... im Unterrock...«

»Wie bitte?«, räusperte sich Niet betont laut.

»Ja, ja, doch...«, schien sich auch Chuck, beim bloßen Gedanken daran, frische Luft zuzufächeln.

»Du hast eins von den Ledermädeln im Unterrock gesehen, wahrscheinlich hat sie sich dann auf deinen Schoß gesetzt, und ihr habt besprochen, wie ein Kerl wie du es schafft, zwar keinen Penny in der Tasche zu haben, aber gleichzeitig zu leben wie ein Millionär...«

»Das weiß ich ja wohl besser als...«, lachte Chuck, »als so Musiker wie ihr! Ihr werdet ja nicht von Plattenfirmen dauernd überall hingeflogen. Ihr bezahlt nur dafür, ha ha!«

»Dafür lügen wir nicht, wenn wir erzählen, die Frauen kämen halb nackig auf uns zu. Aber zu lügen wie gedruckt ist in deinem Gewerbe ja...«

»Niet! Unterrock! Unterrock! Der Club! Ich hab sie in diesem Kellerclub getroffen. Hat getrunken wie ein Pferd, nee, gesoffen.«

»Kann nicht sein, die haben nie außerhalb New Yorks gespielt.«

»Wer sagt denn so was?«

»Terry.«

»Na, dann wird's wohl stimmen. Wer war das denn im Unterrock? Weißte? Wo ich auch mal Zig Zag interviewt habe? Vor einem Gig...«

Niets Stimmung sank, schneller als ein Hochhauslift, landete auf Höhe der Tiefgarage. »Zig Zag, das ist ein Ding, ne?«

»Kann man so sagen, kann man so sagen. Noch geschmackloser finde ich allerdings, was sie sich da für euch haben einfallen lassen. Wer hat denn das verzapft? Das mit...«

»Was?«

»Na, Trish Bash, diese Fernsehshow mit den Kloppereien. Das ist ja eine dermaßen miese Show, ich weiß nicht, ob das so klug ist, auf diesem Sprungbrett zu starten«, dröhnte Chuck, in einen Hustenanfall rutschend.

»Ja, da liegt einiges im argen, ich war schon kurz davor auszusteigen...«

»Kann ich verstehen«, unterbrach Chuck, als wäre es das normalste der Welt, wenn einer hinging und sich eigenhändig den Arm amputierte. »Aber 5th Dimension machen ja vor nichts halt. Als die diese fürchterliche Compilation rausbrachten, COMBI NATION, dachte ich mir schon: die wollen allen Ernstes jeden Fehler wiederholen, den schon Atco/Atlantic mit AC/DC gemacht haben. Für mich die zweitgrößten Trottel...« Kopfüber war Chuck in einem seiner Lieblingsthemen, einer Tirade gegen die Führungsetagen in Plattenfirmen, mit Querverweisen zu deren Mafiakontakten, von Platten-Moguln gepflegt, von Sinatra hofiert, hilfreich bei Erpressungen, immer dabei, wenn es um *Sex and Crime* ging. Und am Schluss, immer wieder: PolyGram, jene Firma, die 1966 einen miesen kleinen Mischling ablehnte, als ihr vom Londoner Pendant die fertig produzierte Platte angeboten wurde. Dieselbe Firma, die später SULTANS OF SWING ablehnte. Hendrix und Dire Straits: Hunderte Millionen Dollars, die sie hätten haben können.

»Bastelst du immer noch an diesem Buch, mit dieser Formel... wie ging die noch? *Sex + Crime = Rock'n'Roll*?«

»Klar. Warum nicht? Alles Synonyme für Verkehr der angenehmeren Art: Bei den Blues-Barden der vierziger Jahre ging es beim rocken ums bumsen, gerollt wurde bei ihnen nicht so viel. Nichts Neues, schon vorher, als Verb benutzt, bezeichnen Bop, Swing und Jazz dasselbe. Der einzige kleine Bastard, der da rausfällt, ist natürlich Punk: Um Sex geht es immer noch, nur hier eben um die Strichjungen im Knast.«

»Und Heavy Metal?«

»Was?«

»Ja, was ist damit?«

Etymologisch betrachtet: Stammt von Burroughs, Steppenwolf verwendeten es in BORN TO BE...«

»Was hat das mit Sex zu tun?«

»Ja, nichts. Worum es mir jedenfalls geht: Früher hieß es immer *Sex + Crime*, wenn es um die Elemente von modernem Entertainment ging, ja? Du weißt schon, BONNIE & CLYDE, die ganze Chose – die Massen der westlichen Welt haben es sich mit Lebensversicherungen, Karriereplanung undsoweiter so wohl und mollig eingerichtet, dass sie sich danach verzehren, von denen zu hören, die die riskantere Variante einschlagen, die die Kerze von beiden Seiten abbrennen, und zwar mit einem Flammenwerfer, die also rumkoksen und -ficken – eben alles machen, was sich nicht gehört. Voilà, was haben wir da? Sex + Drugs + Rock'n'Roll.« Mathematische Schlussfolgerung: Crime = Drugs + Rock'n'Roll... Beides ist von kriminellen Elementen durchsetzt, hat direkte und verdeckte Verbindungen zum...«

»...organisierten Verbrechen.«

»Genau. Voll ins Schwarze!«

»Mann, fällt dir nichts Besseres ein?« Niet intonierte die Frage, als sei sie ironisch.

»Hey, während der Prohibition waren trinkbare Betäubungsmittel illegal, obwohl es immer in allen Kulturen...«

»Ja, dass an Drogen nichts verbrecherisch ist, habe ich auch schon mal gehört.«

»Du, ja. Aber nicht jeder. Außerdem: Was soll das immer? Muss ja nicht neu sein. Das ist so ein typischer Pop-Star-Gedanke: Alles muss neu sein. Den Kids, die eure CD kaufen, ist es doch egal, ob das nun neu ist. Wichtig ist, dass es gut ist...«

»Und dass die CD im Handel erhältlich ist. Bei den Plattenverbrennungen eurer Fundamentalisten hier..., womit wir bei den richtigen Verbrechern wären...«

»Genau das ist der Punkt: Bedenklich sind die Figuren dahinter, der Vertrieb, die Dealer und Zwischenmänner... Oh! Schalt mal den Fernseher an. Die bringen gerade was über Zig Zag...«

Klopfen an der Tür. Niet hörte nur noch mit einem Ohr zu und öffnete die Tür – so gut es ging, mit dem Fuß. Er nickte Spike und einer Frau zu, mit einer Miene, die als hilfloses Lächeln durchgehen sollte, als Grimasse ankam. Chuck saß vermutlich mit hörerlosem Handy auf einem Balkon, Sonne von der Seite, Strand und Laptop vor sich, und Niet wurde eine irgendwie sehr nette Frau ins Zimmer geschoben, während Chuck weiterquasselte. Er bedeutete Spike und dessen Begleiterin reinzukommen. »Chuck, ich muss aufhören, wir sehen uns dann morgen«, unterbrach er und legte auf.

»Niet, das hier ist Claudie Miller!«

»Oh, klasse, ich...«

»*Fine, thanks*«, ping-pongte Claudie die Frage, die Niet noch gar nicht gestellt hatte, zurück: »*How're you doing?*«

»*Fine, fine*«, nickte Niet. Vielleicht war sie doch nicht so nett.

Schon trat sie auf ihn zu, schob eine kleine, kühle Hand in seine (ungewaschene), beugte sich vor, Luftküsschen rechts, links. Sie roch nach Moschus, *metropolitan*, reif, nicht zu süß. Lächelte. Ihr Make-up verriet, dass sie sich ihres Alters nicht schämte, dass sie der Natur mehr vertraute als Rouge. Seine Daumen in den Bund seiner Jeans steckend, einen Viertel Schritt zurücktretend, ihr aber immer noch nahe genug, um die Linienführung ihres Eyeliners klar zu erkennen, sah Niet plötzlich, was sein Blick bisher, mehr aus Taktgefühl denn fehlender Neugier, vermieden hatte: das T-Shirt. Er deutete wie trunken auf die Region zwischen Hals und Taille, kniff die Augen zusammen, setzte an zu sprechen.

»Claudie macht die *Press-Coordination*«, erläuterte Spike, schon wieder auf dem Weg, Niets Zimmer zu verlassen. »Sie wird morgen, naja, nachher die Interviews organisieren, alles vor Ort regeln...«

»Was ist denn das für ein T-Shirt?!? Wo hast du das denn her...?« Niet wankte einen halben Schritt rückwärts, tastete, sich zurücklehnend, nach dem Bett, ließ sich auf die Kante fallen, holte tief Luft.

Das Motiv des T-Shirts war der von Necromania bekannte Totenschädel. Unklar zu erkennen, da aus verfremdeten Buchstaben zusammengesetzt, stand über dem Artwork des Zig Zag-Debüts: Three Ways To Die, eine Anspielung auf den Slick Black-Hit Three Ways To Love.

ᚷ ᚺ ᛏ

Nach dem Abgang der von 5th Dimension angeheuerten PR-Koordinatorin, Klau-die-Miller-wie-das-Bier, zappte Niet durch die Fernseh-Kanäle. Wie wild. Hatte Chuck nicht etwas über Zig Zag gesagt? Irgendeine Nachricht im Fernsehen? Der sah was im Fernsehen, dann kam sie mit dieser unmissverständlichen Botschaft rein... Alles übereinander. Niets Herzklappen knatterten wie Kastagnetten. Und nachmittags bei dem *Meet & Greet* dieser Typ, der von der Nachrichtensperre sprach, weil Zig Zag möglicherweise gar nicht tot war. Irgendwann musste es doch irgendwo eine Meldung dazu geben.

Seine Haut zog sich zusammen wie bei einer Mumie. Die Nachrichten der meisten Sender drehten sich um New York, gelegentlich New York State. Ihm war danach, den Nikotinfilz auf seiner Zunge mit einem Rasiermesser wegzukratzen. Bei manchem Sender saßen Hausfrauen, die aussahen wie Cher nach einer weiteren Gesichtsoperation, und plauderten über telefonisch bestellbare Kosmetik, Klunker und Karat. Am liebsten hätte er sich eine Bohrmaschine an die Schläfe gesetzt, um die Kopfschmerzen zu tilgen. Woanders jodelten sie Country oder spielten Golf. Kein Wort zu Zig Zag, keine Bohrmaschine via Telefon abrufbar.

Er musste unbedingt zu Spike, sehen, was der in seiner Apotheke noch so im Angebot hatte. Er musste Terry sprechen, von dem erfahren, was es mit Zig Zag und dem Verschwinden von Toy Toy auf sich hatte...

Scheiße: Als Musiker durfte man noch etwas nicht haben – außer Kopfweh und unnötigem Trouble zu Hause und mit Plattenfirmen und Anwälten durfte man außerdem keine Paranoia haben. Wenn einem die Schatten durch die Nacht folgten, wenn Untote mit kleinen Briefchen und auf T-Shirts gedruckten Botschaften mit einem Kontakt aufnahmen, wenn gepantschte Drinks Kokser-Panik und Schweißausbrüche auslösten, dann konnte man seinen Job nicht mehr richtig machen.

Wieder klopfte es an der Tür.

Vor ihm standen achtundfünfzig Kilogramm Haut und Haare. Wollige Lust, braune Augen, die aus den Tiefen des Ozeans zu ihm aufblickten, in seinen grünen Pupillen eintauchten, verschwanden, ihn verschlangen.

Alles an ihr war wie eine Rennstrecke: Die Geraden besonders lang und schlank, die Kurven außerordentlich scharf und gefährlich. Wo andere Fettpölsterchen hatten, hatte sie Haut oder weiche Gewebeschichten.

Als sie den Mund aufmachte, wurde er fast ohnmächtig.

Wie jeder weiß, der sich in der Modelbranche auskennt, der Schauspielerinnen kennt, die in der Fernsehwerbung auftreten und dann Anträge und Einladungen von Fußballern und anderen Reichen erhalten, werden Werbespots oft in der Postproduktion zusammengeflickt, als sei der Regisseur ein Abkömmling von Dr. Frankenstein: Die Beine der einen, die Hände einer anderen. Von Sheila kam dann der Po. Den hatte sie schon für namhafte Darstellerinnen hingehalten, so perfekt war er, so dezent die Falte zum Schenkel. Ohne weiteres hätte sie auch ihren Lebensunterhalt damit verdienen können, nur ihren Hals filmen zu lassen. Oder ihre Zähne. Den Bauchnabel sowieso, eine Knospe voller Frechheit, Esprit und mehr. Und dann wieder zurück zum Mund, rot wie ein Lego-Stein, das Gesicht ebenso glatt.

Fand Niet.

»Dafür würde ich den Bass für immer an den Nagel hängen.«

»So?«

»Yo.« Im Vergleich zu ihren Haaren fühlte sich Seide an wie Sandpapier. Im Vergleich zu ihren Fingernägeln war Elfenbein plump und billig. Sie roch nach den teuersten Düften, nach französischer Creme und Parfums aus winzigen Flakons.

Sie nestelte an seinem Reißverschluss, die Luft war wie in einer Sauna. Er fühlte sich in der verkehrten Welt, Kopfschmerzen, das Surren Manhattans, der Schweiß von Verbrechen und Angst, erbärmlicher Gestank in allen Fugen seines schäbigen Zimmers, und sie beim Heimspiel. »Und, wie gefällt's dir hier?«

»Amerika...«, begann Niet.

»Ich meinte dein Zimmer. Amerika kennst du doch noch gar nicht, das hier ist New York.«

»Schon anders. Als erwartet.« So wie das, was Sheila zu entdecken begann.

Sie musterte erneut sein Zimmer. Zum ersten Mal sah er den Schimmel in den Ecken. Sheila passte hierher wie ein Rosenstrauß in eine Autowerkstatt. Haltloses ging ihm durch den Kopf beim Anblick ihrer halterlosen Strümpfe, des Miederslips, des Push-up-String-Bodys. Und doch blieb ihr Body weit weg, so weit entfernt wie Europa. Ihm schossen Gedanken vom globalen Dorf durch den Kopf, wie dumm sie waren. So attraktiv ihm das Fremde New Yorks war, so sehr er ihre Wölbungen und Kurven verehrte, er fühlte sich, als habe er London nie verlassen, als sei er ein staunendes Kid aus Deutschland, das zwar alles wahrnehmen, aber nicht genießen konnte. Tourist auf Durchreise. In NYC hatte sich das Gefühl der Verbundenheit zum Abendland verstärkt, mit seinem ganzen Fundament, seiner Stadtarchitektur, seinen Traditionen, die vor ein paar tausend Jahren begannen. Hier in Manhattan waren der Turmbau zu Babel und seine Zerstörung unmittelbare, junge Vergangenheit. Das Klammern der Amerikaner an alles, was eigene Geschichte sein könnte, diese nordamerikanische Manie des Bleichgesichts betonte nur, wie wenig Geschichte sie gemacht hatten. Niet fand dieses Ringen um Geschichte und den Kampf um eine Sonderstellung im Gang der Welt abstoßend. Er empfand es aber auch als dämlich, wenn sich Europäer über dieses Fehlen von Geschichte lustig machten. Vor allem bei älteren Generationen war das der Fall, auch bei Alt-Linken. Sie benahmen sich, als sei es ihr Verdienst, im Europa der Renaissance geboren, in der Wiege der Aufklärung groß geworden zu sein. Coca-Cola, Rock&Roll und Levi's wischten sie als übermächtige Symptome von Kulturimperialismus weg. Die andere Fraktion, denn wieder mal gab es scheinbar nur zwei Positionen, sog US-Marken wie einen Milchshake in sich auf. Kurz: Man machte genau das, was man Amis gerne vorwirft: man machte es sich einfach.

»Und L.A., inwiefern ist das anders?«

Sheilas Antwort war die einer Kalifornierin, schon die Frage katapultierte sie in einen Lachanfall.

Er beschäftigte sich eine Zeit lang mit einem Leberfleck, nordöstlich ihres verkniffen lächelnden Bauchnabels, jedes Stöhnen von ihr kam wie eine Forderung an ihn. Es sollte dem Ego gut tun, erzeugte aber nur Druck.

Wo er schon bei einer der einfachsten Sachen vor Verzweiflung und Ehrgeiz versagte, wie hätte er da einer Herausforderung wie der Zig Zags je nachkommen können?

»Neulich habe ich einen Witz gehört«, bemühte sich Sheila, die Anspannung zu lockern. »Da musste ich an dich denken. Weil du doch so ein Fetischist bist...«

»Wie, Fetischist, ich?«

»Na, was das erste Mal betrifft. Du bist doch ganz besessen davon, dass das erste immer auch das beste Mal ist. Also nicht nur bei Drogen, auch bei Bands und so.«

»Bei CDs, ja: Die erste ist immer die beste, weil man dafür um die zwanzig Jahre Zeit hatte, für die nächste eher zwanzig Tage...«

»Also, meint sie zu ihm: ›Hey Baby, bin ich deine Erste?‹ Er hält kurz inne und sagt: ›Kann gut sein, dein Gesicht kommt mir bekannt vor.‹ Ha ha ha!«

Sein Erstes-Mal-Fetischismus, so so. Das Hinterhereilen hinter dem Kick des ersten Mals, jedem Junkie wohl bekannt, war dann aber vielleicht doch was anderes. Eher so wie sein grauenhaft idiotisch formulierter Heiratsantrag auf ihrem AB. Kein Wunder, dass sie den geflissentlich wegschwieg. Er wollte ihn nun genauso wenig zur Sprache bringen wie Auseinandersetzungen in der Band, wenn man sich gerade einigermaßen verstand.

»Sag mal, Niet«, tiefer Blick in seine Augen. Ausloten von Gedanken? »Wo hast du die Ohrringe eigentlich her? Das sind ja die totalen Klunker, die sehen aus, als hättest du sie meiner Oma geklaut!«

»Noch nie gesehen? Hab ich schon lange.«

»Nee.«

»Die haben mich früher immer an Zig Zag erinnert.« Um etwas Nähe zu kreieren, erzählte er ihr von Zig Zag, von dem, was der mit ihm vor hatte. Träume und Gedanken über die Zukunft, über alles, was sein könnte, hatten sich bei Sheila und Niet wiederholt als erstklassiges Aphrodisiakum erwiesen, ganz besonders wenn es sich dabei um Geheimnisse handelte, die nur sie etwas angingen.

»Das wäre ja auf jeden Fall cooler als ShamPain, oder? Ich meine«, fingerte sie nach einer Erklärung, »du musst ja auch mal an morgen denken, oder? Gerade als Bassist...«

»Wie meinst'n das?«

»Na ja, Bassisten...«

»?«

»...werden ja nicht gerade berühmt.«

Nachdem er eine Viertelstunde lang über die wichtigsten Bands doziert hatte, darüber, wie essenziell die Bassisten von Red Hot Chili Peppers, Stranglers und Thin Lizzy waren, ebenso natürlich die von Black Sabbath, Led Zeppelin und Dee Dee Ramone, ganz zu schweigen von Virtuosen wie John Entwistle, Songwritern wie Paul McCartney, Roger Waters... war der Abend gelaufen, die Nacht gekippt.

Kapitel 19

Making love with his ego, Ziggy sucked up into his mind
Like a leper messiah
When the kids had killed the man I had to break up the band

David Bowie: »Ziggy Stardust« – Ziggy Stardust

ᚾ ᛁ ᛒ

Musikjournalisten lassen sich in vier Kategorien aufteilen: Es gibt die Aufklärer mit Hunter-Thompson-Komplex, die nach Leichen im Keller des Unterbewusstseins fahnden. Sie buddeln nicht, wie noch Gonzo, unterhalb der Gürtellinie des fetten Wohlstands nach dem Dreck, der unter den weißen Westen der Mächtigen klebt, nein, Musikaufklärer machen lieber schlaue Miene zum lahmen Spiel, stellen Fragen, an denen man den Tenor des folgenden Artikels erahnt: *On The Line sollte ursprünglich Putting Yourself On The Line heißen – war das der Plattenfirma zu destruktiv? Auto-destruktiv, also vielleicht allzu suizid-fordernd?* Eigentlich wollten wir das Album Putting Your Arse On The Line nennen, das fanden wir dann aber zu programmatisch. Es gibt unheimlich viele Mucker, die immer von Ernsthaftigkeit reden, vom großen Erfolg – wenn es aber darauf ankommt, dann geht ihnen die Klammer, sie haben Schiss, können nicht ihren »neck on the line« legen, alles auf eine Karte setzen... *Bevor Niet zur Band kam...* Er kam nicht, wir holten ihn! *Vor Niet hatten ShamPain eine ganze Legion verschiedener Bassisten. Am längsten dabei war...* Wow, hier hat einer aber seine Hausaufgaben gemacht! Ganz ehrlich: Top Job! So Leute trifft man selten. Ich selbst kann mich gar nicht an alle Basser erinnern, die bei uns damals durch den Proberaum marschiert sind. *Am längsten und als Letzter vor Niet, war Tom Bassist – mit wem spielt der jetzt?* Tom-Atom die Standtom? Keine Ahnung, mit wem der jetzt spielt – wahrscheinlich mit sich selbst. *Habt ihr nach dem Weggang Frankies...* Abgang, nicht Weggang. *Habt ihr es nach dem Abgang, wie du sagst, Frankies jemals in Erwägung gezogen, Mario S. zu engagieren? Der ist in eurer Heimat ja eine Legende...* Mario? Der ist doch nicht mal in seiner Wohnung eine Legende, auch so ein Tommy Brillommi...

Ganz klar: Aufklärer wollen irgendwann beim *Spiegel* Karriere machen.

Seltener sind die Schreiber mit Rockstarkomplex und -träumen im Kopf. So ausgeflippt und vollgedrogt, dass sie alles immer erst Tage später registrieren: Den Job, den sie zu erledigen haben, ihre eigene Musikerkarriere (die an einer fehlenden Saite oder den verkehrten Musikern zerbrach), den Witz von Klecker. Sie sind nicht unangenehm, bringen einer Band – vom Unterhaltungswert abgesehen – recht wenig, denn in der Regel enden Interviews mit ihnen in Kiff und Smalltalk. Die Transkription ihrer Pathologie, gewürzt und angemacht mit dem ein oder anderen Happen konkreter Poesie, Überresten aus der Schulzeit, erscheint dann ein halbes Jahr später in *Spin*, *NME* oder *Spex*, also in einem dieser Auffangbecken für Soziologie-Studienabbrecher, die in der Schule immer Klassenkeile bekommen haben, weil sie so sensibel und eitel waren, dass sie Gedichte verfassten, während die anderen auf dem Bolzplatz tobten.

Dann gibt es den noch selteneren Schlag der *personalities*, der *celebrities in their own right* – jeder hält sich dafür, meint, er hätte selbst das Zeug zum Star, sei aber zu clever, sein Leben auf wackeligen Bühnenbrettern und in schlecht beheizten Hotelzimmern zu verbringen. Der angehende Celebrity-Reporter schläft nie, er schnorrt entweder den Manager nach einer *line columbian marching powder* an, oder er leert backstage die Bar. Sein Lieblingsbuch ist LET IT BLURT, die Biografie über Lester Bangs, den Rock-Kritiker-Papst (und -Teufel), der alle Regeln brach, eine Konzertkritik auch mal live auf der Bühne zu tippen versuchte (J. Geils Band in der Cobo Hall, Detroit). Man vergisst ihn nie, redet, tratscht und lacht über ihn, und zwar auch dann noch, wenn der Star, dem der Celebrity-Reporter die Monatsration Koks weggesaugt hat, in den Turnhallen der Vorstädte auftritt. Während der Aufklärer nach Leichen und Ausverkauf fahndet, während sich der Träumer für erschnorrbare vom Kuchen krümelnde Wonnen interessiert, forscht der Celebrity-Schreiber nach Lifestyle und Gewohnheiten seines Objekts in Gonzomanier: Das Augenmerk besonders auf Betäubungsmittel und deren Wirkungen, *lebt* er den Star.

Und als Letztes: *The Fan*. Einst Präsident der *Kiss-Army* in 21614 Buxtehude. Immer noch am weitesten verbreitet, da idealistisch. Ein unterbezahltes Kind. Lange Haare, früher auch mal dauergewellt, eine Zeitlang pechschwarz oder wasserstoffblond, jetzt straight und mit täglich die Seiten wechselndem Scheitel. Sie tragen Lederjacken, darunter eine Weste, darunter manchmal ein Flanellhemd, dann das T-Shirt einer Band, von der man noch nie gehört hat... *The Fan* (so englisch zu lesen wie möglich, einzig erlaubte Variante: *Ze Fan*) interessiert sich besonders für eins: Musik. *The Fan* kann jedem, der es wissen will (auch jeder, die es meistens keineswegs wissen will) alle Single-B-Seiten von The Smiths aufzählen, beziehungsweise alle Songs von Kiss Alive II, alle Sänger von Black Sabbath, alle Plattencover von Dinosaur Jr... Er hat mal von Robin Trowers Bruder eine Gitarre ohne Tonabnehmer gekauft, er gerät auch nicht ins Stocken, wenn man ihn nach den Sängern befragt, die nie mit Black Sabbath aufnahmen, wohl aber probten (!)... Im Urlaub fährt *The Fan* nicht wie seine Eltern auf eine spanische Insel, der Fan begleitet lieber drittklassige Bands auf Gastspielreisen durch die Hinterhöfe der konsumistischen Weltordnung, wo die alternden Bands vor ausgehungerten Kids der Zweiten oder Dritten Welt ihre Evergreens auftischen wie Münzen vergangener Währungssysteme. Wenn er Pech hat, wird er kurz vorm Zoll von Manowars Muskel-Metal-Mucker Joey DeMaio gebeten, eben mal kurz diese Tasche hier zu tragen. Und wenn er das macht, wird er prompt zu einer Stichprobe rausgewunken. Beim Öffnen der Tasche, die er nicht gepackt hat und deren Inhalt er nicht kennt, schaut er verdattert wie sonst, wenn statt Streitäxten und Stahlsaiten lauter Salben und Crèmes zum Vorschein kommen, wenn die Zöllner Nieten-besetzte Leder-Slips für zierliche Frauen betrachten und Dildos aus 100%-Rindsleder inspizieren. *The Fan* hat seine Sternstunde, wenn die PR-Dame einer Band weniger über deren Karriere weiß als er. Weil er ständig solche Sternstunden erlebt, ist er im Grunde seines Herzens ein glücklicher Mensch. So wie die meisten glücklichen Menschen ist er sterbenslangweilig.

Kurz und in den Worten Frank Zappas: Musikjournalisten sind Leute, die nicht schreiben können und Leute interviewen, die nicht reden können für Leute, die nicht lesen können.

ᛈ ᚱ ᚠ

Terry und Klecker saßen mit einem angehenden Gonzo am anderen Ende der Kellerbar. Meistens redeten zwei gleichzeitig, lachte der Dritte. Nur als Klecker sein erstes Tattoo zeigte – eine Art Adler unter Acideinfluss –, lachten drei, während nur einer sprach. Bierdosen wurden geöffnet – pff, pff, pff. Hey!, schrie Klecker, mit dem Aufnahmegerät des Interviewers herumfuchtelnd, spul das doch bitte eben mal zurück, hahaha! Spiel das doch mal: Pff-pff, pff-pff, pff-pff! Hahaha!

Cat und Niet gingen nach ihrem ersten Interview kurz zu der Mini-Orgie, der sich gerade auch Fiona angeschlossen hatte: Ich war neulich mit eurem früheren Road-Manager, sagte sie mit einem Hauch von Stolz, in Paris. Der Hauch von Überheblichkeit dezent wie der *scent* ihres *eau* – ich komme in der Welt herum, ihr nicht, ihr kleinen Würstchen. So klar und deutlich zu erkennen wie der gepiercte Bauchnabel unter ihrem Longsleeve-Shirt. Den hatte Niet beim *Meet & Greet* gestern Abend noch nicht entdeckt. Niet und Cat hatten zwar Fionas Ankunft hier unten (und damit ein Küsschen-Küsschen plus noch ein extra Küsschen für Terry) verpasst, nicht aber, was ihr enges T-Shirt vorführte. Sie nickten sich zu, Lächeln mit Stirnrunzeln jonglierend. Hm?, drehte sich Terry zu ihr, immer große Augen, freundlich, neugierig. Ja: Joe Smith. Terry explodierte: HAHAHA!, drehte er sich zu dem Interviewer, der gerade leere und halb volle Bierdosen auseinandersortierte. Hey, das ist vielleicht eine Luftnummer... Wir haben ihn gefeuert. Eine Labertasche sondergleichen! Schon lachte Cat mit, speziell jemand wie du, Fiona, muss das doch gemerkt haben: Wenn der erst in Form ist, kaut er einem das Ohr ab, dass einem schlecht wird. Oh, ich würde ihn kaum... Das Ding mit John Cougar?, kramte Klecker durch sein Gedächtnis. Mellencamp, John Cougar – war er das nicht, der das gebracht hat? Wir nannten ihn Spliff-Smith, denn alles, was er... Yeah – Spliff-Smith! HA! Und, weißt du, Gonzo, das ist einer von diesen Typen, die einem ständig ins Ohr sabbeln: Yeah, wir sind eine Hardrockband, und wir gehen auf Tour, spielen in Arenen, und dann machen wir tierisch einen drauf... Und dann, dann steht er auf der Bühne an der Seite, Hände in den Taschen, Kopf eingezogen, wippt mit dem Arsch wie ein Pudel, und raunt: Yeah... Rock'n'Roll! Jungs, das ist es doch! Verstehst du, Mann? Klar sind wir den ganz schnell wieder losgeworden. Gonzo, hör zu, heute Abend im Roseland ist nach dem Gig große Party, nee, nicht nach dem Urban-Scream-Gig, nach unserem, Mann! Ach so, war nur ein Scherz, ja, ziemlicher Hype, Urban Scream. Lass dich von Fiona hier auf die Gästeliste setzen.

Terry drehte sich wieder zu dem Bierdosenspezialisten, nee, wir haben zurzeit keinen richtigen Roadmanager, während Fiona abzog, Niet und Cat von Claudie ihrem nächsten Interviewer vorgestellt wurden. Für Amerika haben wir nicht mal einen Manager, lachte er. Zigarette? Nee danke, ich rauche nicht, nicht mehr!

Claudie stellte Cat und Niet Andrew vor, einem Australier, der auch während der Begrüßung seinen Fuß auf einem dieser aschgrauen Flightcase-Koffer stehen ließ und ihnen entsprechend umständlich die Hand schüttelte. Coolness fordert seinen Zoll. Unter Fotografen repräsentieren diese Kisten so eine Art Geheim-Codex – *Oh, you're also taking pictures?* Die für den Jungen etwas groß wirkende Kiste, wirklich fast ein Kindersarg, hatte keinen der sonst üblichen Aufkleber. Statt *Björk – Guest* oder *Prodigy – Photo* zierte das Case nur ein I♥NY-Sticker. Nagelneu. In der Bar hier unten herrschte – wahrscheinlich seit 1938 – Frank Sinatra über die Musikauswahl. Über Kupferlämpchen mit Milchglasschirmen und einem fetten Teppichboden, knöcheltief und rot, säuselte MY KIND OF TOWN. Die Tische waren besonders ihrer Ausmaße wegen auffällig, verschwenderisch wuchtig, dunkles Holz, etwa doppelt so dick wie man es aus Europa kennt. Die Bedienung, auch doppelt dick, trug Bayerntracht, schließlich war das die *Bar Heidelberg*. Sie war bestimmt auf Grund des aus dem Ausschnitt quellenden Übergewichts angestellt worden, nicht wegen des muffigen Blicks. Typisch Cat 23, diese Bemerkung. Typisch auch, dass er damit nicht warten konnte, bis sie mit der Bestellung verschwand. Der Reporter, ganz klar ein Fan, drehte kurz seinen Kopf in alle Richtungen, stellte seinen Recorder auf den Tisch, faltete einen Zettel auseinander, den er aus der Hemdtasche zauberte. Aus der Innentasche seiner Jacke zog er ein zusammengerolltes Exemplar von *Grand Slam*. Niet hatte die Zeitschrift nie zuvor gesehen. Aha?, sagte Cat und nahm sich eine von Niets Zigaretten. Mit einem Ende der Filterlosen auf die Tischplatte klopfend, nahm er seine Sonnenbrille ab, betrachtete die Bedienung, als sie die Getränke auf den Tisch stellte. Seine Augen rahmte müde, dunkle Haut. *You may look but you must not touch*, murmelte er den Refrain von Slick Blacks YOU MAY. Der Koffer-Schreiber überhörte es, Niet schnaubte kurz ein Nicken. Das Logo von *Grand Slam* sah professionell aus – Blockbuchstaben, durch die eine Faust wie ein horizontaler Blitz schnellte. Die Titelseite zierte eine Band, von der Niet nur wusste, dass sie aus einer Sängerin bestand, die in Seminaren für den Umgang mit der Presse ausgebildet worden war, und vier durch eine Abmagerungskur geschickten Studiomusikern. Über dem *Grand Slam*-Logo stand: *Hotter than the rest!* Und, nicht ganz so fett gedruckt, *Issue 403*. Ja, ein schönes Heft, bemerkte er, beim Durchblättern registrierend, wie sich das Rückgrat des Jungen gerade bog. Es ist, stotterte der Junge fast, es ist in Wirklichkeit die dritte Ausgabe, weil es aber so doof aussieht... Ja, alles klar.

Die Kellnerin stellte eine Untertasse mit der Rechnung auf den Tisch, das geht auf Zimmer 1706, ja? Auf Cats leise gesprochene Warnung hin, Achtung hier wird aufgenommen!, beugte sie sich vor, nickte, *you're welcome!* und ging. Hinter sich ließ sie eine Wolke. Süß und schwer. Soße, dachte Niet, der die Menge an Puder und Schminke, Eau de Toilette und Cologne genauso übertrieben fand wie das tiefe Dekolleté.

Wie hat es euch in Australien gefallen?, begann der Junge. Oh yeah, cool, reagierte Cat mit Originalität, Tempo und Präzision eines John Wayne. Uns hat Australien immer schon stark beeindruckt, wegen seiner wirklich erstklassigen Bands, holte Niet aus. Der Junge nickte. Und zwar denken wir da ja keineswegs nur an AC/DC und INXS. Der Junge öffnete den Mund, setzte er zum Sprung an? Nein, er nickte – gespannt, lauschend. Es waren für mich immer Bands wie Rose Tattoo, The Living End und vor allem The Angels, die mir gefallen haben. Besonders The Angels... Während des Sprechens merkte Niet, wie sich sein Kopf schlafen legte, während sein Mund das wiedergab, was er während der letzten Monate an die sechzig Mal erzählt haben musste. In Hotelbars, in denen jedes Wort gedämpft im Raum unterzugehen schien, in großen, halligen Flughäfen, in zerfallenden Taxen, auf Pressekonferenzen vor der Weltpresse und Mädchen von der Schülerzeitung, dann in schalltoten Räumen vor Radio-Moderatoren in Hawaiihemden oder mit Schnauzer, müden Augen und Träumen von Whirlpools, Abgeklärtheit und einem besseren Leben. Ihr habt die neue CD in den Paradise Studios in Sydney aufgenommen – wie lief das für euch ab? No, no, no – wir nahmen da nicht das ganze Album auf, übernahm wieder Cat – mit der Aura des geheimnisvollen Musikers, mit einer Präsenz, in der man sich suhlen möchte. Nichts kommt da heran, nichts beschert einem so viel Glück und so sehr das Gefühl des Exklusiven (so lange und so sehr einem daran gelegen ist). Niet lehnte seinen Kopf zurück, steckte sich mit dem Ende seiner Zigarette die nächste an. Sein Mund war filzig, schmeckte so wie Cats Augenhöhlen aussahen, nach Verwesung, wenig Schlaf, Sensenmann. Er bot dem Jungen eine an. Die Kiste – voller Kameras, Objektive und allem, was man für einen Shoot so braucht – immer noch am Knie, dachte er an Zig Zag, dessen letzten Auftritt vor den Augen der Medienvertreter. Wie der Attentäter wohl seine Waffe zu der Pressekonferenz geschmuggelt hat? Ob es auch eines dieser uniformen Cases war, ob er die Waffe dann im Klo zusammengeschraubt hatte? Oder ob er - so wie Chapman, der Lennon-Attentäter - in Cowboy-Manier einen Colt aus der Jacke gezogen hatte, kurz zuvor um das letzte Autogramm bittend - ein paar Jahre später bei Sotheby's unterm Hammer? Seltsame Type, dieser Junge - Australier, und trinkt nicht, rauchen will er auch nicht. Nichts ist einsamer als die Sekunden vor dem Tod. War aus so einer Zeile was zu machen? Nichts ist einsamer als der Tod - *...Nothing's as lonely as death...* oder *...Nothing, nothing as lonely as...that*? Er manövrierte seine Beine in den Gang neben dem Tisch, lächelte dem Jungen zu. Der schien wirklich fasziniert von Cats Blubbern. Warum fragten Journalisten immer das Gleiche, merken sie nicht, dass das eins der Schrotkörner war, die manchem Superstar irgendwann die Birne wegschießen? Als er seinen Kopf tief in den Nacken legte, wurde Niet so schwindelig, dass er fast von der Bank fiel. Er stützte sich auf den Tisch. Solide Eiche? Kaum. Cat redete von künstlerischer Freiheit, Ambitionen und Frauen. Er hatte offenbar schärferes Speed. Oder mehr davon intus. Glaubte man der Quittung für die Getränke, so war eben noch *14:17:06 * 28. APRIL - THANK YOU * YOU'RE WELCOME!* Niet schaute auf Cats Armbanduhr: zehn nach sieben. Niet, für eine Band aus Deutschland ist es nicht gerade üblich, dass man einen Plattenvertrag in Australien hat, kam der Junge bei einer weiteren der für ShamPain ewigen Fragen an. Ja, nickte er. Ja. Seine Poren fühlten sich wund an. Als er sich vorbeugte, hatte er das Gefühl, sein Hirn sei eine weiche Masse, die gegen das Schädelinnere suppt, sich langsam verflüchtigt. Für uns ist das so die Frage, die immer wiederkehrt - so wie bei Shane MacGowan die nach der nächsten Entziehungskur, bei Gene Simmons die nach der 20cm-Zunge. Der Junge lachte, Niet strich durch seine Haare. Seine Handflächen fühlten sich klebrig an, kein Blut sickerte aus den Poren, wie er feststellte. Das Halbdunkel verschlang Cat fast. Er schaltete seinen Mund wieder auf Autopilot, Cat war aufgestanden, sprach die blonde Dicke an, sie drehte ihr Tablett zur Seite, lehnte sich, den Kopf geneigt, zu ihm, deutete in Richtung Treppe, die Lippen lautlos bewegend. Und Sinatra sang My Way.

In seinem Interview-Repertoire hatte Klecker einen ironischen Satz; bei dem war er gerade angekommen, als Cat und Niet wieder bei dem Drummer, Terry und dem Gonzo am Tisch rumstanden. Der eine Gitarrist also, ereiferte sich Klecker, der meinte, er kann alles: Slide, Wah Wah, Sitar, elektrische und akustische, Dobro, Pedal-Steel, 12saitige... und der hatte auch alles! Doch, echt: Kilometer an Verstärkertürmen, alles zusammengelötet, mehr Wackelkontakte als Plektren... Der hatte also alles, konnte aber in Wirklichkeit – ja eben, du hast's erfasst: nix richtig. Und der andere, der konnte wirklich alles richtig, mit der Gitarre Klavier spielen, das Schlagzeugintro von Hot For Teacher, und... und gleichzeitig einen Purzelbaum rückwärts machen, der war aber – auf menschlicher Ebene – ein Arschloch, das mieseste Stück Elend, das du dir vorstellen kannst. Den nahmen wir, und da steht er nun, deutete Klecker, vor Lachen brüllend, vage in Richtung Cat und Niet.

Und so ging es den restlichen Nachmittag weiter, nach Andrew kam Lee, oder war es Leslie, dann Rainer aus Dortmund oder Duisburg, dann zwei japanische Korrespondentinnen ohne Fragen, ein Fotograf ohne Humor, ein Interviewer ohne Batterien für sein Aufnahmegerät. Irgendwann stand jedes Mal Cat oder Niet auf, um aufs Klo zu gehen und auf dem Rückweg Claudie zu sagen, dass sie doch bitte nett und bestimmt den einen wegschicken, den Nächsten bringen soll. Alle kamen und gingen. Alle außer den zwei Gestalten vom *Spiegel*, die würden, wusste Claudie, nach dem Auftritt im Roseland zu Niet kommen.

Ein einziger war gekommen, ging aber nicht. Andrew blieb, war zwischen Theke und Klo immer wieder auszumachen. Kaum glaubte Niet, er sei nun weg, da entdeckte er den Australier von *Grand Slam* im Gespräch mit Claudie, die alle Wartenden unterhielt, Meistens stand er, Fuß auf seinem Case, eine Limonade in der Linken, irgendwo im Halbdunkel. Vielleicht, überlegte sich Niet, vielleicht sollte ich Claudie bitten, ihn zum Teufel zu jagen, aber bevor er das machen konnte, kam Spike und verschwand mit ihm.

ᛞ ᛘ ᚠ

Das Roseland befindet sich in einer Querstraße oberhalb des Theaterdistrikts, zwischen Times Square und Central Park. Niet nahm mit Claudie und einem Fotografen, der sich zur Begrüßung über die PR-Frau zu Niet hinüberlehnte – *Hi Neat. The name is Rai, pleased to meet you!* – ein Taxi. Während sie jedes Schlagloch auf der Seventh Avenue mitnahmen, fachsimpelten Claudie und Rai, ob Kurumazushi in der Madison Avenue oder kurz über Houston besser wäre. Niet studierte die Lizenz des Taxifahrers, eingerahmt auf der Trennscheibe zum Fond befestigt. Das Gesicht auf dem Foto (Registriernummer TZ 7407), hatte wenig Gemeinsamkeiten mit dem, was im Rückspiegel von dem Fahrer zu sehen war. Gab es eigentlich auch Taxi-Entführungen? Vor ein paar Jahren, erinnerte sich Niet, hatte er eine Reportage über Car-jacking gesehen, da holten Kids an roten Ampeln mit gezogener Knarre Fahrer und Passagiere aus dem Auto, das sie dann übernahmen – meist nur für den Rest des Abends, um ein bisschen rumzurasen, am Schluss nicht selten gegen eine Wand. Der Gospel-Sänger Raymond Myles wurde bei so einem Drama 1998 erschossen. Ausgerechnet der... sang so Sachen wie JESUS IS THE BADDEST MAN IN TOWN und YOU MADE A MAN OUT OF ME, BABY.

Ich habe mein T-Shirt gewechselt, zwinkerte Claudie Niet zu. Konspirativ knuffte sie in seine Seite. Einen Moment lang schien sich Rai angesprochen zu fühlen, begann mit einer Antwort, dann schaute er neugierig aus dem Fenster und zündete sich eine Marlboro an. Lights. Niet schaute mit anerkennender Miene an ihr herunter, konnte sich aber schon kurz danach nicht erinnern, gegen was sie das T-Shirt mit dem grässlichen NECROMANIA/Totenschädel-Motiv ausgetauscht hatte. Claudie zwinkerte viel, besonders, wenn sie mit ihm sprach. Als sei jeder ihrer an ihn gerichteten Sätze als konspiratives Flirten gemeint. Ihre Augen waren bis zum Rand der Pupillen angefüllt mit der Einsamkeit Rosen sammelnder Gymnasiastinnen. Und Niet fühlte sich nach Sex – wie immer, wenn er auf seiner Haut Sheilas Schweiß und Körpersäfte wähnte. Und er fühlte sich wie der männlichste Mann, von dem eine Frau nur träumen kann. Auch wie immer.

Ideal für den Auftritt.

Zerplatzend vor Sex-Appeal.

Ankunft vor dem Roseland. Auch gegenüber und nebenan standen Hunderte Schlange. Die Wartenden links, eine Busladung aus New Jersey, trugen Anzüge und Roben, denen man ansah, dass sie einmal im Jahr vom Speicher geholt und zur chemischen Reinigung gebracht wurden. In der anderen Schlange, deutlich länger, sah die Kleidung aus, als wäre sie wie vom Speicher und mit Chemie aufgefüllt, nicht aber gereinigt. Spike sagte, du hättest Zig Zag neulich noch gesprochen? Niet glaubte, ein Zucken des Fotografen wahrzunehmen (ob sie für ihn nochmal ein T-Shirt ausziehen würde?). Ja, vor ein paar Wochen in Narita, da sprach er mich darauf an, dass... Ich weiß, unterbrach Claudie, war nur ganz kurz, eben so zwischen Tür und Flug.

Beim Aussteigen überkam Niet das Gefühl, etwas vergessen zu haben. Aber, erinnerte er sich, Volume hatte mittags die Bässe und Amps abgeholt, Spike im Hotel Niets Tasche mit Kleinkram. Eins der Privilegien des Profimusikers: Für alles hatte man einen anderen Wasserträger. Für die Abwicklung von Finanzen, Tantiemen und Gagen hatte man Buchhalter, Manager, Musikverlag und noch mal einen Manager. Ein Roadie stimmte die Gitarren, ein anderer trug sie auf die Bühne, wechselte die Saiten. Je nach Größe und Umfang der Tour saß backstage noch ein Buchhalter. Der Mixer kontrollierte den Sound während des Konzerts, der Producer diktierte den auf Platte, der Engineer drehte an Knöpfchen und Reglern, sein Assistent beschaffte die nötigen Geräte, die Plattenfirma trommelte das nötige Kleingeld zusammen... Manchmal heuerte man auch für das Spielen einen anderen an, oft für das Komponieren und Arrangieren. Nur zu Fotosessions nahmen sie keinen anderen, das nahmen sie einem nicht weg. Sie würden es ihm gar nicht wegnehmen müssen – er gab es freiwillig ab. Damit niemand den Sound diktieren würde, damit er sein Instrument selbst ins Studio tragen und stimmen könnte.

Jetzt fiel Niet ein, was er hinter sich gelassen hatte: die Treue. In New York mag noch Raum sein für Nostalgie, verfälschend schon im Ansatz, keiner scherte sich um das Gestern, nur die Gegenwart zählte, auch wenn man sich auf das Vergangene bezog. Gestern war seit Jahren vorbei. Das galt für ShamPain ebenso wie für Sheila, für Ängste und Bedenken wie für Träume und Hoffnungen. Jetzt und hier stand er vor dem Roseland.

Hier hatten schon Grunge-Rocker gelitten und Crooner getänzelt. Wer sich auf New York einließ, egal wie kurz, der ließ etwas hinter sich, was für immer verloren war. Loyalität.

Beim Anblick des Logos von Max's Kansas City gegenüber wurden seine Knie weich. Das Algonquin für Hendrix und Reed, statt eines *roundtable* die Spieltische, an denen die Karrieren von New York Dolls und Aerosmith geplant wurden, Patti Smith und Debbie Harry sich entblößten... *Only in New York.*

Showbusiness ist das einzige Geschäft auf der Welt, in dem man weiß, man ist aufgestiegen, wenn man durch die Hintertür reingelassen wird; was die stählerne Tür oder die Hintertreppe nicht merklich attraktiver machte als den Flur in einem Bunker aus dem Zweiten Weltkrieg. Von drinnen tönte es dumpf, ein Bass, klamme Finger eines Roadies, der niemanden mehr beeindrucken wollte, nicht länger hoffte, entdeckt zu werden. Jogginghose vermutlich, der Schritt zwischen den Knien hängend, ein T-Shirt, das einmal schwarz gewesen sein musste.

Am Mischpult, zwischen Pappbechern mit Kaffee, lauwarm, darin schwimmend Zigarettenkippen, zwischen im Zwielicht glimmenden Lämpchen des Steuerpults für die Spotlights, umgeben von Barrieren, die vor Fans abschirmen und schützen: Der Soundmann. Herrscher über 36 + 8 + 2 Kanäle, multipliziert mit zwanzig bis dreißig Knöpfchen und Reglern. Der Soundmann weiß um seine Macht, und er lässt sie sich bezahlen. Eingemauert zwischen Cases voller Effekte, Equalizer, Echos, denn alles muss reproduzierbar sein, nichts überlässt man den Gegebenheiten der jeweiligen Halle, ist er der Einzige in der Halle, der sich bedingungslos freut, wenn jemandem das Blut aus den Ohren läuft, denn dann – sonst hätte das jetzt nicht so passieren können mein Lieber! – denn dann weiß man mit Bestimmtheit, dass alles optimal ausgesteuert, alles bis in den letzten Winkel gleichermaßen beschallt wurde.

Adrenalin, ein Schuss, klar, von kristallinen Drogen durchflutet. Immernoch vor der Stahltür. Unglaublich, dass sich das Gewitter immernoch nicht entladen hatte, es hing in der Luft wie eine Eiterblase. Keine hysterischen Teenager stürmten auf sie zu, bleich, schweißbedeckt kreischend: Da! Da ist er, ich hab ihn als Erster gesehen! Nur verschämt neugierige Blicke, Scharren der Absätze... Trotzdem, mit Claudie, Filofax in der einen, die andere Hand jetzt schnell über sein Gesicht streichend, ganz schnell, kaum eine halbe Sekunde, seine Haare aus der Stirn wischend, tiefer Blick; ihm in die Augen, als sei das alles ihr zu verdanken. Ihm verging jegliche Lust, ihr näher zu kommen.

Jetzt die Blicke einiger Wartender, ein Raunen raschelt wie ein Buschfeuer durch manchen Smalltalk. ViSdP und VIPs schielen zu ihnen, einer grüßt Rai.

Der Türsteher, größer, schwerer, dicker als alles Menschliche, was Niet bisher gesehen hatte, Oberlippenflaum, Baseball-Kappe, am Hosenbund baumelndes Funkgerät, in der Brusttasche seiner Bomberjacke Kugelschreiber in allen Farben des Regenbogens, darüber in gelb-aufgestickter Schreibschrift Show-Sec-24, gab ihm seinen Backstagepass – *NIET: MUSICIAN (RIP)*.

Und, Sesam lass mich rein, wurden sie in die Halle geschoben, noch bevor Claudie ihren Pass fand. Die Baseball-Kappe interessierte sich bereits für das, was hinter Niets Schulter passierte. Tosend raste die Feuerwehr vorbei, Tonnen an Equipment, Trucks in rot; auch sie größer, schwerer, dicker als jedes Feuerwehrauto in Europa.

RIP?

Yeah, let it rip. Ist halt so ein Gimmick.

Das neue Kürzel für really important people, übersetzte Claudie, die den Gag - ihrer Grimasse nach - auch nicht sonderlich prickelnd fand.

Das Treppenhaus weiß-gekalkt, der Fußboden nackter Stein. Schon Fred Astaire hat hier seine Letzte vor dem Auftritt geraucht. So viele Zigaretten, dachte Niet, die hier ausgetreten wurden, so viele Stöckelschuhe und Stiefel, die hier hoch- und runtergerannt sind - kein Wunder, dass der Boden blanker ist als die Bankkonten von TLC.

Kapitel 20

Malfunction
Whispered in the ear
300MHz

At The Drive In: »300 MHz« - Vaya

ᚢ ᚾ ᚷ

Am Ende des zweiten Treppenabsatzes, eine Kopie mit dem Zeitplan.

NYC 4-28
8:00 DOORS
9:15 SHAM PAIN
9:45 LEATHER GIRLS
10:30 URBAN SCREAM
12:00 CURFEW

Daneben ein anderes Din-A-4-Blatt, *SUPPORT ACTS* und darunter ein waagerechter Pfeil. Irgendwo schreit jemand; in ein Telefon, wie die Intervalle, still und länger werdend, signalisieren.

Urban Screams Bass-Roadie, inzwischen fertig mit dem Soundcheck, löffelt seinen Eintopf, der Soundmann mit dem Stage-Manager etwas Nasenpuder. Damit Kolumbiens Exportgeschäft stabil bleibt, werden auch andernorts Linien gezogen, bestimmen Kreditkarten, die den kristallenen Puder zerhacken und zerteilen, wer auf welcher Seite sitzt: Keine Plattenfirma besticht oder bekokst, sie heuert lediglich Independent Promoter an, die so wie Claudie wissen, welcher Journalist sich für ein Thema wie begeistern lässt. Mit dem Honorar für Independent Promoter verhält sich die Plattenfirma fast so großzügig wie mit dem Spesenkontingent - nicht zuletzt, da der Job oft von ehemaligen Kollegen bestritten wird, eine Altersversicherung für alle, die in Meetings zu oft eingeschlafen sind. Aber auch, weil die Plattenfirma selbst ja gar nicht dafür bezahlt, sondern die

Band, die erst Tantiemen sieht, wenn Unkosten wie diese abgetragen sind.

Tja nun, Kindstage in Ketten, Beruf in Leibeigenschaft. Immerhin ist Claudie viel unterwegs, stellt einem ständig neue Leute vor. Und keiner kommt - bisher - an und bietet einem an, an seinem Trip teilzunehmen. Die Investition scheint also gut kalkuliert.

Aus einer HiFi-Anlage am Ende des Korridors schreit eine Sängerin über einen zu hektischen Beat. Woanders schaufelt ein Gitarrist mit seiner Streitaxt Riffs aus der Hölle, jeder Akkord ätzt sich ins Ohr, wie von Hochöfen zerschmolzen. Könnten kaum männlicher sein (würde Cat sagen).

Johnny kam und hatte gute Nachrichten. Noch bevor Niet ihn bitten konnte, herauszufinden, was für ein Gerät diesen Sound erzeugt, welche Effekte und 19''-Einschübe dafür nötig sind, sagte der: »Am Bühnenrand müsst ihr schon mal nicht rumturnen. Wir kriegen zwei Verfolger, Kleckers Kit steht vor dem von Urban Scream, und das haben wir bis ganz nach hinten geschoben. Ihr habt also auf der Bühne gut Platz.«

Als Reaktion auf Niets anerkennendes Mundverziehen tippte er sich ein paar Mal gegen den einen Nasenflügel und lachte sein asthmatisches Lachen.

Im Zimmer rechts blubbern auf einem Campingkocher Eingeweide mit Bohnen. Cowboyfraß. Der Topfrand verkrustet. Daneben Aluminiumfässer mit Kaffee und heißem Wasser. Um den Tisch Roadies und Handlanger, in einer Ecke Terry, dem ein paar Mädchen über den Rücken lecken - um frisch gebastelte Tattoos aus Kleckers Softwareschmiede aufzutragen. Claudie kennt eins der Mädchen, läuft schreiend auf sie zu, als sei es ihre seit Jahren verschollene Zwillingsschwester. Es riecht nach Gas, schwach, aber deutlich. Eine Rothaarige am Tisch sieht aus, als sei sie vor ein paar Tagen hier vergessen worden.

Neben der Tür wieder ein Dicker mit Show-Sec-24-Bomberjacke und Funkgerät. Spike mit dem Rücken zu Niet, Bierdose in der Rechten. Mit seiner Linken begrabbelt er unter dem Tisch den Oberschenkel einer Brünetten, die nicht einmal von hinten auf- oder erregend aussieht. Sein Pferdeschwanz wippt steif. »Und ich sage noch zu ihm«, anekdotiert er, »leg dich besser nicht mit ihm an – der ist seit drei Tagen trocken!« Er lacht allein, wischt den Schweiß seiner Linken in die Acrylhaut der Stretchhose. »Seit drei Tagen trocken – wer weiß, wie der reagiert!« Den Wink der wiederholten Pointe versteht man weltweit, diesmal lachen auch die Roadies. Laut.

Claudie und ihre Freundin flüstern und grinsen, die Freundin schielt Richtung Niet. Nickt ihm zu? Bevor er sich entscheiden und reagieren kann, lacht sie einen Kommentar zu Claudie, dann marschieren sie im Gleichschritt raus.

Eine Bleiche in engem T-Shirt (mit Glitzerlettern, die da verkünden: MUTTER) starrt auf Niet, mit zwischen Verzweiflung und Hysterie torkelnder Grimasse. Zwei Mann weiter: Ihr Seelenverwandter, Gesicht wie das Treppenhaus – zerschrammt und weiß; fehlt nur noch das Graffito, und er könnte als Chamäleon durchgehen.

»Spike, eh? Das ist ne Nummer!«, lacht einer in Niets Ohr und schlängelt sich an ihm vorbei in die Backstage-Kantine.

Im Flur fegt ein Rauschgoldengel vorbei, funkelnd vor Glitter und Ramsch, eine Fahne aus Haarspray und Alkohol hinter sich. Ihre explodierende Mähne wie aus Zuckerwatte, wasserstoffblond, nur die Haarwurzeln zweifingerbreites Schwarz. Eine Amazone, selbstbewusst, ein Kreuzritter, der sich mit seinem Schild den Weg durch Fußvolk und Plebs bahnt, achtlos und stolz zugleich. Ihr Schild ist ihre Gitarre, pechschwarz wie die Fingernägel, glänzend wie ihre Lippen, eine Gibson Les Paul Custom (drei Humbucker, Space Ace lässt grüßen). Die Gitarristin der Leather Girls.

Chamäleon stiert auf etwas, das er verschwommen wahrnimmt, andere nicht sehen können. Sein Kopf schwankt vor und zurück. Mit den Händen hakt er sich in der Tischkante fest, beugt sich vor und erbricht sich. In den Styroporteller vor ihm.

Gespielte Begeisterung bei den Männern, ehrlicher Ekel bei den Frauen. Mit stumpfen Augen bestaunt und stiert Chamäleon, jetzt kaum noch schwankend, die Szene um sich herum, murmelt etwas. Mit dem Tempo eines ferngesteuerten Garagentors in Beverly Hills schließen sich seine Augen, und er legt seinen Kopf in den Teller.

Niet kennt keinen der fröhlichen Roadies, will auch keinen kennen lernen, trotzdem gibt er sich einen Ruck, sagt, so wie er das bei den Amerikanern des *Meet & Greet* beobachtet hat, ein lautes »What's up!« in die Runde. Sein Timing hätte kaum dümmer sein können, erneutes Grölen der Roadies übertönt sein »Ich bin Niet, Basser bei ShamPain«. Nur Bomberjacke neben der Tür reagiert. »Du bist doch der Zig-Zag-Jünger? Für dich war jemand da, hat nach dir gefragt.«

»Okay, weißt du, wer?«

»Aus Manhattan/Kansas? Hab sie noch nie gesehen. Dachte, sie wär ein Leather Girl...«

»Manhattan... Sie ist eine von den Leather Girls? Und kommt von Max's Kansas City? Gegenüber?«

»Nee: Aus Kansas, dem Bundesstaat. Genau, jetzt erinnere ich mich. Außerdem nicht aus Manhattan, sondern aus Frankfort kam sie«, weiß die Busenfreundin von Claudie.

So wie sie das sagt, ist klar, dass sie alle und jeden kennt, der sich in New York hinter Bühnen aufhält. »Und ihr Pass war von HMC, der Firma, bei der die Leather Girls unter Vertrag sind.«

»HMC?«

»His Mistress' Choice, diese Splatterpunk-Firma, haben mit Videoclips angefangen. Weißt du noch, der eine, der im Passfotoautomaten?«, tatscht sie nach Niets Hand. Sie drückt ein Auge zu, dreht seinen Handrücken nach unten, murmelt was über seine schönen grünen Augen und zirpt ihren Namen: »Donna.«

Claudies Connection für Illegalitäten, denkt Niet und schiebt die diskret überreichten Pillen in seine Jackentasche. Donna hat sich an ihm vorbeigezwängt, nun will auch er hier weg, weg aus dem Türrahmen, vielleicht auch weg aus der Halle. Ein Strom weiterer Roadies und Aufbauhelfer hält ihn auf. Einer Halluzination gleich, ist Donna im Gang verschwunden. Außerdem hätte sie ihn ja auch an der Hand mitziehen können, wenn sie vorgehabt hätte, ihm das kleine Präsent noch detaillierter zu erläutern. Unter vier Augen, zwei grünen, zwei haselnussbraunen.

Jemand zupft ihn am Ellbogen. »Ich habe mich umgehört.« Spike. Vielwissend, unangenehmer als sonst.

»Echt?«, reagiert Niet, als interessiere es ihn wie der Ausgang des Minigolf-Cups in Redondo Beach. Spikes Nicken quittiert er mit Donnas Handumdrehtrick und fragt, im Ton immer noch voller Neugier: »Was hast du denn rausgefunden? Wo du dein Rohr verlegen kannst?«

»Guter Witz, muss ich mir merken. Der Brief kommt wohl von einem ausgeklinkten Fan.«

»Ach?« Niets Hände werden feucht, er schiebt sie in seine Jackentaschen.

»Auch andere haben Briefe von dem bekommen.«

Brief Numero 5 ruht in Niets linker Jackentasche. Es ist der zweite Brief, den er in New York erhalten hat. »Tatsache?«

»Rez, der Kopf hinter...«

»Rez von Lo/Rez?« Ausgabe Numero 5 beginnt mit *Don't care about what you have heard / Rock and Roll are American words.*

»Genau. Der hat allerdings nicht nur einen gekriegt«, verrät Spike bedeutungsschwanger, »sondern mehrere. Jeder mit ein paar Songzeilen.«

Dass es sich bei den auf das Schwarz gekrakelten Zeilen um Montagen aus Titeln und Texten handelt, ist Niet auch klar. Was ihn ursprünglich beunruhigte und nun nervöser macht, sind die Wege, auf denen die Briefchen bei ihm ankamen: Der Schreiber weiß immer genaustens über Niets Aufenthaltsort Bescheid, und er signalisiert jedes Mal, wie gut er über Niet Bescheid weiß. Zunächst mit Andeutungen über ShamPain, dann Konflikte innerhalb der Band, dann Niets Konflikte mit der Band. Aufgrund dieses Hintergrundwissens nahm Niet lange an, es müsse der Gag eines Insiders sein, am ehesten Frankies, dem war es zuzutrauen, dass er die Wut über seinen Rausschmiss ausgerechnet an Niet abließ. Nur beim jüngsten

Brief, dem fünften, ist das Ende kein weiterer Beleg für Insiderwissen. Stattdessen ist es eine Drohung.

Er geht zu Natalies Office. Auf dem Weg dorthin starrt ihn jeder an. Nicht wie einen kommenden Superstar, den Kopf hinter OUT OF ORDER. Sie gucken ihn eher an wie einen, dem man ein rotes Kreuz auf die Stirn geklebt hat. Heute Nacht, beschließt Niet, wird er in einem anderen Hotel verbringen - und keinem davon erzählen.

Den ersten Brief hatte er kaum gelesen, zu krank kam er ihm vor. Was den zweiten betraf, den er in Deutschland bekam, so erinnerte sich Niet nur noch daran, dass die Textzeile von Ratt kam und dass die im Brief verwendete, modifizierte Version mit *Shame, Shame, Pain* endete - als sollte sie deutlich machen, dass die Zeilen wirklich für ihn bestimmt waren.

Handfester wurde dies im nächsten Brief mit dem Schreibfehler *Know more heroes*. Abgesehen von der Schreibweise, die in Niets Augen der Initiative Know Censorship entlehnt war, wurde darin recht präzise Stranglers' NO MORE HEROES zitiert, bevor ein paar Hinweise auf Niets Konflikte innerhalb der Band folgten - was belegte, dass der Schreiber besser informiert war als Fans, die ihre Infos aus den Medien bezogen. Zu diesem Zeitpunkt und an Niet gerichtet, konnte sich Stranglers' Absage an Helden - oder deren Ende - nur auf Zig Zags Tod beziehen.

Andeutungen in diese Richtung waren im folgenden Brief nicht mehr von der Hand zu weisen. Statt mit einer Songzeile begann der mit der direkten Anrede *Niet in the Teens*. Das bezog sich auf Niets Spitznamen, den in seiner Kindheit kreierten Gag, seinen richtigen Namen - Martin Anders - rückwärts zu lesen. Auf die Idee zu dem Gag kam Niet, als er in einer Zeitschrift las, das sei der Hintergrund für den Namen von Slick Blacks Plattenfirma - redrum:lebal.

In dem Brief geht es nach einem Verweis auf Slick Blacks MISSED OPPORTUNITIES weiter mit Zeilen, die er nicht zu dechiffrieren imstande ist. Concrete Blondes GOD IS A BUL-

LET? war der Opener zu deren zweitem Album. War nicht auch SHAME SHAME SHAME das erste Stück; und NO MORE HEROES?

Lauter erste Songs?

Die Zeilen des fünften Drohbriefs kommen eindeutig vom Opener des dazugehörigen Albums, von Grand Funks WHAT'S FUNK?. In seiner Kindheit hatte Niet ROCK & ROLL AMERICAN STYLE so oft gehört, dass man am Ende durch die Rillen der Schallplatte durchsehen konnte. Auch so ein Fall von LP-Millionären, die auf CD seltsam spät und spärlich veröffentlicht wurden; im Grunde unglaublich bei einer Band, die Anfang der Siebziger kontinuierlich Verkaufs- und Zuschauerrekorde brach. Totgeschwiegen? Im Zusatz hier geht es um John Lennon, der früher oder später auf seinen Attentäter Mike Chapman treffen musste. Hieß der nicht Mark? Wie Mark Farner von Grand Funk Railroad?

»Niet!« Endlich eine nette Stimme, dazu noch von einem bekannten Gesicht.

»Fiona«, grüßt Niet zurück.

»Lisa«, zischt sie, trotzdem freundlich.

Die Production-Managerin zieht ihn in ShamPains Office, eingerichtet zwischen Duschräumen und der Umkleidekabine der Leather Girls. »Eure Garderobe ist jetzt woanders – euren Gönnern sei Dank.«

»Gönnern?«

»Far Out. Die waren so nett...« Mit einem kurzen Zwischenruf und einer einfachen Geste bedeutet Natalie, das Thema nicht breitzutreten. Sie verlässt ihr Arsenal an Computern, Druckern und Faxgeräten. Ihrem Lächeln ist anzusehen, dass sie enorm unter Druck steht, damit aber umzugehen weiß. Dass sie einem ganz offenkundig nicht zuhört, vergibt man ihr schnell, so groß, freundlich und neugierig blicken ihre Augen. Niet würde sie gerne mit einem kumpelhaften Schulterklopfen loben, weiß aber nicht, wie er sie wo anfassen könnte, ohne sie oder die Umstehenden damit zu verwirren.

»*Out of order under control*?«, zwinkert sie seinem Zaudern zurück.

»Bei mir alles klar, ja, und hier?«

Schon grüßt sie einen neuen Gast. Hinter einer Zigarre, dick wie ein Paukenschlegel, folgt ein Italo-Amerikaner, dessen Wichtigkeit ein ihm auffällig folgender Leibwächter unterstreicht. Niet kurz zunickend, mit dem Respekt, wie ihn ein Edelmann einem Automechaniker entgegenbringen würde, geräte er je in die denkbar unangenehme Bredouille, seinen Bentley Landaulette persönlich von der Inspektion abholen zu müssen. Der Herr der Zigarre schreitet direkt zum Sofa neben Natalies Tisch, sein Butler reicht einen Ascher.

Fiona, offenbar nicht begeistert von ihm oder seiner Firma oder seinen Interessen, grüßt und smalltalkt kurz mit dem Mogul und geht, nicht ohne den restlichen Anwesenden im Vorbeigehen Anweisungen, ein Akku und einen Umschlag zu geben.

»Wie im U-Boot hier drinnen, oder?«, zirpt Claudie einem Rocker ins Ohr, der so aussieht, als hätte er noch Led Zeppelin live erlebt.

»Alles bis unters Dach vollgestopft mit Zeug! Genauso die Soundanlage auf dem Gang...«, ergänzt der Fotograf, der zu dem Alt-Rocker gehört, Rai.

»Ein Riesenapparillo«, staunt der zu Recht. »Als Monitoranlage für Madison Square Garden wär das ja noch okay, aber als Beschallungsanlage für den Backstage-Bereich... Typisch Urban Scream: *Think big or go home...*«

»Das ist unsere«, klärt ihn Johnny auf. Er muss nichts, schon gar nicht in dieser Mission, im Vorübergehen erledigen. »Man nennt uns die Grafen des Größenwahns.«

Wortlos, aber mit einem bezaubernden Lächeln drückt ihm Fiona einen Stapel Papier in die Hand. »Sieh mal zu«, wendet sie sich an Lisa, »dass die da drinnen ungestört plaudern können.«

»Also ehrlich«, wiehert ein Security-Mann zu seinem Kollegen. »Kommen hier an mit einem Personal, bei dem es die Räumlichkeiten zerreißt, mit einer Gerätschaft wie in Redmond, haben zu allem Überfluss dann noch eine HiFi-Anlage, die kaum durch die Tür passt...«

Niet fühlt sich wie mit seinem ersten Verstärker, Song, Bass: beschämt'n'stolz. Rock'n'Roll. *Very heavy, very humble...* Wer den Zweiklang nicht kennt, der entsteht, wenn Größenwahn und Komplexe aufeinander treffen, wenn wahres Talent und echtes Unvermögen sich aneinander reiben, kennt Rock'n'Roll nicht.

Der Kollege nickt ruhig und ohne preiszugeben, was er hiervon hält. Ruhig und undurchdringlich, wie nur Rocker nicken. »Haste nich das Video von denen gesehen? Nee, echt, nee«, wendet sich der Wiehernde staunend an Niet, »das sind doch Gerätschaften, bei denen jeder Musikhändler blass wird. Mauern an Zeug – und was für Zeug!«, dreht er sich wieder zu seinem Kollegen.

〈 ⅘ ſ

Die Ausmaße des Luxusliners vor der Tür, ShamPains Garderobe, heute prinzipiell als Backstage-Bereich bezeichnet, entspricht denen einer Mietskaserne. »Total abgefahren!«, findet Klecker, der den Bus gerade verlässt, um sich noch ein bisschen unter die Fans zu mischen. So groß und silbern glitzernd der Nightliner von außen auch aussieht, innen richt es wie in jedem Bus: nach nassen Socken und Duftbäumchen, nach dem erkalteten Rauch von Gras, für einen Band-Bus obligatorisch wie die Kassette voller Bon Jovi-Balladen in anderen Reisebussen. »Kostet alleine für diesen Abend wahrscheinlich mehr als ein halbes Jahr Miete in deiner WG!«, lacht Cat 23. »Und zwar ohne Fahrer!«

Der Gitarrist pokert gerade ein paar Leute arm. Das Pärchen ihm gegenüber sieht es gelassen: ein Surfer-Typ zupft an seinem Goatee, konzentriert sich mehr darauf, wie seine Pupillen den Wirkungen des Dopes nachgeben, die Frau neben ihm hält ihre Karten mit der Halbherzigkeit, mit der die Rolling Stones nach 1978 aufspielten – immer knapp, ganz knapp an der Schwelle zu totalem Desinteresse.

»Das beste: Der Bus kostet uns nix, Far Out haben den gestellt. Letzte Woche haben die hiermit noch das Personal für

ALADIN, dieses Musical, vom Broadway in die Fußballstadien des Hinterlands gekarrt. Deshalb haben die zwar auch einen Videorecorder, aber nur ›Family Entertainment«, blinzelt Cat frech.

»Niet, das hier«, unterbricht Claudie, »ist Chris. Chris DeMantle von *Screech*.«

»Ah ja, der Artikel über die PR-Bombe...«, lächelt Niet, professionell wie einer, der abgebrüht genug ist, auch mit einem eher reservierten Feature umgehen zu können, und schüttelt dem Surfer die Hand.

»Nee, das ist...«

»Jim.«

»Ich bin Chris«, lacht die Frau neben Jim zurück.

»Sie fliegt mit euch nach L.A., für ein großes Feature, vielleicht Titelgeschichte!«, renkt Claudie die verpatzte Vorstellung zurecht. Niet fühlt sich hinterwäldlerisch wie Klecker. Der größte Fehler wäre, nun wie bei einem daneben gegriffenen Akkord schnell ein paar Kapriolen vom Stapel zu lassen, und zwar presto - und damit zwangsläufig kenternd. Also nahm Niet den von Claudie vorgelegten Faden auf. »Titel? Fuckin' A!«

Dass *Screech*, ein etabliertes Heft, älter als jeder bei ShamPain, die Band frühestens in fünf Jahren auf die Titelseite bringen wird, versteht sich von selbst. Entsprechend wäre die Nachricht im Umkleidebereich der Mehrzweckhalle Böblingen aufgenommen worden, zynisch (bei Kennern), unehrlich (bei Involvierten), eifersüchtelnd (bei Umherstehenden). In der Begeisterung lehnt sich Claudie zu Cat, um ihm zuzuflüstern, »dass der Bus von 1001 Knights kommt«.

»Man muss kein Unternehmensberater sein, um einzusehen, dass es nicht clever ist, mitten in den Verhandlungen vor Journalisten die Klappe aufzureißen.« Sie stockt; hat gerade ihr Aufgabengebiet verlassen. Das ist nicht der Job einer PR-Betreuerin, es gehört nicht in den Zweiklang aus groupie- und stewardessenhafter Bemutterung. Das Schweigen, kurz, wie bei einem mitternächtlichen Schachspiel, zu zweit, knapp nach dem *gardez*, knapp vor dem Umlegen der Dame.

Die Partie ist noch nicht am Ende, seine Position wohl.

»Sag das ruhig auch mal eurem Sänger, der scheint es gerade darauf anzulegen, Far Out zu verärgern. Und die anderen übrigens auch.«

Exponiert wie ein Bauer auf d5, ein Deutscher am Stiefelabsatz von 52nd St./Park Ave. South, nimmt er die anderen im Bus wie durch Watte wahr: Lokalmatadore, jeder Ex-Irgendwas. Der eine sang mal bei Blitzspeer oder N.Y. Loose, ein anderer managte Television oder Psychedelic Furs, ein Drummer ist Ex-Throbs oder Ex-Law And Order, schiebt nun Flightcases. Auch die Ex von Michael Monroe ist da; nicht eine, wie sie betonte, sondern die. Nachtfalter und Vampire – der Tross, der sich um einen schart, wenn die Nacht jung ist, Chemie und Speed in Mengen vorhanden. Alle nicht nur Ex-Irgendwas, sondern auch extrem aufgedreht, laut wie Übermüdete. Mit geschürzten Lippen und neugierigem Blick lauschen ein paar Mädchen Johnny. Terry zeigt einem Biker sein nagelneues, den Rücken ausfüllendes Gesamtkunstwerk. Cat knufft sich in jedes Grüppchen mit mehr als zwei Frauen. Die Bus-Tür läuft wie eine Drehtür.

»Hi, ich bin Sid, haben wir uns schonmal getroffen?« Niet lächelte, dünn und kurz, überlässt es dem Zufall, ob es als abfällig rüberkommt. Wer zu oft lächelt, wenn ihm nicht danach ist, bekommt Falten, hässliche Falten. Sheila hat ihn davor gewarnt, und ihr nimmt er gern ab, dass sie sich damit auskennt.

»Und das musst du dir bildlich vorstellen, Luca«, vertraut Natalie jemandem an, im Tonfall verschwörerischer als in der Lautstärke. »Alles nach der Sauna, wir sitzen in dem blubbernden Whirlpool. Splitterfasernackt. Nicht dass von mir viel mehr zu sehen gewesen wäre als jetzt: Überall Dampf und Nebel, der von dem grünen Wasser aufsteigt...« Luca, der Zigarren-Despot, und sein Versacci-Butler lauschen, wie Natalie mit Luke Keyser von 5th Dimension Records über Vertragsänderungen verhandelt.

»Natalie Voy, he?«, kuhäugelt Luca. »Envoy – abgesandt für besondere Aufgaben!?!«

»Und dann lehnt er sich also rüber«, fährt sie unbeirrt fort, »und... hier, echt, so wie ich jetzt, sein Zinken mitten in meinem Gesicht, und bietet mir einen sechsstelligen Betrag an, ›auf ein Konto, das ich dir in der Schweiz einrichte‹ – nur damit ich die Band überzeuge, bei ihm zu unterschreiben!« Natalie ist eine Königin, allzeit bereit, für die Band das Beste auszuhandeln. Auf Golf- und Tennisplätzen, heute und hier in einer Kombination von *power-dressing*, Erotika und Elastica, eine Aufmachung, die aussieht wie schnell übergezogen, die aber mit der Sorgfalt ausgewählt worden ist, mit der sich Italiener für das Hochzeitskleid der einzigen Tochter entscheiden. Überall gibt sie potenziellen Vertragspartnern im Handumdrehen zu verstehen, wie sehr andere danach lechzen, für sie und die Band viel, sehr viel aufs Spiel zu setzen. Die Augen des Chefs schwillen an wie bei einem Bullen, er taucht mit der Hand in seine Hosentasche, kurze Inventur, beim Rückzug nimmt er ein Taschentuch mit, tupft sich die Stirn.

Terry zieht zu ihrer Aufführung eine Grimasse, imitiert mit der Hand ein Plappermaul. Lacher der Beteiligten, auch Natalies, obwohl sie das als Sabotage deuten muss.

»No no no, Tommy! Wer das war, werde ich nicht verraten«, beantwortet sie die Zwischenfrage des zweiten Zuhörers, eines Windhundes mit aus der Stirn gegeltem und vom Nacken wegrasierten Haar und goldenem Kreuz im Ohrläppchen.

So riesig der Bus auch ist – weiter hinten hat jemand, dem Grunzen nach, doch noch Videos gefunden, ganz hinten wird der Ausgang eines Billard-Duells gebrüllt –, aus dem Klo klettert das Chamäleon von vorhin, immer noch etwas blass. Es gibt hier drinnen keinen Winkel, in den man sich alleine und in Ruhe zurückziehen könnte. Normalerweise gibt es dafür den *Tuning Room*, den heiligsten Ort einer Veranstaltungsstätte; nur Leute, die mit einem Stimmgerät umgehen können, dürfen in den *Tuning Room*. Hier vertrauen die Techniker den Gitarristen und Bassisten an, was wirklich wichtig ist: Details zu neuem Equipment, der Anlage von Urban Scream, den Effekten der nächsten Band, manchmal auch Wissenswertes über die jeweilige Clubszene, zurzeit kursierende Geschlechtskrankheiten und verschnittene Drogen.

Johnny Volume ist nicht zu sehen, also geht Niet zurück zu Cat, der scheinbar um die Titelstory gepokert hat.

»Na ja, an mir liegt das nicht, ob ihr aufs Cover kommt«, wiegelt die Journalistin gerade ab.

»Wie!?!«, schreit Cat, total untypisch für ihn: wirklich laut. Er springt auf, zaubert aus seinem Stiefelschaft ein Messer. »Na dann aber sofort raus hier«, lacht er schon wieder. Das Grölen ist noch nicht ganz verklungen, da wendet er sich an Niet, seinen Komplizen, laut genug für alle: »Ich habe ihr gerade unser Erfolgsgeheimnis anhand eines offenen Feldversuchs erläutert. Beim Pokern, hab ich ihr gesteckt, lernst du alles übers Showbusiness, was wissenswert ist. Kommt nicht drauf an, was einer in der Hand hat, sondern wie er es den anderen verkauft. Seht her: Niet – hat nix, sagt nix, und alle halten ihn für ein Genie!«

»Vabanque: Scheiße nur, wenn du bluffst, und ein...«

»...ein anderer hat Fullhouse!«, beendet Terry schon Niets Satz. Dröhnend. »Das kommt nämlich vor: Du machst allen vor, du wärst the devil's shit, dabei bist du nicht mehr als ein ganz normaler Haufen Scheiße...« Für Terry ist das geradezu philosophisch. Für sein Publikum überraschend. Claudie hat ja bereits angedeutet, dass er sich bemühe, Far Out und andere zu verärgern. Nach der Grimasse zu Natalies Bluff für Luca und Tommy ist das nun schon sein zweiter Anlauf, Natalies Spiel zu unterwandern.

»Hast'n du geschluckt?«

Als sich Chamäleon an ihnen vorbeizwäng, nimmt Chris kurz Niet beiseite, um die beiden einander vorzustellen: »Roy, das ist Niet von ShamPain – Niet, das ist Roy, der Drummer von Urban Scream...«

»Hi, klasse Song«, schlurft Roy los: »*Fing---gered*, dett-ä-det-det-ä-dettt...«

Die Tür des Busses öffnet sich, Lisa und Johnny fegen durch den Bus, geben allen freundlich und bestimmt zu verstehen, dass sie jetzt in den Konzertsaal, hinter die Bühne

oder sonst wohin, aber auf jeden Fall aus dem Bus gehen sollen, die Band müsse sich für den Auftritt klarmachen.
»Kein Tausch mit Leather Girls?«
Lisa schüttelt den Kopf. »Nein, dafür aber Top-Sound.«
»Wie willst'n das vorher wissen?«
»Weiß ich halt. Ist garantiert.«
»Ach?«
»Ich habe dem Mischer gesagt, wir sehen weg, wenn er sich einen Kassettenmitschnitt zieht – cool?«
»Cool.«
»Mal sehen, wann er sich davon ein Haus kaufen kann...«
»Oder in Rente gehen«, lacht Johnny. »Und wenn er seinen Job nicht macht, fängt sein Lebensabend morgen an. Gitarren und Verstärker sind oben im Billardraum, ihr habt fünfzehn Minuten, bis der Vorhang fällt, fünfzehn Minuten! Jetzt besser ohne Transmitter spielen, wir hatten hier heute Nachmittag ein paar Interferenzen.«
»Wo ist eigentlich euer Drummer?«
»Backstage, auf den ist Verlass«, beruhigt Johnny Lisa.
»Okay.«
»Dann waren's nur noch drei«, flüstert Terry zum zischenden Geräusch der Stoßdämpfer an der Bustür.
Totenstille.
Spannung.
Gefahr. In der Luft.
Cat streckt sich, schielt voller Wonne auf sein Spiegelbild im Fenster, Terry rekelt sich in Zeitlupe, knackt seine knöchelichen Finger, Niet klatscht energisch einen Satz Sechzehntel. Der zu schöne Tiger beim Blick in einen Tümpel, seine schmalen Pfoten leckt sich der Albino-Panther... und Niet... spannt alle Muskeln, keiner atmet, alle erstarren, alle drei zum Sprung bereit, die Spannung ist nicht zu zerbrechen, höchstens mit einer Machete ließe sie sich zerspalten.
Die Tür öffnet sich, reingebeamt kommt Klecker.
»YAAARRRRGGGGGHHHHHH!«

ᛏ ᚦ ᚱ

Fünfzehn Minuten. Zeit für vier Zigaretten. An der Kette. Neunhundert Sekunden. Zu viel Zeit, um in Harmonie und Vorfreude zu schwelgen, zu wenig, um Probleme aus der Welt zu schaffen.

Genau richtig, um drei Bässe feinzustimmen, zwei Mal fünf, einmal vier Saiten. Frische Saiten, von Johnny schon vor Stunden aufgezogen und nachgestimmt. Batterie-Check. An der Glut wird die nächste Zigarette angezündet. Terry nimmt einen Kaugummi aus dem Mund, dreht ihn zu einem kleinen Bällchen. Lächeln, nicken, kein Wort wird gesprochen. Der Sänger wickelt das Bällchen in die Folie seines nächsten Kaugummis; mit einer Sorgfalt, mit der er sonst nur ein Bällchen Schwarzen Afghanen verpackt.

Zwei, drei Akkorde. Voller Rücksicht auf den anderen. Terry nun unten, joggt den Gang auf und ab. Draußen regnet es endlich.

Manchmal erlauben die letzten hundert Sekunden noch eine Mini-Session. Manchmal sind Terry oder Klecker flink genug, den Killer, den Cat und Niet wie den Geist aus der Flasche plötzlich durch die Luft tanzen lassen, auf Tonband zu bannen. Manchmal war das Mikrofon nicht angeschlossen, wie man Wochen später feststellt. Manchmal sagt Cat, einen Joint, ein Königreich für einen Joint, Mann! Dann lachen alle. Und Cat steht auf, läuft die Länge des Raums ab. Auf und ab und auf und ab. Wie ein Raubtier im Zoo. Wenn sie dann zu genau diesem Zeitpunkt die Flasche der Inspiration nicht entkorken, wenn keiner mit dem Riff rüberkommt, DEM RIFF, mit dem Riff, der alle Riffs beendet, der, den man spüren wird, wenn die Erde untergeht, dann lehnt sich Niet zurück – und die Atmosphäre bekommt Risse, die Stimmung flackert. Und manchmal kommt es dann zu einem Streit.

Anders heute. Bevor die Pause beendet ist, in der sich entscheidet, ob die zu entkorkende Flasche aufzufinden ist, Terry joggt und keucht unten noch die leeren Sitze an, reibt sich Cat über den Unterkiefer: »Shit, Mann«, zischt er. »Hat Klecker schon gesagt, dass wir nicht direkt in FINGERED einsteigen?«

»Schlechter Witz.«

»...«

»Mach keinen Scheiß!« Ruhig, ganz ruhig, die Stimme nur ein bisschen vibrierend. Nicht vor Lampenfieber. Vor aufziehender Wut.

»Nee, brauchst jetzt nicht nervös zu werden, ist ganz simpel«, winkt Cat ab. »Hätte ich mir ja eigentlich gleich denken können, dass Klecker das verpennt. Also, pass auf: Weil die meisten wegen Urban Scream, besser gesagt, wegen dem Hype um Urban Scream hier sind, bringen wir vor FINGERED ein kurzes Intro. Klitzeklein, so kurz wie Fatburgers Pimmel.«

»Wir sind in zwei Minuten auf der Bühne, du Arschloch, du willst mir doch nicht weismachen, dass wir das jetzt hier arrangieren?«

»Nee, arrangiert ist es schon: Wir starten mit dem Ende meines Solos, ich also übern Hals und feedbackend und alles, dann wie gehabt: Du achtelst, Klecker kommt dazu, geht weg, kommt dazu – vier Mal –, dann, auf die ›Und‹ und von a auf d. Das zwei Mal, wie sonst, nur machen wir das weiter, während Terry ALL OR NOTHING AT ALL singt, weißt schon, von Sinatra...«

»Sinatra! Das ist dir wohl heute Nachmittag im Hotel gekommen!«

»In welchem Hotel?«

»Wir können das jetzt nicht mehr canceln«, schaltet sich Terry tonlos dazwischen. Immer noch mit dem Timbre des Kettenrauchers. »Ist mit Klecker schon alles durchgesprochen. Komm, das ist doch kein *big deal*.« Cat schickt einen fauchenden Blick in Richtung Sänger, schon zieht der sich zurück, joggt weiter die Treppe hoch und runter.

»Das können wir nicht bringen, so was hättet ihr mir ja wohl früher...«

Cat lässt Niets halb fertigen Satz verklingen, leckt sich über die Lippen, versucht Nanosekunden lang ein Grinsen, von dem sich Niet aber nicht anstecken lassen will. »Total easy. Wenn's dir zu kompliziert ist – nee, zu kompliziert kann das für dich gar nicht sein; wenn's dir nicht in den Kram passt, lassen wir's weg.« Und einen Moment später: »So total überzeugt bin ich davon selbst nicht.« Jetzt schließt sich Niet Cats Grinsen an. Der Gitarrist quillt über vor jenem hämischen Charme, den die Jungs auf dem Schulhof haben, die man zum Freund haben will, weil keiner sie je anmacht, weil aus ihren Augen mehr Gefahr zuckt als aus den Fäusten der Stärkeren.

Komplett spielen müssen sie es nicht, sie sprechen es zwei Mal durch – geritzt.

»Wär doch noch Zeit gewesen, es zu spielen«, meint Terry, als Lisa und Fatburger noch nicht kommen, sie abholen. Cat und Niet haben die Kabel zu den Verstärkern aber bereits gezogen, die Transmitter eingeklinkt, da ist auch schon Lisa und ein halbes Dutzend Show-Sec-Jacken.

Im Regen über den Bürgersteig, gesäumt von den Bodyguards, an stierenden Passanten vorbei, durch die Stahltür. Lisa funkt den Stage-Manager an. Walkie-Talkie in der einen Hand, Taschenlampe in der anderen, in der Halle blitzt der Stage-Manager drei Mal Richtung Mischpult. Der Soundmann fährt mit der Linken die Pausenmusik runter, der Lightsmann schaltet das Saallicht aus. Der brühwarme Atem des Publikums schwappt auf die Bühne, der Applaus einiger Hundert plätschert los.

An der Rampe zur Bühne, Klecker hat sich schon hinter seiner Burg aus Trommeln und Becken verkrochen, Cat setzt ein, reibt mit einer Bierdose über die Saiten, es klingt mehr nach einer hustenden Hexe als einer Gitarre, ein Küsschen und Sprüche von Claudie, die niemand wahrnimmt, Niet schnippt seine Filterlose weg, fingert nach dem Plektrum. Seine Jackentasche ist ja voll mit Papier...??? Schon greift Natalie danach, nimmt es ihm ab, Cat tänzelt seinen Chuck Berry über die Bühne, schlägt einen Purzelbaum, Terry nimmt den Kaugummi aus dem Mund, noch sieben Takte Solo, Scheißidee. Ist auch wirklich nichts mehr in der Tasche? Doch, ein schwarzes Kuvert, krakelige Lettern, wie von Rabenkrallen in Tonpapier geritzt.

OpporTune / Re:Surrection
Not to be missed: New York's best Horror Hotel – Dylan Thomas, Warhol, Sid & Nancy nod in agreement.

Solo

I need a shot of gasoline
Cinderella: »Night Songs« - Night Songs

ᚠ ◊ ᚠ

Sein Werkzeug: Instrument der Freiheit, Schlüssel in Extreme, die niemand sonst kennt. Panzerfaust. Brett, volles Brett. Voll aufs Ohr. Niet. ShamPain. Live.

Schwarzer Wind zischt über die Bühne, Hitze schwappt aus der Menge, nicht tosend, nicht sachte. Aus dem Graben zwischen Publikum und Band blitzen Fotografen. Eilig. Viel Zeit bleibt nicht. Der Bass: Panzerfaust, Werkzeug, Axt - alles, nur eben kein Luftgewehr. Auch kein Phallus, egal, wie ausführlich die schmierigen, halbgaren Projektionen der Pop-Psychologen im bürgerlichen Feuilleton immer wieder ausfallen, immer dann, wenn es wieder einmal gilt, ein Sommerloch zu füllen, einem Skandal hinterherhinkend, beim Interpretieren von Interpreten.

Alle Metals homosexuell? Bitte, meinetwegen. Alle verklemmt? Auch okay, mir doch egal, was sie schreibseln und schmieren. Aber der Bass, DER BASS - ein Pimmel? Ein Bass schrumpft nicht.

Wenn hier was mit Sex zu tun hat, wenn es ein Ticket in feuchte weiche, drahtig behaarte Zonen gibt, dann ist es der Bassist, der den Schlüssel dazu hält. Denn er hat sie, er produziert sie, er feuert sie ab: Die Frequenzen, bei denen sich Haare und Härchen kräuseln, die Kontrapunkte, bei denen er innehält, wo andere nur stur weiterrammeln. Frequenzen, bei denen Membrane vibrieren, Herzklappen klappern, nur nicht der Bass. Der Bass, der Bass. Nicht aber der Bass, der Bass - dieses holzige Ungestüm.

Der Bass, ruhender Pol zwischen der Rechten und der Linken. Mal attackiert die Linke, dann klopft sie ihn zustimmend, kurz slappt sie, schon reizt sie die Saiten wieder, gleichmäßig und schnell. Rhythmisch. Die Rechte macht - wie unabhängig davon, cool und elegant, unbeeindruckt – zu allem einen auf Langstreckenläufer, Zeige- und Ringfinger greifen Oktaven, drücken die fetten Saiten auf das dunkle Holz, Saiten wie Drahtseile, wie die Nervenstränge von einem, der im Stande ist, cool zu bleiben, zu schweigen, wenn andere brüllen oder flennen. Immer knapp rechts vom stählernen, matt-glänzenden Bund, bisweilen auch von links nach rechts außen runterrutschend.

Oder bei Achteln, wenn die Linke – regelmäßig wie ein Uhrwerk, pendelnd wie ein zu großer Hintern, an den gerade niemand denkt, auf den aber alle starren – zupft und die Rechte gleichzeitig, mit jedem Ton, die Saite ins Holz drückt. Und dazwischen, zwischen diesem Wunder an Koordination: Der Bass, Werkbank der Emotionen. Elektromagneten, Potentiometer, ein Pre-Amp, der garantiert, dass der Sound auch wirklich rußt. Das Schlagbrett spiegelt das Licht der Verfolgerscheinwerfer, hier und da sind im Publikum erlesene Schönheiten zu erkennen, zu blenden, zu bewegen, zu animieren. Nicht nur backstage, auch im Publikum, dem amerikanischen, anders als dem ungeschminkten australischen: Mehr Frauen. Nicht Mädchen, Frauen. Kleiden sich, färben ihre Haare, als wären sie ihre eigenen Nichten. Mit Rückenwind. Und auch das nur bei schlechten Sichtverhältnissen.

Cat lacht, dreht sich um die eigene Achse, stürmt auf Niets Seite. Terry beackert die Mitte, regiert wie der Herr über sein Heer: Cool. Warum auch nicht? Das Leben ist viel zu kurz, machen wir also draus, was draus zu machen ist. Showtime! Für jeden. Vor der Bühne wie an der Bar, hinter der Bühne und vor der Halle sowieso.

<   ᛜ   ᚠ

Trotzdem, so interessiert das Publikum auch ist (einige Wahnsinnige in der ersten Reihe mit Pocketkameras und Sham-Pain-T-Shirt), so füllig der Sound (gut übrigens, zwar nicht alles hörbar, immerhin aber zu erahnen), so bestgelaunt Cat und Klecker auch sind: Für Niet will der Funke nicht überspringen. Nicht von seinem Herzen zum Bauch, nicht von den Fingern in die Ohren. Er kommt nicht rein ins Jetzt und Hier. Und wenn, dann wie schlafwandelnd, neben der Spur.

Ihm ist, wie wenn man nächtelang über Autobahnen gedonnert ist, wenn sich irgendwann nicht länger das Auto bewegt, wenn stattdessen die Landschaft vorbeizieht wie ein Film, man gelegentlich wie aus einem Rausch erwacht, in der Zone zwischen Trip und Delirium, wenn man dann nicht mehr weiß, seit wann man rechts diesen Wald, links ein ewiges Feld hatte, wenn man in diesem road fever so dahintrant, irgendwann unweigerlich in einen Stau saust, langsam auf eine von Feuerwehrmännern aufgebaute Absperrung zu, Regen, Blaulicht, ein Sportwagen und ein Lkw über beide Fahrspuren zerstreut, das eine Wrack so verkokelt und zertrümmert, dass man das Modell nicht mehr entziffern kann, der Lkw wie unberührt, einige Umherstehende, mit einer Passantin diskutiert ein Arzt, wie in Zeitlupe gestikulierende Schatten, dann alles nur noch im Rückspiegel wahrnehmbar, kleiner werdend, vorbei... Bei so was donnert einem Adrenalin in die Adern, betäubt einen die Realität, kratzen einem größere Mächte mehrere Schichten Weiches von den Pupillen, watten sie einem die Ohren ein. Alleine die Schrift, der Anblick dieser krakeligen, von Rabenhand produzierten Schrift wischte Manhattan und seine *vibe* im Handumdrehen weg, verwandelte Applaus und Bewegungen der ersten Reihen in bloßes Gestikulieren, gastfreundliche Mimik. Kosmetik, bloße Kosmetik.

Die letzten zwei Briefe waren ihm härter reingefahren als alle vorigen. Und dass ausgerechnet Spike rumlief und aller Welt davon erzählte... Bellende Hunde beißen nicht, ernst gemeint waren die Drohungen wohl nicht, aber doch... irritierend. Und vielleicht geht dem Beißen ja doch ein Bellen voraus?

Draußen heulen Sirenen vorbei. Nein: Erinnerungen an Sirenen draußen waren nicht länger entrückt, wie im Fernsehen. Das war das Hier und Jetzt, das Nun und Heute. Die bloße Erinnerung schrie einem in Wahrheit die tägliche Gewalt entgegen, Blut, Schießereien, mit mulmigen Eingeweiden Davonrennende, alles in einer Stunde wieder in den Nachrichten. Waffen, Feuerwaffen. Einige rennende, im Grunde ihres Herzens zitternde, nervöse Cops. Er war hellwach, entrückt, so abrupt, als habe er sich einen Doppelschuss Hallowach in die Zunge gespritzt.

Zwischen dem dritten und vierten Song wechselte er den Bass, nutzte Terrys Publikumsanmache, einen letzten Blick auf den vorletzten Brief zu werfen. Unten stand: *The victim ~~meets~~ has to meet the perpetrator like John had to meet Mark David.*

Er hatte einen Sound im Kopf, eine *vibe* – da war ein Break, wie von einer Planierraupe komponiert – von einer Armee Gitarren gespielt, aus einer Wanne Teer gegossen – und sphärisch, darüber wie der Dunst, der Applaus des Publikums, nur göttlicher: die Melodie. Was für eine Melodie? Terry redete wie ein Wasserfall, schüttelte Hände, Cat gab einen aus dem Publikum gereichten Joint zurück in die Menge, greift mit beiden Händen das Griffbrett, schlägt mit dem Ellbogen einen Akkord, eine kakophonische Fiesta, wie sie nur Cat beherrscht.

Die Melodie in Niets Kopf ist weg, nur so viel weiß er noch: Sie ist ihm vertraut. Was waren die Worte, die da folgten, der Chorus? Was der Titel des Songs? Er zündete den Brief an, steckte sich damit eine Zigarette an, warf das kokelnde Knäuel ins Publikum – ...*two three four*...

ᚾ ᛘ ᛏ

Hinter der Bühne: Massig Leute. Hektik. Rumhänger, Schnorrer, die für eine Hand voll Sternenstaub alles tun würden. Geschrei. Hypesüchtige Groupies, blass um die Nase, weit hinter ihrer Halbwertzeit. Männer voller wichtigem Schweigen, zynischem Grinsen, die wichtigeren mit Sonnenbrille über der Stirn, Schwänzchen am Hinterkopf. Einer dreht sich halb um, spielt mit seinem Schlüsselbund wie mit einem Paar Kastagnetten, schaut bewegungslos, abwartend, als rechne er mit einem Nicken. Gezeter hinter ihnen. Eine klebrige Pfütze unter ihnen. Gesichter mit teuren Furchen, Falten, die von Trips zwischen Jetset erster Klasse und vollgekotzten Klos erzählen, die von Erfahrungen zeugen, die einen vor allem teuer zu stehen kommen. Ihre Haut ledern, ohne Bewegung, eigentlich zu alt, um von langem Haar eingerahmt zu sein, um in diesem Zirkus, auf dieser für Millionen Kids verlängerten Spielwiese rumzutoben. Zwei Mädchen, die eine mit einem Top, das kaum einen Bauchnabel bedeckte, die andere in silbernem Flitter, der sich in einer Streichholzschachtel unterbringen ließe. Nicht die Kleider machen Leute, sondern die Art und Weise, wie sie getragen werden. Neben einer Beauty mit Afro und weißen Schlaghosen, beides wie aus einem Katalog für Trips in die Siebziger ausgeschnitten, versucht sich ein kleiner Journalist mit strähnigen Haaren an Smalltalk. Und überall Laufvolk, gemeines Fußvolk in T-Shirts und Bluejeans. In der Luft der Geruch von Schweiß und Haarspray. Weiter hinten jagt Chris von *Screech* mit einem Roadie vorbei, *Urban Scream * US Assault* steht auf seiner Jacke. Ein angstschwitzender Dicker in Polohemd stürmt den Gang runter, gebietet allen kräftig und entschieden, heftig und herrisch, zur Seite zu treten. Er lächelt kein entschuldigendes Sorry, fegt mit dunkel behaarten Armen alle einen schmalen Gang runter. Im Kopf: alles ruhig. Weit weg. Alles immer noch wie hinter Watte.

Pfffckrchh, pfffckrchh, sprotzt es aus einem Walkie-Talkie. Links hinten stehen zwei Mädchen, starren, als wüssten sie immer noch nicht so recht, ob es nun besonders clever oder übertrieben war, sich VIP-Pässe zu erblasen. Tür auf und zu, in der Ecke schreit Fat Head in sein Handy. Cat schmeißt sich auf den einzigen Stuhl, dampft noch. Irgendwer reicht Niet ein Handtuch, weiß.

Fatburger klappt das Telefon zusammen und schiebt es in die Jogginghose, grau. Nach stolzem Händeschütteln, hereinstürmenden Mädchen, die kreischend darum kämpfen, fröhlich und ausgelassen zu sein, und Buben, richtigen Kindern, die autogrammejagend anklopfen, nach etwas Menscheln und etwas Herzeln, nach ein paar Sektkorken, die für niemanden fliegen, und einer weiteren, wenig später schon wieder abgewimmelten Schar Bübchen, der sich Klecker anschließt, torkelt Cat Richtung Terry, der in der Ecke steht, unbeteiligt lächelt. Der Gitarrist fällt ihm in die Arme – muss doch möglich sein, auch in ihn irgendwie Bewegung zu kriegen, irgendwie!

»Und?«, schaut Fat Head alle an – wie Eltern, wenn sie ihre Kinder an Heiligabend mit diesem erwartungsvollen Lächeln erdrücken – ganz, als wäre es ihr Verdienst, wenn man sich freut.

Ein Betreuer von Leather Girls, denn deren Garderobe ist das hier, wie Niet nun erfährt, verscheucht alle, um deren Hals ein VIP-Pass baumelt.

»Du kannst bleiben«, lacht der Betreuer zu Niet. »RIPs dürfen drinnen bleiben.«

»RIPs?«

»Die really important people!«

»Ah ja. Cool. Ich muss aber mal – und ich will hier nicht in die Ecke kacken.«

»Oh!« Sein Grinsen so breit wie der Broadway, die Zähne blitzend wie Stoßstangen. »Hier rechts den Gang runter, letzte Tür links und die Treppe hoch...«

Aus dem vor der Garderobe zwitschernden VIP-Dutzend löst sich eine Frau, deren Gesicht Niet zu kennen glaubt, streckt ihm ihre Hand entgegen, stellt sich als eine Bekannte von Sheila vor. Zart und klein fühlt sie sich an, wie ein Vögelchen, das man leicht zertritt, passt man nicht auf. Die Augen kommen ihm bekannt vor, fast vertraut. Sie heißt Marsha, und sieht wirklich aus, als käme sie aus dem Hinterland. Aus Frankfort, erzählt sie hastig, während er weitergeht. Sie kommt aus Frankfort, nein, nicht Frankfurt, sondern Frankfort/Kentucky, und will, wenn er ihr atemloses Reden richtig versteht, dass er in Los Angeles ihren Bruder besucht. Er bleibt stehen. Entweder hat Marsha einen Wischer, oder sie ist die Neuauflage von Mark David Chapman, dem letzten Menschen, dem John Lennon ein Autogramm gab.

Johnny kommt, klopft ihm heiser lachend auf die Schulter, reicht ihm eine Flasche Jack Daniels, zieht weiter. Marsha bleibt.

Sie ist mindestens zehn Jahre älter als Sheila. Pechschwarze Fingernägel, massig Ringe, die im Neonlicht glitzern wie ihre silberne Jacke. Die Rinne über ihrer Oberlippe verläuft nicht schmal und horizontal. Man muss nicht blinzeln, um sich zu erinnern, woher man das kennt, wie die sonst breite Vertikale umgeebnet wird. Man kennt das von den Stripperinnen im Privat-Fernsehen. Wenn sie sich stundenlang wortlos in abgelegenen Waldstücken oder Sozialwohnungen räkeln und ausziehen, dann stets mit dieser Lächelmaske, die entsteht, wenn Ober- und Unterlippe gegeneinander pressen. Das Lippendrücken gewinnt immer die Unterlippe, daher die waagerechte, strenge Falte.

»Deinen Bruder?« Bevor ihm ein gemeiner Zusatz einfällt – etwa: ›Gute Idee, ich erkenne ihn sicher am Namensschildchen auf seiner Stirn...‹, stoppt Niet. Ernsthaft Irre können gefährlich werden. Vor allem können sie Leuten gefährlich werden, die von Irren beschattet und angeschrieben werden. Wie nebenbei zieht er aus seiner Jackentasche einen der schwarzen Briefe.

»Ich bin mir sicher, neunundneunzig Prozent, dass er dich kontakten wird.«

Niet runzelt die Stirn, muss nun nicht mehr so tun, als würde er das ernst nehmen. Wie geistesabwesend faltet er ein bisschen mit dem Brief herum. »Du hast schon vorher versucht, mich zu erreichen...?«

»Er«, wiederholt sie, als wäre Niet des Englischen nicht ganz mächtig. Schnell greift sie in die Innentasche ihrer silbernen Jacke. Eine Kanone kann sie da nicht rausziehen, dafür ist der Silberfummel zu dünn, schießt es Niet durch den Kopf. Bevor ihre Krallen das zum Vorschein bringt, wonach sie stöbert, die nächste Unterbrechung: Spike.

»Gute Show, Mann, gute Show«, lallt er Niet auf die Backe und drückt ihm drei Speedballs in die Hand. Marsha macht er ein paar Komplimente, verbindlich und elegant wie ein Diskobesucher nach fünf.

Schließlich findet sie in der Jackentasche einen Kugelschreiber – einen richtigen Kugelschreiber, wie Niet feststellt, kein getarntes KGB-Geschütz. Auf ein Kärtchen malt sie in runden Zahlen eine Nummer.

»Meine Telefonnummer. Sag ihm unbedingt, dass er sich bei mir melden soll, bei Marsha!«

Spike fingert an ihrem Reißverschluss, brummelt etwas wie *Don't decline Ms Klein's request* und zieht sie mit sich in die Menge.

Kapitel 21

> *I'm dead I'm dead I'm dead*
> *I'm dead I'm dead I'm dead*
> *I'm dead*
>
> Bauhaus: »Bela Lugosi's Dead« - IN THE FLAT FIELD

ᛣ ᛦ ᛈ

Im Foyer des Roseland Ballroom, Autogrammstunde am T-Shirt-Stand von ShamPain. Bisher haben sie, weiß Merchandise-Koordinator Fatburger, »an die zehn« T-Shirts verkauft. »Die meisten an Touris aus Deutschland...«

ShamPain stehen und erscheinen hier wie Fremdlinge von einem anderen Planeten. Mit Dreadlocks wie Rattenschwänzen sieht Klecker in seinem Cyberpunk-Outfit aus wie ein abtrünniger Alien, den man im Raumschiff Enterprise nicht einmal zum Vorstellungsgespräch für Klempner zulassen würde. Daneben Cat 23, Gitarrist aus dem Bilderbuch, und Terry mit einem schwarzen T-Shirt, dessen Aufschrift - *Solo H* - silbern aufblitzt. Klecker deutet darauf, haucht so laut es geht: »Hhhh. Das ne neue Band?«

Der Sänger schüttelt den Kopf. »So nannte sich der Computer-Hacker, der der Welt die Musikkopier-Software MP3 beschert hat.«

»Cool, free music for everybody, right?«

»Ach, der World-Wide-Web-Welt...«, kommentiert Cat, eine Spur Sarkasmus schwingt wie ein dissonanter Ton mit: »Ich dachte, es bezieht sich auf Rashid Al-Soloh.«

»?«

»War mal Premierminister im Libanon...«

»Ja, sagt er doch: War ein Hacker«, lacht Klecker. »Das schließt sich doch nicht gegenseitig aus, oder?«

Den mit Postern und T-Shirts teilweise überklebten Hintergrund zieren gerahmte Schwarzweiß-Fotografien. Statt gekalktem Stahlbeton, wie in deutschen Großstädten, ein richtig gediegenes Ambiente.

Aber auch hier wieder: Dieser Komplex, sich ein kulturelles Erbe andichten zu müssen, Geschichte, Vergangenheit. Doch statt Geschichte sind es Geschichten, statt Vergangenheit ist es Gossip. *Short stories* und Geschichtchen und Anekdoten vom wilden Westen, von Korruption und Gewalt, Cops und Cowboys, Einsatz in Manhattan und Für eine Handvoll Dollars. Das Roseland wurde 1919 als Strip-Club eröffnet, von Fred Astaire und Rudy Vallee besucht, später von Count Basie und Glenn Miller mit Tönen beglückt, mit schwereren Sounds dann von VH-1, mit Heavy Metal und Alice In Chains. Heute anzumieten für Pepsi-Cola-Events und Hochzeiten, Paul McCartney's Buddy Holly Tribute, Boxkämpfe und die Tattoo Convention. Was repräsentiert den Chamäleoncharakter der Neuen Welt besser als das Roseland?

NYC Babylon ist nicht der Schmelztiegel der Kulturen, als den sich die Stadt gerne gibt, verschmolzen wird hier nichts, nur reingeschmissen, hofiert und ertränkt. Ein unkoordiniertes Nebeneinander der Codes und Ikonen, ein Übereinander der Referenzen und Metaphern. Doch das Ringen nach Kultur, um alles in der Westwelt, bleibt ein Griff nach den Sternen. Da können sie mehr und mehr Größenwahn und Arroganz noch so sehr auftürmen. Alt und historisch ist nur die Vorlage, Bab-Ili in Irak. Alt und historisch auch der vorgezeichnete Lauf der Dinge, nachzulesen in 1. Mose, Kapitel 11. So wie Babel am Euphratlauf hat auch die Stadt am Hudson River ihr Mardukheiligtum. Was Xerxes I. vor 2500 Jahren mit Etemenanki und Esagila anrichtete, erledigten Verbündete seiner Nachfahren am 11. September am Südzipfel Manhattans. Statt Verwirrung und *aller Länder Sprache* folgte das Diktat einer glasklar formulierten Meinungseinheit.

Schwarzweiß.

So wie die Sticker auf den CDs hier. Parental Advisory: Explicit Lyrics. Terry ist außer sich, bellt und schimpft alle an.

So weit so gut. Nur ist der Tisch, hinter dem sich Sham-Pain aufgebaut haben, nicht wirklich das richtige Forum dafür: Hier ist Signierstunde. Bis Leather Girls auf die Bühne gehen, sollen hier möglichst viele T-Shirts und CDs verkauft werden, Utensilien mit ShamPains Logos und Klängen. Kappen und OUT OF ORDER, Aschenbecher und *280 SL feat. Bonus-Track AFTER P.M.*.

Ein Handgemenge, zwei Fans zanken sich, es geht darum, ob Terry zu weit gegangen ist, ob es als Provokation oder Geste gemeint war. Um den Inhalt geht es nicht, murmelt Cat zu Niet.

»Und der war? Spieglein, Spieglein in der Hand, wer ist der am meisten Zugekokste im ganzen Land?« Ein Ordner schleift die Zankenden weg.

»Nix, wirst du schon noch von hören. Hatte was mit den Brettern zu tun, die ihm Spike auf die Bühne gereicht hat.«

»Wegen diesem eckigen Bumerang?«

»Exakt.«

Während ihres Wortwechsels signieren sie, lachen, schütteln die Hände von Fans und T-Shirtkäufern.

Terrys Aktion war »out of order«, empört sich die liberal-tolerante Fraktion derer, die generell alles liebt, was ShamPain machen, genauso halbherzig wie laut; »out of control«, schnaufen andere. »Trotzdem cool, könntest du das bitte signieren?«

Nett, aber auch immer etwas ernüchternd, wenn man es ohne rosarote Brillengläser betrachtet: Das Gros der Fans hat Pickel und Übergewicht, ist so besessen, dass man ihnen am liebsten sagen würde: *Get a life!*

Die beiden Bretter, die Spike auf die Bühne reichte, überraschten auch Niet: Beide L-förmig und fast so groß wie Terry. Komische Einlage: Er fuchtelte damit während des Intros zu WASTED DAZE herum, hielt sie wie einen Fernseher vor sich und quasselte in manischer *Motormouth*-Manier über die Themen und Thesen des Songs, über Selbstzensur und Verstümmelung, Diktate und Diktatur, Political Correctness, das Korsett des Neoliberalismus.

Klecker liebt Autogrammstunden, malt gerade einen Smiley-Speedfreak um den Bauchnabel einer Bebrillten. Für ihn ist das der wahre Auftritt, endlich sieht man ihn mal. Der Drummer hat sich als einziger noch schnell in seine After-Show-Montur geschmissen, Cyberpunk-Style: die Jacke wie ein Quadratmeter Schrottplatz, Jeans und Stiefel mit silbern, bronze und gold aufgesprayten Endloswürmern und Tribal-Tattoo-Motiven, alles mehr oder minder Hieroglyphen der Apokalypse. Niet ist einfach ein Musiker einer kommenden Superband, signiert, quatscht und empfiehlt jemandem, nach ein paar Sätzen über dies und das, ON THE LINE. »Unser erstes Album...«

»Die ersten sind eh immer die besten. Ich kaufe eigentlich fast nur erste Alben...«

»Haha. Und ich höre nur erste Alben«, schüttelt Niet ihm wie zur Blutsbruderschaft die Hand. Doch ON THE LINE, das Album mit dem Song WASTED DAZE, ist schon ausverkauft, der Verkäufer hat noch zwei Kisten mit 280 SL... Niet nimmt eine davon, signiert den Silberling auf der bespielbaren Seite und schenkt sie dem Fan von Debüts; dem, der weiß, wie pur und neat jedes erste Mal ist, wie ungelenk und charmant und vor allem einmalig... Wählt man nur die richtige Perspektive, so gibt es täglich neue Erste-Male. Cat unterschreibt gerade ein Poster von Patricia ›Trish‹ Bush. Für den Producer der Show, wie sich herausstellt.

Leather Girls starten ihr Set mit *I like to have a martini / Two at the very most / After three I'm under the table / After four I'm under my host!* Und dann der Chorus: *One more drink...* Ein Ordner beendet ShamPains parallelen Miniauftritt und bringt sie Richtung Bus. Der Producer der Patricia Bush Show kommt mit. Jemand reicht Niet einen Joint, das Paper rabenschwarz.

»Schwarzer Afghane in schwarzem Gewand«, witzelt er. Die Frau, aus deren Hand das Ding kam, trägt auch schwarz, rabenschwarz, Augen und Aura eines Vampirs.

»Rauch ihn ruhig fertig«, sagt sie, als Niet den Joint nach drei Zügen zurückreichen will. Sie sieht aus wie jemand, der die Tage in abgedunkelten Zimmern damit verbringt, Runen und zerstückelte Zitate aus Songs auf Tonpapier zu malen.

»Nee, danke.« Mit jedem Zug saugt ihm der Joint mehr Lebenssaft aus dem Kopf.

»Dann drück ihn bitte hier aus.« Sie öffnet eine Chrom-Kapsel. »So ein Steckenpferd von mir: Ich sammle das...«

»Neuversion der Plaster Caster?«, unterbricht Terry und zieht Niet von der Frau weg. Dankbar, aus den Krallen von Little Vampyre befreit worden zu sein, nickt Niet nur, als Terry vorsingt: »*Plaster caster, grab a hold of me faster / And if you wanna see my love, just ask her...*«

Im Bus erklärt Terry: »Plaster Caster sind diese Gipsabdrücke von den Schwänzen der Sechziger, Hendrix, MC5 und so. Kiss haben einen Song darüber gemacht, auf LOVE GUN. *And my love is the plaster*«, sang er schon wieder weiter. »*And yeah, she's the collector / She wants me all the time to inject her...*«

Sogar Klecker, nicht einmal Doktorand, geschweige denn Dr. Music, hatte von Cynthia Plaster Caster gehört. »Da gab's doch den Film, PLASTER CASTER: A COCKUMENTARY...«

»Sie wollte nur Asche.«

»Wollen sie alle: meine Asche, dann mein Auto, am Schluss das Haus....«

»...das ich gar nicht habe!«

»Das war so ein Gag von Frank Zappa, die GTO-Groupies. Die Asche-Luder sind nur ein Abklatsch davon. Ne Streichholzschachtel mit Asche... ist irgendwie nicht dasselbe wie ein Gips-Abguss von Hendrix, oder? Von dem Mädel aus Chicago...«

»Cynthia Plaster Caster«, fügte Terry ganz korrekt ein.

»...und ihren Freundinnen aufgestellt und verewigt?«

Niet schüttelt den Kopf. Vor weniger als vierundzwanzig Stunden turnte er mit Sheila Hunderte Meter über dem Straßenlevel, wie auf Wolke 7, sechs Stunden später beim Aufwachen ein eher schales Gefühl, vor sechs Stunden fühlte er sich dann wieder so scharf, dass er bei jeder Frau nur an das eine dachte, und nun kam ein Groupie angelaufen, sie wollte das eine – plus etwas Asche –, und er konnte es gar nicht abwarten, in den Bus zu kommen, die Tür hinter sich zu schließen.

PFFFFFF.

ᛗ | ᛉ

Leather Girls' Auftritt flimmert vorne im Bus aus einem Fernseher, winzig wie ein Guckloch. Wackelnd und unscharf. Cat und Klecker sind beeindruckt.

»Lassen's ja mächtig krachen, die Mädels...«
»Vor allem die Bassistin.«
»Die Kleine, G-String?«
»Ja, bisschen zierlich, ne?«
»Weiß aber, worauf's ankommt«, stellt Cat fest.

Gerne hätte Niet die Aufmerksamkeit auf die anderen Girls gelenkt, zum Beispiel den Rauschengel mit der Les Paul. Aber weder das Fernsehbild noch der Sound erlaubten echte Kommentare. Außerdem war das, was man von G-String sah, wirklich beeindruckend: Sie führte sich auf, als ginge es ihr darum, keinem geringeren als Lemmy höchstpersönlich zu zeigen, wie affig Joey DeMaio ist.

Komisch. War das ein neuer Trend, Basser übernehmen das Steuer? Oder sieht es nur für ihn so aus, und alle im Publikum starren auf die Sängerin, lauschen den Riffs der Gitarristin, stampfen im Takt der Trommlerin?

»Den Namen«, weiß Klecker inzwischen, »haben sie von einem Russ Meyer-Film.«

Tür auf, Tür zu. Natalie kommt rein.

»Russ Meyer? Das war doch der Oberweiten...«, beginnt Cat, sieht dann, dass Natalie in Hörweite ist, und verbessert sich: »Titten-Fetischist.« Kein kluger Zug.

»Total krank, immer mit den Glocken von Notre Dame«, lacht er.

»Wie Mudhoney.«
»Hm?«
»Na: Mudhoney«, elaboriert Terry. »Die haben sich auch nach einem Film von dem benannt. Genauso Faster Pussycat, Vixen und Motor Psycho...«
»Motorpsycho? Echt?«
»Ja, Niet. An Filmtiteln von dem haben sich nicht nur Slick Black bedient...«

»Meinst'n das?«, fragt Klecker.

»Na, THREE WAYS TO LOVE und EUROPE IN THE RAW und... Das sind alles Filme von dem.«

Natalie verkündet, unmissverständlich, ohne Miss-Freundlich-Ambitionen, dass alle außer den Musikern den Bus verlassen müssen. Das Meeting, versichert sie, wird nicht lange dauern.

Es dauerte lange. Das Treffen, das in Biografien über ShamPain als »Myth-Meeting« eingehen sollte, war ein Wendepunkt. Alle Mythen der Neuen Welt wurden darin gestreift – Neuanfang, Freiheit und der Traum, in dem ein Tellerwäscher zum Millionär wird. Eine Mythen-Mär.

So wie Millionen und Abermillionen vor ihnen scheiterten ShamPain. In jedem Punkt, und doch ganz anders als erwartet.

Niet ließ sich das alles noch einmal durch den Kopf gehen, während er zum Fenster des Hotelzimmers schaute, in Manhattans hell flimmernde und brummende Neon-Nacht. Was er vor sich erblickte, war die neue Wirklichkeit der Neuen Welt. Central Park, dahinter Harlem, vibrierend und groovend, vom Slum und der No-go-Zone zurück zum Schmelztiegel der Kulturen. Hip.

Bei dem Meeting berichtete Natalie, was sie Niet schon in London offenbarte: Far Out Management war bereits vor Wochen als Deal-Broker eingeschaltet worden. Die Firma vermittelte und verhandelte im Auftrag von World Records. World Records, das Rückgrat eines der Top-vier-Konzerne, interessierte sich nicht für das, was Luke Keyser verkaufen wollte. World Records wollte nur eins: ShamPain. Ins Stocken geraten war die Kuppelei vor ein paar Tagen, als Keyser verschwunden war. Spurlos. In dem selbst gestrickten Netz aus Hinterziehungen und Erpressungen hatte er sich so sehr verheddert, dass ihm die Wirtschaftsprüfungsbehörde auf den Leib rückte; nun angeblich noch weitere Behörden. Keysers Seilschaften zur Politik, ohnehin immer dünn und hastig zusammengeflochten, brachten nichts mehr. Den Verantwortlichen war der Geduldsfaden, eingefädelt mit dem patriotischen Musikverlag 5th Sin Publishing, gerissen.

Unterm Strich blieb ShamPain – heute hier und in Amerika, morgen Superstars – nichts übrig, als eine coole Miene zum abgekarteten Spiel zu machen. Far Out war bereit, den Rest des Trips zu finanzieren, allerdings unter mehreren Auflagen. Sonst hieße es, heute hier, morgen weg vom Fenster, versicherte Far Outs Armada an Managern und Anwälten; alles mit dem Charme eines Pizzabäckers in Little Italy. Heute hier, morgen fort, und das Rückflugticket könne man sich beim Konsulat erbetteln. Die Musiker blätterten durch Kopien der Abmachung, während in der Chefetage eines der Wolkenkratzer um sie herum ein Manager wartete, Anwalt bei Fuß und Chauffeur in der Tiefgarage.

Die Weiche gab zwei Richtungen vor: Karriere machen mit dem Konzern oder aufs Abstellgleis, eine Totgeburt, noch bevor es losgehen sollte.

Zu Far Outs Auflagen gehörte es, noch heute Nacht per Unterzeichnung von ShamPain als exklusiver Dealbroker bestätigt zu werden. Das war nicht eine Zusage an World Records, das Signal war aber klar, schließlich wurde Far Out von dem Konzern finanziert. Far Out würde den Rest der Tournee finanzieren, wenn sie danach bestimmen würden, bei welcher Plattenfirma ShamPain unterschreiben würde. Weltweit. Klecker fand sich schnell damit ab, nun eben doch nicht die ganze Bank zu übernehmen, wie er es noch in London wollte, sondern zum kleinen Angestellten zu werden. Cat fühlte sich geehrt durch das Interesse von World Records. Natalie wollte die Tournee ohne Blamage beenden. Nur Terry und Niet waren dagegen. Zunächst.

Verwässert und abgelenkt wurde die Diskussion, wie alle Business-Meetings bei ShamPain, von dem, was Cat »Nebensachen« nannte. Niet fand es überhaupt nicht nebensächlich, dass die Sechs-Track-EP 280 SL in der lizenzierten US-Version mit Bonus- und alternativen Tracks zu einem Album mit zwölf Songs angeschwollen war. Für Niet war das ein klares Zeichen, dass der Konzern mit seinen Ideen von Vermarktung über alles hinwegtrampeln würde, worauf sich die Band mühselig geeinigt hatte. Doch alle stimmten Cat 23 zu, als der sagte, dass die Sechs-Track-Lösung eine Scheißlösung war, schon alleine deshalb, weil es so lange gedauert habe, bis man sich dazu durchgerungen habe.

Anders ausgedrückt, dachte sich Niet, warf man ihm nun vor, sich auf einen Kompromiss eingelassen zu haben, und kritisierte gleichzeitig seinen Unwillen, Mittelwege zu finden. War ihre gemeinsame Streitsucht einst Katalysator für Kreativität gewesen, so war sie nun nur noch ein destruktives Element. Wie es mit Süchten eben so ist... auch die Haltbarkeit der Streitsucht ist begrenzt.

In Krisenzeiten, so lenkte Natalie ein, darf man nicht zu lange mit der Vergangenheit hadern. Das hier sei ja keine Psychoanalyse, das hier sei die Karriere jedes einzelnen, das Leben der Band. Konzern oder Kollaps, weitere Alternativen seien ihnen ausgegangen.

Der Typ mit Zigarre und Leibwächter war vom Pokertisch verschwunden, nachdem er erklärt hatte, warum er den Preis drücken wollte. Er begründete - plausibel -, in Keysers Vertrag gebe es Schwachstellen. Er kannte den Vertrag erschreckend gut, auch die begrenzte Laufzeit, ein Überbleibsel aus den frühen Siebzigern, aus einem Vertrag, den Keyser als Vorlage benutzt hatte und der sich schon Anfang der Neunziger als großer Fehler erwiesen hatte: Die verantwortliche Plattenfirma musste zig Millionen Dollar ausgeben, um sich die Rechte am Backkatalog einiger zwanzig Jahre zuvor aufgebauter Superstars zu sichern. Weil die Italo-Amis wussten, auf wie wackeligen Füßen das stand, was Keyser zu verhökern hatte, gab es für sie gar keinen Grund, dem Druck nachzugeben, den Luke via Natalie auszuüben versuchte.

Dummerweise hatten Spieler der anderen Fraktion den Verhandlungstisch verlassen, als sie Terrys Aktion mit den von Spike gereichten L-Brettern sahen. Über die Showeinlage wurde inzwischen schon im Fernsehen berichtet, die halbe Medienwelt stand Kopf. Alle, die darüber berichteten, waren geschockt, verfügten für ihre Berichtbestattung allerdings nur über ein unscharfes Foto. Diejenigen, die nicht schockiert waren, oder die einsahen, dass das Foto erst mit Erklärungen schockierend war, berichteten nicht darüber.

Trotzdem: Es war unverzeihlich. Und es war der Grund, weshalb Niet jetzt nicht im Zimmer seines Hotels stand, sondern in einem hurtig angemieteten Zimmer im InterContinental – und wartete.

Terrys Unberechenbarkeit hatte Niet ja bereits zu spüren bekommen, als der ihm mit einem Schlag die Hand fast brach. Doch Terrys Aktion heute Abend, vor versammelten Medienvertretern der Ostküste, war so, dass... dass Niet es einfach nicht glauben konnte. Während des Intros zu WASTED DAZE rappte der Sänger über Tabus und Selbstzensur, auch über das, was jeder über Israel denke, was in der von Zionisten kontrollierten Medienbranche aber niemand sagen dürfe. Mit den L-Brettern spielte er gleichzeitig rum, als seien sie ein Fernsehbildschirm, im Querformat, Längsformat, Querformat, Längsformat, zu seiner Pointe hielt er sie übereinander, fast wie ein Ruder, und verwandelte sich damit und mit angewinkelten Armen für Sekunden in ein wandelndes Hakenkreuz.

Auf Terrys Unterschrift hätte Far Out also gut verzichten können. Auf Niets Kreativität nicht.

So kam es, dass der Bassist nun am Fenster des InterContinental stand und in die Nacht schaute. Am Ostrand des wilden Westens. In der Metropole des Here & Now. Die von Andy Warhol prophezeiten *15 Minutes of fame* hatten für ShamPain begonnen.

Alles für das Experiment, ein kleines Happening, stand. Und lag. Warhol hätte es gefallen, er hätte die Kunde verbreitet und vervielfältigt. Kopiert, ohne sie zu kopieren.

Die Columbo-Suite des InterContinental war im Handumdrehen verwüstet worden, sah nun aus wie für und von ShamPain, Speerspitze des Shock Rock. Auf dem Kingsize-Bed räkelten sich zwei Schönheiten, splitterfasernackt, die eine mit dem schönsten Po von Hollywood. Auf dem Sofa lag, wie im

Koma, allerdings nur ohnmächtig, nachdem sie sich bis zur Besinnungslosigkeit betrunken hatte, Claudie Miller-wie-das-Bier. Überall waren leere Flaschen verstreut, lagen Instrumente und hieb- und stichfeste Hinweise, dass der Bewohner dieses Zimmers in einer Welt der Drogen und Orgien lebte.

Als es an der Zimmertür klopfte, lief Niet auf Zehenspitzen zum Türspion. Er erkannte zwei Herren in Anzug, ohne Krawatte. Die beiden vom *Spiegel*! Schnell und genauso leise sauste er zurück zum offenen Fenster, justierte auf dem Fensterbrett, was er in Präzisionsarbeit vorbereitet hatte – Balance perfekt – und rief: »Ist offen, kommt ruhig rein!«

Kaum hatte der eine der beiden Ankömmlinge die Türklinke runtergedrückt, wurde sie ihm aus der Hand gerissen. Was genau passierte, war für ihn nicht zu sehen; er spürte einfach, dass die Tür wie von Geisterhand aufgerissen wurde.

Alles, was er und sein Kollege zu sehen bekamen, waren die Überreste: Das an die Klinke geknotete Bettlaken, ein daran geknotetes Handtuch, daran eine Jeans, ein Gürtel… und im Fensterrahmen gegenüber der Tür ein abgerissenes Kabel. Der dazu gehörende Fernseher lag neunzehn Stockwerke tiefer. Den Aufprall hatten die beiden Ankömmlinge nicht gehört. Sie hatten ihn unwissentlich ausgelöst.

»Hoffentlich Haftpflicht versichert?«, rief ihnen Niet entgegen, als er die Reste auf dem Vordach betrachtet hatte. »Kommen Sie doch rein, nicht so schüchtern!«

Ein bisschen irr und wie auf Drogen schüttelte er sich, sprang in einen Sessel. Niet wollte den *Spiegel*-Männern ein kleines Experiment vorführen: Nichts ist so, wie es scheint. Sie konnten zwar den zerborstenen Fernseher sehen, auch einen scheinbar durchgeknallten Rockstar, Spezialist in Fragen der Zensur, doch sie konnten nicht wirklich bezeugen, dass sie der tatsächliche Auslöser waren, der den Fernseher zum Fenster herausbeförderte. Abstreiten konnten sie es nicht, genauso wenig wie man abstreiten konnte, dass die kritischen Augen der Medienindustrie mit ShamPain besonders kritisch ins Gericht gingen, da sie als eine deutsche Band gesehen wurden; trotz australischem Sänger und türkischem Gitarristen. Außerdem war nicht abzustreiten, dass Terrys Doppel-L, isoliert betrachtet, keinen Menschen dazu gebracht hätte, an ein Hakenkreuz zu denken. Das sollte den *Spiegel*-Leuten vorgeführt werden. Von allen zurzeit kontaktierbaren Medien schien *Der Spiegel* am besten geeignet, vernünftig darüber zu berichten. Zynisch, unvorhersehbar, wie eine fehlgeleitete Granate, die am Ende für genug Aufruhr sorgen würde, dass Terrys eigentliche Absicht (Keyser die Treue halten, komme was wolle) auf der Strecke bleiben würde.

Es war ein Experiment. Ein Neuanfang. *Shock as shock can*. Freie Meinungsäußerung, auch wenn die Meinung vage ist.

Noch bevor sich die zwei Herren vorstellen konnten, erspähten sie illegale Substanzen auf dem Nachttischchen und vier Personen, drei davon weiblich, zwei unbekleidet und mit der Fernbedienung spielend, die dritte scheinbar im Koma. Der Mann, wegen dem sie gekommen waren, zog sich eine Hose an und pfiff dabei vor sich hin wie der Bankräuber in Reservoir Dogs, kurz bevor er dem Cop mit seinem Schnappmesser das Ohr abschneidet.

Nur sagten Niets Augen: Wenn man so lebt wie ich, dann ist es das normalste auf der Welt, schaut es euch nur an, mal was anderes als immer nur im Archiv davon zu lesen. Rock'n'Roll: It's Alive!

»Vielleicht sollten wir lieber woanders hingehen?«, schlug Niet vor.

»Sicher eine gute Idee. Erlauben Sie, dass ich mich vorstelle: Jake Billeau, mein Kollege ist Richard Fraunkorn. Wir kommen vom FBI.«

Kapitel 22

> *I've lived a million times before*
> *And I've seen a million ways*

Bang Tango: »Dancin' On Coals« - Dancin' On Coals

ᛋᚾᚴ

»Und dann bist du einfach weg?«

»Yeah.«

Lachen, nur einer konnte darüber so herzhaft und unbekümmert lachen wie er.

»Als die in der Drehtür hingen… Was sollte ich sonst machen? Das Zimmer bis zur Decke voll mit Drogen - illegalen Substanzen - und auf dem Sofa eine Halbtote…«

»Ach, zerbrich dir mal nicht den Kopf darüber, das wird sich schon einrenken. Es war ja ein Happening, Kunst«, lachte Johnny seinen Walker. »Nur… eins verstehe ich immer noch nicht. Was habt ihr euch dabei eigentlich gedacht?«

»Wegen Terrys Gebrabbel über die Juden, die hier die Medien kontrollieren…«

»Ach«, winkte Johnny ab. »Ist doch ein alter Hut. Solange es nicht ernst gemeint war, lässt sich das wegbügeln. Postmoderne Ironie.«

»Die Leute vom Konzern nehmen das nicht so locker. Mann, in der Lobby beim InterContinental lief das eben schon in den Schlagzeilen…«

»Ach. Type O Negative haben vor ein paar Jahren, auch im Roseland, als Support von Motley Crue… Da hatten die als Backdrop rote Flaggen, weißer Kreis und darin dreizackige Hakenkreuze. Echt wahr. Oder Bowie in Berlin.«

»Was hat das denn damit zu tun?«

»Als er da ankam und den Hitlergruß machte…«

»Bowie?«

»Ja, da warst du zu jung für, das mitzuerleben.«

»Kein Wunder, dass er Angst davor hat, auf der Bühne erschossen zu werden…«

»Und vor Erdbeben.« Nur Johnny konnte darüber lachen. »Das mit dem Erschießen, das hatten sie auch in VELVET GOLDMINE.«

»Wie?«

»In dem Film, mit Ewan McGregor, fängt die Story genau damit an. Und dann ist es nichts weiter als ein PR-Gag.«

»Ein Attentat als PR-Gag?«

»Auch gut, fast klassisch: We set out to change the world... ended up just changing ourselves«, imitiert Johnny einen Iggy Pop imitierenden Ewan McGregor. »What's wrong with that? / Nothing, if you don't look at the world! – ha ha ha. Und worum ging es also, ich meine, bei eurer Inszenierung?«

»Na, dass der Kontext Teil der Message ist.«

»Ach.«

»Das Klo von Duchamp? Im Museum ausgestellt, wird es anders wahrgenommen als bei dir zu Hause.«

»Ist doch alles eindeutig«, schüttelte Johnny den Kopf. »Sheila und ein Callgirl fummeln miteinander rum, du stehst halbnackt im Zimmer. Wie sollten das die zwei Gestalten vom *Spiegel* mehrdeutig finden?«

»Sie sollten der Auslöser *trigger* sein, der Abzug, wegen dem der Fernseher aus dem Fenster fällt. War ja nicht meine Idee.«

»Ach.«

»Cats Idee. Mehr oder weniger.« Niet konnte Johnny unmöglich erzählen, wie Cat ihn unter Druck gesetzt hatte. Es sei ihm klar, hatte Cat gesagt, während sie vom Bus zu Max's gingen, dass Niet nicht an ShamPains Zukunft liege. Schließlich hätte er sich über die 12-Track-CD weniger geärgert, als es seinem Charakter entspräche, über das veränderte Intro zum Konzert aber so wie immer. Daraus schlussfolgerte Cat, dass sich Niet zwar nach wie vor gerne aufregte, inzwischen aber nicht mehr wegen Dingen, die ShamPain betrafen; nur noch wegen Dingen, die ihn betrafen. Dass Niet über einen Alternativplan verfüge, sei daher klar. »Falls der mit Musik zu tun hat, was ich stark annehme, denn was willst du sonst machen?«, sagte Cat, freundlich lächelnd, Gift zwischen den

Zeilen, und fuhr fort: »Ich kann dir garantieren, dass ich dem Rest der Welt klarmachen werde, was es mit Out Of Order auf sich hat. Ohne das als Visitenkarte...«

»Du wirst mich doch nicht mit so was an euch ketten«, war alles, was Niet dazu einfiel. »Nehmt doch die Bassistin von Leather Girls, G-String.«

»Das wär was«, lachte Cat, unehrlich, aber durchaus angetan von der Idee. Dann lenkte er ein, wieder ganz ernsthaft: »Es geht nur darum, dass du zu uns hältst, damit wir aus der Chose hier als intakte Einheit rauskommen. Mann, den Gefallen kannst du mir doch tun...«

Bei Max's warf Cat dann ein paar Bälle in die Luft, mit denen alle im Brainstormverfahren jonglierten. Die Bälle gingen auf seine Erziehung in den besten Internaten der Welt zurück, und so erfuhren alle von Marcel Duchamps Ready-mades. Claudie Miller, Miller-wie-das-Bier, hatte sich nach Terrys Einlage mit mehreren dreistöckigen Wodkas die totale Kante gegeben – »alle Arbeit für nichts!« – war aber irgendwann nach ihrem Absolute-Rausch erwacht und erinnerte Natalie an den letzten Termin des Tages: Die *Spiegel*-Mitarbeiter. Sollten ja noch kommen. Interview. Mit Niet. Wegen seinem Engagement für No, no... Know Censorship.

Das hatte einen von Cats Bällen ins Weiterrollen gebracht.

»Wir überlegten uns halt«, erklärte Niet nun Johnny, »dass ich den *Spiegel*-Leuten was erzähle, von wegen freie Meinungsäußerung, *First Amendment* und so; und wie sehr es Terry ärgert, dass Big Tits Big Ass Big Deal nicht auf der US-CD ist.«

»Ihr habt sie ja nicht mehr alle.«

»Ja.«

»Und Sheila, wie kam die nun ins Zimmer?«

»Das ergab sich, und es passte zu der Inszenierung, die vor allem sagen sollte, nichts ist wie es scheint.« Das klang nicht nur fadenscheinig, es war auch gelogen, für Johnny nun aber erstmal gut genug. Unmöglich konnte Niet Johnny erzählen, womit Cat ihn unter Druck gesetzt hatte. Denn als Sheila zu Max's kam, ausgerechnet in dem Moment – ihr ganzer Aufenthalt hier in New York war ja die große Versöhnungsgeste der Band gegenüber Niet! –, als sie da einlief, packte Cat die nächste Daumenschraube aus, fragte Niet, ob sie eigentlich wisse, warum ihn Terry in Australien verprügelt hatte. Selbstverständlich hatte Niet ihr nicht davon erzählt, nicht einmal von der Schlägerei, und Cat wusste das. Turteleien mit Tracey und Su in London waren genauso verzeihbar wie das ein oder andere Stelldichein mit einer Austauschschülerin in Madrid, einem Au-Pair in Hamburg (weniger entschuldbar natürlich, dass die in Madrid, ungelenk, aber auch unvergesslich knackig, ausgerechnet mit dem Oberaffen von *** *** *** was am Laufen hatte...). Cat wusste ganz genau, dass Sheila Niet es nie verziehen hätte, wenn sie erfahren hätte, warum Terry ihn verprügelt hatte; nach dem, was in Sydney vorgefallen war.

»Cat hat ihr halt irgendwie beigebracht, dass das Kunst wäre.«

Nachdem Cat dieses Ass unter Niets Nase gehalten hatte, nur ganz kurz, nur mit der denkbar doofen Frage, beiläufig, ob Sheila wisse, warum er sich mit Terry so geprügelt hätte, dass seine Hand fast eingegipst wurde, dachte sich Niet: Wenn Sheila bei mir und weg von Cat ist, kann er ihr keine Geheimnisse erzählen, vor allem kann sie sich nicht verplappern und den anderen versehentlich erzählen, was für Pläne Niet und Zig Zag geschmiedet hatten. Das hätte ihm zu seinem Unglück gerade noch gefehlt.

Eine halbe Stunde lang glaubte er also, sich aus der Zwickmühle befreit zu haben, geradezu genial hatte er es verhindert, dass Sheila den anderen von seinem Zig-Zag-Traum erzählen würde und dass sie von seinem Sydney-Disaster erfahren würde. Stattdessen hatte er jetzt ein neues Problem am Hals.

Johnny, der Niet vor dem InterContinental in ein Taxi geschubst hatte, bevor die FBI-Mannen reagieren konnten, wollte Niet erst einmal in einem anderen Hotel unterbringen und sich dann um das Nachspiel des Central Park South Happenings kümmern. Bei Washington Square stiegen sie aus, um das Taxi zu wechseln und eine Kleinigkeit zu essen.

Hotdog in der Hand, kurz vor Mitternacht standen sie da und beobachteten den Catwalk für Drücker und Huren, den Ratwalk der Zuhälter und Fun-Touristen. Umgeben von abwartenden NYPD-Chevys, deren Fahrer die Minuten bis zum Schichtende zählten, an Bausparvertrag und Sodbrennen dachten. New York, der ewige Film, das Kabinett der unwirklichen Geschichten, die Kulisse des Taxi Drivers Travis Bickle. Ein paar Schritte von hier, das Café Wha?, Sprungschanze für Hendrix' Trip nach Europa und in kommerzielle Anerkennung. Östlich von hier CBGB's, Wiege der Ramones und gedichtschreibender College-Kids mit einem Intelligenzquotienten, der für Rock'n'Roll zu hoch, die Medien manipulierenden Manöver der Intelligenzija zu niedrig ist – Television und Talking Heads. Unweit von dem Ort, wo Velvet Underground und die New York Dolls – noch so zwei Antipoden – das Neonlicht der neuen Welt erblickten. Alle von denselben Bluthunden der Avantgarde hofiert und beklatscht, einen Sommer lang. NYC gehorcht eigenen Gesetzen, mythologisiert und entscheidet schnell, rasend schnell, im Takt einarmiger Banditen. Endstation aller Zivilisationen, die verpasste Chance aus Dreck, Staub und Beton geformter Versprechungen. Die CITY OF GLASS, in der William Wilson, der in Wirklichkeit Quinn hieß, seinen Verstand verlor.

Der Gedanke, dass ihre fünfzehn Minuten Ruhm schon im Begriff waren abzulaufen, war für Niet unerträglich. »Sag mal, Johnny, bei den vielen Undercover-Cops hier fällt mir was ein...«

»Ach, die patrouillieren doch nur für die zurückgebliebenen Dealer und Touris. Washington Square ist schon seit Jahren so clean wie Bahnhof Zoo.«

»Ja, aber... Hast du was? Ich meine, um die Nerven ein wenig zu beruhigen?«

»Nix, Niet. Habe ich alles im letzten Taxi gelassen. Das würde uns ja gerade noch fehlen, mit Stoff in der Tasche oder im Blut erwischt werden...«

ᛗ F ᚱ

Wieder in der Lobby eines Hotels mit einer am Fließband produzierten Feudal-Aura. Wieder mit Uniformierten vor der Tür, Hüter einer vergessenen Aristokratie, einer Tradition, die es beim Neuanfang der Immigranten auf Staten Island nie gegeben hat.

Während sie Koffer auf Kulis wuchteten, schlichen Irre mit und ohne Einkaufswagen vorbei, sammelten eine Radkappe hier, eine Bierdose dort auf, kratzten die Krümel des Überflusses zwischen den Ritzen des Bordsteins hervor.

So wie die Obdachlosen und Verwirrten blieb auch Niets Liebe vor der Tür. Verführerisch schön, ruhig und dunkel, solide, und doch so weich, dass man sich ihr gerne in die Arme wirft: die Nacht. Blieb draußen. Und mächtig.

Auch am Empfangsschalter dieses Hotels lief eine New Yorker Variante von CNN, Hintergrundfernsehen für die Generation MTV, die Erwachseneres sehen wollte als Sängerinnen in zu kleinen Bikinis. Statt »Fakten« aus dem Leben von Showmastern und Bürgermeistern sendete man heute Abend Bilder des halbnackten Terry mit den L-Brettern. Ohne Ton sah das wirklich bedeutungslos aus. »Von einem, der auszog und sich auszog«, lachte Johnny. »Mann, Mann, Mann, Männlein! Lacht sich einen Ast, setzt sich drauf, und sägt ihn dann ab.«

Das Zimmer war wie ein aus der Styroporverpackung gefingerter Hamburger: nicht ganz so farbenprächtig wie auf den Fotos, alles ein bisschen abgehangen und verblichen, alles Gammelige sterilisiert, alles Normale ins Lächerliche stilisiert. Sogar die Aussicht: ein durch Rauchglas verschwommener Blick auf eine Uhr, die natürlich auch - denn in dieser Stadt ist alles käuflich - für irgendwas Reklame machte.

Sie mussten eine Weile durch das Abendprogramm zappen, um einen Sender zu finden, auf dem gerade jemand vor dem Roseland interviewt wurde. Der Producer der Patricia Bush Show fand das alles cool, no problemo. Die Band, sagte er, sei nicht cool, sie sei hot! Mit ihr sei zu rechnen. Niet fiel ein Stein von Herzen. Noch bevor er auf dem Boden der Tatsachen landete, kommentierte eine Stimme aus dem Off, einer wie dieser Producer müsse das ja heiß finden, schließlich offenbarte er seine Moralvorstellungen regelmäßig in der Patricia Bush Show, und was davon zu halten sei, darüber sei man sich ja ohnehin einig... Seit wann sei etwas nur wegen seiner hohen Einschaltquoten zu rechtfertigen... Niet glaubte zu träumen, seit wann kritisieren denn Fernsehsender andere Fernsehsender für deren schamloses Ringen um Quoten? Weiter ging es mit einem Wanderprediger, der über Jahre hinweg seine Gemeinde um Unsummen erleichtert habe, Garantiescheine für einen Platz im Himmel verhökernd. Kein Wort über Niet, oder dass das FBI ihn per Steckbrief suchte. Kein Wort auch über die amerikanischen Fundamentalisten, die aus Liebe zu Gott und Reinheit CDs verbrannten und mit ihren Vorstellungen gegen Abtreibung am selben Strang zogen wie die Muslime, die sie ihrer konsequenten Radikalität wegen natürlich am liebsten umbringen wollten...

Niet fühlte sich in Sicherheit, auch vor dem Briefeschreiber, der ihn im Chelsea Hotel treffen wollte. Er einigte sich mit Johnny, dass der seine Sachen aus dem Band-Hotel holen würde, Natalie und der Band nachspüren und dann Sheila zu Niet bringen würde.

ᚱ ᛗ ᛖ

Spinnweben im Kopf. Niet steckt sich eine Filterlose an, legt sich in die Badewanne, um in Ruhe alles zu überdenken.

Jackpot Jack wurde letzten Sommer engagiert, nach dem Hit OUT OF ORDER musste in den nächsten Gang geschaltet werden, auch was PR und Publicity betraf. Jackpot Jack kam also, sprach mit jedem von ihnen, machte sich massig Notizen und verschwand. Als er seine Hype-Maschine angeworfen hatte, war kaum noch festzustellen, welche News und Hypes von ihm kamen, welche von echten Meinungsmachern. Legende und Realität verwischten. Schnell. Alles lief wie am sorgsam eingefädelten Schnürchen. Eingefädelt ins Arschloch der Kulturverwertungsmaschinerie, wo Hunderte gelangweilte und taubstumme professionelle Verwurster den Faden gerne aufnahmen.

Und warum der Aufwand, was war der Grund für die Operation Schneeball? Simpel: Es ging nicht darum, ein paar Krümel vom Kuchen abzubekommen, Luke Keyser wollte mit 5th Dimension in der Küche mitbacken. 75 Prozent der Einnahmen durch Albumverkäufe gehen auf drei Prozent aller produzierten Alben zurück. SoundScan ermittelte, dass 1999 jede vierte verkaufte CD eine von insgesamt 88 war. Eine Plattenfirma kann, wenn sie es richtig – und die Richtigen – anstellt, Milliarden verdienen.

Gleichzeitig bewarb die Operation Schneeball Jackpot Jacks Fähigkeit, selbst im letzten Winkel der Zivilisation eine Kampagne aus dem Boden zu stampfen.

Alle waren happy.

Luke Keyser bewies Australien und der Welt, wie ernst es ihm war. Er vermarktete Musik, ein Image, eine Band auf denselben Wegen wie neuseeländische Äpfel oder australischen Wein. Alles eine Frage des Vertriebs. Er wusste, wie mit Ladenbesitzern und Großeinkäufern, Konzernmanagern und Politikern umzugehen war, er wusste, wie Gesetze und Schlaglöcher umgangen werden konnten, kannte die Logistik, mit der man Mantelfirmen erwarb, wie man sich ein weltweites Netz knüpfte und sich dabei moderne Technologien genauso zu Nutze machte wie universal geltende, uralte Gesetze.

Langsam wurde das Wasser in der Badewanne kalt. Niet warf die Zigarette Richtung Zeh, die Seifenschale war ihm zu weit weg. Er ließ heißes Wasser nachlaufen, zündete sich die Nächste an.

Als Niet Keyser das erste Mal traf, damals mit Cat, hatte er den Eindruck, Keyser sei einfach ein Neureicher, der sich mit 5th Dimension Records Ltd. einen Kindheitstraum verwirklichen wollte. Warum nicht? Andere legten sich einen Golfplatz an, Keyser hatte in irgendeinem Herrenmagazin über die Medienmoguln in Hollywood gelesen, dass die meisten Macher hinter den Kulissen aus ärmlichen Verhältnissen stammten, dass sie ungebildet seien wie eine Hyäne im Zoo, fast alle nicht etwa einen schlechtem, sondern ganz schlicht gar keinen Geschmack hätten. Das einzige, wofür sie ein gutes Gespür hätten, stand in dem Artikel, seien rollende $$$s. Diese Spürnase hatte Luke Keyser auch zweifach nachgewiesen: mit dem Internationalisieren der Speditionsgeschäfte von 5th Avenue Ltd. und seinen Spielhöllen an der Goldküste im Nordosten von Australien.

Während Keyser ein Wochenende lang Biografien über Manager der Entertainmentbranche las, eilte Jackpot Jack bereits durch Amerikas Schaltzentralen der Macht. Keyser las über die Verbindungen der Schalter und Walter zur Mafia, er malte sich die mit Drogen und flotten Mädchen gespickten Orgien aus, während Jackpot Jack Meinungsmachern und Designern in Paris, London, New York den Schluderlook oder Heroin-Chic als das nächste große Ding andrehte, in einer vergessen geglaubten Universitätsstadt im Nordwesten der USA ein paar Garagenbands mit dem Selbstbewusstsein ausstattete, das man braucht, um das gleißende Licht der Scheinwerfer zu überleben. Sollten sie das nicht – auch gut, schon Seattles Allererster verkraftete es nicht und musste ins Kopfkissen beißen.

Zum Kotzen.

Woher wusste Cat, dass er in Los Angeles die Band verlassen wollte? Von Sheila, hatte er es ihr so detailliert – Quatsch, Cat konnte mit Sheila gar nicht darüber geredet haben. Wie hatte es Cat noch einmal begründet, ah ja, er las es an seiner Wut ab, ha ha. Sehr witzig.

Wahrscheinlich war es ein Schuss ins Blaue, und Niet war geradewegs reingelaufen. Trotzdem, die Idee, Niet gegen G-String auszutauschen, schien Cat wirklich zu gefallen. Da musste man vorsichtig sein, in solchen Sachen war Cat einfach nicht zu trauen.

Wobei wir bei Terry wären. Hatte der einen Plan? Niet hatte Kopf und Kragen, seinen verdammten Hals riskiert, und nun war das FBI hinter ihm her. Wegen Terry, dem verdammten Loser.

Mann, war das alles verworren. Seine Gedanken waren nicht in einer Kausalkette unterzubringen, sie bildeten ein mehrdimensionales Koordinatensystem, mit vielen Unbekannten. Nun lief auch noch irgendein Insekt auf ihn zu. Niet killte es mit dem Zeigefinger, spielte ein bisschen damit herum.

Zu viele Fragen, zu viele Leerstellen.

Das Telefon klingelte, das Wasser war eiskalt.

»Hey, hier Johnny...«

»Aha.«

»Alles klar?«

»Ich muss eingeschlafen sein... in der Badewanne.«

»Wow, hab ich dir das Leben gerettet, was Jim?«

»Jim?«

»Morrison. Jim Morrison von den Doors.«

»Ja, fast wäre ich abgetaucht wie er...«

»Poet in der Wanne, was?! Schon wärste zu der Legende geworden... für die wir dich sowieso halten«, explodierte Johnny voluminös in sein Asthma-Lachen. »Obwohl«, wurde er ganz ernst, »so was passiert ja wirklich, ne? Marc Radcliffe, der Porno-Star...«

»Ja?«

»Ist wirklich so gestorben, und berühmt gemacht hat ihn das nicht.«

»Was gibt's also für News, ist die ganz Stadt schon hinter mir her?«

»Nee, die haben gelacht, meinten, sie würden ihren Kollegen empfehlen, mal eine Akte über ShamPain anzulegen. Im Ernst, ganz locker, Cat plaudert mit ihnen an der Bar. Und Sheila hat ihnen schon Autogramme gegeben.«

»Du willst mich verarschen?«

»Nee, im Ernst. Die waren gekommen, weil sie mit dir über diese Briefe reden wollten.«

»Briefe?«

»Ja, sie hatten... Sie sagten, den hätten sie von Spike bekommen.«

»So?«

»Deshalb kamen sie. Sondereinheit von dieser *Threat Management Unit*, die sich um Stalker kümmert.«

»Johnny! Mein Lieber... *Johnny Walker, what's a stalker?!?*«

»Stalker, das sind die Typen, die Stars hinterherspionieren – manchmal bis zum bitteren Ende. Deshalb gibt es diese Sondereinheit. Ich habe ihnen halt erzählt, dass du neulich schon so einen hattest, so einen Brief. Sie interessieren sich für das Persönlichkeitsprofil der Täter, du bist ja hier das Opfer, ha ha ha. Wir haben ihnen halt gesagt, es sei sehr nett von ihnen, sich darum so zu kümmern, aber wenn dir einer zu nahe auf die Pelle rückt, dann Spike – HA HA HA!«

»Und damit haben sie sich zufrieden gegeben?«

»Scheinbar. Vorher hatte ihnen Fiona erzählt, warum ich mit dir davongesaust bin, du hattest nämlich einen wichtigen Termin mit dem Konzern, das könnte deren Vorsitzender bestätigen, und ich wäre mir eben nicht der Ernsthaftigkeit der Situation bewusst gewesen. Haarscharf davongekommen, wie?«

»Kann man wohl sagen, ich glaub's noch gar nicht.«

»Nicht ohne Grund hieß Fionas Agentur damals Anything Goes.«

»Wow, danke!«

»Bedank dich doch nicht bei mir. Lieber bei Fiona und Natalie. Im Lone Star Roadhouse, da fahren wir gleich hin. Kommst du hin? Zu Fuß ist das sogar gar nicht so weit von dir...«

»Könntest du vorher noch meine Sachen hierher bringen?«

»Klar, machen wir. Bis dann!«

Kapitel 23

I'm a man – I'm a hooker
I'm a man – I'm a blue movie
I'm a man – I'm a slut
I'm a man – I'm your babe

Berlin: »Sex (I'm A...)« – PLEASURE VICTIM

ᛘ ᚺ ᛁ

»Guck mal, haste gesehen, was die hier schreiben?«, schob Sticky Stickette Niet die jüngste Ausgabe von *Maximum Rock And Roll* rüber.

Zu sehen war eine Illustration, dem Plattencover von Kiss' LOVE GUN nachempfunden, auf der statt der vier Mini-Machos von Kiss die Leather Girls über einer Schar männlicher Callboys posierten. Die Männer reckten sich wie aus einem Sumpf Würmer, Leather Girls standen unnahbar und übergroß in der Mitte und leuchteten – die Gitarristin in Leder und Nieten, eine Peitsche schwingend, G-String mit verschränkten Armen, die Lenden mit einem Dreieck aus rotem Lack bedeckt. Die Sängerin, dreifach mit Stoffresten bekleidet, war im direkten Vergleich warm angezogen. Die Trommlerin, Stickette, trug einen V-förmigen Einteiler mit dem gerade noch erkennbaren Muster eines Leopardenfells. Darüber, dem Bandlogo entlehnt: »Pseudonym-ph«.

»Cool, echt stilvoll«, nickte Niet und wusste selbst nicht so recht, ob das nun ironisch oder anerkennend sein sollte. »Was's das?«

»Lokalmagazin, für die Musikszene in New York.«

Die Illustration, stilistisch nicht weit entfernt von den Airbrush-Fantasy-Phantasien auf den Tanks fetter Kawasakis in Bad Dürkheim, war dermaßen übertrieben, dass die Botschaft nur so lauten konnte wie die Überschrift des Artikels, »Leather Girls: Pornographically Correct Politics«. Ihm fiel dazu nix Lockeres ein, nix Flockiges und nix Kerniges. Kam sich vor wie in der neunten Klasse, wenn er vom Träumen aufgeschreckt wurde und etwas zu Thomas Manns homoerotischen

Tendenzen sagen sollte. Sticky schien das nichts auszumachen, sie lehnte sich, auch überdreht und übermüdet zugleich, an seine Schulter. Sie roch nach süßherbem Eau und Jack Daniels. »Wir haben dafür wirklich posiert!«

»Echt?«

»So aus Scheiß halt.«

»Klar.«

›Scheiß‹ kam bei Sticky in jedem zweiten Satz vor. Für eine Frau machte sie jede Menge Scheiß mit, nur so aus Scheiß, klar. Dass er mit ihr nun hier dumm an der Bar rumstand, lag daran, dass Sheila ihn hatte abblitzen lassen. Natalie konnte sie nicht beruhigen, Cat versuchte wohl nur noch halbherzig, ihr den theoretischen Überbau der Oberfläche als Material moderner Wahrnehmung näherzubringen… Theorie war eh nie ihr Ding, und dann war sie abgezogen, als die anderen zum Lone Star Roadhouse zogen. Dort hatte Niet die erste Möglichkeit ergriffen, mit ein paar Leuten, die es etwas wilder wollten, weiterzuziehen. Zwischen den ganzen A&Rs wurde zu viel geposed. Niet hatte gehofft, G-String würde mitkommen. Nein: Er hatte angenommen, sie würde mitkommen, sie erschien ihm bis zu dem Zeitpunkt wild genug. Aber es kam anders, und nun war er hier gelandet, Stunden später, wie auf einer Party, bei der man in der Küche festklemmt, mit einer Frau, die scheinbar nett zu ihm ist, offenbar scharf auf ihn.

Sein Blut musste einen Alkoholpegel erreicht haben, mit dem man noch so tiefe Flecken aus einer Jacke hätte reiben können. Mann, er war dermaßen neben der Spur, dass er jedes Mal erneut erschrak, wenn er ein buntes Glas in die Hand nahm und an den Lippen spürten, was die Hände langsam begriffen: dass das Glas aus Plastik war. Weiß der Henker, warum sie hier keine Gläser hatten. Hatten die Glaser mit den Tausenden Quadratkilometern an Hochhäuserfronten so viel zu tun, dass sie in diesem Land keine Trinkgläser mehr herstellen konnten? Komisches, armes Land.

Sticky deutete auf die Zusammenfassung gegen Ende der Story. Die Autorin, in Manhattans Lippenstift-Lesben-Cafe-Society eine anerkanntermaßen unvorhersehbare Nummer, erwähnte da sogar ShamPain. »Cool.« Das ließ er sich detaillierter erläutern, was sie auch machte. Doch er verstand kein Wort, seine Wahrnehmung fokussierte sich voll und ganz auf einen Vergleich der wuchtigen Ausführungen, die der Illustrator Sticky Stickette angedichtet hatte, mit dem, was an seiner Seite von ihr zu spüren war. Der Illustrator hatte zwar übertrieben, so sein Resümee, dennoch nicht so extrem, wie Niet zunächst angenommen hatte.

Bei einer Fotosession für BIG TITS BIG ASS BIG DEAL hatten ShamPain den Stil von jenen Fotoserien persifliert, wie man sie aus Nackedeimagazinen für den Herrn mit Spaß am Leben kennt. Der Fotograf hatte Stil und Set nicht nur kopiert, sondern (in viktorianisch eingerichtetem Kitsch-Protz) auf die Spitze getrieben und lächerlich gemacht – Grund genug für die Autorin, sowohl den australisch-europäischen Vierer als auch Manhattans Leather Girls zur Speerspitze einer neu auflodernden PorNo-Debatte zu erklären, einer Auseinandersetzung, die im Zeitalter des PC-Vokabulars, in dem die umsatzstärkste und so rapide wie nie zuvor wachsende Pornoindustrie...

»Ja, und? Was für Bilder können das denn gewesen sein? Ich meine, sie schreibt hier... Sie ist ja ganz aus dem Häuschen, Mann. Ohne Scheiß. Sag mal!«, fauchte Sticky Niet ans Ohrläppchen – politisch korrekt oder nicht, scheißegal, Hauptsache, ganz ohne Scheiß.

»Tja, die wurden nie frei gegeben...«

»Ach komm! Komm schon, was habt ihr da gemacht?«

Er verschränkte die Arme, drehte den Kopf zu ihr, übersetzte langsam im Geist, was er sagen würde, bevor er das Szenario aus Satinlaken und Spitzen beschrieb, diese römischen Diwans und die kupfernen Gitterbetten wie aus Pariser Liebesnestern; die Posen, umgeben von Rosenblüten und anderen Klischees, abgegriffen und so wenig zu recyceln wie ein gebrauchtes Kondom. Simulation statt Stimulation.

Seine Kostproben einiger der Posen fand sie zum Brüllen. Davon angefeuert, verschränkte er die Arme hinter dem Kopf, reckte und streckte er seinen ja keineswegs außerordentlichen

Körper, zog die Schultern hoch, bedeckte mit gespreizten Fingern seine Lenden, spitzte mal den Mund, leckte und befeuchtete dann die Lippen... In ihrem schrillen Lachen entdeckte er Alter und Frust, auf ihren Zähnen Lippenstift und Nikotinablagerungen, die der Alkohol der Jahre nur notdürftig weggewaschen hatte.

Niet und Sticky Stickette. Der Bassist und die Drummerin. In einer dröhnenden Bar in Alphabet City, dem Stadtteil, vor dem ihn Spike – schwärmend – gewarnt hatte. Nobody's war wieder so ein Schlauch mit einem vollen Tresen links, einem spärlicher besetzten rechts.

I like to have a martini...

Am Tresen links leerten und zerdrückten Motorrad-Freaks in ölverschmierten Overalls Budweiser-Dosen. Am Tresen rechts campierten Nachtfalter und Huren.

Two at the very most...

Die Männer soffen und grölten. Die Nutten verharrten in ihrer Warteschleife, starrten in das gelbliche Spiegelbild ihrer fingerdick gefüllten Gläser.

After three I'm under the table...

Zuhälter schlürften ihren Espresso aus Pappbechern. Auf der Männerseite saß eine Frau, bei der man auch von hinten das Design ihres BHs erkennen konnte.

After four I'm under my host!

Die Leather Girls-Drummerin war in Queens groß geworden, kannte Manhattans Abhängerläden entsprechend gut. Sticky, das wurde auch einem vor Drogen Betäubten schnell klar, zögerte nicht lange, sie nahm die Dinge in die Hand, schnell, unkompliziert, ohne Umschweife. So auch die Onenight-drink-Tour durch das Dutzend Kneipen, an die sich Niet schon jetzt nur noch verschwommen erinnerte.

So resolut ihr Handeln, war ihr Körper dann doch eher zierlich. Ihre aus abgeschabten weißen Stiefeln linsenden Zehennägel hatte sie rot und lila lackiert. Als sie ihren Po auf einen Barhocker bugsiert hatte, diesen in silberne, an den Seiten geschnürte Jeans gepackten Po, da war sie immer noch einen Kopf kleiner als Niet, der zwischen ihrem linken Knie und dem Tresen klemmte. Wenn sie sich vorlehnte, um ihm etwas ins Ohr zu schreien, vibrierten und klingelten seine Ohrringe, bog sich jedes Härchen seines Gehörganges. Jedes Mal, wenn er sich zu ihr wandte, wenn er ihre Augen unter dem Schirm ihrer Lederkappe und einem Pony aus gefärbten Haaren zu entdecken versuchte, rutschten seine Pupillen tiefer, sobald er bemerkte, dass sie Richtung Fußboden – auf seine beringte Rechte? – schaute.

»Zum Schreien! Du bist schon ein wilder Hund, was!«, fasste sie ihn am Hals, seinen Kopf im Rhythmus ihres Lachens schüttelnd.

»Yeah, absolut PVC! *Politically very correct*«, deutete er auf den Artikel. Ihrer Gestik nach war ihr Lachen kurz davor, die durch die Luft brummenden hundert Dezibel zu durchbrechen. Der Lachanfall brachte sie aus der Balance, sie musste sich an ihn klammern, rutschte von ihrem Hocker, blieb aber hinter ihm und biss – rhythmisch und regelmäßig – in seine Schulter.

ᚠ ᚦ ᚲ

Als sie sich oft genug, also zwei- oder drei Mal, beteuert hatten, wie viel sie gemeinsam hatten, Niet immer nur dachte, wie an ihr alles so anders als an Sheila war, als sich erste Nachtschichtler für einen Brandy nach der Arbeit an Nobody's Tresen eingefunden hatten, der Bassist der Trommlerin erzählt hatte, wie er vor ShamPains legendärer Fotosession von der Stirn bis zu den Zehen mit juckendem Rouge bepudert und mumifiziert worden war, da erzählte sie ihm, dass auch ihre neuste Tätowierung immer noch juckte, hier, die, deren äußerer Rand oberhalb der Jeans auf ihr Becken fingerte. »Naagel-neu!«

»Un–ge–heuer.«

»Gee–nau.«

Das Tattoo musste sie ihm natürlich in vollem Ausmaß zeigen. Auf dem Klo. Durch seine Adern floss Blei, der Alkohol schwer und giftig und grau, sickerte ihm ins Fleisch. In den

Überresten des Spiegels sah er, was mal ein Titel-Star hätte werden können, ein Titel-Star des Buches Too Much Too Soon – Drogentote im Rock'n'Roll.

Die nächste Ladung Puder sank aus dem Kopf in den Körper. Bourbon und kolumbianisches Marschpulver – eine Mischung, so unwiderstehlich wie der Tod. Stickette hielt ihm die Banknote vor den Mund, er leckte sie ab. Jetzt war es an ihr, seine Tattoos näher zu untersuchen, um zu begutachten, wie nötig das Rouge war, mit dem bei der Fotosession störende bikini-lines übertüncht wurden. Irre komisch: Bikini-lines in Höhe seiner Lenden. So komisch, dass sie vom Flüsterton zu ihrem schrillen Lachen zurückkehrte.

Und er sah, wie alles an ihr im Takt des Lachens vibrierte und zitterte. Sah das und dachte an andere Dinge. Wieder sah er ihr Alter, sah New York, wo sich keiner nach einem umdrehte, egal wie aufgetakelt. Sticky hatte Brustwarzen wie Patronen. Nippel wie Torpedos, stammelte Niet, schloss die Augen und sah Manhattan, wo man sich jeden Tag so verkleidet, wie man Lust hat. Nicht für andere, sondern weil man weiß, wie alleine man ist.

Und es machte ihn traurig.

Knirschend und langsam setzten sich in seinem Hirn die Räder in Bewegung, *in it for the fun / in it for the fuck*, knarzten die Windungen der entlegensten Ecken. So schön / und anziehend / wie der Tod / der einen bis auf die Knochen / auszieht... Er hatte genug, hatte die Schnauze voll, hatte genug von Manhattan und Queens' Nymphomanin, von Amerikas krankem Verhältnis zu Sex, der Industrialisierung auch davon, von dem ganzen Tittenfetischismus, der implodierenden Prüderie. Hatte einfach genug. Die Nase voll, auch von Kolumbiens Exportgut Nummer 1, von... von allem. Er wollte jetzt in Kalifornien sein, im sonnigen L.A., von vorneherein als Kulisse der Illusionen aufgebaut, als leere Versprechung, Neon in der künstlich bewässerten Wüste. In diesem Drücken und Knabbern, in diesem Drängen nach Wärme und Verständnis in den Schatten des Megalomanen, in diesem Gemache und Gefummel des Bassisten und der Drummerin, Zentimeter entfernt vom Gejaule der durch Hinterhöfe rasenden Ratten, in diesem simulierten, von Film und Fernsehen erlernten Stöhnen, trotz des Gestanks von süßlich dahingammelndem Abfall nebenan, weiblichem Urin. Diesen Schluchten der grauen Traurigkeit war Hollywood vorzuziehen, die letzte Ausflucht der Träumenden, hörte Niet, rief er, dachte er, hatte er gesagt? Hatte er das nun gesagt oder nur gedacht? Oder gefühlt? So viele Eindrücke und Gerüche und Gedanken, die er alle zu verdrängen suchte. Für den Tastsinn blieb da kein Platz. So eng hier. Nebenan gurgelte die Klospülung.

Während sein innerer Monolog, von dem er sonst ja viel hielt, vor sich hinplapperte, fielen ihm die Zeilen eines Songs ein – *Movin' in / for the last time* –, formulierte gleichzeitig eine andere Stimme Überlegungen zu Poren, die im Neonlicht wirklich zu groß aussahen, Überlegungen zu dem Verlangen, Spaß zu haben, dem Beharren, dass man ein Recht darauf hat. Sie war mehr als einen Kopf kleiner. *Movin' in for the kill / This time I'm gonna have it all – I'm movin' in*. Das unreife Verlangen, das sich eine reife Frau als letzte Bastion ihrer Jugend bewahrt; alles anderes hat sie zu früh verloren. Beharrend und verteidigend, gierig. *In it for the fun / in it for the last time / in it for the kill...* Aus der Kneipe dröhnte der Lauf einer Bassgitarre. Löwen-Männchen drehen achtzehn Stunden Schlaf ab, kämpfen kurz und heftig, und die Löwin zieht mit dem Stärkeren von dannen. Hohe Frequenzen gehen nicht durch Beton. *In it for the fuck of it...* New York, Tempel der Zivilisation, Reich aus Beton und Stahl, Mekka für Kunst und Kommerz, aus Spiegeln und Glas, nur in den Ritzen sammelt sich der Dreck des Überflusses. New York konnte nicht mehr zu den fundamentalsten aller Umgangsformen zurückkehren.

Simulation statt Stimulation, Stimulation statt Simulation, Simulation satt Stimulation... Stadt?

Der nasse Beton gab nur den Bass, eine anspruchsvolle, clevere Linie mit vielen Synkopen, wieder. Und er, er klemmte hier, unter einer zu niedrigen Decke voller Graffiti und Kritzeleien, nebenan Hilfeschreie von Verzweifelten, Frauen auf der Suche nach anonymem Sex und der Apokalypse, eingekeilt zwischen bemaltem Fleisch, mit Furcht erregenden Fabelwesen, gepiercter, verzierter Babyspeck, eine Bestie mit dem Charme des Zerfalls, dem Deodorant der Dekadenz, hinter sich eine klebrige Pressspanplatte, seine Knie vom Bund einer zu engen Leder-Jeans geknebelt, klappernde Kettchen, gegeneinander reibende Nieten, von denen feine Partikel Chrom rieseln. Malte er sich aus. Was war das nur für ein Song, der in der Kneipe vor sich hinbullerte, dem im kalten Klang der Klos niemand lauschte?

Kristalliner Staub in der Luft, weiße Klumpen im Blut, sich senkende Spinnweben über einem schrumpfenden, weicher werdenden Hirn, bestimmte Linien ihres Lächelns erinnern an das, was ihre Linien so besonders macht: die Melancholie ihres Lachens, dachte Niet. Ein letztes Mal.

Und sackte zusammen.

ᚷ ᚺ ᛉ

Im Taxi. Mit Johnny. Knalltaghell. Niet hat den Überblick verloren, Johnny puzzelt eine Zeit lang an dem herum, was zwischen dem letzten Stop im Roadhouse und dem Telefonanruf vorhin passiert sein muss. Über seinem Bauchnabel, also dort, wo sich berufsmäßige Hartkerls »Brooklyn« eintätowieren lassen, steht: *SO NIE*; im Schrifttyp von *SONY*.

Rückwärts tasten sie sich durch die letzten Stunden. Rückwärts wie alles, was in Niets Leben bedeutend ist. Sein Name, der Riff von Out Of Order, Slick Blacks Plattenlabel redrum.

»Und wie bist du dann ausgerechnet da gelandet?«, lacht Johnny, mit Niet auf dem Weg zu dem Hotel, in dem er ihn gestern Abend eincheckte, und an dessen Namen sich Niet nicht erinnern kann.

»Sticky, die Drummerin.«

»Nett. Von ihr. Natalie kam vor einer halben Stunde ins Hotel, einen Schuh ohne Absatz in der Hand, die Haare total vermoddert, die ist in Central Park von den Straßenfegern aufgeweckt worden! Und Fat Ed, hey, jetzt schlaf doch nicht gleich ein, Fatburger also, der ist heute Morgen bei einem Transvestiten aufgewacht. Cat? Cat hat dazu nur vielwissend geblinzelt! Als der heute Morgen aufgewacht ist, hatte er so einen Brand, dass er auf Ex das Glas auf seinem Nachttisch ausgeleert hat - hatte ganz vergessen, dass er gestern Nacht, stockbesoffen, seine Kontaktlinsen da reingetan hatte! Das Beste kommt aber noch: Klecker haben sie... Hey aufwachen!«

Während er Niet unter die Dusche schob, fuhr Johnny - der Mann, der nie schläft - fort: »Ich hau schon mal ab, fahre mit der Vorhut - nicht Haut, Hut, du taube Nuss, Vorhut! - zum Flughafen. Natalie zahlt und wartet dann in der Halle auf dich. Ach ja, und noch was«, brüllte Johnny durch den Duschvorhang, »das süße kleine Ding, das Spike gestern abgeschleppt hat, das war die Schwester von Zig Zag!«

Als Niet den Vorhang beiseite schob, »Die mit der Silberjacke?« brüllte, war Johnny schon im Flur.

Entweder weil heute einfach alles schief gehen musste oder weil Niet bei den letzte Nacht inszenierten Rock'n'Roll-Gags allzu glimpflich davongekommen war und sich nicht vor den Augen der anderen blamiert hatte, stand er Minuten später nackt und tropfend vor dem nächsten Problem: Johnny hatte seine Klamotten mitgenommen. Auch das Zimmermädchen, das hier ein Junge war, konnte nicht weiterhelfen.

Auf dem Weg zum Flughafen, Niet in Handtücher gewickelt, fing Natalie an aufzuwachen. »Wieso hast du nochmal in Terrys Zimmer geduscht?«

»Cats Zimmer. Er war so intelligent, mir meins wegzuschnappen.«

»Nee, das war doch Terrys Zimmer. Johnny hat nur deine Bühnenklamotten mitgenommen, damit die mit dem ersten Flug gleich in die Reinigung gehen. Wenn jemand deine Sachen mitgenommen hätte, wüsste ich das wohl...«

Als ihn am Gate eine Stewardess fragte, überraschend verständnisvoll, ob ihm alles geklaut worden sei, ihrer Schwester sei das vor Jahren auch mal passiert, entschied sich Niet, nicht zu reagieren.

Ich bin der Vampir meines Herzens,
einer der großen Verlassenen,
zum ewigen Lachen verdammt,
und einer, der nicht mehr lachen kann.

Charles Baudelaire

Kapitel 24

Lord I know you've got a gun I can't outrun
I'm still that little boy haunted by thoughts in the middle of the night

Life Sex & Death: »Telephone Call« - THE SILENT MAJORITY

Los Angeles. Schon beim nächtlichen Anflug merkt man: Diese Stadt ist nicht von diesem Planeten. In der Dunkelheit der Nacht / noch ist kein Autoscheinwerfer sichtbar / schimmert der Wanst / den sie Reina de los Angeles tauften / wie die Landebasis eines anderen Gestirns.

Gigantisch.

Starr.

Flimmert und schweigt.

Tinseltown, der letzte Grenzposten der westlichen Welt. Zur Einstimmung, kein Klischee ist zu plump, rieselt aus den Lautsprechern von oben Tony Bennetts BOULEVARD OF BROKEN DREAMS. Die Leselämpchen über den Köpfen der Passagiere werden runtergedimmt.

Wie ein speziell für diesen Empfang ausgerollter Teppich offenbart sich schon eine halbe Stunde vor der Landung in LAX ein Geflecht aus gleißenden Lichterketten und -netzen. Nur gelegentlich werden die Drainagen der rollenden Lichter, die acht- und zehnspurig durch die Nacht rasen, unterbrochen von unförmigen, tiefschwarzen Flächen. Schwarze Löcher auf der Netzhaut. Dieses Schwarz ist dunkler, unheimlicher als das zwischen den einsam flackernden Lichtern. Seen mitten in der Stadt? Ruhig und unberührt? Oder alles, sogar das Licht verschluckende Fluten?

Ein Ende, die Stadtgrenze ist nicht auszumachen: Das Gleißen verläuft und verliert sich hinter dem Horizont. Das Auge ermüdet bei dem Versuch, nachzuforschen, wann und wo die Lichter von der Größe einer Stecknadelspitze ins Nichts wechseln, ins ewige Schwarz. Irgendwo, weit hinten am Horizont, dort, wo man nur noch auf schwarzes Tonpapier blickt, durch dessen Faserung es aber auch schwach schimmert.

Wieder haben einem die Erwartungen einen Streich gespielt, wird die Vorstellung von der Wirklichkeit widerlegt. Das hier ist gar keine Stadt, es ist nur ihr Entwurf, ein Stadtplan, wüst und wild wie das Schnittmuster einer futuristischen Modekreation, die auf dem Catwalk entzücken mag, aber immer fremd bleiben wird. Die Vision der Investoren, die hier die Wüste begrünen wollten: Jeder mit eigenem Häuschen. Alles grenzenlos: die Stadt, die begraute Wüste ohne Ende oder Anfang, grenzenlos auch die Möglichkeiten. Besiedelt wurde sie mit Menschen, die zynischer waren als der Rest, genauso kriminell, rassistisch und ego-besessen wie alle anderen auch. Nur offener, eher bereit, das zu zeigen. Das Resultat ist ein Moloch, dessen aufgeblähter Hässlichkeit man sich genauso wenig entziehen kann wie seiner Faszination.

L.A. ist zugleich gestern und übermorgen, Kitsch und Utopie, New York ist heute, hier und jetzt. London ist Geschichte, und in Deutschland herrschen die Grafen des Stillstands, bewahren wie in einem Museum, was zwar nett sein mag, was aber nie wirklich aufregend war. Für Maschinenbau und Pharma mag der deutsche Ansatz gut sein. Für Kunst und Kultur ist er tödlich.

Da, wo der Horizont sein muss, verdichtet sich das Schwarz so sehr, wird es so zäh, dass Himmel und Erde fließend ineinander übergehen. Das versprochene Land, die Auflösung von Irdischem und Jenseitigem. Die Lichter flackern, verschwimmen. Nach angestrengtem Schauen werden die Lichter unter einem klarer, schwächer, punktierter. Alles wird zu einem gleichmäßigen Flackern. Das Glimmern wird zu einem gigantischen Modell aus Atomen und Molekülen, Neutronen und Protonen – eine Nuklearwüste. Das Auge interpretiert das millionenfache Flimmern und Glimmern der Reflexionen als ein Meer von Kapseln, von Millionen tiefroter Kapseln.

Unwirklich, unheimlich.

Jetzt sind Highways zu erkennen, Autoscheinwerfer wischen zwischen Meilern aus Neon und Glanz durch das Schwarz, rasen so schnell wie möglich dem Nichts entgegen.

»And if you enjoyed your flight, please tell all your friends and aquaintances about our fantastic on-board service...«, beendet die Stewardess ihr Abschiedsgeleit zur Landung. Drei Sitzreihen weiter vorne steht ein Cowboy auf, sucht zuerst seine Schuhe, dann Hut und Mantel. Ein Steward, so glatt rasiert, dass man sich in seinem Kinn spiegeln könnte, wäre es in der Passagierkabine nicht so dunkel, weist den Cowboy an, Platz zu nehmen, sich anzuschnallen. Schon hat er, der Cowboy, eine Zigarette im Mund.

Abgesehen von diesem bei lebendigem Leib verschimmelnden Pionier amerikanisch freiheitlicher Ideale, sehen die Passagiere alle europäischer aus als die New Yorker. Ruhiger. Außerdem, stellt Niet fest, sind doch nur sehr wenige dabei, deren Vorfahren aus Afrika hierher verschleppt wurden. Und die wenigen besuchen vermutlich Bekannte in Watts, wo es 1965 zu Unruhen kam, oder in South Central, wo es 1992 brannte. Oder in einer anderen der vielen Gegenden, in denen es seit den frühesten Anfängen der Stadt schwelt. Wo, wenn es an den Grenzen zum benachbarten Ghetto irgendwann krachen wird, krachen muss, wo dann nur diejenigen überrascht mit ihren Kameras und TV-Crews losziehen und von Unruhen berichten werden, die sonst mit verschlossenen Augen ganze Stadtteile aus ihrem Bewusstsein verbannen, als schwarze Flecken inmitten einer sonnigen Stadt.

Die Urgroßeltern jedes amerikanischen Schwarzen, hatte ein Musiker Niet einmal erinnert, waren Sklaven, und kein einziger denkt an ONKEL TOMS HÜTTE, wenn er darauf hinweist. Zunächst wollte er sich gar nicht darüber auslassen, allzu oft hatte er bleichen Greenhorns von seinem mehr traurig-grauen als stolz-schwarzen Alltag erzählt. Nach jeder sechsten Silbe zog seine breite Zunge über die schmal gewordenen Lippen, hielt er inne. Und Niet spürte, wie hinter den Augäpfeln Tränen hervorquollen, Tränen der Wut, Tränen der Trauer. Und dann fuhr der Mann, ein Saxophonist, fort. Selten ohne vorher noch mit betontrockenem Lachen seine nächsten Worte einzuleiten. Rhythmisch, behutsam. Voller Würde.

Es sind nicht die in Musikerzeitschriften interviewten Handwerker, nicht die auf Postern abgebildeten Götter und Heroen, die einen motivieren, wenn das Leben dunkel erscheint, wenn Depressionen über einen einbrechen, plötzlich und unvorhersehbar wie Regen an einem Nachmittag im Mai. Es sind vielmehr jene Momente in Spelunken oder auf Parkbänken, bei Jam-Sessions oder Gesprächen, es ist dieses seltene Näherkommen zweier Seelen, unterschiedlicher Kulturen oder Geschlechter, die einen daran erinnern, dass es auch während düstersten Regenschauern immer wieder hell blitzt.

Far Out Management
– Some make stars, we star makers –

SHAM PAIN : STRATEGY & SCHEDULE
FOR: NATALIE VOY & ALL BAND MEMBERS

Strategie:

Nach unseren überaus produktiven Meetings während der letzten Tage dürfte einem Vertrag zwischen Sham-Pain und WORLD RECORDS schon bald nichts mehr im Wege stehen.

Genauso wie WORLD RECORDS sind wir davon überzeugt, dass dies ShamPains Karriere beflügeln wird.

Wir haben volles Verständnis dafür, dass die Musiker im Tumult der jüngsten Ereignisse etwas verunsichert sind betr. ihrer künftigen Vermarktung.

Mitarbeiter, Verträge und Pläne, die für die Musiker von Bedeutung sind, werden mit Sicherheit respektiert und bei kommenden Verhandlungen offen und ehrlich diskutiert. Wie bereits angedeutet, dürfte sich das auch auf das Personal bei WORLD RECORDS auswirken. Die Band wird als Priorität eingestuft.

Für Logistik, Hotels usw. ist bis auf weiteres 1001 Knights zuständig. Die Zusammenarbeit mit den Mitarbeitern unserer Tochterfirma hat ja bereits in Manhattan hervorragend und zur vollsten Zufriedenheit aller

Beteiligten gefruchtet – auf allen Ebenen und Etagen diverser Hotels.

1001 Knights hat sich bei der Terminkoordinierung bemüht, dem ausdrücklichen Wunsch der Musiker zu entsprechen.

Schedule:

- Dienstag, 29.4. -
21:05   Ankunft ShamPain in Los Angeles (LAX)
21:30   Transfer ShamPain ins Hacienda-Motel

- Mittwoch, 30.4. -
13:00   TV-Interview bei RUZY (ehem. CBS)
18:55   Ankunft Entourage in Los Angeles (LAX)
21:30   Meet & Greet von Musikern mit World Records West-Coast und Promotern im Rainbow Bar & Grill.

- Donnerstag, 1.5. -
15:00   Frühstück mit CEO von World Records
18:00   Soundcheck
22:45   Auftritt im Roxy

- Freitag, 2.5. -
13:00   Lunch mit A&R, PM und CEO von World Records

- Samstag, 3.5. -
20:30   TV-Auftritt bei „Some Of The Day, All Of The Night With Tom Sherman"
          (Maske, Kamera usw. ab 18:00)

- Sonntag, 4.5. -

Fragen zur Strategy: Fiona Hooton
Schedule: Claudie Miller
Live-Show: Lisa Taylor

Far Out Management
100 Park Avenue – New York – NY 10017
8852 Sunset Blvd – Los Angeles – CA 90069
stars, makes & makers

☆☆☆

Die Lichter, die Los Angeles' Boulevards und Drives absteckten, glitten unter Cat und Terry vorbei. Der Gitarrist und der Sänger waren mit Chris DeMantle, der Reporterin von *Screech*, in ein tiefes Gespräch verwickelt.

»Die VIP's von NYC?«, wiederholte Cat gerade die letzte Frage. Sie hatte einen wunden Punkt getroffen. Das Thema war im Aftershow-Chaos bei Max's unter den Tresen gefallen: Fans und Freunde der Band (darunter Sheila, Bekannte Kleckers, die eine Reise nach Manhattan gewonnen hatten) mussten sich Tickets kaufen, da ShamPains Kontingent an Freikarten für VIPs und Wichtigtuer erschöpft war, doch von den geladenen Gästen waren einige gar nicht gekommen, die meisten, so wie der Producer der Patricia Bush Show, erst nach ShamPains Auftritt. Von den Talentscouts und A&Rs kamen nur zwei ins Roseland, der eine, als Terrys Schockeinlage schon im Fernsehen lief.

»Und bei welcher Plattenfirma erscheinen nun eure CDs?«, blieb Chris am Ball. Nachdem bei Cats vorheriger Erörterung Natalie tief schnaufte und Terry eine Gameboy-Partie lautstark in den Sand setzte, übte sich Cat diesmal in einem Monolog des Nichtssagens. »Gerne, wirklich gerne würde ich dir die Verflechtungen erläutern, aber es ist solch ein Wust an Firmen, auch unterschiedlichen Organisationsformen. Die einen kümmern sich um Merchandising – vom Schlüsselanhänger bis zur Bomberjacke mit Bandlogo auf'm Rücken. T-Shirts sind allerdings extra, darum kümmert sich eine Firma in London. Andere sind für Copyright zuständig, in den unterschiedlichen Ländern andere Dachorganisationen für die Abrechnungen hiervon. Bei Copyrights geht es dann um Video-, Film- und Tonträger-Aufnahmen, und für alles gibt es außerdem noch einen Wust unterschiedlich organisierter Verwalter, unterschiedlich gehändelter Formen – GEMA, STEMRA, ASCAP oder BMI, das eine GmbH, dann Co KG, Holding Ltd. oder Inc... Das bringt's also nicht«, grinste Cat, »das jetzt im Detail zu erläutern.«

Coverstory oder nicht, Chris' Job war es, sowohl über Sham-Pain möglichst viel zu erfahren als auch über die zunehmend ins Visier der Gesetzeshüter geratene Firma 5th Avenue.

»Ich weiß, worauf du hinaus willst«, knuffte Cat die Journalistin. »Ihr Schreiber klagt ja ständig darüber, wie schwierig es ist, Material über die Band zu bekommen. Für die erste Platte ist eine andere Pressestelle zuständig als für alle folgenden, Sonder-Editionen auf Vinyl gibt's nur vom Verlag in Deutschland, auf CD nur bei 5th Dimension in Australien – und auch da nur, wenn man am richtigen Tag mit dem richtigen Mann spricht...«

»Und Interviews vergibt wieder nur das in Deutschland sitzende Management«, unterbrach Chris.

Cat hatte sie von ihrem Aufdeckungspfad in eine Gasse gelockt, über die sich stundenlang schwätzen ließ, in der Cat aber jede Fußangel kannte. Mit der Eleganz und dem Charme dessen, der einem auch die dritten Zähne seiner Großmutter verkaufen würde, entführte einen Cat in Gefilde, die nur bei oberflächlicher Betrachtung zwielichtig und geheimnisvoll aussahen. »Was verkorkste Bürokratie angeht«, nickte er, »sind wir im Musikgeschäft also legendär. All diese Hürden haben aber auch ihre Vorteile: Von Tageszeitungen losgeschickte Langweiler verlieren schnell das Interesse, wirklich neugierige Journalisten spornt das Chaos an. Gleichzeitig gibt es auf Grund der vielen Anlaufstellen mehr Anfragen. Besagt jedenfalls die Theorie dahinter.«

Die Kunst des Interviewgebens bestand, nach Cat 23, darin, so zu tun, als gewähre man Einsichten in Geheimpapiere, die unter STRENG VERTRAULICH in Safes aufbewahrt werden. Gerade, wenn man das nur zögernd tut, psychologisierte er gerne, gibt das dem Ego des Interviewers einen Schub, bei dem sich eine kleine Story schnell zu einer großen Reportage mit Kästchen über Hintergründe vergrößern lässt. Niets Herangehensweise empfand Cat als ungeschickt. Zum Beispiel, als der von einer Fachzeitschrift für Bassisten befragt wurde, was seine wichtigsten Tipps für Nachwuchsmusiker wären (»Kopfrechnen sollte man draufhaben, vor allem Dreisatz...«).

Überhaupt, Interviewer..., dachte Niet – die meisten waren wie Groupies: Wollten es platonisch mit einem treiben, saugten einen aber ganz genauso aus. Auch sie wollten letzten Endes nicht mehr, als sich in Glanz und Glamour sonnen. Während ShamPains erster Tournee tauchte irgendwann ein Journalist auf, er kam für ein Interview zu Niet ins Hotelzimmer, ein verschwitzter Dicker mit dunklen Ringen um die Augen. Außer Atem, als habe er den Aufzug verpasst, sei die Treppen hochgerannt. Er trat an, fiel wie ein Betonmischer auf die Chaiselongue, bat um Entschuldigung, er habe seinen Kassettenrecorder vergessen, aber die letzten Tage, vor allem die letzten drei Nächte waren dermaßen der Hit und so, von den Barbituraten ganz zu schweigen... Er redete wie ein Wasserfall, während Niet seinen Kassettenrecorder anschloss, eine unbespielte Kassette suchte. Als der Bassist alles beisammen, Mikro eingestöpselt usw. hatte, war der atem- und equipmentlose Interviewer eingeschlafen.

Cat und Terry bearbeiteten Chris nun in stereo, Cat mit mehr Beispielen für die im Grunde ja doch lächerliche Bürokratie, Terry mit ebenso abgegriffenen Sprüchen. »Drummer? – Erkennt man an dem Spruch ›Sorry I'm late‹; Gitarristen an der Frage ›Wann ist das Solo‹«, lachte Terry. »Obwohl... David Lee Roth sagte mal: ›Drummer: erkennt man schon, wenn sie anklopfen – sie werden schneller!‹ Und Keyboarder am...«

»»Welche Tonart?«, klinkte sich Klecker ein. »Sänger am ›Wo ist die Gesangsanlage?‹!«

»Nee«, verbesserte Cat, »Woran erkennt man Sänger? Sie hängen immer mit Musikern rum!« Diesmal lachte auch Chris. »Und Bassisten?«, klimperte sie mit ihren Wimpern Richtung Niet.

»Was, wenn ich nächste Woche bei Ozzy vorspielen würde?«

Haha.

Den Dicken, der damals in Niets Hotelzimmer auf der Couch wegsackte, hätten auch solche Witzchen nicht wach gehalten. Während der sich von seinen letzten Exzessen erholte, flüsterte Niet im Bad seinem Kassettenrecorder alles, aber wirklich alles zu, was gerade durch seinen Kopf schoss. Eine Stunde später legte er dem schnarchenden Koloss einen Zettel – Brauche Zimmer ab Mitternacht – und die Kassette auf die Tasche und sah ihn erst mal nicht wieder. Das war Niets erste Begegnung mit Chuck B. Badd.

»Oder kennst du den? Was macht man, wenn ein Bassist am Ertrinken ist? Wirft ihm seinen Verstärker zu!« Das Flugzeug landete rüttelnd, Klecker lachte dröhnend, Terry dankte dem Himmel (oder was auch immer er gerade anbetete), wieder heil auf dem Boden zu sein, Klecker und Cat hielten Chris am Lachen.

Niet packte das Buch ein, über dem er während des Flugs immer wieder eingenickt war, RUN OF THE RUNES. Bei den Hieroglyphen auf der Titelseite kam ihm die Idee, dass er mit dem Alphabet der schwarzen Magie die seltsamen Briefchen dechiffrieren könnte. Stattdessen hatte ihn das Buch nur auf dumme Einfälle mit noch dümmeren Nebeneffekten gebracht. Wenn das so weiterging, würde er bald bei einer Kapelle für christliche Rockmusik anheuern und mit der dann in aller Öffentlichkeit und bei Shows die CDs teuflischer Bestien opfern, das Publikum mit Bibeln bewerfen...

☆ ☆ ☆

Die Innenarchitektur des Flughafens steht den Versprechungen der Astronautenperspektive auf Los Angeles in nichts nach, sieht aus wie ein von Disneyland abgelehnter Entwurf, da zu bedrohlich und futuristisch, wie Attrappen für Raumschiff Enterprise. Zusammengebaut aus Betonplatten, jede so groß wie ein Fußballfeld. Ketten aus Lichtern und Lämpchen, deren Funktion geheimnisvoll oder sinnlos ist. Je nach Perspektive lockern sie die Atmosphäre auf, ziehen sie den Bunker-auf-Saturn ins Lächerliche. Wie durch einen Reaktor ziehen sich Aluminiumrohre mit dem Durchmesser von Garagentoren an den Wänden hoch und entlang. Saugen die Luft ein, verschachern sie an Generatoren, die die Luft massieren, kneten, übers Knie legen, von hinten nehmen und anal vergewaltigen, bevor sie die Überreste weitergeben.

Irgendjemand muss sadistisch genug oder beschämend gewitzt gewesen sein, die Betonwände grau anstreichen zu lassen.

Aus einer Cafeteria im Gebäude für internationale Flüge, dem letzten, das um diese Zeit noch geöffnet hat, säuselt Rock-Radio, Queensrÿches *Is there anybody listening?* In der Cafeteria, wo sich Gäste und Kassiererinnen gegenseitig mexikanieren, im Hintergrund die Belüftungsschächte schlabbernd neue Luft in Umlauf bringen, da lautet die Antwort auf Queensrÿches Frage klipp und klar: Nein, kein Mensch hört zu.

Auch Niet hörte kein Mensch zu, als er sich per Münztelefon mit der Firma Rififi Records verbinden ließ. Auf dem Anrufbeantworter von Rififi Records hinterließ er eine Nachricht, von der er hoffte, dass ein Lebender sie irgendwann während der nächsten Tage vernehmen würde: »Hallo, das hier ist eine Nachricht für den Chef von Rififi Records. Ich bin nun in der Stadt, einem Treffen sollte nichts im Wege stehen.«

Zwischen den wie aus Alufolie geformten Telefonzellen entdeckte Niet dann auch das ungekämmte, schlecht rasierte Gesicht, den Virus im System, den Bazillus in den Research & Development-Departments der Traumfabrik: Chuck B. Badd. Zehn Kilo schwerer als letztes Mal.

Auch ein paar Leute der örtlichen Crew waren gekommen, jemand von Jackpot Jacks Westcoast-Office, eine Freundin von Johnny, die auch Terry grüßte, als sei er ihr Verlobter... Umarmungen, großes Hurray etc.

Solo H

So I'm sitting here screaming inside myself
Don't understand why nobody hears

Suicidal Tendencies: »Nobody Hears« - The Art Of Rebellion

Die Rezeption des Fernsehstudios war an diesem langsamen Aprilmittwoch wie ein Traum: zu erstarrt, um von dem Zerfall beachtet zu werden, der alles heimsucht; die Fratzen der Security-Guards summten matt vor sich hin, so freundlich wie die künstliche Beleuchtung. Die schwarze Sitzgarnitur wartete auf Backen, die sich wonne- und erwartungsvoll ins Leder fallen lassen würden. Zu allem schüttelte der verblichene Herr am Empfang ungläubig sein Haupt - Ich kann dir sagen, William! Ich kann dir sagen! Gleichzeitig wehten Damen mit Klemmbrettern und Selters durch die Schwingtüren aus Milchglas herein, schleppten sich Kuriere heraus, Kisten voller Illusionen und Unglaube auf den Schultern. William! Ich kann dir sagen!

Der VJ von RUZY war eine Frau. Unter anderen Umständen hätte sich Niet gerne mit ihr an einen Tisch, besser noch eine Cocktail-Bar gesetzt, ihre unruhigen Pupillen studiert, das Tänzeln der Iris, das Schäkern der Lider. Ihr Name, Frida, wäre nur noch am Rande unangenehm aufgefallen. In ihrem mit fingerdicken Streifen lachenden T-Shirt, in ihren abgegriffenen, nirgendwo aufplatzenden Levi's wirkte Frida wie eine Schauspielerin beim Vorspieltermin für einen Werbespot. In diesem Licht hier, in dem von leise klappernden Alu-Jalousien in Scheiben zerschnittenen Licht sah alles irgendwie aus wie in einem Werbeblock im Fernsehen. Perfekt stilisiert, nicht zu steril, trotzdem leblos.

Keiner erzählte, dass Frankie im Moment nach L.A. geflogen wurde, um bei ShamPain wieder mitzuspielen. Die Sendung sollte nach dem Auftritt über den Äther gehen, da konnten sie ja schlecht zu viert hier sitzen und erzählen, sie wären nun wieder ein Quintett, um die Gitarren fetter klingen zu lassen. Noch weniger konnten sie erzählen, dass World Records auf die kleine Wiedervereinigung bestanden hatte, um Terry austauschbarer zu machen, schließlich war Frankie ursprünglich nicht nur sporadisch an der Rhythmus-Gitarre, sondern auch am Sangesmikro aktiv.

Immer wieder stellte Frida dieselben Fragen, immer wieder hörte keiner zu – während Kameras und Spotlights eingestellt wurden. Das Interview selbst bestand aus Smalltalk. Niet und Terry erzählten, was sie seit der Ankunft gestern Abend so getrieben hatten, in *cool California*, Sunset Boulevard auf und ab und auf, Pizza im Rainbow, um halb zwei nachts im Supermarkt Rasierschaum und CDs gekauft...

Keiner erwähnte die Patricia Bush Show. Da dieser Sender Trish Bush mit Ambushed aufgebaut hatte, musste man sich nun tunlichst hüten, den weiteren Aufstieg der Skandalnudel zu unterstützen. Das galt auch für die Band.

Während Niet nuschelte, demonstrierte zwischen den Kameras ein Techniker, wie weit sich ein Mund öffnen ließ. Alle lachten, als hätte Niet gerade etwas besonders Cooles oder Witziges gesagt. Was war es noch? Ah ja, irgendwas über Sheila und ein Leben als Promi-Paar.

Keiner erwähnte, dass Luke Keysers Studio abgebrannt war, dass nun außer nach dem Chef auch nach dessen Studio-Manager und dem angeblichen Brandstifter Scratch Perry gefahndet wurde. Von Natalie wussten alle, dass früher oder später ein Zeitzünder gefunden werden würde, auch dass es nachteilhaft für ShamPains Zukunft mit World Records wäre, einzuräumen, dass Keyser zu solchen Methoden fähig wäre.

Niet beugte sich vor, der Drehstuhl rutschte fast unter ihm weg. Terry kratzte sich durchs Haar. Seine und Kleckers Armreife und Ohrringe brachten die LEDs auf dem Mischpult fast in den roten Bereich.

Kein Wort zu den Vorfällen im Roseland. In L.A., Endstation Sehnsucht, verwehrte man schließlich selbst dem MGM-Boss Louis B. Mayer die Mitgliedschaft in einem Golfclub, weil er Jude war. Terrys Tiraden blieben unkommentiert –

nicht dass sich hier keiner als bigotter Moral-Apostel outen wollte, es interessierte nur eben niemanden sonderlich. Europa war doppelt so weit weg wie New York. Zu den Opiumhöhlen von Shanghai war es kaum weiter. Das Dritte Reich war etwa so weit weg wie Neros Circus Maximus.

An ihrem Enthusiasmus war Fridas Desinteresse für ihren Job abzulesen. Deutlich wie die Fragen des zuständigen Redakteurs, die über den Bildschirm ihres Teleprompters flimmerten.

Dass ShamPain Musiker waren, die tolle Ideen zu tollen Songs hatten, die sie dann auch umzusetzen imstande waren, die sie live Hunderte Male spielten, im Studio tagelang, jedes Mal erneut mit derselben Begeisterung und gleichzeitig technisch ordentlicher als jeder Amateurmusiker, wurde nicht erwähnt.

Andererseits motivierte Fridas Gesicht jeden noch so großen Star und jedes Sternchen, den Erdenbewohnern den Gefallen zu tun und von ihren irdischen Bedürfnissen und Problemchen zu schwatzen. Ihr vertraute man sich gerne an.

Dass ein Hit nur dadurch entsteht, dass er erstens viele Leute anspricht, dass er zweitens von Radiosendern gespielt, dass ihn noch mehr Leute mögen, dass diese Leute dann auch loslaufen und das Stück kaufen, dass sie es nicht nur ihren Freunden auf eine CD brennen oder als Download anbieten, dass sie auch für alle ihre Freunde die CD kaufen, dass nur auf diesem Weg ein Hit als solcher registriert wird, und nicht, wenn 20.000.000 den Song lieben und mitpfeifen, die Single aber nur 2000 kaufen: Kein Wort wurde darüber verloren. Auch keins über Memetik, die Lehre davon, dass sich Ideen wie Viren gemäß ihrer Fitheit, nicht etwa ihrer Nützlichkeit verbreiten.

Während Cat 23 zu einem längeren Schlusswort ausholte, überkam Niet eine Sehnsucht danach, herauszufinden, wer sich hinter der anziehenden wie überheblichen, der so schön arroganten, dunkelhaarigen Fassade Fridas verbarg. Hinter der Moderatorin ohne Fragen, die gar nicht aussah wie eine Frida, die vor allem deshalb so erfrischend interessant wirkte, weil sie sich nicht auf das Rattenrennen der nach Ruhm und Wasserbetten lechzenden Silikonkinder Hollywoods einließ. Sie schien es nicht einmal darauf anzulegen, ShamPain Interesse vorzuheucheln.

Wie Frida beim Abschminken in der Maske erzählte, war der Talk of the town heute eine Party vom vergangenen Wochenende. Die Gastgeber - ausgerechnet *** *** *** - hätten mal wieder keine Kosten und Mühen gescheut, einen wahrlich unvergesslichen Abend zu organisieren. Niet juckte es immer mehr danach, Frida eine unvergessliche Nacht zu besorgen. War ja auch nachvollziehbar: Entsprechend einer ungeschriebenen, nie ausgesprochenen Abmachung, waren Fiona, Lisa, Claudie tabu, Natalie sowieso, eben weil sie mit der Band arbeiteten; jemand wie Frida war wie die Bekannte, die von der Schwester nach Hause gebracht wird. Jemand, der bei der Party mitmischte, ließ liebe Grüße an Terry ausrichten, was - in Cats Ohren - implizierte, dass außer James Page auch Terry den Manager von *** *** *** besser kannte, als man bisher angenommen hatte. Bei Cat flammte Eifersucht auf wie ein Buschfeuer in Australien. Früher mal standen *** *** *** für Weichspüler-Pop, in den Augen ShamPains waren sie nicht mehr als ein widerwärtiger Frontmann mit roten Schnittlauchlöckchen, mit leibeigenen Leihmusikern und beneidenswerten Kontakten zu den Leuten, die im Business die Budgets kontrollierten. Heute standen sie nun nur noch für ARC, den direkten Konkurrenten von World Records.

Abgeschminkt.

Natalie schickte Niet los, Frankie abholen. Sie musste mit Terry und Cat zu einem Agenten für Soundtrack-Rechte fahren, Klecker mit Johnny zu einer Schlagzeugfirma.

Nichts war mehr das, als was man es wahrnahm, alles war eine Chiffre für etwas anderes. Niet fühlte sich wie die zweite Besetzung, sein eigener Ersatzmann.

Unten versicherte der Rezeptionist William ein weiteres Mal, er könne es jedem sagen, und hatte es immer noch nicht gesagt.

☆ ☆ ☆

Nächster Stopp: Hollywood Wax Museum. Noch mehr Parasiten der Stars, verwesende Trittbrettfahrer. Halbstarke und ganz Schwache. Halbjunge Verzweifelte, die auch ein paar Minuten lang wenigstens etwas vom Rampenlicht abbekommen wollen, ein paar Kilo und Kilowatt, eine Hand voll Ruhm und Aura.

Die Stellwände des Foyers schützen vor den gierigen Blicken draußen. Trotzdem fühlt sich Niet wie beobachtet.

Dass man ihn anstarrt, fühlt er nicht nur: Er weiß es.

Er will alles, nur nicht zu einer weiteren CD-Präsentation von Royal DeLuxe gehen, wo ihn schon die in London nicht sonderlich amüsiert hat. Diesmal ist er als einziger Vertreter von ShamPain bei der Band, deren Bassist ihn ersetzen wollte, der den Job aber nicht bekam, weil er Klecker mit seinem Humor geschockt hatte. Gerne würde Niet zu dem Royal-Sänger gehen und ihn auf seine bisexuelle Experimentierfreude ansprechen...

Geht aber nicht. Er ist in geheimer Sache hier. Einer der FBI-Leute hat angerufen, sie sollten sich im Hollywood Wax Museum treffen, es ginge um ein paar Kleinigkeiten, wegen derer sie ihn neulich schon sprechen wollten. Es ging scheinbar um die Briefchen. Ein paar Sachen müssten noch geklärt werden, sagte der Anrufer. Unter vier Augen, von Mann zu Mann.

Viel Zeit bleibt Niet nicht. Schließlich muss er Frankie vom Flughafen abholen. Eine halbe Stunde Verspätung lässt sich erklären, mehr eher nicht.

Ein Gesicht, das von Chuck, kennt er, andere nur flüchtig. Doch so gern er Chuck B. Badd von seinen Problemen erzählen will, im Moment kann er ihn wirklich nicht gebrauchen. Schließlich hat er wenig Zeit. Außerdem kann er Chuck schlecht erklären, warum er hier ist. Was sollte er ihm auch sagen? Hallo mein Freund, für dich habe ich im Moment keine Zeit, weil ich in geheimer Sache hier bin, obwohl ich eigentlich schon längst auf dem Weg zum Flug-

hafen sein müsste, Frankie-den-Fixer abholen; hier bin ich nur kurz, weil ich den zwei FBI-Leuten in New York neulich durch die Lappen gegangen bin, und die wollen mir nun erklären, was es mit dem Anti-Stalker-Gesetz von 1989 auf sich hat, warum ich inzwischen keine Briefe mehr bekomme, aber trotzdem von der dafür gegründeten Sondereinheit beschützt werden soll, wie sie vermeiden wollen, dass ich der nächste Zig Zag werde...
Oder so ähnlich.
So ganz genau weiß Niet auch nicht, was der vom FBI ihm erklären will. Von Mann zu Mann, *entre hombres*, wie der Anrufer sagte.

Party time party time party time. Ein Querschnitt aus Hollywoods *Who is Who* der Rocker, eine im Grund todernste Warnung aus dem *Who was Somebody* der Roller. Alle toll gekleidet, alle sehen toll aus, alle finden es toll, einander anzulachen. Blendend. Jeder wird gesehen, doch kaum einer schaut hin.

Die meisten sprechen laut, so laut, wie nur Amerikaner sprechen – jeden in ihre Unterhaltung einbeziehend. Alle stehen in Grüppchen von vier, fünf Leuten herum.

Niet lässt sich in keine Unterhaltung verwickeln.

Unter Geiern. Die Vertreter der Klatschblätter rücken den Stars auf die Pelle, meisterhaft gepudert, die Dickhäutigkeit überdeckend. Für ihre Leser beleuchten und beblitzen die Klatschprofis ihre Stars und Sternchen – alles nur um auch den Bewohnern in God's own country die Nähe zum Himmel auf Erden zu suggerieren.

Die Plakate vor der Tür zieren Legenden, Abbilder der Monroe, Ikone einer Zeit, als man sich ohne Gewissensbisse amüsierte. Das Credo des Hedonismus. Schnell gelebt, schön gestorben. *$7,95 For Two World Class Attractions * Regular Price $16,00 ** Hollywood Wax Museum * Nationally Recognized as the Stars' Hall of Fame ** Then step across the street to the ** Guinness Exhibition of Amazing World Records * The Book of*

*World Records * Brought to Life ** Twice Your Money Back * If Not Delighted.*

Für Terry wäre diese Party das Paradies auf Erden, er wäre hier glücklich wie ein MP3-Freak. Vor Erregung würde er zucken wie ein Bootlegger in den Weiten des Internets. So wie die Kinder, die im Garten toben gehen, während die Großen ernste Themen eruieren, könnte sich Terry dem typischen Musikerspielchen hingeben; er könnte auf und durch die Stammbäume des Rock klettern. Er würde den Drummer von PERSONAL EFFECTS entdecken, jenem Soloalbum von Weir, der bei Frozen Gold ein Verhältnis mit Christine Brice hatte, die beim ersten Termin ihrer Comeback-Tournee von einem christlichen Fundamentalisten erschossen wurde...

Auch für die nach Scheinwerferlicht geifernden Vampire – Journalisten und Groupies – ist die Party eine Wonne. Die einen krochen unter die Schädeldecke der Idole, um ihnen das Hirn auszusaugen. Die anderen gingen unter die Bettdecke, um an Fleisch zu lutschen. Beide wollten sie ein paar Tropfen der Seele, etwas Lebenselixier. Um sich selbst vor dem Tod zu bewahren. Oder dem Leben.

Globke, der Bucky Wunderlich managte, als Schicklgruber schon in den letzten Zügen lagen, verteilt statt Visitenkarten Streichholzbriefchen – schlicht und nur mit einer Zeile: globke@3rd.rec. Jim Cantone, A&R von WorldWide Records, bricht ein Streichholz ab und stochert sich damit im Mund herum. Lisa Taylor, nach tausend Nächten als Ritterin bei 1001 Knights nun auf der Gehaltsliste von Far Out, gesellt sich zu ihm. Sie ist ihm willkommen und in bester schlechter Gesellschaft: Birdie Walker, verwitwet, verbittert und vergessen, außer von Gerichtsvollziehern, will, wie immer, mehr.

Tratsch und Neuigkeiten – es gibt auf der Erde keinen Ort, wo sie so locker miteinander flirten wie in Hollywood. Mythos und Lüge, Legende und Smalltalk springen hier ganz selbstverständlich zusammen ins Bett. Die Journalisten spielen mit verdeckten Karten, legen nur dann News, freilich veraltete, auf die Tische der Konversation, wenn sie im Gegenzug etwas erfahren, was neuer ist. Oder sensationeller. Oder grässlicher.

Fotografen hoffen auf Hollywoods neuestes Promi-Pärchen, Mack Austin und Franny Glass, Niets Lieblingsschauspieler und der Radio-Kinderstar mit dem Bruder, der sich in Florida erschossen hatte.

Alle sind da, um gesehen zu werden, keiner um Royal DeLuxe zu treffen, keiner, um deren Musik zu hören. Alle sind da, um sich, ihre Begleiterinnen und Bekleidung vorzuführen. Alle außer Niet. Steht da, heimlicher Star der Zukunft, so heimlich, dass ihn keiner wahrnimmt.

Die Wachsversion von Marilyn Monroe hat die Wimpern einer Hure jenseits ihrer Halbwertzeit, Brüste wie aus dem Workshop, der schon Pamela Andersons Apparaturen ins rechte Licht dokterte. Das Dekolleté ihres dahinfließenden, schneeweißen Einteilers gewährt keine tiefen Einblicke, jedenfalls nicht bis zu den Brustwarzen. Umso deutlicher ist ihr Slip zu erkennen, auch weiß – und groß wie ein Liebestöter. *Do not touch.*

Nachdem er das von Nahem betrachtet hat, checkt Niet die Gäste. Keiner, der ihn mehr beachtete als den Feuerlöscher in der Ecke. Der Anrufer hatte Niet gesagt, man werde auf ihn zukommen, er solle sich unauffällig verhalten. *Keep a low profile.*

Der größte Alptraum ist die Live Aid-Ecke. Mit seinem grusligen Wachsgesicht wird einzig Michael Jackson der Wirklichkeit gerecht. David Bowie ist aufs seltsamste verstümmelt, vernarbt wie ein Pubertierender. *Keep out.*

Immerhin: Weil sich jeder der Gäste darauf konzentriert, entdeckt und gesehen zu werden, kümmert sich keiner darum, andere zu entdecken oder zu sehen. So kann Niet unbemerkt zwischen den Gästen und Figuren umhergehen. Nichts und niemand verwirrt ihn wie noch die Wachsfiguren in London, mit denen er mehrmals fast gesprochen hätte. Hier starrt ihn kein einziges Augenpaar an. Die Gäste schauen genauso matt durch ihn hindurch wie die Wachsfiguren. *Do not look.*

In dem Horrorkabinett auf dem Hollywood Boulevard, einer heruntergekommenen Promenade, auf der man nur wegen roten Ampeln anhält, oder um Straßenhuren zu begutachten, regiert der Körperkult. Auch an Hedy Lamarrs Schenkeln und Becken ist nicht zu rütteln, irritierend an ihr nur die vernarbten Handgelenke und die geschminkten Brustwarzen. Im schwarzen Mieder, in Spitze und Strapsen, die Netzstrümpfe weiß, räkelt sie sich auf einem Konzertflügel.

Eine Gruppe Musiker amüsiert sich mit Männern, die aussehen wie Roadies oder White Zombie. *Keep your cool.*

Auch wenn einen heute die Glasaugen nicht anstarren, wenn die Gäste nicht hingucken, aber gesehen werden wollen, haben die Exponate schon ganz andere Zeiten erlebt. Heather Thomas' Busen ist völlig zerkratzt. Genauso Jane Fonda, mit rotem Halstuch als Top, tiefen Furchen und abgegriffenen Gesichtspartien um das erstarrte Lächeln. *Do not touch.*

Niet: Wie ein Idiot. Steht hier und kommt sich vor wie ein Idiot, nur nicht so lyrisch wie bei Dostojewski. Mann, wäre die Realität doch nur ein Drittel so aufregend wie die Fiktion.

Nach Indiana Jones und Bonanza, noch vor Raumschiff Enterprise: Jesus.

Er bemüht sich, nicht auszusehen wie ein Idiot. Nur weil keiner mit ihm redet? Na und! Wer cool ist, muss nicht ständig die Luft mit Geplapper verpesten. Nur wer sich bemüht, cool zu sein, sieht aus wie ein Idiot. Weil er nicht aussehen will wie ein Idiot, versucht er, nicht zu versuchen, cool zu sein, sondern einfach nur cool zu sein, ohne sich darum zu bemühen.

Hinten rechts Dick & Doof, beäugt vom Allerdoofsten, dem Master of Cool. Humphrey Bogart hält Wache als zweifelhafter Beschützer mit dunklen Ringen um die Augen - verstärkt durch UV-Strahler auf Höhe der Knie und Ellenbogen.

Ein paar Gin Tonic hätten Niets Problem schnell gelöst. Geht aber nicht. Lieber entfernt er sich von der Bar, hin zu weiteren Ausstellungsstücken. Witziges Drama der Eitelkeit: Aus Unsicherheit will man bewundert und angestarrt werden. Wird man angestarrt, so verunsichert es einen so sehr, dass man sich betrinkt. Dann fühlt man sich so elend, dass man nach Bewunderung und Respekt dürstet.

Jesus' Rechte erhoben wie Ozzys Peacezeichen, die Linke wie bei einem der Bettler vor der Tür.

Warum sollte Niet überhaupt Eindruck schinden? Und bei wem auch? Von den meisten Gästen sind nur Rücken zu sehen. Chuck B. Badd ist scheinbar verschwunden. Kein Mensch merkt, dass er hier orientierungslos und idiotisch umherirrt und dabei versucht, nicht wie ein Idiot zu wirken. Wo stecken nur die Heinis vom FBI?

Jesus' Schnorrergeste zahlt sich aus. Zu seinen Füßen – von Gammel verdeckt, vielleicht schwebt er ja – glänzen Mengen an Cents.

Kein Wunder, dass gerade in diesem Land mancher zu einer Maschinenpistole greift und damit zu McDonald's fährt oder zu anderen Stätten ausgelassener Fröhlichkeit. Verwunderlich vor allem, dass noch kein Amokläufer zu einer VIP-Party gekommen ist. Die Berichterstattung wäre fast so ausführlich wie beim World Trade Center. Gerade wenn es einem um fünfzehn Sekunden Ruhm ginge, wäre so eine Party doch der optimale Anlass: Lauter Leute, die von Millionen geliebt werden, Fotografen, die Bilder schießen wollen, die die Welt bewegen, Preisjuries aufmerksam werden lassen; lauter Kameras, die Sendenswertes suchen.

Jesus der Schnorrer, dunkelblond und bärtig, sieht alt aus. Schräg gegenüber, bei seinem letzten Mahl, ist er noch auffällig jünger. Klar, so eine Kreuzigung kratzt einem schon ein paar Furchen ins Antlitz, lässt einen Judäer wie ihn erbleichen.

Niet fingert eine Zigarette aus der Packung. Er wird noch kurz durch den letzten Winkel des Museums schlendern, die Horrorkammern. Dann wird er weiterfahren. Schließlich hat man ihm klipp und klar erklärt, er solle nicht weiter auffallen, und außerdem muss er Frankie am Flughafen abholen. *No smoking.*

In den Horror-Chambers gibt es noch mehr durch Lichtschranken ausgelöste Überraschungen, keine so erschreckend wie das wirkliche Leben der Wachsfiguren. Blitze und Gewitter, Schreie und Kettenrasseln werden von Royal DeLuxes

Sound übertönt. Niet lässt gerade Elvis hinter sich, da spricht ihn jemand an. Fraunkorn. Der FBI-Mann aus dem InterContinental.

Fraunkorns Jackett ist – wie der Garderobe der meisten Gäste – der hohe Preis anzusehen. Darunter trägt er ein schlichtes T-Shirt, einen Gürtel mit Designer-Schnalle und Leder-Slipper ohne Socken. Er greift nach Niets Hand und drückt sie, als wolle er ihn mit der europäischen Geste und Entschlossenheit verströmender Kraft beeindrucken. Er muss die ganze Zeit hier im Halbdunkel auf Niet gewartet haben, zwischen Billy The Kid und Adolf Hitler.

»Wer weiß, dass du hier bist?«, beginnt er mit einer Miene, als unterhielten sie sich über die Single von Royal DeLuxe, WALKIN' AFTER MIDNIGHT.

»Niemand.«

»Warum die Verspätung?«

»Der Verkehr«, sagt Niet, ganz wie er es bei anderen *Los-Angelites* vernommen hat, die Pupillen kurz nach oben, ein Seufzer hinterher. Dass er sich verfahren hat, weil er erst Zeit totschlagen musste, dann weil ihn in South Central zwischen Mitgliedern diverser Ghetto-Gangs die schiere Panik überkommen hat, kann er jetzt nicht sagen.

»Ich werde mich kurz fassen. Hast du noch den ersten Brief?«

»Nein.«

»Kannst du dich daran erinnern?« Fraunkorn schaut auf seine Armbanduhr, als hätte er mit der Begrüßung einen Zeitzünder aktiviert, für eine Bombe, die in Sekunden hochgehen wird.

»Den Brief, den ich in Australien bekommen habe? Ja.«

»Wir hielten die Hinweise darin für deutlich. Deutlich genug.«

»Ich bin mir nicht sicher, ob ich folgen kann.«

»Sieben Briefe. Genau so viele, wie eine Telefonnummer Ziffern hat.«

»Okay?«

»Du musst einfach die jeweils letzte Ziffer der jeweiligen Jahreszahl... Du hast doch wohl begriffen, dass das alles Zitate waren, oder? Alles Songs, die dich als Musiker begleitet haben.«

»Stranglers und so, ja.«

»Na gut«, schüttelt er Niet die Hand. »Melde dich, sprich mit ihm persönlich. Bald. Bevor du was unterschreibst.«

»Moment«, hält Niet die Hand fest, selbst etwas überrascht darüber. »Wen soll ich anrufen? Wollten Sie mir nicht verraten, wie Sie mich beschützen wollen?«

Fraunkorn lacht wie über ein gelungenes Bonmot. »Genau.« Erneuter Blick auf die Armbanduhr, neue Miene (genervt). »Wenn du dich vor jemand hüten musst, dann vor gewissen Damen...«

Niet denkt an Sheila, sagt aber: »Natalie?«

»Marcia.«

»Mar-ci-a?«

»Ja. Mar-ci-a Cline.« Es fällt Niet wie Schuppen von den Haaren. Marsha Klein, die Silberjacke aus Frankfort, war Marcia Cline, die Schwester von Zachary Cline, besser bekannt als Zig Zag.

»Was will die denn?«, fragt er, als würde er tagtäglich zur morgendlichen Auflockerung auf den Stammbaum der Familie Cline starren.

»Lässt mich, ehrlich gesagt, kalt wie eine Hundeschnauze. Sie soll es nicht bekommen.« *Don't ask.*

☆ ☆ ☆

Er fühlte sich wie nach einem Boxkampf, als sei er einem K.o. knapp entgangen. In Hyper-Euphorie und nahe dem Kollaps. Mit einem gewaltigen Ego-Schub, da er einem Projekt näher rückte, über das man noch in fünfzig Jahren schreiben würde. Sein Herz klopfte einen Up-tempo Beat, bei dem er fast das Gleichgewicht verlor. Voller Lebens- und Liebesfreuden, gleichzeitig vor Adrenalinausstößen schwankend.

Flau im Bauch.

Auf Dolly Parton, Frank Sinatra und Johnny Carson folgten die Präsidenten – Bush und Bush gegenüber von Roosevelt, Washington, Reagan, Lincoln und Kennedy.

Im Foyer steckte sich Niet seine Zigarette an.

Ein letztes Mal drehte er sich um. Richard Fraunkorn sprach nun mit jemandem, der aussah wie ein Zivilbulle von der Fahndungsabteilung beim Rauschgiftdezernat: Motorradjacke, Massen an Haaren, die Frank Zappa das Fürchten gelehrt hätten. Mit den Klamotten und vor allem diesem Goatee sah er dermaßen unecht aus, richtiggehend ausgedacht, dass man unweigerlich dachte, er sei ursprünglich als Wachsfigur konzipiert worden.

Kapitel 25

And as the skies turn gloomy
Night winds whisper to me
I'm lonesome as I can be

Patsy Cline: »Walkin' After Midnight«

Niet dreht den Zündschlüssel um. Das Surren des Motors ist weder zu hören noch zu spüren. Dass er läuft, die V8-Zylinder pumpen, erkennt er an zunächst rot, dann grün blinkenden Leuchtdioden sowie langsam steigenden, wie durch Öl rudernden Zeigern im Armaturenbrett. Lämpchen und LED's lassen sich mit Dimmer verdunkeln; oder so einstellen, dass es blendet. Im Radio warnt einer vor der nahenden Apokalypse, Satan und vorehelichem Sex. In Bewegung, in hypnotischem Cruisen auf dem Highway, die Glocke aus Smog über allem und allen, ist man dann so eingelullt wie auf einem Trip, der keinen Kick mehr hat, der nun noch Gewohnheit ist.

Kaum zieht man die Autotür zu, schon umarmt einen der Sicherheitsgurt. Vakuum-verpackt im Fahrgastraum, in Polstern, so verschwenderisch wie das Make-up einer Hure auf Nachtschicht. Der Schlüssel nur halb umgedreht, föhnt einem die Klimaanlage Staub und Formaldehyd entgegen. Die Stoffe, an denen Los Angeles, CITY OF QUARTZ, irgendwann verrecken wird. Mengen an Dreck fegen durch die Karosse. Auch ein Fortschritt: Hier sammelt sich schneller mehr Dreck an als in anderen Winkeln der zwischen unseren Fingern zerbröselnden Zivilisation. Verfliegt nicht, fliegt nur woanders hin: Genauso wie der Staub aller anderen klimatisierten Autos und Trucks, der Staub aus Büros und Haushalten, legt sich der Dreck einfach woanders nieder, wird er auch dort wieder in die Luft geblasen, eingeatmet, ausgeatmet und rausbefördert. Wir kennen den Kreislauf – das Recyclen des Pop funktioniert nicht anders.

»Weil Terry versucht hat, World Records Steine in den Weg zu legen, hast du geglaubt, er zieht mit dir an einem Strang?«

Niet nickt, zieht eine Grimasse, an der abzulesen ist, dass er inzwischen auch weiß, wie naiv das von ihm war. »Ich meine, man soll Leute nie unterschätzen. Zum Beispiel hat er statt auf seinem Gameboy immer mehr auf seinem Laptop rumgetippt. War also hyperaktiv, erst um mit dieser Software von Klecker dauernd Tattoos auszudrucken, dann in unserer Newsgroup. Und ich hatte den Eindruck, dass er sich für MP3, eine Wiederbelebung der Tauschbörsen à la Napster einsetzt...«

»Alles für lau.«

»Genau, ist doch cool, oder?« Frankie gegenüber konnte man das sagen, ohne ausgelacht zu werden, schließlich bemühte sich Frankie – redlich und ehrlich wie das Kind eines self-made Unternehmers –, den Idealen von Punk und Nirvana möglichst nahe zu kommen. »Und dann eben klar, dass er allen Steine in den Weg legt, die dicksten Brocken – Hauptsache, wir bleiben bei 5th Dimension.«

»Sein Schuldkomplex«, meint Frankie nur kopfschüttelnd. Niet hätte ihn am liebsten umarmt. Er hat ganz vergessen, wie gut, wie unheimlich gut es tun kann, mit jemandem zu sprechen, dessen Meinung und Einstellung er zwar nicht teilt, der sich aber auf derselben Wellenlänge befindet, der versteht, wovon man redet. »Ich glaube eher, er hat Angst.«

»Du glaubst auch«, fragt Niet Frankie, »dass wir 5th Dimension was schulden?«

»Dass Terry das denkt.«

Kein Fußgänger weit und breit. Amischlitten aus den Stahlkesseln Detroits, ganze Flotten an Straßenkreuzern gleiten vorbei. Jedes Vehikel ein Fashion-Statement, jedes mit Servolenkung, Automatikgetriebe, mit ccm im Überfluss. Soll nur keiner seine Energie verschwenden, er würde ja Kalorien verbrennen, noch bevor er auf seinem Laufband losjoggen würde.

»Wieso ist es klar, dass Terry alle Hebel in Gang setzen will, um bei 5th Dimension zu bleiben? Ich versteh das überhaupt nicht.«

»Terry meint, wir schulden denen etwas?« Frankie, das bleibt für Niet glasklar, kennt sich mit Schuldgefühlen hervorragend aus. Wenn man als Neureichenkind – Papa hält das Monopol im Vertrieb von Alarmanlagen in Nord-Deutschland – jeden materiellen Wunsch erfüllt bekommt, wenn man als Punk mit No Future erste ernste Werte schätzen lernt, mit Nirvana neue Bewusstseinsebenen erfahren hat, dann amüsiert man sich nie wieder so bedingungs- und gedankenlos wie der Rest der Menschheit. Dann sucht man aus Lust am Ausgleich nach dem Underground, der das herrschende System unterwandert. »Also, ich weiß ja nicht, was dir Natalie gesagt hat...«

»Dass 5th Dimension finito ist und dass sie sich Sorgen macht, ob Terry damit klar kommt.«

»Ja. In New York, als er sich mit diesen Brettern bemühte, alle Plattenfirmen zu vergrämen, dachte ich halt, es ginge ihm darum, nicht bei den Majors mitzumischen.«

»Come on, Niet! Er ist dem alten Luke so verbunden, für den würde er durchs Feuer gehen! Du darfst Treue nicht unterschätzen. Aus demselben Grund willst du ja nicht bei World Records unterschreiben.«

»Wer sagt denn so was?«

»Stimmt doch, oder? Dir graust's davor, in diesem Megabetrieb zerrieben zu werden.«

»Ja, auch. Aber unterschrieben hab ich ja schon; einen Vorvertrag.«

»Und wann wird der richtige Vertrag unterschrieben?«

»Übermorgen.«

Kalifornien ist die Zone, Los Angeles ziemlich exakt der Punkt in der Geschichte abendländischer Eroberungen, an dem irgendwann weiße Siedler ankamen und nicht weiterkonnten. Vor sich den Pazifik, dann nur noch den fernen Osten, und hinter sich alles, wovor sie weggelaufen sind. Tja, da standen sie nun, waren auf ihrer Suche nach dem Paradies auf Erden immer weitergezogen, auf ihrer Suche nach einer Welt, die besser sein sollte als die alte. Da standen sie nun also rum und gründeten eine Stadt. ShamPain sind angekommen, und einen Tag später gründeten sie sich neu. In Originalbesetzung.

Niet schaut rüber zu Frankie, dem Gitarristen, dessen Töne zwar niemand vermisst hat, der ihm aber doch gefehlt hat. Als Mensch; und der Band als möglicher Sänger.

»Das wusste ich nicht.«

»Was?«

»Dass ihr den Vertrag noch nicht im Sack habt.«

»Eben hast du noch gesagt, Natalie hätte dir gesagt, ich hätte nicht unterschrieben...«

»Was so klang, als hätten die anderen unterschrieben. Warum dann nun der ganze Stress, wenn ihr da schon unter Dach und Fach seid? Du willst mir ja wohl nicht beibringen, dass die darauf bestanden haben, good old Frankie, den Junkie, auch unter Vertrag zu nehmen...«

Davon konnte wirklich nicht die Rede sein. Niet merkte: Er hatte sich verplappert. Natalie wollte Frankie auf keinen Fall Hoffnung machen, am Kuchen teilzuhaben. Er war jetzt hier, um Terry etwas an Macht zu nehmen, den in seiner Egomanie einzubremsen, als Backup, Bauer auf dem Schachbrett, mehr nicht.

Frankie müssen ähnliche Gedanken durch den Kopf gehen: Er dreht das Radio lauter, drückt die Suchtaste: NEXT - Cosby oder Sinatra oder Astaire - NEXT - »*...and this is how the diet works: I drink a shake for breakfast, I drink a shake for lunch and I drink...*« - NEXT - Telefoninterview mit einem Brutalo in Nadelstreifen, der darlegt, weshalb man in Lateinamerika hart rangehen muss, weshalb man den Freiheitskämpfern zu Hause, im schließlich nach wie vor größten und mächtigsten Land der Welt, dem tonangebenden... - NEXT - Synthie-Pop mit Drum-Computer... Atari sei Dank - NEXT - ...

»Jetzt aber mal ehrlich: Das war doch nicht deine Idee, oder?«

»Das mit dem Hotel-Happening als Ablenkungsmanöver? Doch, schon...«

»Ich meinte: Mich hier einzufliegen. Wenn die Verträge schon unter Dach und Fach sind und Terry eh bleibt... Wenn ihr dem Konzern weismachen wollt, dass das nur freie Meinungsäußerung war und Terry ein netter Typ ist mit ganz normalen Psychosen...« Frankie sieht glasklar, sieht ein, dass er hier nicht mehr sein soll als das Sicherheitsnetz für den Fall, dass Terry außer Kontrolle gerät. Warum lässt er sich darauf ein? Für Niet ist die Antwort klar: Aus Schuldgefühlen gegenüber der Band, die ohne ihn schwer aufgeschmissen ist (auch mit Frankie wären sie an die Wand gefahren, keine Frage bei seinen Drogenproblemen).

»Nee, da habe ich eine andere Vermutung.«

»Als Erklärung für seine Hakenkreuzeinlage?«

»Sag das am besten gar nicht, denke es gar nicht«, unterbrach Niet. »Wenn du die zwei L's nur richtig übereinander legst, erhältst du ein in der Musiknotation übliches Auflösungszeichen. Das hebt die Halbtonerhöhung auf, die vorher mit einem Kreuz verkündet wurde. Irgendwas anderes solltest du nicht einmal denken!« Die Vehemenz, mit der Niet ausgerechnet Terry verteidigt, überrascht Frankie, und auch Niet selbst kann es kaum glauben. »Vor einer Weile habe ich eben so ein Buch über Runen gekauft, und da kam mir die Idee, dass man das auch anders deuten kann...« Dass er das Buch gekauft hatte, um die Drohbriefe zu dechiffrieren, verschweigt er.

»Und das mit der Halbtonerhöhung?«

»Cats Idee.«

»Klar.« Zu irgendwas mussten ja die Jahre im Musikkonservatorium gut gewesen sein.

»Wir werden das nun als Backdrop aufhängen, die zwei Symbole übernander, halt bisschen stilisiert.«

✩ ✩ ✩

Der Kick ist enorm, kalifornisch enorm und apokalyptisch. In Niets Innerem gehen Lachsalven los, wie bei einem vor Freude taumelnden Irren, der Gefahr läuft, sich totzulachen. Aus den Augenwinkeln beobachtet er Frankies Aufregung, wie der beim

Überqueren des Boulevard, beim Anblick der Anzeigetafel über dem Roxy (*THURSDAY NIGHT: SHAM PAIN*, kleiner darüber: *CITY ROCK OUT OF CONTROL*) völlig sprachlos den Kopf schüttelt, wie sich dessen Statur ändert, die ganze Art und Weise, wie er sich bewegt – als sei er anderthalb Meter größer.

Ihre Gesichter werden zu Grimassen; sie müssen lauthals lachen, sich auf die Schultern klopfen, bis sie wieder die Füße auf dem Boden haben.

Nur Kids aus der tiefsten Provinz können sich so benehmen, Kids, die zum ersten Mal auf einem Filmset einlaufen, direkt vor die Kamera und ins Paradies auf Erden.

Auch im Rainbow staunt und giert Frankie wie Niet gestern. Als das Restaurant noch Villa Nova hieß, flirteten und turtelten hier Marilyn Monroe und Joe DiMaggio, Jahre nach Judy Garlands Verlobung mit Vincente Minnelli. Heute ist von ihnen genauso wenig zu erahnen wie von Lennon und Jagger, Stallone und De Niro. Einziger Hinweis auf die erlesene Klientel sind die Türsteher und Platzanweiser. Ähnlich albern, also für deutsche Augen ungewohnt, sind die lippenstiftroten Tischdecken sowie der Barkeeper. Der reagierte auf Niets Bestellung gestern Nacht – *Coke and a Gin Tonic* – mit »Hier ist der Gin Tonic, Coke gibt's nicht. Wir haben hier nur Drinks.«

Das war sie, die Welt, von der ein Rocker träumte. Statt den Kathedralen Europas, statt den Ruinen des Abendlandes lieber die auf- und übereinander gestapelten neuen Mythen aus Pappmaché. Ganz im Moment der Gegenwart, ohne Rücksicht auf das Gestern. Das Schlimmste bei dem Mangel an Tradition, bei den ständig rundum erneuerten Konventionen war, dass es wenig gab, woran man sich reiben konnte. Kalifornien hat zwar Geschichten en masse, nicht nur dank Monroe und Manson, nicht nur mit freundlicher Unterstützung der Fertigungsanlagen in Studio City und der Vollmondnächte im Chateau Marmont, auch geliefert von Brecht, Remarque und Mann, von den Flüchtlingen aus dem faschistischen Europa. Kalifornien hat zwar Geschichten, aber eben keine Geschichte; nichts Althergebrachtes, keine Ehrfurcht einflößenden

Eckpfeiler tradierter und verkrusteter Konventionen. Familie und Freundschaften sind von gestern, Treue gilt der Szene, der man sich diese Saison zugehörig fühlt. Alles ist ein offener Feldversuch, Kalifornien das Labor des Übertreibens.

Seit Garcí Ordónez de Montalvo 1510 von der Insel California träumte, regiert von der Königin Calafia, bleiben die Ränder des Sonnenstaats verschwommen.

Alle kommen, keiner bleibt.

Willst du groß rauskommen, komm nach L.A. – und wähne dich glücklich, wenn du es einigermaßen intakt überlebst. L.A. und seine Bewohner wollten die – und ihre – Geschichte hinter sich lassen, haben also keine. Das ist er, der Ursprung und der Niedergang von Los Angeles, im Moment die Gegenwart. Das, sowie der Umstand, dass die Nutznießer der Ungleichheit einfach nicht greifbar sind. Jeder hat sein eigenes Häuschen mit Vorgarten und Garage. Und die Reichen, also Regierenden (im Diktat für Geschmack, Mode, Trends und In-Takt) sind alle so schön dynamisch und nett und liberal, dass jedes Rebellieren zur Farce wird, verwertbar, trendisierbar, käuflich und verkäuflich.

Die Revolution versandet an den Rändern der Stadt, im Westen am Strand, über den der Pazifik wäscht, im Osten hinter den San Gabriel Mountains in der Wüste.

So gesehen ist Los Angeles allen Metropolen der westlichen Welt mehrere Jahrzehnte voraus. Als die Evangelische Akademie zum Thema »Pop – Das Esperanto der Gegenwartskultur« in Tutzing tagte, als die Deutsche Bank verkündete, »Wir sind alle Subkultur«, da hatten kalifornische Hoteliers schon lange zuvor die Schilder von den Wänden abgeschraubt, auf denen ein Langhaariger zu sehen war, unterschrieben mit den Zeilen: »Keine Angst – der Mann könnte ein Multimillionär sein«.

Gestern Abend, noch zu viert, im Rainbow: Einer der großen Lacher war das Aufkreuzen des Drummers der früheren Band von Spike, dem Alleswisser aus New York. Nachdem sie im

Hotel eingecheckt hatten, waren ShamPain noch zum Roxy gegangen, dann zum Restaurant nebenan, dem Rainbow. Sie saßen, hatten noch nicht bestellt, da wehte Spikes Drummer in Begleitung zweier gehorsam folgender Frauen herein. Flott und entschlossen, nervös und flüchtig lächelnd schritt er einmal an allen Tischen vorbei und verschwand wieder, kam wie aus einer anderen Welt, machte eine Runde und war schon wieder weg, bevor Klecker die Speisekarte weggelegt hatte. Ein kleiner Auftritt eines noch kleineren Ex-Mini-Stars. Wie im gleißenden Scheinwerferlicht, auf dem Weg zur Bühne, keine Zeit verlieren, keine Hand schütteln, nur anerkennendes Nicken. Spike hatte ihnen erzählt, wie der Typ einst einen Endorsement-Deal mit einem Hersteller gelandet hatte, wie er sich also im Katalog ein wunderschönes metallic-rotes Drum-Set aussuchte – nur um bei der Auslieferung festzustellen, dass es ein winziges Kinderschlagzeug war.

Da saßen und lachten sie. Feierten sich und die aktuellen Verkaufszahlen, Zeitungsartikel, Playlists und die Reaktionen der Fernsehsender auf das Video von Fingered.

Das Personal im Rainbow – die Frauen aufgetakelt wie Transvestiten in Soho – trägt den Look, nach dem sich Groupies auf der ganzen Erde richten, ob Backstage-Miezen in Milano oder München, Sydney oder Stuttgart, London oder Ludwigsburg: Mähne und Kleidung rabenschwarz, eher Fummel als Qualität. Wenn was zerreißt, werden keine Tränen vergossen. Dass was zerreißt, ist vorhersehbar, im Grunde genommen einkalkuliertes Risiko. Dazu dann entweder riesenhafte Silikonanlagen oder umso tiefere Einblicke; das Hemd knapp überm Bauchnabel zugeknotet, ein zerkniffenes, freches Lächeln, das letzte Stück Natur, der letzte Grenzposten eines Zeitalters, als Kosmetik-Ingenieure und Gentechniker noch nicht den Geschmack diktierten. Die Bedienung, die zu Niet und Frankie an den Tisch kommt, heißt Diane und kommt aus Baton Rouge – wie das Namensschild auf ihrem Hemd verkündet.

Die Türsteher und Platzanweiser sind ausnahmslos kurzhaarig. Sie tragen weißes Hemd, schwarze Hose und Fliege.

Klassisch und voller Klasse? Klasse. Kaliforniens Interpretation von Klasse, wie Cat höhnt. In New York sehen die Ober aus wie die Typen, die zu viel Zeit unter Autos liegend verbracht haben, in Hollywood lächeln sie aus glatt rasierten Visagen, als hätten sie zu viel Zeit vorm Spiegel verbracht; nicht immer mit nennenswerten Resultaten.

Nach dem Knall der Fall. Auf das Staunen, dass das alles echt ist und echt noch wilder als in den wildesten Träumen, folgt die Ernüchterung. Was jetzt? Wie ist das Erreichte zu halten? Will man es überhaupt erhalten? Und wenn ja, zu welchem Preis?

Egal: Noch einen Bourbon, *on the rocks*.

Die Band kommt mit Natalie und ein paar Mitmachern. Alle freuen sich, Frankie wiederzusehen. Der Sekt kommt schnell, dann der Geschäftsführer, zwischendurch kurz die Nachricht, dass Natalie noch heute Nacht zurückfliegt, scheinbar nach Deutschland. Der Geschäftsführer hört, dass die Band in Limousinen vorgefahren ist, lädt daraufhin alle auf die VIP-Terrasse ein. Fehlt nur noch, dass der CEO von World Records mit dem Helikopter einfliegt.

Der Geschäftsführer summt ständig den Refrain von WALKIN' AFTER MIDNIGHT und erzählt jedem, wie gut der Song ist, wie eingängig die Hookline. Weil keiner darauf eingeht, geht er nach einer Weile dazu über, auch noch das Gitarrensolo wiederzugeben, mit einer furchteinflößenden Airguitar. »Schon cool, das Stück«, sagt schließlich Niet zu dem Geschäftsführer. »Ist aber nicht von denen. Royal DeLuxe haben das nur gecovert, das Original ist von so einer Country-Sängerin.«

»Patsy Cline«, ergänzt Terry.

»Cline, sagtest du Cline?«

»Ja, geborene Hensley. Kam bei einem Flugzeugabsturz ums Leben. Oder im Auto, auf dem Weg zum Flughafen? Echt tragisch. I FALL TO PIECES war der letzte Song, den sie spielte. Bei einem Benefiz-Konzert für einen DJ. Der war bei einem Autounfall umgekommen.«

Terry schüttelt den Kopf. Er weiß genau, warum er wahnsinnige Angst vor dem Fliegen hat. Big Bopper, Buddy Holly und Ritchie Valens will er dann doch nicht so weit nacheifern, dass er so sterben will wie die. »So wie bei den Blackwood Brothers und Lynyrd Skynyrd: Starb mit ein paar anderen.«

»Und auf dem Weg zur Beerdigung starb dann noch Jack Anglin von Johnny And Jack«, sagt der Geschäftsführer. »Auch Autounfall. Zu Fuß ist man eben doch sicherer.«

Tja.

Was ist man doch froh, an diesem Theater teilnehmen zu können, wenigstens so lange man genügend lange, vor allem genügend Haare hat. Bloß nicht so fragwürdig enden wie der blasse Roadie in Blouson und Polohemd da vorne. Oder sein Kollege mit den Extensions und dem verblichenen T-Shirt einer Tournee, an die sich sogar seine Eltern erinnern können. Oder die Touris, die im Bereich für normalsterbliche Kunden an Milkshakes saugen, bis es quietscht.

Wie auf Kommando legt der DJ ROCKER auf, und Bon Scott nölt: *I'm a rocker / I'm a roller / I'm a right out of controller.* Terry kennt jede Zeile, hat er in der Schule gelernt. »Wenn das nicht klassisch ist«, unterrichtet er Klecker. »Das haben sie Jahre später in MAD MAX aufgegriffen, war der beste Moment in dem Film...«

»Was? ›Denn sie haben auf Sand gebaut‹?«, imitiert Klecker die falsche Stelle in der Synchronisation.

Dazu nickt Terry und kläfft: »*Got slicked back hair / Skin tight jeans / Cadillac car / And a teenage dream...*«

»Wie geschaffen für euch«, sagt jemand. »Solltet ihr covern. Im Ernst: Nur deshalb sind Royal DeLuxe so groß rausgekommen: weil die Direktoren bei den Sendern den Song schon kannten.«

Oh...

Got lorex socks / Blue suede shoes / V8 car / And tattoos / I'm a rocker / I'm a roller...

Im Rock'n'Roll leben, alles aus vollen Schalen in sich gießen. In der Sonne Kaliforniens AC/DC hören, über achtspurige Highways düsen, auf bullige, wohlgeformte Geschosse aus Motor City Detroit starren, darüber philosophieren, wie sie weit unter ihrer Leistung dahintuckern, endlos Energie und PS in petto, unermessliche Kraftreserven, wonnevoll auch die Linienführung des Coupés da vorne, der scheint aus sich herauszuplatzen, vor lauter Lebensfreude und -durst.

Kann einer vom Leben mehr wollen?

☆ ☆ ☆

Die Band will mehr. Mehr Krach, mehr Stunk, mehr Trouble. Also schleicht sich Niet mit ein paar anderen – Klecker und den üblichen Krachmachern, die ständig klotzen – auf den Parkplatz hinterm Rainbow. Silbern und groß und mächtig blitzt und blinkt dort der Bandbus von ✱✱✱ ✱✱✱ ✱✱✱. Irgendwer hat ein paar Spraydosen mitgebracht...

Auch Cat will mehr. Er will Klärung, Aufklärung. »Alles wieder im Lot?«, fragt er, als Niet zurück ist, eine Spraydose noch in der Hand. »ShamPain wieder vereinigt mit Frankie, du mit Sheila.«

»Ja.«

In Cats Augen ist nicht zu entdecken, worauf der Gitarrist hinaus will. Er winkt ein paar Managern zu. Freundlich, zwingend jovial wie immer. Dass Cat 23 etwas so Profanes nicht einfach so dahin sagt, ist sicher.

»Sie wird wohl zu dem Auftritt morgen kommen, sagt, sie hätte in New York keine Schereien mehr gehabt; also wegen der Interconti-Aktion...«

Cat lacht wie über einen guten Witz. Früher liebte Niet diese Art, wie er Sonne und Charisma ausstrahlte. Dann hasste er sie, nun kann er sich nicht entscheiden, ob er Cat deswegen bemitleidet, oder ob er einfach nichts fühlt. Nie zuvor ist ihm aufgefallen, wie einsam Cat sein muss. Bei einem, der sich ständig so aufführt, als gehöre ihm die Welt, vermutet man erst spät, dass das alles nur die Maske hinter einer nicht aufzubrechenden Einsamkeit ist; einer endgültigen Einsamkeit, genährt aus Erkenntnis. Man kann ihn verabscheuen oder hassen, wie man will, Cat bleibt faszinierend wie jeder Tyrann, ein selbstgemachter Star.

»Ist also alles im Lot, ja.« Oberflächlich betrachtet, ist wirklich alles prima: Mit World Records haben ShamPain endlich eine Firma am Wickel, die ihre CDs bis in den letzten Winkel der Welt vertreiben kann. Alle sollen regelmäßig Gehalt beziehen, Natalie einen Job im Konzern bekommen.

Auch unter der Oberfläche sieht es rosig aus: Nachdem Niet seinem untoten Idol nähergekommen ist, hat er das Interesse an einer Zusammenarbeit mit Zig Zag zwar nicht verloren, wohl aber mit der Ankunft Frankies – und damit der Wiederherstellung der alten Balance – seine Liebe zu ShamPain wiederentdeckt.

Terrys Aktionen im Roseland sind nun auch von World Records' Presseabteilung in Excess-all-areas umgemünzt worden. Für den Fall, dass den Sänger mit Luke Keyser mehr verbindet als ein verborgener Zeitzünder in den Trümmern von 5th Dimension Enterprises, hat man Frankie auf Stand-by.

Lonely at the top? Was will Cat mehr?

»Weiß auch nicht...« Er will vermeiden, denkt sich Niet, dass die Band in die Strukturen von früher zurückrutscht. Im Quintett ShamPain stand Cat immer am Rand. Terry vertraut sich lieber Frankie an, weil er bei ihm nicht das Gefühl hat, maßlos unterlegen zu sein. »Wie siamesische Zwillinge«, sagte Cat einmal über Frankie und Terry. »Zusammengewachsen an der Hand, die im Medizinschränkchen rumfingert.« Klecker und Niet verbindet die Vergangenheit – auch wenn es da weit weniger gemeinsame Erlebnisse gab, als Außenstehende vermuten. Und Cat? Hatte mit Natalie einen Coach in seiner Ecke, doch ihre Position ist durch das Agieren von Far Out geschwächt worden, wird in der Personalabteilung von World Records gerade neu definiert. An eine Rückkehr zu den Verhältnissen davor, als Niet noch Cat bewunderte, da er von ihm lernte, ist nicht mehr zu denken. Gleichzeitig ist das alte Kräfteverhältnis natürlich hinüber: Frankie ist als Druckmittel gegen Terry zurückgeholt worden, Kleckers unselige Botschafterrolle bei Niets Rausschmiss hat dazu geführt, dass sie nicht mehr miteinander sprechen (auch wenn es dabei noch eine andere Ebene gibt, die von zutiefst verbundenem Respekt füreinander).

»Was wir jetzt brauchen«, beginnt Cat 23 wieder, »ist so jemand wie Jackpot Jack. Für Mund-zu-Mund...«
»-Beatmung?«
»Nein, -Propaganda. Mund-zu-Mund-Propaganda. Über Keyser kann man ja denken, was man will, aber er verstand was davon, mit Jackpot Jack so was aufzubauen; so von der Basis, von der Straße her. Ich meine, dass Far Out sich davon eine fette Scheibe abschneiden könnten.«
»Und?«
»Hab ich ihnen auch gesagt.«
»Aber?«
»Die beschäftigen sich mit anderen Sachen. Finden zum Beispiel, dass erst mal wir unseren *Act* auf Vordermann bringen müssen. Sie finden, wir sollten nicht nur ab und an live irgendwelche Hits covern, sondern auch auf CD.« Einen überzeugten Puristen wie Cat 23 wurmt so etwas. Jede US-Band macht es, von Van Halen bis Marilyn Manson hat es sich bewährt, Bewährtes neu aufzukochen, doch in dieser Hinsicht ist Cat durch und durch englische Schule. Seit den ersten Gehversuchen der Beatles und der Stones macht das keine englische Band. Wenn man was covert, dann verwurstelt man es so, dass es Anwälte beschäftigt.

Laut johlend hängen Frankie und Terry über die Reling der Dachterrasse, bewerfen Passanten mit den Kandis-Kirschen ihrer Cocktails. Niet hatte große Lust, das dichte Denken Cat zu überlassen und lieber das Los der Hirnlosen zu teilen und einen auf Rockstar-am-Ende-der-Welt zu machen. Hier steht er, unter dem kalifornischen Himmel, fühlt sich so ShamPain, so Rock'n'Rock wie schon lange nicht mehr, das F∗∗∗ F∗∗∗ F∗∗∗ auf dem Bus ist noch nicht getrocknet, und da macht sich Cat 23 Sorgen um das, was den Managern und Reglern Sodbrennen verursachen soll.

Cat weiter: »Johnny sagte, Frankie wär zwar clean...«, sucht aber schon nach dem nächsten Fix, denkt sich Niet.
»Er riecht das«, wie Ex-Fixer so die Angewohnheit haben.
»Du meinst«, beginnt Niet, »dass er dem Druck nicht standhalten kann?« Cat deutet ein Nicken an. Wer einmal jahrelang

eine Frau angebetet hat, wer beim Pokern seinen Einsatz so lange erhöht hat, bis er riskierte, in Unterhosen nach Hause zu straucheln, wer schon einmal nach einem utopisch hohen Gehalt verlangte und das dann bekam, der weiß, was gemeint ist. Der Druck, wirklich das abzuliefern, was sich das Gegenüber verspricht, ist enorm. Ein Techtelmechtel mit der Dorfkönigin in der Disco oder Aufnahmen für Luke Keyser waren dagegen Trockenübungen. Jetzt wird es ernst. So ernst, dass einem flau wird. So flau, dass man sich das Gefühl der Würmer im Bauch betäuben will. Mit Uppern, die einen bestätigen, was für ein Überkerl man doch ist, *born to be a star*, oder mit Downern, die einen auf den Boden der Tatsachen zurückbringen; oder noch weiter runter.

Den Rückzieher, für den sich dann viele entscheiden, kennen alle, die mal mit einer Band oder einem anderen, überschaubar großen Unternehmen es darauf anlegten – und dann knapp vorm Ziel sahen, wie andere panische Angst entwickeln, so dass sie lieber das Handtuch schmeißen als – zu versagen.

Auch Supermodels kennen diese Art von Impotenz recht gut; Männer nur aus den Momenten, in denen sie sich nach ganz oben strecken, nach den Gemächern der Supermodels. Viel mehr als man denkt, viel mehr als Männer wissen, viel mehr Leute steigen in so einem Moment lieber aus, als zu versagen. Denn sie können sich nicht in den Exklusiv-Gemächern auf- und einrichten wie erträumt, wollen dann doch lieber nicht Profi-Musiker werden, wollen doch nicht vor 50.000 brüllenden Schafen auf die Bühne steigen und alles besser machen als Michael Jackson.

»Wir müssen unseren *Act* auf Vordermann bringen. Wenn wir nicht aufpassen, dann kommen mit Frankie die dummen Gewohnheiten zurück – Gift statt Drogen. Terry hätte ja das Boot schon fast zum Kentern gebracht. Wir – und damit, Niet, meine ich dich und mich –, wir müssen aufpassen, dass wir nicht plötzlich vom Regen in die Traufe geraten...«

Cat hat recht.

Nur kann Niet nichts dazu sagen, weil ihm nichts dazu

einfällt. Weil ihn ganz andere Sachen beschäftigten. Zum Beispiel, dass er sich langsam so vorkommt wie ein Apparatschik, der gerade noch überblickt, was diese fünfzig Leute für Sham-Pain machen, nicht aber, was sie motiviert, wem ihre Sympathien gelten, für wen oder was ihr Herz schlägt. Am meisten beschäftigt ihn, worauf ihn jemand bei Zig Zags ehemaliger Plattenfirma Rififi Records aufmerksam gemacht hat: dass er die Emails der letzten Tage studieren soll.

Kapitel 26 (Slight Detour)

So I came out West on New Year's Day
I had to sell some horse for a Chevrolet
And now I walk like a junkie crawls

The Big F: »Kill The Cowboy« - THE BIG F

☆ ☆ ☆

Wieder alleine, wieder im Auto, lässt er sich treiben vom Verkehr; übt er sich im cruising; Melrose runter, Sunset rauf und Hollywood Boulevard wieder runter.

Promenieren auf vier Rädern.

Das Auto neben Niet sieht aus, als sei es gerade einen Abhang runtergerutscht, statt Fenstern hat es mit knisterndem Zellophan verklebte Löcher. Der Mann am Steuer sieht aus wie einer der allerersten Siedler: das Gesicht wie ausgetrockneter Lehmboden, das ganze Antlitz eine Landkarte vergangener Schlachten, verlorener Hoffnungen; Mund und Augen sind kaum auszumachen.

Alles wie im Film, alles angehende Schauspieler oder Rockstars, Regisseure oder Marketeers. Suchende.

Hier hat jeder Menschentypus seinen eigenen Autotyp: Ford Mustangs steuern Frauen, schicke, eigenständig aussehende Frauen, die in Deutschland Käfer fahren würden. In gelben Corvettes bullern weißhaarige Männer vorbei, auf dem Beifahrersitz eine Golftasche oder ein Teenager, der die heruntergeklappte Sonnenblende inspiziert. Mit demselben Temperament blubbern Harleys, langsam, gemächlich, easy. Niet folgt einem verdellerten Oldtimer Richtung Norden, in die Hügel, dann links. Dann rechts, an dem nun Parkenden vorbei, weiter auf einer kleinen Privatstraße. An Villen und Schlössern vorbei, Residenzen, vor denen die Stuttgarter Sportwagen in der Einfahrtsschneise klein und billig aussehen. Am Steuer eines Mercedes 280SL glaubt Niet, Anthony Kiedis zu erkennen, in einem weißen Jeep Madonna.

Er staunt und stiert.

Zurück auf dem Sunset Strip, jetzt unter dem schwarzen Himmel der Nacht. Noch fünfundzwanzig Stunden bis zum Auftritt, live at the Roxy. Seit The Doors, Van Halen und Guns N'Roses ist der Sunset Strip die Startbahn von Kometenkarrieren, die Lebensader aller Rocker, der Boulevard der *broken dreams*. Promeniermeile von tausend Stars. Zehntausend Bretterbuden und Schaufenster. Das meiste wie die Ladenlokale hinter den Schaufenstern, ohne Tiefe, voller Nichts. Neben den zerschmetterten Träumen reihen sich die Läden aneinander wie eine hastig arrangierte Scheinehe.

House of Blues, finanziert von Millionären, als der Delta-Blues schon unter der Erde lag, Chicago im Altenpflegeheim, und der City-Blues saß im Rollstuhl. Herzlich willkommen, der Sound hier ist so clean wie die Küche eines Großindustriellen.

Daneben Chateau Marmont, das Äußere wie ein Schloss an der Loire, im Inneren Heroinhölle und Härtetest für die Selbstzerstörer unter den professionellen Fröhlichmachern. Die einen versetzten mit Lovern Geld und Ruf, die anderen gaben gleich ihr ganzes Leben.

Und gegenüber Virgin Megastore. The Key Club statt Gazzari's, wo jahrzehntelang Greenhorns auf die kleine Bühne kletterten, wo schon Byrds, Walker Brothers oder Buffalo Springfield ihren Aufstieg begannen, Quiet Riot, Van Halen und Mötley Crüe das Brüllen lernten.

Weiter runter die Film-Studios, weiter hoch die Zentralen der Plattenfirmen, bei denen Verkäufe nur in 100.000er Einheiten registriert werden. Dazwischen Bars, Tätowierstudios und Imbiss-Buden, in denen Musiker ihre Vorschüsse feiern und verpulvern. Glasbetonbunker voller sinnverhökernder New-Age-Unternehmer, in deren Thinktanks sich Manager und Agenturen die Taschen und Nasen füllen. Maniküre-Salons und Sushi-Restaurants, in deren Hinterzimmern die ehemaligen Frauen von ehemaligen Rockstars Kacheln schrubben.

Alles, was das Herz der Seelenlosen begehrt.

Wie ein Kater nach zu langer Nacht hängen Frankies Worte in Niets Bewusstsein. Cats Sorgen bleiben weit weg, doch

Frankies Worte sind ihm unter die Haut gegangen. Frankie und all das, wofür man sich so schämen kann. Das war's: Genau das war das fehlende Puzzleteilchen. Wie konnte er das übersehen haben? ShamPain sind ein Fünfklang. In TOPOGRAPHY OF EMOTIONS steht es ja schwarz auf weiß: An der Liebe zerren vier Grundemotionen – Angst, Scham, Wut und Depression. Genauso stehen bei der Band Terry, Frankie, Niet und Klecker dem einen gegenüber, der mit Charme und Charisma gesegnet ist: Cat. Es liegt auf der Hand: vier Finger, ein Daumen. Kein Yin/Yang, Jagger/Richards, Castro/Che, vom Prinzip her aber ähnlich. Niet hat Frankie immer für selbstzerstörerisch gehalten, für jemanden, der seine Gitarren ankokelt, das elterliche Wohnzimmer mit der Axt zertrümmert, im Internat anfängt, sich Löcher in die Venen zu pieksen – wie das bei verwöhnten Reichenkindern eben so gehen kann, wenn sie in einem behüteten Kokon aufwachsen. Sie dursten nach Reibereien und existenziellen Nöten, nach Problemen, die an die Substanz gehen, die ihre mit Allianz und Policen gesicherte Existenz in ein interessanteres Licht stellen, ins Noir des Lebens. Ein Leben im Rock'n'Roll ist dafür wie geschaffen, Killerdrogen die logische Konsequenz.

In Wirklichkeit ging es immer nur um Schuldgefühle. Das Stichwort lieferte Frankie selbst.

Niet würde nicht mehr in die Grätsche gehen müssen, um für Wut (auf das Establishment) zu sorgen und gleichzeitig für das gute schlechte Gewissen (der sich für alles und jeden verkaufenden Band). Den einen Part konnte er nun Frankie überlassen.

Passt. Wie die Faust in den Handschuh, das Auge in seine Höhle.

»Alles gehört eben irgendwie zusammen«, sagt Niet dem Autolenkrad und zündet sich eine an, bevor er sein Selbstgespräch fortsetzt. Einer irgendwann auf dem Beifahrersitz Platz nehmenden Reporterin, oder Chris an der Bar, keinem bestimmten erdachten Gegenüber erklärt er: »Ich habe also dieses Buch über Runen gekauft. Ja, ja, genau: Runen, diese Schriftzeichen, so ne Art schwarze Magie, die düstere Version des I-Ging. Du wirfst 24 Schriftzeichen in die Luft...«

Er hört auf zu reden, überlegt.

»Und da gibt es eins, das setzt sich aus zwei L zusammen, nur dass die am Scheitel zusammengelegt werden, wie ein zerrissenes X. Und weiter, möchtest du wissen? Ganz einfach: Das steht für ›Jera‹, die Ernte. Passt also. Terry fummelt mit den Dingern so eine Art Fernseh-Rahmen zurecht, am Ende zeigt er das Zeichen für die Ernte, das Bruttoresultat, das, was unterm Strich bleibt, wenn man immer alles überall zensiert – und kurz darauf liegt uns World zu Füßen, wir unterschreiben und fahren mit World Records unsere Ernte rein.«

Far Out Management
stars & brands & bands

NEWS BULLETIN

WORLDWIDE-DEAL mit WORLD RECORDS für ShamPain

CEO: "WIR SIND BEGEISTERT: DIES IST EINES DER HIGHLIGHTS DES JAHRES"

(NYC/LA 05) ShamPain schlugen bei Auftritten an der Ost- und Westküste Ende April ein wie eine Bombe.

Bereits Stunden nach der Ankunft von ShamPain hat WORLDWIDE RECORDS das Quintett aus Europa unter Vertrag genommen.

CEO: "Jeder, der die Band live erlebt hat, weiß wovon ich spreche. Die sind reines Dynamit. Wir haben sie unter Vertrag genommen – und zwar langfristig -, nicht nur weil uns diese Sorte Musik gefällt, sondern weil wir diese Sorte Musik nie zuvor gehört haben. Das Signing von ShamPain bei einem amerikanischen Label ist mit Sicherheit eines der Highlights des Jahres!"

Die Band wurde vor fünf Jahren gegründet, hat schon bald in Australien für Aufsehen gesorgt. In Europa sind ShamPain in Rekordzeit zu Superstars geworden.

Obwohl nur über Import erhältlich, kletterte die aktuelle Single FINGERED, Auskoppelung aus COMBI NATION (World Records Release: kommender Montag), bereits auf Platz 1 in den Charts mehrerer Radiosender.

Das Debüt ON THE LINE stürmt die Hitparaden in Übersee, OUT OF ORDER hat in den USA schon vor dem Gastspiel der Band für Aufsehen gesorgt, und der dritte Longplayer 280 SL sorgt in den Presswerken für Überstunden.

Gitarrist Cat 23, Blickfang auf und hinter der Bühne: "Wir schätzen uns sehr glücklich, mit WORLD RECORDS die Unterstützung einer Firma hinter uns zu haben, die langfristig plant und agiert. "

Bassist Niet, verantwortlich für die größten Hits: "WORLD RECORDS ist für jeden Musikliebhaber eine Topadresse. Jeder, der mehr als eine Handvoll CDs besitzt, hat darunter mindestens eine, die der Globus von WORLD ziert. Es ist uns eine Ehre, nun Teil dieser Familie zu sein."

Nach dem Auftritt im Roxy stehen die Mitglieder der Band für Interviews zur Verfügung.

Geplant sind Auftritte bei den XXL-Open-Airs diesen Sommer (zusammen mit den Label-Kollegen von ROYAL DE LUXE, aber auch alten Hasen wie ✶✶✶ ✶✶✶ ✶✶✶).

Die Band ShamPain setzt sich wie folgt zusammen:
    lead vocals: Terry
    lead guitar: Cat 23
    vocals & guitar: Frankie
    vocals & bass: Niet
    drums: Klecker

Das Team bei WORLD RECORDS besteht aus:
    Presse & PR: Claudie Miller
    A&R: Fiona Smith
    Produkt-Management: Edgar 'Fat Ed' Kopf

☆☆☆

In einem Internet-Cafe, wo er sicher sein konnte, dass ihm niemand über die Schulter schaute, lediglich ein Camcorder auf sein Gesicht gerichtet, fragte Niet seine E-Mails ab. Aufmerksam las er die von zzc666@lol.kom geschickten Instruktionen. Die Eckdaten, die Zig Zag am Telefon erwähnt hatte, waren mit ein paar Klicks zu CD-Versandhäusern schnell erstellt. Obwohl in den Briefen, die Niet als Drohbriefe aufgefasst hatte, keine einzige Zahl auftauchte, war daraus Zig Zags Telefonnummer abzuleiten. Niet musste nur herausfinden, wann die zitierten Songs veröffentlicht wurden. Aneinandergereiht ergaben die jeweils letzten Ziffern jedes Jahres die zu wählende Telefonnummer: SHAME SHAME SHAME von DETONATOR wurde 1990 veröffentlicht; dann die 7 für NO MORE HEROES von 1977 (wann sonst?), 9 für FREE, 3 für Grand Funks WHAT'S FUNK?, 1 für Zig Zags NECROMANIA ebenso wie für ShamPains zehn Jahre später veröffentlichtes OUT OF ORDER.

Der Haken: Die Telefonnummer hätte siebenstellig sein müssen, Niet erinnerte sich auch ziemlich exakt an die Inhalte der letzten sechs Briefchen, doch den allerersten, den er schon in Australien erhielt, hatte er nicht weiter beachtet und weggeworfen.

Blieben neun mögliche Nummern, denn mit einer 0 würde ?-0-7-9-3-1-1 nicht beginnen.

Zum Telefonieren fuhr er weiter. Gott sei Dank gibt es McDonald's (oder Bulimie sei Dank?), Anonymität vom Fließband, Gleich-schlecht-Behandlung für alle, Hit-Produzenten wie Massenmörder, Präsidenten und Amokläufer. Draußen eine Telefonzelle, auf die keine Kamera stierte. Nach der dritten Nummer musste er nicht weiter probieren: Bei 307-9311 hob Zig Zag persönlich ab.

Nicht gerade freundlich, offenbar sehr beschäftigt, fasste er sich kurz. Offenbar kann es einen schon ziemlich auf Trab halten, wenn man sich als Untoter ständig zwischen Zonen der Gegenwart und des Jenseits bewegt...

Richtig aufmerksam wurde Zig Zag, als er hörte, dass Niet sich nicht an die Zeilen des ersten Briefchens erinnerte. Da würden, murmelte Zig Zag, die Anweisungen des letzten Briefs auch keinen Sinn ergeben.

Im letzten wurde ShamPains G<small>NIKSAMKCAB</small> I<small>S</small> D<small>ANGEROUS</small> zitiert, dieser Song über durchgeknallte Neo-Evangelisten, die Schallplatten rückwärts abspielten, um versteckte Botschaften zu entdecken und damit den Radioeinsatz aller möglichen Songs und Interpreten tatsächlich unterbanden. Die mit Backmasking (›Gniksamkcab‹ rückwärts, klar) verschlüsselten Botschaften kamen, diesen Zensur-Aposteln zufolge, nicht etwa aus der PR-Abteilung der Plattenfirmen, sondern vom Teufel darselbst. Hinweise auf das Rückwärtslesen hatte es in mehreren der Briefchen gegeben; auch schon im ersten. Nur war Niet nicht aufgefallen, dass die Zeilen darin (*Close the doors, put out the light / You know they won't be home tonight*) vom Led-Zep-Bassisten kamen, von dem Album, auf dessen Artwork nicht ein einziger Hinweis auf die Band selbst zu finden ist, auf dessen Textblatt für die Songs der B-Seite der gespiegelte Albumtitel prangt.

Das war natürlich peinlich, grenzenlos peinlich. Als wäre er nicht nervös und verstört genug, mit Zig Zag zu sprechen, gab das Niet nun fast den Rest. Da sprach er mit einem Untoten, Idol seines Heranwachsens, und der verglich ihn mit dem stillen wie superben Multi-Instrumentalisten von Led Zeppelin. Konnte einem etwas Ehrenhafteres passieren? John Paul Jones agierte schließlich nicht nur in einer der am meisten respektierten Bands überhaupt, bei einer Band, die fast genauso viele Platten verkauft hatte wie die Beatles, und die waren immerhin berühmter als Jesus... John Paul Jones hatte auch vor Led Zeppelin - als Arrangeur für die Rolling Stones, im Hintergrund bei The Who und etlichen anderen, bleibende Spuren hinterlassen. Und als Multimillionär im Ruhestand war er immer konsequent genug, sich nicht auf dämliche Reunions einzulassen, produzierte stattdessen mal The Mission, dann die mit ihrer himmlisch-höllischen Stimme gläserzersprengende Diamanda Galas, später den durchgeklinkten

Adam Bomb... Trotzdem: Peinlich war es Niet auch, dass er für die Dechiffrierung der versteckten Codes nicht clever genug war, aber zugleich, weil er diese Schnitzeljagd ein wenig lächerlich fand. Schließlich wollte er sich nicht als Kreuzworträtselkönig bewerben...

Sie verabredeten sich für Freitag, im Surrect Studio. Nanosekunden, nachdem Niet zugestimmt hatte, fiel ihm ein, dass er zu dem Termin bei World Records sein sollte; dass er keine Ahnung hatte, wo sich Zig Zags Studio befand, konnte er nun auch schlecht sagen. Er würde das schon rausfinden, in den Sleeve Notes einer CD.

Als er den Hörer auflegte, durchfuhr ihn ein neuerlicher Freudeschwall, 132dB Ekstase. Wenn du dich einem Idol näherst, gehen dir schon mal die Lichter aus. Ist das Idol noch die Ikone einer unvergessenen Ära, dann...

...gehen sie nicht allzu schnell wieder an.

☆ ☆ ☆

Westlich von Mulholland Drive, eine Kurve weiter, und alles ist wie in Portugal: Steppige Berge, Oliven- und Zitronenbäume, keine Menschenseele. Im Asphalt mehren sich die Schlaglöcher. Dann werden sie größer, irgendwann gibt es überhaupt keinen Asphalt mehr, keine Straße, nur noch einen staubigen Pfad.

Nur Natur.

Nichts sonst.

Das kann doch nicht wahr sein. Der Geruch von Lavendel vermischt sich mit dem von Zypressen, die nicht zu sehen sind. Disteliges Gestrüpp knistert in der brühwarmen Brise.

Weiter links, hinter den Hügeln, spürbar, der Pazifische Ozean. Dahinter Asien.

Auf dem Weg zurück in die Schluchten aus Kitsch und Glasfaser ist dann alles wieder so wie von Jackie Collins ausgedacht. Oben links klammert sich ein Haus an den Hang, sieht aus wie die Vorlage für Hitchcocks Bates Hotel. Alles ist hier möglich, alles mögliche erwerbbar, Baby. Die fantastischsten Autos, die größten Villen, die längsten Palmenalleen, die schönsten Frauen, die längsten Beine, der glätteste Asphalt, die privatesten Straßen.

Easy, man, easy! Du musst nur bereit sein, dafür zu bezahlen. Gegebenenfalls mit deinen Träumen, also deiner Zukunft. Was bleibt, wenn einer keine Träume und Illusionen mehr hat, keine Ziele und Hoffnungen? - ein leerer Korpus am Swimmingpool.

Wie durch die Kulissen eines Films gleitet Niet stundenlang dahin, hält nur einmal zum Nachtanken, überlässt das Steuer seiner Neugier, zirkelt aber wie eine Motte um sein eigentliches Ziel. Als das Vorspiel seine Sinne fast gelähmt hat, auf seinen Pupillen hat sich fast eine Hornhaut gebildet, da steuert er auf sein Ziel zu: 615 Cahuenga Boulevard.

Doch auf Cahuenga Blvd. gibt es keine Hausnummer 615, nicht einmal eine Plakette, die darauf hinweist, was hier sein müsste. Auch das Haus an der Ecke, Nummer 619, ist kein dunkles verrußtes Backsteingebäude mit hölzernen Jalousien auf Halbmast, in seiner verstaubten Gemeinheit elegant und zeitlos; keins dieser Gebäude, wie sie Edward Hopper in seinen Gemälden des jungen Amerikas, des Amerikas nach der Depression, sah und verewigte. Statt wenigstens mit einem Schild auf die zwei Hinterzimmer zu verweisen, die das Cahuenga Building von 1939 bis 1958 Hollywoods Bestem - PHILIP MARLOWE - PRIVATE INVESTIGATOR - bereithielt, protzt und prunkt an der Stelle ein weiß getünchter, dem Taj Mahal entlehnter Komplex, abgeschottet mit drei Metern grauem Stahl und Stacheldraht als Häubchen, mit aus dunklen Winkeln unterm Dach lugenden Kameras. Und um die Ecke die Adresse: Los Angeles Tennis Court.

Niet muss sich zwingen auszusteigen. Den Motor lässt er laufen. Er denkt an Chandlers Hang zum Sentimentalen, vor dessen Oberhand ihn eine ordentliche Portion Zynismus bewahrte. Weder auf dem Trottoir noch am Zaun sind Hinweise auf Marlowes Vergangenheit auszumachen. Nichts. Keine auf dem Asphalt vergossenen Tränen, keine Patronenhülsen, keine leere Flasche Old Forester, keine greinende Blondine, auch nicht der Geruch von stehendem Staub und Pfeifentabak. Nichts.

Einen Bourbon könnte er jetzt gut gebrauchen. Stattdessen findet er im Handschuhfach nur ein paar kleine Fläschchen mit einem dieser Witz-Drinks, *human nature ENERGY BOMB*.

Er überfliegt das Winziggedruckte – *500mg Guarana, 500mg Catuaba, 500mg Marapuama, 500mg Lapachio, 500mg Siberian Ginseng, 500mg Korean Ginseng, 500mg Panax Ginseng, 250mg Fresh Royal Jelly in a base of Pure Organic and Filtered Water* – und gießt sich dreimal 15 Milliliter Energiebombe in den Hals.

Immerhin: Jetzt hat er sie, die Lizenz, Asphalt zu verbrennen, die Armaturen Pogo tanzen zu lassen, die V8-Zylinder dieser elenden Karre in neue Territorien zu jagen, Schlaglöcher zu überfliegen, der Federung Bodenwellen vorzuführen, an denen sie schon noch lernen würde, wer hier der Chef ist. Heute hat er nicht nur die Toten auf seiner Seite, Niet weiß eine ganze Legion aus Legenden hinter sich, die ihm als Crew behilflich ist, ihn schnell schalten, bremsen und wieder durchstarten lässt, die seine Nerven prägnant und straff in silbern glänzende Stahlseile verwandelt. Er kann was wegstecken, egal wie angespannt seine Nerven sind, wie sehr ihn die Dämonen ins Zwielicht zwischen Fakt und Fiktion, Realität und Illusion zu zerren versuchen. Niet kommt locker ohne das gemeine Antlitz von Fakt und Wirklichkeit aus.

Fear And Loathing In Hollywood, sagt er, dachte er?, zischt er. Dann das Gaspedal ins Bodenblech treten. Als Copilot, ihren flammenden Schopf in seinem Schoß, ihre Füße im Handschuhfach, weiß Niet die ultimative aller Schönheiten neben sich: Die Muse, die die Welt in der Welt gebiert, ein Freudenmädchen, das sich nicht ziert, mit ihnen allen, die ihr einen singen, ins Bett zu springen. Die Muse, die göttliche Inspiration, die bei aller nymphomanischen wie bisexuellen Lust immer wählerisch bleibt, nur diejenigen in ihre Arme schließt, die hart rangehen, die schwitzen und ackern.

Nachts.

Die nicht nur das beschreiben, was sie sehen, die immer auch nach dem Dahinter tasten, suchen, schürfen, nach den Kulissen hinter den Kulissen; die der Realität ihre gemeine, vor Amüsierlust tumbe Maske wegreißen, nach der Wahrheit darunter greifen.

Er weiß, dass er sie auf seiner Seite hat, er weiß, dass sie ihn bei der Hand nehmen und leiten wird. Vielleicht sollten sie an die Küste fahren, wo sie ihm von ihren Abenteuern erzählen könnte, davon, wie sie Chandler, den Mann der zerbrochenen Karrieren, Mut und Kraft in die Ohren hauchte, wenn ihn der Zweifel zernagte, davon, wie sie mit Johnette Napolitano flirtete und fummelte, wie sie John Fante Bilder und Erinnerungen brachte, die seine Augen nicht mehr sehen konnten, wie sie mit Chaplin durch Venice Beach schlenderte. Die Muse, die Fackel im Gewissen der Agenten von der Unterseite, Genossin und Wegbegleiterin der Vergessenen und Verdammten, der Verehrten und Erfolgreichen. Warum, fragte einmal Florence Margaret Smith, spricht meine Muse nur dann zu mir, wenn ich unglücklich bin? Das tut sie nicht, las die Lyrikerin in der nächsten Zeile, ich lausche ihr nur, wenn ich unglücklich bin.

Tribute

Worship the sun
Worship no-one

Type O Negative: »Black Sabbath« - NATIVITY IN BLACK

Ich fuhr auf dem Sunset Boulevard Richtung Osten, aber nicht zum Hotel. Auf La Brea bog ich nach links ab und schwang mich über die Hügel, den Cahuenga-Pass hoch, Ventura Boulevard runter, an Studio City und Sherman Oaks und Encino vorbei. Nichts an dem Trip war einsam. Ist bei dieser Strecke nie der Fall. Schnelle Jungs in aufgemotzten Fords schossen aus dem Verkehrsstrom rein und raus, Millimeter an den Stoßstangen vorbei, immer und immer wieder, immer nur Millimeter. In staubigen Coupés und Limousinen winselten müde Männer, klammerten sich ans Lenkrad und bahnten sich weiter Richtung Norden und Westen, Heim und Abendessen entgegen, einem Abend mit Video und TV, mit dem Geschrei ihrer verwöhnten Kinder und dem Keifen ihrer dämlichen Frauen. Ich fuhr weiter, an den protzigen Neonlichtern und den falschen Fassaden vorbei, den schmierigen Hamburgerläden, die mit leuchtenden Farben so aussehen wie Paläste, vorbei an den runden Drive-Ins mit ihren kühlen Kellnerinnen, zwitschernd und locker-flockig wie im Zirkus, vorbei an den glänzenden Kassen und den ranzigen Küchen, in denen sich selbst Ungeziefer eine Lebensmittelvergiftung zuziehen würde. Riesige Sattelschlepper ratterten über Sepulveda, von Wilmington und San Pedro, auf dem Weg nach Ridge Route, an den Ampeln das abwartende Röhren der Maschinen. Wie das Brüllen der Löwen im Zoo.

Hinter Encino, durch die dicken Bäume auf den Hügeln blitzte ein Scheinwerfer hier, ein Licht dort. Die Anwesen der Filmstars. Filmstars, wow. Veteranen der tausend Betten. Aufgepasst, Niet, das hier ist nicht deine Nacht.

Die Luft wurde kühler, der Highway schmaler. Es waren jetzt so wenige Autos, dass das Licht der Scheinwerfer blendete. Bei den Kreidefelsen stieg die Straße an, und auf dem Gipfel tänzelte eine Brise, frisch und pur vom Ozean, sanft durch die Nacht.

In einem Diner unweit von Thousand Oaks aß ich Abendbrot. Schlecht, aber schnell. Essen fassen, dann raus hier. Viel zu tun. Einen wie dich, der ewig an seinem zweiten Kaffee nuckelt, können wir hier nicht gebrauchen, Mann. Das ist ein teurer Sitzplatz, den du da blockierst. Siehst du die Leute in der Schlange da vorn? Die wollen essen. Weiß der Henker, warum, sie glauben, dass sie es müssen. Weiß der Teufel, warum sie meinen, sie müssten ausgerechnet hier essen. Zu Hause, aus der Dose, wären sie besser bedient. Sind halt rastlos. So wie du. Die müssen das Auto nehmen und wo hinfahren. Köder für die Macker, die die Restaurants übernommen haben. *Here we go again*: Das hier ist nicht deine Nacht, Niet.

Ich zahlte und ging kurz in eine Bar, um einen Brandy über das Wiener Schnitzel zu legen. Warum Wien, dachte ich. Stahl kommt doch aus Detroit oder Solingen, aber nicht aus Österreich. Ich ging raus in die Nachtluft, von der noch niemand herausgefunden hatte, wie sie zu verhökern wäre. Wahrscheinlich versuchten sich schon viele kluge Köpfe daran. Sie würden den richtigen Dreh schon noch finden.

Ich fuhr weiter bis zur Oxnard-Ausfahrt und fuhr den Ozean entlang zurück. Sattelschlepper und Tankzüge dampften in den Norden, alle mit Lämpchen zugehängt. Rechts davon schleppt sich der Pazifik ans Ufer wie eine Putzfrau nach Hause. Kein Mond, kein Firlefanz, kaum ein Geräusch von den Wellen. Kein Geruch. Nichts von dem würzigen, wilden Geruch des Meeres. Ein kalifornischer Ozean. Kalifornien, der Supermarkt-Bundesstaat. Das meiste von allem und das Beste von nichts. *Here we go again*: Das hier ist nicht deine Nacht, Niet.

Warum auch? Mit unbeweglicher Hand starre ich in Australien an die Decke, schmiede den Plan, die Fliege zu machen. Mein Sprungbrett in neue Dimensionen wird erschossen, 5th Dimension expandiert. Ohne mich. Dann Manhattan, ich sitze backstage, dann in der Badewanne, spiele mit einer toten Fliege und dem Gedanken, nicht nur mit dem Körper, sondern auch mit dem Herzen bei der Band zu bleiben, schon kommt diese Schlampe aus Frankfort/Kentucky angeschneit und lässt die Toten nicht ruhen. Er hat sie hängen lassen, aber sie will ihn finden. Das höre ich mir an, dann mache ich mich auf zu einem Performance-Happening, treffe stattdessen zwei Herren vom FBI. Später erfahre ich, dass sie nicht die waren, für die sie sich ausgaben, dann, dass derjenige, der mir das steckte, auch gelogen hat. Die ganzen Lügen, die ich mir so anhöre, sind so was von abgegriffen, so verbraucht, dass mir der Fuß im Gesicht einschläft. Weitere Leute melden sich telefonisch oder via E-Mail, andere mit Memos, deren Auflösung wie ein Kreuzworträtsel funktioniert. Schnitzeljagd in den wilden Weiten des Worldwide Web. Ich verlasse die Szene und bin verlassen. Vor Frauen soll ich mich hüten – warum nicht vor Kontaktpersonen, falls Kontakt-Männer und -Frauen gemeint sind?

Trotzdem stiefele ich los und suche den Zwischenmann, stoße auf Spiegel und abstoßende Gestalten mit wächsernem Lächeln. Aber ich erzähle niemandem davon. Ich schnüffle einfach im Wachsfigurenkabinett zwischen Hitler und den Bush-Männern herum und stelle mich doof. Warum? Für wen setze ich mich aufs Spiel? Ich weiß es nicht. Alles, was ich weiß, ist, dass nichts so ist, wie es zu sein scheint: Und der alte, müde, aber immer zuverlässige Instinkt namens Intuition sagt mir, wenn die Partie so gespielt wird, wie sie ausgeteilt wurde, dann verliert am Ende der Verkehrte den Pott. Macht mir das was aus? Was macht mir überhaupt noch was aus? Weiß ich es? Habe ich es je gewusst? Lassen wir das lieber. Heute ist nicht dein Tag, Niet. War es vielleicht noch nie, wird es vielleicht nie sein. Vielleicht bin ich nicht mehr als ein Ektoplasma mit Bass. Vielleicht ergeht es uns allen so in einer kalten, schlecht beleuchteten Welt, in der immer das Falsche passiert und nie das Richtige.

Malibu. Noch mehr Stars. Noch mehr rosarote Badewannen und schwarze Kacheln. Noch mehr Himmelbetten. Noch mehr Chanel No. 5. Noch mehr Ferraris und Harleys. Noch mehr Föhnfrisuren und Designer-Sonnenbrillen und *attitudes* und Pseudo-Cleverness mit Metzger-Manieren. Moment, kleinen Moment mal. Im Showbusiness arbeiten auch viele nette Leute. Du hast die verkehrte Einstellung, Niet. Das hier ist nicht dein Tag heute Nacht.

Noch bevor ich es wieder erreichte, konnte ich Los Angeles riechen. Schimmel, wie ein Wohnzimmer, das zu lange nicht gelüftet worden ist. Die Farben sind es, die dich hinters Licht führen. Bei den leuchtenden Farben verschlägt es einem den Atem. Dem Mann, der Neonlichter erfunden hat, sollte man ein Monument setzen. Fünfzehn Stockwerke hoch, aus solidem Marmor. Da haben wir mal einen, der aus nichts was gemacht hat.

Also ging ich und kaufte mir die letzte CD, die die Briefchen dechiffrieren sollte, und natürlich musste die im Kleingeschriebenen Verweise an sie alle enthalten: an EREHWON und Aipotu, die Umkehrung von Utopia, auch an Marcia Billeau, geborene Cline. Es war eine dieser Special-Thanks-Listen, in denen zu viele Namen mit zu vielen Jobs stehen. Anders als die Vinyl-Version ließ sich die CD natürlich nicht rückwärts abspielen und nach versteckten Messages abklopfen. CDs liefen immer rückwärts.

Die Band, die Zig Zag für PX-C5 um sich versammelt hatte, bestand aus Pflaumen, die innerlich schon lange vergammelt waren. Der Star zog schon auf dem Cover ein Gesicht, bei dem klar wurde, worum es sich hier handelte: eine zu erfüllende Vertragsverpflichtung. Das Ding rauschte so schnell in die Nice-Price-Serie, im Rückwärtsgang in die Grabbelkisten der Plattenläden, dass man für sein Wechselgeld fast ein Geldschränkchen brauchte. Egal wie die Kleidung des Manns auf dem Cover aussah (aus mehr als einem Jahrzehnt Distanz vor allem peinlich), bei dieser Geschichte hatte ganz klar die Plattenfirma die Stiefel an. Und das nun also auch noch auf CD. Altes Spiel, uralter Hut, altes Weinen und Wimmern in neuen Schläuchen. Hätte zehnmal besser sein können. Hätte man sich bei PX-C5 die Hälfte der Songs gespart, dann hätte das wenigstens das Gesicht der Plattenfirma gerettet, den Star hatte man eh versetzt. Sicher, auch die Verantwortlichen von Rififi Records balancierten wie auf einem Hochseil, und Zig Zag machte aus einem miesen Job das Beste, lieferte ein richtiges Meisterwerk darin ab, sich bis zur Unkenntlichkeit zu verrenken und dabei noch eine gute Miene zum abgefuckten Spielstil zu machen.

Wenn es nach Niet ginge, würde man es nicht der Plattenfirma überlassen, für das Netz zu sorgen, wenn man schon ohne doppelten Boden arbeitet.

Solo

Open fire - when I hit the stage
Gonna open fire - all over this place
Open fire - in a rock and rage
Ooh I'm gonna open fire

Y&T: »Open Fire« - Black Tiger

Ladies and gentlemen, would you please welcome, all the way from Australia, Europe and, most recently, New York... Cat zieht sein Plektrum über die Saiten, vom Steg runter zur Brücke; metallisches Stöhnen, Schreien; wie der heiße Gummi eines Formel-1-Geschosses, der über glühenden Asphalt wischt, bei dem die Reifen durchdrehen, zur Seite rutschen, bei fast 300 Sachen, in einem Tunnel, und PPPCCH! nebelt der erste Akkord, dunkel, fast wäre die Erde aus den Angeln gefallen, aber sie, alles dreht sich wieder, die Saiten schwingen und zittern, die Lautsprecher werfen es, alles, zurück, nicht nur in die Ohren, auch gegen die Saiten, die wilder schwingen, rasseln, quietschen, pfeifen, Klecker zählt auf der Hi-Hat vier an, vier gemeine, zischende, fiese Metal-Zischer, das Adrenalin auf 2000, Cat hat das irre Lachen in der Garderobe gelassen, ist ganz das Teenage Idol, das nicht lacht, dunkel, seine Haut matt, die Haare in alle Richtungen zerfranselnd, nach einer verlorenen Aura tastend, konzentriert. Klecker nüchtern, präzise. Frankie, der archetypische Rock'n'Roll Gypsy, heute hier, morgen dort, übermorgen schon längst fort. Terry in der Luft, von wo kommt der denn jetzt? Und schon startet das Schwimmen im gemeinsamen Strom, noch nicht darüber surfend, im Moment erst noch mitschwimmend, die genauen Wellen ausmachend, ertastend, Strom und Strömungen erst einatmen und fühlen, spüren und ausatmen. Bass und Drums das dichte Fundament, bei Off The Hook ist es ganz präzise und überschaulich: Schlagzeug - BUFF - und dann Snare - TAKK - und Drums BUFF - BUFF - und Snare dann - TAKK - und immer BUFF... und off the hook, basst es mit, ganz aus einem Guss, und darüber, über den dichten Wogen und Wellen, einem so fetten wie tiefen Pazifik an dunkler Kraft, abgesteckt mit der hallenden, metallischen Snare, darüber glitschen die Gitarren wie auf einem Surfboard, mal mit den Wellen, dann dagegen, dann quer, fast fallend, dann reintauchend und weiter dagegen.

Nach einer Hand voll Songs dann BIG TITS BIG ASS BIG DEAL, bei dem die von Berufs wegen Coolen im Publikum den Blick vom Tresen zurück zur Bühne richten, wirklich zuhören. Dann bei der Abschlussnummer des regulären Sets, bei OUT OF ORDER, der Kopfnummer, leuchtende Augen sogar von denen hinter der Bar. Alle heften ihre Blicke auf die Bühne, Gefahr liegt in der Luft, ein neuer Sound im Ohr. Jeder Zuschauer hat das Gefühl, einem historischen Moment beizuwohnen, bald schon wird es unvorstellbar sein, dass diese Band mal in einem Club wie diesem gespielt hat.

»War denn Publikum da?«, meint Niet nach dem fünfzigminütigen Blitz-Gig, den Bass für die Kopfnummer aus seinem Gurt klinkend. Draußen trampelt das Publikum den Boden platt.

»Sah eher so aus, als wär's die blanke Nacht!«
»Die Blanke, was? Die blanke was?«
»Nacht! Mann, du Eule.«
»Eule? Du meinst wohl: taube Taube!«

Alle lachen, einer in einem Anzug aus lila Seide, locker gebundene Leder-Krawatte, kommt auf sie zu, irgendwie ein vertrautes Gesicht, wer ist das? Haben wir den schon mal wo getroffen? Er sagt, ihr sollt noch was spielen, auf, nur zu, hat mir echt gefallen. Schon schlägt Cat seine Gitarre an – kabellos, der Transmitter geht durch Betonwände durch, wie der Verkäufer damals versicherte. Der lila Typ ist wohl der Club-Manager. Cat schnappt sich eine Dose Beck's, reibt sie über den Gitarrenhals, seine Axt stoßend, Klänge entlockend, als wäre das Instrument dabei, sein Mittagessen loszuwerden, ist er schon wieder auf der Bühne, hinter ihm ein in der Luft hängender Schweif aus rotem Staub, dem abgeriebenen Lack der Bierdose, die noch halb voll war. Die Krawatte wurde ihnen nachmittags vorgestellt, Cat ist auf der anderen Bühnenseite, bis er die Dynamik runterschraubt, bis Klecker hinter seiner Burg aus Trommeln und Zischern verschwindet, bis Terry mit dem in den Bund seiner Jeans gesteckten Mikro von der Bühne springt...

...und ShamPain mit BACK FOR MORE einsetzen.

Niet kann's nicht fassen, greift auf dem Griffbrett, was er seit Monaten nur noch alleine in Hotelzimmern gespielt hat. Instinktiv, seine Gefühle kommen gar nicht mit, so sehr haben ihn die anderen überrascht. Eine Geste, die im Publikum nur diejenigen mitbekommen, die die Band sehr gut kennen. Also niemand; höchstens ein paar der Roadies, die im Halbdunkel am Bühnenrand stehen, verschränkte Arme, Plektrums kauend.

Inmitten der kakophonen Apokalypse macht Terry einen auf Jim Morrison, düster, tonlos erläutert er der Menge, was ihr bevorsteht, die Cover-Version einer Band, die wir immer sehr geschätzt haben, eine Band, die in Australien und Europa, SICHER AUCH HIER BEI EUCH!, den Rock'n'Roll der Achtziger - Rock'n'Roll the L.A. style - so repräsentiert wie nur wenige andere, ganz wenige andere. Ganz, ganz wenige andere...

Niet kriegt nur die Hälfte von dem Gebrabbel mit, nicht weiter tragisch, es ist fast dasselbe Geblubber wie in Australien, wenn Terry ROCK'N'ROLL OUTLAW ansagt. Irgendwo im Publikum meint er, ein weißes T-Shirt aufleuchten zu sehen. Wie eine Sternschnuppe. Ein T-Shirt wie vor Jahren - oder Monaten? -, ein T-Shirt, dessen Inhalt er allzu gut kennt. Und liebt.

Nicht ganz so sachte wie geplant wimmert Cats Gitarre das Intro der leeren Straßen, geknickt, von der Unterseite der Seele. Unvermittelt dann die Abschläge von Bass und Schlagzeug. Hart. Und dann der Groove mit den klitzekleinen Funk-Referenzen vom Bass. Niet schwimmt in den ›Und‹. Bei den Geraden des Refrains ist sein linker Arm gestreckt, der holzige Hals waagerecht, parallel zum wogenden Bühnenboden. Zwischen die *...and you're back for more* des Chorus zischt Terry irre lachend *you'll be back! you'll be back! oh yes, you will be!* Das Publikum – wippt – drückt sich an die Bühne – glückliche Gesichter. Auch der Instrumental-Part im halbierten Tempo kommt an – kommt gut – Niet dreht sich zu Cat – zieht die letzten Noten weiter – Cat lacht – Terry kommt auf die Bühne zurück – mit Cats Doubleneck – legt das Intro unter Cats Solo – klettert auf Kleckers Schlagzeug – balanciert auf Bass-Drum und Stand-Tom – hat ganz offensichtlich nicht vor, zum Mikro zurückzukehren. Frankie lehnt an der Verstärkerwand, lässt seine Axt kontrolliert im Feedback wimmern und jaulen. Nichts hiervon war geplant, inmitten all der Synkopen läuft es zur Antithese zu dem statischen, arrangierten Start auf. Immer knapp davor zu kentern.

Und dann wieder der Break, das müssen doch mindestens Cat und Terry vorher einstudiert haben, diesen Break, den Niet immer wollte und der Cat missfiel, diese edelste aller denkbaren Aufmerksamkeiten. Cat und Frankie drehen sich zu Klecker, der bei seinen Abschlägen auf der einen Seite seines Schlagzeugs agiert, während Terry immer noch auf den Trommeln steht und die Becken auf seiner Seite anschlägt. Reißt jetzt Posen, wie man sie nicht gesehen hat, seit man im Kinderzimmer zu Hause die entsprechenden Poster abgehängt hat. Zwischen stehenden Akkorden malt Cat mit seiner Rechten die Windungen eines Korkenziehers in die Luft, Zeichen für Niet, die Tonart nicht zu wechseln. Der kann es immer noch nicht ganz fassen, spielt die Noten wie ein Amateur, einer, der gleichzeitig an etwas anderes denkt, nicht hundertprozentig bei der Sache ist. Im Takt stampft Cat, ultrabreit lächelnd, auf Niet zu, am Bühnenrand steht Sheila mit ihrem leuchtend weißen T-Shirt, das Publikum ist nur noch Masse, der Strom, der die Band am Laufen hält.

Sonst nur und ausnahmslos für ihr Publikum spielend, ergehen sich ShamPain in dem, was sonst den Amateur vom

Profi unterscheidet: Sie spielen für sich. Zwischen Akkorden zeigt Cat theatralisch an, wo die nächsten Änderungen auf dem Griffbrett liegen. Niet kennt sie, es sind die von IRON MAN, er nickt, zeigt mit erhobener Hand Vier und folgendes Half-Tempo in die Runde, dreht sich wieder zum Publikum...

Sicher, besonders bei dem im Anschluss ausufernden Freistil-Blues wären sich Bootleghörer schnell einig, dass doch allzu viele Phrasierungen daneben gingen. Im Moment des Spielens aber, dem Moment, in dem Zukunft zu Vergangenheit wird, in dem Moment, der in der Musik alles ist, wo alles und nichts belanglos werden kann, störte sich keiner daran.

Break

Ridin' on the wheels of hell
Smokin' in our axle grease
Oh the backstage is rockin'
And we're coppin' from the local police

Aerosmith: »No Surprize« - Night In The Ruts

FADE IN:
AUSSEN - HIMMEL ÜBER LOS ANGELES - NACHT

Übereinander gelegte Aufnahmen von ZWEI KAMERAS erzeugen schemenhafte Muster. Ein- und Ausblenden, Verschiebungen der Bilder. KAMERA 1 konstant in Bewegung, kontrolliert. KAMERA 2 geht schließlich runter, senkt sich auf PARKPLATZ. Im Schatten zwischen Autos findet hinter ›Rainbow Bar & Grill‹ ein Drogendeal statt. Der Kunde ist von hinten zu erkennen.

AUSSEN - ROXY, VORDEREINGANG - NACHT

Die Fassade des Musik-Clubs. Das untere Drittel ist von VIPs und LAUFVOLK gefüllt, in der Bildmitte steht: <u>TONIGHT: SHAM PAIN - SOLD OUT</u>. KAMERA fährt über die Straße zu TÜRSTEHER 1 - links vor dem Klub. TÜRSTEHER 1 spricht in sein Handy, TÜRSTEHER 2 und TÜRSTEHER 3 (rechts vom Eingang) trennen VIPs von LAUFVOLK und Neugierigen.

TÜRSTEHER 1: Okay, hab ich verstanden.

TÜRSTEHER 1 drückt seine freie Hand ans Ohr, verzieht das Gesicht. TÜRSTEHER 2 diskutiert mit FAN MIT STIRNBAND. Ein GROUPIE, in der Schlange hinter FAN MIT STIRNBAND, korrigiert die Position ihrer Sonnenbrille, die eine Strähne gebleichter Haare aus der Stirn hält; dreht sich lachend zu ihrem BEGLEITER. TÜRSTEHER 3, Rücken zur Wand, Arme verschränkt, blickt unbeteiligt und kontrolliert um sich.

TÜRSTEHER 1: Ja sicher habe ich die! ... Nein. ... Ach die?

KAMERA geht auf TÜRSTEHER 1. TÜRSTEHER 1 holt tief Luft, seine Schultern ziehen sich schützend nach vorne, er schüttelt den Kopf. TÜRSTEHER 3 schiebt FAN MIT STIRNBAND aus der Schlange.

INNEN - ROXY BACKSTAGE/PARTY-LOUNGE - NACHT

SHAM PAIN gehen den Gang entlang, alle paar Meter mit einer Neonröhre (ungenügend) beleuchtet. Von hinten: SHAM PAIN belegen die linke Bildhälfte, die Betonwand die rechte. Alle fünf von SHAM PAIN reden gleichzeitig; erregt.

CAT 23: Hey, ich sag ja: Immer wieder was Neues probieren, nur nicht auf Nummer sicher machen!
TERRY: Ja, locker, Mann. Haste gesehen, wie dir die Blonde mit ihrem Blick die Dose aus der Hand...
KLECKER: Die Hose aus der Hand?
FRANKIE: HAHAHA! Du hast sie ja nicht mehr alle!
NIET: Alter! Habt ihr den Hippie vorne am Bühnenrand gesehen?
CAT 23: Den Biker im Biker-Look?
NIET: Yep, mit dem Bart, der übers ganze Gesicht wuchert, und oben, auf'm Kopf: die totale Platte, blank wie ein Babyarsch!
KLECKER: Oder die Hose von dem Bund...?
FRANKIE: Ich hab nur auf den Tätowierten geguckt.
CAT 23: Au weia.
NIET: Doch echt: Fast keine Haare oben, die dafür aber so lang, dass er beim Scheißen aufpassen muss, dass sie ihm nicht in die Schüssel hängen!

SHAM PAIN lachen unisono, klopfen sich gegenseitig auf die Schultern. Am Ende des Gangs: gleißendes LICHT und Fetzen von SMALL TALK.

INNEN - ROXY PARTY-LOUNGE - NACHT

Absolutes Weiß, viele Stimmen, die in dichtes Rauschen übergehen. Weiß verwischt, KAMERA bewegt sich ZURÜCK, vom

Rücken eines weißen T-Shirts ausgehend. Am rechten Bildrand, Zentrum der Aufmerksamkeit, steht SHEILA; neben ihr: IRO.

IRO: Musste verstehen, ich mach ja auch nur meinen Job.
SHEILA: Muss ich nicht.
IRO: Ja... so wörtlich war es nicht gemeint.
SHEILA: Schöner Job.
IRO: Ja. Man kommt rum, sieht die Welt, trifft Bands...
SHEILA: Okay, wenn's dich happy macht: Wir haben uns seit ein paar Wochen nicht gesehen.

SHEILA (charmant/arrogant) fährt sich mit der Zungenspitze flink über die Oberlippe.

SHEILA: Warum auch?
IRO: Weiß nicht. Man nimmt halt an, ihr wolltet...

SHEILA kramt Zigarettenschachtel aus Handtäschchen, ignoriert das von IRO gezückte Feuerzeug. KAMERA fährt ZURÜCK, PAN über PARTY-LOUNGE: An die 150 Industrie- und Medien-Vertreter scharen sich um die Bar in der Mitte des Raums. SHAM PAIN kommen hinten links in den Raum. SCHNITT: SHAM PAIN sehen sich um und lächeln wie auf einem Silbertablett. Aus Smalltalk wird Räuspern, Gläser und Bierdosen werden auf Tischplatten und Bar gestellt.

CAT 23: WOW!

Vereinzeltes Klatschen, Rufe, nur das Bar-Personal arbeitet weiter. Erwartungsvolle Stille. CAT 23 stepptanzt kurz, zieht eine Grimasse. Die Menge klatscht, Bierdosen werden geöffnet, Eiswürfel klimpern wieder in Gläsern. Die Menge wird lockerer. Vor SHAM PAIN tritt FIONA.

FIONA: Liebe Kollegen und Freunde. Im Namen von World Records darf ich euch alle herzlich begrüßen. Bisher kannten wir ShamPain ja nur vom Hörensagen, mancher kannte ihren Sound auch aus Funk und vor allem Fernsehen. Ein News-Bulletin von Far Out Management, das am Ausgang mit Goodie-Bag ausgehändigt wird, dokumentiert diese für uns

aufregende neue Partnerschaft. Für diejenigen, die am Ende der Party ihre Lesebrille nicht mehr finden (vereinzeltes LACHEN), sage ich schon jetzt: Der CEO von World Records sieht das Abkommen als ein (FIONA malt Anführungszeichen in die Luft) Highlight dieses Jahres (vereinzeltes KLATSCHEN). *And now: Let's party!*
CAT 23: Greift zu Leute! (Allgemeines GRÖLEN)
TERRY: Ja schlagt zu, ey, die erste Runde gehört euch!
KLECKER: Die erste nur? Ich denke, die zweite auch...
CAT 23: Greift zu und feiert, als wär's der letzte Tag auf Erden.
NIET (nuschelnd, zu sich selbst): Lang lebe die Apokalypse.

SHAM PAIN schütteln Hände, beantworten Fragen in Mikrofone, lächeln in Kameras. Die *Screech*-Reporterin CHRIS DE MANTLE liest FRANKIE jede Silbe von den Lippen ab, beugt sich zu seinem Nuscheln vor. NIETs Blick schweift über die Gäste. SCHNITT: Vor dem Gang zu Toiletten, MÄDCHEN mit frisch gebürsteten Haaren geht links aus dem Bild, SHEILA verschwindet am Ende des Gangs. Vorne: FAN MIT STIRNBAND und IRO.

MUSIK: »*The highest paid piece of ass / You know it's not gonna last*« (The Juliana Hatfield Three: S<small>UPERMODEL</small>)

FAN MIT STIRNBAND: Guckst du dir X-Band morgen an?
IRO: Weiß noch nicht genau, wahrscheinlich. Sind ja nicht schlecht.

IRO sucht nach bekannten Gesichtern, bietet FAN MIT STIRNBAND eine Zigarette an, während er sich wegdreht.

FAN MIT STIRNBAND: Und Top Dude, Samstag im Troubadour's?

IRO verzieht das Gesicht, schaut FAN MIT STIRNBAND in den vor Aufregung offenen Mund.

FAN MIT STIRNBAND: Die sind echt gut, die machen...
IRO: ...einen Haufen Scheißdreck, würde ich sagen.
FAN MIT STIRNBAND (unbeirrt): Ja, vielleicht sind sie...

IRO: Die sollten erst mal lernen, wie man Instrumente stimmt. Vielleicht lernen sie dann leiden. Könnte ihren Babyfratzen nicht schaden...
FAN MIT STIRNBAND: Ich kenne die – Joe ist ein... na ja, nicht ein Freund, aber... Sie bemühen sich echt riesig...
IRO: Das reicht aber nicht.
FAN MIT STIRNBAND: Und sie finden das irgendwie doof, dass keine Zeitschrift über sie...

KAMERA schweift über GÄSTE.

IRO (OFF): Vielleicht sollte ich mal hingehen – ihnen ein bisschen die Ohren lang ziehen...

KAMERA erreicht die Tische neben der Tür, durch die SHAM PAIN gekommen sind. FATBURGER sitzt an einem Tisch mit der HIPPIE-FRAU.

HIPPIE-FRAU: Warum sollte ich dir vertrauen? Warum?
FATBURGER: Das hat doch damit gar nichts zu tun. Das war...
HIPPIE-FRAU: War, war, war!
FATBURGER: Das... aber das war doch ganz anders. Versteh das doch: ...

Gespräch geht im Lachen von NACHBARTISCH unter. Dort sitzen CAT 23, zwei FANS, der ROCKSTAR mit GROUPIE und zwei LEIBWÄCHTERN. KAMERA fährt zurück, in den Vordergrund rücken JOHNNY VOLUME und FRANKIE.

JOHNNY: Ich: Rufe ich also an bei ihr – und? Auf dem Anrufbeantworter läuft *Personality Crisis*!

JOHNNY schnellt zurück, öffnet die Arme, als wolle er die Frau, von der er erzählt, umarmen. Hinten steht ROCKSTAR auf, schüttelt CAT 23 die Hand und geht mit GROUPIE und LEIBWÄCHTERN fort.

FRANKIE: Johnny Thunders?
JOHNNY: Genau! Meine ich also zu ihm: ›Die ist echt süß, oder?‹, und er: ›Ja schon, hat aber einen Macker!‹

JOHNNY tut überrascht. CAT 23 dreht sich zu NACHBARTISCH, wendet sich an FATBURGER. Die Pupillen von JOHNNY wandern nach links.

JOHNNY (OFF): Ich also: ›Und? Weiter?‹ (Lachen). Echt, verstehe ich nicht – habe noch nie verstanden, was das miteinander zu tun haben soll (lacht)!

Von links nähert sich NIET. KAMERA bleibt steif in Bauchnabelhöhe, bis NIET sie erreicht. SCHNITT: Durch Korridor aus Leuten, die alle abgewandt sind, Smalltalk halten, ZOOMT KAMERA auf den TISCH IN DER ECKE. HIPPIE-FRAU geht rechts aus dem Bild, FATBURGER steht auf, CAT 23 hockt auf einer Stuhllehne am NACHBARTISCH, schaut zu FATBURGER, richtet sich – mit fauler Geste – an FATBURGER.

MUSIK: »*Five thousand dollars a day / Is what they pay my baby / For a pretty face*« (The Juliana Hatfield Three: SUPERMODEL)

CAT 23: Wer war denn das? Freundin?
FATBURGER: Nee, Dealer.

CLOSE auf CAT 23, in Pose unverändert, er dreht sich einen Ohrring zurecht, zieht an einer Zigarette, inhaliert tief, verzieht eine Gesichtshälfte zur Grimasse.

CAT 23: Deine Connection, ja?
FATBURGER: Ja.
CAT 23: *L.A. CONNECTION*, eh? (im Rhythmus des Rainbow-Songs).

FATBURGER drückt sich die Nasenflügel, entdeckt eine Frau in der Menge und setzt an, auf sie zuzugehen.

FATBURGER: Sorry, ich muss mal zu meiner Chefin.

CAT 23 sieht FATBURGER befremdet nach, wie er auf FIONA zugeht, um sich Kollegen von ihr vorzustellen. KAMERA fährt über die Partymenge, etwas länger auf CAT 23 mit den FANS, dann auf HIPPIE-FRAU mit IRO. Ton ist nur noch dumpf, durch Wand, wahrnehmbar. KAMERA fährt zur BAR, wo FAN MIT STIRNBAND mit ROCKSTAR spricht, FAT-

BURGER mit FRANKIE. TERRY und KLECKER stehen mit JOHNNY in der RAUMMITTE, lachen und stoßen Gläser an (Nicht in PARTY-LOUNGE: NIET und SHEILA.)
CLOSE-UP von CAT 23, der unverändert FATBURGER beobachtet. KAMERA schwenkt über die Menge, als suche sie nach einem Bekannten.

SHEILA (OFF): Und jetzt?
NIET (OFF): Ich nehme mir, was ich finde.
SHEILA: Einfach so, mir nichts, dir nichts?
NIET: So wie die Vögel: Ich nehme mir, was ich finde. Mir nichts, dir alles.
SHEILA: Aber davon lässt sich doch nicht leben!

CLOSE-UP von SHEILA, ruhiger Blick. Gedämpft sind Geräusche der PARTY zu hören, Kokain wird geschnupft, Champagnerflaschen entkorkt etc.
SCHNITT, weiterhin TON von voriger EINSTELLUNG. CAT 23 zieht TERRY zu sich heran, redet wild auf ihn ein. TERRY hört angespannt zu, blickt vorsichtig/verstohlen zu FATBURGER.

NIET: Doch, ich denke schon.
SHEILA: Was, von Würmern und Körnern?

FRANKIE eilt, Gesicht abgewendet, an NIET und SHEILA vorbei zu Toiletten.

NIET: Nee, Körner nicht. Obwohl, was hast du plötzlich gegen Körner? Schluss mit Öko-Food?

SHEILA zupft an ihren Haaren, untersucht die Spitzen einer Strähne, packt schließlich NIET, zunächst kumpelhaft, an den Oberarmen.
KAMERA verlässt Korridor zu Toiletten, in dem sich SHEILA und NIET befinden, zurück in Partyraum. CHRIS DE MANTLE kommt auf Kamera zu.
SCHNITT. Extreme Nahaufnahme (Stirn und Kinn von Bildrand abgeschnitten), LINKS im Bild, nach rechts schauend: SHEILA.

NIET: Ich bin der Letzte auf deiner Liste? Okay, worum geht's?

SHEILA wendet sich ab.

CHRIS: So wie sich die Dinge entwickeln, machen *Screech* daraus eine Titel-Story.

MUSIK (Outro, a capella): »*Five thousand dollars a day / Is what they pay my baby / For a pretty face / Five thousand dollars a day / Is what my baby gets paid / For being just another pretty face*« (The Juliana Hatfield Three: Supermodel)

NIET: Wie sich die Dinge entwickeln?

MUSIK (Intro, Gitarre, verhalten) Judas Priest: Night Comes Down
CAT 23 hetzt vorbei, eilt zur Toilettentür.

CHRIS: Fingered auf Heavy Rotation, der Worldwide-Deal mit Worldwide Records, die Quoten der *Patricia Bush Show*...
NIET: Okay. Morgen Nachmittag, so gegen fünf? Wäre das okay?
CHRIS: Ich brauche von dir nur eine Stellungsnahme...
NIET: Ach so.
CHRIS: Anfrage vom Chef. Ihn interessiert die Exklusivitätsklausel.
NIET: Wir sind so exklusiv wie jedes Callgirl.

MUSIK: »*When the night comes down / And I'm here all alone*« (Judas Priest: Night Comes Down)
Außer Hörweite beobachtet SHEILA die Unterhaltung, die sie für einen Flirt hält.

SCHNITT. Ein Löffelchen Heroin wird aufgekocht, spiegelt sich in ULTRA-CLOSE-UP von haselnussbrauner Pupille.

CHRIS: Er will wissen, wie Worldwide Records dich dazu gekriegt haben, nicht bei anderen Projekten mitzuwirken.
NIET: Sorry?
CHRIS: Bei Worldwide Records ist das ja Standard. Aber man hört ja auch, dass du noch andere Interessen verfolgst.

NIET: Wir haben mit Worldwide Records gar nichts zu tun, und die Details unseres Abkommens mit World Records unterliegen strengster Geheimhaltung.

(Musik, Solo und Breaks nach vorne): CAT tritt Toilettentür auf, lacht und winkt ab, tritt wütend gegen die nächste Tür, Pärchen öffnet und zieht Reißverschlüsse hoch.
TERRY zieht FATBURGER von Grüppchen an Bar weg, mit freundlicher Miene aber gewaltvoller Vehemenz.
NIET schüttelt ungläubig den Kopf.
SCHNITT. Handgemenge von CAT 23 mit FRANKIE, auf dem Fußboden Spritzer-Besteck.
CLOSE-UP: SHEILA fährt mit beringter Hand über NIETs Gesicht, Mimik einer Schlangenbeschwörerin.

Kapitel 27

Come over here and kiss me
I want to pull your hair

Alice Cooper: »Spark In The Dark« - Trash

Beim Verlassen des Roxy mussten Niet und Sheila nicht durch einen Schauer Blitzlichter waten. Sie flüchteten nicht in einen wartenden Lincoln mit uniformiertem Chauffeur und abgedunkelten Fenstern zum Fond. Niemand fotografierte sie, keiner bat um ein Autogramm.

In Niets Leihwagen fuhren sie den Sunset Strip in Richtung Westen, vorbei an den Clubs, vor denen die Rockstars von morgen posierten, die von heute promenierten, die von gestern vorbeischlichen und die von vorgestern als Türsteher jobbten. Vorbei an Espresso-Bars, in denen die Filmstars von übermorgen saßen und quatschten. Vorbei an Tattoo-Studios, Sushi-Restaurants und In-Schuppen von gestern.

Eine Linksrechts-Kurve. Beverly Hills. Dann Bel Air, Namensgeber für einen der schönsten Chevrolets. Die abzweigenden Alleen, vorher großzügig, wurden verschwenderisch. Zu rechtwinkligem Protz und Neo-Barock schweigen die Palmen. Es roch immer noch nicht nach Meer und Salz, Tang und Teer. Hunderte Meter von der Straße entfernt glimmerten zu beiden Seiten, golden und orange, Glühbirnen vor den durch Büsche verdeckten, mit Lichtschranken abgesicherten Anwesen.

Vor ihnen: die Bremslichter aufgeblähter Pick-ups, die nach Brentwood rasen. Im Gegenverkehr zischen Kids gen Osten und West Hollywood, Tag und Nacht auf der Suche, auf der Jagd nach noch mehr Fun, vielleicht auch Drogen und Talentscouts. Vielleicht auch nur auf der Suche nach ihren Kumpels oder einem Cheeseburger-Drive-in am Straßenrand.

Niet lehnte sich halb gegen die Autotür, um Sheilas Gesicht besser betrachten zu können. Mit dem Zeigefinger und Daumen der Linken die Servolenkung unter Kontrolle, die Rechte etwas nutzlos auf seinem Oberschenkel. Es wäre verkrampft, seine Hand auf ihre zu legen, so breit war das Auto.

»Das Shakespeare-Zitat – Macbeth, oder?«, begann Sheila schließlich, »war ja ganz nett. Aber jetzt mal im Ernst: Hast du irgendeine Idee, wie es mit euch weitergehen soll? Dem Trubel bei der Party nach liegt euch ja nicht nur die Welt, sondern auch noch World Records zu Füßen...«

»Ja, war gut, oder?«

»Um Gottes willen, versteh mich nicht falsch: Ich finde das ganz klasse. Aber...« Wollte sie die Party verlassen, weil sie ihn nicht mit anderen teilen wollte? Ihm war es recht zu flüchten, da er sich im After-Show-Rummel immer wie eine Marionette fühlte, die so sehr in unterschiedliche Richtungen gezerrt wurde, dass er kaum noch wusste, was er wollte. Ihre Aufforderung, sich woanders zu amüsieren, passte ihm also.

»Tja, der Auftritt war gut. Ging auch mit Frankie... recht reibungslos, oder?«

»Ehrlich gesagt, habe ich auf den gar nicht geachtet.«

Im Licht der Armaturen schimmerte ihr Gesicht wie Bernstein.

Selbst mit funkelnden Augen klangen Aufforderungen aus Sheilas Mund immer auch drohend. Nicht anders als die luxuriösen Behausungen der Stars, bei denen auch immer der Ruin mitschwingt, der Überfluss, vom Überdruss nur einen Katzensprung entfernt. In den Einfahrtsschneisen der üppigen Vorgärten kann man sich außer Ferraris und Bentleys immer auch Polizeiwagen vorstellen, außer Managern in Seidenanzügen auch schlecht gekleidete Cops bei der Spurensicherung.

»Außerdem war Frankie eh kaum zu hören. Er macht sich aber gut, gibt dem Ganzen eben diesen Touch von ... *credibility*?«

Bei Sheila wusste man auch in der Mitte eines Satzes nie, wo man am Ende stehen würde.

»Ich meine, du kennst ihn ja sicher besser, aber ich verstehe nicht, wie er das mit seinen Idealen unter einen Hut bringen will. Aber bei dir kann ich's ja auch nicht so richtig nachvollziehen...«

»Was?«

»Na, ihr wolltet doch immer Kult statt Ruhm. SubPop statt Universal, Velvet Underground oder Iggy Pop statt Stones und Bowie...«

»Und das geht mit World Records nicht?«, fragte Niet und dachte sich: Sie hat mit Cat geredet, auf so eine Idee käme Sheila doch nicht von allein, nie im Leben käme sie auf solche Vergleiche.

»Das fragst du mich? Du bist doch der Musiker, du musst das doch wissen. Aber«, lächelte sie ihn schon wieder an wie eine Spinne ihr nächstes Mittagessen, »früher oder später...«

Sie fasste seine rechte Hand; die vor Wochen verletzte Hand; bei der Schlägerei mit Terry, von der Sheila nichts erfahren durfte. Eine Leiche in den Kellern von Niets verdrängter Vergangenheit.

»Früher oder später wirst du schon noch hierher ziehen...«

»Tagsüber arbeiten gehen?«

»Meinetwegen auch nachts, solange du mir keinen Quatsch machst und unangenehm auffällst.«

»Und nach Feierabend deine Füße massieren.«

»Zum Beispiel.«

Eine Linkskurve, vergessen ist das Gleißen und Glimmen Hollywoods, nur noch zu erahnen der verdeckte Protz der folgenden Districts. Mit 40 mph geht es aus der Stille der Reichen, dem Nirwana der Stars von vorvorgestern, durch den Geruch von Zedern und Zypressen. Auf Rodeo Drive folgen weitere von Palmen gesäumte Übungen im Overstatement, dann nur noch dichte Vorgärten, groß wie Tiergehege.

»Ich hätte es halt auch toll gefunden, wenn das mit Zig Zag geklappt hätte. Es hätte dich glücklicher gemacht als das jetzige Ackern, und es hätte uns... gut getan.«

Niet nahm den Fuß vom Gaspedal, suchte nach einer Stelle, an der er anhalten könnte.

»Ich muss dir was sagen.«

Der Wagen stand noch nicht, da hatte sie schon vor ihm den Mund aufgemacht, gleichzeitig seinen Reißverschluss.

Autos rasten vorbei, manche hupend, so als könnten sie im Scheinwerferlicht erkennen, wie ihm der Schweiß vom Kopf dampfte.

Gut. Es war gut, dass sie nicht in Sheilas Cabriolet saßen.

☆ ☆ ☆

Als sie weiterfuhren, fragte Sheila: »Was war das eben noch, was wolltest du sagen?«

»Zig Zag«, sagte Niet – statt ›In Australien habe ich eine Frau geschwängert‹.

»Er ist noch am Leben«, statt ›Ich musste mir bei Keyser einen Vorschuss für die Abtreibung besorgen, und so hat Terry davon Wind gekriegt‹.

»Und er trommelt für ein neues Projekt Leute zusammen«, statt, ›Dabei erfuhr Terry, dass die Frau, die er für seine Tante hielt, eigentlich seine Schwester ist‹.

»Und ich soll dabei sein«, statt ›Gleichzeitig aber auch seine Mutter‹.

»Und, was hast du dazu gesagt?«, fragte Sheila, als wäre es so normal wie der vor ihnen auftauchende Pazifik, das herbeigesehnte Ende der Welt.

»Ich war total platt, wusste ja nicht, dass es so kommen würde.«

Es gab Frauen, die nahmen an, dass Musiker, deren täglich Brot es schließlich immer noch ist, von Liebe, Leidenschaft und Hingabe zu singen, sensibler und liebesfähiger sind als die meisten anderen Typen, die am Rand von Tanzflächen rumhängen.

Sie bogen vom Pacific Coast Highway wenig später ab zu einem Restaurant am Strand. Eine relativ olle Bude, aber auch die mit Valet-Parking. Von ihrem Tisch aus beobachteten Sheila und Niet, wie das Personal unter Mega-Watt-Scheinwerfern, mit denen man ein Fußballstadion beleuchten könnte, italienische Sportwagen ein- und ausrangierten. Sheila winkte und luftküsste Männer mit dünnem Haarwuchs und farbigen Brillengestellen. Während andere selbst um diese Zeit, auf der hübscheren Seite von Mitternacht, Schlange stehen mussten, bekamen Niet und Sheila einen Tisch auf der Terrasse zum Strand. Sie sahen den Parkplatz, hörten den Pazifik, rochen den in der Küche brutzelnden Fisch und fütterten die Möwen mit Brotkrumen.

Für Niet war es das erste Restaurant in Amerika, in dem die Gläser aus Glas statt PVC waren. Der Wein wurde freilich auch hier mit Eiswürfeln serviert. Bei Langusten mit Meeresfrüchten und richtigen Bratkartoffeln sprachen sie über ein Paar Slipper, das Sheila für Niet ausgesucht hatte und das es ihm ermöglichen würde, nun so wie sie unter der langen Tischdecke zu agieren. Bei dem Thema ist es nicht weit bis zu Sternzeichen, Übergewicht und den Zustand von Haut und Haaren in der kalifornischen Sonne, deutschen Duschen.

Gerne hätte er sich eingelassen auf dieses unverfängliche Geplänkel, ein Einseifen, Shampoonieren und Spülen der Oberflächen – die ja bei Sheila, auch flüchtig betrachtet, nicht zu verachten waren. Stattdessen spürte er, wie er sich entfernte. Melancholisch, fast sehnsüchtig fühlte er eine ihm bislang unbekannte Verbundenheit mit Europa, mit Städten, die er nie besucht hatte – Prag, Lissabon, Oslo? In seiner diffusen Nostalgie glichen die Straßenzüge und Farben, denen er sich zugehöriger denn je fühlte, denen aus den Tim und Struppi Comics, die er seit Jahren nicht angefasst hatte. Heimat? Kann man wohl sagen. Auch Niet war platt, das in sich zu spüren, während hinter ihm der Pazifik tobte und stobte, Sheila erzählte, wie sie auf der Party einer Seifenhersteller-Erbin den Whirlpool mit Dusch-Gel füllten, sich eine Schaumschlacht lieferten.

Als Hälfte eines Promi-Pärchens war Niet ein Mängelexemplar. Mit den Frauen war es wie mit der Musik: Lieber würde er nur für sich selbst musizieren und dabei kein Publikum haben, als nur fürs Publikum zu schreiben und dabei auf sein Selbst zu verzichten.

Sie zahlten, gingen am Parkplatz vorbei zum Strand. Ihm wurde flau im Bauch. Da war er endlich in Amerika angekommen, alle Welt lag ihm zu Füßen, World Records lasen ihm jeden Wunsch von den Lippen ab, wie der Vertrag morgen zeigen sollte, ShamPain und Cat brauchten ihn, Zig Zag wollte ihn, Sheila nestelte mit ihren Zehen zwischen seinen Beinen – und er saß da und wurde melancholisch, sehnte sich nach Heimat, nach Vertrautem. Heimat wird stigmatisiert und kritisiert, von den Political-Correctness-Pionieren, die der deutschen Vergangenheit mit einer Zensurschere auf den Leib rücken – streichen wir einfach ein paar Worte aus dem Sprachgebrauch, dann wird die Gewissens-Weste schon noch weiß werden –, von denselben Altlinken, die die USA ganz pauschal ablehnen. Weil sie nie da waren.

Niet merkte: Er hatte gar nichts mehr, was ihm Rückhalt gab. Er hatte alle Optionen, wie Lose in der Tasche standen Meinungen und Auffassungen zur Auswahl. Aber er hatte keine Gewissheit mehr. Keine Gruppe, keine Ideologie, kein Ziel, keine Ambition.

Es kam ihm zunehmend so vor, als hätte er Scheuklappen und Zäune des Abendlandes hinter sich gelassen, als wäre er über den letzten Zaun geklettert und nun im Garten Eden angekommen, berauschende Früchte vor der Nase, paradiesische Äpfel zum Pflücken nahe... doch das Klima bekam ihm nicht. Er hatte nicht die richtigen Schuhe dabei, die passende Kleidung, die im Garten Eden nötige Einstellung.

Er kam aus der kleinkarierten Hölle, und er konnte sie nicht hinter sich lassen. Jedenfalls nicht auf diesem Weg.

Sheila konnte er keinen dieser Gedanken näher bringen. Nur ein Teil von ihm, einen Bereich in seinem Leben konnte sie befriedigen. Und wie. Zog ihm die Socken aus, das Blut aus dem Kopf.

☆ ☆ ☆

Sie konnte einen schon überraschen, Sheila. Kaum hatte er gedacht, er könnte mit ihr nicht darüber reden, begann sie mit einem Kulturvergleich mit Europa, wo sie ja immerhin länger gewesen war als er nun hier. »Sex, Religion, Hitler...«, sagte Sheila, »ich glaube, wir können problemlos über alles mögliche reden ohne dabei rot zu werden. Nur über Ärger bei der Arbeit spricht kein Mensch. Den verstecken Amerikaner in etwa so wie früher den Dorfdepp. Jedes Dorf hat einen, aber keiner gibt es zu. Ungelöst werden Probleme dadurch manchmal zu Katastrophen. Wie bei den Börsencrashs. Aber meistens leben wir damit, dass man Fehler eben macht oder hat – aber nicht zugibt.«

Als die letzten Lichter des Restaurants verloschen, waren Niet und Sheila auf dem Strand bereits so weit gegangen, dass nur noch die Laternen des Parkplatzes im Dunst erkennbar waren. Sie hörten nicht, wie der Verkehr auf dem Highway spärlicher wurde, sie hörten nur das Rauschen der Wellen. Und das Lachen, wenn ihre Haare einander kitzelten, wenn der Atem, der erfundene Entschuldigungen ins Ohr flüsterte, heiß in die Gehörmuschel drang.

Ein Adagio hier, ein Arpeggio dort. Die ganze Klaviatur rauf, und die Tonleiter wieder runter, bis ihr Zwischenspiel den Zyklus durch hatte.

Zum ersten Mal seit langem fühlte er sich nicht wie ein Statist in einer Filmkulisse. Statt sich selbst nahm er nur sie wahr: der Hauch, der weit entfernte Hauch eines Lispelns, das stupsnäsige Kichern, das Straffe ihres Lachens. Wenn sie ihn berührte, geschah es mit einer Wärme und Bestimmtheit, bei der die Belanglosigkeiten des Gesprächs beim Abendessen verblichen. Nicht warm, sondern siedend fühlten sich seine Adern an, wenn sie seinen Kopf zu sich drehte, seinen Unterarm anpackte, um ihm manchen Satz ganz besonders einzubläuen. Er sah von ihr nicht viel mehr als das Weiß um die Pupillen und die Zähne, und das Weiß ihres Tops, das ihm schon während ShamPains Auftritt aufgefallen war.

Er wollte es sich zum Lebensinhalt machen, diese Frau glücklich zu machen. Er wollte sich für sie aufgeben, in einem Mobile-Home am Strand Gedichte schreiben, vielleicht nur mit dem Zeh in den Sand malen. Zum Bass würde er nur ab und an greifen, nur wenn ihm danach war, nicht mehr, weil es das war, wofür er sich vor Jahren in langen einsamen Nächten entschieden hatte. Lieber würde er sie liebkosen, verwöhnen, sich an ihr betrinken, bis er nur noch lallen würde. Er wollte all die Stunden und Energien ihr opfern, die ganze Zeit, die er in Proberäumen verbracht hatte. Seit seinem fünfzehnten Lebensjahr waren das im Schnitt drei Proben wöchentlich, jede zwischen drei und acht Stunden lang, durchschnittlich vermutlich vier, die er mit Männern und nur mit Männern verbrachte, alles verschwitzter und männlicher als ein Jahr Bundeswehr. Er wollte sie mit all dem verwöhnen, was ihm seine Eltern nie gegeben hatten: Stunden der Gespräche, Verständnis und viel, viel Gehör. Was es zu besprechen, was es zu verstehen gab, das würde sich schon herausstellen. Vielleicht die Haushaltskasse, den Kauf von neuem Bettzeug, ein Tischchen fürs Sofa. Er wollte an einer Serie Fotos arbeiten, alle mit Ultranahaufnahmen, auf denen man nur ihre Poren und kleinste Härchen erkennen würde, auf denen man nur auf Grund der abgerundeten Schatten erahnen könnte, wie sie gemacht worden waren. Er wollte ihr Herzklopfen aufnehmen, Ambient-Sound-Collagen basteln mit ihrem Atem, das Kitzeln im Ohr für alle greifbar machen.

Mit ihr wollte er seine Zeit verbringen, sich für Dinge engagieren und erwärmen, die nichts mit Charts und Verkäufen zu tun hatten, die ohne jegliche Konsequenzen waren. An ihr wollte er sich betrinken, berauschen. Bis zur Überdosis.

Schon kurz nachdem er etwas erwiderte, konnte er sich nicht erinnern, worauf es sich bezog; einen Moment später, was er gerade gesagt hatte.

Ihm schien, was sie sagte, konnte nicht in wirklichem Zusammenhang zu dem stehen, was er zuvor gesagt haben müsste.

Keiner von beiden wünschte sich, dass dieser Moment auf alle Ewigkeiten erhalten bliebe.

Sie waren mit ihren Gedanken nicht in der Zukunft, bereits reflektierend. Sie waren im Hier. Sie waren im Jetzt. Sie waren eins. Im Sand am Strand. Auf das Schwarz vor ihnen blickend. Das Schwarz, das die Sonne schon vor Stunden über dem Meer zurückgelassen hatte.

Er wollte sie von der Ohrmuschel bis zwischen die Zehen küssen, mit der Zungenspitze ertasten. Aber seine Zunge hatte bereits einen Muskelkater, und sie fühlte sich an wie Sandpapier.

Sie setzten sich, einander nicht berührend, dann nur an den Knien. Sie schwiegen, starrten in die Nacht, lauschten dem Tosen des Meers, zeitlos, wild, ohne Konsequenz.

Um zu ihr zu fahren, mussten sie ein Taxi nehmen, da Niets Leihwagen auf dem inzwischen geschlossenen Parkplatz des Restaurants eingesperrt war.

Kapitel 28

> *Lipstick on my face*
> *I don't wanna wipe it off*

Rocket From The Crypt: »Lipstick« – RFTC

Wieder allein. Wieder Kaffee aus Pappbechern. Ist das eigentlich schon mal jemandem aufgefallen, dass das Logo aussieht wie ein Paar aufrecht stehende Hängebrüste? Nicht wonnig, sondern ordinär. So wie überhaupt alles in der erfolgreichsten Restaurant-Kette weltweit. Mit Qualität hat das nichts zu tun. Keiner kommt hier rein, um gut zu essen.

Soundsoviele Millionen Kunden können nicht irren? Sehr witzig.

Bevor du deinen Kaffee ausgetrunken hast, stehst du auf und gehst Richtung Ausgang, um bei World Records anzurufen, denen mitzuteilen, dass du zu dem Meeting leider nicht kommen kannst. Dann weiter zu Zig Zag, Projekt Traumverwirklichung, Re:Surrect, wie er sagte. Danach wirst du wissen, ob du dich mit World Records und der Band zusammen setzen wirst, die Zukunft besprechen, oder ob du ein neues Kapitel anfängst.

Alles sehr aufregend. Nerven stehen unter Strom, Starkstrom.

Auf dem Fernseher neben der Kasse, du hältst inne, musst stehen bleiben, um dich zu versichern: Tatsächlich, ein Pressefoto von ShamPain – ohne Ton. Cool, die Sache läuft an. Schnitt. Nun ist das Foto hinter einer Moderatorin, mit diesem manischen Lächeln einer Vorzimmer-Dame. Die Moderatorin, verblichene Blondine, fingert an Papieren auf ihrem Tisch, lächelt in die Kamera, liest ihren Text vom Teleprompter ab. Und im Hintergrund siehst du...

Kann das wahr sein?

Du siehst, wie Cat, Klecker und Johnny Volume abgeführt werden. Mit Handschellen, im rot flimmernden Licht von

Polizeiautos. Verhaftet. Cat macht die beste Figur – seine Haare schwarz, die Haut dunkel genug, um nachts in halbleeren Zügen, in kleinen Großstädten auch tagsüber auf der Straße, von Polizeibeamten gebeten zu werden, doch bitte die Aufenthaltsgenehmigung vorzuzeigen. Aber hier und in Handschellen?

Die drei sehen aus wie Champions, nun Ex, die aus dem Ring geführt werden, nach der letzten Runde. K.o. durch zu hohen Einsatz. Der Schrei in deinem Inneren verstummt, kurz, für eine Achtelsekunde, dann setzt er erneut an, diesmal nicht vor Wonne, sondern vor Grausen.

Das Trompeten aus den Decken-Lautsprechern überlaut, so wie der Schweiß, der aus deinen fingernagelgroßen Poren strömt.

So unauffällig und so schlendernd wie möglich bewegst du dich zurück zum Auto, pfeifst fast, so sehr tastest du nach der darzustellenden Rolle.

Die Kopfhaut von Schweiß bedeckt. Radio. Die Straße wie leer gefegt. Nur Musik, alles nur Musik im Radio, keine Nachrichten. Der Parkplatz voller unauffälliger Autos, von deren Vordersitzen dich Leute anstarren, die in ihren mit Packpapier verpackten Cheeseburgern nach Nahrhaftem suchen.

Wurden die Straßen etwa schon abgesperrt, damit sich die Leute von der Sonderheit gleich – hinter Büschen hervor – auf dich stürzen?

Nix auf diesem Sender, der nächste?

Du begibst dich nicht auf direktem Weg zu Zig Zags Studio in den Ausläufern des größten Vororts der Welt, dem San Fernando Valley, Heimat von einer Million Porno-Produzenten, Zuflucht der Absteiger, Adresse der Low-Budget-Studios, der No-Budget-Agenten und der No-Hopers. Voller Verbrecher.

Sicher auch voller Polizei.

Selbstverständlich schielst du die ganze Zeit in den Rückspiegel, selbstverständlich hast du im dichten Berufsverkehr ständig den Eindruck, verfolgt zu werden.

Nach mehreren U-Turns, nachdem du ein paarmal am Straßenrand angehalten und gewartet hast, dich in den Gegenverkehr wieder eingefädelt, bist du dir sicher: Du bist sicher.

So sicher es eben geht, in einer Welt, in der es einen das Leben kosten kann, zur verkehrten Uhrzeit in der verkehrten Gegend nach links abzubiegen, mit dem verkehrten Bandana einer anderen Gang in die Quere zu kommen, mit der verkehrten Hautfarbe zwei Häuserblocks zu weit südlich zu sein.

Kapitel 29

In the night time
Wake in fright.
I'm so scared of the game
That's being played

Judas Priest: »Bloodstone« - Screaming For Vengeance

Zu einem Termin zu spät zu kommen, eine Stunde zu spät, ist in Los Angeles kein Problem.

Der Verkehr war die Hölle.

Kein Problem.

Alle waren recht aufgeweckt, die Party gestern Nacht wurde kurz nach dem Abgang von Niet und Sheila abgebrochen. Terry, Cat 23 und Johnny Volume hatten nur die Nacht im Gefängnis verbracht, in der Ausnüchterungszelle. Sie waren festgenommen worden, weil sie Fatburger verprügelt hatten. Details und Hintergründe waren Niet nicht ganz klar, aber es ging offenbar um dessen Dealer, Frankies Fix - und letztendlich um den Vertrag und die Zukunft mit World Records.

An diesem Tag, schäbig wie wenige, erschien der Konferenzraum von World Records wie das Wartezimmer beim Zahnarzt. Pflanzen, helles Tageslicht und ein Teewagen voller Snacks und Drinks. Alles sollte ungezwungen wirken und für Lockerheit sorgen, verstärkte aber nur Anspannung und Krampf. Terry und Klecker schauten wie beim Vorsprechtermin des Schuldirektors, Cat so, als lausche er nach Anzeichen, die verrieten, dass sich Fatburger erneut daran mache, Heroin zu verschachern. Ohne Natalie und vor den unmenschlich menschlich aussehenden Kreativen von World Records fühlte sich Niet nackt und hilflos. Ausgeliefert.

Nach den Ereignissen der vergangenen Nacht werde man nun, so der Produktmanager, ganz informell über das Formale sprechen.

Als Niet zum dritten Mal der Kaffee nachgegossen wurde, war das Rauchglas der Tischplatte vor ihm verschmiert und verdreckt wie von einem versehentlich in ein Haarstudio spazierten Nilpferd. Bei Klecker und Terry sah es ähnlich aus, Cat hatte seine Hände auf dem Papier vor sich gefaltet. Die World-Recordler schwitzten nicht, waren scheinbar alle aus denselben DNA-Stämmen geschnitzt.

Der CEO – »*Mr. World*« für Cat – begrüßte alle kurz mit zähneknirschendem Lächeln und knochenzermalmendem Handdrücken und verschwand zu einem anderen Termin. Der Produktmanager – »*Mr. Worstcase-scenario*«, wie sich zeigen sollte – bearbeitete die Band mit einem kleinen Team emsiger Praktikanten. Nach Snacks und Zuckerbrot dann die Peitsche und weitere Worldler. Im Schnelldurchgang referierten Manager und Buchhalter, Anwälte und Departmentleiter über die Fehler der Vergangenheit: Abrechnungen, Vertrieb und Club-Pressungen von 5th Dimension, Publicity, Viral-Marketing und Manipulation durch Jackpot Jack. ShamPain konnten nur zustimmen, mit Abstrichen auch der Kritik am bisherigen Management.

Dann ging's der Musik an den Kragen. Mit der Präzision von in Chirurgie ausgebildeten Pathologen. Das World-Komitee war in der Überzahl, ShamPain zu überrascht, um mehr zu tun, als nur völlig verdattert zuzuhören. Es ging um Kleckers Styling, um Niets Songs für 280 SL, Cats Talent als Backgroundsänger, Terrys Texte. Überall und immer wieder ging es um »Herausforderungen, Chancen und Gelegenheiten«.

Bis zu dem Tête-à-tête im Spiegelkabinett am Hollywood Blvd. hatte sich Niet innerlich mehr für Zig Zag als für ShamPain begeistert, waren alte Träume neu erwacht. Mit Frankie kam die Kehrtwende. Seit dessen Rückkehr hatte er sich ShamPain so verbunden gefühlt wie lange nicht. So ekstatisch fast wie seine Gefühle nach dem Auftritt und mit Sheila. Dann Kehrtwende der Kehrtwende. Er hatte sich für Sheila entschieden, da entschied sie sich gegen ihn. Pervers. Danach hatte sie gesagt, sie seien nicht füreinander geschaffen.

Niet glaubte das Gegenteil.

Niet wollte immer exakt das, was es nicht gab.

Zig Zag und eine Traumverwirklichung mit dessen Projekt war für ihn gestorben, da nahm der mit ihm Kontakt auf, arrangierte ein Treffen. Stattdessen begann Niet, sich mit World Records und deren Professionalität abzufinden, mit Cat und Frankie neu zu arrangieren, da traten einem die Praktikanten von World Records so ins Gesicht, dass man den nächsten U-Turn machen wollte.

Pervers. Komisch. Ätzend. Vielleicht ging es nun darum, sich damit abzufinden. Vielleicht ging es im Leben ja genau darum. Nicht das machen, woran man selbst glaubt, sondern das, was die anderen wollen.

World Records' Kritik an Business und Logistik wurde von der Band lautstark bestätigt. Da konnten sie bei der folgenden Breitseite gegen jeden der Musiker schlecht erwidern, dass das zwar irgendwie stimmte, dass man diesen einen Punkt, der einen selbst betraf, aber auch anders sehen konnte. So unprofessionell und unreif wollten sie dann auch nicht aussehen.

Es war schwierig, die Angriffe der Worldler abzuwehren, da sie ShamPain zwar formen, aber nicht umpolen wollten. Sie wollten das Paket perfektionieren, so dass es am Ende top-professionell und klasse aussehen und klingen würde. Niet konnte es nicht begründen, an keinem der Kritikpunkte festmachen, doch er hatte den Eindruck, die Band würde am Ende klingen und aussehen wie Las Vegas; nicht wie eine Million andere Bands, aber auch nicht wirklich so wie er sich das vorgestellt hatte.

Und sie wollten, dass die Band einen Hit covern und veröffentlichen würde. »COMBI NATION hat Hits, Hits, Hits. Wo sind die auf 280 SL?«

»FINGERED läuft doch ganz gut.«

»Machen wir uns nichts vor, Niet. Das wird im Radio nur deshalb hoch- und runtergespielt, weil es die Leute von Patricia Bush kennen, und...«

»Und?!«

»Und das wird abgesetzt. Wir kennen die Hintergründe der Show, Klecker: So was hat eine Halbwertzeit von drei Monaten, dann haben es die Leute satt. Die Schlägereien werden vom Produktionsteam angezettelt, und das sieht nach drei Monaten auch der letzte Trottel. Da schaltet er lieber auf den Sportkanal und schaut sich einen richtigen Kampf mit richtigen Profis an statt diesem An-den-Haaren-Ziehen von einigen arbeitslosen Schauspielerinnen.«

»Wie?«

»Ja.«

»Exakt mein Punkt: Wir müssen – natürlich zusammen mit euch – besser kontrollieren, wie der Output läuft.«

»So wie Led Zeppelin.«

»Zum Beispiel.«

»*I'm a right out of controller / I'm a wheeler / I'm a dealer*«, summte Klecker los, mit einem Gesicht, als habe er inzwischen gelernt, was Zynismus ist, er nährt sich aus Optimismus.

»Wenn wir unseren Output kontrollieren wie zum Beispiel Led Zep – oder auch AC/DC –, dann ja sicher nicht, indem wir Songs nachspielen. Das passt nicht zu dem, was wir darstellen.«

»Die haben aber einiges gecovert, zu Beginn ihrer Karriere Willie Dixon...«

»...und Howlin' Wolf...«

»Und Eddie Cochran«, weiß auch Terry, natürlich.

Und so weiter und so fort. Wie bei Diskussionen in der Cafeteria des Jugendzentrums, nur jetzt mit Leuten, die aussahen wie Kids, die sich gaben wie Fans und die mit der Rhetorik von Profis jedem der Musiker demonstrierten, wie leicht sie einem das Rückgrat brechen konnten.

Was war da auch zu erwidern? Sie waren in dem Geschäft, um CDs zu verkaufen, Hits waren die herzustellende Ware ihrer Industrie.

Hits: Kein Mensch weiß, wie sie entstehen. Manche behaupten, sie würden einen Hit erkennen, wenn sie ihn hören. Andere haben bewiesen, dass die meisten einen Hit selbst dann nicht als solchen erkennen, wenn er das erste Mal am Badestrand oder beim Frisör in ihre frisch geputzten Ohren dröhnt. Damit Leute einen Song mehr als einmal hören, damit sie anfangen mitzusummen, Spaß daran haben, wie in dem Song was passiert, wie der Refrain kommt oder klingt, damit das passiert, muss der Song öfters in ihre Ohren dringen. Er braucht Airplay. Airplay bekommt er, wenn man in Radiosendern die richtigen Leute kennt, weiß an welchen Fäden man in TV-Sendern ziehen muss. Aber man muss auch den Song haben, ohne den ist es schwierig und teuer. Das macht man nur, wenn man weiß, dass der Interpret zum Beispiel so gut aussieht, dass einem das Toupet wegfliegt, wenn er/sie vor einem darniederkniet.

Und noch etwas charakterisiert jeden Hit: Danach wissen es immer alle besser. Sind erst eine Million Tonträger verkauft, dann weiß jeder: Das war so simpel, das musste zum Hit werden / beziehungsweise: Das war so erfrischend anders, das musste zum Hit werden. Beziehungsweise: Das war so gemein, aber voll auf den Nerv der Zeit...

Cat 23 ist so nüchtern wie lange nicht. Er will die Band zusammenhalten, und dafür zieht er alle Register: diplomatisches Geschick, um Niet zu halten; arabische Verhandlungstechnik, um sich von World Records nicht vereinnahmen zu lassen; Frankie als Kontrollinstanz gegenüber Terry; gutes altes Faustrecht, um Frankie clean zu halten. Cat 23 kann eben dozieren wie nur Kinder, denen Außerordentliches in die Wiege gelegt wurde, und das in Mengen: Neben Bildung (vom Morgenland bis zum Abendland und wieder zurück) ist das bei Cat Silberbesteck, aber auch ein paar Patronen, wie sie ein Diplomat in Übersee im Innenfutter seines Jacketts mit sich trägt.

Terry ist wieder auf dem Boden. Die anderen halten ihm den Rücken frei, wenn World Records unangenehm werden, Cat weiht ihn in Geheimnisse ein, die seine Position stärken.

Frankie, bei diesem Armdrücken mit von der Partie, aber still, war auf Cats Empfehlung hin bei einem Anwalt, der seine Position bei den Worldlern verhandelt. Jetzt summt er ständig Steve Millers TAKE THE MONEY AND RUN, fühlt sich wie der Gewinner.

Klecker hat Probleme, sein Sohn ist krank, seine Frau will nicht mit ihm reden. Er braucht mehr als einen guten Anwalt. Er braucht Freunde, auf die er sich verlassen kann.

Weg vom Fenster ist Fatburger, der Fat Head, der einen mit dieser Entschlossenheit musterte, dieser entschiedenen Entschlossenheit, wie man sie von den Visagen kennt, die im Sportfernsehen nachts um drei über den Bildschirm flimmern, wenn sie auf Möbelcenter-Parkplätzen überdimensionale Traktorreifen stemmen und Zementsäcke auf ihren Schultern stapeln.

Auch die Ruinen der Vergangenheit sind vom Tisch. Keyser kann nicht mehr Druck machen oder größere Forderungen stellen. Spike und Page, von Keyser beauftragt, die Verhandlungen mit World Records aufzuhalten (dabei Terry wie eine Granate in Jerusalem zu zünden, Niet aus der Band zu ekeln – wie Fatburger World Records offenbarte), sind weg vom Fenster. Seit Keysers Abgang irrt Spike wie diese in Nord-Vietnam vergessenen GIs durch den urbanen Dschungel Manhattans, Page durch die Proberäume von ✶✶✶ ✶✶✶ ✶✶✶.

Und Niet? Bleibt nervös. Die Kontaktaufnahme mit Zig Zag hat geklappt, Termine wurden gemacht und sind geplatzt. World Records will ihn, nur etwas engagierter, ShamPain brauchen ihn, und Zig Zag will, dass er keinem von ihrem geplanten Treffen erzählt.

Kapitel 29 (Intro re-visited)

> *There were three of us this morning,*
> *I'm the only one this evening*
>
> Leonard Cohen: »The Partisan« - Songs From A Room

>> FFW >>

Samstagvormittag im Mai. Vor den Cafés der Boulevards knien die ersten Ober unter den Tischen, um Vorhängeschlösser aufzuschließen, Ketten von Stuhlbeinen zu entwirren. In zu kleinen und zu roten Sportwagen rieseln die Sternchen der Unterhaltungsbranche aus den Bergen, Mulholland Drive hinter sich, Body-Bildung vor sich. Oder ein Termin bei der Urschrei-Therapie, dem Protein-Berater, Internet-Consulter oder bei einer guten alten Maniküre.

Nervös läuft Niet ein letztes Mal zur Zimmertür, linst durch den Spion. Klecker sitzt immer noch im Innenhof des Hotels, Cat und Zippo-Zappa schweigen, die Putzfrau und der Mexikaner balancieren auf der Balustrade gegenüber eine Tasse Kaffee.

Niet vergewissert sich, dass er Hotelzimmer- und Autoschlüssel hat. Keiner wird ihn vermissen. Er öffnet das Fenster, klettert auf das Fensterbrett, springt - und läuft ums Haus zum Parkplatz.

> STOP <

Staub auf mattschwarzen Stoßstangen aus Kunststoff. Auf der Nord-Süd-Verbindung vor dem Hotel hupt jemand, alle zehn Sekunden: BÄHBÄ-BÄBÄBÄH... Penetrant und stupide wie ein Auto-Alarm, doch das hupende Blöken kommt von dem Fahrer eines Jaguars. Im Schritttempo fährt er neben zwei Fußgängerinnen, falsches Lächeln, falsche Zähne - aber die Methode, mit der er auf sich aufmerksam macht, ist blutrichtig, der Erfolg gibt ihm recht: Zwar drehen sich die Mädchen in ihren Miniröckchen nicht nach ihm oder seinem Jaguar um, doch sie gackern so laut, lassen ihre runden Schultern so deutlich schmunzeln, dass man annehmen kann, der Jaguar dürfte schon bald seine morgendliche Beute schlucken.

Wer erfindet neue Klischees, wenn die alten von der Wirklichkeit der Welt da draußen gekidnappt wurden?

Alles nicht neu, alles nicht weltbewegend – auch nicht das Kritteln an Klischees. Klar.

So wie jeder Hochofen produziert auch der der *City of Los Angeles* unglaubliche Mengen an Schlacke und nur einige Unzen Edelmetall.

Im Rainbow Bar & Grill spritzt ein Mulatte mit einem Wasserschlauch durch die Klos, in irgendeinem Hotel ziehen Uniformierte den Reißverschluss eines schwarzen Plastiksacks zu, wuchten den knochigen Inhalt auf die Bahre und verschwinden durch den Dienstboteneingang.

Vorbei an Säcken, vollgestopft mit Küchenabfällen.

< PAUSE >

Lampenfieber, lähmende Nervosität überkam Niet bei seinem allerersten Auftritt. Danach nie wieder. Vor diesem ersten Gang auf die Bühne, dem ersten Ton, fühlte er sich wie von zweihundert Dampfwalzen überrollt. Nicht zuletzt, weil er es so erwartet hatte. Danach ging er immer mit dem Bewusstsein auf die Bühne, das er bei echten Stars beobachten konnte, wenn er bei Konzerten neben der Halle stand, wenn er zusah, wie Alexis Korner eine letzte Kippe bis zum Filter rauchte, verblichene Tätowierung auf dem Unterarm, eine verschrammelte Semi-Akustik in der Linken. Wenn er sah, wie Judas Priest noch ein paar Witzchen rissen, wie Ace Frehley die Hände in die Hüften stemmte – ein Supernervöser, wie Niet erst später erfuhr. Die waren cool und gelassen, sahen zumindest cool und gelassen aus, jedenfalls aus der Sicht des Teenagers, getrennt von den Bühnen der Welt durch eine Glasscheibe, an der sich die Dorfkinder die Nase platt drückten.

Ein tiefes Einatmen, die stramme Haltung und den zuversichtlichen Blick nach vorne hatte sich Niet von Leuten abgeschaut, deren Inneres an Lampenfieber glühte, die daran fast zugrunde gingen. Seinem Inneren diktierte er einfach das, was ihm plausibel erschien: Die Leute sind wegen mir hier, wem's nicht passt, der wird schon gehen. Wer das seinem Inneren nicht klar machen kann, wer wirklich an Lampenfieber leidet, dem helfen auch mehrere Hundert Auftritte nicht. Ozzy saß noch vor seinem 1001. Konzert greinend auf dem Klo.

Diese Art von Nervosität, wabbelnde Knie, ein weiches Kreuz und ein zitterndes Zwerchfell, war Niet nicht unbekannt. Er kannte sie von Partys. Ein Raum voller Leute – tausendmal schlimmer als eine dunkle Halle voller Fans.

Die bevorstehende Partie mit Zig Zag war für Niet, als bröselte man drei solcher Ereignisse in einen Joint: wie eine Party, bei der er zwanglos und von Natur aus locker wirken wollte, ein Treffen mit einem Mann, dem er einst jeden noch so abstrusen Gefallen getan hätte, und außerdem ein Vorstellungsgespräch mit einem Musiker, den er einst vergöttert hatte.

Als Niet sich dessen bewusst wurde, nahm die Nervosität etwas ab. Etwas.

Er spürte Spuren der letzten Nacht an seinem Körper. Die Frau, die er zu seinem Lebensinhalt machen wollte, war wieder weit weg. Der Gedanke daran, als Begleitmusiker Zig Zags und mit Sheila durch die Welt zu reisen, war noch weiter weg, etwa so weit wie Kindheit und Illusionen und Europa.

Davon abgesehen: Warten. Wieder warten. Wie die Autogrammjäger backstage, die Journalisten in den Bars der Hotels. Nur dass es jetzt an ihm lag, die Tür zu öffnen, zum richtigen Zeitpunkt, eher zehn Minuten zu spät als zu früh, die Klinke runterzudrücken und in ein neues Leben einzusteigen. Er hatte sich noch einmal PX-C5 gekauft, die Adresse des Clubs dem Booklet entnommen. Ging schneller als erwartet, die CDs der ersten Pressung, noch mit den *Not for Sale*-Aufklebern der Bemusterung, gab es in jedem Secondhand-Shop.

Es mussten für Niet keineswegs Millionen sein, die seine Arbeit respektieren – wichtig war, dass seine Arbeit denen, denen sie etwas bedeutete, viel bedeutete. Bloß nicht Tapeten-Muzak. Und nicht vor dem Tod in Vergessenheit geraten. Er war, überlegte sich Niet, so wie Klecker, eher zukunftsorientiert. In der Gegenwart fand er sich nur beklommen zurecht. Sein vor Tagen mit dem Design-Agentur-Chauffeur gestartetes Experiment, nur im Hier und Jetzt zu leben, war gescheitert. Er lebte für das Morgen, die Utopie. Cat kam eher mit dem Jetzt klar, Terry mit dem Vorgestern. Frankie fand sich in keiner Zeit zurecht, er hatte sich deshalb in seiner kleinen Traumwelt eingerichtet.

Niets Unvermögen, sich in der Gegenwart zurechtzufinden, seine Impotenz, Tränen einfach laufen zu lassen, wenn er sich danach fühlte, seine Manipulation nicht nur der Gefühle des Publikums, sondern seiner eigenen, wurde zu einem Bremsklotz. Wie kann einer Musik machen, die einzige Kunstgattung, die sich nicht in die Zukunft retten lässt, die in ihrer Tatsächlichkeit nur in einem Moment stattfindet, wie kann einer Musik machen, wenn er immer ans Morgen denkt? Doch die Gegenwart, verdammt nochmal, die Gegenwart war doch nicht mehr als der Moment, in dem sich Zukunft und Vergangenheit berührten. In der Gegenwart wurde die Zukunft zur Vergangenheit, mehr passierte da nicht. Wie sollte man sich darin einrichten?

Unter Drogen stellte er sich nicht solche Fragen. Es war sicher kein Zufall, dass die größten Symphonien komponiert worden waren, als sich die linke Hirnhälfte schlafen gelegt hatte, dass die besten Alben entstanden, wenn Bands die Blanko-Schecks der Plattenfirma direkt nach Kolumbien schickten.

Kurz: Wie kann einer Musik machen, der denkt? Für eine traditionelle Rockband ist Niet eine echte Fehlbesetzung.

Und doch: Vielleicht war gerade er der Pol, nach dem Zig Zag suchte, einer, der Visionen in einen beständigeren Rahmen bringen, aus dem Schock etwas Bleibendes zimmern würde.

> **PLAY** >

Vorbei rattert ein stinkender, ehemals weißer Lkw der Müllabfuhr. Es bleibt der Geruch von Diesel und säuerlich Vergammeltem.

Nah. So nah. Es ist zu nah, schmerzt dir in der Nase, als wäre sie noch wund von letzter Nacht. Kann sie aber gar nicht sein.

Du hältst die Luft an, bis du das Auto erreichst.

Steinchen spritzen ans Bodenblech. Gibt es in Amerika jemanden, der beim Starten nicht erstmal den Kies und Schotter unter sich umgräbt? Hat das vielleicht gar nicht seinen Ursprung im Film, sondern in einem Land, bei dem jeder immer schnell weg will, ein neues Kapitel beginnen?

Beim Frühstück schaust du zum sicher hundertsten Mal auf die Uhr, deine Eingeweide fühlen sich... güllig an. Güllig, das einzige Wort, das dir dazu einfällt. Alles wie eine Schlammmasse, keine voneinander getrennten Gedärme. Unterhalb des Brustkorbs: alles wie ein Ball flüssigen Bleis.

Also liest du, um die Zeit totzuschlagen, um dich abzulenken, jede Zeile der Speisekarte, gigantisch wie ein Stadtplan. *Unser Restaurant orientiert sich an einer Zeit, als noch die ganze Familie dinieren ging, als Tankstellenwärter noch aus Zapfsäulen Benzin einfüllten. Rufen Sie einfach ›Franny‹, schon wird jemand kommen und Ihnen helfen, und zwar gerne, denn wir sind gerne für Sie da.*

Im großen und ganzen jedenfalls. Kleingedruckt liest du auf der letzten Seite: *Wir behalten uns das Recht vor, Kunden den Service zu verweigern.*

Die Stimmen an den anderen Tischen und hinter der Theke sind so entfernt wie die säuselnde Muzak. Immerhin: Der Kaffee - heiß - erfreut die Nase, und nur sie.

Die Milch für die Cornflakes, auch die kannst du riechen, müsste einen Fettgehalt zwischen 0,7 und 0,9 Prozent haben. Deine Nase weiß das. Stellt es fest, ganz sachlich; im Hirn wird es registriert, unkommentiert. Die Nase, ihre Sinne erinnern sich jetzt mit voller Präzision an alle möglichen Gerüche, insbesondere an einen, den aschigen einer Industriestadt, einen Geruch von Chemie und Kälte; Kindheit; in Ketten. Trotzdem ist es dir güllig im Bauch; obwohl dich diese Hypersensibilität deines Geruchssinns zu faszinieren beginnt. Es ist, als müsstest du tief in die Vergangenheit, ganz tief in vergessene Momente und Jahre greifen; genauso tief wie der Industriestaub, von dem du nicht weißt, woran er dich erinnert. Melbourne, irgendwann in den letzten drei Jahren? Eine Großstadt deiner Jugend? Jugend ist schon nicht schlecht, aber ein anderes Land. Frankreich? Das Hirn, was für ein Organ.

Thinking of childhood memories that I forgot...

Hart und laut wie ein Gullideckel fällt schließlich der Groschen. Liegt auf der Hand, offensichtlich wie deine eigene leicht zitternde Hand: Es ist das Antizipieren, es ist die haushohe, die hochhaushohe Erwartung, die in deinem Innersten nagt und kratzt wie nichts, was du während der letzten zwanzig Jahre erlebt hast. Nicht vergleichbar mit den drei Minuten vor den ersten sieben oder acht Weihnachtsbescherungen oder dem Nachmittag vor dem allerersten Konzert, als du nicht wusstest, wie die Zeit totschlagen.

Sinne wie offene Kabel. Manche Empfindung, jeder Geruch wird so sensitiv erfasst, dagegen sind deine Tast- und Temperatursinne so low, dass es fast kitzelt/schmerzt...

Dir ist nach Schreien zumute, keine Ahnung, ob vor Wonne. Der Kaffee zu süß, 1/8 Löffel zu viel Zucker, nein: eher 3/16. Aus den HiFi-Boxen trompetet irgendein kalifornischer James Last das, was du zunächst für ein Beatles-Lied hältst, dann als WE ARE THE CHAMPIONS entzifferst.

Sobald du Multimillionär bist, wirst du alles, was es an Muzak gibt, aufkaufen und verbrennen.

Kapitel 30

Six in the morning, police at my door
Fresh Adidas squeak across the bathroom floor

Ice-T: »6 'N The Morning« – RHYME PAYS

Der Kick ist enorm. Die Luft zu atmen, im selben Raum zu sein mit einem, an dessen Gesicht, Kleidung, Bewegung einem seit frühester Kindheit alles vertraut ist. Einem, den man von Postern und Star-Porträts aus der *Bravo* genauestens kennt und der für einen doch immer so unerreichbar war wie der Mars.

Zig Zag ist cool, würde ein Ami sagen. Ist cool, Mann, ist cool.

Alles in diesem Schuppen wackelt und wabert.

Alles im Halbdunkel, erhellt nur vom Schwarzlicht.

Im ultravioletten Neon blitzen bleckende Zähne auf, das Weiß in den katzigen Augen der Tänzerinnen. Jeder Po so makellos straff, mancher so prall, dass man damit Nüsse knacken könnte.

Ein besonders spendierfreudiger Kunde ein paar Tische weiter vorne, direkt am Bühnenrand, sein lechzender, herunter klappender Unterkiefer quasi auf den Brettern, die die Welt bedeuten, wird von den wie Flamingos herumstolzierenden Stripperinnen wiederholt gestreift. Die Choreographie des Gewerbes ist schnell erfasst, dagegen diffus wie das Geflacker der Stroboskope die Mechanismen des Geschäfts. Zum Sound von Bon Jovi und Aerosmith – Arena-Rock für eine Million Schafe – räkeln sich ein bis drei Frauen auf der Bühne. Jeder Strip verblüfft mit weniger Dramatik als ein MTV-Clip. Nach weniger als einer Minute fliegt jedes Mal der Tanga oder das Top. Brustwarzen und Tattoos werden geleckt. Spätestens wenn der Song zum zweiten Mal in den Refrain geht, streichelt sich die Stripperin mit ihren silbernen oder knallroten Fingernägeln über die zu einem schmalen Rechteck rasierten Schamhaare. Wenn den ersten Zuschauern der Schaum aus dem Rachen oder die Augäpfel aus dem Schädel tropfen, stehen die Stripperinnen auf, breitbeinig und im Geist mit den Bewegungen einer Raubkatze. Zum Abschluss reiben sie sich und ihr Höschen aus schwarzer Spitze an einer der Chromstangen. Dann ertönt über allem wieder der MC, der *Master of Ceremonies*, heiter wie ein DJ in einer Disco auf Mallorca, und die Dame sammelt ihr Häufchen Kleidung und ihre Handtasche ein. Während dem Gerede des MCs stöckelt sie vom Podium. Wenn die nächste das Treppchen hochstöckelt, macht die Vorgängerin schon eine Runde durchs Publikum.

Dort wo die Herren Vertreter am aufgeregtesten aussehen, verweilt sie kurz am Tisch. Eine Runde Champagner landet darauf, die Männer überbieten sich im Verhandeln, wippen unter dem Tisch nervös mit den Beinen. Wenn auf der Bühne zum Intro von You Give Love A Bad Name am Gummi eines Mieders rumgefingert wird, lässt die am Tischchen bereits ihre Hüften kreisen. Exklusiv und nur für die kleine Champagnergesellschaft. Der Reiz für die fröhliche Vertreterrunde besteht ab der dritten Nummer mindestens zur Hälfte darin, zu sehen, wie die Gäste an den Nachbartischen rüberschielen. Deutlich, wie leuchtende Augäpfel im Schwarzlicht.

»*You may look but you must not touch*«, summt Zig Zag den Chorus von Slick Blacks You May. Bei Niet verkrampfen sich mittlerweile die Mundwinkel – zu einer Grimasse, die er früher vielleicht als Lächeln bezeichnet hätte.

Ist ja auch zu schön. Wie die über den Tresen tigernde Stripperin. An deren wahrlich wonnig geformtem Körper hat der Schöpfer all seiner Phantasie freien Lauf gelassen. Scharfe, wie von einer Zunge gezeichnete Kurven. Wo normalerweise lediglich Kurven sind, prall ausgefüllte Rundungen. Alles, jedes Detail an ihr ein Beleg dafür, dass ihr Schöpfer über Jahre an Berufserfahrung verfügte – bevor er an diesem Meisterstück Skalpell und Spritzen anlegte.

»Das war schon bei den Ägyptern gang und gebe. Schon vor viertausend Jahren haben die beim Ausstopfen der Mumien darauf geachtet, die Frauen wieder richtig aufzupeppen

– sie sollten sich der Ewigkeit nicht mit Hängetitten präsentieren!«

»Du machst Witze.«

»Nee, kein Scherz. Na klar nicht mit Silikon. Sondern Sägemehl und Wachs.«

Niet fühlt sich, wie bei jedem Besuch in Sexschuppen (noch etwas, das sich seit seiner Jugend nicht geändert hat): hundeelend. Will am liebsten alles gleichzeitig sehen und anfassen, findet aber im selben Moment alles – wenn nicht aus den Augenwinkeln betrachtet – zu armselig und verzweifelt, so traurig, so gottverdammt traurig und hässlich wie nur die Wirklichkeit.

»Angebot und Nachfrage«, murmelt Zig Zag. Ihn scheint das alles nicht allzu sehr zu ergreifen. Seine Gestik und Bewegungen sind Niet vertrauter als die eigenen. Jeder Zug an der Zigarette eine Performance, gegen die jeder andere Raucher aussieht wie ein ABC-Schütze. Oder ein Plagiat. Zig Zag hält die Kippe, in den USA dieser Tage schon fast ein *piece de resistance*, zwischen dem Mittel- und Ringfinger.

Im Dunkel der letzten Reihe.

Rücken zur Wand.

»Dieser Laden hier hat mich schon zu manchem Song inspiriert«, nickt Zig Zag.

Er nickt, redet und gestikuliert mit der exakt richtigen Mischung aus Teenage Idol und Freund. Hier war einer, dem schon bei seiner Geburt »Teenage Idol« quer über der Stirn geschrieben stand. In schillernden Neonlettern.

Bevor Niet eine adäquate Antwort artikuliert, oder wenigstens eine Wissen und Raffinesse offenbarende Frage, wedelt Zig Zag seine Reaktion mit der Zigarette weg. »Als ich das letzte Mal hier war, führte das dazu, dass ich kurz später nach Casablanca flog. Ich war mit einem Mädchen hier, und irgendwie hat sie mein ›Mach ma'n Rock hoch...‹ verkehrt verstanden, meinte immer nur: ›Marokko? Marokko? Wann?‹!«

Jede der Tänzerinnen auf der Bühne verfügt ziemlich exakt über die selbe Menge an Zeit, ebenso wie jeder Privatstrip. Die Musik, Softrock wie Heavy Metal, ist im selben Tempo, so uniform arrangiert, dass Niet schnell die größten Hits von Slick Black durchdekliniert und sich fragt, wann wohl einer von deren Songs gespielt wird.

Stattdessen läuft Don't Be A Hero (There's No Percentage In It), die B-Seite von Fingered. »Besser hier als bei McDonald's!«

»Ja, Niet; schon deprimierend, wie sich der Umgang mit Musik verändert hat. Ich sage dir, als wir anfingen, sind die Leute *für* Musik einkaufen gegangen, heute gehen sie *zu* Musik einkaufen.«

Guter Spruch. Guter Mann. Auch gut: Zig Zags Komplimente zu Don't Be A Hero sind das präzise Gegenteil von den Kritteleien, die Cat dazu anbrachte. Stundenlang hatte die Band darüber gezankt. Das, was Zig Zag für den Höhepunkt des Songs hielt, die Zeilen des Refrains, kamen allerdings von Cat - und waren geklaut - von Raymond Chandlers Der lange Abschied.

Um Tacheles zu reden, geht es in ein Nebenzimmer. Ausschließlich für ›Privat-Strips‹, ist es das schiere Gegenteil von dem Power-Breakfast mit dem Chef von World Records. Noch vor dem ersten Gang musste da jeder erst einmal siebenseitige Verschwiegenheitsabkommen unterzeichnen, und dann saßen sie wie auf einem Silbertablett zwischen den Meinungsmultiplikatoren von *Hollywood Reporter* und *Music Weekly*. Mit Zig Zag ging es formloser. Der erste Gang war brünett, blieb für zwei oder drei Songs und kassierte $300 pro Song. Das war wohl der Grund für die Musikwahl, ausnahmslos Power-Ballads: Ihre Arrangements glichen sich wie die Brüste: Intro, Strophe, Bridge, Strophe, Bridge, Refrain, alles noch mal, Bridge, Solo. Dann das nächste Stück, das dann manchmal ohne den Gimmick zwischen den ersten beiden Strophen.

Sonnenbrille auf der Nase, als habe er Angst vor den Tatsachen, offenbart er Niet seinen Plan. »Es gibt Nachfragen, derer sind sich die Leute gar nicht bewusst. Bevor du ihnen

Zahnseide anbietest, wissen sie nicht, dass sie sie wollen. Das wurde in der Musikindustrie vor Jahren vergessen. Deshalb klingen heute alle so wie Bands, die es schon vor Jahren gab - wobei die es meistens besser machten. Kannst du mir folgen?«

Ohne Probleme.

»Zu Surrect. Das Projekt soll sich musikalisch auf neuem Terrain bewegen; etwas, wovon du ja viel verstehst. Es wird aber auch PR-technisch revolutionär.«

Klingt nach Jackpot Jack, der Gedanke.

»Weißt du noch, Elvis? Er starb zu spät für einen Superstar und verkaufte nach seinem Tod mehr Platten als zu Lebzeiten - und warum?«

Keine Ahnung. Es wird so ähnlich gewesen sein wie bei Hendrix: Nach seinem Tod gab es einfach viel mehr Platten von ihm. Aber Elvis?

»Weil genau das auf die Leute unheimlich faszinierend wirkt. Mit anderen Worten: Totenkult und gleichzeitig die nicht verebbenden Gerüchte, dass er noch lebt. Genauso bei uns: Das Projekt setzt sich aus lauter Leuten zusammen, die während der letzten und kommenden Wochen...«

»...verschollen sind. So wie Toy Toy?«

»Genau«, lächelt ihn Zig Zag an wie ein TV-Quizmaster seinen Gast.

»Deshalb weiß ich auch das mit den Titten der Königin Hatschepsut. Ich habe mich mit dem ägyptischen Totenbuch beschäftigt...«

Während Zig Zag seine todsichere Formel für Nekropol-Pop ausformuliert, denkt Niet an Sägemehl und Silikon, an die Bücher, die ihm Cat nahegelegt hat, von Frauen, die wie Dorothy Parker ungeheuer sexy, aber auch politisch waren, und von Männern wie William Gaddis oder Raymond Chandler, die sich einfach nicht mit dem Mittelmaß zufrieden geben wollten.

»Die Lust am Tod, die Aufmerksamkeit, mit der man Leuten wie L'andrew Wood lauscht, einem Buckley oder Hendrix oder Cobain... Kann einer, der mit Musik deine Seele so berührt, kann der tot sein? Wer diese Frage nicht kennt, wer da nur mit den Schultern zuckt, hat Musik nie wirklich gespürt.«

Niet wird schwindelig. Hier sitzt er, neben seinem Traum, an der Tür in neue Dimensionen – und zögert.

»Und wer weiß davon?«

»Nur die Beteiligten«, wischt Zig Zag Niets trockenen Realismus beiseite.

»Die Sache klingt...« verführerisch wie die Blonde mit den großen Lippen; unwiderstehlich wie das feuchte Glitzern bei der Asiatin; gekünstelt wie die geheimnisvollen Augen der Brünetten vorhin; abgekarrt wie der ganze Schuppen hier.

»...gut. Die Sache klingt auf jeden Fall interessant. Und Marcia, warum macht die...«

»Das ist eine andere Geschichte, hängt mit Billeau zusammen.«

»Und Toy Toy?«

»Nimmt schon Demos auf.«

»Alleine?«

»Nee«, grinst Zig Zag bedeutungsschwanger.

»Mit wem, wer ist schon an Bord?«

»Bist du dabei?«

»Kommt drauf an. Wer ist außer Toy Toy noch dabei?«

»Wird demnächst in der Zeitung zu lesen sein.«

»Rez?«

Auch wenn es die Sonnenbrille zum Teil verbirgt: Zig Zag schaut Niet in die Augen, seine Mimik verrät nichts. Dieser versteinerte, tarierende Gesichtsausdruck ist Niet schon vorher aufgefallen. Er weiß nicht, in welchen Momenten des Gesprächs Zig Zag ihn so studiert hat, vor allem hat er sich noch nicht entschieden, ob er diese Checks fürchten oder verabscheuen soll. Oder damit leben. Weshalb ihn Zig Zag in diesem Moment so sorgfältig mustert, scheint auch durch die Sonnenbrille klar: Niet hat gezeigt, dass er etwas über das streng geheime Unternehmen weiß, von dem Zig Zag nicht angenommen hatte, dass er es wissen konnte. Dass Rez von Lo/Rez dieselben Briefchen erhalten hatte, hatte ihm Spike gesteckt. Wie hatte ausgerechnet der davon erfahren? Spike, der von 5th Dimension bei Far Out eingeschleust worden war, um die Verhandlungsposition von World Records zu schwächen; Spike, der mit Zig Zags Schwester Marcia Cline, verheiratet mit Jake Billeau, nach dem Auftritt im Roseland in der Nacht verschwunden war.

»Und Toy Toys Gangs?«

»Gangs?«

»Ich dachte, Toy Toy hätte da Kontakte gehabt...«

Sichtbar erleichtert, über etwas Unverbindlicheres zu reden, lacht Zig Zag auf. »Ja, er hing hier halt mit ein paar Leuten rum. Ein ernstes Problem, hier in L.A.«, reicht er der sicher fünften Tänzerin eine Rolle Geldnoten und steht auf.

Auf dem Weg zurück zur Bar fährt er mit seiner Spezialität fort, Smalltalk der anspruchsvolleren Sorte. »Manche rücken den Enklaven der Reichen so nahe, dass die in Beverly Hills inzwischen wie in einem Ghetto leben, in Bel Air wie in einem Gefängnis. Ich lebe nun ja seit kurzem gezwungenermaßen selbst wie ein Top-Terrorist. Glaub mir, die Welt bleibt aber nicht nur bei mir draußen vor der verriegelten Tür, vor wachsenden Mauern. Da draußen, in South Central und Watts herrscht der wilde Westens, Darwins Gesetz.«

»Graffiti und nackte Gewalt.«

»Aber auch mit ganz eigenen Vorstellungen von Moral und Loyalität. Ich habe da einige Leute kennengelernt, mit denen Toy Toy so rumhängt... Und ich kann dir sagen, die sind die Zukunft. Statt Mythen regieren Codes. Wer nicht die Farben der Gangs kennt, wer ihre Sitten und Riten missachtet, den zerreißen die Wölfe. Erinnerst du dich an den Fall von Rodney King?«

»Klar.«

»Natürlich musste es hier sein, weitab und doch ganz nahe an Hollywood, dass einer das filmte, was vor seiner Haustür passierte. Natürlich musste es in einem Gerichtssaal in einem der Vororte passieren, dass die Cops freigesprochen werden...«

An der Bar bestellt Zig Zag noch zwei Wodka. »Was ist, was hältst du von dem Angebot?« Statt an Angebot und Nachfrage denkt Niet an das Kleingeschriebene, an das Recht, den Service zu verweigern. Was Kindheit war und was an ihr hing, ist vorbei, abgehakt, wirkt so lächerlich wie die Clownereien in den Teenieheftchen, die Fotostorys, die Episoden von erster Liebe, Bilder-Bios der Stars, Steckbriefe der Legenden des Rock, Songtexte der Hits.

»In der Kunst geht es doch um nichts anderes: Manipulation der Gefühle. Die machen«, deutet Zig Zag zur Bühne, »im Grunde dasselbe wie wir: Befriedigen ein Bedürfnis, das mit Geld nicht aufzuwiegen ist. Denn das verkaufen sie ja hier: Die Simulation von Nähe. Schau nur, wie der da vorne, der in dem Sakko von Woolworth, gerade seine Sternstunde erlebt. Nicht weil er gerade - zum ersten Mal seit Wochen? - eine Latte hat, nicht weil er sich nachher im Hotelzimmer eine Wichsvorlage in 3D ausmalen wird, sondern weil ihm die Blonde verhilft, in den Traum einzutauchen, drei Songs lang in den Traum einzutauchen, den alle Menschen träumen: den von Nähe. Wahrscheinlich hat er zu Hause eine Frau und drei Kinder, mindestens eins aus erster oder zweiter Ehe, wahrscheinlich noch von ihr. Kann sogar gut sein, dass er ein schönes, nettes Zuhause hat, einen Bungalow in Idaho oder ein Reihenhaus in Milton Keynes oder...«

»Oder Schweinfurt!«, lacht nun auch Niet.

»Genau. Was ich sagen will: Sobald wir - Musiker, ich rede nun von richtigen Musikern, unabhängig von handwerklichem Geschick und der Anzahl Noten, die einer vom Blatt ablesen kann, ich rede von dem, der Musik macht, weil er nicht anders kann, weil die Musik ihn nimmt und ihn spielen lässt -, sobald wir aufhören, alleine unter der Dusche zu singen, und stattdessen vor ein Publikum treten, die Einkaufsbummler in der Fußgängerzone oder 150.000 im Maracana-Stadion, machen wir uns zu Strippern; zu Seelen-Strippern. Das ist ja auch an Porno so faszinierend: die Stimulation einer Sache, für die es nur noch eine Steigerung gibt...« Zig Zag steckt sich die nächste Zigarette an, eine 100er Marlboro. Den Wodka kippt er weg wie Mineralwasser.

Niet hat den Faden verloren. Er wollte herausfinden, wie und ob Zig Zag gedenke, unter die Lebenden zurückzukehren, ob er noch ernsthaft an sein Comeback glaube, stattdessen erzählte er davon, dass er erst einmal ihn vom Erdboden zu radieren plane. »Und die wäre, die letzte Steigerung?«, bringt er in einem Tonfall hervor, der auch im Halbdunkel nicht nach allzu großer Neugier klingt.

»Das Bordell. Das älteste Handwerk überhaupt. Das Witzige ist, dass die, die sich früher in Höhlen zum Trommeln und Jaulen und Tanzen getroffen haben, dafür sicher keinen Eintritt nahmen. Oder, kannst du dir das vorstellen? Zwei Knochen und eine Muschel im Vorverkauf, an der Abendkasse dann zwei Muscheln mehr?«

»Macht man, wenn man im Proberaum anfängt, ja auch nicht«, erwidert Niet, nun doch fasziniert, was Zig Zag, der Top-Pop-Theoretiker seiner Kindheit, da nun für ein Gedankenkonstrukt zurechtmeißeln will. »Im Proberaum spielt man zunächst...«

»Mit sich selbst«, lacht Zig Zag mit einer eindeutigen Bewegung seiner Linken, einen imaginären 20cm-Gitarrenhals wie ein Rohr rauf- und runterrutschend.

»Okay, dann aber eben auch mit den anderen. Und wenn man genügend Songs beisammen hat, geht man auf jede Bühne, die man findet, um seine Songs anderen vorzuspielen, seine Feelings mitzuteilen. Um Geld«, verteidigt Niet die letzten verbliebenen Pinselstriche seines Weltbildes, »geht es da nicht. Sicher, wenn der Rubel rollt, wird man nicht klagen, aber...«

»Noch nicht, da ist es noch Anerkennung, auf die man aus ist – aber das ist nichts anderes, dasselbe in Grün, nur in anderer Währung. Außerdem wirst du es ja auch keiner Hure verübeln, wenn sie zunächst mal ein paar Ficks lang Erfahrung gesammelt hat...« Zig Zag winkt einer Dunklen mit lila schimmernden Brustwarzen zu. Sein Zwinkern, das einem normal entwickelten Menschen bedeuten würde, bei dieser unverbindlichen Freundlichkeit auf Distanz zu bleiben, behält die Sonnenbrille auf der falschen Seite der Gläser zurück.

»Hi, ich bin Joanne«, stellt sie sich vor.

»Ich muss mal mein Kasperl melken«, verabschiedet sich Niet zu den Toiletten.

Im Flur vor den Toiletten machen die Tänzerinnen einen Zwischenstopp. Die zuvor getankten und in Handtäschchen verstauten Dollarnoten werden hier von Männern in Polohemden entgegengenommen, verwaltet. Bei diesem Anblick denkt Niet an den Satz, den alle alternden Profimusiker während der ersten zehn Minuten eines Gesprächs sagen, auch der Video-Cutter in London hatte ihm den Rat auf den Weg gegeben: »*Publishing is where the real money is*. Wer Geld verdienen will, muss zusehen, dass er seinen eigenen Musikverlag gründet. *Cut the middleman*.«

Am Ende des Gangs war ein Telefon. Münzen hatte er keine, also versuchte er es mit Collect-Call. Von wo er anrufe, wurde er gefragt, woraufhin der von ihm gewünschte Gesprächspartner das Gespräch verweigerte. Wer er war, wollte die Vermittlerin gar nicht erst wissen, nur von wo er anrief.

Immerhin wusste Niet nun, dass derjenige, von dem er wissen wollte, wer als letztes auf der Himmelstreppe oder dem Höllenhighway verunglückt war, lebte.

Einen Moment lang überlegte er, ob er die Zuhälter um ein paar Dimes anhauen könnte. Dummer Gedanke: Da könnte er auch einen Musikverlag bitten, etwas Promotion fürs nächste Album zu machen. Doch der Handlungsreisende aus Schweinfurt, glücklicherweise hatte der ein paar Münzen.

Der als zweites gewünschte Gesprächspartner hob ab. »Niet! Mann, tut mir das Leid. Ehrlich, ich kann dir gar nicht sagen, wie schlecht ich mich fühle. Die ganze Zeit läster ich über ihn«, schluchzte Chuck.

»Und?«

»Und dann macht er sich einfach so aus dem Staub. Konnte wohl dem Druck nicht standhalten. So... so in dem Sinn hast du ihn ja auch immer verteidigt. Von wegen, ist sensibel, zwar simpel gestrickt, aber doch sehr sensibel, und...«

Break

> *Dead heroes*
> *Know no fear*
> *Living for some happiness*
> *Find nothing that satisfies*

Manic Street Preachers: »Dead Martyrs« - Know Your Enemy

★ ★ ★

Und dann war er tot. Durch Überdosis. Ein schneller Abgang. Kurz, nachdem Niet sich aus dem Staub des Brachlands hinter dem Hotel gemacht hatte.

Damit hatte keiner gerechnet.

Alle hatten auf Frankie gestarrt. Und gleichzeitig hatte er ganz anders gelitten. Still, weil ihm die Worte dazu fehlten.

Mit Surrect hatte das nichts zu tun.

Auch nichts mit Spike oder Zippo-Zappa.

Es hatte auch nichts damit zu tun, dass Niet zum selben Zeitpunkt nicht in seinem Hotelzimmer war, sondern auf dem Weg zu seiner Verabredung mit Zig Zag.

Es hatte sehr viel zu tun mit dem Stoff, den Fatburger Frankie stecken wollte. Hochkarätig, für einen Anfänger wie Klecker tödlich.

Vielleicht hatte es doch mit allem zu tun, der Band, dem Business, Kalifornien und dem Ende der Welt. Vielleicht wäre alles anders gekommen, wenn Niet nicht aus dem Fenster geklettert wäre, wenn er sich stattdessen zu ihm gesetzt hätte, an den Bambustisch im Atrium, und mit ihm Karten gespielt hätte.

Jedes Auto, das Niet sah, erinnerte ihn an Klecker.

★ ★ ★

Dagegen war der Abschied vom Super-Poster-Star der Kindheit kinderleicht; und kein langer Abschied. So wie beim Abstieg vom Ruhmgipfel kann man sich auch von Träumen nur stürzend verabschieden, will man nicht gestürzt werden.

Vom fliegenden Teppich gibt es keinen gemächlichen Abgang zurück ins Grau der namenslosen Clubs. Wer durch die kleinen Clubs tingelt, ist längst nicht mehr an Bord des fliegenden Teppichs, da kann er noch so viel vom direkten Kontakt zu den Fans labern und palavern. Und wer glaubt, er könne einen Fallschirm mitnehmen auf den Trip mit dem fliegenden Teppich, hat nicht verstanden, worum es geht.

Wie bei jedem Entzug gibt es auch bei dieser Sucht nur einen Abgang, den schnellen.

★ ★ ★

Bei einem Raubmord in Encino Valley kam letzte Nacht Zachary Cline (39) um. Die Polizei geht davon aus, dass das Opfer vom Mörder selbst zum Tatort gefahren wurde.

Clines Chauffeur wurde Stunden vorher auf dem Parkplatz eines Nachtclubs von Gang-Mitgliedern aus seinem Dienstwagen gezerrt und bewusstlos geschlagen. Die Polizei vermutet, bei seiner Abfahrt von dem Club habe der Entertainer im Ruhestand durch die Trennscheibe zum Fond nicht erkannt, wer ihn chauffiere. Den Fall behandelt die Polizei als »gang-related«.

★ ★ ★

Angebot und Nachfrage.

Sex und Geld.

Welchen anderen Grund kann einer haben? Was sonst lässt einen jahrelang in den Proberaum trotten, was sonst motiviert einen zu endlosen Fingerübungen daheim, während die anderen auf Bäume klettern, später auf Mopeds und schließlich auf Mädchen?

Was gab einem diese Ausdauer? Was brachte einen dazu, sich mit Jungens zu streiten, die meinten, ein Solo müsse doppelt so lang sein wie eine Strophe, egal, auf wie vielen Saiten es gespielt würde (oder so ähnlich...)? War es etwa die Aussicht auf eine verlängerte Jugend; oder darauf, keine Fragen nach dem Übermorgen stellen zu müssen - nicht, weil man die

Ungewissheit schätzt, sondern weil man fürchtet, das Vorgestern könnte einem aus den Händen gleiten, den Blick verdüstern, das Antlitz zufalten.

Um diese Jugendlichkeit besser zu konservieren, zugleich den wachsenden Altersunterschied zwischen Publikum und sich selbst zu ignorieren, geht der fortgeschrittene Künstler irgendwann dazu über, das Publikum nicht wie Kleinkinder, sondern wie Säuglinge zu behandeln und anzusprechen.

Das konnte Niet nicht bringen.

Er war einfach zu sehr ein Mängelexemplar.

Und noch etwas konnte er nicht. Mit dem Hier und Jetzt spielen. Sein Experiment war missglückt. Sattsam missglückt. Der Zustand war der Musik vorbehalten, nicht dem Leben.

Er wollte nicht den Weg Amerikas einschlagen: überall am besten, größten, mächtigsten, lautesten und vorlautesten – am superdupersuperlativsten – also auch am ängstlichsten, das alles zu verlieren. Manisch panisch in der Angst, das heitere Treiben könnte nicht halten (wo Hedonismus schon nie hielt, was er versprochen hatte).

Er gab auf, entschied sich für leben statt Leben.

Heroisch?

Vielleicht würde er ja als Bedienung bei Moby Dick anheuern.

Outro (coda)

I got hair in my ears
I got hair in my nose
I got hair on my back
And between my toes...

Disneyland After Dark: »I Won't Cut My Hair« - Draws A Circle

FADE IN:

AUSSEN (LUFTAUFNAHME) - KALIFORNIEN, SONNE, MEHRSPURIGER KÜSTEN-HIGHWAY VON OBEN

Stretchlimousine (o.ä., Hauptsache uramerikanisch und mit dem Flair einer ›Zuhälterschleuder‹) mit Dachgepäckträger voller Gitarrenkoffer braust auf einen Tunnel zu. JOHNNY, NATALIE *und* SHAM PAIN *reden; aufgeputscht, emotional, high. Meistens mindestens zwei gleichzeitig. Aus dem Radio dröhnt knatternd Disneyland After Dark.*

JOHNNY: Jetzt mach mal, habe ich also gesagt, jetzt mach mal den Koffer zu, du kannst doch nicht allen Ernstes...

NATALIE: Das müssen Sie ihnen ja auch nicht sagen...

KLECKER: Musst dir deswegen doch keine Sorgen machen. Der wird schon noch kommen, und wenn nicht, dann ruf halt seinen Bruder an. Letztes Mal ging das ja auch...

NATALIE: Was denn für ein Schreiben? Können sie sich einrahmen und aufs Klo hängen... Nein: sie, nicht Sie!

Das Auto braust weiter auf den Tunnel zu, Palmen umgeben die Tunneleinfahrt.

CAT 23 *cool, tiefes Timbre*: Das muss ewig her sein. Das erste Mal war... Das erste Mal war ich da eher zufällig, und sie war da... ja, mit ihrem Mann. Muss also wirklich lange her sein. Mit Fengshui hat sie schon damals rumgemacht...

JOHNNY: Darum geht's uns allen doch, und zwar weder *last not least*: Rohr verlegen.

Das Auto verschwindet in Tunnel. Geräuschpegel der Gespräche geht zurück, Musik wird lauter.

KLECKER: Ja, ja, sag ich doch: Wer zuletzt kommt, den schnüffeln die Hunde; oder, hey Cat, wie meintest du noch neulich?

INNEN – LIMOUSINE.

Lämpchen beleuchten die Insassen schwach.

JOHNNY *klappt sein Handy zu.* KLECKER, CAT 23 *und* NATALIE *sind noch am Telefonieren, jeder mit eigenem Handy.*

CAT 23 *leiser, zärtlich*: Wart mal ab, bis du das bei Tageslicht zu sehen kriegst.

NATALIE: Wieso »die Lizenz ist nicht mehr wert als ein Meter Klopapier, ›das hat der so gesagt‹!«? Das soll sie sich mal einrahmen und übers Klo hängen, dann werden die schon sehen...

Blick zum Seitenfenster hinaus.

INNEN/AUSSEN – TUNNEL

Neonlichter oben, Autos rechts und links.

NIET (OFF): Ja, das ist sie schon fast, die ganze Geschichte. Sie ist länger geworden als eine CD, sie ist nicht so multimedial, wie ich sie mir in meinen Acid-Träumen vorgestellt habe. Und jetzt, ganz wie es früher beim Kasperletheater immer hieß: Ich hoffe, es hat allen gut gefallen. Und außerdem, im Stil der Bluesmusiker im Morgengrauen, am Ende eines Gigs, auch länger als eine CD, wenn sie sich von ihrem Publikum verabschieden: Wenn es euch gefallen hat, *please go out and buy all our records*, und wenn nicht, dann auch, damit ich mich in Hawaii zur Ruhe setzen kann und euch nicht länger mit Wehmut und Wagemut, Armut und Anmut auf den Geist gehen muss, den schöngeistigen oder den grässlich-hässlichen...

AUTO BRAUST WEITER DURCH DAS SCHWARZ DES TUNNELS. *Schemenhaft spiegeln sich in den Seitenfenstern Gesichter und Accessoires wie ein mit Federn geschmückter Hut, ein Gitarrenhals, ein Joint, der die Runde macht. Smalltalk ist wieder zu hören, aber noch nicht zu verstehen. Eine Bierdose wird geöffnet, ein Handy surrt.*

NIET: Ich hoffe, ihr habt die Geschichte meistens so verstanden, wie sie gemeint war, als kleine Improvisation über Träume, die Gefahr, sie zu verwirklichen, und die Angst, was zu verpassen. Das Problem, dass man irgendwann aufwacht und sich erwachsen fühlt, dass man in einen Tunnel reinfährt, sich kurz die Augen reibt, und beim Rauskommen wundert man sich, wer man ist, und wo; und mit wem...

AUSSEN - LUFTAUFNAHME VON TUNNELAUSFAHRT IN DEUTSCHER GROSSSTADT.

Grünzeug umrankt eine vierspurige Schnellstraße

Der Smalltalk wird lauter, Musik-Break und Schluss. Verregnetes Wetter. Aus dem Tunnel kommt ein Opel Rekord (Hauptsache ›Türkenschaukel‹) mit demselben Dachgepäckträger voller Gitarrenkoffer.

NIET: ...Dieses Problem, schätze ich, ist älter als CDs und Rock'n'Roll, auch älter als Tunnel oder die westliche Zivilisation. Ich schätze, das hatten sie schon, als sie noch in Höhlen saßen und die Menschen nicht viel mehr hatten außer Träumen.

Ende des Monologs von NIET *aus dem Off. Smalltalk wieder vorne.*

KLECKER: Und dann hat sie mich gefragt: Und? Wie war Australien? Habe ich gesagt: Total geil, ich kann mich an nichts erinnern!

SHAM PAIN *lachen, eine Flasche Flensburger Bier wird – ploppend – geöffnet, verschnupftes Husten von* TERRY, *Flaschen werden angestoßen.*

CAT 23: Hey! Pass doch auf! Ja, echt Mann, guck mal, wo du das hingekippt hast, du...

SHAM PAIN *lachen und husten weiter.*

CAT 23: Mann, ich komm mir vor wie im Altglascontainer. So viel Flaschen auf einem Haufen...

KLECKER: Wo, hier sind doch nur...

CAT 23: Dich mein ich, euch Flaschen, Mann!

TERRY: Ach, das muss einem aber auch gesagt werden.

FADE OUT

Ende

Credits – Hinter der Bühne

Auszüge aus diesem Buch sind in den folgenden Zeitschriften und Magazinen erschienen: Cocksucker, Textgalerie, 23:40. Das kollektive Gedächtnis, intendenzen und Härter feat. Rude Look.

Verleger	:	Peter Schwartzkopff
Programmleitung	:	Thomas Jung
Lektorat	:	Moritz Malsch
Literatursalon	:	Martin Jankowski
Presse	:	Cornelia Jentzsch
Vertrieb	:	Monika Ruth
Art Director	:	Lothar Reher
Grafik	:	Claudia Klinger
Korrekturen	:	Thomas Baumann
		Dirk Schröder
		Bettina Seifried
Fotos	:	Achim Kröpsch (Ampel)
		Uli Kretschmer (Stretch-Limo)
		Sören Stache (Lady Lack)
Porträt	:	Stefan Thissen
Art Advice	:	Sam Syed

Ohne die Unterstützung dieser Leute wäre es bei einem Traum geblieben. Sie haben was gut.

Madison Smartt Bell	:	The great encourager
Sabine Langohr	:	früh in guter Lautstärke
Carl Weissner	:	Professioneller Rat
Tiziana Stupia	:	Coole Tat
Guy Jacobs	:	Couch & Consulting
Kyle Keiderling	:	Boy, could he play guitar
Hilko Meyer	:	Hilko Meyer
Kester Grondey	:	Trips mit & ohne R
Matthias Breusch	:	Rock hard, Edit harder
Lisbeth Moon	:	Megawatt & more
Eva Marion Biehl	:	Gut Gemeintes in Soho
Martin Hielscher	:	Nachwirken in Köln
Esther Breger	:	Sphinx' Rätseln

Sky Nonhoff	:	*Kritik in Dosen*
Young-Mi Kuen	:	*Tropen Tipp*
Petra Burhenne	:	*In der Kulturbrauerei Links*
Florian Oppermann	:	*In 1 Atemzug mit Taugenichts*
Hans Herbst	:	*Kaliko Connection*
Frank Niedlich	:	*Lüde Schraubenzieher*
Lars Brinkmann	:	*Was macht eigentlich Bill Grundy?*
Alfred P. Walter	:	*Jonny Rademacher*
Frank Schäfer	:	*Like a Rolling Stone*
Thomas Hau	:	*Korn und englische Zigaretten*
Wayne Campbell	:	*(Not) caught stealing…*
Mike Lankford	:	*Perfect timing*
Guido Grigat	:	*Webring bla*
Oliver Gassner	:	*Carpe librum*
Hartmuth Malorny	:	*Social-beat.com*
Marcus Weber	:	*Mainz bleibt unser*

Sowie natürlich (fast) alle Musiker, mit denen ich Kindheit und Halbstarkentum verbrachte – here we go: Eckhard Immel, Rüdiger Heider, Michael Weinacht, Susi Ke-/Müller, natürlich Abgrunds erster Superfan – ›Lutscher‹ –, dann der erste richtige Musiker, der sich auf eine Session einließ – Bodo Jantz –, Uli (am Bass für zweieinhalb Proben) Steingruber, Jürgen Wentrup, ›Der Grieche‹ Aki Wiehießdereigentlichweiter, der Bassist mit dem besten Abgang – Wolfgang ›Wolle‹ (noch ein verschollen gegangener Nachname…) –, selbstredend Torsten Jeske, Steve Brown, Dirk Lammarsch, ein paar bei Klanghaus, die meisten bei Kulturbo, Holger Alt (für Background zu ›Sicherheits-Kurt‹ vs. ›Jokurt‹), Lolo, Werner Pachl, Mike Striegel und überhaupt Odin's Hammer incl. Achim ›Zeppi‹ Degen, wenn auch nur für zwei Proben die Band vom Acker: Attack, besonders Mark Schlenker. Ganz besonders & außerordentlich aber Slick Black, die Besten – ever – feat. José Botana, Beano Hahn und René T-Bone.

Wichtig auch die, die Sachen druckten: Mike Möller, Stefan Schilling und Joey Seefeldt, John Browning, Oliver Bopp, Rudy Rucker, Tobias Lorenz, Ron Winkler, The Russian Doctor Frank Bröker, Malte S. Sembten mit Robsie Richter, Claudia Gehrke…
…und die, die dafür auch bezahlten: Olav Bjerke beim Fachblatt Musikmagazin, Geoff Barton und Dave Henderson von Kerrang!, Pe-

ter Foubister und Pat Eggington von Haymarket Publishing Ltd., Enrico Mauri und Tan Rasab von wcities Ltd., Klaus Bittermann von Edition Tiamat (Kampagneur gegen Listen wie diese), sporadisch auch Peter Körte, Bernd Gockel, Hilal Sezgin, Frank Patalong, Nina Klöckner, Götz Kühnemund und Holger Stratmann, Peter Burtz nach Edgar Klüsener, ganz klar Claudia Kaloff, Gert ›Glini‹ Gliniorz, Wolfgang Funk, Harald Engel, manchmal auch Thomas Gilbert, literally Ambros Waibel & Nils Folckers...

Okay, es ist paar Stunden hinter Mitternacht, und die Liste wäre nicht vollständig, ohne die Leute, die Anekdoten lieferten und denen keine Nacht zu schade war – als da wären viele Journalisten, Techies, Roadies und Nichtgenannte sowie im Besonderen Ken Hensley, Martina Weith, David Lee Roth sowie auf ihre Art & Weise Ron Yocom und Chris Schlosshardt (RIP), ganz klar Joe Perry und Steven Tyler, Jonny Z., Michael Monroe, immer wieder Johnette Napolitano, Angus und Malcolm Young, John Zorn, wenigstens hier wiedervereint: Rattlesnake, Twowolf & Thunderfoot, Doc Neeson, Perry Farrell, Ryuichi Sakamoto, Earl Slick, Lee Clayton, Fin Costello, Nigel Mogg, Gregory Strzempka, Roxy Petrucci, Alice Cooper, Joe LeSté, Jah Wobble, Rachel Bolan, Dave Sabo & Sebastian Bach, Uli Roth, Fishbone, Robert Fripp, Bob Rock, Eddie Vedder und Stone Gossard, ganz besonders auch Tracii Guns, Steve Riley und Mick Cripps, alle von Spread Eagle, ausgebreitet in Alphabet City. Dann wäre dies na klar nicht die Prahlliste, die es seit ein paar Zeilen schon rein mengenmäßig zu sein scheint, ohne dass folgende erwähnt werden: Dave Grohl und Chris Novoselic, Niktub und Krichou, Cozy Powell (RIP), Adam ›Bomb‹ Brenner, Nicko McBrain, Lou Gramm, Jesper Binzer, Stig Pedersen und Peter L. Jensen, Ty Tabor und Doug Pinnick, Blackie Lawless und Chris Holmes, Tony Iommi, Mike Tramp, Geoff Thorpe, Udo Dirkschneider, Geoff Tate, Bruce Dickinson, Kruiz, Paul Samson, Tico Torres, Mick Box, Marty Friedman, Duff McKagan und Matt Sorum, Joey Tempest, Roger Taylor und Brian May, Sign, Norbert Schwefel, Steve Thomson, Simon Phillips, Pink Cream 69, Mötley Crüe, Adrian Smith, David Coverdale, Taime Downe, Spencer Sercombe, Tom G. Warrior, Jim Martin und Mike ›Puffy‹ Bordin, Randy Castillo (RIP), Robert Plant, Dom Famularo, Carmine Appice, Jason Bonham, Kylie Minogue, Terry Bozzio, 24-7 Spyz, Dave Mustaine & Ellefson, Walter Pietsch, Neil Murray,

Tortelvis und Putmon, Tommy Aldridge, Jingo de Lunch, Arty von Heads Up, Scott ›Not‹ Ian, Rob Halford, Matthias Jabs, Klaus Meine und Rudolf Schenker, Carl Palmer, Steve Walsh, Biff Byford und Graham Oliver, B.B. King, Gary Cherone und Nuno Bettencourt, Sepultura, Jim Kerr, Billy Sheehan, Paul Rodgers, Kenney Jones, Richard Butler, Ronnie Collie, Tom DeFile, Dweezil Zappa, Jason Coppola und Louis Svitek, Chris Whitley, Midnight und Jeff Lords, Nick Kelly und Dermont Lynch, Monty Colvin, Damon Albarn, Reed St. Mark, Nigel Kennedy, Enya, David Sylvian, Derek Shulman, Jizzy Pearl, Walt Woodward III, Frank C. Starr und Haggis, Andy Timmons und Steve West, Roebuck ›Pops‹ Staples (RIP), Jim und William Reid, Jazzie B, Tom Petty, Gary Moore, David Lowery, Chuck Billy, John Butler, Niclas Sigevall, Ruth Joy, Phil Allocco und Sean Carmody von Law And Order, Neil Schon, Michael Brook, natürlich und auf jeden Fall Kiss, Hansi Mappes, Diamond Darrell, Steve ›Krusher‹ Joule, Crispin Gray, Evan Seinfeld und Billy Graziadei, Jason Nesmith und Ralf Jacob, Van Conner, Jerry Cantrell, Collision, Kimmono von Crisis No 9, Jag, Jay Jay, Leigh Marklew und Tony Wright, Russ Ballard, Jürgen Engler, Mike Lewis, Dave Hole, David Blanche, Rob Hultz, Tim Schoenleber von Godspeed, Conny Bloom, Mike Muir, Mick Fleetwood, Geezer Butler, Darryl Hunt. Unvergessliche Sachen machten und erzählten auch Mick Wall, Neil Jeffries, Anthony Kiedis und Chad Smith, Paul King, Todd Chase und Michael Lean von Tuff, KingOfTheHill, Charles Best...und verweigerten Johnny Clegg, Buddo.

Freundliches Lächeln auch für alle, die hier fehlen – habe Euch nicht unbedingt vergessen.
...und natürlich Olivia Schofield, die zwar kein Wort hiervon gelesen, alles aber tausendundeinmal gehört hat. Mindestens.

Entfallene Szenen

He doesn't give a fuck
He's living under a truck
Well it could've been me
It's just my luck

Concrete Blonde: »Still In Hollywood« - Truth

Unglaublich, sie waren gerade erst eingetroffen, jeder der Musiker hatte genügend Zeit, seine Taschen abzustellen, den Fernseher bis Kanal 99 rauf- und runterzuzappen, ein paar Shampoo-Fläschchen einzustecken und die Mini-Bar zu inspizieren, da hatte Natalie bereits mehr installiert als Klecker in seinem ganzen Leben. Es war eine Kommandozentrale wie man sie am Rande einer Schlacht vermuten würde: Mehrere Laptops surrten und übertrafen sich mit Screensavern voller Monster und Logos, zwei Drucker produzierten schedules, einige Kisten mit Mappen und anderem Papierkram standen frisch geöffnet vor dem Kamin.

Der Alltag, der letzten Sommer für ShamPain in Australien begonnen hatte, stand von Anfang an unter einem schlechten Stern, dem für die Band typischen: einem roten Kreuz. Bei der Ankunft in Sydney verließ Frankie das Flugzeug im Liegen, der Krankenwagen war noch auf dem Rollfeld, schon lachte die restliche Band in ein Meer von Blitzlichtern, karrte man sie mit vier Limos zur VIP-Lounge. Weder Niet, Cat, Klecker oder Terry konnten sich später daran erinnern, was gefragt, worüber gesprochen worden war. Wichtig war nur der Effekt. Presseausschnitte des Ereignisses lagen Tage später auf den Schreibtischen der Schaltzentralen der Industrie. In Talent-Agenturen und Plattenfirmen in Los Angeles, New York und London mussten während dieser Tage die Faxgeräte öfters als sonst mit Papier und Papierrollen gefüttert werden.

Niet konnte sich vor allem daran erinnern, wie nach der Präsentation der Operation Schneeball gefeiert wurde, wie Korken flogen, wie man sich mit Champagner duschte, Schnee leckte und saugte, Sachen unterschrieb, mit Wichtigen und mit Hübschen posierte und Jackpot Jack vorgestellt wurde. Der wiederum stellte die Band weiteren Kameraleuten vor, die während der Operation vorgegeben hatten, für einflussreiche Fernsehsender zu arbeiten. Bei einem Drittel der Fotografen, bei vielen der während der Pressekonferenz mit Informationen glänzenden Journalisten hatte es sich um arbeitslose Schauspieler gehandelt. Jackpot Jack wusste nicht nur *dass* man es tun muss, sondern auch *wie* man einen Hype kreiert.

Dann wurde die Operation Schneeball irgendwann zur Harakiri-Lawine.

Etwas Controlling hätte dem Unternehmen gut getan, selbst in dem Metier, in dem man zelebriert, außer Kontrolle zu sein, in dem jeder kollabierende Musiker gefeiert wird und Upper gefrühstückt werden, in dem jedes High mit Effekten moduliert wird, selbst in diesem Metier widersetzten sich ShamPain den Konventionen. Für Smalltalk an der Bar ist das gut, auch Dealer, Trittbrettfahrer und Schnorrer ließen sich mit Exzess-Anekdoten unterhalten, doch bei den Finanzierern der Unterhaltungsindustrie kam das nicht gut an. ShamPain hatten die Hypothek über die Grenzen hinaus ausgereizt.

Jahrelang ist man am Ackern und Machen, dann heißt es immer öfter: Warten. Warten auf den Plattenvertrag, auf das Laufen der Bandmaschine, die richtige Tournee, warten auf die fünfundvierzig Minuten, die alles bedeuten, erneutes Warten auf den Busfahrer, darauf, dass er losfährt, warten auf das nächste Konzert, warten auf den großen Hit, den großen Wurf.

Warten auf Tantiemen.

Der Dämon, der das Warten bestimmt, hat einen guten Freund, einen Vermittler zwischen den Fronten, einen Agenten, der für Provision tätig wird, der die Prozente wie Punkte zählt.

Bei dem Dämon ist er auf einem Retainer, fester Freier. Gelegentlich verdient er sich ein Zubrot, als bloßer Freelancer, bei der attraktivsten aller Göttinnen, der Muse. Weil er ein Agent ist, weiß keiner genau, wofür er zuständig ist, was er eigentlich macht und was er nicht macht. Hat die Muse keine Zeit, ihre Schäfchen mit Inspiration und Adrenalin zu versorgen, so muss ein Ersatzstoff her, der für die nötigen Highs sorgt. Hier wird der Vermittler aktiv: er liefert Emotionen, positive wie negative, meistens solche, bei denen unklar bleibt, wie sie gepolt sind.

Niet tagträumte früher oft davon, wie er in einer späten Nacht mit der Band und allen in einer dicht besuchten Disco einlaufen würde, Natalie auf der Tanzfläche, Dancing With Myself, neben ihm ein Schlauberger, der ihm »Guck mal: BMW!« ins Ohr bellen würde - »Hm?« -, der sich einen abkaspern würde mit: »Na BMW, sagte ich - Brett mit Warzen, haha! Die hat ja absolut null Holz vor der Hütte.« Und wie er den Typen dann, einen Bodybuilder in rosa Unterhemd und mit Kampfhund zu Hause, wie er diesen Typ dann also mitten im Krach der Takte mitsamt seiner frischen Solariumsbräune, seinem Espressotässchen voll Hirn, ein Glas Tomatensaft in der Hand, über den Tresen wuchten würde, während die Takte weiterkrachen ... *dancing with myself oh-oh-oh*... der harte Beat, das Peitschen der Snaredrum, während Natalie weitertanzen würde. Ihr würde er davon nie erzählen, auch nicht, wenn sie ihn Stunden später, ein zugeregneter Sonntagmorgen, gegen Kaution aus den Klauen der Polizei befreien würde. Er war zu nobel, sie zu intelligent, vor allem zu professionell, als dass sie sich mit solchem Bullshit die Zeit zerhauen würden.

Schon wenn die Stadt ihr Haupt erhebt, morgens, die Schminke der letzten Nacht noch übers Himmelbett verschmiert, dann stinkt sie. Aus dem Rachen. Wie ein Schakal mit Tuber-

kulose. Der Geruch ist schlimmer als der von Eiter, Eingeweiden und Halbverdautem. Es ist der Geruch von Psychopharmaka, von Lithium und Antidepressiva.
Good morning, Fat City.

Trotzdem: Es kommen einem auch die unter, die es nicht aus Leidenschaft machen, bestimmt nicht aus Leidenschaft für Musik oder Musiker. Leute, die ebenso schlecht Schuhe verkaufen könnten; oder Butter oder Bratpfannen.

»Pure Geldgier«, erklärt Terry. »Ich sag dir's: Pure Geldgier!« Der Sänger nickt, dekoriert seine eigene Beobachtung mit Anerkennung.

Klecker gibt sich erst tiefenpsychologisch – »und Sex« –, dann orakelnd – »jeder will sein Fett abhaben.«

Niet steckt sich eine Zigarette an, seufzt – die Frage will er sich gar nicht mehr stellen. Und Cat zaubert den Joker hervor: »Auch er«, deutet er Richtung Page, »will einen Teil des Kuchens, ein bisschen Wärme und Licht. Auch ihm sollen die Scheinwerfer aufs Toupet brutzeln, dazu ein bisschen Nebel und Trockeneis, heiße Luft. Und hin und wieder seine glubberige Hand auf'n prall verpackten Popo eines Groupies geklatscht... So wie der rote Lederarsch, na, wo ist er noch?«

»Jeder will mitmachen in der Traumfabrik«, nickt Niet, »irgendwie mitmischen, und wenn's nur am T-Shirt-Stand ist, um Kappen und Aufkleber für Autostoßstangen zu verkaufen. Oder«, deutet er auf einen Haufen Lederjacken am Büfett, »oder so wie die Schreiberlinge: am Ende des Fließbands, um Träume zu polieren und aufzubereiten, als Miniposter gegen Grau und Alltag... Tag und Nacht, Schichtende gibt's nicht. Immer weiter, Träume, Stars und Illusionen nachschaufeln.«

In ihm sträubte sich alles dagegen, ShamPain als bloße Flipperkugel zu sehen, in einem Apparat, den Jackpot Jack bediente, den andere rüttelten und schüttelten, gegebenenfalls bis zum Tilt. Game over. Overmuch. Overdose. Konnte Jackpot Jack egal sein: Für ihn zählten nur die Punkte. Luke Keyser war derjenige, der die Münzen ins Innere des Apparats rollen ließ. ShamPain galt alle Aufmerksamkeit. Sie waren der Spielball, der durch die Gegend geschossen wurde, der dabei Synergien diverser Partner ausschöpfte, hier einen Bonus erzielte dort einen anderen Player erfreute. Und doch würden nach ihnen genauso viele kommen wie vor ihnen, würden die Zuschauer sich schon bald nicht mehr an ihr Zwischenspiel erinnern. In Siegfried Schmidt-Joos' rororo-ROCK-LEXIKON wären sie nicht mehr als ein weiterer Eintrag, zwischen Sforzando und den Sharks.

Pseudo-naiv hatte Niet gefragt, Freispiel durch Far Out? Was er meinte, war: Spielerwechsel dank Far Out.
(...)
Tilt? Nein, es wankte und wackelte ein wenig, von Spielabbruch konnte aber nicht die Rede sein. Spiel und Spaß hatte er für einige Momente sabotiert, mehr nicht. Teil des Rock: Destruktion; elementarer Bestandteil der Kampfzone sogar, und zwar nicht erst seit den Publikumsbespuckungen der Damned '77 oder Hendrix' brennender Stratocaster in Monterey.

Niet blätterte in Zeitschriften, die auf Natalies Bett lagen. Nach New York und Los Angeles sollte es drei Wochen lang, bis Ende Mai, durch jene amerikanischen Städte gehen, unter denen sich niemand Genaueres vorstellen kann. Carson City, Boise, Tuscarora, Colorado Springs, Jacksonville, Evansville, Louisville, ein anderes Jacksonville, Baltimore – Städte, deren Gesichter sich glichen wie die Unterseiten von Autos. Klecker bat das Spiegelchen Natalie an, die aber dankend ablehnte. Ihr auf dem Rand einer Cola-Dose balancierter Joint musste schließlich auch für sich alleine dahinkokeln. Niet kam bei einem Artikel über »Tote des Rock« aus dem Blättern raus. Jim Morrisons Leichnam, hieß es da, war weder in der Badewanne des Beat Hotels noch sonstwo in seinem selbsterwählten Pariser Exil jemals wirklich identifiziert worden.

Mit Laptops und Druckern, leeren Getränkedosen und einem auf dem Nachttischchen positionierten Faxgerät sah Natalies Zimmer fast so aus wie ein Production-Office hinter irgendeiner Bühne. Nur eben mit mehr Polstern und Kissen, Tapete statt gekalkter Betonwand. Cat griff sich eins der benutzten Taschentücher, die auf dem Boden zwischen T-Shirts und Jeans lagen, schnäuzte hinein und untersuchte es nach Blutspuren. Kurt Cobain, hieß es weiter, wurde verbrannt, seine Asche »unter seinen Nächsten« verteilt. Hier ein Löffelchen für Courtney, da eins für Frances Bean?

Als beste Neuigkeit werteten alle, dass On The Line die Import-Charts anführte, prima, und dass Out Of Order bereits US-weit ausgeliefert wurde. Ruf mal einer den Room-Service an, um eine Flasche Champagner, ach was, vier mindestens, zu bestellen! Auch Stiv Bator war verbrannt worden. Seine Asche war, in Amulette gefüllt, unter noch mehr Menschen verteilt worden, unter ihnen die Journalistin des Features. (...)
Sid Vicious war nach seinem goldenen Schuss bereits in New York eingeäschert, dann in die britische Heimat geflogen worden – die Urne zerschellte kurz nach Ankunft in Heathrow, weshalb seine Überreste bis heute durch die Klimaanlage des Flughafens geblasen werden.

»Auch ein Weg, nie in Vergessenheit zu geraten«, kommentierte Cat, als er dieselbe Textstelle sah; unter einem Foto Sids mit seiner Mutter, der Lieferantin der tödlichen Dosis. »Hat sie ihm beschafft, als er gerade frisch aus dem Knast kam«, nickte er, als wäre er dabei gewesen.

Champagner kam. Johnny zielte mit dem Korken auf das Nachttischlämpchen, zerschoss aber nur den Schirm. Klecker, laut, immer laut, schaute auf zu Niet, wedelte mit dem Computer-Ausdruck der Chartspositionen unter Niets Augen, als sei es der Garantieschein ins Glück.

Niet steckte sich eine an, nahm einen Schluck, ließ die anderen in ihrer Euphorie ausklingen. Schon beim ersten Anlauf hatte er sich im Timing geirrt, seinen Einsatz verkehrt gewählt. Er zählte vier Takte Pause ab, wartete noch einen Moment, stellte sicher, nicht wie ein Idiot in der Werbung an seiner Zigarette zu ziehen, und drehte sich zu den anderen wieder hin. Auf dem Sessel, auf dessen Lehne sich Klecker wälzte, lagen ein Walkman mit geflicktem Kabel zum Kopfhörer, eine in Stücke zerrissene Zigarettenschachtel, eine Rasierklinge und mehr Zeitschriften. Das Briefchen mit weißem Puder war fast leer.

* * *

Was er nicht sagte: Wer sollte überhaupt entscheiden, ob man einer der auserwählt Guten war, für die es sich lohnte, jahrelang Flohmärkte, Antiquariate oder das Internet abzugrasen? Hatte nicht jeder so eine Liste, mit den Romanvorlagen alter Presley-Filme, den Originalen bekannter Coverversionen, außerdem ein paar Skurrilitäten wie Dali's Car, das zensierte Butcher Album der Beatles – jener US-Release YESTERDAY AND TODAY von 1966, dessen Artwork die Vier blutverschmiert zeigt, umgeben von den abgehackten Köpfchen kleiner Spielzeugpuppen –, Nina Hagens DDR-Singles, Alice Coopers Sessions mit Marc Bolan, John Kennedys Unterhaltung mit Marilyn Monroe. Und wenn man dann einen Einblick bekam, die Jahre des Suchens vergaß, und das Ganze nüchtern betrachtete: Dann kochte es auch da bei 100°.

»Vielleicht solltest du einfach mal mit Lyrik beginnen, denn du hast ja in genügend Texten Zeilen, die man auch für sich, ganz ohne Musik stehen lassen könnte – so Sachen wie das, wo es darum geht, wie man hinter seinem eigenen Schatten herläuft wie hinter der eigenen Legende, seinem Märchen, seiner Lebenslüge...«

»Chasing One's Own Tale.«

»Genau«, nickt Chuck, »mit ›tale‹ statt ›tail‹, nee? Oder wie Duchamp sagte...«

»Ach?«

»In jedem Ding steckt ein Kunstwerk.«

★ ★ ★

»Yep. Kip Johnstone ist von der unangenehmsten Sorte neureich. Knackreich. Sein Reichtum ist so neu wie seine Corvette, der DeLorean wie von einer anderen Generation...«

»Er hat einen DeLorean? Den DMC-12? Dann hat er ja wenigstens Geschmack, weiß, wohin mit dem Geld«, verteidigte Niet den Mann, den er zwar nicht kannte, der aber immerhin mal mit Zig Zag zusammen gearbeitet hatte, »vermutlich tut er auch was für sein Geld...«

»Neat! Kip Johnstone ist einer von den Leuten, deren größter innerer Konflikt darin besteht, sich zwischen einem Übermantel von Ralph Lauren oder Donna Karan entscheiden zu müssen. Von Musik versteht der so wenig... Seit der trocken ist, kennt der nicht mal den Unterschied zwischen einem Tom und einem Phil Collins!«

Vor dem Gebäude von UUSV stieg Chuck aus. Er beschrieb Niet den Weg zum Hotel und überließ ihm sein Auto. »Bring's mir aber noch diese Woche zurück!«

Hidden Track

Well you go too fast and you get there before you should
And have to hang around and wait to be understood

Lee Clayton: »Tequila Is Addictive« - Border Affair

SHEILAS APPARTEMENT

Ein Appartement der Neunziger. Schlicht, mit wenig Einrichtung: ein Nierentisch, japanische Wandteiler, Spiegel aus Lateinamerika, Film-noir-Plakate; Möbel sind schwarz, weiß oder natur. Wände pastellfarben (ocker, verwaschenes purpur etc), im Schlafzimmer auch blanker Backstein (Designer-Wohnen: Zwischenstation, rastlos).

Down In The Park
- Instrumental
von Gary Numan

Die KAMERA ist im Schlafzimmer. Zu sehen ist zunächst nur Rosa, verschwommen. Unscharf sind Rosen zu erkennen, während das Bild schärfer wird. Vertrocknete Rosen, Potpourri in einer mittelgroßen Schale; auf einem mit Mode-Magazinen, Notizzetteln und Schmink-Utensilien bedeckten Tischchen.
Bei sachter Lautstärke ertönt aus dem Radiowecker die MODERATORIN:

MODERATORIN
(extrem schnell, lasziv nach Luft jauchzend):
Hello, this is radio XXL, it is half past twelve, we just got some really hot news in - and, as you know, when we say ›hot‹, we mean hot. Hot and

KAMERA geht langsam durch

happening... But no

das Schlafzimmer, das Bett
auslassend. Knäuel von hastig
abgestreifter Kleidung hinter
Sofa, im Türrrahmen, auf dem
Tisch...

*no no shakes good
ole Fred from the
control-room his
head no. Not as
yet! Ahh well... you
know what I'm like,
Fred says yes, I say
maybe, Fred says
maybe, I say most
definitely! And
when he says no, I
say... certainly!
Well, where else, if
not on radio XXL
could you get such
energy - positive
energy, that is.
There just is no
limits - it doesn't
even stop between
them guys
twiddling and
turning the knobs...
and us ladies
delivering those
goods that you
won't get nowhere
else! But this is -
almost certainly -
enough chit-chat
for now, get ready
for some action -
right now! - and
you will be hearing
more from me and
those well-kept
secret news that go
beyond the limits...
well beyond the
limits, indeed. Only
on radio XXL!*

KAMERA geht abrupt - simultan
mit Akkordwechseln- auf den

HANGAR 18 von
Megadeth

Radiowecker, unscharf sind zu
erkennen: ein voller Aschenbecher,
Bettlaken im Hintergrund, ein
aufgerissenes Kondom-Päckchen,
Cocktailgläser.

NIET (reibt sich Schlaf
aus den Augen): Wa... Was'n das...
für'n... Wetter?

NIET besinnt sich, wo er sich befindet, seufzt, lauscht, wacht langsam
auf, dreht sich ruckartig um (KAME-
RA über dem Bett), tastet neben sich.
SHEILA ist nicht da.

NIET zieht sich den Gürtel seiner
Jeans zu, ist abgewandt von
großem Wandspiegel, Tischchen,
geht in die Koch-Ecke, öffnet
Kühlschrank, den er wieder
schließt (noch bevor er darin
etwas entdeckt haben könnte),
schlendert zum (kniehohen)
Tischchen, betrachtet vertrocknete
Rosenblüten, bückt sich, lässt ein
paar durch die Finger rieseln,
entdeckt Notizzettel, hebt
ihn aber nicht auf. Gesicht ist die
ganze Zeit über bewegungslos,
nicht wirklich wach - gleichgültig?

Telefon klingelt, ein
ANRUFBEANTWORTER (dunkle, melodie-
schaltet sich ein lose Stimme
Sheilas):
*Hello, this is West
Hollywood, 314
5008. At the
moment we're
out or just not
bothered enough to
answer your call -
propositions can be
left after the beep,*

Gleichzeitig meldet sich die MODERATORIN zurück, weit im Hintergrund (nicht wirklich entzifferbar).

proposals with my agent - Supra Nova on 215-673 5900. Threats will be passed on to the LAPD, so you may as well call them...

PIEP!

MODERATORIN:
This is radio XXL! We are still - and as ever! - kicking some serious ass here. We have a top exclusive here, from one of our many well-informed sources this one... and we hope you are seated well and not cruising through the fast-lane of life right now, because this is where it can get you: straight into jail. One night you are an aspiring little band from Europe, playing the Roxy, minutes later, literally at the after-show bash next door, you get booked. ShamPain, currently in town on a blitz through the States have been arrested for reasons as yet unknown to us. The band, our well-

NIET greift sich das Telefon (kabellos), tippt Nummer ...

...vom Hotel.

NIET tippt Nummer der Fernabfrage.

AUTOMATEN-FRAUEN-STIMME beginnt Begrüßungs-routine...

NIET geht zur Wendeltreppe
am hinteren Flurende.

AUTOMATEN-FRAUENSTIMME:

NACHBARINNEN aalen sich auf
Chaise-longue vor Swimmingpool.

NIET tippt drei Mal die 3.
NIET steckt sich eine Zigarette an,
geht Wendeltreppe hinauf. Statt Radio
tönen im Hintergrund die NACH-
BARINNEN

SCHNITT - EXT.: Zur einen Seite
gekalkte Appartementblocks, zu
unpraktisch und klein für normale
Ansprüche, ideal für Singles und als
›Love-nests‹ der Superreichen; wie
der Bewohner der zur anderen Seite
angrenzenden spanischen Villa. Im
vorderen Hof, rosa gefliest, haut ein
Mann Golfbälle über einen Teich.

NIET zieht sich Zigarette zu schnell
aus dem Mund zu, Zigarette
bleibt auf Lippen kleben, Glut
verbrennt ihm die Knöchel.

NACHBARINNEN winken NIET
zu (nicht unähnlich denen von Elliot
Gould in Robert Altmans *The Long
Good-bye*).

*informed sources
assure us, played a
blinder of a gig,
finishing, as is their
trademark, upside
down...*
Hallo! Herzlich
willkommen beim
CX-Anruf-Service,
dem beliebtesten
Voicemail-Abruf-
Service des Jahres.
Sie können bis zu
einhundert Messa-
ges speichern, wenn
Sie...

ANRUFERIN (1):
Hallo Niet, hier ist
Daniela aus dem
Office. Wir
kommen nicht
durch zu Natalie.
Könntest du ihr
bitte ausrichten, sie
soll unbedingt im
Büro anrufen?

PIEP!

ANRUFER (1):
Klasse Gig gestern.
Klingel doch mal
durch, wenn du Zeit
hast. Auch, wenn
du keine hast, ha
ha.

PIEP!

ANRUFER (2):
Hallo, Chuck hier.

NIET wirft einen kurzen Blick auf das Mobiliar (verdreckt, roter Staub), setzt sich auf Stuhl mit drei Beinen.	Da habt ihr euch ja ein Ei ins Nest gelegt. Mit Frankie kommt Trouble...

PIEP!

Stuhl kippt fast weg.	ANRUFER (1): Ich habe ganz vergessen, meine Telefonnummer durchzugeben:
NIET beugt sich vor, hört angestrengt zu. Mit dem Finger zeichnet NIET die Nummer auf die Kacheln.	Area-code für West Hollywood, 347 9115. Ruf auf jeden Fall mal an. Ganz unverbindlich.

PIEP!

	ANRUFERIN (1): Niet, hier ist noch einmal Daniela im Office. Frank hat wohl schon gesagt, worum es geht. Sag Natalie unbedingt
NIET lehnt sich vor, steht auf, schüttelt entgeistert den Kopf.	Bescheid. Am besten noch vor eurem Gig!

PIEP!

	ANRUFER (3): Hello, Pat hier. Ich habe deine Nummer von Marcia, du weißt schon, die Schwester von Zig
NIET (will nicht glauben, was er da hört), hält den Hörer vor sich, starrt die Tastatur an, hört die ersten Sätze - und drückt kurze Zahlenkombination.	Zag, es geht hier - streng geheim, du wirst's verstehen - um ein Projekt...

AUTOMATEN-FRAUEN-STIMME:

NIET hält den Hörer von seinem Ohr, als gingen davon radioaktive Strahlungen ab, verdreht die Augen, als erwache er aus einem Albtraum.

PIEP, PIEP, PIEP! Hallo! Herzlich willkommen beim CX-Anruf- Service, dem beliebtesten Anruf- Service des Jahres. Sollten Sie irgendwelche Fragen haben, Informationen zu anderen CX-Diensten haben oder Hilfestellung benötigen, so tippen Sie bitte acht-fünf-eins. Unser Team steht Ihnen rund um die Uhr zur Verfügung. Sollten Sie einen automatisierten Leitfaden benötigen, so tippen Sie bitte acht-fünf-zwei - jetzt.

NIET tippt die Zahlenkombination.

AUTOMATEN-FRAUEN-STIMME:

NIET hämmert auf die 2.

Hallo! Herzlich willkommen beim CX-Anruf-Service, dem beliebtesten Anruf-Service des Jahres. Sie können zur nächsten Message vorspulen, wenn Sie eins tippen, Sie können zur vorigen Message zurückspulen, wenn Sie drei tippen, Sie können die Zimmerabhöranlage aktivieren, wenn Sie...

AUTOMATEN-FRAUEN-STIMME:

NIET klemmt den Hörer zwischen
Ohr und Schulter, wischt sich
mit den Händen übers Gesicht.

PIEP, PIEP, PIEP!
Wenn
Sie wirklich alle
Messages löschen
wollen, tippen Sie
bitte eins...

Der Hörer rutscht NIET von der
Schulter, in ein Fass mit verstaubten
Getränkedosen. NIET greift sofort
danach. Er hört nichts. Wütend
schmeißt er den Hörer - nach kurzem
Abwägen der zwei Himmelsrichtungen -
über die Appartement-Dächer und
Dachterrassen.

Das Telefon landet in einem
Swimmingpool.

NIET läuft die Wendeltreppe zur
Hälfte runter, macht kehrt.

SCHNITT / INT

NIET läuft wieder die Treppe
  runter, murmelt:

Drei, vier, sieben,
neun, elf, fünf, drei,
vier, sieben, neun,
elf, fünf, drei, vier,
sieben, neun, elf, fünf...

Gegenwartsbelletristik

Originalausgabe, 272 Seiten
Format 12,5 x 20,5; Softcover
ca. 15,00 Euro / 26,70 sFr
ISBN 3-937738-06-1

Enno Stahl
2Pac Amaru Hector

Eine mittelalterliche Burg im Rheinland: Der deutsch japanische Konzern Telematics hat zahlreiche Politik und Wirtschaftsvertreter zur Weihnachtsfeier geladen. Die »Rheinische Bewegung Tupac Amaru« und ihr charismatischer Anführer Hector Pandotero nehmen mehrere hundert Menschen als Geiseln und verschanzen sich auf der Festung. Pandotero gelingt es, seine Operation als popkulturellen Akt, als eine Art Terrorismus light zu inszenieren. Bis ein beispielloses Medienspektakel das neue Jahr einläutet. Enno Stahl entwirft seinen Roman als brillante Mischung aus Thriller und Mediensatire. Hier gerät endlich wieder die politische Wirklichkeit in den Blick der Literatur.

Originalausgabe, 232 Seiten
Format 12,5 x 20,5; Softcover
ca. 12,00 Euro / 21,40 sFr
ISBN 3-937738-01-0

Susanne Bartsch
Campingsaison

Die Menschheit ernährt sich seit Jahrtausenden von Fleisch. Doch was passiert, wenn es auf der Erde keine Tiere mehr gibt? In Susanne Bartschs Roman müssen geklonte Gen-Menschen als natürliche Fleischquelle herhalten. Als die Protagonistin auf einen entflohenen Gen-Menschen stößt, nimmt sie ihn in ihren Campingwagen auf. Was als kurzfristige Übergangslösung gedacht war, wird zu einem längeren Aufenthalt. Die Ich-Erzählerin erkennt Tag für Tag, dass Gen-Menschen - entgegen der Beteuerungen der Fleischindustrie - sehr wohl Gefühle haben und lernfähig sind. Gemeinsam mit ihrer Freundin sagt sie der Fleischmafia den Kampf an. Die Campingsaison beginnt und mit ihr die spannende Frage nach Ethik und Moral in unserer Zeit.

Schwartzkopff Buchwerke

Sachbuch

Phyllis Chesler
Der neue Antisemitismus
Die globale Krise seit dem 11. September

Phyllis Chesler zeigt auf, wie ein als überholt geltender Antisemitismus heute wieder aktuell und unter dem Deckmantel der Israel- oder Zionismuskritik sogar politisch korrekt zu werden scheint. Besonders nach dem 11. September ist dieser neue Antisemitismus, der keineswegs an nationalen, religiösen oder ethnischen Grenzen Halt macht, zu einem globalen Problem geworden. Die Autorin schlägt Möglichkeiten vor, wie dem Phänomen von jüdischer wie auch von nicht-jüdischer Seite begegnet werden kann.

Aus dem Amerikanischen übersetzt von Stephanie Kramer

euerscheinung, 292 Seiten
ormat 12,5 x 20,5; Softcover
. 18,00 Euro / 32,00 sFr
BN 3-937738-09-6

Jürgen Leskien
Langer Schatten Waterberg
Afrikanische Nachtgespräche

Erstmals kommen »Afrikaner deutscher Zunge«, Namibia-Deutsche, öffentlich zu Wort. Sie erzählen von ihren Hoffnungen, aber auch von ihrem Umgang mit dem schwierigen Erbe deutscher Kolonialgeschichte. »Dunkler Schatten Waterberg« enthält bewegende Geschichten von Liebe und Verrat, von Hoffnung und Verzweiflung vor dem Hintergrund eines unendlich weiten Landes im Süden Afrikas.

riginalausgabe, 332 Seiten
ormat 12,5 x 20,5; Softcover
. 18,00 Euro / 32,00 sFr
BN 3-937738-10-X

Schwartzkopff Buchwerke

stakkato — Fundstücke

Per Torhaug
Das Waldkommando

Per Torhaug erzählt in lakonischer, zuweilen poetischer Sprache vom Leben und Sterben im Arbeitskommando eines deutschen Konzentrationslagers. Nicht so sehr die Schreckensbilder selbst werden heraufbeschworen; vielmehr geht es um die Frage nach der Möglichkeit, auch unter unmenschlichen Bedingungen menschlich zu bleiben. Dazu gehört in Torhaugs, auf eigenem Erleben beruhender Erzählung der unbeugsame Wille zur Humanität, aber auch die Fähigkeit, trotz des alltäglichen Terrors kleine, kaum mehr alltägliche Freuden genießen zu können.

Originalausgabe, 272 Seiten
Format 12,5 x 20,5; Softcover
ca. 15,00 Euro / 26,70 sFr
ISBN 3-937738-07-X

Aus dem Norwegischen übersetzt von Sabine Richter
Mit einem Nachwort von Anette Storeide

Der Roman »Stubbebrytere« erschien erstmals 1961 in Oslo.

Henri Barbusse
Das Feuer
Tagebuch einer Korporalschaft

Henri Barbusse erzählt die Geschichte jener Gruppe von Kameraden, in der er selbst als einfacher Soldat den Ersten Weltkrieg durchlebt hat. Das Leben im Labyrinth der Schützengräben, endloses Ausharren in Hitze, Schlamm, Kälte, das kleine Glück im Ruhequartier, gefolgt von den todbringenden Sturmangriffen im feindlichen Sperrfeuer: Die Wirklichkeit des Krieges ist Thema dieses Romans. Die Frage nach dem Sinn des Krieges mündet in einem visionären Umdenken, das Vorzeichen eines dauerhaften Friedens werden könnte.

Originalausgabe, 332 Seiten
Format 12,5 x 20,5; Softcover
ca. 18,00 Euro / 32,00 sFr
ISBN 3-937738-10-X

Deutsche Bearbeitung von Curt Noch, Paul Schlicht

Der Roman »Le Feu« erschien erstmals 1916 in Paris, auf deutsch zuerst 1918 in Zürich.

Schwartzkopff Buchwerke